马伯庸 作品

古董局中局

新版

4.
明眼梅花

图书在版编目（CIP）数据

古董局中局 .4 / 马伯庸著 . — 长沙：湖南文艺出版社，2018.6（2025.5 重印）
ISBN 978-7-5404-8635-8

Ⅰ.①古… Ⅱ.①马… Ⅲ.①长篇小说—中国—当代 Ⅳ.①I247.5

中国版本图书馆 CIP 数据核字（2018）第 067778 号

© 中南博集天卷文化传媒有限公司。本书版权受法律保护。未经权利人许可，任何人不得以任何方式使用本书包括正文、插图、封面、版式等任何部分内容，违者将受到法律制裁。

上架建议：畅销·长篇小说

GUDONG JU ZHONG JU.4
古董局中局 .4

作　　者：	马伯庸
出 版 人：	陈新文
责任编辑：	薛　健　刘诗哲
监　　制：	蔡明菲　邢越超
出 品 人：	周行文　陶　翠
策划编辑：	李齐章　王　维
营销支持：	刘斯文　周　茜
封面设计：	Topic Design
版式设计：	李　洁
内文排版：	百朗文化
出版发行：	湖南文艺出版社
	（长沙市雨花区东二环一段 508 号　邮编：410014）
网　　址：	www.hnwy.net
印　　刷：	三河市鑫金马印装有限公司
经　　销：	新华书店
开　　本：	700mm×980mm　1/16
字　　数：	412 千字
印　　张：	24
版　　次：	2018 年 6 月第 1 版
印　　次：	2025 年 5 月第 14 次印刷
书　　号：	ISBN 978-7-5404-8635-8
定　　价：	49.80 元

若有质量问题，请致电质量监督电话：010-59096394
团购电话：010-59320018

古董局中局4

序

朝奉，是一个古老的名词。

这个名词最早可以追溯到汉代，本是一种朝廷官员的头衔。到了唐宋年间，朝奉成了一系列固定的官职名称，如朝奉使、朝奉郎、朝奉大夫等。这个称呼后来延伸到了民间，像士子、大店铺主人、有身份的富商，也会被称为朝奉。到了明代之后，朝奉变成了当铺掌柜的尊称，负责收货厘价，是当铺的核心人员。谁去典当物件，在柜台上打招呼都得拱手道一声："朝奉。"

随着时代发展，"朝奉"现在已逐渐被人遗忘。对绝大多数老百姓来说，这已经变成了一个陌生而神秘的词语。

但是，对我来说，"老朝奉"却是一个无论如何都不会忘记的名字，它属于一个人。

这个人，他出卖了我爷爷许一城，以致其背负污名含冤而死；他设下圈套，逼迫我父亲许和平投湖自尽；他又派人来骗取我的信任，杀死我的朋友。这个名字，就像是一个狰狞的恶鬼，纠缠了我们许家三代。

他一手建起了覆盖全国的古董赝品制贩网络，其已成为中国文物市场上一颗极大的毒瘤。

于私，我跟他有数不清的账要算；于公，老朝奉的势力不拔除，那古董市场将鱼龙混杂，永无宁日。

老朝奉到底是谁？我必须要搞清楚，否则我一辈子都不会安生。

在《清明上河图》事件中，我和老朝奉短暂联手，挫败了百瑞莲的阴谋。作为交换条件，老朝奉答应与我相见，把这几十年的恩怨一次了结。

现在，真相距离我近在咫尺。

目 录 Contents

第一章　凤凰山下的意外发现

药不然现在是我心中最大的一根刺、一个谜。如果说老朝奉是我要了结的仇恨,那药不然就是我急需解开的心结。他确实背叛过我,但也救过我。那家伙玩世不恭的面容背后,到底隐藏着什么心思,我从来没搞明白过。药不是轻轻叹息了一声:"他到了今天这步,我也始料未及。这家伙到底是怎么打算的,我这个做大哥的,从来没搞明白过。我们两个联手,也许可以弄清楚。" / 001

第二章　油画中的线索

我忽然发现,鬼谷子穿的那件衣服的袖子上,似乎有一处白口,狭长细微,不仔细看,看不出来。就好像鬼谷子穿的是一件棉袄,被划开了一个口,露出里面的棉花来。我赶紧拿起其他几个罐子的照片,发现每一个罐子上,在这个位置都有一个白口。我手里没实物,从照片上看,白口边缘略显圆滑,显然凹痕在胎体进窑前就有,不是烧出成品再刮出来的。换句话说,这肯定不是无意的过失,而是在批量生产时故意这么做的,每个罐子都严格遵循一个固定的标准。 / 039

第三章　"三顾茅庐"青花罐

瓷器和木器之间的关系很密切。古董家具的摆设很有讲究，配青铜太阴，字画又太轻，玉器金器又不宜多，只有配瓷器才最为自然。桌上瓷砚瓷盏，架上瓷瓶瓷雕，香几瓷炉，屏风瓷罐，床上瓷枕，橱中瓷盘。因此，古董行当有句话，叫"瓷衬木，木托瓷"，两者陈列，谁也离不开谁。沈家和药家经常互相借器物帮衬，大家都习以为常，并无可疑之处。青花"三顾茅庐"盖罐是件罕有的宝贝，摆在大门口，博览会档次立刻就上去了，绝对是一件增光添彩的事。/ 061

第四章　顺藤摸瓜

药不然一看我的反应，点头道："你若跟我哥联手，自然也是听过了天青釉马蹄形水盂的故事。不过，他只知其一，不知其二。你知道吗？老郑家当年在长春，外号叫作'西厢郑'。因为他们家最有名的一件收藏，乃是青花'西厢记'人物盖罐，焚香拜月，举城皆知。"我的喉咙一下子发干。这是第三件人物盖罐！在"鬼谷子下山""三顾茅庐"之外，原来还有一件是"西厢记"！第三件人物罐终于露出它神秘的一角。/ 091

第五章　"飞桥登仙"绝技再现

这银线在半空划过一条优美的弧形，尹银匠左手提线在瓶口一绕，同时，右手用夹子往外圈一压，犹如太极中的举重若轻。银线在双手钩夹的捏弄下极为服帖，飞快地在瓶口缠成一条长带，格出内圆外方的形制。尹银匠双臂猛然一沉，这银条已牢牢贴敷到了瓷口上，开始凝固。他趁机掐边压缝，填补崩口内缺，然后把工具放下，双手拇指捺住边口转了一圈。待得收手之时，这琮式瓶口已牢牢镶上了一圈银边，非但不显突兀，反而增添了几分雍容。/ 113

第六章　对峙细柳营

古玩这东西，很讲究传承，你是从哪儿收购的，从哪座坟里刨出来的，都得交代清楚。国外很多博物馆，你不说清楚来历，人家根本不收。他既然这么问，显然是不大相信我会有五罐真品。青花人物罐子多了，光是卫辉就有大批"鬼谷子下山"罐的仿冒品。我说我手里有，可怎么证明是真品？我早预料到他会有此一问，呵呵一笑："口说为虚，眼见为实。来历什么的不重要，不妨见见真章。"然后，我从怀里掏出一片碎瓷片，搁在石桌上。看到这瓷片，柳成缘的脸终于变了颜色。/ 143

第七章　青花罐，龙走纹

它的大小、形制，和我见过的"三顾茅庐"罐并无二致，只是纹饰不同。正中坐着一位戎装大将，左手扶案，右手捋髯，不怒自威。旁边一位军士打起一个旗幌，上书"周亚夫"三个字。还有一匹西域骏马系在树边。除了这些主要形象，装饰用的柳树、卷草、祥云、碎花等物，风格和其他两罐如出一辙。看来这就是五罐中的第三件——"周亚夫屯兵细柳营"。不过比起"三顾茅庐"的儒雅之气，这个罐子更显得威严肃杀。/ 169

第八章　脱险

有时候，底牌不需要欺骗，真实才更有力量。老朝奉和我们许家渊源深切，而且我先后经历了"佛头案"和《清明上河图》风波，与他关系匪浅。纵然老朝奉的组织里大多数人并不知我的相貌，但许愿这个名字，应该是相当有知名度的。正因为我太有名了，所以我算定柳成缘不敢擅专，一定会先请示老朝奉，只有他才有权处置我。本来我不想这么轻易暴露身份，但眼看自己都快被烧成瓷了，也只好用出最后这招保命了。/ 205

第九章　解密五罐

根据文书的说法，当时丰臣家有一位痴迷茶器的近臣，许下重金，悬赏收买柴窑精品。然后有一位大明商人来应征，说已经设法从大明取得柴器十件，运来日本。结果这位商人拿走订金之后，再也没了消息。近臣拜托岛津家着意打听，许三官也暗中询问，才知道原来许信在日本取回佛头后，返回途中恰好遇到这条叫作福公的海船。许信发现船上居然藏有柴器重宝，皆是官中之物，遂勃然大怒，要

求对方立刻回转大明，见官自首。双方一番争斗之下，许信将这条海船击沉，可惜那十件柴窑名器也随之沉入海底。/ 235

第十章　　最后一个罐子的下落

我的脑门顶在玻璃柜上，尽量凑近。这么轻易就看到了它，我总有一种不太真实的感觉。前三个罐子，我们都是历尽艰辛才能接触其中的秘密，现在第四件如此轻易地出现在面前，还真有点不太习惯。其实，古董这一行就是这样，众里寻他千百度，那人却在灯火阑珊处。有时候事情根本没那么复杂，远比你想象中简单。/ 267

第十一章　　海上争锋

我原本以为跟陆地上似的，拿着宝藏图总能找到。林教授正色道："甚至在一些极端情况下，整条船的保存条件不好，木质零件被海水腐蚀、糟朽，然后漂散，最终整条船彻底消失。你们得做好这个心理准备。""那您估计这次的成功概率高吗？"我问了一个有点傻的问题。林教授看了我一眼："这一带的海底水文资料，我国非常缺乏，我们只知道属于大陆架的延伸部分，水深不超过一百米，海底相对平缓，找到沉船概率不低。不过，附近是冲绳海槽，如果沉船移动去了那边，甚至跌入槽底，那就彻底没有希望了。"/ 303

第十二章　　老朝奉的身份

我隔着潜水镜，看到这家伙眨了眨眼睛，指了一下旁边的沉船，两个大拇指交抵，八指交拢，拜了三拜，手背翻转，再拜三次。我看到这个古怪的手势，心中不由得一动。这是一种古老的江湖手势，如今已不多见，叫作"生死拜"。这是一种极其严肃的承诺，九死不悔，手背翻转，意为不负所托。他冲着沉船做生死拜，这是什么意思？他和谁立过承诺？/ 337

尾声 / 375

古董局中局 4

第一章

凤凰山下的意外发现

这是一座位于通县的老四合院，旁边就是通惠河。门口摆着两尊磨得看不清形状的蹲虎石礅，门楣上还残留着缠花纹路，看来是座前清的老宅子，原来的主人身份恐怕不低。

可惜任当年如何风光，如今也成了云烟。这宅子历经多变，门前残破斑驳，东一道烟熏火燎的痕迹，西一片没抹干净的"文革"标语，墙边一溜儿垃圾筐，还有辆没轮的破自行车斜躺在大竹笤帚旁边，前挡泥板高高翘起。

大门是两扇刷了黑漆的木门，漆挺新，门板上却沟壑纵横，看来颇有年头。我站在门前，抬起手臂，心脏几乎要冲出胸腔。

门的那一边，就是老朝奉。

我与他只隔着一扇门板。

我们许家三代跟他的恩怨，在今天即将一次结清。

我伸出手臂，朝前轻轻一推，门虚掩着，一推就开了。锈蚀的门轴发出"吱呀"的声音，仿佛在提醒主人有客上门。

门后的照壁已被拆掉了，只剩下半截残垣。我一进门，便能把整个院子尽收眼底。院子不大，最先注意到的是院子正中立着一棵槐树，这槐树被雷劈毁了一半，剩下半截歪歪扭扭的枝干向天空伸展，像极了一个巨人高举双手，大声呼救。

看这槐树的粗细，想来得有几百年寿命。老北京一般不在院子里种槐树，不吉利，但也有句话，叫"院有古槐，必是老宅"。能有这么老的槐树，这宅院来历应该不一般。

一个人站在槐树前面，背对着我仰望树顶，像是在欣赏一幅后现代油画。他个子挺拔，比我高出足有一头，西装笔挺平整，一个褶皱都没有。

奇怪的是，看身形，他的年纪并不老，这不可能是老朝奉。

这人听到我的脚步声，缓缓转过身来。我第一反应是惊讶，忍不住大喊一声："药不然？"可当最后一个字滑出口之后，我意识到认错人了。

他的相貌和药不然有八分相似，但气质却截然不同。药不然无论何时都是一副嬉皮笑脸、玩世不恭的浪荡模样。而眼前这人面色木然，眉间有三道淡淡的"川"字皱纹，头发梳理得一丝不苟。

"你不用找了，这院子里没人，老朝奉不在这里。"他对我说道。

很标准的普通话，一点京腔痕迹都没有。我急忙环顾四周，果然两侧厢房里都静悄悄的。我不敢相信，亲自钻进屋子里找了一圈，里面摆设很整洁，但空无一人。

我一下子怒气翻涌起来。这怎么回事？我花了如此之大的代价，好不容易要见到老朝奉，这个横里闯入的家伙凭什么来指手画脚？

"你到底是谁？"我怒吼道，攥紧了拳头。

他扶了扶金丝眼镜："你果然和传说中一样容易冲动，许愿。"

"别转移话题！你到底是谁？"我上前一步，气势汹汹。

他不闪不动，语气一点起伏都没有："第一次见面，我是药不然的哥哥，我叫药不是。"

药不然的……哥哥？！

我不由得仔细端详了他一下，对方的表情冷冽而漠然，像是块冰。我从前依稀听药不然提过，他有个大三岁的哥哥，对古董行当没兴趣，很早就被家里送去美国了。这哥俩风格差异可真不小，除了相貌，没一个地方相似的。

可是，药不是为什么会突然回国？为什么会突然出现在老朝奉的院子里？难道他也是老朝奉的手下之一？

一念及此，我不由得心生警惕，退后两步。药不是开口道："我也刚到不久，老朝奉应该是提前离开了，我没有见到。"

他说得坦然，但可把我给气坏了。原来是这么回事，老朝奉本来只约了我相见，一看居然有一个外人先跑过来，以他的警觉性，自然是立刻抽身离开。我人生中大概最重要的一次会面，居然被这不相干的人搅黄了！

"你怎么会知道我们在哪里见面？"

"我一直在监听你的电话。"

我顾不得风度,一把揪住药不是的领带:"这是我许家的恩怨,你来瞎掺和什么?"

药不是个子高,被我把领带往下那么一拽,整个人朝前弯下腰。他就这么俯视着我,一字一顿:"我爷爷因为老朝奉被迫自杀,我弟弟成了通缉犯,你说这事跟我有没有关系?"

我的手一颤,倏然松开他的领带。

是啊,老朝奉害的可不只是我许家一家,药来受他胁迫,就死在我面前;药不然就更别说了,我至今也不明白他为何投靠老朝奉。他们药家两代中坚一死一叛,可以说是元气大伤。

我盯着药不是,想从他眼中看到复仇者特有的愤怒,但我只看到了平静,死寂般的平静。

药不是后退一步,把领带重新捋平,语调不急不缓:"家中遭受如此巨变,旁人都靠不住,我只好亲自回国来解决。"说到这里,他扶了扶镜框,冷冷道:"我必须指出,许愿,你真是令我失望。"

我略感愕然,不知他为何这么说。

"刚才一提老朝奉,你就急吼吼得像个疯子,完全失去了冷静。以你这种心态,就算真见到老朝奉,又能报得了什么仇?"他的话就像一根根标枪投过来。

"说得你好像很了解我似的。"我低声咕哝。

"你重返五脉后的一切行动,我都仔细研究过。《清明上河图》那件事情,你急于找老朝奉报仇,自己犯浑冲动,才一脚踏入了百瑞莲的陷阱。我以为你会因此长点记性,可刚才你的表现证明,根本没长进!"

我忍不住反唇相讥:"把老朝奉惊走的人,可不是我。"

药不是道:"即使你见到了老朝奉,然后呢?你认真想过没有?"

他这一句话,一下子提醒了我。先前我沉浸在即将见到老朝奉真面目的激动中,还没顾上想清楚,一旦见了面,要怎么和他了结恩怨,到底是扭送当地派出所,绳之以法,还是手刃元凶?

我不吭声了,药不是继续道:"你有没有想过,老朝奉这么狡猾的人,怎么会主动现身邀你见面?他绝非良心发现,必然有所图谋。你这点都想不透,就慌慌张张跑过来,只会一头栽进陷阱里,重蹈《清明上河图》的覆辙。"

他的声音冷峻透彻,如同一把手术刀,一刀刀地削去我的侥幸。我被他批评得有些恼火:"这与你无关!"

药不是眉毛轻抬:"怎么没关系?你得和我一起去把老朝奉给揪出来。我的搭档,可不能是个白痴。"

我一时无语,这自说自话的本事,他弟弟和他倒是一脉相承。这才见面不到十分钟,他擅自监听我电话的事还没说清楚,倒已经开始挑剔起我的毛病来了。

"神经病!"

我甩下一句话,转身朝门口走去。一个莫名其妙的人,一个莫名其妙的提议。我若是二话不说就听他的,那才是失心疯了。

"你不想抓到老朝奉?"

"这个我自己会想办法。"

"难道你也不想搞清楚,我弟弟为何出卖你?"药不是的声音从我背后响起。我迈出门的动作僵住了,像被一根绳子牵住了脚脖子。

药不然现在是我心中最大的一根刺、一个谜。如果说老朝奉是我要了结的仇恨,那药不然就是我急需解开的心结。他确实背叛过我,但也救过我。那家伙玩世不恭的面容背后,到底隐藏着什么心思,我从来没搞明白过。

药不是轻轻叹息了一声:"他到了今天这步,我也始料未及。这家伙到底是怎么打算的,我这个做大哥的,从来没搞明白过。我们两个联手,也许可以弄清楚。"

我心里犹豫了一下,这个提议听起来很诱人。不过,我转念一想,这大概是药不是的策略,我可不能被他控制了谈话的节奏。

一个凭空出现的家伙,一份突如其来的邀请。我虽然鲁莽,可也不至于如此轻信。

我沉思片刻,转过身来:"这件事太大,光我们两个可不够。今晚家里有个聚会,五脉齐聚。你有什么想法,不妨到那时候提出来,大家群策群力。"

今晚五脉确实有个聚会。老朝奉的实力深不可测,想要抓住他,必须要借助五脉的力量才有可能。

不料药不是"嗤"了一声,一脸鄙夷地摇头:"药家的公道,我会讨回,但不会指望他们,那些家伙没有一个靠得住。"

我双眼一眯,这可有意思了。听药不是的口气,显然是打算甩开五脉单干。可我记得,他根本不是混古董圈的。一个常年在国外的外行人,想单枪匹马挑战老朝奉?

亏他还说我有勇无谋,我看他才是不自量力。

药不是似乎无意解释，他挥了挥手，甩过一张名片来："我这次回国，五脉几乎没人知道，我对无聊的聚会没有兴趣。如果你改变了想法，就来华润饭店找我。"

说完之后，药不是转过身去，继续仰头欣赏着那一棵扭曲古怪的槐树。不知道他看什么看得如此入迷。

我长长叹了口气，来的时候满怀期待，没想到结局会是如此莫名其妙。带着遗憾和愤恨，我走出了这座宅子。老宅邸的门"吱呀"一声关起来，只留下个空荡荡的院子、一个人和半棵残缺的槐树。

迈出院子，我忽然没来由地想起一个古老的风水故事。

一个富商在院子里种了棵树，没想到接下来家里却灾难连连。一个路过的风水先生说："您这院子，不吉利啊，院中有树，乃是一个'困'字。"那富商一听大惊，慌忙把树给砍掉，但还是老出事。风水先生说："您把树砍了，院里只剩下人，岂不成了一个'囚'字吗？"

这一院一树一人，岂不是我身后那座老宅邸的格局吗？我不是迷信，但这次老朝奉没见到，却一头扎进这样的风水格局里，"困""囚"二字，莫非真的是什么预言？

五脉聚会，并非一个托词。当天晚上确实有一场家宴，名义是迎接《清明上河图》顺利归京，刘局牵头，召集五脉成员庆祝一下。

刘局为了攒这一局可是煞费苦心。《清明上河图》的风波是我惹出来的，五脉中很多人对我十分不满，借这次机会，也算是化解一下矛盾，为许家重回五脉铺垫一下。

可惜几位重要人物都缺席：药来去世，黄克武在香港养病未归，刘一鸣身体不太舒服。烟烟因为要照顾爷爷，也一直留在香港。结果偌大的一个席面上，我的熟人除了刘局，就只有青字门的沈云琛，其他都是各门的小辈，说不上什么话。

酒逢知己千杯少，话不投机半句多。虽然刘局在席间高谈阔论，极力想把气氛弄热络点，但我跟这些出席者之间，实在没什么好聊的，敬了一轮酒后，基本就是各吃各的，气氛有些尴尬。

在座的人里，沈云琛辈分最高。她对我态度还不错，一见面就送了我件道光年间的檀木小葫芦挂饰，说可以逢凶化吉。葫芦上下两截，各刻着"称""许"二字，不值什么钱，彩头倒好，看得出是花了心思挑选的。

青字门沈家在五脉里不是大宗，以木器为主营，所以，无论是佛头案还是《清明上河图》风波，沈家都没参与。除了有一位沈君跟着老朝奉混之外，青字门一直置身事外，存在感不是很强。正因为如此，我才能跟沈云琛平心静气地聊上几句。

说起刘、黄、药几位掌门的遭遇，沈云琛唏嘘了几句。她告诉我，鉴古学会的商业计划已经准备得差不多了，这次成功地阻击了百瑞莲登陆之后，正是启动的好时机。

我对五脉商业化一直持保留态度，明眼梅花这么多年的声望，是靠立身中正才得来的。如今裁判亲自下水踢球，掺杂太多利益，这公正程度恐怕要打一个折扣。不过，话说回来，五脉的店铺，早已开了一家又一家，如今不过是把这层面纱揭开而已。开放搞活，经济建设先行，这是整个时代的大趋势，不可逆转。

"所以，我跟你说，古玩这块阵地，我们不去占领，敌人就会去占领。"沈云琛乐呵呵地说，眼神里闪动着光芒。

不怪她如此上心，鉴古学会商业化真启动起来，青字门恐怕将是得益最大的。

要知道，木器在古玩界被称为"小器"，也叫"青器"。这个"青"既是指木质发青，也指"年青"。其他门类诸如金石、瓷器、字画，动辄可以追溯到汉唐宋元。而木器不易保存，收藏以明清为主，再往前就不多了。

青归青，但木器一直是个获利颇丰的行业。古玩讲究"三年不开张，开张吃三年"，贵出贵进。木器却是薄利多销，每一件价不高，但买的人多。原因很简单，别的古玩那是拿来玩赏的，木器，尤其是家具，那是拿来用。商业化放开之后，单是仿古家具这一项，销量就不可低估。

沈云琛兴致很高，跟我絮絮叨叨地说起木器行当里的这些事，又讲起最近准备搞一个仿古家具展销的全国巡展计划。我一边微笑一边听着，偶尔还点点头。沈云琛说了半天，意识到光她自己说了，于是侧过身子来，问我接下来有什么打算。

我想了想，觉得这是个好机会，于是拿起一只汤匙，敲了敲茶杯。当当响过几下，席上的人都不说话了，全都盯着我。

"有件事得跟大家商量一下，今天我去见了老朝奉。"

我话一出口，整个席间都沉默下来。在五脉里，"老朝奉"是个禁忌之词，我忽然提起这个名字，大家都屏息凝气。就连刘局和沈云琛都搁下筷子，带着不同的表情看过来。

我把今天跟老朝奉见面的前因后果约略一说，当然，药不是的事我没提，只说找到了那座老宅子后，却扑了个空。

我环顾四周，开口说道："老朝奉是什么人，我想不必多说，诸位心里都清楚得很。这次我没有捉到老朝奉，可也不能放任他继续害人。希望诸位群策群力，跟我一起把这只制贩假赝文物的黑手彻底斩断，履行五脉的责任。"

在座的人都纷纷点头，举杯表示支持。老朝奉是五脉的天然敌人，对付他是理所当然的事。

"老朝奉让你去那儿见他，却没出现？"刘局皱着眉头，插嘴问道。

"是的。"

"发现什么没有？"沈云琛追问。

"有，我在那里发现了这个，我猜是老朝奉遗落的。"我从怀里掏出一样东西，轻轻搁到桌上的玻璃转盘上，席上立刻响起不少人的低声惊呼。

席间沉默了一下，众人你看看我，我看看你，风向开始发生了微妙而有趣的转变。

"五脉刚刚渡过危机，个人认为，现在不宜轻举妄动。"

"抓老朝奉是应该的，不过，许愿你小子之前异想天开，把家里折腾得鸡犬不宁，这次得想清楚才成，别又中了别人的圈套。"

"咱们就是个民间协会，线索给有关部门，让他们去抓就好了。"

"自古以来，赝品就没断绝过。拿下一个老朝奉，就能保证再没赝品了？天真！"

不少刚才还点头称许的人，现在态度都暧昧起来，还有人大泼冷水，居然一个明确支持的都没了。就连沈云琛都拍拍我的肩膀："小许，此事牵系太广，还须从长计议。"

听着这些话，我的表情还在笑，面容却越来越冷。

我搁在桌子上的那件东西，是一件清代的断口豆青丹药瓷瓶。丹药瓶不大，高八厘米，表面沉釉无纹，很小的一件东西。

这其实是一件典型的赝品，釉色虚浮，断口白碴儿，稍微有点文物常识的人，都能看得出来。但这件东西，同时也是一个试探。药瓷瓶很少有假的，不经济，单独造假不值当。当这个都出现赝品时，就意味着背后隐藏着一个巨大的制假势力，他们已经达到一定规模，连这种小物件都能产生利润。

其实，这小药瓶是我来之前随手拿的，跟老朝奉没关系。我就是想试探一下，看看五脉中人的真实态度。果不其然，这些家伙一看到这个小瓷药瓶，有的是被瓷瓶背后展现的造假实力吓着了，有的则是自己心里有鬼，不清不白，从这瓷瓶里看出了被牵连的可能性。

俗话说，鉴古易，鉴人难。如今看来，人心也不是那么难鉴，一个小小的瓷瓶，就把各种心思都给映照出来了。

他们反对我，有一千个理由，但我知道真正心意到底为何：现在商业化在即，大家都一心火热忙着赚钱，追查老朝奉这种事吃力不讨好，何必去触那霉头。

难怪药不是没打算借助五脉的力量，他出身于五脉之中，太清楚这些人的秉性如何。

我原本还存有侥幸，但现在彻底明白了。

我默默地把药瓶收起来，站起身来，一言不发地朝外面走去。席上的众人交头接耳，却都安坐不动，只有沈云琛颤巍巍地站起身来，抓住我的手臂挽留："这孩子，怎么是个驴脾气，这不大家商量着来嘛。"

我低头对她笑道："五脉的道，总得有那么一两个人去坚持。大家都忙，就我比较闲，那就我去吧。"沈云琛见拗不过，说："你好歹等刘一鸣老爷子回来，再定主意不迟。"我却摇摇头："若我猜得不错，老朝奉年纪也已年近古稀，若是他在我逮住他之前死掉，那我一世都不安稳。岁月不等人啊。"

沈云琛见我都说到这份儿上了，终于皱着眉头把手松开了。我拿起酒杯，向刘局方向一饮而尽，辛辣的茅台从嗓子眼儿滚成一个火球入胃。刘局坐在原地，眉头微皱，只得略抬杯子，算是回应了我的举动。

他是官场中人，毕竟要以平衡稳定为主，不可能太意气用事。

我搁下酒杯，离开房间，心里既有解脱后的轻快，又有沉甸甸的愤懑堆积。别人如何，我没资格评说，但我一定要查出老朝奉的真相。

当我走到饭店门口时，看到一个身影侧靠着廊柱，在昏黄的灯光下不显山不露水，仿佛要融入灰暗中。他的手里夹着一截点燃的香烟，烟气袅袅升起。

"方震？"我颇为意外，后来转念一想，刘局在这里，他自然也会跟来。不料方震却对我说："我不是在等刘局，我是在等你。"

"呃……你也要阻止我？"我警惕地望着他。这家伙是我出生入死的伙伴，但他同时也是个警察，命令下来，六亲不认。

"不，我是来送你一程。"

方震还是那一副波澜不惊的神气。他把烟头丢在地上，踩了踩，然后走下台阶。台阶下正停着一辆银灰色的桑塔纳，挂的武警牌子。我不明白他葫芦里卖的什么药，一撇嘴，低头坐进副驾驶的位置。

我倒要看看，他要怎么送我一程。

方震发动引擎，车子徐徐开动起来，很快远离了饭店。我摇下车窗，探出头去，长长呼出一口气。离开那里之后，我才觉得呼吸通畅起来。刚才在饭店里，看着那些人的眼神，真有种喘不过气的憋闷，跟肺里塞满了塑料袋似的。

车子飞速前行，我看着街道两侧，忽然觉得不对劲。

"喂，我说，这不是回四悔斋的路。"

"我知道，反正你又不想回那里。"方震双目平视前方，方向盘握得很紧。

"你知道我想要去哪儿？"

"华润饭店。"方震回答。

华润饭店在北京东边，是栋圆筒状大楼，有三十多层，上头有一个三百六十度的旋转餐厅，颇为有名，很多归国华侨都喜欢住那里。我久闻其名，不过，一次都没去过。

我们俩到了饭店楼下，进了大堂。方震连问都不问，直奔电梯而去。我心中大奇，难道药不然已经把回国的事告诉方震了？他这次不是秘密回国吗？

不过我没问，问了也是白问。方震这个家伙，该说的他会主动告诉你，不该说的，你一句也撬不出来。我偷偷斜眼过去，他正背靠电梯间，微微垂目，跟个佛爷似的。你完全揣测不出他此时的内心活动。

药不然是话太多，方震是话太少，我身边的朋友，还真是一个正常的都没有。一想到"朋友"这个词，我的心情忽沉重起来。药不然现在到底算不算我的朋友？他是个背叛者，手里几条人命，不可原谅，但在九龙寨城时他却对我舍命相救。本来我已说动他去自首，可他后来又被老朝奉带走，行踪不明。

我自己都不知道，如此执着于寻找老朝奉，是不是也有那么一点药不然的关系。

带着满脑子的胡思乱想，我们走到走廊尽头的一处房间前。方震按下门铃，门立刻开了。时间已经这么晚了，药不是居然还是一身笔挺的西装，头发梳得一丝不苟。

"我知道你一定会来。"

他微微抬起下巴，口气拽得像是一个算命先生。我苦笑着摇摇头，没说什么，径直走进房间去。药不是"砰"地把门关上，我觉察有异，回头一看，发现方震居然没进来。

药不是道："我们认识了许多年，所有和五脉相关的人里，只有他我才完全信任。但是因他身份所限，接下来的事情不便参与。"

我点了点头。方震毕竟是公安身份，个人原则性又强。这种民间行为他能保守秘密就算是帮大忙了，不指望能暗中协助。

方震的这个态度，也暗示了刘局以及有关部门的立场，对抓老朝奉这事，他们不是很积极，至少不赞成像我这样的民间人士参与抓捕。所以，方震所能做的，就只是把我送来华润饭店而已。

不过，我原来都不知道，药不是和方震居然是多年好友。这两个人一个不苟言笑，一个沉默寡言，真不知道相处的时候怎么交流。

我到一个新地方，习惯先观察四周。房间里的陈设精致而简洁，大床边上是一个硕大的行李箱，床头柜上放着一个皮夹和一沓文件，还有一把精致的电动剃须刀。这就是药不是这次回国的全部行李了。

看来他这人的个人欲望很低，自律性极强。这次回国的目的非常单纯，就是为了给药家报仇。

药不是不喜欢寒暄客套，连茶也不泡一杯，各自落座，直接开门见山道："你既然来到我这儿，看来那顿晚宴吃得并不顺利。"

"呵呵。"我干笑了一声，把那个豆青药瓶拿出来，搁到茶几上，"忠义刻牌位，财帛动人心，这是人之常情。一个小瓶，就探出了他们的海底。"

药不是摆了摆手："我对古董不在行，别用这些江湖术语，直接说结论吧。"

"大家都忙着赚钱，没人愿意节外生枝，除了我。"

药不是"嗯"了一声，双手抱臂："我在那宅院里就说过了，五脉的人不值得信任。你要抓老朝奉，就只能跟我合作。"

我抬起手："你先别着急。我还有一个疑问：你不是古董专业，连基本的术语都不懂，又久居国外，在中国缺少人脉。我为什么要跟你合作？"

药不是似乎早就预料到我会质疑，他慢慢踱步到我面前，凝神盯了一阵，盯得我一阵心慌。然后他才开口道："你不觉得，之前你犯的错误，就是因为太执着于古玩了吗？"

我不明白他的意思。

"佛头案里,若你不执着于佛像本身,恐怕早就发现药不然不妥;《清明上河图》那件事,若不是你自作聪明以为发现了图中真相,又怎么会有后面那一系列风波?许愿,你确实是古董鉴赏的一把好手,可有时候这反而会成为障碍,让你绕很多弯路。"

"你是说,一个棒槌反而会更容易找出真相?"我半是讽刺地反击道。

药不是道:"你听过爱迪生的故事没有?"

"没有……"

"有一次,爱迪生想要测量一个灯泡的容量。他的一位高级助手又是测算深浅,又是计算弧度,忙得满头大汗。这时,实验室里的实习生把灯泡接过去,倒满水,然后又把水倒进量杯,轻而易举地算出了体积。高级助手的数学功底比实习生要强多了,但他就是因为太过执着于计算,反而忽略了最简单的处理办法。你的问题也一样,鉴赏知识让你专注于古董,解决问题往往会先入为主,而忽略掉其他可能性。"

说到这里,药不是指了一下自己的鼻尖:"我不懂古董,我原来是学医的,后来改学了商科。这两个专业,都需要逻辑。我会运用逻辑,引导你走上一条正确、高效、清楚的路,而不是被层出不穷的古玩绕晕了头。"

这家伙倒真是从不知谦虚,说话直来直往。我之前认识的人里,大概只有戴海燕是这种风格。

"老朝奉这个人,心思缜密,手段毒辣。若想逮住他的尾巴,寻常思路是不可能做到的,只能出其不意。他了解你,但他不知道我的存在——这就是咱们的机会。"

药不是显然已经有了通盘考虑,侃侃而谈,就像是在做一个学术报告。我盯着他,心中逐渐有了决定。

他说得没错,上次我信心十足地去追查老朝奉,结果反被百瑞莲当枪使,这让我一直心存顾忌,生怕再次被仇恨蒙蔽双眼,中了人家圈套。我确实需要一个搭档,能够裨补缺漏,帮助我及早觉察问题。

"问题只有一个,我怎么知道你说的都是真的,而不是老朝奉故意派人来骗我的。"我尖锐地问道。

这个问题很可能会让他不高兴,但必须要说清楚才成。药不然、钟爱华,我先后遭到过两次背叛,而且对方都是我认为绝不可能背叛我的人。一朝被蛇咬,十年怕井绳,何况还是两次被咬,我必须得谨慎。

药不是赞许地点了点头:"问得好,说明你现在开始学着思考了。我说的当然都是真的,不过我没法证明,你只能赌赌运气。"

这算是一次坦诚而开放的对话了。我们两人对视片刻,同时笑了笑,准确地说,只有我笑了,他的唇角只是微微上翘了一下,与其说是微笑,倒不如说是一种矜持。

"我赌。"

我伸出手来,两个人简单地握了一下。一个小小的"反老朝奉联盟",就此结成。

"那我们接下来该怎样做?"我问道,随即说了几个可能的调查方向,"我的大哥大随时保持开机,老朝奉有可能会再次打电话过来,可以看他打什么主意。还有,五脉里有些人也和他关系匪浅,咱们抓住一点,顺藤摸瓜……"

"这些都不行。"药不是手掌往下用力一切。

"啊?"

"老朝奉对你太了解了,你目前能接触到的任何线索,全都可能是他安排的圈套,皆不可用。"

"那该怎么办?"我有点发愣。

药不是竖起两根手指:"首先,你得切断一切和五脉的联系,彻底从他们的视野里消失,让老朝奉无法掌握你的行踪。然后,我们去挖掘新的线索。"

"新的线索?"

"没错。送上门的好处,都是可疑的,只有自己主动发掘,才能获得干净的线索。这就好像一座土匪盘踞的大山,常走的大路一定都埋着陷阱,我们只能另辟蹊径,亲自在荆棘中劈出一条安全的路来,才能直捣蛇窟。"他难得使用了一个比喻。

"那……我们该去哪儿找新的线索?"

药不是走到床头柜前,拿起一份文件递给我:"我这里恰好有一把现成的钥匙。"

看来他早在美国就已经着手准备了。

这是影印的一份英文文件,好在旁边附了中文翻译。文件的第一页,是数张彩色的青铜炉照片,各个角度都有,旁边还标有刻度。我们许家在五脉的主业是金石玉器,看到这香炉,我立刻上了心。

照片上的香炉不是很大,高脚双耳,饕餮纹饰,品相完好,但质地却与幽玄青铜有所差异。我一看腹底题款,颇为惊讶,不由得脱口而出:"这……这是潞王炉啊!"

潞王炉的来历,乃是源自河南卫辉的一个传奇。

明代万历年间，万历皇帝封自己的弟弟朱翊镠为潞王，藩地就放在卫辉府。

朱翊镠深受万历喜爱，封赏无数，潞王府里的金银堆满了十座仓库。有一天，府中忽然走水，抢救不及，其中一个库房被烧成了白地。库房里的金银被大火生生烧化，熔炼成了一大块金饼。潞王有钱，并不在意，于是，这块金饼就闲置在府中，无有用处。

朱翊镠有个儿子，叫作朱常涝，其最喜欢收藏文物，号曰"敬一主人"。他接替藩王之位后，无意中发现了这块金饼，忽然灵机一动，想到一个风雅的处置办法。

朱常涝请来匠人，把金饼重新化开，改铸成延善香炉。这金饼太大，匠人们前后一共铸了足足三百六十尊香炉，才把原料用光。朱常涝觉得此炉虽然形制仿古，但古意还不够，于是选了一处风水宝地，把这三百六十尊香炉用牛皮裹好，埋了下去，汲取地气。在现代人看来，其实就是用酸土给炉身咬出锈蚀痕迹，以便做旧。

谁知刚埋下去没几年，李自成的军队就打到卫辉。朱常涝为避锋芒，逃去杭州，后来被清兵擒去北京，惨遭杀害。而这三百六十尊香炉究竟埋在哪里，也就不为人知了。

这套香炉，在古玩圈里被统称为"潞王炉"。我爷爷在《素鼎录》里特别提过这个，称赞其为良心之作。为什么呢？因为朱常涝身为天潢贵胄，不屑造假，仿古就是仿古，却不是拿来骗人的。每只炉的底部，都刻着"大明崇祯捌年潞国制××器"一排小字，××是指编号。明明白白告诉你，这是我仿制的，连编号都有。

在市面上，曾经零星出现过几个炉子，都说是潞王府的香炉。但到底那三百六十尊香炉被挖出来多少只、谁挖出来的、从哪里出土的，一直没人知道，从而成了当地一个小小的宝藏传说。

药不是拿的这份报告，居然是和潞王炉相关，让我兴趣大增，迫不及待地看下去。

报告很长，应该出自专业的调查机构之手。简而言之，在1937年，卫辉当地有两个地痞动了贪念，想去盗朱翊镠的潞王墓。他们的举动被守陵的村民发现，被迫逃跑。两个地痞退而求其次，又想去盗潞王妃子的墓，结果在挖盗洞的时候居然算错了方位，稀里糊涂挖开了一个大坑。在这个坑里，地痞发现了一个潞王金炉，题款是"大明崇祯捌年潞国制伍拾贰器"，编号是52。

他们如获至宝，把炉子拿回家，结果却因为分赃不均打起来了。当地的保长听到这个消息，打着惩办盗墓贼的旗号，把两个地痞抓进牢里，严刑拷打，两人挨不住，只得乖乖把金炉交了出来。

当地古董业有懂行的人告诉保长，潞王埋炉，不可能只埋一个。那个坑附近，一定还有更多的金炉。保长闻言大喜，再回过头去找那两个地痞，询问埋炉地点。可两人因拷打过度，已经咽气了，临死前只留下三个字：凤凰山。

卫辉当地有凤凰山，占地极广，潞王陵寝就在附近。保长带人找了几个月，也没找到真正的埋炉之处，只得作罢。日本人占领河南之后，保长携家中细软逃跑，一路随中央军退到昆明。保长不久就病死，他儿子为了维持生计，把那个金炉卖给陈纳德飞虎队的一个飞行员。飞行员把它连同它背后的故事都带回了美国。几经辗转，这个金炉被飞行员的后人捐赠给了一家私人博物馆。

像这样的博物馆，对文物来源很重视，聘请了专业人士调查其背景来源。这就是这份报告撰写的前因后果。

我看完报告，抬起头来，疑惑不已："这尊潞王炉，现在在你手里？"

"我从来不收古董，没兴趣。现在它还在那家博物馆里摆着呢。"

"那么你知道真正的埋炉处吗？"

"我知道的和你一样多。"

"那么……这炉子里有关于老朝奉的线索？"

"可能吧，但我不知道。"

我彻底迷糊了，他的葫芦里，到底卖的什么药？潞王炉固然是一件珍贵文物，但和我们的目标似乎毫无关系。

药不是斜靠在窗边，露出那种教训别人的表情："这就是我要指出的，许愿，你不能执着于文物本身。换一个思路，再想想。"说完他的右手手臂平伸，猛然抬起，然后徐徐放下，重复了三次。

"你这是在钓鱼吗？"我有点不耐烦了。

"没错。"

药不是认真地点了一下头，表示我的智商还有挽回的余地。

我回去之后，第一件事就是把四悔斋落锁关门。最近乱七八糟的事太多，我的这家小店关门倒比开张的时候多，闹得邻居们纷纷传言，说我不是欠了巨债，就是赚了大钱。

然后我找了一个北京电视台的编导朋友，他们正好要去西安拍文物纪录片。我好说歹说，让他给我在剧组里弄了个顾问的身份。谈妥了以后，我把这事知会给了方震，让他转达给刘局，说我随剧组去外地，恐怕得几个月不在北京。

这样一来，五脉中人都知道我是寻找老朝奉未果，外出散心，至于信不信，那就不归我管了。

在一个弥漫着薄雾的清晨，我在北京站跟随剧组上了火车，什么都没带，连大哥大都扔家里了。

按照药不是的要求，我要彻底消失，断绝一切联系，让任何人包括老朝奉都找不到我。隔离得越干净，老朝奉可耍的手段就越少。

火车缓缓驶出北京，我向车窗外看去，窗上的露水还未消散，缓缓后移的高楼大厦如同笼罩在一片暧昧不清的水汽中。

此时我的心里，颇有些忐忑。瞒着别人也就罢了，连刘一鸣都要隐瞒，这让我有点过意不去。当初我闯下滔天大祸，若不是刘老爷子力排众议，出手维护，恐怕我早就沉沦下去了。

好在我们此行的目标是老朝奉，大不了抓住他之后，再去跟刘老爷子赔罪。我相信，刘老爷子若是得知老朝奉伏法，一定很高兴。

火车出发大约半天之后，我先换了节车厢，和剧组分开，然后随便找了个车站下车。我在月台上待了一阵，重新补了张票，登上另外一个方向的列车，再坐了两三小时，下车出站。接下来我没和任何人接触，找了一处僻静的公共厕所，做了一番打扮，重新出现在了街头。

此时的我，戴着一副厚底近视眼镜，头上故意剃成地中海式秃顶，用一顶褐色画家扁帽盖住，嘴边还拿炭笔画了几撇胡子。哪怕是熟人，不近距离看也认不出我是许愿。

这样一来，除非老朝奉有能力动用省级公安的刑侦力量，否则不可能锁定我的行踪。

我本来觉得用不着如此谨慎，只要随便找个地方一换车，应该就没人知道了。药不是却坚持说一切都必须谨慎为上，结果这一连串行动，搞得我跟外国小说中的间谍似的。

而在这期间，药不是也去做了一些准备。我们两个分别走不同的路线，而约定碰头的地方，正是潞王炉的出土地点——河南省卫辉市。

河南这个地方，历史底蕴实在是太厚了。随便一个县市，都会牵扯到如雷贯耳的历史名人；随便一个乡镇，一追溯过往都是几千年。卫辉位于豫北，打从商周就有这地方，乃是姜子牙和比干的故里，当时叫作牧野，没错，就是周武王和商纣王大决战的那个牧野。您想这地方得多古吧。

除了这些名人，这地方还曾经出过一起特别有名的盗墓案，成就了文化领域一个著名事件。在西晋年间，这里叫作汲县。一个叫汲不准的盗墓贼，盗掘了一座春秋时期的古墓，挖出好几车竹简。西晋朝廷组织知名学者把竹简进行整理，发现里面记载了许多先秦典籍，还记录了一段隐秘的周代历史，讲述周穆王驾八骏西游昆仑山，与西王母把酒言欢的经历。后来这些竹简编制成了《竹书纪年》，成为研究先秦史的重要材料。

我们许家是金石专业，接触的多是三代器物，所以对这段历史很熟稔。一想到即将抵达的卫辉是《竹书纪年》的发源地，我就有种慢慢步入历史的兴奋感。

火车进站停稳，我发现眼前是一栋颇有欧洲风格的候车室，正中顶端凸起一个三角形的翘檐钟塔。晚清到民国时期，这里是豫北最繁忙的铁路枢纽，这么算下来的话，这个候车室估计也快有百年历史了。虽然明显翻修过几次，可那一股子历经百年的古旧味道，玩古董的人一嗅就嗅得出来。

走出候车室，我看到一个戴墨镜的小年轻倚在出站口的栏杆边，举着一张打印纸，上头印着"接北京汪怀虚老师"。

汪怀虚是我的化名，我现在伪装的身份，是北京来的历史系讲师。

我走过去说我是汪怀虚，小年轻打量了一番，说："您跟我来吧。"他开的是辆绿色老嘎斯，年头不少，一开车就抖。我一低头上了后座。小年轻回头道："您要没别的安排，咱们就直接去宾馆吧，康主任等着您呢。"我说"好"，然后问他"李约瑟"先生到了没，小年轻说："他们正一起谈事呢。"

卫辉市不算大，才撤县立市没几年，就是个普通中国北方小城市的布局。街面上以自行车和牲畜车居多，两边小摊小贩不少，车铃声和马鸣声此起彼伏，还夹杂着当地骂人的土话。虽然场面有些混乱，但洋溢着一股粗粝的活力。

我们去的地方叫新乡宾馆，新落成的，一靠近就能闻到刺鼻的装修味道。停车的时候，旁边是一辆国内还不多见的奔驰FC轿车。这是一汽引进奔驰技术组装的礼宾车，全国一共只有九百辆，专门用作政府部门接待。

年轻人羡慕地喷了喷嘴："看看人家这做派，直接把礼宾车开过来了，太帅了。"我也大为惊叹，这药不是的手笔，还真是不得了。

一进大厅，我就看到药不是在和一位大腹便便的中年干部聊天，干部不时发出爽朗的笑声。

药不是一身西装革履，比我在北京看到时还要合趁，俨然一副国际精英范儿。他看到我来了，立刻和干部走了过来，指着他道："介绍一下，这是卫辉市招商办的康主任。这是北京大学的汪怀虚。"

"汪教授你好，你好。"康主任热情地握住我的手，拼命摇晃。我不动声色地纠正："我不是教授，是讲师。"康主任也不尴尬，反而更加热情："哎呀，反正都是学问人，没区别。欢迎老师来卫辉呀。咱们这地方，可是有着深厚的历史底蕴，一会儿得跟你和李约瑟先生好好说道说道。"

我"扑哧"一声，差点没憋住笑。药不是这家伙看着不苟言笑，起个假名可真是够欠的。李约瑟这名字，稍微懂历史的人都知道，那可是英国著名的汉学家啊，就这么被他拿来当名字了。

康主任这么热情是有原因的。药不是这次来卫辉，打的旗号是归国华侨投资考察。不仅开着礼宾奔驰前来，还送了相关领导一人一块手表，出手阔绰，对当地官员产生了极大震撼。因此当地政府非常重视，都指望这金主能投个大项目落地。

不过康主任对我和药不是的态度，有着微妙的差异。投资考察为何要叫个历史讲师来作陪？药不是没有解释，只说是个朋友，所以当地官员大概以为，我只是借熟人面子来蹭吃蹭喝。

我和药不是对视一眼，没有多说什么。就是要他们这样误解才好，这对接下来的计划至关重要。

中午招商办在当地名店德胜楼设宴款待，吃完饭之后，康主任主动提出来，说带我们在卫辉附近逛逛。我和药不是自然说好。

卫辉市附近值得逛的古迹还真不少，市中心有南马市街、北马市街，在明代是卖马的集市，虽然现在早没了痕迹，但明朝崇祯皇帝亲自立的关岔牌还在。再往远处去，什么姜子牙故里、比干庙、徐世昌家祠、香泉寺什么的，都离卫辉不远。我们花了一天时间走马观花转了一圈，最后来到了卫辉古城的东北角。

这里有一处国家重点保护文物——望京楼，号称是中国最大的石构无梁殿建筑。

我们走近一看，这是个碉堡一样的长方形砖石建筑，楼高有三十多米，坐北朝南，石料外青内白，很是考究。本来二层还有五间歇山大殿，可惜现在只剩殿柱石础。

在望京楼的顶层，还立着一座四柱三楼的石坊，名曰"诚意坊"。如意抱鼓石和须弥座都还在，雕花依稀可见，十分精致。只是如今杂草丛生，昔日辉煌只余石迹空存，一时顿生苍凉之感。

药不是站在楼上，双手插在口袋里向远处望去。这里可以俯瞰整个卫辉古城，附近地形尽收眼底。

康主任不愧是招商办的，他见客人远眺不语，立刻见机凑过去解说道："卫辉这个地方，地理位置可是相当优越。当年万历皇帝给咱们这儿批了八个字：'南通十省，北拱神京'。您站在这儿，能一目了然，往南往北都是一马平川，是贯穿太行、黄河的枢纽所在，从投资环境考虑，这可是块风水宝地。"

"那边，是凤凰山吗？"药不是忽然问，伸出手臂指向西边。

康主任愣了一下，随即惊喜："想不到李先生你对卫辉这么了解。没错，那儿就是凤凰山。"

李约瑟说："我曾经听说过凤凰山下有个潞王陵，可是真的？"

康主任连连点头："真的，现在还在呢。明代潞王朱翊镠的坟，陵园可大了，搁到十三陵都得往前排。对了，咱们脚下踩着的这个望京楼，就是潞王给他母亲建的。您在美国生活，还知道这些呢？"

李约瑟道："我家祖上，曾经传下来一件金炉，据说就是从这凤凰山里出土的。"

康主任眼神一闪，立刻笑道："那敢情好，这说明您跟咱们卫辉有缘分啊。"然后吹捧了几句，没有就这个话题继续说下去。

接下来的三天里，康主任拽着药不是去考察投资环境，药不是全程一脸淡定，满口都是生意经，绝口不提金炉的事。而我则申请自由活动，自己去潞王陵转了一圈，那里可以买票入内，不过生意不好，除了我没几个游客。

我乐得清净，边转边写写画画，逛完了陵园，还顺便把凤凰山周边也溜达了一圈，玩得不亦乐乎。

到了第四天，考察基本结束。招商办在宾馆再次设宴，几位主任作陪。席上大家推杯换盏，喝得酒酣耳热。不知道为啥，那几位官员对我特别热情，连连劝酒，把我灌得最后冲进厕所抱着马桶吐。

康主任一看我喝得不行了，说："我送汪老师回房间，你们继续喝。"我被他搀着往房间走，路过药不是时，我有气无力地抬起胳膊，食指拇指捏成一个圈，其他三指抬起，在他面前晃了晃。

进了房间，康主任给我倒了杯热水。我一饮而尽，然后瘫倒在沙发上喘着粗气。康主任看了一眼门口，笑眯眯地说："汪老师，李约瑟先生把您叫来卫辉，不是为了投资的事吧？"

"嗯？"我抬起头，双眼迷茫。

"我本来还挺纳闷呢。商务投资，干吗特意叫一个历史讲师来，来了也不参加考察，反而是自己去凤凰山附近转悠，肯定是醉翁之意不在酒哇。"

我摇摇头说："不知道你在讲什么。"

康主任走得近些，压低了嗓门："汪老师，你的真正目的，是替李约瑟先生寻找潞王炉，我猜得对不对？"

要不说官场上没傻子呢，我和药不是只露出了一点暧昧暗示，康主任就揣摩出来了。我装作慌乱的样子，把视线往床头柜那儿投。那里散放着一堆资料，中间夹着那份美国那尊潞王炉的调查报告。

我在那份调查报告上搁了一个茶杯，留有一圈水渍。现在茶杯还在，杯底和水渍却没重合。一定是有人偷偷潜入我的房间，把报告拿出来看了。

康主任露出那种洞悉一切的笑意，也不说破，又凑得近了些："您别紧张，我不是文物部门的，就算是，我也不能把您怎么样。其实吧，我就是想让您知道，那三百六十个潞王炉的事，我多少了解一点，因为我认识几个玩古董的朋友，听他们说起过。"

我忽然一阵干哕，挣扎着要起来。康主任殷勤地把我扶到马桶前，边帮我捶背边说："凤凰山大得很，没有当地人指引的话，埋炉坑可不是那么好找的。汪老师，要不要我把那几个玩古董的朋友介绍给你，看能不能帮上什么忙？他们可都是很有诚意的。"

我一脸虚弱地抬起头："李约瑟先生久居海外，所以这次委托我来进行调查。希望你的几位朋友能够保密。"

我这句话精心打磨了很久，暗示了四件事。一、李约瑟不懂行；二、我跟李约瑟是雇佣关系，不是至交好友，存在可操作的空隙；三、这潞王炉的事，我代表了最终专家意见；四、希望你的朋友能保密，我自然很愿意接受他们的帮助。"

这些话里的小扣儿，康主任久混官场，自然是心领神会。他哈哈一笑，顺手递过一块热毛巾来："那我让他们帮忙去找找吧，有消息立刻告诉您。"

我把热毛巾敷到脸上："辛苦，回头我可得好好谢谢您。"康主任笑逐颜开。

天下没有能保密的消息，尤其是反复叮嘱只告诉你一个人的事。康主任告诉那几个玩古董的朋友，那几个朋友再告诉自己的亲朋好友，一传十，十传百，很快就传遍了整个卫辉的古董圈子。

卫辉是个小地方，没过多久就疯传开了。说来了一个有钱的归国华侨，祖上是卫辉人，传给他一尊潞王炉。他这次回国，想寻找其余三百五十九尊潞王炉。无论是流落民间的单件还是埋炉处的线索，都愿意高价换取。更有甚者，甚至传言那个归国华侨乃是潞王后人，这次凑齐三百六十个金炉，就能找到潞王陵内埋藏的宝藏。

这个故事传到我们耳朵里，让我为之大笑，药不是也是神情轻松，嘴角略带嘲弄。

这一切，都在我们的掌握中。

这个计策说来简单，用四个字来形容就是——欲擒故纵。人的心理总是如此，你越给他推销，他越不相信；你越藏着掖着不给他知道，他越是笃信不疑。在古董行里，这是个非常实用的技巧，想出手什么物件，切不可主动劝说，非得一脸心疼舍不得放，买主才会毫不犹豫地买下来。俗话说，上赶着不如冷脸子，就是这个道理。

经过我们前期这一系列暗示，康主任已经认定李约瑟是个大款，来卫辉的目的是来寻找潞王炉。他除了官员这一重身份，恐怕在当地古玩圈子里也有影响，所以才会拍胸脯主动联系朋友来"帮忙"。

其实，行内人都明白，那三百五十九尊潞王炉的埋炉处，这么多年都没找到，怎么可能在这短短几天就有眉目。康主任所谓的"帮忙"，只可能是民间献宝，那炉子哪里来的？答案呼之欲出。

"那些家伙，赝品差不多该做出来了吧？"药不是站在窗边，手端着咖啡，俯瞰着外面的城市景色，讽刺地说。

我跷起二郎腿，慢悠悠地回答："做出香炉坯子，这个耗时不多，关键是做旧。过去是把东西埋到酸土里咬出锈蚀，怎么也得三五年工夫，现在技术发展了，在草酸池或醋酸池子里泡就成，三天顶三年。给他们一天时间打磨，明天这个时候，差不多就该来献宝了。"

"这么短时间做出来的东西，破绽肯定不小，他们也敢拿出来？"

我微微一笑："别忘了，你是个棒槌，鉴定都得听我的。只要他们把我买通，合起伙儿来蒙你，一切都不是问题。"

这是一个美妙的钓鱼计划，它的原理非常简单：故意造势，把李约瑟打造成一枚香饵，借潞王炉钓出卫辉附近的制假团伙，让他们主动送上门来。然后我们便有机会从中找出和老朝奉关系密切之人。

如药不是所说，我们不是去寻找已知线索，而是去制造一个新的线索出来。

仔细想想，这个计划其实跟古董没关系，把潞王炉换成其他任何一样物件，逻辑都成立。这无关器物，只关乎人性。药不是啜了一口咖啡，露出那一副好为人师的神情："你看，这就是操纵人性，如果执着于香炉的细节，反而不能成事。你能明白，这很好。"

我翻翻白眼，这家伙最讨厌的地方就在于自说自话。我弹了弹手里的调查报告："不过，有一点我一直没想明白，你怎么笃定老朝奉的人会前来献宝？"

"很简单，两个字——利益。"药不是再次竖起两根手指，"老朝奉是中国古董造假行业里最大的一只黑手，为了维持这么大的产业，各地代理人的赢利压力肯定不小，注定了经营策略会以短期利润最大化为导向。咱们放出潞王炉的风声，在外界看来是块儿肥肉，他们绝不会缺席。"

"来献宝的造假团伙，估计会有很多，你怎么分辨哪个是老朝奉？"

"自然是承诺给最多香炉的那个。"药不是毫不犹豫地回答。

"为什么？"

"两个字——规模。"药不是又竖起两根指头，"别忘了，我们要的潞王炉不是一个、五个或十个，而是三百五十九个。这么大的数字，加上咱们又故意把时间卡得很紧，制假工坊不上一定的规模，绝不可能一口气拿出这么多来。按照这个思路去找老朝奉，基本没跑。"

这次不等我表示赞叹，药不是主动开口："许愿，你看，我不必具备古董常识，只要从企业经营和产能角度去分析，就可以得出正确结论，所以逻辑才是……"

"行了，行了，你闭嘴吧。"我赶紧起身，离开他的房间，不然耳朵要起茧子了。

这兄弟俩虽然风格不同，碎嘴子这点还真是挺像的。

接下来几天的发展，和我们预测的差不多。白天李约瑟继续四处考察开会，一切如常。晚上我"汪讲师"开始忙起来，不断有康主任介绍来的朋友，神秘兮兮地带着东西来找我。

一开始来献宝的，都是带着一两个香炉，每人都有一套说辞。有的说祖上是替潞王守陵的，蒙藩王赏赐，得了这么一件宝贝；有的说祖上是盗墓的土夫子，这香炉是在潞王坟里刨出来的明器；还有的人更干脆，自称是潞王后人，要跟李约瑟认亲。

至于他们献来的香炉，真是一个比一个惨不忍睹。不是腿歪耳斜，就是形制不对，有一位带来的炉子居然金灿灿的，直晃眼睛。拜托，来之前好歹做做功课，潞王炉是金铜炉，不是纯金炉啊！

潞王炉我没见过实物，但明代的所谓金炉，不能望文生义，不是真的纯金，而是风磨铜掺入一定比例的金银，主体还是以铜为主。铜质若是足够精细，金银之料浮于表面，用鹿皮轻轻擦拭，能看到隐隐有金银光泽泛起，幽深而不夺目。

那个朱常淓用大金饼铸香炉的传说，估计是民间以讹传讹。老百姓相信并不奇怪，玩古董的若信那个，按照纯金炉仿造，那可就太不专业了。

其实这都怪我们，没有给他们留出充裕的调研时间。

面对这些人，我不得不板着脸来鉴定，然后把他们一个一个客气地送走。康主任来探过口风，我的回答是这些假的简直不像话，很容易会被李约瑟拆穿。我这种挑剔恶劣的态度，反倒让他更加笃信不疑，解释说这些人都是自己听到流言跑来的，他介绍的"朋友"还没到。

又过了两天，药不是那边投资办厂的合同都快谈妥了，康主任真正的"朋友"方才姗姗来迟。

这是个黑瘦老头，半白头发，穿着一身皱巴巴的干部服，领口敞开，能隐约看见里头穿着红背心，估计今年是他的本命年吧。

老头自称老徐，他两手空空，什么都没拿，态度不是很好。一见面，他翻着眼皮表示本来家里农活紧，不想来，却拗不过康主任的面子，才不大情愿地过来谈谈，还强调说得给他补误工费。

我心里有数，对方这也是在欲擒故纵，什么不情愿，什么补钱，都是为了给我造成一个假象，把他当成一个啥也不懂的农民，好掉以轻心。

"老徐，我也不耽误你工夫。这样的香炉，康主任说你见过？"我把调查报告递过去。老徐拿过去，横竖还拿颠倒了一回，看了半天一拍大腿："见过，不少哩。"

好戏来了，我心里想，装作惊喜的样子："不少？有多少？"

老徐歪着脑袋，给我讲了一个故事。有一年他进凤凰山砍柴，正赶上暴雨倾盆。他慌不择路，钻进一处山坳的洞里避雨。避着避着，忽然觉得耳边隆隆声响起，顿觉不妙，撒腿逃出洞来。刚一出来，就看那山洞轰隆一声坍塌下来，原来是被山洪冲垮了。等到雨停了以后，他看到坡上塌陷了一大块，里面露出很多金灿灿的腿，拨弄开一看，是一尊尊倒搁的小香炉。

"我看这玩意儿挺有意思，就往家里扛。每次进山，都拿几个出来，现在得有一百多件了吧。"

嗯，这数字差不多，差不多是工坊造假的极限产能了。我心里暗暗点头，口上却问："坑在哪里你知道吗？"

"嗐，早没了，后来又有一年大暴雨，直接冲平了。你要想看炉子，我家后院都堆着呢。"

"能拿一件来给我过过眼吗？"

老徐一仰脖："那玩意儿金贵，可不敢带过来，想看就跟我回村里看。"

头回见面不带宝贝，这是古董行当的规矩，先相人，再相宝贝，看你这人靠谱，咱们再谈别的。

老徐说回村看，那就是在他的主场，想怎么搓弄就由着他来了。这家伙真是把一个狡黠老农给演活了，我忍不住都想为他鼓掌。

其实，康主任的本意，是让我和造假者合伙骗李约瑟。但这事微妙就微妙在这儿了。

我和老徐初次见面，不是熟人，没有默契。所以老徐绝不会明着说："我这儿有一百多件赝品，你往真了说。"我也绝不会明着说："你分我一半钱，我把这件假的说成真的。"

有些事，可做不可说。两边都得揣着明白装糊涂，说着言不由衷的话，这是为了留出活动的余地。等到双方建立起初步的信任，才会挑开。

我跟老徐约了明日亲自登门造访验货，然后他就走了。我心里暗暗盘算，他既然敢夸口自己有一百多件潞王炉，还不怕让人看，那跟老朝奉的产业一定会有瓜葛。

我站在房间窗台边，往下看去，正好能看到老徐慢慢悠悠离开宾馆，跨上一辆破自行车，丁零当啷地骑行而去。我正要拉起窗帘，忽然看到对面街角的小卖店门口站着一个人，瘦瘦高高，一直盯着老徐。隔得太远，看不清他的表情，但那一排白牙却清楚得很，真可以说是咬牙切齿了。我回身给自己倒杯水的工夫，那人便消失了。

晚上我把老徐的事跟药不是说了，表示明天我先自己去看看，如果确认跟老朝奉有关系，就可以收网了。药不是淡淡地说了句"注意安全"。我正要走，他忽然提出了一个问题：

"当初你和我弟弟，也是这么合作的？"

我停下脚步："呃……有点不一样。咱们是合作者，他是哥们儿……至少在背叛前是。"

药不是听出了这两个词之间的微妙差异，感慨地叹了口气："那家伙啊，别看平时嬉皮笑脸，跟谁都能贫上几句，其实心里头跟所有人都始终保持着距离，骨子里有强烈的疏离感。家里能跟他交心的，只有我爷爷药来一个，连我这个当大哥的，都不太能跟他说上话。"

"为什么会这样？"

"我爷爷说他是个天生的狐狸命，养得再熟，内心也有自己的一套定见，谁也动摇不了。"

"可老朝奉却能让他死心塌地，甘愿背叛一切去追随。"

药不是把眼镜拿下来擦了擦："这就是我要找你合作的原因。除去老朝奉，你是我见过的第一个能和我弟弟以哥们儿相交的人。"

"哥们儿？"

我苦笑着摇摇头，不太想继续这个话题，于是礼貌地跟药不是互祝晚安，然后走出门去。

还是先把注意力放在眼前的事情上吧，逮到罪犯，再分析他们的心理动机不迟。

次日一早，我本来以为十拿九稳的事情，却发生了意外。

按说老徐应该是一早过来，接我去他们村，或者打了电话来，把地址告诉我。可是我足足等了一个上午，却一点动静也没有。

我和药不是商量了一下，决定再等等，也许他们在暗中观察着我们。可是又等了一下午，还是一点动静也没有。我去问过康主任，康主任也觉得奇怪，答应说去问问看。结果他很快回报，说老徐家里有事，耽误了，让我们再等几天。

我冷着脸对康主任说，李约瑟先生的日程非常紧，最多再等三日，否则耽误不起。康主任无奈地表示他跟老徐也不是特别熟络，只能托人去催催看。他跟我说，何必一棵树上吊死，老徐不来，还有别的人呢。

要说康主任也够忙的，白天要代表政府跟李约瑟谈生意，晚上就变成了古董界的掮客。我暗自揣测，他很可能是从那些献宝的假文物贩子身上收取介绍费，见我一面，收多少多少钱，所以我见得越多，他赚得越多。

接下来的几天里，其他献宝人仍旧络绎不绝。不过，跟前几天相比，献宝的质量大幅提高，拿出来的小金炉做工精良，质地纯正，虽然还是能看出是赝品，但得仔细摸过之后才能确定。

接连接待了七八个献宝人后，我忽然觉得不太对劲。他们拿出来的这几个金炉，色泽、质量、手感几乎都差不多，甚至连破绽都一样。

比如那个"大明崇祯捌年潞国制"的题款，真正的标准器上的"大明崇祯"要写成正楷，因为这是国号君上，不敢不敬；"捌年潞国"要写成隶书，以示仿古；而最后那个"制"字，要写成"掣"，和宣德炉是一样的规制。

大明对藩王限制甚多，所以，藩王们在这种规矩上容不得半点马虎，以免惹出麻烦。

我经手的那几件潞王炉，题款都是一水的隶书，一看就是仿自宣德炉，但显然忽略了明代御器和藩王制器之间的区别。这个常识性错误，很多人都会犯，但是犯错犯得一模一样，可就有点不正常了。

那种感觉，就好像大家一起从什么地方批发来的似的……

这是我接待的第九位献宝人，一位花袄大妈，自称小蹄子，农村多贱名，好养活，口音重得我都听不太懂。

小蹄子拿出的也是一样的潞王炉。我摇摇头，先照例验看了一遍，然后问她从哪里得来的。她的故事很经典，说是一直在院子里搁着当鸡食盆，听邻居说是宝贝，便拿来给专家瞅瞅。

"你买这个花了多少钱？"我不经意地问道。

"花了……啥？这是俺自己家的，花啥钱？"小蹄子一瞬间有点紧张。

我说道："您看看啊，这个香炉的缝隙里一点鸡食渣都没有，炉面也没刮痕，太干净了。"

小蹄子还强辩说："就不兴我洗得干净？"我摇摇头："李先生在国外，很讲究洋人规矩。收购一件古董，必须得把来源交代清楚，不清楚的我们宁可不要。"

大妈绷不住了，只好低声承认是买的。我问是哪里买的，她却死活不肯说了，只是恳求地看着我，说："大兄弟，你看差不多就收了呗，便宜点也中，我是瞒着家里男人，拿来年种子钱买的，你要不收，俺可就没活路了。"说到后来，几近哀求。

我叹了口气，这种事见得太多了。普通人听到有个暴富的机会，倾己所有想博个富贵，却往往堕入奸商的圈套，血本无归。倾家荡产，家破人亡，都是寻常事。我有心不理，但大妈嘴唇开始哆嗦，手也开始抖，整个人开始微微朝我前倾。我若说个不字，只怕她能咕咚跪在地上。

我淡淡说道："我也不跟你为难。你说出从谁那里买的，我就按原价从你这儿收走。"小蹄子一看没别的路可选，只好压低嗓门说了俩字：老徐。

我给了钱，打发大妈离开，然后揣着那假金炉去找药不是。药不是正在跟人开会，我过去说有急事，和康主任交换了一下眼神。康主任心领神会，宣布休会二十分钟。

药不是从会场出来之后，我把金炉递给他："咱们可能露馅儿了。"药不是一愣，忙问怎么回事。

"老徐原来说要带我去村里看货，却再也没动静了。今天我接连鉴定了十来个献宝人的货，东西特征都一样，都是从老徐那儿买的。"我忧心忡忡地说，"有可能是他看出我们不怀好意，所以放弃接触，把存货甩卖给其他人了。"

若是如此，我们的计划可就成了镜花水月。

药不是歪着头想了一下："不对……我不懂古玩，但只从成本和利润分析来看，他辛辛苦苦做了一百多件潞王炉，卖给我们才能利益最大化，否则就全砸手里了。即使老徐发现你有疑点，也不会这么容易就放弃，这不符合商家习惯。"

"你的意思……"

"他仍旧在试探。"药不是竖起一根指头。

老徐的警惕心果然不小，没有轻易把我带去村里，反而故意流出一些金炉，让不知情的第三方送到我这儿来鉴定。一是看我是否有能力看破造假之术；二是看我是否有诚意收这东西；第三，也是想探探我的底。假如我和药不是就此匆匆离去，说明我们真正感兴趣的点根本不在炉上，而是在人，不是警方钓鱼就是同行寻仇。

没想到，这家伙试探的手段如此高超，了无痕迹。古董江湖里的门道真是太多了，一句话、一个眼神，甚至什么都不做，里面都隐藏着重重深意。我自认混得有点经验，可若没有药不是提醒，几乎就栽在卫辉了。

药不是道："你也不用急，应对试探的办法很简单，按兵不动，镇之以静。"

我搓搓手掌，恨恨道："来而不往非礼也，他想试探咱们，不回敬一下，只怕他会更加嚣张。"

"注意分寸。"药不是只是叮嘱了一句，没往深里头问，径直回到会议室去继续开会了。

接下来，我们依然待在卫辉。再有献宝人找过来，我会特意点出金炉的破绽所在，劝他们回去，还会装作不经意地加上一句嘲讽："这玩意儿做得太假，只能蒙骗你们这些外行人。"

这些人既然是从老徐那儿买的，肯定是信任他们造假的能力。现在被我甩出这么一句挑事的话，回去以后，肯定会找老徐闹，闹成闹不成我不关心，总之会让老徐头疼一回，顺便也把我的讯息传达到了：你的潞王炉有破绽，赶紧改，否则这笔生意没法做。

就这样，我和老徐隔着这些无辜的献宝人，各自隔空出了一招。一想到老徐被那些贪小便宜的老乡围攻，我心里就觉得舒服。

没过多久，老徐果然再度上门了，说前两天生病了，没顾得上过来。我说不妨不妨，现在看也来得及。我们两人对视一眼，谁也没提试探的事，彼此心照不宣。这次他没骑自行车，而是开了个拖拉机，显示出了十足诚意。我也不矫情，纵身跳上拖拉机后厢，坐在一堆萝卜和农具之间。老徐驾着拖拉机突突突地驶离宾馆，朝市外开去。

卫辉市不大，我们不一会儿工夫就出了城区，朝着西边凤凰山而去。大约开了四十多分钟，我们抵达了凤凰山下的一个小村子，叫作丫鬟坟村。

据老徐说，这个怪名字是来源于潞王陵。潞王陵头枕凤凰山，脚踩老龙潭，是个风水宝地，里面除了安葬潞王夫妻之外，在附近还有个赵次妃的墓，俗称娘娘坟，娘娘坟周围有一圈小坟包，传说里面埋的是陪葬丫鬟，附近村子因此而得名。

进了村子之后，老徐给我带到了村东头的一个轩敞大院。院里三间平顶大房，房顶堆垛着各种木料建材，院里左边是菜地，右边是鸡窝，中间一条水泥过道通向正屋前，非常普通的一个农家院。

老徐打开右侧一间房的门，说："都在里头，你自己去看吧。"

我迈步进去，屋里搁着那辆破自行车，地上摆放着一百多个潞王炉，横摆竖放，漫不经心。我俯身捡起来一件，看看底款，果然已经改过来了，而且全无破绽。不管是工艺还是工作效率，都非常惊人。我心中愈加确定，这个制假团伙，和老朝奉绝对脱不了干系。

我翻检了一通，起身问："什么价？"

能开始问价，说明我是真有诚意想买，可以开始商谈交易细节了。到了这个阶段，大家不必再演，可以敞开说话了。

老徐眼皮一翻，敛起无知狡黠的老农形象，换了一副江湖人的口吻："半方一个，吹叶子。"

一方为一万，这一百多个，就是五十多万，那可是一笔巨款。吹叶子是说现金交易，不接受物品置换或转账。

我似笑非笑："最近几天去献宝的，人家可都是几百块一个往外卖呢。"其实我不是在砸价，又不是我出钱，而是在委婉地问我能得多少。

"鉴定费三成。"老徐不动声色。

一件潞王炉我能抽三成，算下来十几万块，对一个鉴定师来说，干这一票够几年营生了。我飞快地心算了一下，这炉子的成本，撑死也就三百块，再把给我的分成去掉，老徐赚到的利润仍旧高得惊人。难怪人家说，贩假古董比卖真家伙还挣钱。

这样最好，巨利当头，不怕老徐不上钩。

我站起身来，拍拍身上，开口道："我想看看那个坑。"老徐一愣，随即明白过来，我是要看看那造假工坊的所在。

"鸡蛋都在这儿，想吃就炒一个，何必去找母鸡呢。"

"不是我想看你们的隐私，而是这成色还有点问题。"我随手拿起一个潞王炉，指着那炉边的光泽说，"你们这是按宣德炉仿的对吧？宣德炉用的是顶级暹罗红铜，但潞王可弄不到这些料。你们从根儿上就搞错了。我看这香炉的色泽，应该是用牌号H90铜合金铸的吧？使劲儿使过了。"

还没等老徐答话，我又拿起另外一尊："你再看这个，足底的磨蚀处太刻意，边缘直露，没有过渡。这应该是机器磨的。正经应该先用锉，手工磨一下，再上抛光剂处理，再磨一次，反复三四次，才能有自然磨损的效果。"

这两个问题极为专业，又是技术细节。我一经抛出，老徐顿时愣住了，随即把脸一沉："可你不是都开价了吗？"

"李约瑟先生把东西拿回美国,也是要接受权威机构检验的。若是炉子本身问题太多,我也会有麻烦。"我平静地回答,随即又补充道,"我不是要反悔,而是要提出更合理的修改建议,弥补破绽。要做到这一点,必须得先搞清楚工艺流程。"

"做都做出来了,怎么改?总不能让我们重做吧!"老徐开始变得心浮气躁。

"不必回炉重铸,我有一个可以快速解决的方案。但我要亲眼看了你们的工坊,才知道以你们的技术和设备,能改到什么地步。"我终于抛出了关键的一击。

这老徐在组织里相当于一个销售,江湖门道懂不少,但技术肯定不行。我提出的那两个专业问题,他一个也答不上来。这无形中树立起了我的技术权威形象,让他连争辩都不敢。

可是,这笔生意太大了,他没有别的选择。可以说,他报出价的那一刻,就被我们死死钩住,再也无法挣脱了。

老徐不甘心地问道:"那地方太远,主要是怕你劳累。那两处破绽的弥补办法,电话里能给别人说清楚吗?"

我冷笑道:"门口那张年画,你能光用嘴讲给别人,画出一模一样的吗?"

老徐站在原地琢磨了半天,抛下一句"你等等",转身离去。他应该是去联系工坊的人,验证我是不是故意在诈唬他。

我也不着急,在屋里安静地等着。其实,我对这些技术只是略知一二,可架不住我会装。这两个问题,是从那份美国调查报告里摘出来的技术说明。美国人这点不服不行,他们在调查报告后面,附了厚厚的技术鉴定,从热释光到金相鉴定一应俱全,所以,内行人一听,就会知道这两个问题提得有水平。老徐去打电话问,只会让他拒绝的余地更小。

过了没多久,老徐探进头来,一脸死了爹似的样子,龇着牙花子说:"你随我来。"

嘿嘿,这事就这样成了。

接下来的流程,我太清楚了,又不是第一次深入河南的造假工坊。老徐把我眼睛蒙上,扶上一辆农用小卡车,卡车在颠簸的路面开了足足两个多小时,我估计一半时间都在绕圈上了。

好不容易卡车停下来,我人都快颠散架子了。老徐取下眼罩,我看到眼前的山坳里有一个小工厂,恰好坐落于两道山梁交会之处,一截砖砌的烟囱竖在当中,黑烟袅袅。

从烟囱的高度来判断，这个工厂规模不算大。我扫了一眼，发现附近还有一排低矮的拱形窑口，看来这里除了做青铜器，还有瓷器活。

我们许家专长青铜器，他们药家专长是瓷器，看来这地方跟我们还真有缘分。

老徐把我带到工厂门口，"咣咣咣"砸了几下门，从里面出来一个穿工服的小年轻。两人耳语几句，便把我带了进去。工厂里面杂乱无章，物料和成品还有生活用品胡乱摆放着，十来个工人各自忙碌着。他们看到外人进来，都非常惊讶。

我站在厂区中间，泰然自若地背着手。一个技术员模样的人迎过来，语气很恶劣："你说你有办法在不回炉的前提下，调整铜质？"

我高深莫测地笑了笑："不是我说，是数据和科学理论说的。"

"磨痕就算了。铜料的问题，不回炉就能解决？我倒不信了。"他冷笑。

"理论上可行，也得看你们的设备能不能实现。"

那人被堵了一下，态度更恶劣了，挥手带我往铸炉车间走，看来要在手艺里见个真章。

这是件挺讽刺的事。造假团伙对技术的态度，远远要比正规研究机构更敏感和重视。他们会及时吸取最新的科技进展，应用到实践中来。等到市面上充斥应用了这种技术的赝品，鉴定机构才会姗姗来迟，设法寻求破解之道。所以，造假团伙里的技术骨干，很多都是这个行业里的顶尖精英，自尊心很强。

我对技术只懂皮毛，真要坐而论道，只怕几句话就会露馅儿。好在我和药不是对此已有所准备，心中不算太紧张。我昂首挺胸，跟着他走进车间，老徐也跟了进去。

车间里摆着几个小型中频炉、石墨坩埚和配套设备，地上全是管线炉屑。那炉子"呼呼"地还在运转，不知又在做什么器件。我暗自估算了一下，以这个规模，想做司母戊方鼎，问题不大。

那技术员"唰唰"从桌子上翻开一本厚厚的技术手册，然后又把十来张实验记录单也甩过来，说："你不是想考察工艺吗？都在这儿了！"

我不急不忙地坐下来，慢慢翻看，一边看，一边不时"啧"一声，脸上挂着淡淡的不屑。

这个姿态，我练习了很久，它既可以保证你暂时不露怯，也能维持住高人气势。说实话，我这方面不够纯熟，最适合这个角色的，应该是药不然。一想到他坐在桌子后头趾高气扬的嘴脸，我就想乐，可随即又化为一声深深的叹息。

看了二十多分钟，技术员沉不住气了："汪先生，有何见教？"

我用手指敲了敲记录单："你们……没用心啊。"

这话其实什么信息量也没有，但听在他们耳里，意味却不一样。技术员怒道："我怎么没用心了？你说清楚，是哪儿的问题？配砂、合型、温控还是浇铸？"

"这潞王炉，乃是熟铜掺入金银而成，合金成分不同，显示出的光泽会有微妙不同。你们搞清楚用料配伍比例没有？"

"废话，我手里又没有标准器，上哪儿知道配伍去？"技术员一拍桌子，"你别岔开话题，我就问你，不回炉怎么调铜质？"

"我来是为了做生意，可不是来吵架的。"我把报告一合，声音放轻，"你们这样，老朝奉知道可不会高兴。"这名字一出来，整个车间都安静下来，只剩下机器嗡嗡的声音。技术员和老徐对视一眼，目中凶光一闪而过。

"汪先生息怒，息怒，小赵这也是为了大家好嘛。有什么问题，咱们可以细谈。"老徐一边说着，一边离开座位，不露痕迹地朝我这边靠过来。

"不是我不想谈，是这位技术同志心存怨言。都是为老朝奉他老人家办事，何必如此。"

老徐脚步停住了，神情略显犹豫。

果然，这些人跟老朝奉一定有关系，但又不是特别密切。

根据药不是的猜测，老朝奉的组织，应该是一个蜘蛛网状的结构。老朝奉安坐中间，周围延伸出去一圈直属人员，这些直属人员再延伸出去，各自控制一批外围和产业链，单独经营。这样的好处是，即使一条链被警方截断，其他分支也不会受影响。但这些链条之间不互相统属，经常会有发生交集而不自知的情况：A线的托儿把肥鱼钓起来，走货的却是B线的手，C线盘了半天道儿，却不小心黑吃D线的同行。

老徐的反应，印证了药不是的推测。

"你是哪座山头的？"老徐问。

我矜持地笑了笑，反问道："先说说，你们是哪座山头？"

老徐道："我们是鬼谷子门下……"还没说完，赵姓技术员忽然喝道："他在套咱们的话！"老徐猛然醒悟过来，勃然大怒，直直向我扑了过来。

我闪身避过，从怀里掏出一把防身用的高压电枪，毫不客气地捅到老徐胸口。电光一闪，老徐浑身抽搐着瘫倒在地。那赵姓技术员也是作风凶悍，抄起桌子上的铸铁扳手，狠狠砸了过来。我脑袋急忙偏开，还是被扫中眉角，一阵生疼。

就在这时，工厂外面突然警笛大作，喧哗四起。我从口袋里掏出一个示踪器，对赵姓技术员笑道："你做技术的，应该知道这是什么玩意儿吧？"

赵姓技术员一看，知道这从一开始就是圈套，恨得咬牙切齿。我好整以暇地说道："警察已经把这儿包围了，我建议你快点投降比较好。"

"我们有政府颁发的许可证，生产的都是仿古工艺品，你凭什么抓人？"

"谁说是抓你们造假了？"我指了指自己胸口，"你们绑架了李约瑟先生的朋友，企图勒索巨款，破坏当地投资环境。"

赵姓技术员的脸"唰"的一下就绿了。

我们从没打算演一出热血青年勇做卧底协同警方的戏。这种上规模的制假工厂，一般都会有一层合法外衣，且有当地官员做保护伞。比如老徐就是康主任的下家，想举报他们生产假古玩，实在太难了。

药不是化名李约瑟在卫辉谈投资，不光是为了给我打掩护，也是为了撬动这层保护伞。在当地政府眼中，制假贩假可以睁一只眼闭一只眼，但你要是影响到当地招商引资的政绩，他们就绝不会手软了。

我这边顺着潞王炉进了工厂，套问内情；那边药不是已经通报政府，说好友被绑票，他被勒索巨款，连勒索信都伪造好了。只要上级下令彻查，一查我真的在工厂里头，这罪名敲钉钻脚，谁也保不住老徐。

药不是的这个计划，当真是够毒辣的。

赵姓技术员不傻，一听我说，立刻就明白其中利害。他忽然抓起一把铁锹，朝着我就砍来。他困兽犹斗，我也不欲与他斗，转身就跑。赵姓技术员跟发了狂似的，死死追着我，全然不顾外面正在逐间搜查的警察。

这个车间里的其他工人，警笛一响就全吓得跑光了。我有心也往外边去，但赵姓技术员跟得太紧了，我根本无法摆脱，只好绕着中频炉子跑。

你追我闪僵持了两三分钟，忽然我右脚的脚底板生疼。低头一看，原来是一片边角料的角铁立在地上，扎破了皮鞋底，刺入肉中。这工厂的安全措施和环境卫生实在是太差了……

赵姓技术员趁机欺身靠近，把铁锹抡起一个很大幅度，横削过来。我急中生智，往地上一趴，就听"咔嚓"一声，铁锹擦着我的头皮飞过，把一根水管给削断了。

大量清水从破裂的水管里喷涌而出，我在那一瞬间突然涌现出极其危险的预感。虽然不知道危机从何处来，但我第一时间做出了反应，就是跑向最近的窗边。那里有一块斜靠墙边的钢板，我躬下身子钻进两者之间的空隙。

在下一个瞬间，我听到一声震耳欲聋的爆炸声，中间还混杂着一声惨号。整个车间里震动不已，蒸汽弥漫，遮蔽我的这块钢板也晃晃悠悠，差点倒地。

我小心地探出头，看到外面的景象实在惊人。

原来那根水管被砍断之后，把水一股脑全喷向了铸造炉。这个工厂的铸造炉密闭性很差，那些水渗入炉中，与温度高达近千摄氏度的铜液接触，发生了剧烈爆炸，铜液从冒口和水口狂喷而出。

那赵姓技术员和老徐都没能及时离开，很不幸地被高温铜液溅到了身上。赵姓技术员浑身都是黑色的烫斑，当场丧命；老徐不知是运气好还是不好，因为躺倒在地上，被喷溅到的部位不多，可是全都在脸上……

我缩在钢板后头，双腿有点发软。刚才可真是千钧一发，若不是我反应及时，只怕现在也送掉了半条命。我们的计划做得很周全，可就是没算到这种情况。

警察们很快打开车间大门，看到里面这一片狼藉，先喊了几声，听到了我的回话，才冲进来。他们把我从钢板后扶起来，拿起对讲机说人质安全。然后两个小伙子一左一右，把我架了出去，其他人拖着赵姓技术员和老徐也迅速撤离现场。接下来，就得交给专业排险的队伍了。

我出来之后，看到工厂内外已经布满了警察和警车，还有防暴队员，个个如临大敌，看来市委对此事高度重视，这么短的时间就有了反应。

药不是也在队伍里，看到我出来，立刻迎了上来。他还没说话，旁边康主任先紧紧握住我的双手，惶恐不安地说："汪教授，汪教授，让你受惊了！"他又压低了声音，声泪俱下："没想到老徐居然这么不是东西，贪心到了这种地步，我对不起你啊。"

我看康主任双鬓都差点急白了，可见着实吓得不轻。老徐是他介绍给我搞古董交易的，真要追究起来，他也脱不了干系。我大难不死，心有余悸，也懒得说什么。市里的其他几位领导也纷纷过来，亲切慰问，表示一定彻查云云。

我被送到一辆救护车里，做了全身检查，这才有机会跟药不是单独说上话。他端详了我一番，也不略作宽慰，而是直截了当地问道："探听到什么没有？"

"只探听到三个字——鬼谷子。"我摇摇头，心里颇为沮丧。赵姓技术员已死，老徐能不能活还不知道，工厂里的其他工人肯定接触不到高层次的东西。这一场意外爆炸，倒替老朝奉灭了口。

我们费这么大力气设局，却在最后时刻被意外搞砸了。不过，话说回来，若是没爆炸，我现在还有没有命，就不知道了。

"鬼谷子……"药不然低声呢喃这三个字，陷入沉思。

"这是中国古代一位传说人……"我解释道。

"废话，这个我还是知道的。"药不是瞪了我一眼。

这大概是一种代号之类的吧，可惜现在不太可能问出来了。可费了这么大力气，只挖出了这三个字，我们两个总觉得心有不甘。

这时，外头忽然传来一阵喧哗，似乎有个人在号啕大喊。我和药不是往外一看，看到一个中年男子正要往工厂里冲，一边冲一边哇哇地哭。他动作很狂暴，三四个警察拽都差点拽不住，时不时还会仰天长啸，露出一排醒目的大白牙。

我觉得这人有点眼熟，再一看，一下子想起来了。这是第一次老徐离开宾馆时，我隔着窗户看到的站在街边的那个奇怪男子。

康主任这时赔着笑脸凑到救护车后头，我问他："那男人是谁，哭得这么伤心，难道是老徐的亲戚？"

如果是老徐的亲戚，那这根线还有机会续上。

康主任眯起眼睛看了一眼，神色略显尴尬："不是亲戚，是仇人。"

"仇人？"

"唉，这个人叫刘振武，原本是本地一所中学的校长。去年他受老徐蛊惑，挪用学校公款淘了一件新出土的瓷器，拿到北京一鉴定，嘿，发现是假的。刘振武回到卫辉，亏空补不回来，结果教育局把他开除公职。老婆一气之下带着孩子回娘家，没承想路上遭遇车祸，全没了。刘振武一下子就疯了，从那以后，他专盯着老徐，一看见就絮絮叨叨，说老徐把真瓶子给他调包了，要老徐还……"

我冷冷地看着康主任言辞闪烁的模样，想来他在其中也扮演了什么不光彩的角色。

这又是一个假古董害人的血淋淋的案例。这样的事情，我见到得实在太多了，轻则妻离子散，重则家破人亡。看着发狂的刘振武，我对那两个人的愧疚之心也减轻了不少，对老朝奉的厌憎又多了一层。

刘振武在那边继续狂喊着："我要拿回我的瓶子，我的瓶子！我的人物瓶！"看来他是真疯了，还幻想着冲进工厂把老徐藏着的那件"真品"拿到手呢。

听着刘振武的叫喊，药不是的眉头突然耸动了一下。他对康主任道："老徐卖给刘振武的，是件什么瓷器？"康主任摸摸脑袋，双臂伸圆："这么大一罐子，元青花还是明青花吧。具体什么样我记不清了，上头画着啥啥下山的。"

"东西在哪儿？"

"你是说刘振武手里那件？早被他自己给砸碎了，就在市政府门口砸的。"

药不是一下子抓住话里的细节："刘振武那件？这么说，老徐还有很多件喽？"

康主任变得很尴尬，搓着手，满脸通红地说："呃，还有几件吧，他不是那个……干这个的嘛。"

我心里有点奇怪，药不是为何死抓住这件事不放？药不是顾不得跟我解释，又追问道："那老徐手里那几件在哪儿？"

康主任没吭声，但他的视线很自然地朝着工厂旁边飘去。刚才我进来的时候就注意到了，这个作坊除了炉子，还有一排烧窑，自然也可以生产瓷器。

药不是带着我朝厂区走去。警察要拦阻，药不是说我们不去厂房，只想去看看旁边那一排烧窑。窑口距离爆炸现场有三百多米，他身份又特殊，警察没拦着，一抬手让我们过去了，最多叮嘱了一句："这些都可能是犯罪证据，不要随便拿碰。"

我们俩走过去，仔细端详。从烟囱高度和窑口体积判断，这个烧窑规模不大，窑间随处可见一地的胎灰和釉浆点滴，管理相当混乱。坛坛罐罐摆得到处都是，不过，产品形制比较单一，多是阔口瓶、高足碗和挂盘，纹饰与釉工拙劣不堪。

看来这个瓷窑是量产型的，以量取胜，虽然在专家眼中不值一提，但糊弄刘振武这种棒槌已经足够了。

我不明白这种地方能有什么东西，怎么会引起药不是的注意？

药不是围着烧窑群转了一圈，神色颇为不善。我问他看到了什么。药不是一指后头，说你自己去看吧。我过去一瞧，后头是个库房，说是库房，其实是一个破旧砖院，我猜从前是个牲口棚。棚里摆放着一排青花瓷罐，大约十几件，样式完全一样，都是大约半米高，直口短颈，溜肩圆腹，还有一个厚厚的唇口。

虽然这些都是赝品，但做工相当精致，跟外头窑边上那些破烂货不可同日而语。其中最醒目的，是这些瓷罐上绘制的图案。

和大部分以装饰性花纹为主的瓷器纹饰不同，这件瓷器上画的，却是一幅故事画。

一位仙风道骨的老者端坐车中，前方拉车的是一虎一豹。车前有两名士兵，手持长矛，神色严厉，后面是一位气宇轩昂的骑马将军，手举一面战旗，上书"鬼谷"二字。另外有一文官装扮的人紧随其后。上面装饰着水波纹和缠枝牡丹，下面是八大码的变形莲瓣纹。

"鬼谷子下山图？"

我辨认出了这画上的历史典故，然后"哎呀"一声，反应过来了。

老朝奉的体系分成几个山头，老徐所属的山头，叫作"鬼谷子"。这也是我唯一从他嘴里套出来的线索。而在这里，居然还存放着鬼谷子下山图的青花大罐，这两者之间，难道会有什么联系？

更重要的是，药不是一个外行人，怎么会觉察到这个？难道真的只是凭刘振武那个疯子的几句疯话？

我忽然觉得，整件事情，似乎比我想象的更复杂。

我再次看向瓷罐，画上这位神仙一样的鬼谷子，釉丝勾勒出的双眼透着几丝诡异，似乎正要把我们拖入一个无法想象的诡异旋涡。

古董局中局4

第二章

油画中的线索

鬼谷子下山，是这样一个故事。

这个故事出自元代评话《乐毅图齐七国春秋后集》：齐国和燕国交战，齐国用孙膑领军，一路势如破竹，把燕将乐毅打得丢盔弃甲。乐毅没奈何，请来老师黄伯杨助阵，把孙膑困在阵中。东齐大夫苏代亲赴云梦山，求孙膑的老师鬼谷子出手相助。鬼谷子这才驾车下山，前去搭救自家学生。

以历史典故为纹饰，这在元之前的瓷器装饰上并不多见。元代的评话杂剧在民间特别流行，许多历史人物开始深入人心，这类创作也多了起来。

我以前听药不然说过，人物故事的纹饰，是瓷器纹饰中最难画的一种。诸如八宝纹、团鹤纹、并蒂莲、蟠螭螭什么的花纹，都有固定范式，不需要动太多脑子。即使是二老赏月、五子登科、婴戏百子之类的人物纹，也有套路可循。而历史故事一个就是一个，文王访贤是一个布局，三顾茅庐是另外一个布局，彼此之间绝无重复。考验画师的，是对人物与器物的细节把握，以及整体构图能力，甚至还有想象力。

更难的是，这不是纸上作业，而是绘在瓷器上。青花瓷属于釉下彩，一个没处理好，偏出几下釉滴，或者哪里施釉过厚烧制变形，可能整个故事图就都被破坏掉了。

所以，能流传到现在的人物图罐，个个都是精品，操作得当的话，价格上十万不在话下。老徐一口气做了这么多赝品，看来所图非小。

我在瓷器鉴赏这块儿，也就是一个入门级的水准。这十来件鬼谷子下山人物图罐，在我看来，破绽不是很明显，单独拿出来让我看，分辨出真伪的可能性大概只有一半一半，跟瞎蒙差不多。

药不是虽说是玄字门出身，可他没在这个行当里混过，专业知识恐怕比我还不如。

那么他如此眉头紧锁，想必是另有原因。

我推了一把药不是："到底怎么回事？"药不是没回答，捏着下巴，双眼一直盯着这一排青花大罐，仿佛视线被牢牢粘在上头似的。过了一两分钟，他走到其中一个大罐前，伸手去摸，然后转到罐后，去看另外一侧，很快又转了回来，蹲下身子，近距离去观察。

不知道他底细的，还以为是位资深专家呢。

警察过来几次，催促说这里也马上会被封锁，无关人员得赶紧离开。

药不是站起身来，脸色阴沉得像浸了一盆硝镪水。他问这附近有相机没有，我说这种情况也会有法医在场，他们一般都会带着相机。然后，我跑出去找康主任，在他的斡旋下，借到了一部相机。

药不是端起相机，"咔嚓咔嚓"对着这十来个瓶子一通猛拍，然后把相机还给我，又从口袋里掏出一沓美金："单独交给那个法医，让他冲洗出来直接送到我们两个手里，不许留底，不能给别人看。"

我觉得自己成了他的跟班儿，不过，看他一脸严峻的样子，应该是有重大发现，所以只好先依言行事。

跟法医交代完，我们在这个工厂就没别的事了。帮警察录完口供，我们两个回到宾馆。康主任鞍前马后，格外殷勤。一半是担心我把他牵扯到绑架案里来，一半是害怕药不是撤资，领导那头不好交代。我和药不是没有明确表态，就这么不上不下地吊着他。

药不是明显心事重重，回宾馆后不再跟我侃侃而谈，把自己锁在房间里，不停地打电话。我虽然心怀疑虑，但也没有别的办法。

我跟药不是根本不熟，两个人完全是因为仇恨才结成了同盟。这家伙其实颇像刘一鸣，说一藏十，不打算告诉你的，怎么逼问也没用；打算告诉你的，你捂他的嘴都捂不住。我索性不去多想，冲了个热水澡，给烟烟打了个电话，问她爷爷病情如何。

烟烟说黄克武身体恢复得还不错，老爷子常年习武，底子好，现在可以下床走路了。她问我在干吗，我犹豫了一下，说正在外出帮别人拍文物纪录片。

烟烟没怀疑，叮嘱了几句，让我注意安全。我问烟烟，黄老爷子有没有吐露过什么消息。烟烟在那边沉默了一下，说："你还惦记着老朝奉的事吧？"

女人的直觉就是准。我笑了笑，说："这是大仇，怎么可能会忘了，不过，现在我就一个人，能做的事情也有限。"

烟烟说："我已经听说了，你在聚会上找他们帮忙，结果没人理睬，都让那个小药瓶给吓唬住了。家里这些人哪，我太了解，欺软怕硬，唯利是图，别指望他们为了一个早已死去的人去触动一条现实利益链。"

"五脉变了。"我轻轻感叹一句。

"不，五脉一直没变。"烟烟说，"我爷爷最近给我讲了一个许一城的故事，你要听吗？"

我一听是我爷爷的故事，心头一紧。

烟烟讲的那个故事，发生在民国。当时张作霖即将败退离京，一个叫吴阎王的警察把五脉的人拘在屋子里，强令他们给赝品掌眼，以便卖给京城豪商。这是砸招牌的事，五脉中人谁也不愿去，互相推诿，最后还是许一城主动请缨，这才得以平安渡过危机。

"按我爷爷的话说，民国时候的五脉，也是这副德行。这么多年，鹌鹑性子从来没变过。"烟烟模仿着黄克武的口气评论道。

这故事听得我心潮澎湃，这才是我心目中的爷爷啊！那个敢作敢为、勇于任事的许一城！

不过，我转念一想，黄克武本来对许一城态度最为激烈，后来平冤昭雪后，他的态度才有所改观，但绝口不提之前的事情，怎么现在他突然转性了？而且充满了赞赏和羡慕的口气。

黄克武那会儿大概十七八岁吧，还是个半大孩子，正是最有英雄崇拜情结的年纪。他可能是出于晚辈对前辈的天然崇敬和憧憬，才……嗯？不对！

我抓紧话筒："烟烟，怎么你爷爷管我爷爷叫许叔呢？他们不应该是同辈吗？"

烟烟那边的声音一下子慌乱起来，半天才支支吾吾道："大概是他记错了吧。年纪大了，口齿肯定会有问题……"说到这里，她话锋一转："医生说我们再休息半个月，就能坐飞机回北京了。你可不要擅自行动，有什么事等我回去再说。就算五脉中没有一个人愿意帮你，我也会站在你这边。"

我有那么一瞬间的冲动，真想把我和药不是的计划告诉她。可话到嘴边，忽然想起药不是那冷冷的表情，还是生生忍住了。

还是先有个眉目再说吧，我这样对自己说。

刚放下电话，前台就打进来，说有人来送东西。我下楼一看，是白天出勤的法医。

财帛动人心，有花花绿绿的美元开路，那位法医回去之后加班加点，几小时就把照片给冲洗好了。我打开信封一看，十几张照片，都很清楚，旁边还有底片——这是我特别交代过的。

我把法医打发走，抱着资料上楼，敲了敲药不是的房间门。

药不是打开门，见到我手里的资料，眼前一亮。他让我进来，也不言语，自己埋头开始翻查这些照片。过了半晌，他猛然抬起头，长长叹了口气。

我可是第一次见他露出这么丰富的表情，有点颓然，有点愤怒，还带了几丝惶惑。这个举动，表示他决定要说点什么了。

"说吧，我听着。"我稳稳坐在沙发上，等着他开口。

药不是的声音略显疲惫，他递给我一张照片和一个放大镜："你看看这张照片上，鬼谷子的造型是否有特异之处？"

我瞪大眼睛，用放大镜看了半天，没觉得哪儿不对劲。硬要说有问题的话，鬼谷子穿的是宋代衣服，马车也是宋代的样式，不过，这根本不算什么问题，古人也分什么人，工匠没什么文化，习惯用自己最熟悉的模样去描摹古人，犯一些历史常识性错误再正常不过。

你看《封神演义》背景是商周交替，里面还冒出个陈塘关总兵李靖呢，那可是明朝的官职。侯宝林先生说过《关公战秦琼》，在古董界，这样的事太多了，算不得什么破绽。

药不是手指弹动，让我再仔细看。我心想，这家伙自己不懂瓷，他让我注意的地方，肯定跟内行人的着眼点不同，于是，我也换了一个思路，重新审视。

既然是人物图画，上色时必然会涉及大块深浅的问题。具体到这个罐子上，鬼谷子一袭散襟袍衫，上色要用深青，是整个构图里颜色最重的一个区域。其他如虎、豹的斑点，领路士兵衣着、骑士甲胄、苏代等，还有树干花心等处，颜色都比鬼谷子淡一个色号。

这样别人一眼看过来，才会把鬼谷子当成整个图的核心。绘画技法上，这叫详略得当、重点突出。

我忽然发现，鬼谷子穿的那件衣服的袖子上，似乎有一处白口，狭长细微，不仔细看，看不出来。就好像鬼谷子穿的是一件棉袄，被划开了一个口，露出里面的棉花来。

我赶紧拿起其他几个罐子的照片，发现每一个罐子上，在这个位置都有一个白口。我手里没实物，从照片上看，白口边缘略显圆滑，显然凹痕在胎体进窑前就有，不是烧出成品再刮出来的。

换句话说，这肯定不是无意的过失，而是在批量生产时故意这么做的，每个罐子都严格遵循一个固定的标准。

这算是个破绽吧，但这又能说明什么呢？这些东西本来就是假的呀，我们已经知道了。

药不是说道："这十来件鬼谷子下山罐自然是假的，但从这个统一的白口可以判断，他们一定有个模仿的原本，一件标准器！"

他这一句话提醒了我，假文物从来不是独立存在的，它的形制一定是源自某一件真品。所以，古董行当有句俗话，叫作"万假归真"。一万件假货，追根溯源，其来源总是一件真货。现在文物专业有个术语，叫作"标准器"，意思是以一件确凿无疑的真品作为该时代同类物品的标准，再有别的东西出土，就拿这个标准器去衡量真伪。

显然，在这个世界的某一个角落，存在着一个真正的鬼谷子下山人物罐，那个罐上的鬼谷子袖口开裂，有一道白口，所以，这些模仿品在仿制时，原样也给学来了。

好吧，我们可以确认，老朝奉手里有一件真的青花人物罐，然后呢？

我还是不明白，这点发现的意义在哪里？

药不是缓缓抬起头，棱角分明的面部显出几分僵硬。他的身子不自觉地朝前倾去，显露出一点点不安。过了许久，他的声音才一截一截地挤出来，好似板结了的牙膏。

"在我们药家，也有这么一个青花人物大罐，是家藏珍品之一。我爷爷药来非常喜欢，甚至把它摆在卧室里头当鱼缸，好随时能看见。药家人都知道，那是老爷子的命根子。"

"和这个一样？"我呼吸一紧。

"不，不是鬼谷子下山，而是另外一个人物故事图案——刘玄德三顾茅庐。"

"嘿，那又怎样？"

"我从小就见过那个人物罐，经常围着它玩，还想去捞里面养的金鱼。有一次我搬了个板凳，把身子探进去，一没留神，差点把罐子扳倒，幸亏被我爷爷及时扶住才没碎。不过，他没告诉我爹，反而拉着我的手，给我讲了一个三顾茅庐的故事。从那以后，我没事就故意往罐子旁凑，我爷爷一看，就知道是我又想听故事了，会随手拿起一件收藏品，给我讲一个小故事。"

药不是说起这些话时,脸上泛起幸福的光芒,可稍现即逝。

"可惜我对古董不感兴趣,也不想接家里的衣钵,大学时就出国了,一直不肯回来。我爷爷一片苦心落空,这才转而去培养药不然。"

药不是说到这里,摇摇头,说回了正题:"我对那个罐子太熟悉了,到现在都忘不了。就在诸葛亮的袖口处,也有这么一个白口。"

"一模一样?"我连忙追问。这可是个相当关键的发现。

药不是按住太阳穴,额头青筋浮现,似乎头疼得厉害:"太具体的细节我不记得了,但肯定有那么一道痕迹。我还问过我爷爷,是不是别人给刮的。我爷爷只是呵呵一笑,说不是,但也没解释。"

我能理解他此时的心情。这个发现虽然意味不明,但里外都透着药家不清白的味道,他们和老朝奉之间的关系扑朔迷离。如果继续往下深挖,很可能会先把自己家人也牵扯进来。

打假打来打去,打到自己家人身上,这确实是个非常尴尬的处境。

"今天太晚了,明天咱们俩再商量吧。"我宽慰道。

"不行,这事得说清楚!"

药不是猛地一摆手,示意我先不要走,然后飞快地从胸前口袋取出一个塑料小药瓶,就着热水吞下一粒药片,脸色这才好一些。他闭目了三秒钟,再睁开眼时,已经恢复到原本的阴沉模样:"你放心好了,我不会因为牵涉到自己家族就手软。"

"哦,我不是那个意……"我还想解释,可立刻被他打断。药不是目露锐光:"如果药家真是老朝奉的爪牙,那就让我这姓药的自己送终,好过败在别人手里。你不要心存疑虑。"

既然他都说到这份儿上了,我也只能点头表示没有疑虑,继续按照既定方针办事。

我们俩商量了几句,一致同意当务之急是返回北京,去找药家的那个"三顾茅庐"青花人物罐。

这事必须越快越好。

老徐的覆灭,很快就会传到老朝奉的耳朵里。我们在卫辉接触的人很多,他不必费多大手脚,就能搞清楚我们的真实身份。于是,我们一致同意,返程的日子定在明天。

我告别之前,看到药不是坐在沙发上,双手交叉在小腹前,神色略显僵硬。那只小白药瓶还搁在茶几上,上面写着一排长长的英文,我完全不认识。

我关切地问了一句："你……身体还好？"药不是硬邦邦地顶了回来："这与你无关。"我立刻不高兴了："你的身体状况，关系到我们接下来的合作，怎么能说和我无关？"

这句反问让药不是沉默了一下，他把小药瓶收起来搁回口袋，扶了扶眼镜，疲惫地说道："许愿，有件事我得跟你说清楚。"

"嗯？"

"你我联手，只是因为要揪出老朝奉。若是必须牺牲你才能达到这个目的，我会毫不犹豫。"药不是严肃地竖起一根手指，稍稍停顿片刻，又补充道，"我希望你也是。"

我看着他的眼睛，略作思忖，缓慢而坚决地点了点头。

我摇摇头，走出房间去。这两兄弟之间的性格差异实在是有点大。药不然总是松松垮垮；他哥总是紧紧绷绷，心里藏着一万件事。当然，对我来说，这是好事，现在的我，已经完全不会产生药不然在身边的错觉了。

次日一早，我们坐上药不是的那辆奔驰，往北京赶。康主任闻讯赶来，跑过来又是道歉又是告饶，死活不让走。药不是放下车窗，冷冷地对他说道："你要是有心，就把刘振武好好安顿一下。欠的债，得先还上，不然报应来了，可躲不过去。"

康主任一愣，不由得倒退几步，不敢再向前来。药不是把车窗重新关上，淡淡地对司机说道："开车。"

我望了望后窗，康主任呆呆站在原地，失魂落魄一般。当年老徐坑刘振武那件事里，康主任肯定也扮演了关键角色，法律上抓不住他什么错，不妨就让我们顺手教训一下。

这就是所谓的"邪不胜正"。无论造假者如何气焰嚣张，他的内心始终认为这是不对的。有人拼命礼佛，有人愿意捐点小钱，都是出于这种恐惧，给自己找找平衡。康主任内心深处，必定也对此事怀有愧疚，这次算是给他弥补的机会。

对真实的敬畏，是每个人良心深处的一条底线。有这条线在，赝品再多，也压不倒真品。

但是，若是制假者突破了这条底线，那就会变成一个非常可怕的怪物。

我忽然在想，老朝奉会不会就是这么一个人，一个毫无顾忌、毫无愧疚的魔王？那么他主动现身要见我，到底是遵从良心的召唤想要忏悔，还是别有所图？

奔驰车上有司机，因此，我们两个也没有深谈什么话题。我望着窗外发呆。药不是一直皱着眉头在看照片，双肩平直，背部肌肉紧绷，始终处于一种很紧张的状态，无法放松。

我家三代与老朝奉为敌，都没紧张到这地步。

从卫辉到北京大约有六百公里，路上也不太好走。我们溜溜儿开了一天，天擦黑了才进市区。快进城了，我忽然想到一个问题：我们的行踪对五脉要严格保密。如果就这么闯进药家，岂不是把我们两个全暴露出来了吗？

药不是道："咱们去的，是药家的别院，那地方是我爷爷住的地方，他喜欢清静，所以，大部分人都不住那儿。我爷爷死后，那里就一直空着。"

我一下子想起来了，原来是那里呀。

我办佛头案时，去过那栋位于城东的小楼，跟药来有过一番谈话。他提醒我五脉之后，还有黑手，让我当心。若没他提醒，恐怕我也走不到今天这一步。

唉，后面事情的演变，谁能想到呢。

我们驱车很快来到药家的这座别院。院子依旧素雅，乌檐碧瓦，在如今的北京也不多见。可惜物是人非，主人已去，只剩下空落落的一座宅院。入口的防盗门紧锁，表示这里久无人居。

说来也怪，一间屋子，是空置很久还是常有人住，很容易就能感觉到；一件物件，是藏在古墓里千年无人碰触，还是常被人盘着，一眼就能看出来。"人气"这个东西吧，看不见，摸不着，科学也没法解释，但我们就是能感觉到。这宅院的人气还有，只是非常稀薄。看来药来一死，这里再没什么人来了。人气一去，连温度都会降下来。

药不是站在别院门口，怔怔地抬头看着这栋小楼。我本以为他会怀恋一阵，可药不是只看了十几秒，便把视线收了回来。他很克制，每次都会把情绪收敛起来。这需要很强的意志力，我可做不到。

旁边忽然传来脚步声，我扭头一看，居然是方震。方震从大路的另外一侧走过来，对我们两个视若无睹，到了门前，掏出一把钥匙，搁到地上，然后退后到墙边的阴影里。

看来药不是不方便露面，就通过方震把门钥匙送过来了。我正要打招呼，方震一抬手："我只是路过，没见过你们，也没进过屋子。"然后看看手表："你们有三十分钟时间。"

方震职务所限，也只能帮忙到这儿了。事不宜迟，我们从地上捡起钥匙，打开防盗门，踏进了院子。院子里黑乎乎的，能勉强看清窗下有个鱼池，池中还有一座嶙峋假山，可惜池子干涸了很久。三两株松树矗立在黑暗之中，没修剪过的枝丫伸展开来，宛若鬼魅。

宅子里有电，但为了防止有人发现，我们没敢开灯，各自掏出一支手电筒，轻手轻脚摸进了玄关。玄关其中一段有点狭窄，手电筒乱晃，无法触及全局，只能看清逼仄的吊顶和两侧的假墙，说实话，这么走进去，真有点闯入地宫盗墓的感觉。

过了玄关，是一个小厅，视野陡然开阔。我们的眼睛稍微适应了一下黑暗，能勉强看清里面的布局。

这里布置很简单，整体装修风格以中式为主，红木家具、雕栏墙窗、竹屏风、圆绣墩，还有一个大实木书架。药来死后，这些布置一直都没人动过，保留在原地。

药不是对屋子结构十分熟悉，轻车熟路地带我穿过小厅，直接奔着二楼去。通向二楼的是个螺旋式的木楼梯，一踩上去，就会发出"吱呀吱呀"的声音，真有点夜探鬼屋的感觉。

到了二楼，走廊分成两个方向，一个方向是药不是刚才看的窗户，大概是他以前住过的房间，另外一个方向的走廊尽头，是一扇大门，实木质地，两扇对分，比寻常门要宽上一圈，上面似乎敷设了一层隔音垫，但被装饰成了两团凸起的莲花纹饰，很是精致。

药不是告诉我，他爷爷药来喜欢敞亮的地方，所以，连门都做得比别人大一号，看着透气舒坦。我们走到门前，我捏住门上那个黄澄澄的黄铜圆头把手，轻轻一拧，"啪嗒"一声，门开了。

一股微微的霉味先飘出来，恐怕很久不曾通风了。我迈步走进去，手电往前一晃，"哎呀"一声，差点一屁股坐在地上。

只见在黑暗中，药来正悬在半空，一身宝蓝唐装，双眼直勾勾地盯着我。我可没料到会出现超自然的灵异事件，这又不是凶宅！

这时药不是从身后按住我肩膀，不耐烦地说道："你看仔细，这世界上哪里有什么鬼。"

"可是，那不是你爷爷……"我惊魂未定。

药不是把手电调到最亮，往那边一晃。我这才发现，原来不是什么药来还魂，而是一幅巨大的油画。这是幅人物半身像，挂在正对着门的墙上：药来身穿唐装，面带微笑坐在一尊孔雀双狮绣墩上，手持一个青花高足杯，正细细啜饮。身前一张紫檀卷书木案，案上放着一件天青釉的马蹄形水盂，旁边树上挂着一个鳝鱼黄海涛花卉纹的蛐蛐罐。背景是茅屋一间，远处深壑古树，高云野鹤，看起来俨然一位山林隐者。

能以油画写实的笔触画出水墨画的意境，这位作者技艺相当精湛。但问题是……药来老爷子，您得多自恋才会在卧室摆这么大尺寸的自己的油画啊？

药不是道："你不知道，我爷爷年轻时是个浪荡公子，吃喝嫖赌无一不精，连鸦片都碰过。年纪大了，性子有所收敛，可骨子里还是那样的人。请人画油画这事，也只有他能干得出来。"他把手电对准画像上药来的脸，端详良久，不肯挪动脚步。画中的爷爷和现实里的孙子，就这么彼此凝望着。

屋子里忽然安静下来，我没有催促，我能够体会他的心情。

"给他绘这幅油画的作者，是我的朋友。当时我在国外，没办法回来，所以就请朋友定制了这么一件礼物，算是给爷爷的寿诞贺礼。当时全家人都反对，觉得这么弄不吉利，只有我爷爷乐得不行，特意打电话夸我，问我什么时候回来。说起来，这画我也是第一次看见……"

他后面的话没说完，但我知道他想说什么。画还在，画中人却已经不在了。

"不好意思，耽误时间了。"药不是放下身段，搓了搓脸，迅速恢复成平常语调："找东西吧。"

这间卧室很大，得有三十多平方米，外面还有一个独立的露台。我们两支手电筒在里外找了几圈，摆件不少，可唯独没有那个"三顾茅庐"人物故事青花罐。这罐子高度将近三十厘米，腹部周长也有二十多厘米，这么大的东西，不可能漏眼。

"没有。"

"没有。"

我们两个又各自检查了一遍，沮丧地互相报告。我说："会不会是你家里人把这个人物罐拿走了？"

药不是拿手电筒一扫，很是疑惑："不应该呀……我爷爷这里好东西很多，都摆在这儿呢。"

我刚才也注意到了，这卧室跟个瓷器宝库似的，窗台上、床边、阳台口、书架上，到处都摆着瓷器，架子上是定窑的刻花盘，旁边是青花龙凤纹洗，台前一尊缠枝莲花天球瓶，一张云钩插角的明代木桌上搁着黄地绿彩云龙碗和缠枝牡丹蛐蛐罐，墙角还放着穿花三足双耳炉。有碗有盘，有炉有杯，种类繁多。

我对瓷器了解不深，这些东西的门道说不上来，但作为一个玩古董的人，天生有一种直觉，这里的东西个个都有来历。它们大概是药来生前最喜爱的收藏，所以搁在卧室里，可以随时玩赏。若是家人收拾遗物，不该只动这一件。若是遭贼，更不可能放着那些茶盏盘瓶不拿，而去偷一个大罐子。

药不是道："看来我得去问问家里人，到底这罐子去哪里了，咱们今天就到这儿吧。"

我们刚要离开，忽然听到楼下一阵动静，都是一惊。药不是走到窗边，探身出去看，然后缩了回来："有点麻烦，来的是我们药家的人，应该是我二伯药有光和堂哥，不知他们为何忽然跑来这里了。"

我想起来了，这两位那天宴会都去了，不过一声没吭。

"糟糕，咱们进来的时候，门没锁吧？"我一拍大腿。

我们倒不怕被人当成贼，但这么一照面，药不是和我联手的事，就彻底暴露了。药不是却做了一个安心的手势，表示不必担心。我们从二楼阳台往外偷望，看到他二伯和堂哥站在防盗门前，却没有惊呼有贼，而是哗啦哗啦掏出钥匙，打开门走进来。

看来方震在我们进去之后，把门给重新带上了。这家伙心思缜密，不动声色就把漏洞给补上了。

"来，去对面那屋。"药不是对我说。我这才想起来，二楼一共有两间房，药来卧室正对面还有一个房间。

我们蹑手蹑脚地走过去，推了一下，门没锁，连忙进去。刚把门关上，就听见楼下的灯"啪嗒"一声亮了，传来他们上楼梯的脚步声。

我们藏身的这间屋子，和药来的卧室风格大相径庭，非常普通的客房，只有一张双人床和一个梳妆台，别无余物。如果那两位药家人是冲着这间屋子来的，我和药不是岂不无路可逃了。

还好，两个人的脚步声在二楼走廊停住了，先是开了灯，然后一个年轻人的声音从门缝传过来："爸，这么做合适吗？"

另外一个声音立刻回道："这有啥不合适的？咱们是借去用几天充充门面，又不是偷走了卖掉。"

"……可是，爷爷生前不是交代过，卧室的东西别动吗？"

"别提这个，提起来我就生气。他要是寿终正寝，咱们遵从遗言，没二话。可你也知道他是怎么死的，连累咱们药家所有人都抬不起来头。他留下一屁股麻烦，还死占着这些东西，让咱们喝西北风啊？"声音怨气十足。

药不是的堂兄不吭声了，他爹还在絮絮叨叨："再说了，我又不是第一个拿的，兴他们外人借，就不兴我借了？"

两人走到卧室前，一扭门把手，门开了。药有光似乎不太想进去："儿子，你进去拿吧，记住，就拿那件鳝鱼黄蛐蛐罐，别的不要动，不然以后说不清楚。"

他儿子应了一声，进了卧室，过了不多时就走出来了。药有光检查了一下小罐，啧啧称赞："儿子，你学着点。别看这玩意儿小，这可是子玉的手笔，全世界也没几件了。这件玩意儿往咱们铺子里一搁，包管能镇住那帮土包子。"

他儿子疑惑道："我刚才看了一圈，爷爷卧室里物件不少，真正能算得上绝品的，也就有数的七八件，剩下的虽然也都是好东西，但搁在这卧室里，可有点寒碜。比如那个定窑的刻花盘，不算什么特别好的东西。"

药有光不以为意道："谁知道呢，老爷子恋旧，可能是从前有过什么事，他留个纪念吧。"他复又催促道："蛐蛐罐搁口袋里，别摔了，咱们走吧。"

他们两个人一边说着，一边朝楼梯走。忽然他儿子问道："对面这个房间，是什么？里面会不会也有物件？"一边说着，一边握住门把手要拧。

我和药不是立刻变得非常紧张，彼此对视一眼，大气都不敢喘。

药有光道："这边是客房，平时来个客人住住，里面啥也没有。"他听到父亲这么一说，"哦"了一声，随即又松手了。

"快走吧，这地方阴气重，不宜久留。"药有光催促道。

于是两个人走下楼梯，灯也都一一关了。确定屋子里没人了之后，药不是才出声冷笑道："我这位二伯，可算得上是家中一宝，外号'铁钻头'，无论什么事，都要千方百计钻出点便宜来。"

我们打开屋门，回到走廊。从刚才那段对话里能听出来，药来在生前立过遗嘱，卧室里的物件都不能动。但他意外自杀后，家里人开始蠢蠢欲动。在他们父子之前，有人已经来这里"借"过东西，很有可能就是我们要找的"三顾茅庐"青花人物故事盖罐。

药不是：“你现在明白为何我不信任五脉了吧？那些人能干出什么事，我都不奇怪。”他再度环顾四周，轻轻摇了一下头：“咱们走吧，这里已经没什么用了。回头我去问问谁搬走的盖罐，应该能查得出来。”

我眯起眼睛，做了个稍等的手势。药不是神色一动："你有什么发现？"

"嗯……"我没急着回答，而是快步走到药来的卧室前，再度拧开了门。我拿手电在卧室里晃了一圈，把光圈对准了那幅油画。药不是站在我后面，有点迷惑不解。

"这份贺礼，你是什么时候送的？"

药不是说了个时间，恰好是我在查佛头案期间。

"画像是谁提的要求？内容是谁决定的？是你、画师，还是你爷爷的主意？"

"我哪里有那个时间啊。我让画师直接联系我爷爷，他们两个商定的细节。"

"这位画师你现在还有联系吗？"

药不是简短地回答了一个字："有。"不过，他面孔意外地有些尴尬，好在黑暗中不是很明显。

我心里微微浮起一丝快感，也该轮到你莫名其妙一回了。我手里的电筒一扬："你记不记得刚才你二伯说了一句话？药来是个念旧之人，所以这卧室里有些东西，虽然不值什么钱，但因为有故事，所以也被放了进来。"

药不是的脑袋反应真快，他没等我关子卖完，"唰"地抬起头来，把视线投向那幅油画。

那幅油画里除了药来之外，还画了四样东西，而且这四件实物就摆在卧室里头：孔雀双狮绣墩、青花高足鸡缸杯、天青釉马蹄形水盂、鳝鱼黄海涛花卉纹蛐蛐罐。

卧室那么多物件，为何偏偏选了这四件入画？

还有一个问题。从时间来看，药来摆画正好是在佛头案期间。当时，药来和老朝奉已经有了接触，被其胁迫，他哪里来的心情来玩油画？

那么他找人特意画这么一幅油画，是不是别有用意？

要知道，药来是迫于老朝奉的压力而自杀的。有许多秘密，他没办法在生前吐露，说不定会设法留下记录，给有心人。但是老朝奉势力通天，一定会出手把药来留下的痕迹一一抹平。药来若想把消息传达给有心人，必须得想个极隐秘的法子才成。

于是，药来在生前提前立下遗嘱，卧室里的东西不允许移动。其实这就是个明修栈道、暗度陈仓之计，把老朝奉的注意力吸引到卧室里的东西去，而真正的线索，被他放在了油画里。

我猜啊，这四件油画里出现的瓷器，是药来想要表达的消息。为什么他要刻意选择油画？油画写实，比写意的水墨画能体现出更多瓷器细节。

"现在你爷爷不在了，那么我们只能去找那位画师，才能搞清楚怎么回事。"

我滔滔不绝地把这个推断说出来，回头想问药不是意见。可一转过脸去，看到药不是的面孔涨红，呼吸陡然变得粗重起来，似乎皮肤下涌动着什么强烈的情绪，要冲破那张混凝土般的面孔。

我吓了一跳，以为他是中邪了，或者又发病了。还没来得及问，楼下忽然传来"咣咣咣"砸铁门的声音，这是方震在提醒我们，时候差不多了。

我再看向药不是，他的情绪已经平复下来。他背过身去，说走吧，声音急促，似乎想遮掩住什么。我心想问了也是白问，等会儿再说吧。

于是，我最后扫了一眼油画，一起出了药家别院。我和药不是把钥匙交还方震，匆匆上车离开。

我理论上还处于"出差"状态，所以四悔斋不能回，我也没办法找朋友借宿，偌大的北京，竟无处落脚。我问药不是住哪里，药不是沉吟片刻，说："现在还有时间，我们去找油画的作者吧。"

我一愣，这么急？看看时间，这都快晚上十点了。药不是也不解释，跟司机嘀咕了一个地址，司机点点头，方向盘一打，掉头就走。

车子开得很快，车窗外一会儿高楼林立，一会儿大院连绵。黑灯瞎火我不辨方向，侧脸一看，药不是双眼望着前方，双手交错在小腹前，手指不断拨弄着。

做古董生意，最重要的一个才能是察言观色，我在这圈子混，好歹也有点经验。药不是此时的状态，叫作百爪挠心，是人在特别紧张时下意识会做的动作。我开始以为他是因为刚才那幅油画的关系，但后来发现不是。

药来在油画里藏了暗示，药不是的反应是激动。但此时他的反应，却是忐忑不安，明显是对即将发生的事情感到紧张。我猜了半天猜不出来，只好闭上眼睛。

大概开了二十多分钟，车子停住了。我下了车，扫视一圈，嘿！这不是圆明园吗？

准确地说，是圆明园南边的一个村子，叫福缘门村，紧邻着福海。

这村子在北京可是小有名气，不是因为古董，正相反，是因为新潮。在那几年，北京的前卫画家、先锋歌手、流浪诗人什么的，都喜欢聚到这里租村民的房子住，慢慢地形成了一个小群落。这些人不被主流接纳,也没什么钱,就自己窝在村里创作、发泄、寻求同伴,和西方的嬉皮士差不多,据说抽粉的也有。

我一朋友玩摇滚的,待过一阵,按他的评价,里面疯子不少,天才也很多。

我站在村口往里头看去,这是个很普通的京郊小村子,一排排的砖瓦房加篱笆院墙,路边有柴垛和砖堆,电线杆上的电线乱如蛛网。但别的村子入夜特别安静,而这里却热闹得很。十点多了,还能听见东边传来一阵曼陀铃,西边响了一阵架子鼓,间或传来几声狂号,不知是在唱歌还是打架。人影幢幢,灯光闪烁,似乎某个院落还有个小规模的舞会。

我等着药不是下来,却半天没听见动静,回身敲敲车门。药不是"嗡"地按下电动车窗,一脸尴尬地说:"我给你地址,你自己去吧。"

"哎?不是你朋友吗,你怎么不去了?"

"让你去就去。"药不是把车窗给升起来了,那一张僵硬的脸慢慢被玻璃吞没。

我耸耸肩,跟这小子待多了,也慢慢习惯了。我拿着地址进了村,跟鬼子似的摸到一处民房前,敲了敲院门,半天一个老太太探出头来。

"皇军不抢粮……哎,错了,大妈,高兴在吗?"我舌头差点打了个闪。跟药不是这种人待久了,我都快憋成药不然了。

估计大妈见惯了这样的人:"她去福海边上画画去了。"

"现在?"我抬头看看天,黑得跟什么似的。

大妈左右看看,凑过来低声跟我说:"同志,你快去看看她吧。高兴那孩子,最近一个多星期天天晚上出去,说要趁着天黑画画,您说这像话吗?她别是受什么刺激了吧?这村里怪人可不少,挺好一孩子……"

我看她拉着我的手絮絮叨叨,赶紧告辞,奔着福海去了。

这福海名字叫海,其实是个湖,现在连湖也不是了。它原来叫东湖,到了雍正朝才大规模开凿,改名福海,是圆明三园的中央大湖。湖面极广阔,四周环绕十个洲岛,风景如画,是圆明园最著名的胜景。英法联军火烧圆明园,这里逐渐沦为苇塘、稻田,再无当日风光。

一直到一九八几年,这儿才修成遗址公园,不过,湖面缩水太多,如"方壶胜境""蓬岛瑶台"之类的,只剩下一堆石基。

今天多云,没月亮。福海边上又没路灯,四周黑乎乎的,一个人也没有。我一脚深一脚浅地朝那儿走去,身边不是断垣就是残壁,仿佛随时可以演鬼片的场景。我可听老人讲过,福海这儿闹鬼,当初英法联军打进来时,管园的大臣叫文丰,就是跳到福海里淹死的。后来老有人撞见一个湿淋淋的黑影,穿着清朝大官衣袍,问皇上什么时候回来。

我心里嘀咕,药不是这什么朋友啊,来这儿干吗?

快到福海边上,月亮露出来一点边。我远远地看见,岸堤上似乎站着个人,手持笔在一块大画板上涂抹。这么黑,她怎么画?

我走近几步,仰着脖子喊:"高兴吗?药不是让我来找你。"

人影搁下笔,一纵身从岸堤上跳了下来,动作干净利落。我定睛一看,这姑娘身材挺拔,一头齐耳短发,身上披着件碎花斗篷,穿一条挽腿牛仔裤,光脚蹬着双人字拖。

"药不是?他回来啦?"这个叫高兴的姑娘饶有兴趣地问道。她眼睛特别大,永远带着股高兴劲儿,名字没起错。

"呃,对,不过,他在村口等着没进来,让我来找你问点事情。"

高兴一听就乐了:"这么多年了,他脸皮还是这么薄。他不愿意见我,我得去瞅瞅他,走。"她一拍我肩膀,不容拒绝。我只好带着她往村外走,路上忍不住问道:"你这是画什么呢?"

高兴伸手比画:"我在尝试着,不要被光线所束缚。不通过眼睛,让感觉顺着胳膊流到笔尖。你知道吗?蒙住眼睛,人类的听觉和触觉就会敏感好几倍,这样画出来的东西,特纯粹。"

她说得特认真,这些先锋艺术我听不懂,只好换了个话题:"你和药不是认识?"

高兴大大方方说道:"我们俩原来谈过恋爱,后来性格不合,分了。他老瞎操心,还说要帮我办出国。我有胳膊有腿,有身份证也有护照,用得着他吗?"

我对此毫不意外,他们俩这样的性格,成了才是奇迹。

"他就是那么一个人!"我点头赞同。

"分就分了呗,多大点事啊,还臊得不愿意见我。得,那我去找他总行了吧?"高兴说。

高兴这姑娘,身上一点不高兴的地方都没有,说什么都不矫情。在她看来,这天下简直没有值得烦心的事,也没有非得依靠的人。她就是只流浪猫,去哪儿都不腻着你,跟她聊天可真舒服。

我们俩一边聊着一边走到车边。药不是一看她来了,有点猝不及防,那张脸拉得快比直颈瓶都长了。我双手一摊,一脸无辜:"人姑娘非要来,我拦不住。"

高兴弯下身子,把额头贴到车玻璃前:"药不是,快放下车窗。你有本事打听我地址,没本事见面啊?"

药不是尴尬地放下车窗,却不肯下来:"王生给我的地址。你怎么……住这儿呢?"

"嗐,毕业之后没工作呗,这儿房租便宜,有个朋友介绍,就过来了。"

"如果你需要的话,我可以……"

"又来了,我不需要。"高兴白了他一眼,"干吗呀?看我觉得可怜想施舍一下?我现在挺好,想画什么就画什么。就烦你这样,非觉得别人过成你那样才算幸福。"

别看药不是一脸深沉极有主见,在高兴面前,他句句吃瘪。药不是只好转入正题:"我们来找你,是想请教一件事,你给我爷爷画油画的事。"

高兴一听是这事,从怀里掏出一根烟,拿火柴划了火,吐出一个圆圆的烟圈:"说吧,你们想知道什么?"

"全部过程。"

高兴那会儿在中央美院还没毕业,虽然她跟药不是已经分手,但还是非常爽快地答应了委托,用她自己的话说,买卖不成仁义在嘛。药来很喜欢这个爽快的小姑娘,一老一小都没个正形,老的喊小的"孙媳妇",小的喊老的"老古董"。

高兴问药来,希望画成什么样。药来说想整点洋的,来张油画,高兴正好是这个专业,两人一拍即合。

但对于画什么、怎么画,两个人却起了争执。药来要求提得特别细致,这儿画什么那儿画什么,都有详细指示。高兴却不乐意,觉得这不是画家的工作,找一相机一拍不全齐了?不想干了。药来却坚持,非她不可。

高兴虽然性子洒脱,但毕竟不如药来老江湖,最终勉为其难地答应了。但是她坚决不肯署名,说:"我就干了个刷漆的工作,这是您的东西,不是我的。"

我听到这儿,问高兴,药来为什么挑选孔雀双狮绣墩、青花高足杯、天青釉马蹄形水盂、鳝鱼黄海涛花卉纹蛐蛐罐这四件东西,是不是有什么讲究。

高兴说她也不知道。按说从构图来看,这些搭配不合适,但老爷子非用不可。

"唉,估计那会儿老爷子心情不太稳定。经常今天一出,改天又是一出。这四件东西不是一开始就定了的,本来他放的是另外一件东西,忽然告诉我,得改,我只能涂抹了,重新加了这四样东西。"高兴一支烟吸完,烟屁股一弹,似朵火红色的小流星,飞去了旁边水沟里。

"原先画的那件是什么?"

"是个罐子吧,我记不太清了。"

我和药不是同时愣了一下,药不是把卫辉老徐的盖罐照片拿出来,递给高兴:"是这样的吗?"

"样子差不多,花纹可不一样。"

我和药不是对视片刻,眼神都是震惊。我抓住高兴的手腕,往车上扯,药不是很有默契地推开车门。高兴大惊:"干吗呀你们?"药不是道:"你得跟我们去个地方,这事很重要。"高兴瞪了他一眼:"有你这么求人的吗?"可还是主动钻进车里去了。

车子重新从圆明园开回到了药来的别院。院门紧闭,现在去找方震也来不及了。我们俩一咬牙,和高兴说翻墙吧。高兴乐了:"把我叫过来是做贼啊?这可新鲜了。"

她原来在美院估计也是翻墙出去玩的主儿,比我和药不是动作都麻利。我们三个强行翻过院墙,进入小楼,再度进入卧室,来到那幅油画跟前。

"是这幅吗?"药不然问。

"没错。"高兴一眼就认了出来。

"那原来那幅废了的画在哪里?"我追问。

高兴呵呵一笑,摸摸我脑袋:"小家伙,没学过美术吧?"我"呃"了一声,不知道她是什么意思。

高兴告诉我们,油画和水墨画不一样。油画的颜料会在画布上堆出凹凸不平的高度,所以若是画布上某处有问题,可以刮掉补画一层,把原来的覆盖掉。所以,西方的很多油画名作,经常会发现画作之下还叠着另外一幅作品。比如法尔梅尔曾经有一幅《选首饰的女人》,面世时引起很大轰动。后来经X光检测,发现这是造假者在他的一幅废稿画布上重新作的画,几乎骗过了所有专家。

我听得津津有味,原来古今中外,造假者的手段都差不多。这一招偷天换日,和国内拿古代青铜碎片去重铸器物,如出一辙。

高兴对药不是道:"你们想知道原画什么样是吧?"

"没错。"

高兴"腾"地跳上床去,她正好带着刮刀,开始在油画上"咔嚓咔嚓"地刮起来。我有点紧张地看看药不是,这么干,油画可就全废了。药不是双手抱胸,严肃地看着。

油画很快被刮掉了一大块,高兴拍拍手,扯起画布说:"你们看吧。"

我们凑近一看,发现在画布之下,果然另有玄机。随着大块大块的颜料被刮掉,画上药来的姿势完全变了,不再是举杯啜饮,而是身靠一件大罐,正是"三顾茅庐"人物盖罐。药来的双手姿势特别怪,左手的手背朝上,四指并拢往下弯曲,拇指压在食指上,右手的拇指、食指伸起,指着罐子比出一个"五"字。

我和药不是,同时陷入震惊。

药来左手这个手势,在早先当铺里经常用到。人来当东西,柜台朝奉会把钱搁到悔篾里——顾名思义,从悔篾里拿走钱,就再也不能后悔了。然后朝奉会用这个手势,把典当之物倒扣着拉进柜台,从这一刻起,东西就是当铺的了。所以这个手势,叫作"朝奉扣"。在古董行当里,也会用这个手势,表示交易完成,绝无反悔。

而右手的手势就明白多了,指向盖罐,比出一个"五"字。

两只手加在一起,意思再明白不过。扣住老朝奉的关键就在于这个盖罐,而且这盖罐不是一件,而是五件!

从前我和药不是只是模模糊糊感觉,人物故事罐也许和老朝奉有关联,现在终于确凿无疑。

通向老朝奉真相的道路,第一次清晰地展现在我们面前。

我看向药不是,他也是一脸骇然,但和我的理由却不尽相同。

他看向高兴,神情前所未有地严肃:"我爷爷补画那四件东西的时候,可曾说过什么吗?"高兴想了想,回答道:"没特别说,不过,他倒是提过,说这是你一片孝心,得画得精致点才行。"

一声沉重的叹息,从药不是的嗓子里滚出来。我和高兴还没反应过来,他"咕咚"一声,双膝跪在了地上。

我赶紧去搀,药不是却跪得纹丝不动,声音因激动而沙哑:"从前,每次我来爷爷这里玩,他都会给我讲一件淘买古玩的收藏故事。这四件东西,恰好是我最喜欢的四个故事,也只有我才听全过。"

我一下子听明白了。

这个暗示非常明显，也非常巧妙。

一个懂古董的人，会很自然地把注意力放在古玩上面。只有不懂古玩的人，才会抛开器物去看这幅油画。

只有药不是才知道，哪四件古玩是药来的心头所好。

只有他的前女友高兴，才知道油画底层还暗藏玄机。

在这重重限制、重重过滤之下，能发现油画奥秘的，只能是药不是，其他任何人都绝不可能。

这分明是一份留给药不是的定向遗嘱，药来在临终之前，把报仇的希望寄托在了这个远在国外、拒绝继承家里衣钵的孙子身上。

他始终不曾放弃对药不是的期望，这期望甚至超过了对药不然的。

药不是此时心中的激荡，也就可以理解了。

高兴跳下床来，和我站开几步。药不是恭恭敬敬向这幅被损坏的油画磕了三个头，个个都非常响亮，额头一片青肿。但他一直没哭，即使嘴唇一直在颤抖，也没有眼泪流下来。高兴摇摇头，小声嘀咕："这家伙总是这样，没劲。"

我们三个连夜离开别院，临走之前，索性把这幅油画也一起搬走。

这幅油画已经被剥开了，任何人进来，都会发现其中的奥秘，因此，绝不能留。好在这处别院平时来的人非常少，只要三天没人来，就不会露出破绽。高兴说只要三天时间，她就能给修补完整。

我们带着油画，去了药不是下榻的华润饭店。

一路上，我整理了一下思路，现在情况很明朗了。这个青花人物故事盖罐，一共有五件，与老朝奉关系密切。"鬼谷子下山"是第一件，"三顾茅庐"是第二件，还有其他三件人物罐，不知所终。

这五个罐子之间，一定隐藏着和老朝奉密切相关的东西。

我们仨进了房间，药不是一屁股坐在沙发上，掏出小药瓶吃下一粒药，脸色有点不对。高兴拍拍他肩膀，说："毛病去美国也没治好啊？"然后给他烧了点水。

水还烧没开，药不是忽然开口道："我爷爷，曾经给我讲过那四件器物的故事。我想应该让你知道。"

药不是坐在沙发上，声音疲惫，却目光灼灼，充满了昂扬的斗志。

古董局中局4

第三章

『三顾茅庐』青花罐

这四个故事，说来都不长，但各有意义。

先说说那件鳝鱼黄海涛花卉纹的蛐蛐罐吧。

古人好斗蛐蛐，南宋时的贾似道外号就是"蛐蛐宰相"。盛放蛐蛐的器皿，自然也得有讲究。蛐蛐罐这东西，不易分类，既有瓷的，也有陶的、玉的。瓷的罐子比较精致，一般用来斗蛐蛐；陶的罐子有土气，透水汽，适合养蛐蛐。

这件鳝鱼黄蛐蛐罐，题款是"古燕赵子玉造"，黄皮圆口，浆皮温润带毫光。赵子玉是康熙年间的一位名匠，所做的蛐蛐罐都是精品，颇受市面追捧，其身价仅次于永乐官窑出的蛐蛐罐。

药来得到这件宝贝，是在1937年。当时他还是个年轻后生，第一次出远门，只身前往陕西扫货。陕西这个地方，别的古玩车载斗量，唯独瓷窑不多，只有耀州窑、旬邑窑算得上是名窑。所以玄字门让药来去陕西，不在寻宝，只是想让他锻炼一下。

药来到了西安城，四处转悠，无意中听说一位当地乡绅手里有一个子玉蛐蛐罐，登时大喜。从咸丰年以后，子玉蛐蛐罐在市面上就很罕见了，且多集中在京城、河北。如今这件宝贝居然在陕西露出行迹，实在难得。药来下了决心，无论如何也得把它拿下，带回家里去，用来证明自己的能力。

药来打听了一下，原来这位乡绅祖上在北京为官，年老致仕后返回原籍，带了一大堆器物，其中就包括这件蛐蛐罐，是从一位旗人子弟手里买来的。

药来找到乡绅，提出收购。乡绅却拒绝了，说这是祖上之物，不敢擅卖。药来使尽浑身解数，也没能让他转变心意。药来没办法，只得放弃。

万万没想到的是，就在他即将返回北平时，乡绅突然主动找上门，表示愿意出售蛐蛐罐。但是，他提出一个奇怪的条件，不卖钱，只换钱，而且换的不是今钱，而是古钱。乡绅指定得特别具体，要拿三百枚开元通宝来换，还得是缺笔开元通宝。

对于这个交换条件，药来百思不得其解。他对古钱了解不多，不知道什么叫作缺笔开元通宝。于是，药来先把乡绅稳住，然后出去打听了一圈才知道其中原委。

差不多和药来同时抵达西安的，还有一个上海商人。此人派头极大，住最高级的西安饭店，挥金如土，在当地颇受瞩目。他在西安各大报纸上悬赏，说有意收购开元通宝，但只收缺笔开元通宝。

西安是唐代都城，附近的开元通宝铜钱出土极多，不值什么钱。可这缺笔开元通宝，大家却是第一次听说。一问上海商人，人家说了："普通的开元通宝，四字笔画齐全。但有一种特别的开元通宝，最后一个'宝'字少了一笔。我愿意以市面十倍价格收购。"

重赏之下，一时间所有人都动了心思，纷纷回家去翻找。还真有人在家里找到几枚，拿去给上海商人，人家二话不说，足洋给付。

商人的举动，引起了包括乡绅在内几个有心人的怀疑。这出手太大方了，里头一定有什么蹊跷。他们置办了一桌酒席，请上海商人赴宴。席上推杯换盏，几个人轮流套话，上海商人喝得酒酣耳热，终于吐露了实情。

他本是上海某德国洋行的买办，无意中听说德国科学家研制出一种新的铸炮技术，必须用特定金属方能实现。经过研究，只有中国的缺笔开元通宝铜钱才符合要求，于是，德国人准备来华收购。他听到风声，先来西安扫货，一俟德国人抵达，转手一卖，利润可达百倍。

这种消息，几无保密可能，很快整个市面上都疯了。大家不再傻乎乎地卖给上海商人，都暗中囤积，拼命收购，准备运去上海卖给德国人。乡绅动了心，这才对药来提出这么一个奇怪的交易要求。

药来虽不懂科学，可总觉得这事古怪。经过一番调查，他发现这些缺笔开元通宝此前从未出现，大约在上海商人抵达西安前一个月，才有零星出土。等到德国人收购的消息传出之后，市面上陡然出现了大量的缺笔开元通宝。现在一出现，立刻就被争抢一空，价格飙升。许多人卖房卖地，就要博一个富贵出来。

药来意识到，这是碰到高手在做局。他好心去提醒乡绅，却被骂了回来。药来也不坚持，退掉了回北平的火车票，耐心在西安等着。

没过多久，上海商人离开西安。包括乡绅在内的一大批人带着大把铜钱，兴冲冲地赶去上海。到了上海一打听，那德国洋行纯属子虚乌有，铜钱经过鉴定，全都是新铸的。一时间，无数人的毕生积蓄化为乌有，当时就自杀了好几口子，其他人失魂落魄地返回西安。

那位乡绅为了收购铜钱，借了巨债。债主们闻讯纷纷登门讨账，药来故意选择此时拜访，当着他们的面提出购买鳝鱼黄蛐蛐罐。乡绅纵然舍不得，那些债主也会逼他卖罐还债。于是，这蛐蛐罐经过一番波折，最终还是落到了药来的手里。

后来回到北平，药来问了黄克武，才知道这其中奥秘。

开元通宝这种钱，原本是没有赝品的，因为传世数量很大，工艺又麻烦，造假没有意义。偏偏就有聪明人钻了这个空子，事先铸造了大批缺笔开元通宝，先在市面上卖出去几百枚。然后，骗子打扮成上海商人，张榜收购此钱，故意装醉说德国人要收购云云，把市场胃口高高吊起。同伙趁机把所有存货都放到市场上，那些想赚大钱的人不加分辨，照单全收。待得假钱全数出手，骗子立刻悄然离开，赚得盆满钵满。

黄克武感慨说："这骗局当真了得，不靠高明的造假技术，只靠洞悉人心。"他又看了眼药来，说："你也不简单，能借其势，硬着心肠得了这子玉蛐蛐罐，已经算是个合格的古董商人，可以出师了。"

药来思来想去，颇觉不安，不知这算不算乘人之危。他没骗人，亦没设局，甚至还主动提醒乡绅，可谓是仁至义尽。但是否这样就可以毫无愧疚地夺走别人宝物？药来自己想不明白，这么多年以来，也没有一个满意的答案。所以，这件蛐蛐罐，就一直留在他身边。给别人讲，讲的是人心贪婪；给自己讲，讲的却是问心无愧。

第二个故事，是关于那件青花高足鸡缸杯的。

药来得到这件东西，是在特殊时期。当时北平被日本人占领，经济遭到了很大打击，市面萧条。盛世才玩古董，世道乱到这地步，哪还有人顾得上这些。古董铺子都有进无出，惨淡经营，几乎没什么生意可做。

有一天，药来在自家铺子里闲坐着打苍蝇，忽然一个长袍男子推门进来，神色有点着慌，指名说要找五脉玄字门的人。药来说："我就是，您有什么事？"长袍男子从怀里掏啊掏啊，掏出一个小红布包。布包一开，里面有两件东西，一件青花高足鸡缸杯，另外一件则是斗彩鸡缸杯。

药来一看，眼睛就直了。他那会儿年纪不大，可家学渊源，已是行当里闻名的鉴定好手。这两件东西，他一眼就看出来了，不是凡物。但他没着急伸手，等着对方开口。长袍男子说:"麻烦您给这两件掌掌眼。"药来立刻明白,人家不是来卖,而是来做鉴定的。

药来接过东西,先拿起鸡缸杯看,入手既糯且温,手感奇佳,应该是真品无疑。

此杯应出于成化年间,样式敞口浅腹,外壁用斗彩绘出母鸡与小鸡玩逐吃食之态,再用牡丹湖石和兰草湖石分隔开来,做工十分精致细腻。

成化的鸡缸杯,别说在后世,就是在当时都是备受重视的珍品。万历年时,一对成化鸡缸杯就能卖到十万钱,皇帝特意指定作为御用餐具,可想而知多受推崇。在古董瓷杯这一类里,鸡缸称王,每一件的出世和交易,都会掀动轩然大波。

所以,药来断定这是一件真品后,内心震撼,可想而知。

而那件青花高足鸡缸杯,则是雍正年间的仿成化器,仿得很细,若非题款是大清雍正年制,很容易就会被当成明器,也是件精品,但比起鸡缸杯来要逊色得多。

药来对长袍男子说:"两件都看真,恭喜您,您这是得着宝啦。"不料长袍男子脸色一暗,不见喜色,一把抓住药来的胳膊,说:"有件事麻烦您,明天我还带着这鸡缸杯来,您再掌一次,这次您得说看假。"

药来一愣,拿假货请他们当真货断的人,经常会有,但拿着真货让他往假里说,还是第一次碰到。药来生怕自己没听清楚,又问了一遍。长袍男子坚定地说:"明天甭管我说什么,您就往假里断,这高足杯,就是给您的酬劳。"

说完以后,长袍男子一转身出去了,剩下药来莫名其妙。到了第二天,店里来人了,一个伪警察,一个日本军人,后面跟着那长袍男子。那伪警察一进门,扯着嗓子找药来。药来赶紧迎出来,长袍男子说"您掌个眼",然后把鸡缸杯递过去了。

五脉祖训,去伪存真,掌眼时绝不能把假的说成真的,可没规定不能把真的说成假的。药来嘴皮子利索,拿着鸡缸杯一通品评。那伪警察和日本军人都是棒槌,三五句话,就让药来给忽悠晕了。最后日本人心悦诚服,问药来这东西到底是真是假。药来把东西递回去,笑着说这件有点新。

日本人闻言大怒,拿起鸡缸杯狠狠往地上一砸,哗啦一声,登时摔了个粉碎。药来心里一哆嗦,多好的东西,就这么给摔没了。再看那长袍男子,已呆在了原地。

等到伪警察和日本人气冲冲地摔门出去,长袍男子先是浑身剧抖,然后"哇"的一声,吐出一大口鲜血,登时倒在地上不省人事。药来赶紧叫医生来抢救,可惜回天乏术。

药来去打听了一下才知道，原来这长袍男子姓楼，家里传下一盏鸡缸杯，奉为至宝。一个邻居做了伪警察，撺掇着献宝给日本人。日本人三天两头上门，话里话外要霸占这杯子。长袍男子惹不起他们，又舍不得，就想了个办法，说这是他家祖上传下来的，真伪不知，得请专家鉴定。然后他转头来求药来故意说成假的，断了他们的念想。

哪料到这日本人是个火暴脾气，一发现是假的，竟然直接给砸碎了。一番算计，结局居然是这至宝鸡缸杯反遭了灾，这却是谁也没预料到的。

药来一直在想，如果实话实说，断为真货，能不能救下他一命？可是这样一来，鸡缸杯势必被夺，这人惜宝如命，也未必能活。换句话说，从他的鸡缸杯露白之日起，命运就已然注定。

那件作为报酬的青花高足鸡缸杯，被药来精心收藏起来。每次看到它，他就会联想到那件被砸碎的鸡缸杯，心疼不已。无论是人还是物，似乎都难以逃脱命运的安排。

第三个故事，是那件天青釉马蹄形水盂。

天青釉之名出自五代后周柴世宗的批语："雨过天青云破处，这般颜色作将来。"青如天，明如镜，是为天青釉。这本是柴窑的特色，但柴窑至今未有发现，所以，天青色在宋代其实多出自汝窑、钧窑，同样是稀世珍宝。

1948年，药来前往长春，这里曾是伪满洲国首都，故宫大量收藏都被溥仪带来此处。日本投降以后，不少宝贝流落到东北民间。不少古董商人，都喜欢来东北捡漏，谓之东货。

药来这次来长春，收获不少，可行将离开之时，却发现走不了了。两军交战，把长春城围得如铁桶一般，一只鸟都休想进出。没过多久，城里开始闹起饥荒。

药来脑子活，一开始封城时就意识到不妙，抢先出手，偷囤了点粮食。虽然不多，但足够一人维持。城内已然是哀鸿遍野，每天都有人饿死，情况十分凄惨。药来不敢外出，就躲在房间里，希望能挨过这次劫难。

这一天，忽然有人找上门来。药来一看，却是之前曾接触过的一个账房先生，叫郭行。郭行的爷爷给溥仪当过侍卫，偷拿过一件天青釉马蹄形水盂。之前药来想收，只因对方要价太高，未能谈妥。

郭行找到药来，双眼通红，脚步虚浮，一见面就说："药先生，这件水盂您收走，我不要钱，就给我点吃的吧，不然我全家都要饿死了。"药来心生犹豫，还没做出决定，旁边忽然跳出一个人来，大声说："且慢，我拿吃的跟你换！"

药来转头一看，发现是本地一个古董藏家，叫郑安国。郑安国极为痴迷瓷器，在当地被人称为"瓷疯子"。药来到长春之后，被他搅乱了好几笔生意，两个人如仇敌一般。

郭行已经顾不得许多，放话说谁给的食物多，天青釉水盂就归谁。药来手里只有三块面包，而郑安国"咣当"一声，扔过来一袋大米，足有十斤。

郭行冲药来一拱手，说声抱歉，然后把水盂递给郑安国，拿起米袋子转身就走，毫无留恋。他本来珍视此物如性命一般，到了生死关头，再也顾不得。

郑安国高兴得不得了，抱着水盂蹦蹦跳跳也离开了。药来着实喜欢这件水盂，舍不得放弃。他思前想后了一整天，决定再去努力一下，于是，次日便去了郑安国家里。药来到了郑家门口，一推门，没锁，他踏步进去一看，登时惊呆了。

郑安国一家四口人躺倒在炕上，一动不动。药来凑过去一探鼻息，已经全部活活饿死了。郑安国死前，双手还紧紧攥着那件水盂。药来这才知道，郑安国家里已经饿了好几天了，这一点口粮是刚弄回来救命的，结果被他又换回了天青釉水盂。

这个疯子，就为了一件瓷器，居然连自家人的性命都不顾了！

药来摇头叹息了一番，也不去碰水盂，转身要走。可他忽然听到炕上传来一声特别微弱的声音，跟小猫叫似的。他回头一看，炕里头原来还蜷着一个男孩，大概十岁上下，奄奄一息，但鼻孔里还有点气。

药来叹了口气，心说：老郑啊老郑，我救你儿子一命，拿走这件水盂当作报酬，不为过吧？你可别有怨念。于是，药来把水盂收走，掏出面包分了一半给那孩子，孩子勉强吊回命来。

后来药来带着这孩子和水盂，千辛万苦回到北平。家里老人一看，发现这天青釉水盂其实是件赝品，不是宋瓷，而是清瓷，景德镇出的。康熙年间，景德镇的窑口能仿制出天青色来，几可乱真。哪怕是积年的老手，也很容易被打眼。

药来倒不觉得遗憾，谁没被打过眼呢？他感慨的是，郑安国舍去全家性命，最后争得的却是一件赝品，真是十足讽刺。那么，倘若这件东西是真的呢？那么郑安国的牺牲到底值还是不值？外人看来，当真是愚行、痴行，可郑安国自己内心，未必会如是想，甚至郭行也未必是这么想，说不定心底反倒羡慕郑安国。痴迷一道，孰是孰非，实在难以评判。于是，这件赝品也留在了药来身边，以纪念那段惊心动魄的日子。

第四个故事，是孔雀双狮绣墩。

绣墩这东西，说白了就是个竖放的鼓形坐具，圆形，腹部大，上下两端小，移动起来方便，坐时上覆绣帕一块，所以又称"绣墩"，古代也叫"基台"或"荃蹄"。绣墩的质地什么都有，木的、瓷的、竹的、雕漆的，种类很广泛，不过，一般以瓷墩最为贵重。

这个孔雀双狮绣墩是青花瓜棱墩，上下各有一道弦纹，近墩面处是孔雀团纹，四周缠枝葡萄叶，墩面绘的是双狮戏球纹，底下还有几朵如意云头。做工很精致，应该是明代隆庆年间的器物。可惜的是，墩边磕掉了一块，不够完美。

这个绣墩本属于一家叫谟问斋的古董铺子，据说是鹿钟麟闯宫那年，老板趁乱从故宫里弄出来的。谟问斋老板将其视若珍宝，平时深藏家中，等闲人见不到。只有接待贵客时，他才把它拿出来显摆一下。

按谟问斋老板的话说，这绣墩是隆庆年间进的宫，深居大内几百年，伺候了明清两朝十几位皇上，里面满满的全是龙气。想要收购的人一直没断过，可老板坚决不卖，并放出话去，说哪怕穷得要卖孩子，这东西也不出手。

差不多是1956年前后，北京各个行业都开始搞公私合营，古董界也不能置身事外。五脉作为鉴古的定盘星，和政府配合，负责说服北京的这些古董铺老板，把原有的铺子合并成国营文物商店。有的老板识时务，乖乖让出了股份和收藏；有的老板却拒绝合作。像谟问斋老板就坚决不肯，放言说谁敢动他的铺子，他跟谁拼命。

当时，五脉负责这边的人是药来，他苦口婆心劝了半天，反而被骂了回来。政府派驻的代表不乐意了，当时拍桌子说要严惩。药来好说歹说，勉强劝住，然后连夜拍了一封电报，给谟问斋老板的儿子。

老板儿子早年去了延安，后在南方军中任职。他接到电报，立刻请了个假赶回北京。谟问斋老板本以为儿子来了，能给自己撑腰。没料到他儿子一到，积极表态，很快就和药来把合营的事给谈定了，比其他铺子还彻底。

谟问斋老板大怒，抄起笤帚追着儿子揍。儿子不敢还手，只能躲。俩人在屋里你追我赶，一不留神，"咣当"一声把这个瓷绣墩给撞倒在地，边上磕破了一块。谟问斋老板心疼得不行，当时捂着胸口就倒在地上。儿子不敢怠慢，赶紧送去医院抢救。老爷子给抢救过来了，但身子也垮了，店里的事情，只能让儿子做主。

谟问斋公私合营那天，老板非要从医院出来，一屁股坐在铺子前，屁股下就是这个掉了碴儿的孔雀双狮绣墩。他大声说："这绣墩打来我家起，一直是当爷爷供着，从来舍不得坐。今天我就要坐个痛快，过一把皇帝的瘾。"

　　他坐在这个绣墩上，一动不动，盯着人把铺子里的东西一件一件搬走。最后，大家把公私合营的牌匾挂上，鞭炮响完，儿子过来招呼老爷子起身，凑近一看，已经没了呼吸，老爷子就这么坐在绣墩上去了。他的右手垂下来，紧紧抠在绣墩的缺口处，也不知道哪里来的劲儿，要两个小伙子才把手指头掰开。

　　这个孔雀双狮绣墩不在谟问斋的合营名录里，算是他们家的私有财产。可老板儿子却不敢要，他爹老吹嘘这绣墩沾染皇气，他要求上进，不愿保留这些封建残余，索性卖给了药来。办完丧事之后，老板儿子匆匆返回南方，没过多久，家属也被接了过去，房子转卖，从此这一家人再无任何消息。

　　对谟问斋老板，药来一直有些歉疚。若他不把老板儿子叫回来，是不是能保住老板一条性命？当然，也可能会碰到一个更残酷的结局。

　　听药不是讲完这四个故事，都已经快半夜了。旁边高兴听得发呆，我动了动酸疼的脖颈，长长地吐出一口气，心中百感交集。

　　药不是道："这四个故事，我爷爷只说给我听过。其他人或有耳闻，但唯独我听得最全。小时候的我，听不懂，如今回过头，却处处有着深意。"

　　这些故事里的人，或是贪婪，或是痴缠，或是无情，或是无奈，明里讲的是四件器物，其实已跟掌眼鉴定关系不大，甚至和真假也都无关，说的全是人心。正所谓"鉴古易，鉴人难"。比起那些器物，这人心才是最耐琢磨的。

　　不过，我有一个疑问，药来这一辈子经历过无数风雨，为何单单对这四件事耿耿于怀呢？

　　药不是仿佛看穿了我的心思："我爷爷常说，这四事的主角都不是他，但偏偏是他掌握了那些人的命运。倘若当时他改换做法，那些人和这些器物，未必不是另外一个结局。所以，这四件事里，他都有一悔：悔事，悔人，悔过，悔心。"

　　听到这里，我心中一动，这不正是我那个小店的名字吗？

　　我的小店叫作四悔斋，用的乃是我父亲自杀前留下来的四个词。如今居然在药家子弟口中听到，看来这"四悔"的来历，恐怕比我想象中的还要复杂。不知药来和我父亲许和平之间，是否还有什么特别的瓜葛。

我本想好好琢磨一下，可脑子里现在快成一锅粥了。您想啊，我们一天从卫辉赶回来，两次闯入药家别院，还跑去圆明园一趟，中间没停没歇，疲惫不堪，这眼皮比司母戊方鼎还重。

这种状况，实在不适合继续思考。我比了个手势，说："今天差不多到这儿，咱们明天再说吧。"

药不是已经在旁边给我开好了房间，我告别之后，昏昏沉沉回到屋里，一头栽在床上，脸埋在柔软的枕头里一下子就睡了过去。

这一觉睡得可真香，溜溜儿到了八点多我才醒。简单地洗漱了一下，我去敲对门的门。门开了，高兴穿着件浅蓝条纹的灯芯绒睡衣探出头来。我一愣，尴尬地赶紧打了个哈哈。反倒是高兴大大方方说："他还睡着呢，咱俩先吃早饭去？"

没过一会儿，高兴换回昨天那套衣服，和我一起去了楼顶的旋转餐厅。我们俩一人捧着一份早餐，对面而坐。我忽然很好奇："你们俩性格差这么多，怎么认识的？"

高兴拿叉子戳了一块水果，边吃边说："我跟他呀？特简单，我高二那年暑假，骑自行车去香山写生，正好遇见一个拦路抢劫的，药不是正好路过，你是不是觉得接下来是英雄救美？哈哈哈，真不是。药不是根本没动手，他跟劫匪理论上了，说这里距离最近的派出所就七百米，劫匪抢完跑掉的速度多少多少，他跑去派出所报警的速度多少多少，民警骑摩托追过来的速度是多少多少，告诉劫匪根本没机会逃掉，为了几支画笔，付出劳改代价，成本太高，'哇啦哇啦'开了堂课。那劫匪估计听烦了，骂了句神经病就走了。"

我忍不住笑了，这还真是药不是的作风。

"我在旁边笑得前仰后合，药不是挺不高兴，说他帮我解围，我还笑。我说：'那我请你吃冰棍吧。'他说必须回请，一来二去，我俩就好上了。学校抓早恋，可从来没逮着过我俩。药不是天生一张好学生的面孔，每次来我们学校，都特能唬人，从家长到老师，都以为他是来辅导功课的。"

高兴咯咯笑了一阵，一脸怀念，随即又摇摇头："哼，这家伙别的都好，就是太刚愎自用，啥都自作主张。他要出国，我没拦着，他说把我也带出去，那我可不干了。凭什么非得靠你带呀？我不成了傍家儿了吗？好像离了男人，就什么都干不了似的。你要追姑娘，可别学他。"

我讪讪一笑，烟烟和我之间，可不存在这种问题。我忽然想起一件事："药不是为什么不愿意接药家的衣钵?"

高兴道:"他嫌古董这行暮气沉沉,一半靠人脉,一半靠资历。这家伙心高气傲,说要做那种靠努力和智慧就能有所成就的事。就因为这个,他跟家里吵了好几架,药老爷子亲自出马都没用,最后只能任他出去,转而培养他弟弟药不然。"

"药不然你也认识?"

"很熟啊,小家伙跟他哥不一样,性格活络,挺有文艺天赋的。他玩摇滚就是我带入门的,可惜啊,最后还是被家里拽回去了,没逃掉。"高兴吮了吮叉子尖,随即正色道,"不过,你别小看那家伙。药不是外冷内热;而他弟弟正好相反,平时嘻嘻哈哈,对谁都挺热情,可骨子里却保持着距离,旁人轻易看不透,连药老爷子都不好把握……"

"背地里不要说人坏话。"

一个声音从我们旁边飘过来,药不是沉着脸站在那里。原来他也起床来了餐厅。高兴吐吐舌头,低头继续吃她的煎蛋。我横了他一眼:"昨晚睡得还挺好?"

药不是眼皮一抖,知道我是在拿高兴留宿的事涮他。他"哼"了一声,说:"很好,一觉睡到天亮。"然后独自坐到另外一张餐桌上,拿起一片燕麦吐司,默默地往上抹黄油。

有他在,谈话氛围立刻荡然无存,我和高兴只得把注意力集中在眼前的食物上。高兴三口两口吃完,起身说她得赶紧回去了,修补油画还挺费工夫的。药不是点点头,让奔驰专车去送她。

高兴离开之后,我清理完自己的早餐,挪动屁股坐到药不是对面,问他接下来的计划。

五个青花人物故事盖罐,已知的有两个。"鬼谷子下山"的真品在老朝奉手里,那么我们的当务之急,就是搞清楚药家收藏的"三顾茅庐"盖罐被谁给拿走了。

药不是搁下刀叉:"这个交给我来查,毕竟是药家的事情。我不必露面,一样有办法查到。至于你,另外有一个任务。"

我对他这种上司口气习以为常,叹了口气:"你说吧。"

药不是拿出一个小册子,放到桌子上。我一看封面,上面是四个繁体字:玄瓷成鉴。

我爷爷许一城曾经留下过一本秘籍,叫作《素鼎录》,集许家数代人金石玉器鉴定经验之大成。药家是玄字门，以瓷器为主，家里也有一本类似的书，叫作《玄瓷成鉴》，内容差不多，也是药家在瓷器方面独到的见解。

"你……你从哪儿找出这东西的？"我有些惊讶。

"这只是影印本而已，不是原本。"

"废话！我是问，你把它拿给我干啥？"

药不是扶了扶眼镜："自然是要你研读。接下来我们要追查的重点是青花罐，胜负的关键，就看瓷器的鉴定手段了。这些我不懂，又不能找家里人帮忙，只能靠你了。"

"我的专业是金石玉器，不是瓷器啊。"

"不懂可以学，至少你比我基础好，我是完全不懂。"药不是一脸理所当然。

我满脸苦笑："你当我是天才儿童，看一遍就成专家了？"

《素鼎录》也罢，《玄瓷成鉴》也罢，说是秘籍，其实和武侠小说里的武功秘籍不是一回事。

鉴定古董，凭的是学问和经验，秘籍这种东西意义不是很大。更何况，书中所载，只是前人的经验，随着科学技术的不断进步，很多技巧因此失效。现在的鉴定和伪造技术，已远远超出秘籍时代的想象。

比如说，热释光技术，可以用来判断器物存在时间；金相显微镜技术，可以看出器物内部的裂痕或分子结构。这些东西一出来，民国之前的七成鉴定和造假手法就废掉了，不得不更新换代。

所以，五脉对待老一辈秘籍的态度，纪念意义大于实用价值，不会刻意藏私，在小范围内允许外人阅读与翻拍。

我倒不避讳偷看药家秘籍，这不算什么机密。但药不是显然指望我一读秘籍，就成瓷器鉴定大师，这就纯属外行人的瞎想了。

药不是放下吐司，慢条斯理道："我知道这不太可能，但临时抱抱佛脚，哪怕只提高百分之一的成功率，也值得我们去努力。对不对？"

他说话越来越像个讨厌的老师，可是我想不出反驳的理由，只得无奈地答应。

药不是交代了几句，便外出去调查了。我猫在宾馆里，开始翻阅这本《玄瓷成鉴》。

这书比《素鼎录》要好懂，印刷排版都很舒服，一看就是精修过的版本。书前的序言是药来的爷爷药襄子写的，这家人起名字的品位始终那么奇特。大概意思是此书是鉴定瓷器之大要，药家弟子需要先诚信正意，领悟去伪存真的祖训，才有资格学习。

这本不是入门读物，没有从基础讲起，一开篇就是各种鉴定理论和实例，用的还是文言文。我花了大半天时间，草草翻了一遍，感觉没有读透。估计里面有很多关节，只是点到为止，要有老师讲解，才能理解透彻。

至于能有多少东西进脑子，又有多少脑子能记住，真是不好说。我看得眼睛发疼，放下笔记，在屋子里转了几圈，一不留神，穿着拖鞋的右脚"咣"的一下，踢到了一个柜箱的边角，疼得龇牙咧嘴。我赶紧坐回到沙发上，边揉边吸凉气，嘴里还骂道这什么鬼箱子……

嗯？我脑子里忽然闪过一道念头，序言里"药襄子"这个名字有点眼熟。再仔细一想，似乎在《素鼎录》里也有提及。那本书是传家绝学，我倒背如流，赶紧回想了一下，还真想起来了。

我爷爷许一城在谈及青铜器皿的形制时，特意留了一笔，说玄字门有位前辈师叔药襄子，把瓷器开片比为青铜纹隙，观点让人耳目一新，足见掌眼者不可偏重一门，要博采诸家之长云云。

嗯？感觉哪里不对。

我又细琢磨了一下，才发现奇怪的感觉从何而来。药襄子是药来的爷爷，而许一城把他称为玄门师叔。换句话说，许一城比药来、刘一鸣、黄克武都高一辈。这样推演下来，我父亲许和平和药、刘、黄三位同辈，那……那药不然、药不是还有烟烟，岂不是我的子侄辈了吗？

这辈分可有点乱哪……

五脉之间，并没有血缘关系。不过，明眼梅花，同气连枝，所以，这一代代的辈分，排得很有讲究。可为什么没人跟我提过这事？别的不说，烟烟可是正跟我好呢，这不成了跟侄女谈恋爱了嘛。

我想了半天，最后得出一个结论：估计是我爷爷笔误了，那毕竟是个手抄本。要真是辈分差那么大，五脉其他人早该提醒我了。

我看了大半天，正在头昏脑涨之际，药不是推门进来了。他一脸疲惫，看来这一天也没闲着。他放下手里的包，告诉我那件"三顾茅庐"盖罐的下落已经查清楚了。

我忙问在哪儿，药不是冷冷一笑："这事可有意思了。"

原来借走青花"三顾茅庐"人物故事盖罐的，不是药家的人，而是青字门沈家，还是族长沈云琛亲自开口。为这事，药家还召集了一次家族会议，一致同意暂时借出。沈家按规矩送来了抵押品，打了借条，甚至连公证都做了，手续齐全。

难怪药不是二伯潜入别院时，抱怨说外人能借为啥自己人不能借。

"那沈云琛为什么要借这个盖罐？"我问道。青字门是玩木器的，怎么会来借瓷器？

药不是道："有意思就有意思在这儿了。现在五脉不是在搞商业化吗？沈家最积极。最近沈云琛在杭州搞了一个明清家具博览会，大张旗鼓，想把仿古家具这块儿做起来，所以要借'三顾茅庐'盖罐去充充门面。"

瓷器和木器之间的关系很密切。古董家具的摆设很有讲究，配青铜太阴，字画又太轻，玉器金器又不宜多，只有配瓷器才最为自然。桌上瓷砚瓷盏，架上瓷瓶瓷雕，香几瓷炉，屏风瓷罐，床上瓷枕，橱中瓷盘。因此，古董行当有句话，叫"瓷衬木，木托瓷"，两者陈列，谁也离不开谁。

沈家和药家经常互相借器物帮衬，大家都已习以为常，并无可疑之处。青花"三顾茅庐"盖罐是件罕有的宝贝，摆在大门口，博览会档次立刻就上去了，绝对是一件增光添彩的事。

"除了'三顾茅庐'人物罐，沈云琛还借了其他二十几件，都是药家珍藏的东西。估计她是暗中给了不少好处，才换得药家这些人一致同意。不过，她可不亏，这些器物价值连城，有话题性，在媒体上稍加操作，就能引起极大关注。"

药不是不懂瓷器，可是他懂商道，一眼就看穿了沈云琛的醉翁之意。

经历了《清明上河图》事件，我体会到了媒体的威力有多大。沈云琛作为这一辈人里最有商业头脑的，肯定是经过精心策划，把每一件东西的价值发挥到了极致。

"这瓷罐是什么时候借的？"我忽然问。

"半个月之前，现在应该已经运到杭州了。"

我"哦"了一声，这至少能证明，借罐这事跟老朝奉没关系。半个月前，我和药不是尚未碰面，更不知道人物五罐的存在。老朝奉不可能未卜先知，提前借走罐子让我们扑空。

药不是赞许地点点头："这就是我为什么坚持，只信任自己挖掘出的线索。你终于也开始理性思考了。"

得，什么话都让他说了。

确定沈云琛借罐跟老朝奉无关，接下来的事情很简单。我们不需要占有那罐子，而是想近距离观察下，只要去杭州看一眼，就得了。

"那其他四个罐子，有下落吗？"我问药不是。药家在瓷器行当人脉最广，想探听这种消息，只能靠他们的关系网。

药不是摇头："暂时还没有，但过几天应该会有回信。"

既然如此，事不宜迟。药不是当即拿起电话，请酒店订了两张机票。时间赶得挺巧，晚上就有一趟。于是，我俩没耽搁，赶紧开始收拾东西。对于这种工作效率，我很满意。我这人没啥积蓄，能有一个土豪搭档，做起事来太方便了。

"你书看得怎么样了？"药不是收拾到一半，忽然问道。

"翻完了。"我简单地回答了三个字，避免提及学习效果。

"你可得抓紧时间学，我的直觉告诉我，未来决胜的关键，很可能就在瓷器的专业知识上。"

"虽然你这么说，可这也不是一蹴而就的事。人家老师傅一年摸几千件物件，几十年才敢说鉴定，我光看这些，跟人家怎么抗衡？"

药不是眉头一皱，抬起胳膊，带着丝丝怒气："许愿，这是一场战争。吊儿郎当的人，一定会失败。"

我见他认真起来，懒得去捋虎须，连声说："好吧好吧，我尽量抓紧时间看，行了吧？"药不是这才转身，继续装他的箱子。他的行李箱里，除了西装就是西装，唯一例外的是一件浅蓝色条纹的睡衣，对了，好像高兴早上才穿过。

"哎，对了，你跟高兴到底怎么回事？"我的八卦模式忽然开启了。

药不是背对着我，动作停滞了一下，头也不回地答道："我们已经是两个世界的人，只能互相祝福顺利。"我喷了一声，觉得挺可惜，高兴是个好姑娘。

"两个世界的人还睡一起？你再努力努力，说不定能追回来。"我说。

药不是道："这次咱们的对手是老朝奉，没必要把她卷进来。"

"你就死鸭子嘴硬吧。"我揶揄了一句。不知为何，我的心里突然没来由地想到了木户加奈。她归国之后，我们再没有联系。不知道她现在在日本过得怎样。我下意识地朝窗外望去，外面夕阳如血，她的容貌我居然还记得清清楚楚。

这次轮到药不是望着我，一脸怀疑："你不会也打高兴的主意吧？"

"想什么呢？！"我一口血差点喷出来。

我们打点行装，直奔机场，马不停蹄地从北京连夜赶到杭州。这一路上什么波折也没有，真是一个好兆头。

俗话说："上有天堂，下有苏杭。"杭州的气候，可比北京湿润多了。我一下飞机，顿时觉得鼻孔和喉咙一润，舒服极了。湿漉漉的小酥风一吹，浑身有种说不出的惬意。古人有诗云：暖风熏得游人醉。描摹得确实精准，真的是很容易就会醉。

在古董行当的人眼里，杭州是一个非常特殊的存在。从唐至宋，从元明至清，这一带都以富庶繁荣著称，促进了丰富精致的物质生活，是江南文化的代表。所以杭州这地方，是江南文化圈的古董总枢纽，以明、清时代世家大族的生活、文化用品居多。什么字画书匾、瓷章家具、佛像道宝、珠宝首饰，无不是精致细腻。若说品质达到宫廷级别的，可能不多，但平均水准要比其他地区高出太多，江南人会享受啊，要不正德、乾隆怎么动不动就下江南呢。

有句话叫"金豫银陕米江南"。河南、陕西是古玩重镇，可称金、银；而江南的米虽然便宜，但不可或缺，走货量大，利润未必比前两者小。因此，擅长经营的古董行家，这杭州是一定要来的。

沈家搞明、清家具展，选择在杭州办博览会，再合适不过了。

进到杭州市里，我问药不是："该怎么打听博览会的举办地点？"药不是同情地看了我一眼，说："这还用打听？你的思维还需要多多训练。"然后他走到旁边报摊，买了一份当日的《钱江晚报》，第四版上赫然有一大块广告："故国余韵——明、清家具博览会兼珍品展"，地点在仓河下旁边的浙江展览馆，开展时间恰好是后天。

药不是一抖报纸："沈云琛办这个博览会，就是为了造势，肯定花了大价钱在各个渠道宣传，唯恐别人不知道。若是咱们还需要特意去打听，那她的宣传策略就太失败了。"

我承认他说得有道理，可又忍不住提醒道："咱们俩的行踪，可是要严格保密。怎么在不惊动沈家的情况下，接近罐子，你想过办法没有？"

药不是纳闷地看着我："这博览会对外开放，谁都能去。咱们买两张票，当普通参观者进去看不就得了？"

我脸一红，决定不再讲话。

我们耐心等了两天。开幕第一天不能去，人太多，而且有开幕典礼，沈家、药家的长辈肯定会出现，我们被认出来的概率比较高。第二天参观人数正常了，安保警惕性下降，我们活动的余地会相对大一点。

我本打算趁着这难得的空闲时间，去杭州博物馆或者西湖转悠一下。结果在药不是的瞪视下，我只得乖乖留在酒店里，继续攻读《玄瓷成鉴》。

博览会开幕的新闻，我在电视上看了，规格还挺高。红旗招展，锣鼓喧天，杭州市的各级领导都去了，市长还特意做了讲话。沈云琛就站在旁边，双手不停鼓掌，意气风发。她是响应五脉商业化最积极的一个，也是最先取得丰硕成果的一个。

不过，我跟着摄像机镜头扫了一圈，却没看到刘一鸣的身影。按说他是五脉之长，又是五脉商业化的幕后推手，这种重要场合应该出席才对。我想大概是年纪太大的缘故吧，那一代的老人，都在慢慢地淡出这个舞台，岁月不饶人。

新闻只有短短二十几秒，我看完之后，恰好药不是回来，手里还拿着两件新买的中山装：一件浅灰色，一件藏蓝色。

"明天我们穿着这两件去，不会被发现。"

"好家伙，穿上这个，起码老上十岁。"我嘟囔了一句，挑中那件浅灰色的："你要是再弄个软帽，咱俩就更像政工干部了。"

话没说完，药不是从怀里掏出两顶灰土的扁帽，我的脸色都变了。

到了开幕第二天，我们俩一大早就来到浙江展览馆，等着排队入场。

浙江展览馆模仿的是北京人民大会堂，砖石结构，有一个正厅、两个副厅，一共三层，结构对称、高大，前后南北有两个很大的广场，很有睥睨天下的气势。路上听司机说，这个馆是20世纪60年代末完工的，当时的名字特别长，叫作"我们心中的红太阳毛泽东思想胜利万岁展览馆"。因为名字太长，杭州人一般都简称为"万岁馆"。

最初，这个展览馆顶端有一枚巨大的毛泽东像章，像章后头是个钟楼。一到整点，钟楼就会播放《东方红》，所以，有时候杭州人干脆叫它红太阳。改革开放之后，这个展览馆面向企业社会，经常成为省内省外的工业品、日用品展销会的场地，1989年还搞过一次古董珠宝展，轰动一时。我估计沈云琛的灵感，就是从这儿来的。

此时，排队的人特别多，市民们甭管懂不懂，都想来看个热闹。我们俩排在正门，前面是一个巨大的充气彩虹门，两侧都挂着好多五颜六色的氢气球，旁边是关系企业送的四十多个花篮。好多小孩高举着双手，哇哇直叫，跟过儿童节似的。展览馆的正面台基是八根大理石立柱，每一根柱子都用彩绸缠绕，柱间吊悬起纸扎的大红灯笼与横幅。

九点半，准时开馆，队伍缓缓向里面移动。入口通道处，搁着两尊仿制的青铜鼎。二十几位身穿深红旗袍的美女一字排开,旗袍都快开到大腿根儿了。检票时,美女会甜甜一笑,用小手拿起镀金小剪刀,在你票上轻轻一剪,然后柔声说:"先生,您这边走。"

每一个进来的参观者,都感觉自己是贵宾待遇。沈云琛这次,在细节上可真是下了大功夫。

展馆里面分成了三个区域,一个是展销区,一个是洽谈区,还有一个是展示区。展示区的面积最大,占据了展馆最中间的位置,所有真正的古董,都在这里头摆着。

展出的物件大多是明清古家具。木器我不算太懂,但也能看出来着实有不少好东西。比如,镇门的是一件黑漆嵌螺钿描金平脱双龙戏珠十屉柜,我记得这件是故宫馆藏的,全国就这么一件,也给拿来了。好多人围在周围,俯身看柜上的雕纹。还有一件铁梨木雕象纹翘头案,是王世襄先生的收藏,从上海博物馆里借来的,翘头和堵头浑然一体,居然是用一件独料做出来的,这份功夫可是不得了。

沈家的能量,可是真不小。

场馆为了搭配出古香古色的意境,这些家具的摆放不是简单地一字排列,而是以黑漆屏风隔成一条曲折的通道。参观者如身在迷宫,一眼看不到全局,只能沿着屏风前行,沿途经过一个个房间场景。

房间的次序,也是依照过去大户人家的布局,前堂、正厅、书房、宴厅、后堂、卧室逐渐展开,里面按照生活习惯摆放着不同款式的家具,仿佛主人正在这里生活。展厅非常宽阔,虽然参观者很多,可一点也不显得拥挤。

我们俩假意看了几件,便开始东张西望地去找罐子。一路心不在焉地看过去,我们不知不觉走到展厅最深处。

这里是一个单独的展示区域,三面用雕莲花格的黄杨木窗隔开。正中是一张独板围子罗汉榻,上面搁着张如意云头紫檀炕几,榻上还铺了一件碎花湖绉面儿的条褥、一条大迎枕。这是个见客的布置,而且见的还是亲近客人,可以直接上榻相谈。后头立着螺钿侍女执扇八扇屏。在榻前放着两件柚木嵌瓷心圆凳、两件荷叶高脚六足香几、一张五屏镜台,远处还放着一个包银斗橱与黄梨木小茶架子。

为了增添效果,香几上摆着两尊博山炉,里面真的点起了熏香。香烟飘袅,缭绕之间透着世家大族的富贵之气。

看得出,这是展厅最核心的一部分。整个布置雍容华贵,还特意用了顶灯垂照,更显得气度非凡。

眼前摆出的这些家具，恐怕个个都有来历，只是我看不出其中玄机罢了。唯一让我觉得奇怪的是，布展者把明、清两代的物件混杂在一起，整体看起来不那么协调。

明代和清代的家具之间的风格差异挺明显。明式木器造型简约，典雅质朴，几乎没什么装饰，看起来清爽利落；清代家具厚雕重饰，有繁复之美，但比明式要臃肿浮华。

两种家具摆在一起，正如瓷器里的雍正瓷和乾隆瓷，风格差异太大，连药不是都能看出不协调。真不知道沈家是怎么想的。

当然，我们真正的注意力不在这儿，而是在罗汉榻和八扇屏之间的空隙。那里搁着一个青花大盖罐，高度和腹宽都差不多三十厘米。它的底部明显被垫高了很多，在这一堆紫檀木、黄花梨的家具中显得分外抢眼。

我和药不是对视一眼，同时朝那边靠去。可惜前头有一根粗红绳给拦住了，还挂着一块牌子，写着"禁止入内"，只能站在外头看。左右两个安保人员，看得很紧。

没办法，我们只能尽量凑近，把身体压向绳子，踮着脚去看那罐子的细节。

那青花罐的颈部是水波纹，肩部是缠枝牡丹，在最宽阔的罐腹，绘着三顾茅庐的人物图：诸葛亮羽扇纶巾，盘膝坐在松下，旁边一个童子捧琴而立，另外一位童子做禀报姿态。在另外一侧，刘备在柳树下恭恭敬敬躬身等候，关羽张飞面带不忿，似在悄声交谈。在更远处，周仓扛着青龙偃月刀，正牵着赤兔马往前走。

诸人神态惟妙惟肖，画工相当精致，执笔的是个丹青高手。

两个罐子除了人物图不一样，款式却几乎一样，都是丰肩圆腹，宽浅圈足，而且上下纹饰完全一样。我回想了一下，发现从笔触来看，施釉的画风和鬼谷子下山罐如出一人之手。可以判定，这两个罐子，必然是同手所勾，同窑所出，同属一套。

至于这个罐子的真伪，不必多说。它的釉面泛白，但积釉处发青，这是用进口苏麻离青料绘制的，极难作假。我这不是在炫耀学问，而是把刚从《玄瓷成鉴》里学来的小技巧，现学现卖而已。

我们还想往前靠，保安立刻走过来喝止。我们俩没办法，只好拿起相机——好在这个他们不禁止——"咔嚓咔嚓"拍了几十张照片。

我们拍够了照片，又去找解说牌。这次因为要面向不懂古董的社会大众，沈家在每一件家具或文物旁边，都细心地放了一个解说牌，上面有名字、年代和简单的介绍。在行家眼里，这介绍写得太简略，但对普通人来说，足以让他们知道这东西有多珍贵。

这个罐子的名牌上写着：青花"三顾茅庐"人物图罐，明代。然后说了一堆做工如何如何精致、充分体现了我国古代劳动人民智慧的话。

我忽然很好奇，药家人为何把它断定在明代呢？

还有，老朝奉麾下以山头来分，卫辉那边的老徐，是鬼谷子山头的，那么会不会也有一个山头，叫作"茅庐"或者"诸葛亮"？其他三个罐子，是不是也各自代表一个山头？老朝奉为何对这几个罐子念念不忘？

无数疑问，纷杳而至。我手扶隔离绳，眉头皱在了一起。

我在琢磨这个之时，药不是正板着一张脸，观察四周的环境和摆设，有时候还举起相机，对着安保人员和天花板拍上几张，跟间谍似的。

我们俩正忙活着，周围的参观者越来越多，甚至还有几队中小学生，让老师带着排成一队往前走。这些学生叽叽喳喳吵闹得很，老师队前队后忙活着管孩子。忽然一个虎头虎脑的小孩子一猫腰钻过隔离绳，朝里面跑进去。旁边一个胳膊戴两道杠的小女孩大喊："老师，王小毛又乱跑了！"

老师回头一看，登时吓得脸都白了。这些可都是货真价实的古董，万一真给那调皮鬼弄坏一件，可不得了。她不敢过绳，杏眼直瞪，声音都紧张得变调了："王小毛，你快给我回来！"

那个叫王小毛的小孩听到老师叫喊，犹豫了一下，但没有停下脚步，还是朝前跑去。安保人员也慌了神，便准备跨过绳索，去把他揪回来。

忽然一个黑影猛然从我眼前蹿过去，比安保人员速度还快，三步并作两步，伸手去抓王小毛的衣领。王小毛一矮身子，往罗汉榻旁边躲，黑影似乎算准了他的逃跑路线，提前把身子横移过去，一下子把他给提了出来。我定睛一看，居然是药不是。

药不是沉着脸出来，把王小毛往地上一丢。老师跑过去，提着他耳朵尖声训斥。王小毛仿佛受了极大的委屈似的，就地躺倒，放声大哭。他的同学们都聚拢过来，七嘴八舌，还有不明真相的群众指责大人欺负孩子，现场一片混乱。

"看不出你身手如此敏捷，可以去拍武打片了。"我戏谑道。药不是却没有开玩笑的心思："这孩子有点不对劲。"

"嗯？怎么？"

"一般孩子顽皮,都是漫无目的地乱跑。可这孩子一翻过隔离绳,直奔罗汉榻那边。再说,一个小孩子,就算他再调皮,若听到老师喊他回去,多少会有点犹豫吧?可他反而跑得更快了。"

"难道他别有目的?"我顺着药不是的思路想了下去,把自己吓了一跳。

"没错,他根本不是瞎跑,他的目标,是那件'三顾茅庐'人物盖罐。"

我回想了一下刚才的过程,果然如此,那个王小毛从一开始就是跑成了一条直线,终点正是屏风与罗汉榻之间的盖罐。想到这里,我不由得惊道:"难道说,这孩子是打算偷罐子?"

话一出去,我发觉不妥。众目睽睽之下,一个小家伙怎么可能偷走这么大的罐子。就是让他随便拿,他也抱不走啊。

药不然冷冷道:"不可能抱走,但有可能去砸毁。"

"三顾茅庐"人物盖罐不是直接搁在地板上,而是放在一个木质平盘托架上的,托架正好与圈足嵌合。这是为了避免脆弱的圈足磨损或磕碰。那个托架高大约二十厘米,如果有人刻意去推,很容易就会把罐子推翻在地。这个高度,摔得粉碎不好说,四分五裂是一定的。

"这孩子跟那罐子能有什么深仇大恨?"我有些疑惑。

"恐怕是背后有人指使,想借孩子之手把罐子毁掉吧!"

药不是这么一说,我脑子里登时了然。这可真是好算计,通过孩子之手,便可把这一切做成一个意外之局,谁也不会想到,一个孩子背后会有人唆使。

我回过头去,看了眼仍在放声大哭的王小毛,心中的疑虑有增无减。

究竟是谁会对这个罐子动了杀心?更重要的是,此事恰好在我们参观之时发生,这是个巧合还是处心积虑?

我和药不是交换了一下眼色。我走过去,推开围观人群。女老师还在歇斯底里地训着他,一连串杭州土话骂了出来,比孩子哭声还大。

我对女老师说:"同志,别骂了。他还是个孩子嘛,你说得这么狠,多伤他的自尊心呀。"

"伤什么自尊心!他若是真碰坏了什么东西,那可真是把我……不对,把学校给害惨了。"老师怒气冲冲,她知道这里全是真品宝贝,随便摔碎一件,凭她的工资一辈子都赔不起。

"这不是没摔碎嘛。你是灵魂的工程师,可以批评教育,但不要简单粗暴地骂人。"我劝说道,围观群众也纷纷发表意见,老师终于悻悻闭上了嘴。我摸了摸王小毛的脑袋,不露痕迹地把他往外带了几步,跟人群隔开,然后蹲下身子,递过去一块手帕:"小家伙,别哭了,来,把你的鼻涕和眼泪擦干净。"

女老师和围观群众见我穿着中山装,以为是个热心的干部在哄孩子,都没起疑心。参观者们纷纷散去,女老师过去跟安保人员交涉,其他孩子都老老实实地站在原地,不敢触什么霉头。

王小毛用手帕擦擦眼泪,停止了抽泣。我笑眯眯地问道:"小朋友,叔叔问你,他为什么让你推倒那个瓷罐子呀?"

"不知道!"王小毛摇摇头。

我唇角微翘,小孩子到底好对付。我没问有没有人教他这么做,而是直接问他为什么让他这么做,这在古董行当里,是个很重要的谈话技巧,叫作"凿墙"。能把本没心思买东西的顾客,硬凿出一段商机来,如今这技巧倒被我拿来欺负孩子了。

王小毛没心机,一下就被我套出了真相。他说不知道,自然是承认了背后有人指使。

"推倒罐子可是特别严重的犯罪。如果你不说实话,可是会被送到工读学校的,那以后就看不见爸爸妈妈了。"我半是威胁半是劝说。

王小毛似乎被吓到了,他呆愣了一阵,"哇"地又哭起来。我用手帕替他擦擦眼泪,和颜悦色道:"只要你讲实话,就不会有事。老师也说过,要做诚实的孩子,对吗?"

于是,王小毛抽泣着,把之前的事情描述了一遍。原来他昨天放学后,路上有一个人找到他,拿出一个变形金刚,说:"你们明天要去参观浙江展览馆对不对?那个展览馆里有个大罐子,如果你去把它推倒摔碎,我就把这个变形金刚送给你。"

王小毛并不知道青花罐的价值,他特别想要那个变形金刚,觉得为了它,哪怕豁出去被老师训一顿也值了,于是就答应下来。

"那个人你认识吗?"我问。

王小毛摇摇头。

"那他长什么样子还记得吗?"

王小毛说:"是个爷爷,高个子,戴着墨镜,没留胡子。"除此以外,他也说不出什么了。我站起身来,让他回到队伍里去,然后问了女老师这孩子的情况。女老师对我颇为信任，大倒了一通苦水，说这孩子顽劣不堪，总是闯祸，学习成绩一塌糊涂，怎么说都不改。

很显然，这事是一早就计划好的。王小毛平时在学校里贪玩胆大，不知轻重，用一个变形金刚就可以收买他去推罐子。这事成了最好，不成也不会引起特别注意，小孩子胡闹嘛。

看来，这罐子已经危及某些人的利益，必须要采用摔碎这么极端的方式来解决。

我回到药不是身边，把我的想法说给他听。药不是捏着下巴，思考了一下，蹦出来两个字："同意。"

嘿，真成了领导了。

"我这边也不是没有收获。"药不是说道，"刚才我趁机冲进隔离绳，靠近盖罐就近看了一眼，诸葛亮的右侧袖子上，似乎也有一道白口。"

我瞪大了眼睛，赶紧也朝那边看去。可惜经过刚才的风波，保安明显比刚才严格多了，任何靠近行为都会被提前喝止。

我收回视线，问药不是确定吗。药不是点点头，随后又摇了摇头，说不能百分之百确定。

在卫辉的"鬼谷子下山"罐仿品上，我们注意到鬼谷子的袖子有一道白口，意义不明。这不可能是瑕疵，而是真品上本来就有的。我们手里没有"鬼谷子下山"罐的真品，无从比较，那么"三顾茅庐"罐上，到底有没有同样的白口痕迹，意义重大。

"今天就先到这里吧，回去再说。"药不是望了望人群，时至中午，参观的人逐渐多了起来。

我扫过仿古家具展销的横幅，忽然心中生出一股灵感，拽住药不是："你带了多少钱？"药不是莫名其妙，问我想干吗。我说："先别管，你带了多少钱？"药不是掏出钱包来，数了数，人民币有两千，美金有五百块，还有一千多外汇券。我算了算，说够了，拽着他便往外走。

我们离开展示区，直奔展销区。这个区域也摆了琳琅满目的中式家具，不过，全是仿制品，对外销售。里面人头攒动，好多销售员满头大汗地在应付热情的顾客们。

鉴定一件古董木器，没多少钱；卖掉一件古董木器，利润也不稳定。仿古家具销售利润虽薄，销量却大，只要营销得当，每日流水数字惊人，比经营古董的收入高多了。

沈云琛的经营思路，是靠青字门的木器底蕴来推动家具销售。你想，木器专家卖的家具，那质量还能不好？

我一边感慨，一边朝前挤去。好不容易挤到展销区前边，对一个销售员喊道："我想订两百套紫檀木的官帽椅。"

销售员正应付好几个人的询问，听到我的呼喊，眼神登时一亮。他叫来一个同事替他介绍，然后把脑袋凑过来："您要订两百套？"

"对，两百套。我们单位的三产要用。"我举起两根手指，用力点了点头。

如果这个销售员足够机灵的话，从我这几句话就可以获知很多信息了：给单位三产买，说明这单位很大，不差钱；紫檀的官帽椅要两百件，这是外行人才会说的话。紫檀虽不似金丝楠木那么珍贵，但也不是随随便便就能拿出两百件真品的。我一口喊出紫檀官帽椅两百套，显然对这个行业完全不懂。

财大气粗的外行人，这是任何商家都绝不会放过的对象。果然，销售员立刻走过来，殷勤地说："这里太吵了，咱们这边谈。"然后摘下隔离绳，把我和药不是往里带。

展销区里面再走十来步是洽谈区。这里的环境比外面要好得多，四面屏风围住，中间是一圈真皮沙发和树根雕成的茶几，旁边还有一位专门负责点茶的姑娘。这里是洽谈大宗生意的地方，招待的都是大客户，自然怠慢不得。

销售员招呼我们坐下，招呼泡茶，然后说："您想要订购两百件紫檀木官帽椅？"我说："对，我们单位的三产要开高级酒店，需要配套家具。"销售员"哦"了一声，故作关心道："如果都用紫檀的话，价格会非常贵。"然后说了一个数字。我一听，立刻面露难色。

销售员立刻道："我们做生意以诚信为本，不能为了赚钱就坑您。如果您只是为酒店采购坐具的话，那么我倒建议您哪，可以买紫榆木料的，这种料本来就是黑紫色的，表层涂漆仿紫檀色泽，看起来跟紫檀一样，既得了面子，又省了里子。"

这番话说得真漂亮，听起来推心置腹，完全替顾客着想。我摆出为难的表情，说："这料也有点贵，还有便宜点的吗？"销售员先后又推荐了张家口的黄榆、吕梁的核桃木、云南杉木等，一报价我都嫌贵。销售员有点无奈，可又想促成这么大一单生意，问道："您预算多少？"

我说了一个比较低的数字，销售员飞快地想了一下，又报出几种预算内的木料，让我选。我觉得时机差不多了，一拍桌子，说道："我听说桦木也挺好，能不能用？"

我注意到销售员的眉头一跳，又勉强压抑下来。我心中暗笑，绕了一大圈，总算把他引入彀中了。

桦木这种料弹性好，色泽明快，却有一个致命缺点——容易齐茬儿断。说得科学点，叫抗剪力差，经不起细加工，榫卯件做着做着，"咔嚓"，齐茬儿断了。所以，几乎没有纯桦木家具，都是掺在别的料里，起个辅助作用。

而我要求订购的官帽椅这种坐具，做工要求极精细。比如，最流行的南官帽椅，造型像是宋代官员的幞头，椅背的立柱和搭脑、扶手衔接处得做出软圆角来，这非常考验榫头和榫窝的细节处理，木工行管这叫作"挖烟袋锅"，一般是有经验的老师傅来下凿。

用桦木这种料去做官帽椅，报废率会高得惊人。加上桦木易变形，即使勉强凑出两百套，但一下雨，搞不好就得毁掉几套。

销售员自然不愿意冒这个风险，苦口婆心劝了半天。我坚决表示非用桦木不可，他不愿意放弃这笔大生意，只好换了一个角度，说道："您干吗非要用官帽椅呀，您看这块儿朝两边伸出来这么多，占地方，不好摆，不如换一种椅子吧！"

我有点不太情愿，问还有什么样式的椅子，销售员说了半天，从交椅、太师椅说到灯挂椅、扶手椅、玫瑰椅。我不耐烦地一拍巴掌："眼见为实。我刚才在你们那个展示区转了一圈，里面好像有几把椅子挺像样的，要不我再去仔细看看，研究一下再定？"销售员有点为难，说："展示区里都是古董，您要看样式，我们这儿有产品目录。"

我摇摇头："要看，就得看原汁原味的古董真品，不然买起来不放心。"销售员被逼得没办法了，退了一步，说："我现在带您去看看？"我一拨弄脑袋，说："我们刚才隔着绳子远远看过，看不出个所以然，得凑近了看才成。"

销售员赶紧拒绝，说这不合规矩，古董可不能随便靠近。我把药不是的现金全掏出来，故意亮在他面前："订金我可以现在下，但是必须得亲眼去展示区确认样式。您刚才说的那些细节，我不凑近了瞧，怎么搞得明白。单位让我采购这么大笔物品，得认真负责不是？"

我又拈出几张外汇券，表示可以当小费。销售员内心挣扎了半天，一咬牙，凑近我耳边："现在人太多，肯定不成。要不等闭馆以后，您晚点过来，我偷偷带您过去瞅一眼。"

"好好！"我大喜过望，把那一沓外汇券递给销售员，然后又交了一笔订金，反正不是我的钱，所以连价都没还。销售员见订金交妥，彻底放下心来，跟我们约定了时间地点，然后又忙他的去了。

我们俩离开洽谈区，药不是打量了我一下："你对木器懂得很多嘛，不知道的人，还以为你也是青字门的。"我笑了笑："我这只是效仿古人故智而已。"

这真不是谦虚，那些木器知识都不是什么高深学问。这种文玩常识，玩古董的人都知道。

重要的是手法。

今天这手法，也是从一本书上看来的。曾经有个古董店老板，想去谋夺某玉匠家的一件罕见三头玉貔貅，可对方一直藏得严实，没法确定。于是，古董店老板装成有钱顾客，拿了一块玉料，请玉匠为他加工貔貅。不过，古董店老板提出一个要求，说他想要的其实是一尊三头玉貔貅，只可惜这物件已经失传，谁也不知道该怎么雕。玉匠一听，好胜心起，主动拿出自家珍藏的那只三头玉貔貅，说他家有收藏，就按这个形状雕如何，这宝一露白，后面的事情就不必说了。

归根到底，都是一个"贪"字。

我们离开展览馆，在西湖边上找了家国营小店，泡上两杯龙井，边赏湖景边探讨着目前的状况。不过，药不是显然不喜欢喝茶，上好的龙井，他一饮而尽，一点不懂品味之道。

"这么喝东西太没效率，我不喜欢。"药不是晃了晃杯子，又续了点热水。

到底是谁指使王小毛来推罐的，我们两个都认为应该是老朝奉派的人。卫辉老徐的失手，肯定已经传到老朝奉耳朵里了。他大概意识到此事与五罐关系密切，特地派人过来将其销毁。

越是如此，越是说明这五罐与他有着极其密切的关系。

不过，我们也相信，老朝奉暂时还未发现我们的行踪。我们昨天才决定今天来参观，而收买王小毛的计划，在这之前就开始了，两者之间没有因果关系。至于动手时间，开幕第一天人太多，容易惊动领导，所以我们在开幕第二天撞见这一幕，是个不算巧合的巧合。

讨论了几句，我们都觉得王小毛那条线索，目前看来追查意义不大，还是集中精力在晚上的事情上。

"我建议你再仔细看一遍《玄瓷成鉴》。晚上我们即使成功靠近'三顾茅庐'人物罐，恐怕也待不了多久。你必须在极短的时间内，运用一切知识去发掘它的秘密。"药不是严肃地强调。

我"嗯"了一声，低头啜了口清茶，再徐徐吐出一口气。我正在努力让自己的情绪平静下来，找回在紫金山中拓碑的感觉。那不是天人合一的道境，亦不是本无一物的禅境，而是一种专注、专业的执着，极为纯粹，不掺半点杂质。

我爷爷在《素鼎录》里描述过这种境界："浑然忘我，不为外物所扰。身即为古，古即是身。"倘若我能达到这样的境界，那么读起《玄瓷成鉴》，想必会更有效率吧。

说到这个，我忽然想到一个问题，一个药不是曾经问过我的问题。

"哎，我说……如果我们抓到老朝奉，你打算怎么办？绳之以法，还是血亲复仇？"

药不是沉默半晌，把茶杯放下，诚实地回答道："我不知道。"

"就没想过？"

"想过，可这种事不是算术题，没有答案。自己解不出，可又能和谁商量呢？"

我愣怔了一下，随即转过头去。西湖之上，波光粼粼。湖面的游船和天上的白云，此时都极远极远。我意识到，我们两个都是非常孤独的人。

到了晚上八点，我们按照约定来到了浙江展览馆后头的一个运货入口。这里是走货车的，所以有一个特别宽的卸货平台。附近堆放着各种杂物，几乎没有什么人。

销售员从阴影里走过来，神情略带紧张："我先说好啊，两位必须紧跟着我，只能看，不能摸，不许发声或乱走。看完就出来，绝对不许告诉其他人。"

我们连声答应，销售员给了我们两个袖章，都是红色的，上头写着"库管"二字。他拉开门，我们尾随而入。

和白天的人声鼎沸相比，晚上的展览馆别有一番意味。喧嚣散去，剩下的只有沉淀的气韵。在暗淡的灯光下，这些古朴的家具安静伫立，才显露出真实的味道。仿佛白天只是一场演出，到了此时才是这些演员的本色。

这个展销会要办足一个星期，所以，展示品不会那么快移动。偌大的展厅里，只有一些清洁人员在埋头打扫，几个库管员手持记录本，一件一件地检查文物，看是否有遗失或损坏。还有一些安保人员，在通道之间巡逻。不过，看他们悠闲的神态，似乎并不觉得会发生什么大事。

这可以理解，国人概念里的珍贵文物，都是青铜器、玉器、瓷器、书画之类的东西,这些椅子、凳子、桌子、柜子、床榻什么的,不就是家具嘛,有什么好紧张的。

我们在销售员的带领下,再度来到展示区的最核心部分。两个安保分站左右,神色略显疲惫。他们俩站一天了,要等库管点完货,才交接给夜班组。

销售员神态自然地掀起隔离绳,让我们跨过去。安保出于职责过来询问,销售员说:"这两位库管的老师来检查一下家具状况。"安保看了眼我们的袖章,说不是检查过了吗,销售员说这是交叉检查,避免出问题。

安保"哦"了一声,退回到原位。

"两位赶紧看吧,选中了样式,马上离开。记住,时间别太久。"销售员压低声音道。

我和药不是自然是满口答应,迈步向前。从隔离绳到"三顾茅庐"人物故事罐这段距离,不过四五米,不过,沿途摆着香几、圆凳、插屏、镜台,附近还有罗汉榻和屏风,如同竖起一道错综复杂的木篱笆。白天的王小毛之所以被药不是轻易抓住,就是因为在这之间绕来绕去。

为了掩饰真实目的,我们装模作样地在每一件器物前都停留片刻,假意端详,不动声色地慢慢挪向里侧。大约花了五分钟时间,我们终于在不引起警觉的情况下,靠近了青花罐。

这是我第一次接近真正的五罐。青花"三顾茅庐"人物故事盖罐,就这么立在我们面前,釉面温润,纹饰纤毫毕现,连缠枝牡丹的蕊心都看得清楚。在展馆昏黄的夜灯照射下,瓷面泛着奇妙而醇厚的幽青色泽,罐上人物栩栩如生,岁月不能使其衰朽,反而增添了无穷的韵味。

太美了,这就是所谓的"大开门",不用鉴别,一看就知道是真品。新瓷器里有火气,冒的是贼光;老瓷内敛,泛的是葆光。外行人听了可能觉得说法玄乎,可当你看到一件真品时,就会一下子明白,这几个词一点不玄,反而概括得再合适不过了。这一份历尽尘劫的真,再高妙的造假手段也仿不出来。只可意会,不可言传。

更何况,在它身上,隐藏着老朝奉所畏惧的秘密,近在咫尺。我侧过头去,药不是的眼中跳动着同样兴奋的火焰。

此时他所站的位置,比我更前一步,处于罗汉榻和黑螺钿侍女屏风之间的狭小空隙里,正对着的就是青花罐。药不是不懂瓷器,本该等我靠近。可这瓷罐实在太美,他还是忍不住先伸出手,想去触碰一下他爷爷最珍贵的遗物。

当他的手掌触碰到青花罐的一瞬间，我突然听到"咯噔"一声，似乎是什么木件碰撞的声音。

还没等我反应过来，青花罐忽然晃动了一下，幅度还不小，仿佛药不是那一碰用了极大的力气。药不是惊了一下，下意识地想要收回手掌，青花罐的摆动幅度却更大了。短短一秒钟后，青花罐朝着一个诡异的方向离奇倾斜，高台跳水一般，从托架上悄无声息地一头栽下去，脆弱的瓷面和水泥地板狠狠相撞，发出无比清脆的破裂声。

一时间，青瓷四碎，宛若水花。

在那一瞬间，无论是我、销售员还是两个安保人员，都如同泥塑一般呆在原地，脑子瞬间停滞了。我们四双眼睛，在远近不同的地方盯着药不是，却来不及做出任何反应。

药不是似乎也惊呆了，他身子向前倾去，像是在做一个慢动作，先是伸手要抓住摔向地面的青瓷罐，然后他整个人踉跄一下，扑倒在地，高举着双手压在那一地的瓷器碎片上。

古董局中局4

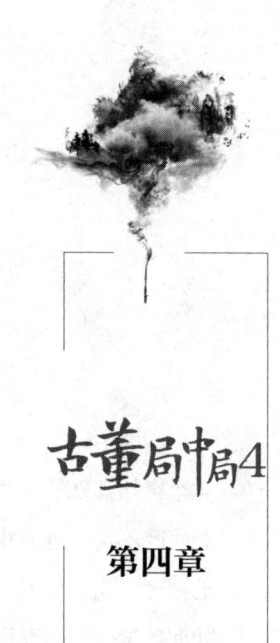

第四章

顺藤摸瓜

这个突如其来的惊变，让在场的人都呆住了。

距离药不是最近的我快走了两步，皮鞋踏在大小不等的碎瓷片上，发出"咯吱咯吱"的声音，我脑袋里一片空白。

如此珍贵的一个青花罐，居然就这么被砸碎了？不是被王小毛或老朝奉的人，而是被药不是，这是何等讽刺啊！

我强抑住惊慌的心情，俯身下去，想要先搀他起来。药不是的双手被尖利的瓷片割得鲜血淋漓，眼镜也摔到了远处，头发散乱，可他的神色却不见惊慌，反而如同一支摘去枪套的长矛，锋锐而凶狠。

药不是没等身子站稳，便猛然抓住我的胳膊，急促道："别管我，你赶紧走。记住规矩。"然后他伸出右手，往我怀里放了一样东西，同时递过来一个严厉的眼神。

我本来心乱如麻，被他这么一瞪，反倒恢复了清醒。我想起我们在卫辉约定过一个规矩："只要能抓到老朝奉，即使被对方牺牲掉，也在所不惜。"

我没想到这么快就要践行这个约定了。

药不是突然把我狠狠推开，转身朝一个方向跑去，销售员和两个安保人员都飞奔过去追赶。我稳定心神，趁这个难得的空当，连忙从另外一个方向迅速逃开。

展厅里的警哨响起，有皮靴踏在地板上的声音。很快警报声也被拉响，响彻整个展厅。许多警卫和工作人员拥入厅内，大声叫喊，几个大门也迅速被专人把守，我戴着库管的袖标，身上又什么都没拿，便顺利逃了出去。

我没敢多停留，一口气跑出去半里地，然后一头钻进一条小巷子里，这才停下脚步，喘息不已。

"药不是现在应该被抓住了吧？"我回头看了一眼，远处的浙江展览馆灯光全开，隐约看到里面人影散乱。那里没多少隐藏的角落，药不是这么高的个子，面对逐层搜查，不可能逃掉。

刚才到底是怎么回事？我亲眼所见，药不是只是轻轻触碰了一下那个青花罐，力道非常小，怎么就把它摔碎了？罐子的垫圈可是牢牢嵌在托架上的，它本身又是矮胖体形，就是存心去推，都未必能推倒摔碎。

可事实就摆在眼前，这一个意外，打乱了我们所有的计划。

药不是为了给我创造逃跑机会，主动负隅顽抗。不，他才不会关心我的安危，他只会关心我能不能抓住老朝奉。

想到这里，我忽然记起来他刚才递给我一样东西。我连忙低下头，借着路灯的灯光，从怀里掏出那件他塞给我的东西。

这是一方瓷片，比巴掌大一点，呈不规则五角形，边缘都是新断碴儿，毫无疑问，这是"三顾茅庐"人物罐的碎片之一，药不是刚刚从地上捡来的。我再仔细一看，这片残瓷面上还有画面痕迹，虽然残缺不全，但能辨认出是诸葛亮身体的一部分，左手长袖，上头有一道我们苦苦寻找的白印。

他在自己摔倒的一瞬间，居然已经意识到这是拿到人物罐白口的最好机会。更可怕的是，他整个人扑倒在碎瓷片上，几乎一下子就找到了正确的瓷片。但这还不是最狠的，最狠的是，他在被我搀扶起来后，心里已经做出了决断。

他决定牺牲自己，让我带着这片瓷片安全离开浙江展览馆。他不需要我去救他，只需要我尽快揪出老朝奉。

这家伙……我不知道该怎么说才好，心里又是敬佩，又是敬畏。他的反应太迅速了，而且对自己太狠了。

我握紧了手掌，掌心压在瓷片的锋利切口处，被割得隐隐疼痛。我们千方百计要看到罐子上的那道白印，可万万没想到，居然要付出如此惨烈的代价。一件稀世珍宝被毁，一个人被拘押。

"不成不成，他牺牲自己，可不是让我在这儿伤春悲秋的！"我放下瓷片，用力拍了拍自己的脸颊，朝巷子的另外一个尽头走去，努力不让自己回头去看浙江展览馆。

伤感还不是时候。这件事，无论如何也会推进下去，绝不放弃。

我们许家人，只有固执这一点不输人后。

酒店肯定是不能回了，他们搜到药不是的身份证，一定会查到住处。销售员知道我们有两个人，警方会到处找我。当然，药不是肯定会坚称自己是无意而为，把我从嫌疑里择出去，我被抓的概率不高，但录口供什么的免不了。我只要一去，必然会暴露身份。

我找了个路边小服装店，随便买了一件外套和一双球鞋，直接换掉干部装。然后我拿出一张假身份证——这是药不是事先准备好的，他考虑到了所有情况。找了家不起眼的民营旅社，住了进去。

一直到进了房间，我才长长吐出一口气，胃部痉挛略微缓解。我冲了个澡，给自己倒了杯热水搁在床头柜边，扭亮台灯，然后躺倒在床上，掏出瓷片。

药不是说过："五罐的胜负，在于瓷器鉴定手段。"我如今手握唯一线索，必须完全把自己沉下去、静下来。

我先微微闭起眼睛，努力把外界的纷扰都排除脑外，仿佛回到紫金山拓碑那几日。这世界上，再没有什么老朝奉、药家兄弟、五脉恩怨。仍旧存在的，唯有眼前的瓷片，和我自己。

一分钟后，我缓缓睁开眼睛，焦虑的情绪不见了。我此时心无外物，精神完全集中在了手中的这小小瓷片上。

瓷器残片我见过不少，可见证一件奇珍从完整到破碎的全过程，这还是第一次。一想到世间又少了一件好瓷，我就觉得遗憾万分。

这残瓷尽管已不完整，但瓷片依然那么漂亮。我把它放在灯光下，反复转动着欣赏。之前虽然看过，但时间短促，无从细看，这次终于近距离慢慢地观察，看出不少细节。

以我浅薄的瓷器眼光来判断，这应该是用上好的苏料绘制，所以，发色浓郁，浓重青翠，在灯光的照耀下通透而晶莹，透着宝石的光亮。难怪很多人为了瓷器神魂颠倒，它的魅力实在太大了。

苏料叫作"苏麻离青或苏泥麻青"，不是中国原产，而是来自波斯卡山夸姆萨村。它是一种低锰高铁类的钴料，和任何釉料配合，都能稳定地呈现出蓝色。苏料的色泽，有如蓝宝石般漂亮，非常醒目，至今也没人能完全仿制出来。所以，苏麻离青是一个绝好的防伪标签，凭这个去判断，几乎百发百中。

于是，从元代晚期开始，中国开始进口苏麻离青料，用于瓷器纹饰绘制。后来郑和下西洋，从伊拉克萨马拉那边带回了一大批高品质苏料，永乐、宣德官窑的青花瓷器，都用的是这种料。可惜在成化之后，再没有大批量进口过，所以，官窑全改用了回青或国产青，苏料瓷器只是零星出现，再没大规模生产过。

"三顾茅庐"这个瓷罐呈现出苏料的典型特征，底款却写的是大明万历年制，这说明它肯定不是伪品，而是万历年间罕见的苏料青花，真想伪造，不如直接往前写成永乐、宣德了。

这个瓷片上保留着诸葛亮左侧胳膊的大半截袖子。诸葛亮的左手姿势屈起，在手肘处有袖布堆叠，画手在这里重色细勾，料釉堆积有晕散，以手抚摸，甚至可感觉有凹凸不平状，很有立体感。我凑近了仔细观察，看到青色已浮渗于釉面，在手肘处有很醒目的黑斑。

这就对了，我一直找的就是这个。当时研磨工艺不到位，苏料颗粒比较大且不均匀。画工在作画时运笔顿挫，轻重不一，苏料含铁量比较高，一旦浮出釉面，就会氧化形成铁锈状的凝聚斑。这在鉴定里，叫作"锡光"，也是苏料的标记之一。

我这也是现学现卖，拿着《玄瓷成鉴》充内行。手里拿着一件真品，与书中的种种道理印证，可比光看书效率高多了，许多原本记不住的知识，如今可以在此融会贯通。

这还只是一小片瓷片，就有如此功效。药家收藏的好东西那么多，从小耳濡目染亲手抚摸，难怪个个都是瓷器高手。

我再度把视线投向瓷片，终于看到那一条苦苦寻找的白口。它正好沿着诸葛亮的袖纹划了大约八厘米，如同翘起一根白色棉线。因为诸葛亮的手肘在这里弯曲，色料堆积略浓，所以，这条白线是凹下去的，摸起来的手感，如同在重料山丘上挖出一条浅浅的小沟。

我手头没有显微镜，没法分析它的成分构造。我摸上去，沟边的釉料平滑，没有明显断边，说明这条线不是硬抠出来的，而是烧制之前就留好了。

至于为什么，我就不知道了。

我反复看了几遍，始终不得其意。线形似是被人用指甲随手一划而成，它再神秘，也只是一条线而已，既不是刻字，也不是纹饰，这条线到底代表什么意思，总不能是结绳记事吧？

更何况，这瓷器的断代不是明初就是元末。这条线肯定在当时就烧好了，为什么又成了老朝奉的眼中钉？难道他是从明代活到现在的老怪物不成？

可惜，古董鉴定从来没有标准答案，一切都得靠自己领会。这最公平，也最难。我现在似乎被这片瓷片逼到了死角。

不行，隔行如隔山。我纵然临时抱佛脚，这瓷器行里还是有太多秘密我参不透。让我这么一个半吊子来破这个局，太难了。我现在恨不得《玄瓷成鉴》里直接写着标准答案，我照抄就是。

我正全神贯注地研究着，屋外忽然传来"哐当"一声，随即传来一阵争吵，把我直接拉回到现实世界。我把瓷片塞到枕头底下，身子贴在门内侧耳倾听。似乎是谁家孩子把暖水瓶踢翻了，然后两家大人开始吵起来。

我一听不是警察来找我，这才放下心来。

今天是研究不出结果了，这玩意儿不是熬夜读书就能解决的。我打了个哈欠，准备睡了。临睡前我看看窗外，药不是，他现在……还好吧？法律我不太懂，不过，那罐子毕竟是药家的东西，药不是身为药家成员，只要家族不予追究，应该就没大事吧？

我把瓷片藏好，轻手轻脚躺到床上。外头大人仍旧在掐架，小孩子"哇"的一声哭了出来，响彻整个走廊，可是够烦人的。这时候若有张辽在就好了，可止小儿夜啼。

小孩子哭……嗯？我躺在床上，猛地一拍巴掌。

对呀！还有王小毛呢！

瓷片这边的调查，我现在无能为力，但还有王小毛这条线可以查下去，他被人怂恿去摔罐子，从他那儿说不定能问到什么。

这条线我们本来不打算跟进，现在反成了一个新的突破口。我谨记着药不是定下的规矩，只相信主动挖掘出的线索，这个线索符合标准。

有了主意，我又在脑子里细细盘算了一番，把明天的行动方案定了下来，力求不出纰漏。说来也怪，我虽然已经从刚才鉴赏瓷器的状态中退了出来，但精神却始终保持着专注。在这样的心态之下，全无躁动。我就像是一个局外人，冷静而客观地审视着自己，就像审视一件文物。情绪退去，只剩下最纯粹、最单纯的计算和观察。

也许，那些著名的掌眼高手，才可以随时进入这样的状态吧。据说掌眼一共有两重高妙境界，一是心无外物，二是心外无物。两者看似只是字序颠倒，而其中意涵却大为不同。我凭着机缘巧合，能勉强摸到第一重境界的边缘，至于第二重，我还离得太远。

《玄瓷成鉴》里说："恃之，则天下无不能成之事；御之，则世间无不能鉴之物。"这听着真是越来越玄乎了。

我反复念叨着心无外物、心外无物，催眠效果倒是出奇地好，一会儿就睡过去了……

第二天一大早，我直奔王小毛的学校。昨天我听那个女老师提过一句，稍微一问就知道地址。路上我还买了一张报纸，发现里面对昨晚的砸罐事件只字未提。

这可以理解，稳定第一嘛。市领导都出席的高规格活动，居然被犯罪分子把其中最贵重的一件东西给砸了？报道出去多不合适。来参观博览会的都是普通老百姓，多一个罐子少一个罐子对他们来说没什么区别，没必要制造不安定因素。

这对我来说，也是一个好消息，至少压力没那么大了。

我找到王小毛的学校，直接指名要见那位女老师。女老师特别紧张，以为我是教育局的督查。我没撒谎，但也没澄清，有这一层误会，办起事来很容易。我对她说，想找王小毛了解一些情况。

她赶紧把王小毛叫来办公室，瞪了一眼，然后说："我去上课了，您慢慢问。"

王小毛一看是我，立刻缩起脖子，站在办公桌前低垂着头，跟鹌鹑似的。我也不忍心吓唬他，微笑着又问了一遍，唆使他摔罐子那个人到底长什么样。

王小毛的描述和昨天差不多，但又有些许差异，这证明他没有说谎，也没有刻意背诵。

我又问道："他给你的变形金刚是什么样的？"

王小毛眼睛一亮，似乎被我的问题搔到痒处。他说这是最近播放的一部动画片《头领战士》里的首领，叫作巨无霸福特，它可以从人形变成一个巨大的宇航基地。这个玩具摆出来得有半米高，极其华丽，所有男孩都会为之疯狂。

不过，王小毛告诉我，这个巨无霸福特的价格，高达五百五十块。我倒吸一口凉气，作为一个玩具，这东西可是够贵的了。可转念一想，这么贵的东西，一般的玩具店肯定不会进。可唆使王小毛的人，又不至于特意从北京或上海特意背过来，应该是在当地买的。

我赶紧问王小毛，这东西哪里有卖。王小毛告诉我，整个杭州市只有在第一百货商店才有一个，他没事就趴在柜台上看，过过眼瘾。

我问清地点，起身要走。王小毛怯怯地抬头问了一句："叔叔你不会告诉老师，是吗?"我停下脚步,看到他的白球鞋已经破旧得没了边,忽生恻隐之心。

这孩子本性不坏,只是缺乏管教。老师说他出身是单亲家庭,母亲早死,父亲是个卡车司机,常年不回来。我十几岁失去了双亲,对他这种境况感受颇深。我蹲下身子,与他平视。我知道这样的孩子其实自尊心很强,他们最需要的不是玩具,而是尊重。

"我不会告诉老师,因为我相信你是个好孩子。不过,坏事可不能去做了,给多少好处都不能,明白吗?"

王小毛赶紧点点头。

我盯着他的眼睛,从里面看到了一丝真诚。我又说道:"中午放学,你能陪我去一趟市一百的玩具柜台吗?"

王小毛双眼闪过兴奋的光芒,响亮地回答:"好!"

到了中午放学,王小毛如约前来,带着我直奔杭州市第一百货大楼。市一百是杭州最热闹的购物中心,即使是工作日的中午,这里的人还是很多。玩具柜台在五楼,王小毛轻车熟路,很快就转到那里。

这里的儿童柜台琳琅满目,摆满了各种新潮玩具,一群小孩子簇拥在变形金刚的销售专柜,大呼小叫。王小毛钻进去看了一眼,退出来向我汇报:"巨无霸福特已经没有了。"

我"嗯"了一声,这早就在预料之中。我挤进柜台,低头对王小毛道:"除了巨无霸福特,你最喜欢哪个?"王小毛毫不犹豫地一指:"擎天柱!"

我掏出钱包,对营业员说:"同志,给我拿一个擎天柱,对,最大的那个。"

在无数小孩羡慕的目光中,我从营业员手里接过大盒子,递给王小毛。王小毛兴奋得眼睛都瞪圆了,怀抱着擎天柱不知该说什么好。

"送给你,做个礼物吧。"我笑了笑,身子往柜台上靠过去,跟营业员攀谈起来。营业员是个年轻姑娘,见我出手阔绰,也乐于交谈。我们随口说了一阵,我遗憾道:"哎呀,本来他最喜欢巨无霸福特,可惜你这里已经卖光了。"

一提起那玩具,营业员啧啧了几声。她说:"那玩具很贵,商店只进了一个,一直无人问津。前两天忽然来了一个人,二话不说把它买走了。这事被营业员们当成谈资,私下谈了好几天。"

"能买得起那个玩具的,可不是普通人哪,长什么模样?"

营业员歪着头想了想，说得有五十多岁，圆眼瘦颊，额头前凸，脑袋像个倒瓜子，不过，头发梳得特别整齐。她的描述和王小毛差不多，但更详细一些。

他对变形金刚完全不懂，过来之后直接问最贵的玩具是什么，营业员告诉他之后，他二话没说，掏出钱就拿走了。我问这个人有留下名字吗，营业员说没有，不过，倒是开了一张发票。我眼睛一亮，问营业员能不能让我看看发票存根，我挺好奇是哪家单位这么大方，还能报销这个。

营业员开始不太乐意，按照规定，顾客是不许看账的。不过，我好歹是混古董圈的，劝人说项乃是看家本领。三言两语，这个小营业员就被我说服了，回头从柜台后面翻出当时的发票存根，上头抬头写的是一家商贸公司，叫银舟。

知道公司名字，接下来就好办了。我去了当地工商局，没费多大力气便套出了银舟公司的注册地址。然后我按图索骥，找到那家公司的门口。这是一栋三层苏式小楼，外墙爬满了青藤，正门是一扇老旧的推门，旁边挂着银舟商贸的公司招牌。

我观察了一阵，没有贸然闯进去，而是退了出来，让王小毛藏在附近，仔细盯着进出这家公司的每一个人。他可能描述不出唆使他砸罐那人的相貌，但看到的话，一定认得出来。

我交代完之后，不动声色地绕到这栋小楼的后面，果然在后门找到一个漆成红色的火警按钮。

这种小楼的结构我非常熟悉，小时候常去玩。这是特别典型的苏式研究院结构，专供级别比较高的研究人员使用，所以，小楼的安防等级很高，一般都装有火警警报系统。这种警报按钮需要人工去按，我小时候调皮，偷偷去按了一次，吓得楼里的人都往外跑，我哈哈笑破肚皮。就为这事，我还背了一个处分。

苏联货的特点是傻大黑粗，但倍儿结实耐用，只要不是刻意破坏，就算缺少维护，也能勉强运作。

我伸出手去按动电钮，整个楼里登时警铃大作，刺耳无比。不一会儿，我听到楼里脚步声纷乱，人影纷纷往外跑去。

我不动声色地绕回到前门，凑到王小毛身边。

王小毛自从得了擎天柱之后，整个人精气神儿都变了，对我言听计从。对我交付的这个任务，他执行得非常认真，就像一个最负责的儿童团员，双目圆睁，死死盯着每一个从门里冲出来的人。

楼里的人不算多，跑出来二三十个人，男女老少都有。王小毛一个一个审视过去，忽然眼前一亮，抬起胳膊一指："就是他！"

我顺着他指的方向看过去，见到人群中有一个五十多岁的老者，背对着我们。他的脊背略带伛偻，个子却不矮，头戴一顶扁帽，脖子习惯性地向右偏去，举止颇有学究气。

"确定是他吗？"我觉得这背影有几分眼熟。

"没错，就是他！"王小毛十分确定。

我正想到底在哪里见过，恰好那老者缓缓转过身来。我一看清他的脸，瞬间如遭雷击，整个人僵在灌木丛旁边。

郑教授？

怎么……会是他？

郑教授浑然不觉我的存在，他右手扶着眼镜，和其他人一起抬头仰望，想看看到底哪里起火。他的左腋下还夹着一个牛皮公文包，这公文包我印象很深，比一般尺寸要大，包角有一条银线箍住，有两处被火烧黑的痕迹。

这个公文包是郑教授的爱物，某一年，单位为奖励先进工作者发的，据说救过他的命，他走到哪里都带着。能带着这个包的人，我绝不可能认错。

王小毛见我沉吟不语，以为没听见，又指了一遍。我缓缓抬起头来，对王小毛说："这事很重要，我再问你一次。是这个人，明确告诉你，要你去摔碎那个瓷罐吗？"

王小毛以为我不相信他，急了，脖子一梗："骗你是小狗！就是这位老爷爷，说只要我去碰一下那个瓷罐，他就送我巨无霸福特。"

我突然皱了下眉头，碰？

不是推倒或摔碎，只是碰一下？

现在回想起来，药不是也仅仅只是碰了一下，青花瓷罐便轰然倒地，这其中蹊跷之处还未及细细分辨。如今看来，郑教授早就知道这瓷罐有问题，只消加上一指之力，就会倒在地上，所以才会派王小毛去。

他是怎么做到的？这瓷罐里难道另有玄机？

更重要的，他为什么要这么做？

我初识郑教授，是在刘局的办公室里，他是体制内的一位考古鉴定专家。后来，他带着药不然来到四悔斋，我才知道，他也算是五脉中人，娶的是药家的女人，类似客卿一样的人物，还是药不然的老师。后来在《清明上河图》的案子里，他帮了我不少忙。

在我的印象里，郑教授是一位传统学者，内敛而低调，行事保守，对五脉大规划商业化的举措有些不满，认为有悖于传统。不过，他不愿公开说出来，只在跟我喝酒时会偶尔流露这样的情绪。他对药不然的背叛痛心疾首，一直内疚没教好这个学生。

这样一个老实人，怎么成了砸罐子的教唆犯呢？关键是，这样来看，他和老朝奉之间一定存在着扑朔迷离的关系。

我不太相信郑教授之前的一切做派都是伪装。我许愿虽然遭到过好几次背叛，看人眼光不能算准，但一个人的真诚是不是发自内心，总还觉察得到。

王小毛连喊了数声，才把我从迷思中唤醒。我赶紧摆了摆脑袋，把混乱尽量甩干净。此时，小楼前的人群已经发现火警是虚报，一边抱怨着一边回到楼里去，郑教授也钻了回去。

"叔叔你是想单独见见那位老爷爷？"王小毛忽然问。我颇有些惊讶，这孩子怎么猜到的？王小毛得意道："要不然你刚才就站出去打招呼了。"

我为之一笑，小孩子果然不能小瞧，他们有自己的一套智慧。我拍拍他的脑袋："你快回学校吧，接下来没你的事了。"王小毛道："那可不行！帮人就得帮到底。我帮您把他骗出来。"

我有些生气："不是跟你说过了吗？你得做个诚实的孩子，可别张口闭口就是骗人。"王小毛道："叔叔你是好人，我看得出来。我学习雷锋，帮好人做好事，总可以吧？"

我一时语塞。

我略作思忖，借了王小毛书包里的一页作业纸和一支铅笔，"唰唰"写了几行字，递给他："叔叔不想让你骗人。这样好了，你把这张字条给他就成了。千万别说我长什么样子。"

王小毛拿过字条，跑了过去。隔着灌木丛，我看到王小毛一溜烟跑到门口，拦住正要进门的郑教授。郑教授接过字条还有些迷惑，待一看其中内容，浑身猛然一震。他俯下身去，连连追问，王小毛只是摇头，然后转头跑了。他动作灵活，郑教授根本追赶不及，只得站在原地又看了几眼字条，转头走进楼里，脚步竟有些踉跄。

其实，我在字条上只写了一句话："若要人不知，除非己莫为"，然后留了一个时间和地址，没留姓名。

让王小毛去送信，本身就是一个暗示：你收买别人砸"三顾茅庐"青花瓷罐的事，已经败露了。不必多说，光这个暗示，就使得郑教授不得不来赴这个约会。

我选定的地点，是在杭海路靠近秋涛路附近。这杭海路的历史可是相当悠久，明清时就有，最早是连接杭州与海宁的通道，就是沿着钱塘江的一溜海塘。后来岸线发生迁移，海塘这才变成了路。至今在这条路沿线，还保留着许多海塘及附属遗迹。

我约郑教授见面的地方，是在一段海塘遗迹的塘下。那里有一座塘王庙，也叫五龙庙。我之所以约在这里，是因为我之前听过一个传说。钱镠修海塘之时，这一段屡修屡毁，他只好割开手指，把自己的血混入泥土，这才修起来。后来，当地人在这一段的塘下盖起一座塘王庙，比别的地方都灵验。百姓们有什么争执纠纷，都来到这庙里，请塘王裁断，比官府还管用。很久以前，这里还挂着一块"正大光明"的牌匾，是从衙门里摘下来的，历任县官谁都不敢抬回去。

我想，郑教授应该也听过这个传说，可以体会到我选择这里的讽刺意味：黑灯瞎火，正大光明。他到底怀着怎样的心思，就让塘王来评判一下吧。

我把王小毛打发回学校，然后稍微做了做准备，便动身前往杭海路。这里已不复当年的海塘风光，被大片大片的建筑工地所取代，即将成为一片现代化城区。我来到秋涛路附近，远远只看到一片废墟，不由得一愣。我再走近点，向路过的行人打听了一下，这才知道，原来最近这里做市政改造，塘王庙和周围一圈低矮危房，刚刚被拆平，准备起新楼。

此时正逢夕阳西下，天空彤云疏朗。塘王庙的旧址已是处处断垣残壁，被落日拉长了影子，显出时过境迁的凄凉。一台挖掘机孤独地垂下铲斗，像一名疲惫的持剑武士在战场休憩。

塘王庙先后重修过几次，里面没剩下什么真东西，算不上文物保护单位，自然也就保不住了。我缓步穿过这一片片废墟，停步在一片平整的地基之上。这里应该就是曾经的大殿所在，我抬起头，在脑海里想象出当年的香火盛况，稍稍抬起头仰望逐渐暗淡的虚空，仿佛看到殿内高悬的那块"正大光明"匾。黑漆金字，煊赫生威。

几百年前，这里还是紧邻江岸的塘堤，如今只能远远听见钱塘江水的奔流之声。沧海桑田，白云苍狗，在岁月的冲蚀之下，没有什么是永恒的。江山尚且如此，何况人心。如今已是20世纪90年代，无论人情还是想法，太多事情发生了改变。纵然这牌匾还在，恐怕塘王他也无从判断这纷纷世事的真伪善恶了吧？

我正在沉思，忽然听到背后传来一阵"咯吱咯吱"声，那是脚步踏在碎砖上的声音。我转过身来，面带微笑："郑教授，您好。"

来人果然是郑教授，他的眼球瞪得要跃出眼眶："许愿？"随即他立刻反应过来："让王小毛送字条的，是你？"

我点点头，却不说话，只是默默地看着他。他是孤身前往，没带别的人来。这一带已经拆得差不多了，地势开阔，一目了然，想藏人也不太容易。

"怎么会是你？"郑教授的眼神开始躲闪，语气虚浮无根。

"这正是我要问的，怎么会是您？"

两个问题完全一样，可含义却大不相同。

我的反问让郑教授倒退了几步，脸上浮现出强烈的愧意，有如一个被人抓到作弊的学生。他右手几次想去抓左胸口，可最终还是垂下手臂。下一个瞬间，他眉头一振，失声道：

"原来，药不是那个失踪的同伴是你！"

青花瓷罐被摔碎的事，肯定第一时间就传到郑教授耳朵里了。药不是被抓，他自然也清楚。现在，我突然出现在杭州，又对王小毛了如指掌。郑教授是个聪明人，立刻把许多事情串联起来了。这样最好，不必我多费唇舌解释了。我上前一步，目光灼灼地直视着他，不容他有半分躲闪的余地。

"郑教授，我一直当您是值得尊敬的老前辈，跟您交心交肺。今天，我希望您也能坦诚以待。"

郑教授意识到，现在根本没有辩解和掩饰的余地。他抽动一下嘴唇，露出苦笑："不错，唆使王小毛去砸青花瓷罐的人，是我。"

"这么说，您其实是老朝奉的人？"我步步紧逼。

郑教授沉默了，既没否认，也没承认。

"《清明上河图》那件案子里，您对我多加照顾，又是提供资料，又是介绍图书馆，我一直心存感激。现在看来，我还是太天真了，您不是照顾我，而是帮衬老朝奉。"我冷冷地继续说道。那次案子我和老朝奉联手，立场一致。难怪郑教授会这么热心。

郑教授继续保持着沉默。

"您在我面前说什么恪守传统、坚守精神，说什么不愿见到五脉被商业化，原来都是恶心的谎话。"

"不，不是谎话！"郑教授终于忍不住恼怒地高举双手，下巴因过于激动而抖动着，"我就是这么认为的，从未有过改变。"

"您怀着这么崇高的理想，为什么会为一个制假贩假亏欠无数人命的恶人做走狗呢？"我大声道，"您敢当着五脉的面把'去伪存真'再念一遍吗？"

郑教授的面色涨红，脖颈处青筋起伏，几次要开口，却又闭上了嘴。仿佛他心中正在天人交战，两股截然不同的力量在剧烈对抗着。

"小许，事情并非像你想象的那么简单……"他最终只是从牙缝里挤出这么一句话。

我冷笑道："当初您就是用这套说辞拉药不然下水的吧？"

药不然的背叛，是我心中的一根刺，也是一个谜。它毫无征兆，也毫无逻辑，就像是一辆失控的大卡车，把我重重地撞离既定的轨道。思来想去，到今天我才恍然大悟。郑教授是药不然的老师，也只有他能对药不然引导、拉拢乃至洗脑。

老朝奉拉下了郑教授，郑教授又拉下了药不然。虽然我还不清楚这对师徒为何对老朝奉死心塌地，但他们沆瀣一气，可谓确凿无疑！

可当我再次看向郑教授时，心中突然不那么确定了。

此时，夕阳已经完全沉入地平线下，只剩下一抹残光在天边，郑教授的面容轮廓，开始变得晦暗不明。我眯起眼睛，像鉴定古董一样仔细端详着这个人。他的神色混杂着尴尬和无奈，甚至还有那么一点点委屈。

"难道情况相反，是药不然拉您下水的？"我忽然反问道。郑教授的肩膀微微垂下，这个如释重负的小动作没逃过我的眼睛。

这可真有点出乎意料，药不然居然才是主导。我转念一想，这样其实才说得通。药不然是个狐狸命，外表随和，内心极有主见，谁也别想拿捏住他。郑教授性格软，反被药不然说服也不足为奇。

这师父，反倒被徒弟牵着鼻子走。

看到我目光带着讽意，郑教授不由得辩解道："我从来没有投靠过老朝奉，我们只是暂时为了同一目标而合作罢了。小许，你不也和他联手过吗？"

"我跟他联手，是为了对付百瑞莲。您和他联手，又是为了什么？"

郑教授听到这个问题，颓然靠在一面半塌的砖墙前，摘下眼镜擦了擦，声音有些嘶哑："小许，你经历过幻灭和绝望吗？你有过那种眼看着最珍视的美好被毁灭的经历吗？"

我没说话，因为我知道他不需要我的回答。天色已经彻底黑了下来，塘王庙四周垂下厚重的帷幕。

"我从小就喜欢瓷器，喜欢得不得了，简直可以说是痴迷。只要有瓷器，别的什么我都可以不顾。幸运的是，我从小就长在药家，身边有最丰富的资源和人脉。故宫深藏不摆出来的物件，我能看到；全国各地收藏家手里的孤品，我能摸到。你知道吗？用手摩挲着光滑细腻的瓷面，用眼睛捕捉它的葆光和釉色，世上没有比这更幸福更惬意的事情了。我从来没想过占有，这想法太自私了。它们的美好是独立于价值而存在的，不应该被无关的东西亵渎。只要它们能妥妥当当地搁在某一个地方，有人呵护有人欣赏，我就很开心了。

"可即使是这么一个小小的愿望，我都不能实现。这些年来，我在这圈子里接触了太多人，看到太多悲剧，每一次都让我元气大伤。曾经一位古董铺老板，有一件心爱的成化内府斗彩莲足盘，反'右'那年，一个人为了表现自己积极上进，勇于批判腐朽文化，当众生生给摔碎了。这成化莲足盘全世界只有五件，留在国内的只有一件，可从那以后，一件都没了，想看就只能出国看。我在清华的一位老师，他一辈子精研瓷器，自己收藏了一百多件，个个都是精品。结果1966年破四旧，被'西纠'抄家，红卫兵们进来叮叮咣咣，砸碎了好多，老师当场被活活气死。剩下的收藏，全被扔在不知哪里的仓库蒙尘。等到20世纪80年代平反之后，老师的后人费尽力气才找到那些物件，然后雇了一辆卡车运回老家。结果那司机为了腾地方拉私货，利欲熏心，擅自挪动包装，在车上装了好多杂货。等拉到地方一看，那些瓷器已经被磕碰得成了一堆碎片，我当时赶到现场，也差点和老师一样被气死，大病了一场。

"这些事不是一次两次，而是无数次，周而复始。不是毁于政治，就是毁于贪婪；不是毁于无知，就是毁于自大。人的罪责，结果却要这些无辜的瓷器来承担。我从一开始的伤心到愤怒，从愤怒到绝望。在这个国家，懂得珍视的人太少了，这些精品永远都在历经劫难。战乱时渡劫，和平时还是渡劫。政治运动时渡劫，经济发展也渡劫。我去过日本的几个博物馆，有公立的，有私立的，人家那一丝不苟的认真态度，和精心收藏的用心，国内几乎看不到。是！那些藏品好多都是日本人在民国时从中国掠夺走的，可不掠夺走，东西就彻底毁了、没了！所以，文物应该是超越国家和时代的。用一时的政治去划分所有权，根本就是错误！其他都不重要，存续才是最根本的事！"

这是老朝奉的论调，我再熟悉不过。郑教授越说越兴奋，从一开始的畏缩愧疚，逐渐变得狂热起来。他不再依靠墙壁，而是身子前倾，双目兴奋地睁大，手臂不时挥动，好像在做演说似的。

我相信他是真心这么认为的。我之前跟郑教授喝酒时，他约略提过类似的想法。不过那时候我没往心里去，以为只是老人醉后的牢骚。想不到他骨子里，居然是一个瓷器原教旨主义者、一个痴者，除了瓷器，其他什么都可以不顾。

难怪老朝奉能跟他一拍即合。

"满口谬论！"我批评道。

郑教授看了我一眼，忽然道："你以为你爷爷许一城，为什么要把佛头送去日本？"

我一怔，怎么忽然扯到佛头案上去了？可这个问题问得很好，我自己也一直有疑惑。我爷爷当年为了阻止日本人盗宝，把性命都赔上去了，可最后佛头还是被木户有三带回了日本，这一切似乎是徒劳无功。

郑教授道："因为他知道，在当时的中国，玉佛头就算留下来了，也保不住。而送去日本的话，以日本人的做事风格，一定会把佛头好好地保留下来。许一城在佛头外故意包上一层假壳，目的就是让日本人误以为是赝品，掉以轻心，他日回归中国时也容易些。

"你看，连许一城这样的人物，都认为日本保护文物比中国更靠谱，你还有什么可说的？可惜许一城还是中民族主义的毒太深，总惦记着佛头回归中国，才多此一举搞什么包玉之术。直接留在日本，岂不是更好！"

这个理由，无非是老朝奉的陈词滥调。我爷爷，可绝非如此浅薄之人。我攥紧了拳头，忍不住喝道："这都是老朝奉说的吧？"

"没错！是他点醒了我，他才是我的知音、我的梦想。"

此时的郑教授完全沉浸在自己的言论里，刚见面时的那点愧疚全然不见了。

"我从未参与过贩假，也从未给老朝奉提供过任何制假的帮助。我加入时跟他有约在先，绝不沾'伪赝'二字，只帮他搜集真东西。其实，假货遍天下，又与我何干？只要那些真东西都好好地搁在那儿，不受任何伤害就够了。这些事五脉做不到，只有老朝奉可以做到。所以，哪怕他十恶不赦，我也会帮他。你可以叫我'瓷卫兵'。"

我怒极反笑:"您口口声声说珍视珍品,所做的一切都是为了瓷器的存续。可您却处心积虑,买通一个孩子去砸碎那件'三顾茅庐'人物青花盖罐,您不觉得自相矛盾吗?"

郑教授停顿了一下,神色略带遗憾:"这是一件不可多得的精品,这么碎了很可惜。如果有可能,我也不想这么做。不过,这都是为了更高的目标,这种程度的牺牲也是必要的。"

"摔瓷器是为了更高的目标?这简直荒唐!"

"那是因为你知道得太少了。站在不同层次,眼界高低也不同,看到的东西是不一样的!"

听到这里,我心中忽然一动。外表还维持着愤怒的表象,但情绪已经迅速退了出来。现在,郑教授处于极度亢奋状态,理性消退,正是套话的绝好机会。

"难道这五罐,和老朝奉之间有什么特别的联系,所以你们才拼命要把它们毁掉?"

郑教授毫无提防,自顾自地喋喋不休:"那是当然,咦?想不到你已经查到五罐了。这一定是药不是那孩子发现的吧?那孩子对瓷器毫无兴趣,可真是药家的耻辱。"

"联系是什么?老朝奉为何如此惧怕这五罐的存在?他到底是谁?"我持续发问,不容他有思考的机会。同时,身体踏步向前,脖子前伸,双眼直视。

这是一个压迫性的动作,会对对方造成一种强烈的催促效果。郑教授不是个阴谋家,他只是个被洗脑的"瓷呆子",很容易接受暗示。尤其是从刚才开始,他一直陷于自我狂迷的状态,对这种催促的抵抗性更弱,几乎是有问必答。

他听到我的问题,几乎不假思索,张开嘴就要回答。

可是他刚吐出一个含糊的音,突然间腔调一变,从嘴里飞出一声呻吟,然后整个人软软地瘫倒在地上,晕了过去。

这突如其来的变故,让我猝不及防。我离老朝奉的真相,就差了那么一秒不到的距离而已,居然功亏一篑,不禁又气又恼,向前疾走几步,想去看看郑教授为什么突然晕倒。

塘王庙一带因为拆迁,路灯还没装全,太阳一落山便特别黑。好在今晚月色尚好,我借着月光朝前走去,突然一种强烈的危机感袭来。我及时地停住了脚步,眼睛一眯,看到一个人影从郑教授身后浮现,就像是从黑夜里一点点分离出来似的。

"哎呀哎呀,我这个老师就是太好说话。幸亏哥们儿跟来了,不然可要麻烦了。"

听到这熟悉的声音，我的面部肌肉抽搐了一下，心情翻江倒海。

药不然还是那副玩世不恭的模样，穿了件纯白的运动 T 恤，一只手插在牛仔裤里，另外一只手还保持着手刀的姿势。刚才就是他出现在郑教授背后，看到郑教授即将泄露出老朝奉的隐秘，便毫不客气地给了恩师一记手刀，生生将其打晕。

我们两个对视片刻，谁都没说话，因为都不知道该如何开口才好。

沉默了足足有两分钟，最后还是药不然先绷不住，"扑哧"一声笑了出来："别这么一脸苦大仇深，哥们儿见面，分外眼红啊。"

我"哼"了一下，却依然没吭声。

我该怎么反应？是扑上去打生打死，还是问问他九龙寨城里的伤好了没有？这家伙是我的兄弟，也是我的敌手，是我的恩人，也是我的仇人。如果有可能，我最不想面对的，就是这个浑蛋。

药不然抬起右手："你别多心，这次哥们儿真不是追着你来的。我是听说郑老师匆匆出门，神色不对，不放心，跟过来看看。没想到能在这儿看见你。许愿，你最近好吗？"

"不好。我在追查老朝奉的身份，但是被人给截和了。"

药不然对我的讽刺毫不介意，歪着头思考了一下，猛一砸拳："是了！我说你怎么会出现在杭州，肯定是碰见我哥哥药不是了吧？"还没等我说话，他又道："这次杭州博览会的事，闹了半天是你们俩搞出来的。怎么样？我哥是个挺难交往的人吧？他可不像哥们儿我这么随和。"

我神色一动，听他的口气，似乎这件事已经有老朝奉的介入了。

"药不是现在怎么样了？"

药不然叹了口气："还能怎么样，被当场抓住了呗。好在五脉有人正好在现场，一眼认出了他的身份。不过，那罐子太过贵重，牵涉金额过大，都够格成刑事案了，就算是沈家也兜不住。现在，我哥应该在派出所里拘押着呢。"

我吓了一跳，刑事案，居然要严重到这种地步吗？不会是药不然暗中使坏吧？

面对我狐疑的眼神，药不然有点委屈。他挠了挠头，略带苦恼地说道："啧，说得好像我是个反派似的。那是我哥好吗？就算立场不同，我也不会主动去害他啊。"

"这可很难说。"我一阵冷笑。

"哎呀，我告诉你吧！砸'三顾茅庐'盖罐这事，根本就不是我负责，是郑老师统筹。没想到他安排的人没成功，反而把我哥给牵扯进来了。我一听到这消息，立刻从外地赶过来，这不下午才到杭州。我本来打算偷偷把我哥捞出来就走，没想到却撞见了你。"

"就是说，老朝奉也不知道你来了杭州？"我将信将疑，这家伙居然是擅自行动。

药不然看了一眼昏迷不醒的郑教授："那当然，谁也不知道。若不是我这位老师得意忘形，差点说出老朝奉的身份，我本打算偷听一阵就撤的。你以为我想见你啊？每次看见都臭着一张脸。"

我忽然发现，药不然居然一直没提卫辉的事。看来他没骗我，这趟是私自行动，老朝奉并不知情。但我却没有掉以轻心。这家伙看着和善，但身上可是背着好几条人命，连对付自己的老师都不留任何情面。

"喂喂，别用这种眼神看我，我只是打昏他而已，又没杀人。"药不然连连叫屈。

"和杀了他没什么区别。我认识的郑教授是个敦厚朴实的好人，你把他洗脑洗成什么德行了。"

药不然有点恼火，一指郑教授："这事也怪哥们儿？你知道他爸是谁吗？他爸叫郑安国！"

这名字我一下子没反应过来，再仔细一想，忽然听懂了。

药来的油画里有四个故事，天青釉马蹄形水盂那个故事，郑安国在里面扮演着重要角色。他爱瓷成痴，不惜拿最后一点口粮去换水盂，最后全家活活饿死，只剩一个儿子被药来带去北京。原来这个儿子，就是郑教授。难怪他从小长在药家，性格也和他父亲一样，对瓷器如此着迷，甚至到了发痴发狂的地步。

遗传基因这东西，真是强大。

药不然一看我的反应，点头道："你若跟我哥联手，自然也是听过了天青釉马蹄形水盂的故事。不过，他只知其一，不知其二。你知道吗？老郑家当年在长春，外号叫作'西厢郑'。因为他们家最有名的一件收藏，乃是青花'西厢记'人物盖罐，焚香拜月，举城皆知。"

我的喉咙一下子发干。这是第三件人物盖罐！

在"鬼谷子下山""三顾茅庐"之外，原来还有一件是"西厢记"！第三件人物罐终于露出它神秘的一角。

没想到它和郑教授有如此之深的关联。

药不然道:"我爷爷去长春,其实最大的目的不是那件水盂,而是去找这件罐子。可惜郑安国一口回绝,推说早就卖给别人。我爷爷十分怀疑,以郑对瓷器的痴迷,怎么可能会轻易卖出?何况古董市场没什么机密,这么大的物件出手,怎么一点风声也无?可惜在搞清楚之前,郑安国就死了,罐子到底卖给谁也就成了一个谜。至少对五脉来说,还是个谜。"

我听他的口气,似乎还有下文,正要详细询问,药不然却摆了摆手,正色道:"唉,说得太多了,不提了,不提了。许愿,我跟你说,五罐的事水太深,你不要碰比较好。"

"这与你无关。"我硬邦邦地顶了回去。

药不然跺了跺脚,一脸恨铁不成钢:"我说许愿哪,本来老朝奉都打算见你了,你说你绕这么大一圈,不还是为了见他?这不是脱裤子放屁吗?"

"我不是要见到他,我是要揪出他,让他暴露在光天化日之下,接受法律的制裁。我要他的'赝品帝国'分崩离析,无法再流毒人间。"我一字一顿道,然后比了一个决绝的手势,"药不然,我们理念背道而驰,注定要互相敌对。你要么在这里杀死我,否则我绝不会罢手。"

"你这家伙,对我们真的威胁太大了。你说得对,我应该现在动手,把你干掉!"

话音刚落,药不然脚下一动,整个人急速地冲过来,霎时便冲到我面前。在这个距离,我可以清楚地看到他的双眼,杀气毕露,有如一头凶残精悍的野狼。

以药不然的身手,我实在没有反击或躲避的必要。我索性闭上眼睛,一动不动。可攻击却没出现,那股杀气却一下子消失了。药不然往后退了几步,双手一摊,愤愤道:"你这是耍赖!"

"你既然杀不了我,那就阻止不了我。"我淡淡回答。

药不然气得原地转了几圈,几次抬腿要走,歪着脑袋想了想,还是叹了口气转回头道:"这次我是私自出来,老朝奉不知道。但他迟早会觉察到,暗中协助我哥的人是你。一旦沾了五罐,来找你的人,可就没我这么客气友善了。"

"谁?"

"我不能说。总之,收手吧。"

"该收手的应该是你。你到底要在这个肮脏的泥坑里趴多久?"我大声质问道。

黑暗中药不然的表情晦暗不明,可他的回答却毫不犹豫:"人之毒药,我之甘露。这是哥们儿自己的选择,你不懂。"

他的语气满不在乎。

我被他这种态度激怒了。这个浑蛋明明都已经背叛我了,却始终不肯明白地说出他背叛的理由。我不知道他到底在坚持些什么、有什么苦衷,我现在只想好好揍他一顿。

"那咱们各安前程,生死由命。"我甩出一句,转身就走。

"你这家伙……"药不然似乎已失去耐心,他抬起胳膊,又放了下去,"算了算了,拿你没辙,喂,往这边看。"他这个举动,颇出我的意料之外,我不由得停下脚步,看他玩什么花样。

"我给你一个友情提示,至于你能悟出什么,就看你自己的造化了。"

"你会这么好心?"

"哼,反正拦不住你,那就顺其自然呗。我倒要看看,你能做到什么地步!"

药不然弯下腰,黑暗中传来一阵"咯吱咯吱"的摩擦声,似乎他拿了什么尖利的东西在砖墙上刻字。过了一阵,他刻完字了,拍了拍巴掌:"记住啊,这次咱俩从来没碰见过。"说完他俯身扛起昏迷不醒的郑教授,歪歪斜斜地朝外走去,一边走一边还唉声叹气:"还得先给他扛回去,唉,你说我这是图啥……"

我站在庙前,心中五味杂陈。这次突如其来的见面,就这么突然结束了。它非但没解答我心中疑惑,反而带出更多谜团。我抬起头,纵然塘神在此,恐怕也无从分辨是非曲直吧。

不知何时,钱塘江中的雾气悄然弥漫到这边来,把废墟淹没在一片淡淡的雾霭中。我觉得胸口有些积郁,无处抒发,走向那半堵砖墙,想看看上面刻的是什么字。

光线不足,我不得不划亮一根火柴,才勉强能看清。上头用红砖歪歪扭扭地写着几个字——绍兴,八字桥。

远远的,药不然的声音忽然从雾气中又飞了过来:"对了,提醒你一声,如果碰到自称细柳营的人,千万小心。"

古董局中局4
第五章
『飞桥登仙』绝技再现

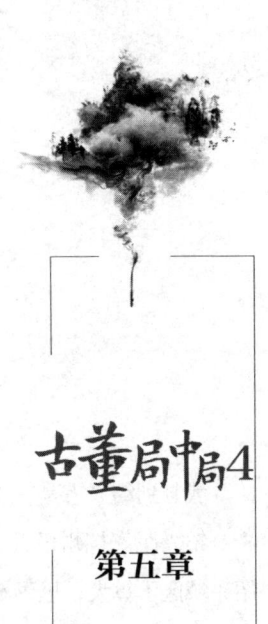

我赶到绍兴市是在次日下午。

绍兴距离杭州极近，不过百里之遥，两城之间往返的长途车极多。跟杭州相比，绍兴城区不算大，里弄窄巷，老街小桥，处处都透着一种江南水乡的温润气质。我进城时正好赶上下雨，看着窗外细雨如酥，周遭的老旧建筑都隐在淡淡的水雾之中，烦躁的心情也平静了不少，仿佛被洗过一遍似的。

绍兴这地方，号称"文物之邦"，这个"文物"不是指现在咱们说的文物，"文"指精神文明，"物"指物质文明，意思是说，绍兴这里无论文化底蕴还是物质生活，两手都硬得很。你想啊，这里的历史可以追溯到三代之前，后来又处于江南文化的核心地带，几千年文化浸润，让这个小城市的底蕴厚实得惊人。

从舜、禹开始数起的绍兴名人，远有勾践、西施、王羲之、陆游、王阳明、徐渭，近有鲁迅、周恩来、蔡元培、秋瑾等。几乎是随便走两步，就能碰到一个闻名遐迩的历史名人故里。这种人杰荟萃的地方，一向是藏龙卧虎，不可小觑。

车子徐徐开进城区，我在路上重新整理了一下思路。郑教授显然是被药不然拉入伙的，然后被老朝奉洗了脑，再派来这里摧毁"三顾茅庐"罐。那么从这个角度反着考虑，沈家应该不是老朝奉的人，否则，他们在北京就可以动手，何必让郑教授跑来杭州大费周章。

五脉与老朝奉之间，真是错综复杂，难以分辨。

从药不然的话里判断，老朝奉有两件事还不知道。一是我和药不是联手；二是我有"三顾茅庐"罐的碎片。而且，药不然也暗示，他不会对老朝奉说起我们的会面，他到底为什么这么做呢？难道说，老朝奉内部，也不是铁板一块？

归根到底，还得先搞清楚绍兴这里到底隐藏着什么东西。药不然让我来绍兴，却绝口不提原因，只留下一个叫"八字桥"的地名。我不知道需要去见一个人，还是找一件物品，还是去寻访一个地方。根本全无头绪。

绍兴这个地方，文化上最出名的有两类东西：一是书帖，绍兴旁边就是兰亭，大名鼎鼎的《兰亭集序》诞生地，又是书圣王羲之的故乡，传承下来的书法水平自然高得很；二是明清家具，绍兴一带大族世家非常多，累世繁衍，一族动辄有数千人的规模，号称"三十六天井，七十二槛窗"，意思是一处大宅，就有三十六户人家独院，可想而知，日常所用器物得有多少。何况他们又是缙绅官宦的身份，讲究风雅文气，对家具质量要求很高。

他既然特意指定我来绍兴，那么要找的东西或人，必然是跟这两样东西有关。

尽管药不是反复告诫，说绝不可相信送上门的线索。可我的直觉告诉我，药不然应该没有骗我。不过，这只是直觉，没有证据，若是药不是还在身边，一定会把我骂得狗血淋头吧。

"这个浑蛋，总不肯把话说全。"我暗自咬了咬牙，然后从汽车上跳下来。此时小雨依然在下，雨点落到脖颈子里带着丝丝凉意。我缩缩脖子，买了一把伞撑起来，朝着八字桥走去。

我出发前买了本绍兴旅游手册，里面说八字桥始建于南宋嘉泰年间，年头久远，位于八字桥直街和广宁桥直街交会处。我一路问一路找，沿着小街一直快走到尽头，才在斜风细雨中看到一座低调的梁式石桥。

这八字桥位于三水汇聚之处，正桥跨架南北流向的主河上，桥身全是花岗条石砌成。旁边还有副桥架在两侧踏跺下面，分向四个方向落坡。远远望去，恰成一个"八"字。桥下的两条踏跺各有一座方形桥洞，可容两条小河通行。河旁边还依稀能看到一条便道，估计是从前纤夫拉纤走的路。

这个造型，像极了现在的立交桥，四通八达，水陆适用，又显得匀称质朴，真是一个建筑杰作。我走上去，桥面嶙峋起伏，如同核桃皮一样，落脚之处的台阶几乎被磨平。不过，望桥柱上雕刻的覆莲浮雕却保存得很好，莲瓣清晰可见。桥身临水的侧面，绿萝如帘，更增添几分古朴情趣。

我站在桥上的最高处，桥顶几乎与左右屋顶平齐，四下风景一目了然。河水两侧全是江南的白墙乌瓦宅子，地势反而比八字桥要低。可以看到有女子在门前水旁洗菜，一条乌篷船悠悠然漂过来，河道边几个年轻人骑着自行车，高高兴兴骑过窄巷，惊起两只燕子斜斜飞过水面。

雨水从伞边流泻下来,仿佛挂上了一层薄纱帘布,让这一切显得美丽而又迷离。我举着伞,眺望了半天,却不得要领。眼前的景致美则美矣,只是不知关键之处何在。

"药不然啊药不然,你是让我看什么呢?"我喃喃自语。

一个背着画板的年轻姑娘从桥的另外一侧走过来,在桥顶停了脚步支起画板,靠着桥栏开始写生。我走过去,给她把伞撑过去。姑娘全神贯注地画着,浑然不觉。直到一幅速写已隐然成形,她才惊觉头顶居然一直无雨,扭过头来,冲我露出一个灿烂的笑容。

这姑娘皮肤白皙,一头乌黑长发,头上别着一个银叶子头饰,是个典型的江南美女。我们就这么攀谈起来。我自称是从北京来的游客,到绍兴来旅游。

姑娘挺惊讶,说八字桥这个景点不如鲁镇、兰亭之类的地方那么有名,一般很少有外地游客会来。我借机问她,可知道这附近有什么特别值得逛的地方没有。

姑娘歪着头想了半天,没想出来。八字桥不是旅游景区,附近住的都是老城居民,也没什么名人曾经居住。我进一步启发她,说不一定是景点,只要和传统文化相关就行,比如说,和古董沾边的。

姑娘眼睛一亮,说:"这我倒知道一个。"

我大喜过望。她伸出手臂朝桥下一指:"喏,那边就有一个古董店。"我朝那边一望,远远看到在小河拐角处有一棵大榕树,树干几乎歪斜贴到水面,整个树冠像一把斜搁在地板上的伞。树后隐隐可以看到房屋一角。

"记得回头谢我啊。"姑娘落落大方地喊了一句。

我谢过姑娘,下桥朝那边走去。八字桥一带水道纵横,往往看着很近,走到跟前却被小河拦住去路,要绕好远才能过去。我七转八弯,走了好几次冤枉路才到了那古董铺子门口。

这店铺是仿徽派建筑的二层小楼,才盖起来不久。屋顶两侧是马头山墙,梁架上的叉手和霸拳呈云朵状,勾连迂回。檐下撑木雕成各种珍禽异兽,颇为精致。门口一副对联:读书随处净土,闭门即入深山。居然读出了几分大隐隐于市的味道。

上头还有一块牌匾,上面写着"兰稽斋"三字。兰是兰亭,稽是会稽。

我推门进去,店面不大,铺子两侧各有一个枣木阁架,上面摆着各种古玩,有青铜、玉石、瓷器和一些杂件,后头还挂着一幅《兰亭集序》的横轴誊本。我约略扫了一眼，货色只能算中平，细节倒布置得极清爽，窗明几净，简简单单，还焚了一炉素香。

老板是个四十多岁的中年人，长脸细眉，皮肤白净不见一丝皱纹，颇有几分女相。他热情地打了个招呼，说"您随便看看"，然后又踱回到柜台后头。

我注意到这家铺子并不是开在鲁迅故里附近——那里是绍兴最大的古玩市场，这说明他是一处车店。所谓车店，是指那种地理位置偏僻的古玩店，一般人找不到，上门都是经熟人介绍来的，大多是懂行的。与之相对的是街店，设在旅游景点或热闹街市旁边，抬眼就能看见，接待的多是游客和外行人。

我没着急说话，围着阁架转了几圈，里面的物件有新有旧，掺着摆在一起。我从架子上拿下来一件青花花鸟莲子罐，罐上底款写的是"大清乾隆年制"。我一看那底款，微微一笑，心里有数了。正经的乾隆官器底款，"年"字上面一横要断开，叫作"断头年"，"製"字下面凹处横着一笔出头。这个罐子底款不具备这两个特征，不用看其他的了，肯定是假的。

不过，这罐子仿得还可以，花鸟和莲子纹饰的线条清晰，釉面擦得干干净净，光彩夺目，算是现代工艺精品。我也不言语，拿着这罐子端详了半天。这时候老板凑过来了，笑眯眯地说："您觉得这件怎么样？"

我含糊回答："还成，看着挺漂亮的。"老板一竖拇指："实不相瞒，我摆在外面的东西，新多旧少，糊弄外行人的。您一挑就挑出唯一一件真货，可真是行家。"我故作得意，连连点头。老板一拽我衣袖，压低声音道："我这店里，真正的好东西，其实您还没看到呢。"

"哦？在哪儿？"

老板说："我跟你说，这是我个人私藏。咱俩有眼缘，我才破这个例，一般客人来，想看都看不着。"说着话，他从后屋取出一个云龙纹宝蓝绸底的大锦盒，郑重其事打开盒子，里面是一件康熙五彩龙凤瓷笔筒。一拿出来，满眼生色。

康熙五彩是在瓷面上彩绘，有红、黄、绿、蓝、紫、黑等，还分深浅、浓淡、厚薄，所以，呈现出的效果极为夺目。这个笔筒绘着一龙一凤，龙身是蜜蜡黄，凤羽是瓜皮绿加枣皮红，陪衬的祥云、瑞草、花卉、林木、山石也各有独色，让画面看起来热闹无比。

"俗话说，千金易得，知音难觅。这件东西我是不卖的，但是碰到懂行的人，总想一起鉴赏鉴赏。"老板柔声细语地说道，满眼都带着真诚。

我摸着这个笔筒，心中却是冷笑不已。

他这是给我夹菜呢。

夹菜是句南方古董行当的暗话，北方的春典里叫分槽，是古董店勾人的一种手段。

有些古董铺子，老板会故意在前头货架上摆上真真假假的物件，后头备有几个锦盒，里头装的都是假的。如果客人一进门，就挑起一件假货在那儿摆弄，说明是棒槌，老板就会故意吹捧，夸他真有眼光，把客人捧得飘飘然。然后，他会推心置腹地说，前面的货色一般，后面有几件珍藏的宝贝，只给懂行的人看。

客人听了，虚荣心得到满足，又觉得老板很真诚，进了套儿浑然不觉。接下来怎样，就不必多说了。

因为这种做法，是看人下菜碟，所以称为夹菜。北方比较粗俗，给猪喂食得分开食槽，区别对待，所以又称分槽。

这个老板见我孤身一人闯入，又拿起那个假莲子罐看了半天，所以默认我是个棒槌，不骗白不骗。

其实，我还真是棒槌，这些知识，都是临时抱佛脚从《玄瓷成鉴》上学来的。好在虽然我的瓷器知识不扎实，但骗术的本质都是一样的，懂点心理学、明白点人性就够了。

比如这个康熙五彩龙凤笔筒，若是单独搁在这儿让我猜，我可鉴别不出个子丑寅卯。但现在我一看老板给我夹菜，就知道这玩意儿肯定是假的。知道正确答案，再往回推断其中破绽，就相对容易多了。

我拿起笔筒，在手里转了几下，不经意地说："老板，这绿色有点不对啊。人说康熙五彩是绿里透黄，你看这凤凰羽翎的绿，可有点透黑啊。"

老板一听，笑容登时僵在脸上。我这话，绝对是行家才问得出来的。他赶紧赔着笑说可能屋里光线不好。我把笔筒一翻，说："康熙年间的器物细，都是糯米胎质，微微泛黄，怎么这看着泛白呢？"老板这回可绷不住了，这明摆着就是扮猪吃老虎嘛。

"您说的……这个嘛，也不尽然。"

我轻轻说了第三句："民国货的话，确实是一件精品，断成康熙年，就过了。"

五彩瓷只出现过两个时期，康熙年间流行了一阵，后来因为太过浓艳，逐渐被粉彩给取代了。一直到了同光年间和民国初年，民间才开始重新仿制五彩。很多人拿新五彩充旧五彩，专唬外行。

至于怎么区分两者区别，一看胎质，二看彩料，三看釉色，这在《玄瓷成鉴》里说得特别明白。但实际如何运用，可就是运用其妙、存乎一心了，不是背书能解决的。

老板从我手里把笔筒一把抢回去，气哼哼地说："我好心觉得你合眼缘，你这么干有意思吗？"

古董这个圈子有个很怪的心态。外行充内行的人不少，而且特别受商人欢迎，好骗；像我这种内行充外行的，反而会受鄙视，觉得是存心戏弄人，挡人家生意。

其实，我之所以这么做，真不是闲着无聊，而是让药不然给逼的。

药不然给我的线索太少了，我不得不去一处一处试探。可是人心难测，我不知道哪里埋着坑，不得不小心谨慎。先探探对方的底，觉得靠谱，才好打听事情。

这一试，果然让我给试出来了。这兰稽斋的老板一见到肥羊，骗得毫不犹豫。可见他人品有限，铺子布置得再清雅，也遮不住是个藏污纳垢之地。我怀揣着"三顾茅庐"人物罐的残片，干系重大，可不能随便拿给这种人看。

"你到底买还是不买，不买还请自便吧。"老板变了脸色，下了逐客令。

我想了想，最后问了一句："你这儿有青花人物盖罐吗？"老板没有任何特别的反应，很不耐烦地收拾茶器："没有没有，从来没收过。我要关门了。"

听到这回答，至少我能确定，这里绝非药不然所暗示的地点。

多待无益，我很快推门出去，站在小巷子口，一时有些彷徨。八字桥附近，应该只有这一家古董铺子，若不是这里，我该如何去找呢？

眼前的窄巷多而稠密，向四面八方蜿蜒伸展而去，有如迷宫，房屋密密麻麻，总不能让我挨家挨户去问吧？我在雨中沿着巷子转了许久，因为没有目标，只好逢弯必转，信马由缰。就这么游荡了一个多小时，我一无所获，反倒是肚子开始"咕咕"叫了起来。

我实在懒得再走远了，抬头一看，原来又转回到八字桥边上。旁边有一家小铺子恰好出摊，挨着河边在卖炸臭豆腐。那一股微微的臭味弥漫四周，混着雨后的清新空气与河草清香，让人食指大动。

我快走两步过去，正看见店主把三串臭豆腐从油锅里捞出来，上面的豆腐块儿已炸出金黄颜色。店主在锅边磕了磕油，旁边一个顾客接过去，直接开始嚼起来，"咯吱咯吱"的，听着特别香。我看得眼馋，正要掏钱，听到一个女声欢快地喊道："呀，你也来吃啊？"

我一抬头，原来等在锅边的人，正是下午给我指路的那个写生女孩子。她在八字桥这里写生了一下午，也跑来吃臭豆腐。于是，我们索性拼了张桌子，点了一碟《孔乙己》里的茴香豆，要了盘糟青鱼干，就着臭豆腐边吃边聊。

女孩自我介绍说她叫莫许愿，我一听，差点没拿住筷子，这不成心的吗？她问我叫什么，我说叫许愿。她先是愕然，然后哈哈大笑起来。

有了这么一层缘分，我们俩聊得更自在了。莫许愿是学美术的，本地人。她说八字桥边上这家臭豆腐特别好吃，是用苋菜梗原汁泡的，卤出来特别香。说完她拿起一根空扦子，把豆腐块蓬松的表皮戳出洞来，再从旁边的小瓶里舀出辣椒油和麻油，顺洞里倒进去。

经过这么一番处置，她戳下一块递给我。我入口一嚼，真是脆香四溢，臭味翻滚，简直就是一列五味杂陈的味觉火车，在嘴里来回冲撞，痛快极了。连吃了五块，我才停下来，吃点小菜解味。

莫许愿说她从小就在这八字桥旁边长大，对每一条巷子都极熟悉。现在她不住这里了，但每个月还是会来一次桥上，画一遍附近的风景，然后下来吃顿臭豆腐。她说她想把这些记忆留住，最好的办法，就是画下来，因为画画儿走心，心到了，人也就到了。

一说到这个，她就开始滔滔不绝。说了半天，莫许愿忽然意识到把我给冷落了，有点不好意思："哎，你找到那家古董店了吗？"

"嗯，不过没什么好东西，就出来了。"

"原来你还研究古玩啊，怪不得面相看着有点老成。"

这姑娘可真不会聊天……我呵呵一笑，避而不谈。莫许愿挺热心，又歪着脑袋使劲琢磨了半天，实在想不出来八字桥附近还有什么和古玩有关的地方。

"真对不起，实在想不出来啦。"莫许愿双手合十，歉然说道。她说完以后，半天没听见我吭声，一抬头，看到我直勾勾地看着她，眼神火热。

姑娘脸立刻红了，正要避开眼神，我却低声喝道："别动！"她立刻不敢动了。我伸过手臂，想要去摸她的脸，把莫许愿给吓坏了，身子往旁边一躲，差点从椅子上跌下去。我这时才意识到失态了，连忙缩回手，解释说："我刚才不是看你，我是在看你的银头饰。"

莫许愿从头上摘下头饰放在手心里,递过来:"喏,你自己看就是,别再看我啦。"

其实中午我就注意到了,她的头上别着一个银头饰,和那一头乌黑的长发相得益彰,搭配得十分自然古雅。不过那时我没留意头饰细节,现在两人对桌吃饭,我才注意到,那个银头饰居然是一朵莲瓣团花。我一时看得入迷,结果差点引发了误会。

我把银头饰放在掌心,仔细观察。它的工艺其实很简单,就是在锤平的银饼上錾出花纹,然后再弯成扎头样式。可是这个莲瓣团花的造型,却很不寻常。它以十六片莲瓣团成一圈,每两瓣莲瓣之间,穿插有一根竹枝,这些竹枝好似辐条一样汇聚到圆心,看上去好似车轮。

这种莲瓣加竹枝的造型,我生平只在一处看过。

民国时期,陕西的经味书院曾定制过一批牛皮笔记本,赠送给杨虎城将军。后来有三本笔记本流落到我父亲手里,成为佛头案的重要证据。这些笔记本做工精美,本子四角都以银角镶嵌,设计者别出心裁,把银角设计成了莲瓣竹枝的造型,莲代表佛家,竹代表儒家,正是经味书院的特色所在。

经味书院一关,这个设计湮灭无闻,没有其他人再使用过。

而我在绍兴,居然再一次看到这个造型,不由得又惊又喜。我抓住莫许愿双臂,连声问她这银饰在哪里买的。

莫许愿见我好似发了神经病一样,不敢挣扎,只得用颤抖的声音回答:"是……是八字桥的尹银匠打的。"

"他是谁?"

"就是尹银匠啊……"莫许愿略带委屈地说。

"你能带我去吗……哦,对不起,对不起,没弄疼你吧?"我赶紧松开她,忙不迭地赔礼道歉。莫许愿揉着胳膊,嘴巴微微噘起:"我可以带你去,不过,有句话我可得说清楚。"

"您说您说。"

"我对你没感觉,你不要一见钟情。"

"好吧……"

八字桥附近住着一个姓尹的银匠,不是本地人,不过,这个所谓"本地人"的概念,可有点长。按照中国的尺度,有可能迁移过来四五代人了,仍被当成是外来人看待。

"反正从我爸小时候记事开始,他就在这儿了。"莫许愿说。

尹银匠有一个很小的摊子,就开在家门口。他收费公道,手艺也不赖,八字桥附近的街坊都来这里打些长命锁、银手镯什么的。最近几年,自家打银器的人少了,尹银匠也开始做一些比较流行的首饰,吸引年轻姑娘。莫许愿前一阵路过他的摊子,看到一个挂出来的头饰不错,便买了下来。

我点点头,请她带我去看看。莫许愿爽快地答应了,不过她警告说:"尹银匠脾气比较古怪,你可得做好心理准备啊。"

莫许愿带着我走街串巷,在迷宫般的小巷子里转了半天。此时天色渐渐暗了下来,她在前头拐了个弯,说道:"就在前头了,今天运气不错,他出摊了!"

我看到前方是一条窄窄的乌巷,两侧高墙,地上是凹凸不平的青石路面。在巷子尽头可以看到亮起了一盏灯。大概是灯泡瓦数不够,那灯光略显昏黄。我们再走近些,可以看到雨点敲打在掉漆的蓝皮灯罩上,光线晃晃悠悠,忽明忽暗,真有点雨夜深巷说《聊斋》的味道。

尹银匠没有铺子,连招牌也没有,就是在自家当街门口放了一个木质工作台,用几片玻璃罩住。前头插着一个竹架,上头挑着许多造型各异的小银饰,非常低调,若不是有莫许愿提醒,我可能从他面前走过都不会觉察。

我们走到跟前,隐隐能听到房门里传来收音机的唱戏声。尹银匠整个人正窝在工作台里,弓着腰在锤弄着一块银片。工作台上散乱着各种小工具,什么熔银炉、手锤、錾子、铁皮剪、坩埚、铜模子,旁边地板上还堆放着松香、石灰、硼砂等物料。这是个典型的传统民间手工小作坊,唯一比较现代的设备,是一台用来化银的乙炔喷灯。

莫许愿喊了一声尹银匠,他停住手里的活,抬起头来。这是一张五十多岁的苦脸,倒八字眉,双眼因为长年伏案做细活,眯成了一条缝,双颊下陷,几乎能勾勒出颅骨形状。唯独额头奇大,跟老寿星似的。

"给你介绍笔生意!"莫许愿把我往前一推。尹银匠淡淡地看了我一眼,把头重新低了下去:"你想要什么?"

我拿出莫许愿的那个莲竹头饰:"这是您打的吧?"

"是。"尹银匠点点头。

我俯下身子,靠近工作台:"我想问一下您,这个银饰的造型,您是走的手还是走的模子?"

我许家生意以金石为主，金银器也在掌管之列，我在这方面略通一二。银器的花纹做法分成两种，一种是用錾子一点一点錾出来，一种是用现成的模子浇银汁。前者适用于定制，俗话叫走手；后者适用于批量生产，叫走模子。

听到我这个问题，尹银匠摘下老花镜，搓弄了一下手指。他的手指纤细修长，上头沾满了银粉，一动就隐隐有粉尘飞舞，跟变魔术似的。

"不买就别问！"

银匠语气里带着厌烦，仿佛不愿意跟人多说话。莫许愿偷偷扯了一下我的衣袖，小声说："尹银匠脾气比较古怪，你给钱就得了，别瞎说惹他生气啊。"

我连忙掏出二十块钱，说："我要我要，要一个跟她一个样式的。"银匠接过钱，数了数，丢进工作台下面的抽屉，又问道："自己带料还是现料？"

"您这儿的现料就成。"我回答。

银匠看了我一眼，起身回到门里，一会儿工夫拿出来一块银板，用抹布擦了擦上头的灰，拿铁剪"咔嚓咔嚓"剪下一片，开始熔银。他的动作有条不紊，熔、锤、錾、折，都非常有韵律感。那块银料在他手里服服帖帖的，跟橡皮泥似的，想要什么样就是什么样。老一辈的手工艺人，就是有这样的本事。

其实，刚才那个问题，我不用看他做，也知道答案。模子浇出来的花纹，边缘光滑，形体比较浅；錾出来的边缘更锋利，造型清晰。而且手工作坊的模子精度不够，无法处理太复杂的花纹。这莲瓣竹枝太精细了，连竹枝的竹节都能看清楚，肯定是靠手工一点点錾雕的。

我主要是想看看他的整个制作过程，做一下确认。

莲花和竹子的组合，并不是多难想到的设定，说不定哪位能工巧匠灵光一现，也能巧合地想出来。但是经味书院的莲竹造型有个特点，竹在莲前，莲在竹下，两种植物前后交叠，巧妙地用竹节和莲边来表现位置关系。为了达到这种效果，得先錾一半莲瓣，再雕竹节，然后再回过头錾另外一半莲瓣，最后是竹身。必须按照这个次序，才能做出同样的效果。

若尹银匠是按这个次序操作的，那来源必是经味书院无疑。这种时候，根本不需要对方开口，只要看他打完一件东西，就能得到很多信息了。

我站在工作台旁，借着昏黄的灯光注视着尹银匠。他趴在那儿，把初具形状的银坯子搁在砧子上，开始了最复杂的一道工序——錾纹。我目不转睛地盯着，他做这个真是熟极而流，手指和工具在方寸之地交替飞舞，不带一丝犹豫，时锤时锉，还不时用喷灯燎一下。很快，一个崭新的莲竹头饰便成形了，手速真快。

我从喉咙里吐出一口气，他做了一定程度的简化，但加工次序完全一样。这个银匠，绝对有门道！

尹银匠对我的注视恍若未见，他用钳子夹住头饰，丢到旁边的酸洗液里涮了涮，又丢到清水盆里。这是因为银饰刚接受高温锤打，表面会发黑，需要酸洗一下，才能光泽鲜亮。

趁着这个空当儿，我开口问道："这个莲竹相间的纹饰不错，您是从哪儿看来的？"尹银匠没回答，专心致志地涮洗着银饰。我以为他没听见，又问了一句。尹银匠把银饰夹起来，用块麂子皮擦干净，硬邦邦地说："祖传的样式。"

"您家祖上，籍贯是哪里？"我又问道。

"拿走。"尹银匠把银饰丢给我，对这个问题置若罔闻。

我索性把话挑明了："您祖上和陕西经味书院，是否有关系？"

尹银匠摘下眼镜，开始收拾工作台上的残料。我不甘心，又凑近一点，几乎趴到他耳边："您听说过五脉吗？"尹银匠冷哼一声，把工具一件一件归拢到小木箱里，这是要收摊的架势。

莫许愿在旁边悄声道："他就这脾气，不想说的，你问了也是白问。我们来打银饰，都尽量少说话，不惹他。"

我见他一副油盐不进的模样，也很无奈，看来今天是问不出什么了。好在既然锁定了他，剩下就是水磨功夫，慢慢磨呗。

不过，仔细想想，这银匠虽然疑似和经味书院有关系，但和我要追查的五罐，似乎八竿子打不着。从莲竹纹联系到经味，从经味联系到杨虎城的笔记本，从笔记本再联系到佛头案，从佛头案到五脉，再到青花罐。这个逻辑太牵强了，绕了好多圈。

可眼下就这么一条线索，我也没别的选择。

尹银匠已经快收拾完了，我看看天色已晚，不好耽误小姑娘的时间，转身欲走。临走之前，我又瞥了一眼那工作台，眉头一皱，似乎有什么不妥之处。再仔细一看，眼神被其中一样东西锁住了。

那是一支搁在工具箱内的细长铁笔，长约十厘米，毛笔杆粗细，握手处用细铜丝箍着一圈竹套。竹套黄里泛黑，已经有年头了。铁笔的笔端是个平头，上头有一个凹槽。

这个工具叫细钻,用来在银面上镂孔用的。根据需求不同,笔端可以装不同的钻头,在银器上钻出不同形状和大小的孔来。

可是这个细钻,和一般的细钻不太一样。这个微妙的差异,让我看到了一丝破开局面的曙光。

我拦住尹银匠,一字一顿开口道:"你不是银匠,你是一个锔瓷匠。"

尹银匠听到这一句,八字眉猛然一抖,整个人像个捻儿被点着的爆竹似的。他弯腰从钱匣子里拿出二十块钱,丢还给我,然后一把从我手里抢回莲竹银饰,粗暴地丢回工作台,一锤砸瘪。

"耷泡蛋! 枪毙巨!"尹银匠连声用当地土话呵斥道,用力挥着手掌,仿佛我触碰了他的什么禁忌。我还想要解释一下,尹银匠直接把喷灯给抄起来了,横眉立目,跟看见杀父仇人似的。

喷灯连金属都能化开,对付血肉之躯更是轻而易举,吓得我赶紧往后一缩。

我本来还想给他看一眼怀里的瓷器残片,但看他如此决绝,我也不敢坚持。尹银匠把工作台推回屋去,"砰"的一声关上大门,随后屋顶悬着的那盏灯也"啪"地熄灭了。

莫许愿抱怨道:"你看,让你别乱问,让人撵出来了吧?"我看着那紧闭的大门,好奇地问道:"听他的口音,和本地人区别不大。他是什么时候来的绍兴?"莫许愿说不知道,反正从她小时候起,这银匠已经在这里开摊了。

"那他家里有什么人,你知道吗?"

莫许愿摇摇头,说:"你也看见了,这人脾气古怪,平时很少跟人交谈。附近街坊有想给他介绍对象的,可谁家姑娘也受不了他,所以一直到现在都是单身,也没朋友。早些年他家里有个老娘,过世很早,所以现在一个人住。"

我又问:"什么情况下,他会发脾气?"莫许愿说:"他好像特别不喜欢别人问他过去的事,一问就急,连生意都不做了。居委会还一度怀疑他是不是其他省的逃犯,后来公安来查过,并不是,也就没下文了。"

"难道户籍登记上也没写吗?"

"那我就不知道啦,我又不是查户口的。"莫许愿好奇地问道,"你怎么问得这么详细,不会是公安局的吧?"我笑了笑,没回答。

"今天真是多谢你了。"我做了告别,准备先回旅馆再说。

莫许愿瞪大眼睛："哎？你不该请我吃个冰激凌喝个茶什么的吗？"随即她自己又摆了摆头："算了，请我吃完甜食，你肯定会提出送我回家，然后你就知道我们家地址。我还得邀请你上去坐，天色这么晚，聊得太晚你回不去，还得借宿在家里，太容易出事了。我对你又没感觉，这样会很麻烦。"

我摇头苦笑，这姑娘读琼瑶小说真是读得太多了。

为了避免误会，我没敢送她回家。我们在城区里找了一家冰激凌店，她痛痛快快吃了三个球，然后分手。

"哎，我能最后问个问题吗？"莫许愿说。

"说吧，要是感情方面的事就算了。"

"你刚才说的那句话什么意思？什么锔瓷匠，怎么他一听就生那么大气呢？"

"这个说来……话可就长了。"我眯起眼睛，一副老气横秋的口吻。

锔瓷匠，是一门古老的职业，至少在宋代就已存在。瓷器这东西，虽然耐久度高，但是很脆，一磕一碰，轻者掉渣，重者碎裂，会变得特别不好看。所以专门有这么一类手艺人，能把瓷器修补上。比如你一个瓷碗摔地上成了三瓣，不能用了，他有本事重新拼回一个碗去。或者一个瓷盘掉了一角，他能给镶了铜角。这就叫锔瓷。

锔瓷匠分两种，一种叫常活，一种叫秀活。常活是走街串巷给穷人服务的，老百姓家里穷，瓷碗摔了舍不得买新的，就找人补。从旧社会过来的老人都知道，锔瓷匠会肩扛着一个挑子，带着调门喊"锔盆、锔碗、锔大缸"，这都是老百姓常用的几件东西。这种常活的工匠，叫箍炉匠，下九流。现在生产力上去了，日用瓷器不值什么钱，坏了就换新的，所以常活几乎灭绝了。

至于秀活，是专为古董瓷器修补而发展出来的。古瓷一代一代往下传，难免有不完整的时候，甚至有时只能找到一堆碎瓷片。这时就需要有专门的工匠把它修补起来，而且不能光补完就算，还得保证艺术的完整性，对锔瓷匠的要求更高了，不光手艺，还得兼顾艺术性。到了今天，文物修复专业还得借鉴这些手艺。

关于秀活，在古董圈里还有一个特别著名的故事。

南宋时期，日本有一位贵族叫平重盛，其向宁波阿育王寺捐献了黄金。作为回礼，阿育王寺回赠了龙泉窑的一件瓷碗，备受平重盛喜爱。后来到了室町年间，这个瓷碗被幕府大将军足利义政得到。可惜因为屡遭战乱，这个瓷碗出现了几道裂痕。足利义政派遣一位特使，携带此碗来到大明，希望成化帝能再赠送一件。可是龙泉窑经过时代变迁，已经烧不出同样釉色的瓷碗。成化帝便让御用锔瓷匠将此碗修复，带回日本去。这个瓷碗上锔了几颗豆钉，看起来形状有点像蚂蟥，于是日本人把这个瓷碗起名叫作"青瓷蚂蟥绊"，成了日本最著名的茶具之一。

你看看，锔瓷手艺，已经到了和瓷器本身同辉的地步了。

那为什么我一看到那件工具，立刻就认出来尹银匠是锔瓷匠呢？

锔瓷这门手艺，原理说起来很简单，就是在瓷器上钻几个孔，再用长短不一的钉子给固定住。其中钻孔这一道工序，最考验功力。瓷器薄而脆，要在上面钻出一个孔来，还得保证不碎不裂，需要极精细的手法。锔瓷匠用的开孔工具，是一根铁笔，在笔头镶嵌一颗金刚石，在要开孔的部位轻轻研磨，磨出一个孔来。

中国有句俗话，叫"不是金刚钻，别揽瓷器活"，就是打这里来的。

尹银匠工具箱里那杆铁笔，已经改圆为尖，用来加工银器，可是外头那圈竹套却泄了底。给银器钻眼，考验的是力道，弄错了还能回炉重化；给瓷器钻孔，只有一次机会，用错力气就碎了，所以需要极为精细的控制。外面加一圈竹套，可以提高手指摩擦力。

尹银匠之前肯定干过锔瓷，而且是一个玩秀活的。不知什么原因，他改了行当，只是这管铁笔还用得着，于是稍加改造，变成了一件银器工具。若没那圈竹套，我还真看不穿。

当年在京城里头，秀活手艺出众的都是瓷器大家，有这个眼界，才敢在古瓷上头动手。既然尹银匠的老本行是锔瓷，那他和五罐之间终于有了直接联系！

我暗自庆幸。尹银匠的这个破绽，其实根本不算破绽。若非对金银器加工和瓷器都有了解，根本看不出来。银器是我本家的学问，锔瓷的事在《玄瓷成鉴》里写过。多亏了药不是逼我恶补了一阵，这才侥幸有所发现。

果然，多读书还是有好处的。

当然，我没跟莫许愿说得太细，她一个局外人，未必能听懂。我跟她随便说了几句，就打发她回家了，不然她又会多出什么奇怪的联想。

到了第二天，我又来到八字桥附近。不过，我这次没有贸然靠近，而是远远地在巷子口偷望。我看到尹银匠打开房门，搬出工作台，这才放心。

我原来最担心的，是他被我撞破了隐事，连夜潜逃。绍兴我人生地不熟，可没地方找他去。

巷子很偏，我偷偷监视了他一上午，一共也没几个人路过，停下来找他做东西的，更是一个也没有。手工银器这一行，真是江河日下。其实不独银器，所有的手工艺人，如今日子都不好过。现代工业和科技发展太快，让他们的生存空间越来越小。我甚至怀疑，尹银匠从铜瓷匠转行，便是因为这一行几乎灭绝，只能另谋生路。

我在心里盘算，到底该怎样获得尹银匠的好感。送东西？连莫许愿这样的土著都不知他的爱好；帮他忙？他深居简出，生活简单到了极点，几乎都不和外界交流；用钱贿赂他？这倒未尝不是个好办法，可看他昨天退给我钱然后一锤砸坏头饰的劲，恐怕只会起到反作用。

这个尹银匠，简直就是现代社会里的一个怪胎、一个隐者，与这个世界格格不入，只活在自己的工作台后面。一时间，我真有点老鼠吃乌龟——无处下嘴。

到了中午，尹银匠把工作台抬回门内，锁好门，然后往外踱着步子走去。我尾随着他，尽量保持距离，看到他走过八字桥，来到昨天我吃臭豆腐的那个摊子。尹银匠拣了一条长板凳坐下，点了一碟炒河虾和一碟霉干菜，还让店主人烫了一壶黄酒，慢慢吃了一碗米饭。

我眼睛一亮，看来他不算彻底不食人间烟火，好歹喜欢喝酒，那就好办了。我装作不经意的样子溜达过去，走到小店前跟老板打了个招呼，然后一屁股坐到了尹银匠桌子对面。

尹银匠抬头看看我，一脸怒意，把饭碗往桌子上重重一搁，起身就要走。我不急不忙地拿起一只酒壶，说："这顿我请，咱们什么旁的话都不说，就喝酒，成不成？"

"走！走！"

尹银匠却不接这茬儿，沉着脸往外走。我连忙抓住他胳膊，尹银匠猛然一甩，力气还不小，把我生生给震开，扬长而去。

店主人乐了，说："你找老尹干吗？"我随口说想跟他学手艺。店主人摇摇头，说："老尹这个人平时极其不喜欢跟人来往，也就来我这儿吃饭，能谈上几句。像你这样主动搭讪的，他最烦了，一烦就发神经病，好像叫什么狂躁症啥的。"

我一听，忙问店主人："原来还有别人来找过尹银匠？"

店主拿炒勺磕了磕锅沿，感叹了一声，说从前街坊有在电视台工作的，想做一期主题节目，介绍失传的传统手工艺，找到尹银匠这儿来了，结果他一看见摄像机，立刻翻脸，把一伙子人直接骂出门去了。还有一个香港人，想请他去广州做银器生意，刚一提出来，就被老尹拒绝了。香港人觉得是钱没给够吧，便揣了一口袋现金过来。老尹倒好，直接开了喷灯，把口袋给点着了。等香港人把火给扑灭，钱已经被烧了一大半。

"若是我，就趁机要挟尹银匠赔钱，赔不起，就把他弄到广州。"我脱口而出。

店主笑道："香港人也是这么打算的，可这人哪，真不可貌相。没想到老尹从家里拿出俩瓷碗，丢过去。香港人请人鉴定了下，发现这俩瓷碗值的钱，比被烧掉的钱还多呢，只好揣着碗灰溜溜地离开。当时整个八字桥都轰动啦，街坊们议论纷纷，这老尹平时看着穷酸，手里还真有值钱东西啊。"

我忙问是什么碗，店主为难地抓了抓头，说这就不知道了。我想想，那半口袋钱起码得几万块，一个小银匠，居然收藏着这么贵重的瓷碗，这家伙的底细，果然有些神秘。

我们俩正聊着，门外忽然传来脚步声。一抬头，老尹居然回来了，翻着眼皮，像欠了人钱似的。我还没开口，却发现老尹身后居然还跟着一个人。

这人我也熟，正是昨天兰稽斋的老板。我们四目相对，一下子全愣住了，没料到会在这里看见对方。我看到老板手里抱着一个八卦纹的琮式瓶，瓶口缺了一角，心下立刻了然。这老板一定也看破了尹银匠的锔瓷手艺，想请他出手修补。

兰稽斋老板看我的眼神充满了警惕。他大概此时心里在想：好小子，你昨天去我店里，原来是想探我的底。我觉得有点冤枉，不过眼下也没法解释，只好任凭他误会下去了。

尹银匠一出门，就被兰稽斋老板堵了回来，心情恶劣到了极点，脸皮一抖一抖，有如火山喷发前的地表，随时可能被灼热的岩浆淹没。平时一个人去找他，已经让他烦躁得要发病；现在这种讨厌鬼有两个，当场气死都有可能。

"让我回去！"尹银匠厉声叫道，却多少有点色厉内荏。

我笑着把他挡住："尹先生，既然来了，何妨喝点再走？"兰稽斋老板也堵住了他的退路："就是，就是，乡里乡亲，应该多走动走动，这顿我请。"我们俩虽然互相敌视，但在按住尹银匠这点上，还算有共识。

尹银匠气极了，开始用绍兴话骂起人来，又急又快。我听不大懂，便不在乎，那老板想来久经考验，也不会被影响。尹银匠骂累了，"呼哧呼哧"喘气，发现我们两个摆明了不吃怒骂，他手边又没有称手的武器，完全没办法。

我跟兰稽斋老板都看出来了,这个尹银匠表面狂躁,其实骨子里是个懦弱性格。只要你比他更凶更横,他很快就服软了。

一看我俩油盐不进的无赖模样,尹银匠无奈地退后两步,坐在椅子上颓然问道:"你们到底想干什么?"

是啊,我们想干什么呢?

其实,我的目的很简单,请尹银匠为我看看那块"三顾茅庐"的碎片。他对瓷性熟的话,说不定能窥破那白口的奥秘。

至于兰稽斋老板的真实目的,恐怕绝非修补琮式瓶这么简单。这瓶口修复不是什么难事,就算绍兴没有,杭州一定有师傅,何必选择尹银匠这么一个难应付的人呢?我看哪,他真正的意图,是想摸清楚尹银匠家里还存着什么瓷器。

商人逐利如苍蝇逐臭,哪儿有宝贝,恨不得挖地三尺去淘去买。这种随随便便拿出两个精品瓷碗的家伙,手里一定有更多好货。

我们都不愿意说出自己的真实目的,于是,局面便陷入一个尴尬境地,一时小店里安静下来。尹银匠的面皮又抽动了一下:"你们不说,那我就回去了。"我和兰稽斋老板对望一眼,同时开口道:"我们想请教一下锔瓷的手艺。"

尹银匠对"锔瓷"这个词似乎非常抗拒,一听我们这么说,他双肩高耸,呼吸粗重,好似又要犯病了一样。店主人手疾眼快,递过去一碗黄酒。尹银匠一饮而尽,用袖口擦擦嘴,情绪勉强压了下去:"我只是个银匠,只会银活。"

兰稽斋老板抢先道:"不麻烦您太多,就是想给这个瓷瓶镶个银芒口。说到底,锔金不分家,您做的还是银活嘛。"

这家伙到底是个老江湖,这话说得相当有门道。

稍懂锔瓷的人都知道。有些瓷器碎了,碎片还在,这种可以拿钉子锔回原状,这是最基本的手段。可有些瓷器,缺失的部分已经找不到了,这种情况的修补方式,是用金、银、铜等料,打成缺失的形状镶嵌上去,相当于给瓷器镶了个金牙。所以这手艺不光看修补,还得修补得有艺术感。手艺高的人,能把残瓷修出花样来。

比如,一个茶盏坏了半边,用金叶子镶上,两边用米钉锔子固定,这就有了个新名目,叫作金瓯缺。再比如,哪个壶口出现崩口,那就包一圈花银边,叫作遮芒。还有补盘子时,上面镶上一串铜豆钉,一个素盘就成了满天星。前面提到的那个"青瓷蚂蟥绊",就是把残缺品锔成艺术品的一个范例。

所以，但凡锔瓷匠，必然有一手金属加工的绝活，和专业银匠既有相通之处，也有不同的地方。兰稽斋老板故意混淆这两者之间的概念，强调这个委托其实还是银活，是不想激起尹银匠的反感。

尹银匠对这个要求不置可否，转过来又看向我。我想了想，开口道："我手里有片碎瓷，想请您看看其中的门道。"

既然是碎瓷，那就没有锔的必要了，他甚至都不用动手，只要看一眼动动嘴皮子就成了。

我们都看出来了，尹银匠对锔瓷特别抗拒，因此尽量把要求说得简单，挖空心思不往锔活上靠。

尹银匠既没一口答应，也没一口回绝，他又要了一碗黄酒喝完，打了个酒嗝："我只能答应一个人，你们俩自己商量吧。"

得，这尹银匠看着木讷，脑子还真好使。见我们两个一起纠缠过来，索性祸水东引，把矛盾转移，让我们自己先撕巴一轮，他看热闹。

这有什么好商量的，我和兰稽斋老板一看就是志在必得，谁也不会放弃。两人跟斗鸡似的，竖起翎羽，翘起鸡冠，互不相让，可一时都还坐在座位上，没动手。

为什么不动手？怕我们一打起来，尹银匠趁机跑喽。

旁边店主打了个圆场："老尹哪，你这不是挑拨人家打架吗？我这小店可容不下两尊菩萨。要不你给他们划个道？"

尹银匠这会儿酒劲有点上来了，眼睛微微泛红，说话声也比刚才大了："那成，你们不是来找锔活吗？那就考考你们的锔活手艺，谁知道得多，我就答应谁的要求。"

我和兰稽斋老板对视一眼，同声道："怎么比？"

尹银匠想了想，说"你们跟我来"，然后伸手跟店主借了两个盛酒的大瓷碗。我和兰稽斋老板一左一右，生怕他跑了，半挟持着他出了店铺。店主摇摇头，继续炸他的臭豆腐。

我们三个出了店没走几步，就是八字桥桥头。此时正值正午，阳光艳炽，是绍兴难得的晴朗天气。金黄色的光芒抛洒下来，照得桥下流水波光粼粼，活力洋溢。唯有这座青灰色的古桥不受影响，依然带着绵延千年的阴冷气质。

我们三个走到桥顶，尹银匠看看天色，开口道："锔活手艺，我收起来几十年了。今天你们俩逼我拿出来，也得看你们有资格没有。当年锔瓷匠收徒，一考眼力，二比手力，三比心力。过了这三关，师傅才会开始真正训徒。你们既然想要看，也得遵循这个规矩。比过三关，谁胜数多，我就答应谁的要求。"

说这话的时候，尹银匠的背不由自主地挺直了，气质为之一变。刚才那个有着精神隐疾、脾气暴躁而又怯弱的人不见了。阳光照耀下，尹银匠微眯的双眼透出一丝自傲的光芒。

我心中一动，先前我在北京见过一个老头子，曾经是京郊最有名的风筝高手，谁也斗不过他，后来落魄到了要饭的地步。可他只要手一碰风筝线，整个人精气神立刻变了，威风凛凛，和眼前的尹银匠一样。

每一个艺人，其实都有在专业领域的矜持和骄傲。

"这第一关，是考验眼力。"

尹银匠举起那两个瓷碗，从桥顶朝两个方向往下一摔。石桥都是花岗石路面，坚硬无比，又凹凸不平，这俩碗扔下去，登时摔了个粉碎。尹银匠道："你们先来比比眼力吧，看谁先能给拼回去。"

这个考验，不算离谱。锔瓷的第一步工序，就是找碴儿、对缝，把碎瓷和瓷器本体之间的缝隙对上。咱们现在说话老爱说找碴儿找碴儿，其实最早就是锔瓷的术语。

找碴儿的难度在于，瓷片是有厚度的，形状能对上，厚度却未必能严丝合缝。这时候就需要锔瓷匠的判断，究竟怎么搓、怎么敲，都有章法可循。说白了，其实就一条：看你眼力有多准，拼图有多快。

我和兰稽斋老板却没急着动，反而看着尹银匠。

我们担心，这是调虎离山之计。我们过去捡碎片的时候，万一你跑了怎么办？

尹银匠跺了跺桥面："你们两个一边桥头一个，我怎么跑？"我和兰稽店老板对视一眼，也有道理，这才同时转身朝桥下跑去。

这瓷碗是小店里的，最普通的粗瓷大碗，强度不高，碰到八字桥这种石桥，摔得特别碎，大大小小的碴子撒了一地。我俯身飞快去捡，只挑大片的，兰稽斋老板也是一样心思。一时间，就看到俩成年人撅起屁股，"吭哧吭哧"地在台阶之间捡瓷片。

兰稽斋老板什么来历，我不知道，可能对瓷器的了解要远胜于我。但说到玩拼图，我可不会输给任何人。小时候在家里，我最喜欢的游戏，就是拼地图。我爸有一本世界地图册，被我一页页剪碎又拼了回去。

我们很快就把能捡起来的瓷片都收好了，就地一坐，开始磕磕绊绊地拼回去。这碗没有任何装饰，不易判断位置，而且不是平面，瓷片有弧度，是立体拼图，难度又上了一层。

想把一个完整的碗拼回来是不可能的，我们比的，是谁对的碴儿更齐整。

我比兰稽斋老板拼得更快，转瞬之间就把瓷碗给拼了一个七七八八，只剩一片比较大的，没找到合适的位置。说来奇怪，这个残片我怎么拼缝对碴儿，都对不上。但这片很大，若是放弃的话，恐怕完整性上就不如对手了。

拼图经常会碰到这样的事，一块东西你以为拼对了地方，但其实没有，反而导致其他拼图都错了，错一处，乱一局。我琢磨着它该拼在哪里，来回试，还得把别的地方拆开，打散重来。这么一耽搁，兰稽斋老板却是抢先拼完，双手捧着一个残破大碗，递到尹银匠跟前。

他拼得不如我完整，下端漏了很大一个洞，但胜在速度快。尹银匠看了一眼，说："这一关是你胜了。"

我满腹委屈，再看了一眼他手里捧的碗，一下子明白过来："这瓷片是你的！"

原来，尹银匠把瓷碗摔向两边之后，兰稽斋老板拿起他那边的一片碎瓷，趁我不注意的时候扔了过来。

拼图最忌讳混入不相干的碎片，会误导拼图者，扰乱判断。两个瓷碗完全一样，所以我根本没发觉，反而为如何安放这鸠占鹊巢的碎片绞尽脑汁，浪费了宝贵时间。

兰稽斋老板舍了完整性，却赢得了时间。这招实在是太阴损了。我气得够呛，大声说："他作弊！这不公平！"尹银匠却淡淡说："连碎瓷出自哪一个碗都分不出来，你输得不冤。"

我无话可说，只得狠狠瞪了兰稽斋老板一眼。他得意扬扬，挑衅似的催促道："赶紧下一关吧，考手力对吧？"

锔瓷的第二道工序，是在瓷器上钻眼儿，以便挂锔钉上去固定。这就像是在一摞文件上打孔，然后用一个档案夹把纸孔串钉起来。不过在瓷器上打眼儿，可比在纸上打眼儿难度高多了。瓷器既薄且脆，在上头打眼儿，手必须极其稳定。你想，一件瓷器的瓷壁可能只有几毫米厚，要在上头打个眼儿，还不能打透，可见这孔眼儿得有多薄？

考验手力，就是考验一个人在进行精细工作时，对手指的控制力有多强。

尹银匠蹲下身子，从八字桥顶的石缝里抠下两块小石头，拇指大小，交给我们两个:"这八字桥的石质是花岗岩,很硬。你们各自挑一片差不多大小的碎瓷,用这石头在上头刻'立德立功立言'。十分钟为限,谁刻得全谁胜。"

虽然他没让我们拿石头钻眼儿,但用石头在瓷器上刻字,难度一样不低。

要知道,拿石头在瓷面上刻字,这是个特别别扭的写字法。石粗瓷滑,很难控制笔触,划一条直线都难,更别说写字了。参加的人要在十分钟内刻出六个字,每一个字的每一笔都得清清楚楚,瓷片还不能崩,这绝对是个大考验。

"立德、立功、立言"出自《左传》,原文是:"太上有立德,其次有立功,其次有立言,虽久不废,此之谓三不朽。"讲的是成功的三个必要步骤。这句话很受世人追捧,笔筒、书帖、砚几、屏风、印章、瓷上,都经常见。这几个字的字形严整,笔画适中,拿来考较再合适不过。

我忍不住看了尹银匠一眼,能在这么短的时间内想到这么贴合的题目,胸中必有深壑。这家伙绝非表面上那一个脾气古怪的银匠那么简单,甚至锔瓷匠这个身份都值得存疑。

我这一愣神的工夫,兰稽斋老板已经先拿起石头刻起来,石皮和釉面摩擦,发出令人不舒服的尖厉声。我也不急,缓缓举起我那块石头,选了一个凸角当笔,然后在瓷片上划起来。

这石尖一压下去,在瓷面上打了一个滑,居然一点印都没留上去。我尽管已做好心理准备,没想到实际操作起来还是异常困难。兰稽斋老板见我刻了一个空,忍不住露出鄙夷的微笑,继续埋头刻起来。

我抓着石头连刻了几下,才稍微掌握到了一点窍门。原来在釉面刻字,需要石尖不断改换力道和角度,每前进一点,都要微调一次,顶着釉皮划出一道痕迹来。这种划法,需要对五指力道有十分精细的控制,否则轻则滑开,重则崩碎。

我凝神专注,拿出紫金山拓碑的劲头来,心无外物,把全部注意力都集中在这一片瓷片上面。兰稽斋老板那边也顾不得分神嘲笑我,同样全神贯注。

十分钟过去,尹银匠说了句"时间到"。我们两人停手,同时发出一阵深深的呼气声。我觉得从手腕到肩头都疼得厉害,为了刻这几个字,我被迫调动了整整一条胳膊的肌肉。

我们两个把瓷片交上去,尹银匠看了一眼,眼神扫过满怀期待的兰稽斋老板,对我说:"手力关,你赢了。"

"凭什么！"兰稽斋老板跳起来高声抗议。两只细长眼瞪得浑圆，我真不知道他居然能瞪这么圆。尹银匠面无表情地把两片瓷片一起翻过来，亮给我们两个人。

兰稽斋老板在瓷片上刻了五个半字，最后一个"言"字还剩底下的"口"字没刻。他字写得很漂亮，即使在如此局促的环境下，他仍尽量保证写出楷书的笔锋来。而我的瓷片上面，比他要简单得多。在瓷片正中，是一个大大的"立"字，然后在正上方和下方左右两角，各有"德""功""言"三字。

看到这么一个别出心裁的排列，兰稽斋老板眼睛鼓了鼓，想要抗议我这是耍赖，可最后还是退缩了，只是从鼻子里冷冷哼了一声，说了俩字："取巧。"

我还真是取巧了。这种文字排列的办法，和瓷器没关系，而是我从印章的学问里借用来的。金石印章里有一种刻法，叫作合印。正中一个字，四角各有一个字，以中字搭配角字去读。比如中间是个隐字，四角刻"身、名、利、心"四字。读的时候，应该读成隐身、隐名、隐利、隐心。此所谓四合印。

我在这瓷片上，也是如此炮制。只不过，我把四合印改成了三合印。"立"字在中间，三角分别是德、功、言，按照印章的规矩，正该读成"立德、立功、立言"。换句话说，兰稽斋老板费尽辛苦写了五个半字，还不如我写四个字更全。尹银匠说得很明白，先写完者为胜，自然就是我了。

兰稽斋老板的店里也卖印章，这个技法他也知道。可惜他光惦记着瓷器，没往旁里想。

我这是赌上一赌。若尹银匠就是个普通锔瓷匠，对印章一点不了解，我这媚眼就算是抛给了瞎子看。可这家伙一眼就认出是四合印的变体，深知其价值，这才会判定我胜利。

尹银匠见老板仍不心服，便开口道："这不是什么取巧。手力考较的，不只是钻眼儿的手法。瓷器样式不同，纹饰不同，裂隙不同，锔瓷匠选择点眼位置时，得有通盘考量，兼顾实用与美观。这位先生用了四合印，既优雅又节约空间，这才是手力的体现。闷头刻字，不是取胜之道。"

听完之后，我恍然大悟。这第二关的题目，居然还隐藏着这样的深意。兰稽斋老板动动嘴巴，哑口无言。

尹银匠道："现在是一比一平。接下来，是心力关。"

我们两个同时紧张起来。前两关看似简单，其实各藏心机。这一关的题目可得听好,免得误入歧途。"

尹银匠缓缓走下八字桥,一拍桥侧的望桥柱:"你们看到这柱顶上的覆莲了吧?拿起你们手里的瓷片,想办法与这覆莲凑到一起,看谁弄得好看,注意,不得损坏覆莲柱,这可是古迹。"

这一次的题目,用意一目了然。既然叫心力关,自然与用心相关,考较的其实是美感。美感这玩意儿,虚无缥缈,没法用明确的词去形容,但它无处不在,而且极端重要。同样是粉彩上的三枚锔钉,有人锔上去就如三星横空,有人锔上去就是三只苍蝇,这就是审美的差距了。

不过……虽然这考题读明白了,实际操作起来却有难度。

我走到一根望桥柱前,它的底部是一根圆形石柱,连接石护栏,顶上盖着一个约十厘米厚的平放石轮,石轮侧面一圈雕成了一瓣瓣的莲花纹,从上到下交覆。这是宋代所雕,与八字桥同龄。如今石面已斑驳不堪,但莲瓣依然清晰可见,古意盎然。若在别处,只怕早就围起来当文物供奉,绍兴却把它留在民居之间,任凭百姓在旁边行走,所以,比起博物馆里的死板,它又多了一分生气。

这么美的一根覆莲石柱,和手里这个破瓷碗的残片,怎么才能搞出美感来?这可真是太难为人了。之前是靠鉴宝,如今就完全取决于艺术修养了——这恰恰是我的弱项。我这人没什么审美,平时穿着打扮完全不懂,若是药不然或烟烟在这儿,说不定能给点建议。靠我一个人,可怎么办呢?

我侧脸偷偷看去,兰稽斋老板也是一样抓耳挠腮。这不像是眼力、手力关,有一个明确的奋斗目标,努力就是。"弄得好看"四字主观色彩太浓,谁知道尹银匠什么品味?

过了几分钟,兰稽斋老板似乎想到什么,蹲在地上,开始用石阶用力地磨瓷片,发出"刺啦刺啦"的声音,煞是难听。我意识到,他打算要对瓷片进行加工了,看来是已有腹案,不由得紧张起来。

这覆莲石柱的上方是平的,搁一个碗没问题。可这瓷片太差了,横着摆,竖着摆,都不堪入目。

我抬起头,尹银匠背着手站在桥顶,居高临下地俯瞰着我们。天空的太阳照射下来,恰好是逆光,让他变成了一个威严的黑影,还有团团光圈笼罩,看起来特别庄严。别看他刚才百般不情愿,一旦出了题目,他就立刻像换了一个人。这简直就像国外惊险小说里的人物一样,有双重人格。

我赶紧甩了甩脑袋,把这些杂念甩出去。这时,一个念头闯进脑海。

对呀,我可以这么做!

我也俯下身子,利用台阶来回研磨瓷片,把它磨得尽量狭长,中间还磨出一些深痕。这是竹枝,深痕是竹节,和莲花放在一起,恰好就是莫许愿的莲竹头饰造型。我不知道尹银匠是从哪里学来这个造型的,但他应该很喜欢,否则不会转行打造银器还继续使用。

这个设想虽然糙了点,但也算投其所好。这破瓷片硬件条件太差,也只能从创意方面去尽量发挥了。

时间很快到了,我们两个各自退开一步。我把长条瓷片摆在覆莲旁边,说实话,真有点丑,不过,莲竹模样还是能看出来的。

尹银匠背着手从我这儿溜达过去,扫了一眼,一言不发,脸上看不出赞赏或批评。他又慢慢踱步到了兰稽斋老板的望桥柱前,看到覆莲上撒了许多白色粉末,夹杂在莲瓣之间,略显愕然。我也挺惊讶,这叫啥造型?转念一想,这应该是瓷粉。

兰稽斋老板这是把瓷片生生磨出一把细碎瓷粉,像撒胡椒面儿一样撒了上去。

我那个好歹也算个造型,这个算什么鬼?尹银匠也是莫名其妙,不知这算什么用意。

"你们站好别动,等着看啊。"兰稽斋老板信心十足地说,双手抱臂。我心想他难道还会变魔术,从白粉里变出只鸽子来不成?

兰稽斋老板什么都没干,只是稍微挪动了一下身躯。

刚才他站的位置,自己的影子恰好遮挡在望桥柱上。现在一移动,阳光正好照射在柱子之上。那遍布莲瓣的瓷粉反射着光芒,形成无数小小光晕。整朵莲花陡然变得光彩夺目,熠熠生辉,宛如佛光降临一般。它一下子就从古建遗迹,变成了至宝法器。

没过多久,兰稽斋老板又站回到原地。阴影浮现,覆莲石柱才恢复原状。

尹银匠看着我:"不必多说了吧?"

我颓然瘫坐在地上,这次真是输得彻底,差距太大了。这个家伙别看人品有问题,这审美确实是高我一头。他知道,瓷片如何搭配都是很丑,居然独辟蹊径想出这个法子,化废为宝,真有他的。

一比二,我还是输了这次赌斗,不,不是赌斗,这事跟运气没关系。我是败在了对铜活的了解上，水平不够，输得实实在在。

"你跟我来。"尹银匠指了指兰稽斋老板，背着手，朝着自己家的巷子走去。后者得意地看了我一眼，露出胜利者的微笑，尾随而去。

"等一等！"我大声喊道。

兰稽斋老板道："愿赌服输吧朋友，耍无赖可不好。"语气里带着嘲讽。

"我技不如人，没什么好辩解的。不过，我好歹也赢了一次，能不能旁观，让我见识一下真正的铜活？"

这个要求并不过分，甚至有点卑躬屈膝。兰稽斋老板笑着对尹银匠说："您拿主意。"尹银匠看了我一眼："只许看，不许说。"

"好嘞！"我大喜过望。

我们三人又来到尹银匠的家里。他打开门，让我们进了屋。这屋里有点阴冷，我迈步进去，情不自禁地打了个哆嗦。正厅的陈设极其简朴，一柜一桌一床一椅，没了，剩下的都是银器设备和材料。电器只有一台老式收音机，和一盏八十瓦的白炽灯。空气里飘着一股淡淡的霉味，似乎很久不曾通风了。旁边一扇门通向后堂，看门上的旧迹花纹，可是颇有年头了。

整个厅里，真正惹眼的，是那个柜子。这不是普通的大衣柜，而是一件黄花梨的柜格。上层三面开敞，四边是宝珠纹的圈口牙子。里面放的是一具座钟和一尊圣母像，后面还悬着一枚简陋的银质十字架。下部对开两门，落堂镶平素板心，下面方腿直腿。这个柜子没有任何多余的雕饰，连漆也没涂，黄花梨"不静不喧"的色泽得以完全体现。

这在江南不算罕见。经常一户普通人家的后屋，就搁着当年祖上用过的好家具。

兰稽斋老板自打进了屋子，视线就没从那个柜子离开过。以他的眼力，自然知道这柜格是上等货色。不过，他恐怕醉翁之意不在酒，而是在那柜子里藏着的瓷器吧。

银器工作台就搁在门内墙边，尹银匠双臂搭住台子两侧，轻轻一振，把它往外挪了几分，摆正。然后他转身打开那个柜子，从里面拿出一卷东西来。这东西似乎是牛皮质地，卷成一卷，上头沾满了厚厚的灰尘，一看就是许久不用了。

兰稽斋老板伸着脖子还想往柜子里看，结果尹银匠"啪"地重新关上了，他只得讪讪缩了回去。

尹银匠捧起那牛皮卷，拂了拂上面的灰尘，把它徐徐展开。原来这是一个类似哈达的长牛皮条，呈黑褐色，上面别着一排精致的小工具，有钩有铲，有刺有钻，黄杨木的云边握手，长短一样。它摊开的一刹那，不知为何，我的心脏狠狠地大跳了一下。因为在边角，刻着一个个小小的莲竹纹。这个纹虽然也发旧，但明显是后刻上去的。

尹银匠从牛皮卷上取下几件工具，抬头道："你不是有瓶子要修补吗？拿来吧。"

兰稽斋老板赶紧把那个琮式瓶拿过去，说口崩了，想镶个遮芒的包银边。尹银匠接过琮式瓶，端详片刻，眉头却一皱。

一般铜活处理崩口，不需要铜钉，而是用一圈银质或金质的小圈镶在芒口，把崩坏处遮住，不过，现在要修补的这个是琮式瓶，和别的瓷器可不太一样。

《玄瓷成鉴》里特意把琮式瓶单独拿出来讲过，那章我印象还蛮深的。琮式瓶不是实用器，而是祭祀用的礼器。上古时代就有玉琮，基本器型是方柱、圆孔、短颈、圈足，口足尺寸一样，四面还有凸起的横线。历代对琮式瓶都有仿制，形制不一。到了清代，四面凸起的横线被八卦纹取代，所以又称八卦瓶，烧制最多。青花也有，白釉也有，仿钧釉的也有，仿哥窑釉的也有，形成了一个大类。

无论哪朝的琮式瓶，最大的特征都是内圆外方，象征着天圆地方。而这个瓶子修补的难点，恰恰就在于这四个字。

铜活里的遮芒，需要先打造出一条长长的银条，对折一下，然后镶在瓷器芒口一圈敲实。大部分瓷器圆口圆形，实现这个工艺很容易。

而兰稽斋老板送来的这个瓶，内圆外方，崩口又有点大，从内圈圆口蔓延到了外圈方形。为了遮芒，镶条得兼顾内外，同时包起，才能稳稳套住。你可以这么想象，尹银匠得在一瞬间把一团银泥捏成内圆外方的双结构套环，给瓶子镶住。

要知道，银泥不是橡皮泥，正处于高温熔解状态，没法用手去精细控制。把高温金属在一瞬间捏成这么一个复杂形状，难度可想而知。难怪兰稽斋老板费尽辛苦要来请尹银匠出山。

尹银匠戴上一副放大镜，全神贯注地端详了许久，然后从那个牛皮卷里"唰"地拔出一把小锉。这么多年过去，这小锉的光泽依然明锐。尹银匠一握紧那小锉，整个人立刻进入一种玄妙的状态。我能感受得到，这比"心外无物"的境界还要高明一些，是"心无外物"。前者忘物，专注于我；后者忘我，专注于物。

他仔细地把琮式瓶的崩口边缘锉平，用一枚蘸了颜料的扁针在上面细细画了一个圈。做完这些工序后，他沉思片刻，用一根铅笔在纸上涂画了一阵，然后取来一根小银铤。

尹银匠把小银铤搁到坩埚上剪碎，以乙炔喷灯加热，银铤很快熔成一团颤巍巍的小银珠。这时，尹银匠做了一个奇怪的动作，他伸直两条胳膊，十指以一个特别复杂的方式交叠在一起，如同一张渔网。然后这十根指头依次动了起来，开始是一根，然后是两根、三根，指头之间彼此穿插扣合，速度越来越快，让人眼花缭乱。

怎么说呢……川剧里的变脸，演员得先练铜钱掌，把十根指头交叠在一起，以极高的速度改变手势。练这个出师了，才能正式学变脸。尹银匠此时的动作，就和那个非常相似。我和兰稽斋老板在一旁看着，瞠目结舌。

当一套手势做完之后，尹银匠的脸上微微红，额头有汗滴沁出。看来这绝活对他的身体压力可不小。他忽然把双手解开，从牛皮卷上拔下一把小钩和一把小夹，直接插入坩埚上的银水珠。只见手腕轻轻一动，一钩一夹如抽丝一般，从水珠里拉出一条银线。

这银线在半空划过一条优美的弧形，尹银匠左手提线在瓶口一绕，同时，右手用夹子往外圈一压，犹如太极中的举重若轻。银线在双手钩夹的捏弄下极为服帖，飞快地在瓶口缠成一条长带，格出内圆外方的形制。尹银匠双臂猛然一沉，这银条已牢牢贴敷到了瓷口上，开始凝固。他趁机掐边压缝，填补崩口内缺，然后把工具放下，双手拇指捺住边口转了一圈。

待得收手之时，这琮式瓶口已牢牢镶上了一圈银边，非但不显突兀，反而增添了几分雍容。

整个过程行云流水，一气呵成，前后不过几分钟时间。

这等"牵银入瓷"的手法，我闻所未闻，当真是惊为天人。我侧脸一看，兰稽斋老板张大了嘴，也是惊呆在原地。越是懂得锔活的人，看到此情此景就越是震撼无比。就算是《玄瓷成鉴》里，也没提过有这么神奇的锔瓷手法。

尹银匠把琮式瓶搁回到台上，又用工具做了一些细节的修补，最后不忘在银条上錾上一些纹饰。半小时之后，他把瓶子擦拭了一圈，递给兰稽斋老板："一百块。你可以走了。"

兰稽斋老板赶紧掏出钱，恭恭敬敬放到他面前，这才敢接过瓶子。他镇定了一下心神，开口问道："您刚才这一手绝活，可有来历吗？"

"没有。"尹银匠又恢复成了一个木讷老头，他慢慢把工具逐一插回到牛皮卷上，眼中不复见锋芒。

兰稽斋老板似不甘心："您这牛皮卷里的工具，看着可也有年头了，至少得是晚清的吧？家里传下来的？"尹银匠依然没理他，埋头把牛皮卷好，系上搭扣。兰稽斋老板在一旁东拉西扯，又说了半天废话，搞得尹银匠烦不胜烦，挥手呵斥道："你们两个快走！快走！"

嘿，连我也给捎上了。本来我打算趁机询问几句，这回好，一起被赶走了。

我正琢磨着怎么能留下来，兰稽斋老板忽然歪了一下头，似乎听到外面有什么声音。然后他直了直腰，那副谦卑恭敬的表情消失了，取而代之的是一个诡异笑容："我想起来了，老爷子这手绝活，不是绝迹江湖几十年的'飞桥登仙'吗？"

尹银匠正在系扣的双手停住了，左眼猛地一跳。他难以置信地望向兰稽斋老板，似乎被刺中了什么要害。眼神里既有震惊，也有惶恐。

仔细想想，"飞桥登仙"这名字还真挺合适的。刚才那一幕实在太美，小钩引着银线飞过半空，迅捷飘逸，真如接引登仙一般。可为何尹银匠这么大反应？

这时屋子外头，忽然传来拍巴掌的声音，不疾不徐，一共六声。掌声很响亮，屋子里听得一清二楚。可里面殊无热情，反倒带着几分阴冷险恶的味道，如同猛兽接近时的脚步声。

古董局中局4

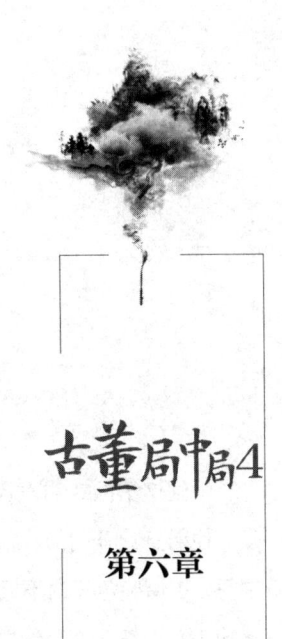

第六章

对峙细柳营

听到这拍巴掌的声音，兰稽斋老板长长嘘了口气，如释重负。

他躬身让开门口，很快有三个人鱼贯而入。为首的是个瘦弱的年轻人，容貌清朗俊秀，可惜脸色苍白不见一丝血色，眉宇间带着几丝忧郁气质。最让人印象深刻的是，他的头发和眉毛都是纯白颜色，不见一丝杂色。露在外面的双手，肌肤白皙透亮，青色血管隐约可见，简直就像景德镇的隐青釉色一般，他应该是罹患严重的白化病。

后面两个人都是孔武有力的小伙子，头皮青楂，紧跟在那年轻人身后。他们一进来，两个魁梧身体立刻把门口挡了个严严实实。

那年轻人一进屋，先看向兰稽斋老板："你亲眼确认了？"

兰稽斋老板赶紧点头："是，是，刚才我亲眼看见，确实是'飞桥登仙'。"

年轻人矜持地笑了笑，转头看向尹银匠："尹前辈，您好。晚辈姓柳，叫柳成绦。"

尹银匠莫名其妙，只好一言不发。

柳成绦找了把椅子坐下，慢慢悠悠说："晚辈听说，锔瓷里的秀活，分成了山东、河南、河北三个流派。山东皮钻、河南弓钻、河北砣钻，各有绝活。若我认得不差，这应该是河北一派的独门手法，您说我说得对吗？"

尹银匠有心发作，可面对这个来路诡异的白化病病人，一句话也说不出来。柳成绦也没打算听到他回答，继续自顾自说道："'飞桥登仙'这一手太过巧妙，有补完天工之能，所以易遭天妒，不可轻用。真正有幸看到的人，一共也没几个。今天晚辈有幸，适逢其会，何其幸运。"

我和尹银匠同时扬了扬眉毛，看向兰稽斋老板。原来，这才是他的真实目的！那个琮式瓶的崩口想来也是故意处理成那样，非"飞桥登仙"不能修补，借此引出绝活。

闹了半天，这老板不是贪图尹银匠的瓷器，而是在替这个白化病病人试探身份！

柳成绦又继续道："河北一派本来混迹于京城，乃是三派地位最显赫的京派。可惜人丁不旺，到了晚清逐渐式微。唯一一点血脉，并入了明眼梅花，这绝活也传入五脉之中的玄字门，成了药家独有的手艺，您是药家的什么人？"

他有意停顿了一下，目光温柔，还带了点孩子式的好奇。可话里的意思，却让我无比震惊。

我的心脏陡然被一只无形的巨手抓紧。这……怎么一下子就把五脉牵扯进来了？我惊骇地看着尹银匠，难道说这个其貌不扬的老家伙，竟然是药不然的同族吗？

面对质问，尹银匠淡淡回答道："我不知道你在说什么。"

柳成绦微微一笑："没事，没事，那些陈芝麻烂谷子的事，不提也罢。您有这一手绝活就够了。我想啊，咱们国家很多传统手艺都快失传了，得想个法子保存下来。您跟我回去，跟晚辈商量一下，如何把这些民族瑰宝保留下来，如何？"

话说得冠冕堂皇，语气却不容人拒绝。

尹银匠感觉到了对方的恶意，伸手想要去抓喷灯，柳成绦身后的保镖手疾眼快，飞身上前，一把抓住喷管。那喷管是黄铜质地，"咔吧"一声，居然被他像撅筷子一样轻松撅断了。尹银匠后退几步，嘴角开始颤抖，他终于明白，今天这些家伙为达目的，是绝不会吝惜使用暴力的。

一念及此，尹银匠立刻厌了。不在工作台前，他终究只是个懦弱老头罢了。柳成绦又看向我，态度依然非常和蔼："这位先生，虽然你我素昧平生，不过，见面就是缘分，不妨一起去下处坐坐吧？"

这就是要灭口的节奏吧？我心中暗想，开始扫视屋子，想着该怎么脱身才好。柳成绦见我眼神闪烁，知道我尚怀有侥幸心理，苦口婆心地劝道："'飞桥登仙'这事干系重大，不能外传。就算您发了誓，我也不放心。所以，今天无论如何，您得跟我回去。您不必枉费心机了。"

见我不吭声，兰稽斋老板赶紧讨好地看向年轻人，一脸谄媚。柳成绦弹了弹手指："咱们细柳营，向来是言出必践。你的账就平了吧。"兰稽斋老板连连作揖感谢，可眼神却飘向那黄花梨柜子。柳成绦知道他心思，不由得摇摇头："不告而取，不是君子所为。尹老师走后，这铺子你可得替他看好了。"

兰稽斋老板大喜过望，尹银匠这次肯定回不来了，让他看铺子，岂不就意味着铺子里收藏的瓷器，全是他的了。若不是贪图这些便宜，他才不会纡尊降贵来跟一个老银匠周旋。

我在一旁忍不住瞪大了眼睛。柳成绦的话，在我心中掀起了巨大的波澜。

细柳营，细柳营，这不正是药不然叮嘱我要提防的老朝奉的手下吗？！

我仔细这么一想，前后关系一下子就捋顺了。细柳营身负老朝奉的嘱托，来绍兴寻找"飞桥登仙"的传人。柳成绦查到尹银匠这里，不确认他到底会不会这手绝活，于是没有打草惊蛇，而是让当地的古董店老板假借修瓷为名，来试探尹银匠。一旦尹银匠露出这手绝活，细柳营才会出面来绑人。

这些人行事，真是既谨慎又狠辣，从始至终滴水不漏。

药不然显然知道细柳营在绍兴的举动，又不便对我明说，于是给了我一个隐隐约约的暗示。

原本我不知道为什么药不然要引我来绍兴，但看到那个柳成绦的做派后，我立刻就明白了。药不然最讨厌的，就是柳成绦这样的人。我虽不知两人在老朝奉手下是什么分工，但两人关系绝不会好，搞不好还是竞争对手。

药不然这么干，是打算让我去搅柳成绦的局。

可惜啊，如今我非但不能搅局，反而自身难保，直接被人家堵在了屋子里。柳成绦暂时还不知道我的身份，等带回去一查，很快就会知道我是白字门的许愿。两份大功劳，都被他一人独得，药不然这是赔了……唉，不对，是偷鸡不成蚀把米。

我正琢磨着，柳成绦清声道："你们还不快扶尹老师和这位老师出去？"两个手下立刻朝我们俩走过来。

"且慢。"我忽然大喝。

"您说，若是求饶就算了，大家都挺忙的。"柳成绦道。

"你既然请我去做客，好歹说个来历。"我一边争取着时间，一边悄悄挪动着脚步。

柳成绦笑道："有些事情，还是不知道会更好，别给自己增添烦恼了。"说完他手指一摆。两个手下加快了脚步。

我忽然朝前一冲，想去把刚才撅断的喷枪管捡起来。而对方是个练家子，早就看出我的去势，一抬大腿，先封住去路，然后一条胳膊横着朝我扫来。我连忙举肘抵挡，"咣"的一声，感觉跟和铁柱相撞似的，半条胳膊都麻了，整个人朝反方向倒去。

那家伙试探出我身上没功夫，动作便没那么急了。他看我惨然倒地，似笑非笑，伸出一个巨大的手掌来抓我肩头。就在他的脸离我只有十几厘米时，我的右手猛然抄起一样东西，丢到他脸上。对方猝然遇袭，发出一声惊天动地的惨叫，"咕咚"一声跪在地上，双手紧紧捂住眼睛。

我丢出去的东西，是尹银匠的酸洗盆。银匠为了洗去银器表面的黑斑，改善光泽，完工后都会把东西放入酸洗盆中涮一下。所以，这是常备器具。我在刚才就注意到了，他们一直盯着喷灯这种杀伤力大的器具，但没人留意丢在一旁的酸洗盆。

要知道，酸洗液一般用硝酸和硫酸调配而成，哪个成分都不是"善茬儿"。短时间洗涮，可以破坏银器的氧化层，长时间洗涮，银器会被腐蚀变黑。您想想，银器都挡不住酸洗，何况是人脸？

另外一个人看到同伴遇袭，愣了一下，松开了尹银匠。我趁机抄起另外一盆，作势朝他砸了过去。那人看见同伴的惨状，吓得魂魄皆冒，哪里还敢抵挡，跟兔子似的一下子跳出门去，还不忘把柳成绦拽出去。结果这一盆东西，直接泼到了兰稽斋老板的脑袋上。

兰稽斋老板吓坏了，一屁股瘫坐在地，夸张地哇哇大叫起来，一团混浊的黄色液体迅速扩大了面积……他号了半天，才发现除了头发湿一点以外，并没有什么事发生。

酸洗过后的银器，都要过一遍清水，洗去酸液。所以，在酸洗盆旁，还有一个清水盆。我第二次丢的，是那个。想想也知道，一个银匠家里，怎么可能有那么多硫酸盆，又不是做化学武器。

趁着敌人混乱的机会，我拽住尹银匠推开后房的门，闪身进去。后面是一个不大的院子，还有一截短的走廊，连接着尽头的一处小厢房。

"这里还有别的出口没有？"我问尹银匠。这家伙身上的秘密太多了，他不可能不给自己留一条后路。

尹银匠没有回答。他加快脚步，冲到院子里。这院子没人侍弄过，只有一棵半枯的老树和几丛野草。他走到围墙处，蹲下身子扒拉几下，搬开一块爬满藤蔓的荒石，墙下便出现一个狗洞。这狗洞半连着墙基，可容一个成年人爬行进出。

事到如今，顾不得面子如何。我和尹银匠依次从洞里爬出去，到了墙外一看，原来已经濒临河边了。尹银匠又把那块荒石重新拽回到洞口挡住，这才爬出来。

为了防止河水泡坏墙基，这里的临河院墙与河岸之间会空出一小段空隙。我和尹银匠把背紧贴在墙壁上，勉强能够站稳脚跟。我听到院子里传来脚步声，然后是撞开厢房木门的声音，还有不甘心的叫喊和搜寻声。

我听到柳成绦的声音，还是那么温和沉稳，似乎并没因为煮熟的鸭子飞了而坏了情绪。

"福尔摩斯说过，排除掉一切不可能，剩下的就是答案。厢房没有，那就只能是翻墙而出了。你们去看看，墙角有没有洞。"

我看了一眼尹银匠，意思是怎么办，尹银匠指了指水面，比了个"划"的动作。

还能怎么办？游呗！

我们俩顾不得脱下衣服，慢慢矮下身子进入水里，尽量不发出任何声响。好在这条小河的水并不深，估计也就两米左右，对我这个八岁就敢跳北海的熊孩子来说，完全没有难度。

尹银匠打头阵，我紧随其后。我们安静地挥动着手臂，朝前缓缓游去。水温很舒服，就是偶尔会有浮在水面的生活垃圾从身边漂过，略微恶心了点。我们游了好一阵，在路人惊讶的注视下，从一处洗衣服的小台阶爬了上去。一抬头，看到八字桥恰好就在对面不远处。

水乡就是如此，从八字桥到尹银匠家得弯弯绕绕走上好久，如果你豁出去下水，其实直线距离并没多远。这一带的居民很多，附近还有一个派出所，就算柳成绦他们追过来，也不敢动手。

应该……不敢动手吧？

我忽然没那么确信。

这些家伙，气质和我之前接触的敌人不太一样。如果硬要比喻的话，之前的那些人都是小流氓，会放狠话、动刀子见血，但技止于此，而柳成绦这些手下是职业杀手，不轻易动手，但一动手就是要命的事。

那两个家伙，身上有股隐隐的土腥味，这是盗墓贼特有的气味。他们常年钻行于腐土陈木臭尸之间，味道渗入毛孔，怎么洗都洗不掉，一闻就闻得出来。

难怪药不然叮嘱要当心细柳营，盗墓贼全是亡命之徒，最为凶残。老朝奉手下除了制假团伙，居然还豢养着这么一群转正的盗墓贼，其志可真是不小哇。

我正琢磨着，尹银匠忽然用手按住我的脑袋，急声道："快趴下！"我连忙蹲下身子，藏在一蓬水草旁边。我开口询问发生了什么，尹银匠把食指竖在唇前，然后指了指八字桥。

我小心地探出小半个脑袋，朝那边看去。八字桥顶，柳成绦正笑意盈盈地和一个姑娘说着什么，那姑娘头上缀着一枚银饰，在日头照耀下闪闪发光——正是莫许愿。柳成绦的旁边只有一个护卫，估计另外一个被送去医院了吧，硫酸泼面可不是什么小伤。

柳成绦站在那里，和莫许愿聊得颇为热络，两人有说有笑，小姑娘不时发出"咯咯"笑声。我心中大急，这个柳成绦是个极危险的家伙，无缘无故接近莫许愿，一定不怀好意。虽然我跟这姑娘交往不深，但也不能眼睁睁看着她无辜受牵连。

可惜我距离太远，听不清他们说了什么。只看到柳成绦凑在莫许愿耳边嘀咕了几句，姑娘摇摇头，却没有躲开。柳成绦居然牵住她的细嫩小手，两人肩并肩走下桥去。临走之前，柳成绦忽然停下脚步，朝我们这个方向望了一眼，眼神里透出一丝阴冷，如青蛇吐出芯子。

"他一定是发现了莫许愿那个莲竹头饰，以为她跟我们有什么关系。"我对尹银匠不无埋怨地说。当初若是他早点承认，就不会有这么多波折了。

尹银匠没说什么，他确认柳成绦离开后，缓缓站起身来，一指巷子口："那边有条路可以出去，你走吧。"然后自己朝另外一个方向走去。我勃然大怒，一把揪住他吼道："那些王八蛋显然是打算挟持莫姑娘，逼问咱们的去处，难道你打算袖手旁观？"

尹银匠漠然道："这不关我的事。"

"那可是你的街坊啊！"

"她只是买过我几串银饰，不算什么街坊。"尹银匠拨开我的手，眼神闪烁。他刚才做铜活时，俨然一代宗师，现在他又变回到那个脾气暴躁、胆小怕事的猥琐银匠。

"就算是陌生人，也不能见死不救吧！"

尹银匠瞪向我："你也看到了，那些家伙真的会下手杀人！"他回想起刚才的惊险，仍旧心有余悸。他缩了缩脖子，想要离开，嘴里嘀咕着我听不懂的绍兴话。

我身子一横挡在他面前，眼睛直勾勾地盯着他，一字一顿："我是五脉许家的后人，我叫许愿。你如果真是药家子弟，就该知道，我能从柳成绦手里救出你，也一样能毁了你。"

一听到这句话，尹银匠如遭雷击。对他来说，我后半句的威胁，还不如前半句更有杀伤力。他沮丧地捂住脸，口中喃喃："我就知道，我就知道……一露'飞桥登仙'的绝活，一定会遭天谴，一定会。几十年都忍了，怎么还是没忍住……"

尹银匠被我逼迫得走投无路，说着说着，呼吸忽然变得粗重起来，双目泛红，眼看又要犯病。我毫不客气，啪啪给了他两个大耳刮，他被我打蒙了，那些症状也硬是被打了回去。

看来他的这个狂躁症,也是选择性的,吃硬不吃软。好声好气地询问,他跟你甩脸子、发脾气,非得恶形恶色地诈唬威胁,他才服软。早知道尹银匠是这么个秉性,我何必费尽心思去试探,直接杀进门去一通威胁,就全搞定了。

现在柳成绦没机会了,但我还有机会。

不把他逼到绝境,这家伙不肯开口。我冷冷说道:"我可以放你自行离去,莫许愿我自己会去救,但你要告诉我所有的事情,否则……"

我刚才用酸洗液泼人脸,他也看见了,知道我也是个下手不容情的狠角色,说到做到。

尹银匠万般无奈,只得做了个手势,让我跟着他走,找个方便说话的地方。他带着我七转八弯,在窄巷子里穿行了许久,忽然眼前豁然开朗,竟走到一条大路上来。我看到在前方路边右侧,居然是一处教堂。

这教堂通体漆成棕黄色,有一个高高的尖塔钟楼,正中圆窗镶嵌着彩色玻璃。看这建筑的墙壁斑驳程度,恐怕是民国时候建起来的。虽然建筑略显破旧,但自有一番内敛的圣洁气象。教堂外围是个小院,院子有一个圣母造型的喷泉和一个自行车棚,旁边书架上放着可以随意取拿的宣传小册子。

尹银匠轻车熟路,直接往里面走。教堂没锁,一推就开。我在后面跟着,有点愣神,没想到这家伙还是个基督徒?

教堂内的陈设非常标准,前头是一个布道台,竖着十字架,下面大约二十几排木椅。旁边的穹柱上还挂着一副极富中国特色的大红对联,上书:主造天地万物,神爱世上众人。此时没有礼拜,教堂里空荡荡的,一个人都没有。

尹银匠进来之后,神态变得平和多了,狂躁之气一扫而光。他随便选了一处座位坐下,我想了想,坐去了他身后一排。从我这边的视线,正好可以看到他的后脑勺,以及远处的耶稣十字架。

有些话,不面对面,更容易说出来。

我靠在椅子上,双手抱臂,安静地等着。尹银匠在前面垂下头去,双手合抱,喃喃祈祷了几句。阳光透过穹顶的彩色玻璃照射进来,如一只看不见的光芒之手,安抚着他的肩膀。

"我不是药家的子弟,只是跟药家有些渊源罢了。"这是尹银匠的开场白。

前面说了，锔瓷分成三个流派：山东皮钴、河南弓钴、河北砣钴，背后是三个家族：顾、樊、尹。

其中，河北这一脉最接近京城，经营也最深，颇得达官贵人、文人雅客推崇。晚清之际，尹家出了一个天才，叫作尹田。尹家有一手锔瓷的绝活，叫作"飞桥登仙"，既精妙，又好看，适合人前表演秀活。尹田惊才绝艳，极有天分，一学成便技惊四座，轰动京城。据说连宫里头的物件坏了，都特意请他过去修补，甚至还在老佛爷面前演练过。

不过，这"飞桥登仙"之术虽然惊艳，却有一个禁忌。尹家自古相传：此法太过精妙，夺造化之功，易遭天妒。因此，一个人使用次数不可超过大衍之数，多则必生祸端。《易经》有云："大衍之数五十，其用四十有九。"

尹田在京城名气太盛，他自己又有意借此邀名，"飞桥登仙"不知在人前表演过多少次，早超过大衍之数。没想到他一过五十大寿，竟一病不起，显然是触动了禁忌。尹田后悔也来不及了，自知时日无多，想把这手绝活传下去。可尹家传到这一代，他没有儿子，只有一个女儿尹丹。

尹田思前想后，只能放出风声，他愿意以"飞桥登仙"作为嫁妆，为尹家招赘。

消息一传出去，京城轰动。大家都知道这手绝活的价值，想入赘的人如过江之鲫。可尹田的女儿尹丹却坚决不从，甚至以死相逼。在尹田再三逼问之下，她才坦承自己与五脉中人有了私情。

尹田一听，又惊又怒。惊的是，五脉当时是鉴古界的泰山北斗，江湖地位远胜区区一个秀活锔瓷匠；怒的是，五脉世家地位显赫，断不容自家子弟入赘别门。他问女儿到底是谁，尹丹这才坦承，是玄字门药家的长子药慎行。

药家执掌瓷器一门，与锔瓷的尹家关系密切，平日来往不少。药慎行和尹丹相识相爱，只是还未曾跟家中长辈提亲。

尹田找到药家商量，果然，药家长辈明确表示："若是尹丹嫁入药家，绝无问题。让药慎行入赘，绝无可能，那可是我们着力培养的接班人。"尹田十分为难，若是应了药家，只怕"飞桥登仙"之术就要失传。结果事情僵持在这里。

事情这下子可棘手了，尹家有严规，这门绝活绝不可外传。他便劝女儿重新考虑一下。

不料尹丹此时已然珠胎暗结，肚子一天比一天大了起来。再拖下去，恐再没脸出阁。尹田闻此消息，如遭晴天霹雳。他走投无路，只好把药慎行叫到床边，说他决定让尹丹嫁入药家，也愿意把"飞桥登仙"传给药慎行。可有一样，他逼药慎行起誓，不得私传给药家之人，只能他一个人知道。等到尹丹生了第二个儿子，要改姓尹，并继承这门手艺。

药慎行自然答应，尹丹很快嫁入药家。尹田最后一次演练了"飞桥登仙"，药慎行悟性甚高，很快便学会了。传授完毕，尹田便溘然去世。在临终前，他反复叮嘱药慎行："'飞桥登仙'不可超过大衍之数，否则必遭天妒。"

婚后不久，尹丹生下长子，起名为药来。可惜她生产时伤了元气，还没来得及生出第二个孩子，便去世了。药慎行对尹丹用情至深，此后再未续弦。至于"飞桥登仙"这门手艺，药慎行也一直恪守誓言，从未传授给任何药家子弟。

按照他的想法，当上五脉族长之后，他会从药家分支里选一人过继尹家，再传授"飞桥登仙"的绝技，完成尹田的遗命。

不料，1928年，风云突变。五脉卷入了孙殿英盗东陵大案之中，药慎行因为替谭温江销赃，被官府抓住入狱，判刑十年。族长之位，落入一个叫许一城的人之手。

两年之后，因为政局变动，药慎行所在监狱发生了劫狱事件，犯人大多外逃。许一城闻讯，派人寻找药慎行，却未觅得踪迹。

其实，药慎行并未身死。他对自己的所作所为深怀愧疚，不愿再连累五脉，正好趁这个机会隐姓埋名，改称尹姓，一路向南流浪，并最终定居到了绍兴。在绍兴当地，他收养了一个孩子，改姓尹，名念旧，拜了尹田牌位，算是过继。然后他教会尹念旧锔瓷之术和"飞桥登仙"，算是完成了尹田的遗愿。

药慎行在绍兴隐居了一年，忽然一日告诉尹念旧，他有要事北上，叮嘱这孩子看好铺子。

数月之后，从北边来了一个人，给尹念旧捎来一封信和一卷海底针。信是药慎行写的，说自己可能没机会回绍兴了，叮嘱尹念旧改行做了银匠，万勿在人前显露"飞桥登仙"的手法，但传承却不可断。海底针也要保管好。

那海底针，便是那件插满了小工具的牛皮卷。但药慎行在北边发生了什么事，为何特意把此物捎回来，却没有解释。

尹念旧对着北方大哭一场，从此遵照药慎行的指示，不提锔瓷匠之事，改做了银匠。因此，街坊邻居都不知道这家人原本擅锔瓷，都以为是银活世家。至于"飞桥登仙"这门手艺，尹念旧悉心教给了自己儿子尹鸿，只是不许他外传。

后来连年战乱，尹念旧夫妇不幸被炸弹炸死。尹鸿被吓得不轻，从此有了心理隐疾。从那之后，他变得畏缩胆怯，不爱与人接触，脾气又暴躁，只缩在自家铺子里做银匠活。不过，尹鸿一直牢牢记住父亲的嘱托，锔瓷的手艺从来没搁下来过，几十年来没事就演练，甚至到了近乎强迫症的地步。

讽刺的是，正因为这个乖僻的性子，不知不觉他的手艺已超过了尹念旧和药慎行，几乎可以和尹田比肩，只是从未在人前显露过。

今日尹鸿被我和兰稽斋老板联手逼迫，固然心不甘情不愿，但其实他内心深处也希望能有机会在人前施展一回，不然苦练一辈子，岂不成了屠龙之技。

"就是这样了。"尹银匠头也不回地说道，声音有些疲惫。

我坐在后排，心情实在是复杂到难以描述。听完他的叙述，我才知道，原来他与五脉之间居然还有这样的渊源。曾经在这里隐居的，居然是药家如此重要的一个人物。

这位药慎行，真是一位重情义守诺言的君子。为了赎罪，甘愿舍弃五脉。为了一个誓言，甘心隐居至此。

"可是他为何特意选择绍兴定居呢？"我问。

"因为尹丹一直想去沈园看看，可惜一直没有机会。他南下之时带着尹丹骨灰，就埋在沈园一处角落里。据我父亲说，他经常过去探视，一坐就是一天，直到北上。"

我感慨不已，忽然心中一动，心算了一下，发现他北上的时日，与我爷爷许一城的玉佛头案时间居然差不多。

难道两者之间，还有什么关联？

"他北上去做什么，有跟你们说过吗？"

尹鸿摇摇头："我父亲他一直念叨，说有心为老人尽孝，却连埋骨的地方都不知道。他恪于药慎行的交代，不敢北上寻人，就一直在绍兴待着。"说到这里，尹鸿抬起头来，望着穹顶喃喃道："我总感觉，我们不是隐居在此，而是在守护着什么东西。"

药慎行捎回绍兴的，只有那一卷海底针。可我刚才也看到了，那就是一套古董工具，牛皮卷上插着那么十来件精致小工具。若是暗藏什么玄机，恐怕早就被尹鸿发觉了吧？再者说，既然要他们守护，又不提那东西是什么，有什么用，怎么守？

不过，现在想什么也晚了，那卷海底针，恐怕已经落入柳成绦的手里了吧。

这时尹鸿道："你刚才说……你是许家的人？"

"不错，许一城是我爷爷。"我不自觉地挺直了胸膛。

尹银匠"哦"了一声，说："我父亲提过这个名字，药爷爷对他可是赞赏有加，说比自己更有资格统领五脉，那卷海底针，据说原本就是属于他的。"

我倒没想到这卷工具居然是我爷爷的遗物。可转念一想，我突然眉头皱了起来："药慎行和许一城，可是平辈相称？"

"应该是吧，许一城比药慎行要小几岁。"

这就太奇怪了。如果尹鸿说得没错，那么尹念旧和黄克武、刘一鸣、药来、沈云琛四人同辈，而我父亲许和平，也是这一辈才对。以此类推，药不然、烟烟他们，岂不是我的侄子侄女吗？

之前烟烟给我讲许一城的故事时，我就隐隐觉得不妥，现在从尹鸿这里得到确证，更是一脑门子糨糊。

这事若是真的，麻烦可就大了，我可是跟我侄女谈恋爱呢！

尹鸿可不知道我脑子里的纷乱思绪。他叹了口气，重新恢复到祷告的姿势，闭上眼："我能说的都说了，你可以走了。"

这时我才想起来，正事还没办呢。我晃晃脑袋，把乱七八糟的想法都暂时甩开，从怀里拿出那一片"三顾茅庐"的瓷片，递给他。

"你帮我看看，这枚碎片有什么说法没有。"我的语气很强硬，不容推辞。

尹鸿知道这事若不遂了我心意，我一定不会善罢甘休。他只得转过身来，把瓷片接过去，细细看了起来。

"这是明青花吧？是个人物罐？"他一边看一边判断，基本上都猜对了。一接触到自己的专业，尹鸿的说话神气就完全不一样了。

锔瓷之人，对瓷器有着相当深刻的理解，有时候甚至还在瓷家之上。瓷器玩家，往往关注的是器形、釉色、历史传承等方面，侧重于美学鉴赏和分类，而在锔瓷匠眼中，这是一件有毛病的器物，釉滴如何堆积，纹路如何开片，看的是物性，研究的是成分——这就有点像选美评委和医生之间的区别。

"主要请你看看这一条白口。"我特意提醒了一句。

尹鸿手里一转，视线就移到了诸葛亮袖子上的那道白口。他唯恐看不清，托到眼前，借着外头射进来的光线，端详了许久。

他忽然起身，我以为他要跑，没想到他快步走到布道台前，旁边有一个小屋，是神父休息准备的地方。小屋没锁，尹鸿进去，从里面拿出一个搪瓷缸子来，缸子上还写着某某单位三八红旗手奖励云云，和教堂的气氛充满了不协调感。

尹鸿晃了晃缸子，里面还有喝剩下的茶水。他把瓷片浸泡进去，约莫两分钟后拿出来看了一眼，然后又泡回去，再拿出来。如是三次，他才微微点了一下头，眼神似乎找到了答案。

"看出东西来了？"我问。

尹鸿让我看那道白口的边缘，手指抠住。我瞪大了眼睛，视线顺着他的指尖移动，却没看出什么端倪。尹鸿道："瓷器的釉面叫作玻璃相，一般经久不变。不过，若是环境太差，釉面就会发生沁蚀，个别部位变得松软，拿锐物一抠，会有粉末下来，俗称酥骨，科学名叫作钙化。"

银匠一般小拇指都留着长指甲，便于掐银做记号。他用小指甲往白口底部一刮，我清晰地看到指甲缝里嵌入一星白色微颗粒。

"锔瓷工匠在修补瓷器时，最头疼的就是碰到酥骨，无论是钻孔还是打薄，釉色往往一碰就掉一大片，让局面难以收拾。"

"这么说，这白口也是个酥骨的痕迹？"

尹鸿的语气里略带困惑："是酥骨没错，却像是故意弄出来的。你看白口周围的釉面，似乎有星星点点的钙化斑点，浮于表面，这是用银粉撒上去的。你敲一下就会发现，其实质地并未软化，硬实得很。民国有一种造假手法，即故意伪造酥骨痕迹，以新瓷冒充旧瓷。"

我瓷器水平太差，理解起来有点吃力，不过，大概能捕捉到尹鸿的意思。酥骨钙化发生的区域，边缘通常是个渐进过渡，有个半软半硬的中间地带，就像从森林地带到草原地带，中间必有过渡的平原。

这片瓷器上的白口，边缘非常硬实，没呈现出过渡带的特征，却被特意撒上银粉，伪装成有过渡的样子。

"这个碎片的边缘，很像是被人切出来的啊……"尹银匠自己念叨。

"不可能，我亲眼看到罐子摔碎，然后从中拣出来的。"

尹鸿不再纠缠这个话题："你见过其他罐子上的白口吗？位置一样吗？"

我想了想，现在一共只见过"三顾茅庐"人物罐和"鬼谷子下山"人物罐的仿品，两件罐子的白口，开在了诸葛亮和鬼谷子的衣襟处。

"这就对了。为了处理衣襟层叠的效果,这里施釉往往比较重,堆叠厚积,手摸上去会微微拱起。像同治粉彩器里有一种叫波浪釉,跟这个差不多。利用这个厚度,里面的空间是可以藏东西的,称之釉囊衣。"

"啊?这怎么可能?"我忍不住脱口而出。瓷器是要上窑里烧制的,上千摄氏度的高温,里面藏什么东西也都化了。我前两天看《倚天屠龙记》,里面说倚天剑、屠龙刀里藏着《武穆遗书》和《九阴真经》,这怎么可能嘛,炼起铁来,啥书都烧光了,跟这个情况一样一样的。

尹鸿慢悠悠道:"没说一定是书。如果是在素胎上刻几个字,还是能够保留下来的。明代有过一个故事,讲一个瓷匠染了重病,他担心自己死后,小儿子要被女婿侵夺家产,遂精心烧制了一个瓷瓶。瓷匠死后,儿子被姐姐和姐夫收养,家产也被移并过去,只有瓷瓶还留在身边。他儿子长到十五岁,把釉囊衣刮开,胎体里面刻着家父遗嘱。他拿这个印记去见官,终于把自己的家产拿了回来。"

"你的意思是,这个瓷罐的釉底囊衣里也藏了什么信息?"

尹鸿手一翻,把瓷片的白口亮出来:"藏着什么,我不知道,但很显然,里面的东西已被人取走了。这白口,就是刮开釉囊衣残留的痕迹。为防止别人发现,那个人对白口进行了精心修补和伪装,使之看上去只是一道酥骨浅沟。"

"这怎么可能?我看过白口边缘,很平滑,和周围瓷面是一体的。刮开后的瓷面,怎么可能会补成这样?"

补釉这种事,并不算罕见。用调好的釉汁涂抹在器物表面缺损处,入窑焙烧,出来便能补好,甚至开片纹路都能模仿出来。但是这种手艺,只适用于单色瓷,而且无法抹平釉面衔接的痕迹,总会留一道伤疤。像青花瓷的釉面,若是被刮开,绝不可能恢复如新。

尹鸿颇有深意地看了我一眼:"说绝对可未必。这世间尚有一种锔瓷手艺,能够做到打开釉囊衣,再天衣无缝地修补回去,那就是'飞桥登仙'。"

"啊?"我一愣,"飞桥登仙"不是用金银补瓷的手艺吗?

既然说开了,尹鸿也就不再避讳,给我做了解释。原来这"飞桥登仙",指的并非是具体的工艺,而是一种手法。让锔瓷匠靠腕力控制釉浆或金银液走向,在极短的时间内精确覆盖到指定位置,既能镶金嵌银,也能开釉补釉,补起来不留痕迹。

这道理,就像是给一面墙刷漆,你一刷子一刷子地涂,再如何均匀也能看出刷痕。

但如果你直接把一桶漆泼上去，又能使油漆恰好盖住全部墙面，便能光滑如镜了。

讲完这个，尹鸿拿起瓷片，又说道："'飞桥登仙'只有一个缺憾，它必须要用到一种料引。而这种料引，与茶碱接触就会泛黄。所以这个手法唯独不能用来补茶具。你看看？"

说完他把瓷片递给我，用眼神示意。我记得他刚才把瓷片泡在茶水里，赶紧接过去看，果然在白口沟底微微泛起陈黄色。

一看到这个，我心头剧震。这确凿的黄痕，说明那五个罐子确实是被人用"飞桥登仙"的手法打开，然后又近乎完美地修补起来。之所以说近乎完美，是因为还有一道白口无法遮掩。所以他们还费了心思在附近撒了银粉，伪装成酥骨钙化的表皮。

"这绝活除了尹家和药慎行之外，还有人会用吗？"

"不可能，这是尹家不外传之秘。"

我闭上眼睛，靠在长椅上思索了一阵。莫非……药慎行最后一次离奇北上，就与这个瓷罐有关？他人没回来，却送回了本属于许一城的海底针，这件事又是在玉佛头案后不久。那么我爷爷和五罐之间，是不是也有关系？

最重要的是，老朝奉如此急切地派遣柳成绦，来绍兴寻找"飞桥登仙"的传人，说明他很看重五罐里隐藏的秘密。他知道，如今整个中国只有尹鸿懂得这手绝活，他是打开这个秘密唯一的一把钥匙。

一点击破，全局通明。一个一个碎片，被我逐渐拼了起来，在我面前的迷雾中点亮了一条明晰的小路，图景越发清楚。药不是说得对，只有自己挖掘出的线索，才真正值得信赖。老朝奉恐怕也没想到，我会在他不知道的地方，一寸寸地敲碎他的城墙，攻入他的城堡。

接下来要做的事，很明白了。敌人急欲得到的，就是我必须极力阻挠的。只要我抢先一步控制了尹鸿，便能从极度劣势中扳回一点。

现在，终于到了扭转战局的节点，我要开始反攻了！

我从尹鸿手中拿回碎片，从教堂长椅上霍然起身，浑身战意凛然。尹鸿半靠在椅子上，疲惫不堪："我知道的，都已经跟你说了，你可以走了吧？"

"莫许愿还在柳成绦的手里，我不能让更多无辜的人受牵连。你得帮我把她救出来。"

"这跟我无关。"尹鸿断然拒绝。

我背着手，悠悠走到布道台前，仰望十字架，转头对他道："树欲静而风不止，就算我现在走了，难道他们就会放过你？从他们踏入你店铺的那一刻，你就注定没有安宁日子了，除非他们得逞，或者把他们击败。"

"他们……不知道我在这里……"尹鸿变了变脸色。

我笑道："要不要赌一赌？一刻钟内，如果他们找到这座教堂，就算我赢，你得跟着我走；若是无人上门，就算是你赢，我自己去救人。"

尹鸿思索了半天，觉得赢的可能性比较大，遂答应下来。我一扯他的袖子，躲入布道台后。这里的木台既高且宽，足够我们两个蹲下身子藏身其内，把厚绒布帘子一放，几乎看不出来。

没过多久，外面传来门被推开的吱呀声，随即传来急促的脚步声，重重踏在木地板上。脚步声在整个教堂转了一圈，正要跳上圣餐桌时，一个惊恐的声音传来："你们这是在干什么？"

那个声音的主人应该是这座教堂的神父。脚步声立刻停住了，来人用凶恶的口气问道："刚才有人来过这里没有？"我分辨出他的声音，应该是柳成绦的另外一个手下。神父气愤地斥道："这里是圣洁之地，你们快离开，不然我报警了。"

这时，柳成绦的声音响起，依然那么文质彬彬："请神父恕罪，我等只是来寻两位朋友，有些急了。并非有意亵渎。《马太福音》有云：你们饶恕人的过犯，你们的天父也必饶恕你们的过犯。还请见谅。"神父听他引用了一句《圣经》，态度相对好了一些："我并没看到有人进来，就算有，你们也需去外面解决，莫在教堂胡闹。"

柳成绦声音略提高了几分："若神父您看到尹银匠，不妨转告一声，我们在沈园闲云亭设宴款待，莫姑娘作陪，不要耽误了时辰，辜负了这良辰美景。"

他也不多留，立刻转身离去。神父向十字架祈祷了几句，忽然发现自己的茶杯居然摆在长椅上。他有些莫名其妙，难道是自己老糊涂忘记放回准备室了？他拿起杯子喝了一口，也没什么异状，摇摇头，拿着走了出去。

我们两个从布道台里钻出来，我看了他一眼，意思很明确，你赌输了。

尹鸿说不出地沮丧，问我是怎么知道他们会来的。我耸耸肩："玩古董的人，眼力都非常尖。我一进屋就发现了，你厅里挂着一个十字架，还有圣母像，无论是兰稽斋老板还是柳成绦，都不会忽略这个细节。刚才柳成绦站在八字桥顶，不为别的，是在凭高眺望，寻找附近的教堂尖顶。他若连这点都做不到，怎么当老朝奉的尖刀？"

尹鸿一听，这才恍然大悟。我看看门口，忽然叹了口气："而且我怀疑，他早已经发现我们了。只是碍于有神父在，不便于动手。"我指了指道上的水渍，那是进门时湿衣服滴下来的痕迹。

"他刚才那一番话，表面上是说给神父，其实是故意说给我们听的。让我们知道，莫许愿在他们手里，不去赴宴的话，恐怕她会有性命之虞。"

尹鸿一听，不住地唉声叹气。他不过是一个胆小的小市民，却被我硬拖着要面对这么可怕的敌人，实在是百般不情愿。我一把抓住他的双肩，声色俱厉："老尹，你们两代人在绍兴隐居坚守，我很钦佩，也不想打扰你的生活。但你懂得'飞桥登仙'的绝活，这就是怀璧其罪，敌人可不会体谅你的苦衷。现在战争已经开始了，你若不奋起反击，就只能被他们吃下去，连骨头都不剩。"

"可……可他们是谁呀？"

"五脉的敌人，我爷爷许一城和你爷爷药慎行的敌人。"我只能说到这里，如果说是全国假古董幕后的总黑手老朝奉，恐怕尹银匠早就吓跑了。

一提到药慎行，尹鸿总算恢复了一点勇气。

"所以，事到如今，你不能退缩，你得跟我联手，才有活下去的可能。"我拽着他往外走。对于这种脾性的人，与其跟他商量，不如霸气地替他做主。

"真的去沈园啊？"尹鸿胆怯地说。

"是的，让我领教一下细柳营的厉害。"我目光灼灼。

如果要逃脱细柳营的追捕，我有很多办法。哪怕是考虑到莫许愿的安危，我也有把握全身而退。但是这样太消极了，我希望能更积极一点。细柳营虽然危险，却是唯一能引导我通向老朝奉的线索。

一直以来，我都是被老朝奉的人追着跑，现在也该轮到他们吃点苦头了。

绍兴这个地方，最有名的除了鲁迅故居之外，就要数春波弄的沈园了。这里本是南宋时一位沈姓富商的私家园林，最有名的事迹，莫过于陆游和唐婉的爱情故事。当初陆游和表妹唐婉结婚，夫妻两人情投意合，却因母亲反对而被迫离婚。十年之后，陆游游历沈园时又逢唐婉，两人相顾无言，陆游填了一首《钗头凤》以寄相思无奈，唐婉读完忧郁而终，临终前同样填了一首《钗头凤》唱和，成为千古凄情的代表之作。陆游七十多岁重游沈园，又写了《沈园二首》，仍对当年念念不忘。这段旧情成为他毕生的一个心结。

如今沈园已经过重新整修，改成了古迹公园对社会开放，市民游客皆可入内游览。柳成绦选在这里见面，未免太有恃无恐。我们两个抵达园子的时候，已是日薄西山，游客们三三两两地往外走，眼看就到了闭园时间。

"要不还是报警吧……"尹鸿仍在犹豫，他缩手缩脚，简直跟迈进地狱似的。

我摇头道："没用的，柳成绦从头到尾，没说过任何威胁的话。莫姑娘至今恐怕还蒙在鼓里，不知自己身陷险境。叫警察过来，怎么跟他们说呢？细柳营狡猾之处在于，平时他们会巧妙地踩在合法线上，让你捕捉不到破绽，一旦他们觉得有必要出手，会毫不犹豫。"

我虽然只跟细柳营接触了一次，但那股盗墓的土腥味让我能了解这些人的行事风格。

我和尹鸿进了沈园，无心欣赏周围精致园林，直奔北苑而去。那里有一个葫芦池和一座太湖石的假山，是真正的宋代遗物。假山之上有一处仿古的闲云亭，柳成绦就在那里等着我们。

在假山下面，有数个面色不善的壮汉看守。一看到我们来了，立刻聚拢过来，其中有一个家伙，一米八几的大个儿，肌肉在西装下鼓鼓囊囊，他拦住我："你下午弄伤的那个人，是我弟弟，他现在还在医院。"

"然后？"我冷冷地反问道。

"你等着吧，小崽子，我叫龙王，我早晚弄死你。"他目露凶光，却到底没有伸手过来打人。反倒是尹鸿被他一瞪，腿软了一下，差点从台阶上摔下来。

我们走上假山，看到在闲云亭里，柳成绦正和莫许愿说说笑笑，在他们面前的石桌上，摆着一把宜兴紫砂壶和四个精致的粉彩茶碗，还有几碟瓜子花生。

我带着笑意，从容踏入亭中。尹鸿本来不太情愿，可被我一拽袖子，只好也迈步进去。莫许愿转头看到是我们，兴奋地叫道："尹银匠？许愿？"

她这一声喊出来，我脑子一嗡，登时浑身冰凉。我忘了曾跟莫许愿提过真名，当时只觉得是个略带浪漫的小巧合，现在想想，纯属作死啊。

柳成绦没见过我，但一定知道"许愿"的大名。被她这么直接当场喊出来，我的一切后续计划都将泡汤，这还没出师呢就身先死了。

果然，柳成绦的动作一滞，眼神里疑窦大起。我心思电转，哈哈一笑，对莫许愿大声道："尹银匠，莫许愿，尹银匠，莫许愿，你这名字无论接在谁后头，都有点意思啊，对了，你怎么跑这里来啦？"

莫许愿有些羞涩地看了眼柳成绦："这不碰见了柳先生嘛。他也是来游玩的，说跟尹银匠很熟，还约在沈园吃晚饭。我是过来蹭饭的。"

柳成绦眼神里的疑虑这才消退了几分。我暗自侥幸，幸亏这姑娘名字和我一样，总算蒙混过关。尹鸿没我这么好的演技，哭丧着脸勉强一笑，不再吭声，额头上却全是汗水。

我们坐在石桌对面。柳成绦殷勤地把茶杯斟满，手势优雅，姿态从容，颇有几分旧社会大族公子的气度。莫许愿在一旁看了，又是双眼闪亮。

待得这一通弄完，柳成绦才慢条斯理道："尹老师那一手绝活，晚辈非常欣赏。老一辈手工艺者的传承，不能就这么断了，要不您开个价？"

他言辞恳切，表情真诚，就好像下午撕破脸皮的恶斗没发生过似的。尹鸿胆怯地看了我一眼，我清清喉咙："尹老师的事，已全权授权给我处理了。"

"哦？"柳成绦白眉一扬，"那阁下是什么意见？"

我瞥了一眼莫许愿："大人谈话，小孩子就别掺和了吧？我们既然已经到这儿，她还是赶紧回家得了，家里可是还有门禁呢。"

我这么说，一是为了救她尽快脱险，二是生怕这姑娘在席上再喊出我名字来，可就全完了。定时炸弹，得早点排除。柳成绦还没表态，莫许愿却不乐意了，气呼呼说："你这人怎么这样？我是柳先生请来的，又不是你许愿的客人！干吗撵我走啊，我偏要在这儿待！"

我暗叫不好，赶紧接了一句："是，我是许了愿，要请你吃一顿。今天太晚了，改日再吃，不急嘛。"

我心里苦笑，这姑娘不知道我是在救她。她再这么说下去，光是圆场就会活活把我累死。眼看着莫许愿蛾眉直竖，这时，尹银匠出乎意料地站起身来，用绍兴话恶狠狠地骂了两句。

这话我听不懂，但估计挺难听的。只见莫许愿气得双腮粉红，双眸噙泪，小嘴唇微微颤抖，真是给气着了。她望向柳成绦，指望这位善解人意的大哥哥能说句话。

可柳成绦却稳稳坐在那儿，拈起茶碗啜了口香茗，没发表评论。对他来说，只要我和尹银匠在手里，莫许愿便没什么用处了。

莫许愿一看刚才还说笑的柳公子，居然对她的遭遇置若罔闻，不由得泪水滚滚。

她咬住嘴唇，把那莲竹头饰从头上揪下来，丢向尹银匠，然后一跺脚，转身"噔噔噔"跑下假山去，远远传来呜咽声。

莫许愿一走，我的心里稍微轻松了一点。柳成绦拿起紫砂壶，给我们俩一人重新斟了一杯。

壶嘴一共点了三回。这叫玉凤三点头，是福建一带招待贵宾才有的手法，但他倒茶时食指压在拇指上，意思就完全变了，成了另外一个名目，叫作退避三舍。这是表示自己已退让到了极限，再不会做任何让步。用倒茶的方式表达，比直接说出口更委婉一些，不至于场面太僵。

柳成绦这么干，是向我们表明了态度，这次他志在必得。

面对他那张笑意盈盈的俊俏面孔，我心里涌出一种说不出的厌恶。柳成绦抬眉问道："对了，下午虽然有过一面之缘，可还没请教阁下姓名。"

"汪怀虚。"我用了在卫辉的化名。在柳成绦面前，我可不敢公开自己的身份。

"哦，汪先生。我听兰稽斋的人说，您去找尹银匠，是为了学习一下锔瓷技法？"

我没有顺着他的话头说，谈判最重要的是不能被人牵着鼻子走。我直截了当道："尹鸿先生现在全权委托我来处理这件事，我希望能和你们达成一个公平的合作。"

"合作？"

柳成绦笑了起来，似乎在听一个很有趣的笑话："这事可有点麻烦呢，您似乎没有立场谈合作吧？"他有意无意瞟了一眼假山下面，影影绰绰七八个手下，想动手随时可以冲上来。

我懒得绕圈子，轻轻吐出六个字："青花人物五罐。"

每一个字都重重地敲击在柳成绦的脸上，让他那两条妖里妖气的白眉猛然一抖。

他知道我为锔瓷而来，也知道找尹银匠可能跟"飞桥登仙"有关，可没想到我居然连五罐都知道。这可是他们最重要也最隐秘的一个目的。

我略带紧张地盯着他的表情，把杯中的茶水一饮而尽，手心和瓷面之间开始有汗水沁出。

柳成绦毫不掩饰自己的惊讶："天哪，五罐您都知道？我之前真是小看您了。"

"你以为我为什么来找尹银匠？为的不就是'飞桥登仙'这把钥匙吗？"我继续抛着重磅炸弹，把这条危险的鲨鱼钩着往前跑。果然，当柳成绦听到我连"钥匙"的事都知道时，脸色前所未有地严肃起来。

这是一着险棋。我主动暴露出对五罐秘密的了解，等于是把自己置于一条极其危险的钢丝之上，稍有不慎就有倾覆之祸。

但是唯有这一条路，才能通向老朝奉的城堡。

柳成绦目光变得危险起来，他又为我轻轻斟了一杯："您要这把钥匙做什么？"

"因为我手里有五罐之———'焚香拜月'罐。"我眯着眼睛一字一顿说出来，整个亭子里变得非常安静。

这是我深思熟虑了很久的结果。五罐之中，"鬼谷子下山"可以确定在老朝奉手里。"三顾茅庐"已经被摔碎在杭州。剩下三件瓷器，至少有一件我确定不在老朝奉手里——就是长春郑家收藏的那件青花"焚香拜月"盖罐。药不然提过这件东西，说郑家不知何时给卖出去了，至今下落不明。

若要钓住柳成绦，最好的部分就是透露出我有五罐其中一件。有这么一件东西当诱饵，细柳营绝不会松口。

柳成绦沉思片刻，问了一个问题："哦？这罐子是什么来历？"

古玩这东西，很讲究传承，你是从哪儿收购的，从哪座坟里刨出来的，都得交代清楚。国外很多博物馆，你不说清楚来历，人家根本不收。他既然这么问，显然是不大相信我会有五罐真品。青花人物罐子多了，光是卫辉就有大批"鬼谷子下山"罐的仿冒品。我说我手里有，可怎么证明是真品？

我早预料到他会有此一问，呵呵一笑："口说为虚，眼见为实。来历什么的不重要，不妨见见真章。"然后，我从怀里掏出一片碎瓷片，搁在石桌上。看到这瓷片，柳成绦的脸终于变了颜色。

他一招手，旁边的人赶紧递过来一柄放大镜。他拿起来，对着那瓷片端详了半天，用手摸了许久，包括白口部分也都仔细地检查了一下，这才重新抬眼。

"这么说，'焚香拜月'罐碎了？"

"不错，这是其中一片残瓷，张生的袖子。"我面不改色。尹银匠在旁边垂头啜着茶，生怕露出什么破绽。

这个碎片，自然就是我从"三顾茅庐"人物罐里捡回来的那片。

也许有人会问，诸葛亮是汉代三国人物，张生是宋元故事，两者形象差得远着呢。柳成绦得的是白化病，又不是青光眼，怎么可能会分不出来？

不要忘了，这不是整张图，而是一片残片，上面只有诸葛亮的大半条胳膊和袖子,看不见脸,也看不见手。

我没见过"焚香拜月"罐的实体,不过,《西厢记》倒是读过几遍。第一本第三折中,有一个场景是"玉宇无尘,银河泻影,月色横空,花阴满庭",崔莺莺幽锁闺中,在庭院中焚起香来,拜月祈祷。旁边张生隔墙偷看,忍不住吟出一首诗来,与莺莺唱和。两人虽未相见,却已起了情愫。

这"焚香拜月"罐中所画,我猜必有张生隔墙倾听的形象。因此,我把诸葛亮的袖子一角说成是张生的袖子。

我前面也说了,古代工匠没受过教育,对历代服饰没详细考究过,往往选择自己最熟悉的样式来画,经常出现时代错乱的情况,这在瓷器行里,不算破绽。所以无论是战国时的鬼谷子、三国时的诸葛亮,还是宋元时代的张生,工匠可能一律都按宋人服饰来描绘,袖子风格完全一样。从单个碎片上,相当不易分辨。

更何况这五个罐子乃是一窑所出,无论胎质、釉色、开片、包浆、青花、晕点还是笔触都完全一样,这是作不得假的。从这些角度去考察,只会更加证明这瓷片的真实性。除非有人立刻拿出"三顾茅庐"和"焚香拜月"两个罐子,互相对比,才能识破。

可"三顾茅庐"已毁,"焚香拜月"没有着落,可谓是死无对证。

柳成绦反复检查了半天,看他的手法,在瓷器上的造诣也不浅。不过,我这一招李代桃僵几无破绽,他不可能看出问题来。

柳成绦忽然拈起瓷片,扑通一声丢进了茶杯里。我和尹鸿眉头同时一颤,他显然也知道"飞桥登仙"的唯一缺憾。想想也是,老朝奉既然能挖出隐居绍兴的尹银匠,对于这手绝活的了解必然颇深。

不过,知道归知道,他从这个思路去验证,只会更加证明我们没说谎。

柳成绦把瓷片捞出,眯着眼睛看了良久,终于也捕捉到了那一缕陈黄。他终于抬头道:"很好,汪先生,你赢得我的关注了。"

我暗暗松了一口气。他既然这么说,显然认可了这就是"焚香拜月"罐。我微微一笑:"可惜只捡了这一片过来,但白口既在,应该够用了。"

柳成绦神色肃然,终于相信我真的掌握了不少讯息。他们找五罐,不是为了收藏,摔成齑粉都不要紧,只要这个白口还在。我特意拿出这个碎片,表明我对其中意义同样心知肚明。

"难怪下午汪先生的反应那么激烈，原来咱们都是同路人。"

"客气了，若不是你们太过热情，我又怎能赢得尹老师的信任？"

我们简短地交锋了几句，同时笑了起来。我问道："那么，现在我们是否可以对等合作了呢？"

柳成绦把手掌一拢，把瓷片夹在中间，笑了起来："汪先生，您可真是宅心仁厚，居然这么信任我。我现在若是把这片瓷片收走，您该怎么办呢？"

我悠然端起茶杯："这白口值几个钱？你尽管拿走就是。不过，它后头的东西，你们就只能自己去揣摩喽。"

"哦？这么说来，您知道白口所藏是什么？"柳成绦问得有点天真。

"呵呵。"

我没再多说，淡然瞥了一眼旁边的尹银匠，一切尽在不言中。

"呵呵"二字，乃是个万能回答。既可以避敌锋芒，也可以显得深不可测。

经过前面的铺排，柳成绦已经相信我手里有"焚香拜月"罐，而且已经请尹银匠第二次打开了白口，掌握里面的某个秘密。这样一来，就算老朝奉拿到了其他四个罐，缺我这一个，也不完全。

至于我愿不愿意把秘密分享给细柳营，就看他们的表现了。

柳成绦面上的笑意更盛了，他把碎片抛还给我："汪先生果然是专家，小弟佩服佩服。能和您这样的人做生意，是我们细柳营的运气。您觉得这事该怎么讲？"

这就是正式上钩，开始跟我谈条件了。我心中窃喜，表面上却平静道："我知道白口的秘密，但手里只有这一个罐，我想，其他四罐八成在你们手里。咱们不妨五罐共享，各得其利。"

柳成绦嘴角轻撇，他没料到我的胃口这么大。

"没有我的秘密，没有尹银匠的绝活，你们五罐齐全也无济于事；没有你们的罐子，我空守秘密也没意义。所以咱们合作，相得益彰。"

我见柳成绦沉默着没回答，笑道："兹事体大，你一个年轻人，能做得了主吗？"

柳成绦用手摸了摸唇边："您是觉得在下嘴边无毛，希望跟上面的人谈谈？"

我哈哈一笑："我倒不急，看你们什么时候方便。"我暗示得很明确，这事是你们求着我，得表现出点诚意来，来个级别高点的人，能比柳成绦级别高的，我估计只有老朝奉了。

柳成绦有些为难："您早晚都得说出来，跟谁说，不都一样嘛。"

"呵呵。"我笑了笑。

我压根不知道白口的秘密是什么，我甚至不知道柳成绦他们了解多少，但我必须装作智珠在握。无论对方说什么话，都回以高深莫测的呵呵一笑，让对方心里打鼓。

果然，柳成绦一看我轻蔑一笑，有点拿不准。他想了想："您说得对，兹事体大，不可仓促做决定。我回去请示一下，再跟您联系如何？"

"很好，很好。"

我站起身来，示意尹鸿一起走。柳成绦却说："刚才谈的是汪先生的事，尹老师的事还没谈呢。"我一挥手："他的事，就是我的事。我的谈妥了，他的也就成了。"

左右几个壮汉身形一动，只要柳成绦一下令，他们就会过来把我们控制住。柳成绦盯着我的眼睛，我也盯着他。对视了大约十秒钟，柳成绦轻轻叹了口气："恭送两位，明天有了眉目，我派车去接你们。"

他本来打算就地动手，把我们绑走。但看我刚才那一番做派，知道我们早有准备，如果强行翻脸，后果难测。好在我也有求于他们，倒不必担心我们连夜潜逃。

我带着尹鸿在众目睽睽之下走下假山，忽然又转回去了。

"嗯？您还有什么事？"柳成绦一愣。

"我和尹老师都不太喜欢兰稽斋的老板。"

柳成绦闻之一笑："好说，明天我叫老板去换个营生。"

这事归根到底，是兰稽斋的老板搞出来的，尹鸿对他恨得咬牙切齿。如今合作初步达成，顺手借刀杀人，报复一下，也算为他出出气。更何况，我提的要求越多，表明合作意愿越强，可以打消他们的疑惑；若是我匆匆离去头也不回，那才显得心虚。

不过，这个柳成绦也够干脆，人家老板甘为马前卒刚给他立了功，转手就被卖掉了。

我们谢过柳成绦，离开沈园。一直到走出园门，我才觉得背心凉飕飕的，几乎被汗水浸透。我面对的是一群手段狠辣的亡命之徒，跟他们玩空手套白狼的游戏，一步不慎，可能就要倒大霉。刚才那一番简短对话，已经让我几乎耗尽心神。

"你回哪里？"我问尹鸿。

尹鸿今天全程没怎么说话，完全一副任人宰割的模样。他听到我问，哀叹道："我还能去哪儿？去哪儿都会被盯上。"

"既来之，则安之。只要你掩护我顺利打入他们内部，我一定会护你周全。"我宽慰他道。

刚才那一番交谈，算是钩住了柳成绦，明天说不定能扯出更大的家伙。只要找一个合适的机会，我就会送尹鸿脱险。

"你现在回八字桥可不安全，那儿附近人少，万一他们起了歹心把你绑架走，你恐怕都没机会示警，不如跟我回酒店吧。"

尹鸿想了想，只得点头答应，继续唉声叹气，似乎并不释怀。昨天他还是一个与世无争的小工匠，今天却被我硬拽着卷入了这场险恶纷争。

不过，若不是我在，只怕他现在已经被绑架了。细柳营的人，盗墓都敢，还有什么干不出来的？

我们走出春波弄的巷子口，特意找了一家在公安局附近的酒店，开了两间房。这里是公安系统的对口酒店，我用方震给的证件办理入住，柳成绦再胆大包天，也不敢跑到这里来造次。

快进房间时，我忽然把尹鸿叫住，低声交代了几句。尹鸿开始听了，一脸不情愿，一张老脸跟经霜的茄子似的。我冷哼一声，说："这事你不办妥，明日可是难保性命啊。"尹鸿这才答应下来，开门进屋，然后重重把门摔上。

我进了自己房间，拉开窗帘，从落地窗朝外看去，看到路边有鬼鬼祟祟的影子。这应该是柳成绦派来监视的人，细柳营办事，可真是滴水不漏。

"放心好了，这次我不会逃的，我会紧紧跟着你们，直到见了分晓。"我默默地在心里说了一句，然后"唰"地把窗帘拉起来，但把落地灯一直开着。

我看看时间差不多快十一点了，走出房门，到楼下前台掏出身份证，要求换另外一间房。服务员看了我一眼，有些纳闷，我说那屋里有烟味，睡不着。小姑娘"哦"了一声，动作麻利地给我换了。

我进了新房间后，确认附近没有可疑的人，然后拿起了床头柜上的电话，拨了一个号码。

电话响了五声，然后对面的人接了起来。

"喂，方震，我是许愿。"我握住话筒，把声音尽量放低。

方震是唯一知道我和药不是联手行动的人，同时，也是我们唯一信任的朋友。这个号码，是我们事先约定好的，用于单向紧急联络。我现在即将打入细柳营的内部，深入虎穴之前,必须得提前在外面准备好接应,否则死都不知怎么死的。

"许愿,你终于打电话过来了。"方震的声音有些不对劲。他从来沉稳冷淡,不带任何情绪波动。可现在我却觉察到,此时的他有一丝震颤。

"怎么了?"我先问道。

"刘老爷子,没了。"

古董局中局 4

第七章

青花罐，龙走纹

方震的声音不大，可听在我的耳朵里却不啻惊雷。我惊得差点没拿住话筒，刘老爷子一直精神矍铄，怎么也得奔着一百岁，可……怎么……怎么这么突然就……

方震道："前天老爷子在家里睡下，没什么征兆，次日却没再起来。"

话筒对面的声音低沉下去，尽管不带任何感情色彩，可我听得出来，那是极力压抑后的平静。我握紧话筒，闭上眼睛，心中一阵锥心的剧痛。难怪之前那次五脉家宴他没参加，原来身子骨在那时就已经不行了。

刘老爷子对我一直关怀备至。许家能回归五脉，他厥功至伟。即使我后来犯了大错，把五脉置于危难之中，他也没过多斥责，反而谆谆教导。尽管有时候我也受不了他云山雾罩的说话风格，但他无疑是五脉之中我最信任的人，是一位长者、一位亲人。

他永远都是那么一副成竹在胸的模样，让人心安。有他在，五脉有再多的幺蛾子事，都不会让人心慌。

五脉的山岳之镇，就这么走了？

短短几年时间里，药来自尽，刘一鸣去世，黄克武也是风烛残年，昔日撑起五脉的三巨头一一谢幕。五脉的三巨头时代，终于到了终结之时。

我脑海中浮现出他的音容笑貌，一瞬间泪流满面。我心中涌出强烈的冲动，想放弃手里的一切，赶回北京去参加刘一鸣的葬礼，最后送他一程。

"你不必赶回来。"方震似乎觉察到了我的心思，"这边有刘局主持大局，暂时不需要你做什么。不过刘老爷子留了一封信给你，在我这里保管。"

"给我留的信？"我一阵错愕。

"对，应该是刘老爷子之前有所预感，先写好的，可能是一份草稿。我得知他去世后，立刻掌握在手里了。"

听方震的口气,刘一鸣的去世,似乎还引发了其他一系列动静。不过想想也合理,他执掌五脉这么多年,又一手主导了商业化运作,牵扯利益极广。他骤然去世,必然会产生混乱。看五脉那些人,又少不得会有争权夺利的情况发生吧,恐怕老朝奉也会蠢蠢欲动。

方震到底是老公安,没有深陷在悲痛中,第一时间做出了反应。

我忽然皱眉道:"我多问一句,老爷子……真的是自然死亡?"

方震道:"我们当时也有疑问,所以做了一次全面尸检,结论是自然死亡,没有问题。其实你在香港的时候,他的身体就已经出现问题了。但当时是五脉的关键时刻,他一直没对外公布。"

我闭上眼睛,仔细回想了一下。我和刘老爷子的最后一次交谈,是我在上海查《及春踏花图》。当时我掌握重大线索,急于验证,打电话回北京。刘老爷子尽管疲惫,但仍然给予指导,还告诉我黄克武在香港被素姐刺激入院的噩耗。

我至今还清晰地记得刘老爷子跟我说的最后一句话,"只要秉承求真之心,手握无伪之物,任尔东南西北风,我自岿然不动"。凭着这句话的力量,我才在香港做出了最正确的抉择,击破了百瑞莲的阴谋。

从香港回北京后,按说这么大的事了结,刘老爷子应该会见我一面,可一直没动静,我还纳闷过一阵。如今看来,那时候他的状况已不太好。

"你手边有传真机没有?我现在可以把草稿传给你。"

"我在绍兴的公安宾馆,应该会有设备。"

"你怎么跑到绍兴去了?"方震难得地多问了一句。

我强收住悲痛,把我在杭州、绍兴的遭遇跟方震说了一下。他沉默片刻,开口说道:"这个细柳营我知道,可是背了不少人命官司在身上的。你最好重新考虑一下,风险太高。"

"不这么做的话,没法打入他们内部——现在刘老爷子没了,若不尽快铲除这个毒瘤,恐怕日后更没办法压制了。"

方震似乎被我说服了,他没有继续劝说:"我在绍兴公安有一个熟人,我让他提供协助,但你自己千万得小心。"停顿了一下,他又说道:"对了,我想起一个侦查细节,也许能帮到你——细柳营,应该也是一个青花人物罐子的主题。"

我大惊,再仔细一想,还真是这么回事。老朝奉的山头,似乎是以五罐来命名:

有"鬼谷子下山"罐，所以卫辉是鬼谷子一派；药家家传"三顾茅庐"罐，药不然可能隶属茅庐一派；那么柳成绦自称细柳营，自然也是因为有个青花罐子叫作"细柳营"，说不定和柳成绦还有什么关系。

周亚夫屯兵细柳营，是一个著名的历史典故。汉文帝去视察军队，到其他军营时，都可以直接骑马直入，但到了周亚夫驻屯在细柳的营地，却进不去了。守门士兵说必须有周将军的军令才能开门，文帝没办法，只能等待军令。等到军营门开，守门士兵又说，营内不得骑马，文帝只能下来自己走。左右大臣都说要惩罚周亚夫，文帝却赞扬说这才是真正的治军之才。

柳成绦这一支起名叫细柳营，不知是出于什么原因。

我脑子里忽然灵光一现，方震这个细节提供得太及时了，之前我说要打入老朝奉内部，还没想到什么具体计划，现在经他这么一提醒，一个绝妙的主意涌上心头。

"对了，药不是怎么样了？"我问。

"他被当场抓住了，吃了点苦头。不过沈云琛出面，经过斡旋，表示不会发起民事诉讼。现在反倒是药家自己打得不亦乐乎。有的痛斥药家这两兄弟都是败家子，要开革出家；有的坚持要连沈家一起告，告他们保管不力，总之吵成了一锅粥——不过这两天突然都不说话了，似乎受到了什么人的威胁。"

我心想这大概是药不然的杰作。那些药家人个个屁股都不干净，碰到药不然这种不按规矩出牌的横货，只能无可奈何。

"那药不是会被释放吗？"

"暂时还关押在杭州，得等责任彻底搞清楚。我跟他通过话，精神还不错。他反复叮嘱我，让我转告你，只能相信自己挖掘的线索，不要再做蠢事了。"

我忍不住笑了笑，这倒真像他的风格。这家伙虽然性格太差，好为人师，但真是个可靠的同伴。若没有他舍身相救，恐怕现在我俩都身陷牢狱。

"方震，我要问你一个问题，你不许说不知道——刘老爷子和刘局到底怎么想的？对老朝奉是个什么态度？"我逼问道。

长久以来，一直让我大惑不解的是，刘老爷子掌控五脉，刘局有高层关系，他们手握重器，却从来没有真正对老朝奉发过致命的一击。

这次我苦心孤诣闯入敌营，必须得搞清楚刘局的底线。若只能得到方震的友情支援，官面上却不予配合，那我的前景也堪忧。

方震在那边沉默了一下,徐徐开口:"你的问题,刘局已经猜到了。他交代我,如果你问出来,我可以被授权讲出下面的话。"

我握紧话筒。

"老朝奉经营已久,势力盘根错节,遽然开战,势必牵扯方方面面的利益。上头以稳定为第一要务,绝不允许出现大乱。即使是刘老和刘局,也是投鼠忌器,无可奈何。此事若要解决,必得有一个体制外的人,与组织无瓜葛,行事无所顾忌,由他率先破局,再由组织出面,犁庭扫闾。说完了。"

说白了,上头要维稳,不允许主动出击。最好是小老百姓先闹起来,和老朝奉打成一团,组织才好师出有名,过来收拾残局。这就跟香港动作片似的,主角永远都是孤军奋战,警察永远都得等到最后才到。

我苦笑一声。原来算来算去,人家早就洞若观火。必须得让我孤身犯险,把局面搅浑,上头才好动手。怪不得方震平时纪律性那么强,这次却破例协助我们,原来跟药不是的友情关系不大,归根到底,还是高层默许的啊。

我自以为藏得巧妙,弄了半天还是刘老爷子的一枚棋子。

可现在人都没了,我能说啥?

方震道:"现在刘老一去,老朝奉那边多少会放松警惕,这是你的机会,也是我们的机会。"

"好吧,我知道了……"我的情绪有些苦涩,"对了,有件事得告诉你们,郑教授是老朝奉的人。"

方震回答:"知道了。"

这么重大的消息,他听起来既不兴奋,也不惊讶。我怀疑他们早掌握了郑教授的情况,所以才一直没让他进入决策圈。

我把电话挂掉之后,下楼去找传真机。这大半夜的,可不太好找。好在我有证件,又用银钱开路,服务员收了贿赂,偷偷开了商务中心的门。很快那边传真过来几张纸,用毛笔手写的,笔迹苍劲,是刘老爷子的手笔。我带回到房间,扭亮台灯,仔细阅读起来。

在信的开头,刘一鸣说他最近忽有所感,恐怕不久于人世,有些话应该跟我交代一下。

然后他讲起了民国的一段往事,说的是许一城带着他、黄克武和药来,阻止孙殿英盗掘清东陵。篇幅所限，细节不多，但从字里行间，我能感受到他对许一城由衷的崇拜。

刘一鸣自己坦陈，那时候他对许一城无比崇拜，深信他才是能把五脉带上新轨道之人。许一城之所以能坐上五脉掌门之位，也是他暗中推动所致。

这段往事我略知道一点，不过听当事人讲起来，感触又不一样。

说完东陵大案，刘一鸣的笔锋一转，又谈起了佛头案。刘、黄、药三人谁都不信许一城会这么做，积极维护，前后奔走。可让他们郁闷的是，许一城忽然性情大变，对自己勾结日本人之事毫无愧疚，反而把刘、黄、药三人赶走。

让他们三人态度发生剧变的，是庆丰楼事件。北京在东四有个饭店，叫作庆丰楼，是招待贵客的高级馆子。许一城被捕的前几天，他在这里有一场赌局，逼得一个叫楼胤凡的古董商人跳楼自杀，还把他的收藏直接交给了日本人。三人本来是帮许一城的，结果没想到是这么一个结果。从那之后，三人终于彻底失望，本来黄克武最为推崇许一城，结果变得最为憎恶。

一直到我揭破了玉佛头之谜，他们心中才略微释然，了解许一城的用心。可是心结仍未去除，刘一鸣说他至今也不明白，为何许一城当初要那么做。他明明可以把玉佛头的事和盘托出，群策群力，何必拼命自污，把友人全部推开呢？在庆丰楼中，他为何举止如此诡异，生生要逼死楼胤凡呢？可惜刘一鸣说得很含糊，更多细节我也无从得知。

刘一鸣最后说，也许除了玉佛头，还有其他什么事情，迫使许一城不得不忍辱负重。如果他当年足够聪明，看破此点，许家也不必承受那么多苦难了。刘一鸣写到这里，充满自责，说最近几年，梦里屡屡回到当年东陵，梦见许一城阻挡在陵前的身影，他这才下决心推动许家回归五脉，否则死后没脸去见许一城。

草稿写到这里，戛然而止。

因为是传真件的草稿，所以我还能看到刘一鸣的修改痕迹。我注意到，后面还有半句话，但被涂掉了，涂抹者是一笔一笔认真涂黑的，连形状都看不出来，更别说辨认汉字了。

我放下传真件，站起身来，向漆黑一片的窗外望去，心潮澎湃。

东陵的故事我知道，那是文物史上的一次浩劫。我爷爷再如何天纵英才，也没办法阻止这次悲剧的发生。可我能想象得到，他站在东陵之前，孤身一人挡在孙殿英大军之前的样子。一个孤拔坚毅的身影,在滂沱大雨中绝望肃立。

那种澎湃的意念,几乎可以跨越时空,让后世的孙子泪流满面。

"爷爷,我不会让您失望。咱们许家,一定会坚持到底。"我面对着窗外,双目清亮,不再有半点迷惘。

次日一早,柳成绦果然如约出现在宾馆门口,他衣冠楚楚,须发皆白,频频引人侧目。他一看我们俩下楼,咧嘴笑道:"两位,我这边有眉目了。我老板愿意见你,不过得在我们公司里头。"

这个回答在我的意料之中。他们一定不肯放弃主动权,但我坚持要见高层,折中下来,只能是我去他们老巢了。我没有再提什么条件,立刻答应下来。

刘一鸣的意外辞世,让我的紧迫感更加强烈。这事,不能再耽误了。

柳成绦一伸手:"公司不在绍兴,得麻烦二位出趟远门了,上车吧。"说完一辆桑塔纳开了过来,规格不低。

"稍等片刻。"我学着他的样子鼓了几下掌。柳成绦一愣,不知道我葫芦里卖的什么药。

忽然间,七八个记者模样的人拥了过来,旁边还有几台相机和摄像机跟拍。带头的一个女记者把话筒伸向柳成绦:"柳先生,我是《绍兴晚报》的记者,你这次来绍兴寻找民间手工艺人,挽救失传绝活,是出于国家安排还是个人兴趣?"

柳成绦有点蒙,我走过去,亲热地扶住他的肩,对记者说:"柳先生是一位热心公益的企业家,他珍视民族传统,一直想做一些有益的事,回馈社会。他上次来到绍兴,看到很多民间手艺者慢慢老去,可一手绝活却没有人愿意学,不少手艺更是已经失传,令人扼腕。柳先生感慨之余,决定投资一大笔钱,用于民间传统工艺保护。八字桥的尹银匠,就是他决定资助的第一位民间匠人。老尹,你过来。"

尹银匠战战兢兢地走过来。我把我们三个人的手握在一起,继续对记者道:"我们已与柳先生达成共识,今天就去他们的基地,去录像、去研究,可能还会收几个徒弟,把咱们绍兴银匠的绝活保存下来。这只是个开始,今后柳先生会致力于拯救更多民间艺术。这样才不会断掉我们文化上的根,为子孙后代留下珍贵财富!"

我说得热血沸腾,记者们情不自禁地鼓起掌来。

趁着他们咔嚓咔嚓拍照的当儿,柳成绦低下脑袋,两条白眉几乎汇成一条粉笔线:"您这是在干吗?"我一摊手:"尹银匠本来就是名人,惊动媒体很正常嘛。"

记者们的问题一个接一个问过来。柳成绦不能说是,也不能说不是,只能尴尬地含糊应付,他那几个膀大腰圆的手下,都站在远处,有些不知所措。

众目睽睽之下,他们什么也不能干。柳成绦瞪向我的眼神,第一次失去了淡定。

我懒得看他,偷偷对尹银匠道:"你可以放心了,这么一宣传,没人敢动你。"

我有这个灵感,还得感谢莫许愿。她曾经跟我说过,有电视台想采访尹银匠,结果被骂了出来。我昨晚让尹银匠重新去联系他们,主动爆料,说有民间企业家资助手艺人。媒体对这个题材很感兴趣,一大早就派记者跑过来追新闻了。

柳成绦算定我们不会去报警,但没想到我会通知媒体,假戏真做。经过这么一番宣传曝光,尹银匠被摆在了明面上,成了大众关注的焦点,无形中多了一层保护。若是我和他有什么三长两短,不用别人,媒体就会揪着柳成绦不放。

最有意思的是,这些记者不知谁泄的密,还通知了几位老艺人。他们寂寞太久,听说有金主愿意资助,全都不辞辛苦跑过来了。我看到几个衣着朴素的老头老太太,主动在给柳成绦递名片,扯着袖子不放开,连哭带喊,诉说着自己的故事。甚至还有人带了各种民俗乐器,当场就要表演。在呜啦呜啦的喜庆交响乐中,柳成绦心里估计已经杀我几百遍了。

老朝奉也罢,细柳营也罢,都是在黑暗中蝇营狗苟之辈,势力多大也见不得光。如今媒体一关注,就把柳成绦最大的优势给废掉了。

这算是堂堂正正的阳谋,柳成绦就算知道,也是无可奈何。

好不容易摆脱了他们,众人都上了车。柳成绦的头发被挤得乱七八糟,衣服也被扯得掉了好几个扣子,那儒雅的风度荡然无存。我暗自一笑,看来恶人还得恶人来磨。

"开车。"柳成绦恨恨地说了一句,没再摆出那张温和的面孔。

究竟去哪儿,他没有告诉我们。刚才记者也问过,他只含含糊糊说去北京,不过这一听就是骗人的。

车子很快驶离绍兴城区,开上一条长途路线。我看看太阳的方向,大概是朝西南方向走。这一开就是五六个钟头。中间车子停了几次,加油、吃饭、上厕所。柳成绦也不再献殷勤了,随便丢过来几包面包和水,除了上厕所不允许我们下车,上厕所也有人看着。

尹银匠有些晕车,脑袋后靠,双目紧闭,他大概这辈子从来没离开绍兴这么远。我则把头靠在车窗上,反复盘算接下来的计划。

这次深入虎穴，风险十分大。我有可能会被夺宝灭口，会被人识破真实身份，就算一切顺利，见到老朝奉，怎么逃出来也是个问题。何况我身边还有一个尹银匠，我必须得保证他的安全，就像当初承诺的那样。

从前我不是没身陷险境过，但这次的局面最为复杂，我所能倚仗的，只有一个未经验证的想法。万一算错了，就完蛋了。不过话说回来，我面临的麻烦再大，也没有我爷爷许一城当初面对孙殿英那么危险。

许家的男人，总会坚持一些看上去很蠢的事情。

只要秉承求真之心，手握无伪之物，任尔东南西北风，我自岿然不动。

这是刘老爷子的教诲。

我看着外面不断后退的路牌，辨认出几个熟悉的地名，应该已经进入安徽境内了，离黄山已经不远。不知不觉，桑塔纳偏离了主路，朝着一处偏僻的镇子驶去。进了镇子，柳成绦示意下车，然后带我们到了一个破旧的路边小饭店。

他们叫了简单的几样菜，曾经威胁过我的那个大个子龙王还想要瓶啤酒。柳成绦筷子一搁，沉脸说"别误事"，龙王只得讪讪给退了。他一米八的大个子，在柳成绦面前跟鹌鹑似的，一点都耍不起威风。但一转头，其他手下又对龙王毕恭毕敬。

这些细节，我在旁边不动声色地默默记住。我马上就要进入敌人腹心，那是一片全然陌生的战场，多知道一点东西，说不定什么时候就能救我一命。为此，我得拿出鉴赏古董的细致劲来，去观察、去记忆、去抠，小时候看的那些地下党连环画，这回全用上了。

吃罢了晚饭，我们出了饭店，发现桑塔纳换成了一辆大解放。车厢用苫布盖着，遮得严严实实。柳成绦把我俩带到车屁股，说："两位请上去吧，接下来的路比较颠。"

我本以为已到地方了，看来只是个中转站。接下来的路，他们不愿意让我们看见，于是换了一辆车。尹银匠有点犹豫，我拍拍他的肩膀："怕什么，咱们现在是绍兴名人。"然后我在龙王的怒视下，从容爬上去，挑了车厢最深处坐下。这里靠近驾驶室车头，比较不颠。

龙王也爬上来，双手抱臂坐到对面，虎视眈眈地看着我。车子轰鸣启动，抖动着巨大的身躯继续朝前开去。

接下来的路确实很颠，估计不是走省级公路，而是在山里钻来钻去。我靠在车厢里，忽然冲对面的龙王开口道："喂，你弟弟怎么样了？"

龙王勃然大怒："你还好意思提，我弟弟整个被毁容了，以后都没法找对象。"我扑哧乐了，原来他最担心的居然是这个。龙王伸开肥厚的巴掌，过来就要揪我脖子。我敲敲车窗，坐在副驾的柳成绦回头看过来，龙王只得收回动作，改用眼神瞪我。

这时候他才知道，为啥我要往里坐。

"当时我也是没办法，我不泼那盆酸，就让你们给逮住了。总不能许你们抓人，不许我反抗吧？"我眯着眼睛，随着车子颠簸一晃一晃。

"敢伤害我弟弟的人，没一个能活的。"龙王咬牙切齿。

"你亲弟弟？"

"那是我兄弟，当初在寿春，要不是他挡着，我就让另外一伙土夫子给打死了。"

"寿春？现在是叫寿县吧？看来你不是安徽本地人。"

"我长春九台的。"

"口音不像嘛，倒有点兰州那边的味道。"

"我在那儿当过兵，坐过牢——你问这个干吗！"

"要不在车上黑乎乎的干吗。你是独生子？"

古董商都具备一个技能，叫作话耙子，嘻嘻哈哈说了几句，就能把你的个人信息全耙出来。开始龙王特别抗拒我，说一句骂一句。我也不怕，平心静气地聊着。说着说着，龙王的戒备心下来了，进入正常聊天的节奏。

无聊是一种很奇妙的状态，它可以稀释掉人类的一切情感。一对如胶似漆的情侣，可能坐上十几小时火车后，也开始互相厌恶。一对仇敌，如果没办法干掉对方又不得不共处，也聊得起天来。

等到车子终于停下来，龙王的家底我都摸得差不多了。东北人，三十五岁，当过兵，因为斗殴伤人被判了几年。一个狱友把他带上盗墓这条路，靠一膀子力气混得不错。后来他跟的老大折了，就自己带着一帮兄弟单干，却捞过了界，惹恼了当地地头蛇，几乎被打死。幸亏撞见了柳成绦，把他救下来，从此跟随左右。

再给我俩小时，我连他爱吃什么、内裤什么颜色都问得出来。

没什么心眼，易怒，挺重小团体情义。这是我对他的判断。

车子停的地方，应该是某座山中，我的耳边可以听到阵阵山风呼啸。我们下车之后，前方不远就是一座三层的小白楼。楼体很旧，但墙壁却重新粉刷着白漆。楼顶装着一盏大功率的照明灯，灯光居高临下地照射下来，却只能笼罩楼前的停车场范围。一根大功率天线竖在楼顶，好似招魂的旗幡。

此时周遭一片阴森森的黑暗，没有半点光亮，有若置身墓穴深处。这么一栋惨白小楼突兀地矗立其中，俨然一座墓中明殿。在一楼楼梯入口的左右，还搁了两个青铜鼎，让气氛更显阴森。

在这种光线条件下，柳成绦的白发、白眉和没有半点血色的白脸，看上去更加妖异可怖，像是刚刚从棺椁里爬起来的白无常似的。

柳成绦缓缓走在前头，引着我们两个人进入小楼，直接上了三楼。说真的，这一路的氛围跟恐怖片差不多。我和尹鸿对视一眼，不由自主地朝对方靠了靠。

直到三楼的客房门打开，我才长舒一口气。这里的住宿条件还不错，标准宾馆配备，两张床，总算是人间的味道。我还真怕一开门，正中搁着一具棺椁让我睡进去呢。

房间里有电视，但没有电话，墙壁特别白，不知谁拍死一只吸饱了血的蚊子，在墙上留了一个特别瘆人的血手印。房间的墙壁上钉着一排包角木架，上面陈列着若干瓷器，有碗有瓶，造型各异，都是白瓷。不过一看就不是老物，不然也不会这么随意摆放在客房里。

"两位好好休息，不要乱跑。这里是山区，很容易出事的。"柳成绦叮嘱了一句，转身离开。

我们俩坐了整整一天车，腰酸背疼，简单地洗漱了一下，上床倒头就睡。这几年经历的事多了，我已经习惯在巨大的压力下养精蓄锐，以备明日之战。

次日起床，周遭极其安静，只偶尔有鸟鸣。一耸鼻子，可以闻到极新鲜的空气味道。我从床上爬起来，站在三楼阳台上往外一看，发现这附近的地形应了《醉翁亭记》开头一句："环滁皆山也。"重峦叠嶂，触目皆绿，高高低低的山峰把这里围成一个小盆地，视野根本无法远望。唯见天空碧蓝一角，有丝丝缕缕的碎云点缀其上。

盆地的中心，就是这栋小楼。此时阳光斑斓，浓绿映衬，让小楼昨夜的诡异荡然无存，反而显得生机勃勃，透出几丝隐庐野趣。我记得一个导演朋友说过，拍电影最重要的其实是打光，同一个场景，打不同的光，风格迥异，诚哉斯言。

这栋小楼一共三层，楼梯在正中，每层都向两侧延伸出去两条走廊，每一侧都有两个长屋子，里面很宽阔。唯独我们住的第三层，都是小房间，一侧三个。估计这楼从前是个乡村学校，一、二层是教室，三层是教师宿舍和办公室。

小楼周围还有不少农舍，分散在山坳或坡顶，大部分是砖屋，呈现出火红色与黑釉颜色，颇为奇特。附近有田地，不过已荒废很久。一条陡峭的山路曲曲弯弯地伸了出去，一头扎进群山。我还看到一些瓷窑，正袅袅飘着黑烟。这些窑不算旧，样式很有特点，拱圆身长，纵向看有点像葫芦。二十多米高的窑囱高高竖起，外糊一层黄泥。这和时下流行的烤花炉、梭式窑不太一样。

我猜这里应该是一个自然村，居民迁改之后搬到山外头去了，老房子都荒在这里。结果被细柳营看中，跑到这里来建了一个造假基地。这个造假基地，比我在其他地方见到的都大。除去砖窑，我在远处还看到许多相关设施，甚至有两三个堆着瓷土、釉矿的堆料场。

判断一个作坊的规模，一是看窑口，二是看堆料。小作坊随做随进，不存东西。若是有堆料场，就必然是有转运需求，规模一定小不了。

这里跟河南的一马平川不一样，山路崎岖，一般不会有外人闯入。天高皇帝远，手脚便可施展得痛快一些。细柳营的气魄，果然不一样。

可这样害的人，只怕更多。

有人给我们送来早餐，五个馒头、一盘咸菜、两个煮鸡蛋，居然还有两份小瓦罐排骨汤。我注意到，从三楼到二楼只有一个楼梯出口，一道栅栏铁门给拦住了，上面挂了锁头，送饭的进出都得现开门。

等于说我们只能在三楼活动，无法离开，变相地被软禁了。至于柳成绦，却一直没出现过。

既然不让出去，那就随遇而安吧。我和尹银匠就在屋子里待着，看看电视，聊聊天。说来也怪，尹银匠到了这里，情绪反而平复了。大概是周围没人，又安静，和他原来的生活环境差不多。

这家伙原来也不怎么和外界接触，流行话题一概不知，我只好跟他聊银器手艺和锔瓷。他一说起这个就双眼放光，话匣子开了就关不了。

我趁送饭的人过来，问他们要几件瓷器。这里既然是造假工坊，这类东西肯定很多。过了一阵，看守哐当哐当抬来一筐，不过里面残次居多，估计都是烧窑淘汰下来的。尹鸿连说带演示，让我学到了不少瓷器知识。

不过尹鸿拿起那些瓷器，敲了敲，总会面露困惑。

这样的日子一连过了三天。到了第四天，柳成绦终于出现了，对我们说："两位，跟我来吧。"我们跟着他走到一楼的一间教室里去。

教室的墙壁上还依稀可见一些标语痕迹,黑板和木质讲台尚在。但讲台下的摆设、风格却截然不同:地上铺着猩红地毯,正中一个乌木根雕大茶台,上头茶器一应俱全,周围错落有致地摆着几张云墩和木椅,旁边还竖着一扇檀木八扇屏风,屏风上缀着好多碎瓷片,排列成一片片风纹。

旁边一个小炉子,火焰腾腾,坐着一把黑黝黝的日本铁壶。

"汪先生,抱歉久候。你不是要和老板谈吗?现在他的人刚刚赶到。"柳成绦说。

我朝茶台那边望过去,一个人正有条不紊地擦拭着茶碗,他一抬头,那张熟悉的笑脸让我心中一震——药不然?

这个变化,真是让我始料未及。我一直以为柳成绦的老板是老朝奉,可没想到是药不然。我看了一眼柳成绦,慢慢道:"柳先生你在开玩笑吗?"

柳成绦以为我嫌年轻,简单解释了一句:"这是大老板派来的特使,可以全权代表他做出决断。您尽可以放心。"我敏锐地从他的声音里捕捉到一丝不满。

"汪先生是吧?久仰久仰。我叫药不然。"药不然演技不错,一点没看出破绽,热情地起身相迎,然后提起铁壶,亲手给我沏了杯热茶,"这是新下来的黄山银钩,尝尝,尝尝。"

我端着茶杯,脑子里飞快地转动着。新下来的黄山银钩?他是在暗示这里距离黄山不远?婺源?祁门?还是歙县?可我看他的神情,不像是想故意泄露消息给我,而且也没有更详细的暗示了。

药不然的意外出现,让我的计划产生了极大的变数,我不知道这到底是好事还是坏事,因为我根本不知道这浑蛋是敌是友。

药不然重新坐回去,眼神里闪动着戏谑的光芒。似乎我的错愕让他挺开心,就像是一个损友的恶作剧。他一抬手:"汪先生,今天我在这儿,是代表我老板来跟你谈的。我听大柳说了,您手里掌握着西厢'焚香拜月'罐的秘密啊,想卖个好价钱?"

"是。"我面无表情,尽可能少说话。

"价钱好谈,谁也不在乎这仨瓜俩枣儿的,不过汪先生有顾虑,我们也有顾虑。您到底真知道假知道,我们没法判断。万一咱们达成了协议,您手一摊,说逗我们玩的,这不耽误大家工夫嘛。"

这还是我第一次见药不然正经谈事。他谈起生意来,跟变了一个人似的。这番话敲山震虎，语带威胁，又隐隐留出了口风。

"那依药先生你的意思，我还得证明一下自己？"

药不然笑了笑："那倒也不急。大柳这回去绍兴，其实是冲尹银匠去的，您算是一个意外收获。所以今天咱们先不谈那些，把正事先办了，后面怎么弄可以慢慢谈嘛，我们不是很急。"

若是换了别人这么说，我也许就信了。但对方是药不然，这话就得反着听了。

药不然见我沉默不语，冲柳成绦抬了抬下巴。柳成绦冷哼一声，让龙王搬进一样东西。这东西我们都熟，居然是尹银匠在绍兴用的那个工作台。

尹鸿没料到他们把它也搬过来了，快走两步，用手去抚摸台面的凹痕，有些激动。我看到在工作台旁边还搭着一卷黑褐色的牛皮。我爷爷转赠药慎行的海底针，也在这里了。

柳成绦道："尹老师，也不知道您什么工具称手，我就自作主张，从铺子里给您运来了。"尹鸿对此不置可否，轻轻摩挲着工作台的每一个凹凸，仿佛一摸到它才有安全感。

他打了一个响指，龙王又搬进来一件瓷器。我一看见这东西，心脏不由自主地加快了跳动。

这，又是一个青花人物盖罐！

它的大小、形制，和我见过的"三顾茅庐"罐并无二致，只是纹饰不同。正中坐着一位戎装大将，左手扶案，右手捋髯，不怒自威。旁边一位军士打起一个旗幌，上书"周亚夫"三个字。还有一匹西域骏马系在树边。除了这些主要形象，装饰用的柳树、卷草、祥云、碎花等物，风格和其他两罐如出一辙。

看来这就是五罐中的第三件——"周亚夫屯兵细柳营"。不过比起"三顾茅庐"的儒雅之气，这个罐子更显得威严肃杀。

药不然道："汪先生别拘束，随便看看。"听了他的话，我走到罐前，用手摩挲了一阵。无论釉面手感还是青花色泽都极舒服，苏料锡光也很清晰，是件大开门的真品。我蹲下身子去，凑近罐边仔细端详。果然，在周亚夫的手肘处，也有一道不易发现的白口。

这说明，"细柳营"罐子的釉囊衣同样也被打开过，然后被封起。

柳成绦道："尹老师，这次请您过来，主要目的就是希望您亮亮绝活，把这条白口重新开封,看看里面有什么东西。"

前面说了,釉囊衣的大小没法藏实物,但适合留下文字信息。也就是说,就算之前有人开启过,只要不故意损毁,信息说不定也还留着。

尹鸿看看我,我微微点了点头,示意可以开。

他抱起"细柳营"来到工作台前,轻轻搁下。他扫了一眼,说还缺乙炔喷灯和几种原料。

这个作坊很大,储存的物资很丰富。柳成绦一声吩咐,十几分钟就备齐了。尹鸿略微处理,摊开海底针,对着瓷罐又一次施展出"飞桥登仙"。龙王在对面还架起了一台小摄像机,打算把这些录下来。

尹鸿对这个并不介意。有些东西,就算你看一万遍录像,也是学不会的。我看过一个新闻,川剧变脸团体去美国访问,美国人拿高速摄像机拍下来,一帧一帧分析,但没用,眼睛看见手速也跟不上。

随着几声清脆的瓷面敲击声,尹鸿正式开始了操作。一瞬间,那个威风八面的老艺人又回来了。

他的技法依然那么流畅,手法令人眼花缭乱。一个人潜心一辈子,只钻研一件事,就是这种完美境界。我虽未见过其他人,但估计药慎行、尹念旧甚至尹田的水平,绝无尹鸿这么高超。他们接触的世界太庞杂了,想法太多,缺少尹鸿这个强迫症的至纯至粹。

不光是我,就连柳成绦、药不然和龙王都面露凛然。他们三个都是第一次见到,在这神乎其神的手法面前,每个人都不由自主生起一股敬畏之心。"飞桥登仙"太漂亮了,不光是使用功能,视觉效果也极其震撼,尹鸿双手往复,飘逸如仙人。难怪当年尹田每次施展,京城王公贵族都相邀来看,这就是所谓的"匠人之道"的极致了吧。

大约半小时后,尹鸿猛然停手,双臂下垂,关掉喷灯,倒退三步,整个人疲惫不堪:"得了。"

药不然带头,教室里响起了一阵热烈的掌声,连柳成绦都不轻不重地鼓了几下。我忽然想起来,尹家似乎有祖训,说施展"飞桥登仙"不可超过大衍之数,否则有诅咒加身。不知尹鸿这是第几次施展了。

不过这时候大家的关注点不在他,而在细柳营的瓷罐。那瓷罐上的白口四周,已经被挖开了大大一片,露出里面一层层细腻的胎质,好像一个人的腹部被划开一个刀口再用牵引钩拉开似的。

这个开口，不是简单地刨开釉面，而是一层一层刮开，刮开好几层外皮之后露出中间的胎体。你想，瓷罐本身就又薄又脆，要刮去一半，还不能漏不能透，难度得有多大？尹鸿跟我说过，这是"飞桥登仙"反向操作的一个用法，也是一门神技。这活只能锔瓷匠干，他们常年给瓷上钻研铆钉，深悉瓷性，才能达到这样的效果。

按说瓷内胎应该是一片乳白色，也就是碎瓷片的断碴儿颜色。但在"细柳营"被刮开的瓷口里，白质里却掺着一些黑线条。它们的排列很有规律，不像是胎土误掺杂质，更似有意为之。

众人看了一圈，不明其意。尹鸿说："拿张纸来，要竹纸，最好是富阳的元书熟纸。"富阳在绍兴附近，以竹纸而出名。柳成绦低声询问了几句，说："富阳纸没有，长汀的玉扣纸行吗？"尹鸿不满地晃了晃大脑袋，说："凑合吧，可以试试"。

龙王很快捧来好几张淡赭色的宣纸。尹鸿撕下一小条，随手用我面前的茶碗濡湿，然后贴在瓷口里面。海底针里有一件平头小铲，尹鸿用它往纸上一抹，贴得非常平，没有一丝翘起，多余的纸边全撕掉了。

这有点拓碑的意思。过了不多时，尹鸿双手一掀，把纸扯下来，小心地保持着褶皱形状，把它搁到工作台上。

这个瓷口被层层刮开，边缘部分有如一道凹凸不平的长坡。黑条散布在高度不同的坡面。也就是说，这些黑色标记不是一个平面图，是三维的，没法直接用相机或纸拓下来。只有用纸把标记带着曲度全复制下来，变成一个立体纸型，才能窥得全貌。

尹鸿之所以用元书熟竹纸，是因为它的纸质刚，曲折后会留下痕迹，用来写字可能不如别的纸类，但做纸型再适合不过。

尹鸿叹道："烧这瓷器的人，可真是个天才。如此精致的釉囊衣，我都是第一次见到。"药不然眼神一闪："莫非，这是龙走纹？"尹鸿点头。

我在《玄瓷成鉴》里看到过。龙走纹是早已失传的一种瓷器烧制法。匠人在塑形时不是捏制，而是用密度不同的黏土，一层一层糊上去。在其中一层或几层掺入金属线或矿物颗粒，谓之"龙走"。龙走排列成特定的图形或文字，然后外涂重釉。这样一来，因为密度不同，瓷器胎体烧制出来也是分层的，刮开外面几层，就能看到里面留下的文字。

龙走纹，是实现釉囊衣的先决条件，特别适合给一些隐秘之事留底。之前尹鸿讲的那个明代夺家产的故事，就是一例。

"细柳营"瓷罐高明之处在于，烧制匠人不是只埋了一层，而是在不同层的不同位置都埋有龙走，只有用纸把整个结构都取出纸型，才能看出整条龙走的脉络，读取信息。这就像是看风水找龙脉，光在平面地图上，看不出个所以然，非得亲身登高望远，才能把山川高低走势尽收眼底，然后才能寻砂探穴。

尹鸿叹息道："这个白口之前被人刮开过一次，又涂釉回填。我是循着前人痕迹，才侥幸重现了龙走。之前那位前辈，凭直觉和经验就能刮出釉底龙走，可比我要厉害多啦。"

柳成绦忍不住道："那么这里面藏的，到底是什么？"

这个问题，代表了教室内所有人的心声。可尹鸿却摇了摇头："我只能把东西取出来，至于是什么，就不是我所能理解的了。"

大家的眼神，都集中在了那竹纸上面。那张竹纸似是被人随手揉烂成一团，褶皱层叠有如山峦起伏，那些黑点黑线分布在上面，构成了一幅玄妙的点墨作品。

这时龙王走过去，把其他人都赶开。柳成绦伸手把纸型拿出，从不同角度反复观察，眉头却是一皱。

看柳成绦的神情，似乎也没看懂说的什么意思。不过他舍不得拿出来让大家参详讨论，这是细柳营的东西，自然得对别人——尤其是对药不然保密。

柳成绦看看我，我既然宣称知道白口背后的秘密，眼下正用得着。他把我扯到一旁，拿出纸型给我看。我捧着纸型挑了一个合适的角度，终于看到这些黑点聚合成了一句话："鸡笼开洋用甲卯针六更。"

每一个汉字我都认识，但凑到一起，却如同天书一般。鸡笼是什么？甲卯针六更，似乎是什么行经拔脉的手法。总不会跟武侠小说似的，五罐里藏着一部武功秘籍吧？

柳成绦问我什么意思，我哪里知道，只得摇摇头："这东西残缺不全，殆不可解。"

柳成绦也不着恼，合掌一笑："汪先生手里，不是还有另外一片瓷片吗？一句不懂，两句总该能看明白了，我也就能对老板有个交代了。"

谁都听得出来，柳成绦这是在强调自己的功劳，暗示药不然只是过来看看，什么力气都没出。药不然远远站着，依旧笑意盈盈，不以为意。

不过他一语倒提醒我了，我手里还有一片"三顾茅庐"的碎瓷（当然，他们以为是"焚香拜月"），如果也依法刮开，取出纸型，提出另外一句，合在一起说不定就能读懂了。

这瓷片此时就在我身上，反正我如今被软禁于此，他们也就不着急收缴。

这时尹鸿活动了一下手腕，咳嗽了一声：" '飞桥登仙'对精力消耗太大，按规矩每旬才能施展一次。我昨日在铺子里用过，今日又用了一次，已经到极限了。"

柳成绦道："眼下只差这么一片，尹老师破例加个班呗？"尹鸿斜眼看了他一下："若要开出这个釉囊中的龙走纹，下手必须极稳。差之分毫，刮错一层，可能整个布局就毁了。"说完他伸出双手。

手背青筋绽露，指头微微发抖，皮肤呈现出一种微妙的灰色，显然已耗尽了力量。

技术方面尹鸿是最大的权威，既然他都这么说了，柳成绦也不敢坚持。他想了想道："那再让您休息三天，不能再多了。"

今天的活动就这么结束了。柳成绦把那张宣纸小心翼翼抹上定型胶水，挪到一个玻璃罩子里，让龙王搬走，生怕药不然觊觎。至于那尊细柳营的青花罐，柳成绦居然没提修补的事，可见他全副心思都在龙走纹上了。

结果这件贵重的青花瓷罐，就这么敞着一个大大的伤口，立在教室里，有若一具解剖完的尸体。真是暴殄天物。

我和尹鸿照旧被带回到三楼，大门一锁，继续软禁。一进房间，尹鸿长出一口气，一离开工作台，就恢复胆小怕事的样子了。他怯怯地对我说："今天我可都按你说的做了，拖延三天够吗？"我说："放心好了，一切都在咱们的掌握之中。你继续去准备吧。"尹鸿将信将疑，可他已经被我拽得这么深，后悔也晚了。

就在这时，从楼梯那里传来一阵脚步声，然后有人在喊："老汪，老汪。"我探头出去一看，只见药不然悠悠然然站在栅栏外，左手拿着一瓶西凤酒，右手一只烧鸡。

药不然没钥匙，隔着铁栏杆笑嘻嘻地说："今天你们两位辛苦了，山里条件差，给你们加点餐。"我不知他打的什么主意，伸手把东西接过去，什么都没说。

"老汪你果然没让我失望哪。"他话里有话地说道。

我冷哼一声。让我去绍兴是他的主意，然后才引发这么一连串事情。至今我也没明白他到底图什么，为了帮我？可他什么都不说全。为了害我？目前倒真没看出来。

我的计划里，本来没有药不然的位置。我一直在犹豫，对他这个变数该怎么用，要不要和盘托出求他配合。

这个浑蛋，总在最尴尬的时候出现。我们隔着栅栏四目相对，一时间不知该说什么好。

药不然依旧是那种灿烂的笑容，永远没个正形："我想过好几种咱们再聚的场景，可没想过会是现在这样子，你在里面，我在外面，哈哈哈。"他伸出指头，轻佻地在铁栏杆上弹了一弹，发出微微的颤音。

这实在是太讽刺了，折腾一圈，现在反倒成了我身陷牢狱他在外头送饭的状况。

"早晚有一天，我一定会亲自把你送进监狱去……"我低声恨恨道。

"好啦好啦，我知道啦，英特纳雄耐尔还一定会实现呢。"药不然像哄小孩子一样，然后话锋一转，"你可别小看那个小白脸。他说话假模假式，对不听话的人可从来不手软。你看到你屋子里的瓷器了吗？可都是骨灰瓷哪。"

一听这话，一股凉气从我的尾椎骨升到头顶。药不然还要继续说，柳成绦从楼下走了上来。估计是守卫不敢阻拦药不然，赶紧通知他匆匆赶过来。他表情阴沉："药不然，你跑来这里干吗？"

药不然笑眯眯地说道："小白啊，你这次搞得不错。我代表老板犒劳一下人家。"他指了指我手上拎的烧鸡和酒。

"别叫我小白！"柳成绦对这个外号很恼火，白眉一耸一耸的，"这是我找来的人，你别想搞什么花样。"他跟一只护食的小狗一样，对企图接近"食盆"的人充满警惕。

药不然双手一摊："这里是你细柳营的地盘，我孤家寡人，能有什么花样？我说小白啊，咱们只有革命分工不同，没有高低贵贱之分，都是老朝奉的部下，何必搞山头主义呢。我最多是提点建议，有则改之无则加勉嘛，啊？"

"你们药家，可从来没安过什么好心。"柳成绦冷冷地驳回去。药不然一摊手，哈哈一笑，背着手施施然走下楼梯，像极了老干部的做派——我看得出来，他一定是故意气人的。

听柳成绦的口气，他和五脉之间居然还有什么渊源？

见他走了，柳成绦转过脸来看向我："汪先生，让你见笑了。这家伙虽然是老板的特使，性格却有点问题。"

我必须得说，我第一次觉得柳成绦说得完全没错。

有了药不然捣乱，柳成绦也不好逼迫我们太甚，烧鸡和西凤酒都留下来了。我把东西拿回去，尹鸿一看有酒，眼神发亮，拿过去给自己倒了一盅，有滋有味地喝起来。我撕开烧鸡，以为里面会有什么字条，结果一无所获——难道那家伙真的只是来送吃的？

我把烧鸡丢给尹鸿，抬头去看架子上的那一排瓷器。

整个屋子的装修都很随意，为何要特意搁一排装饰瓷在上头？而且瓷器形制也不统一，有莲瓣碗，有八福盘，也有梅瓶和阔口杯。它们之间唯一的共同点是没有任何纹饰，素白釉面，算是中规中矩的现代仿品。

不知为何，自从我听药不然说这是骨灰瓷后，总觉得它们的光泽折射着几丝妖异，那釉面下涌动着令人不安的气息。

骨灰瓷也叫骨瓷，不是中国原产，而是英国人先发明的。把煅烧后的动物骨灰、瓷土和矿物溶剂混在一起烧制，可以增加瓷器的透光度，而且硬度更高，烧出来的瓷器既薄且透。现在市面上的高档生活用瓷，多是骨瓷。

但也有一种特别的骨瓷，是把人的骨灰烧入瓷中，多半是亲人的，以作纪念。

黄克武为什么在香港突发心脏病？因为他曾经跟梅素兰有一段私情，有个私生子。素姐把儿子骨头烧成骨瓷水盂，当众还给黄克武。他受的刺激太大，结果一病不起。

想到这段公案，我再度扫视这些瓷器，心中一惊。难道说，这些骨瓷竟是来自那些被柳成绦干掉的人？那家伙不光杀了他们，还把他们的骨头烧成瓷器，堂而皇之地陈列于此。是为了炫耀还是为了警示我们？

看来这每一件瓷器里，都潜藏着一个冤死的魂魄。我们一进屋，就在这些死者的俯视之下。一想到这点，我登时不寒而栗。

柳成绦这个人，可比我想象中要狠毒多了，简直就是个白无常，人死了都不放过。细柳营的人，果然不可小觑。

尹鸿纳闷地看着我忙活，问我怎么了。我把骨瓷的事一说，尹鸿吓得趴在地上开始呕吐，把刚吃下去的烧鸡都吐出来了，脸色惨白。

尹鸿吐完之后，仰起头来紧张地说："你说的援军，真的可以到吗？"

"三天之内，肯定可以到。"我点点头。

"万一到不了呢？"

"那咱们就全完蛋。"我看着电视柜的柜门，平静地回答。

"哇"的一声，他又开始吐起来了，吐完之后，噼里啪啦的绍兴脏话脱口而出，这是狂躁症又发作了。

我无奈地把酒盅捡起来，给他重新满上，厉声道："事已至此，没有退路。你若说走了嘴，咱们现在就完蛋。给我喝下去！"尹鸿瞪着眼睛，嘴唇抖了抖，抢过酒盅一饮而尽。我又硬灌了他七八杯，直到他不胜酒力瘫倒在床上，嘴里兀自嘟囔着我听不懂的方言。

接下来的两天风平浪静。我们除了不能离开三楼，其他待遇都不错。柳成绦怕药不然对我们有影响，餐饮水平有所提高，甚至到了傍晚还允许我们下楼在附近溜达几圈。尹鸿打死也不肯出去，一个人缩在屋里，不是骂人就是发呆，电视必须永远开着。

我则趁这个机会，去外面观察了好几圈，不过龙王永远紧随身后，怕我跑掉。

龙王对我的态度始终如一，咬牙切齿，恨不得一拳砸死。他腰里别着一把五四手枪，说只要我稍微露出要跑的意思，他就有理由把我当场击毙。偏偏我根本不跑，反而凑过去找他说话，让他难受异常，一对牛眼瞪得血红。

我发现龙王是个单纯的打手，对古董行当完全不熟。我提出去小楼附近的瓷窑看看，龙王大手一拦，坚决不许，但我说去看看小楼附近的房屋，他却不拦着。

这一片小平地附近的农舍，都是用砖砌成的，而且都是大砖头，透着黑红颜色，上面还有一道道灰斑。有些砖上，居然还有闪闪发亮的釉色痕迹。到了傍晚，夕阳余光照射过来，农舍会泛起一种奇妙的酡红色，如同燃起熊熊的火焰，与屋子共存。

龙王大概不知道，这些农舍用的砖，都是瓷窑砖。瓷窑温度很高，所用砖头耐热性都特别好。但一个窑持续用上二三十年，砖头也会被慢慢烧脆，不堪再用，要重新铺设。这些废弃砖头，便被附近农民拿去盖了房子，质量再差，也比版筑夯土的强。

通过观察农舍的窑砖，我大致能推断出来这里的瓷窑来历。龙王不懂这些，以为不让我接近瓷窑就成，实在是大错特错。

这村里还夹杂着几个古老瓷窑，早已废弃，龙王对这个并不禁止，任由我看个够。

到了第三天，我们又被请到了一楼的教室。工作台已经准备好了，海底针、乙炔喷灯和若干铜料一应俱全，和之前一模一样。围观的人，还是柳成绦、药不然、龙王那几个。

尹鸿不断瞪我，用眼神问我援军在哪儿。我没法回答，只得用手势让他少安毋躁。柳成绦再三催促，他无可奈何地坐到了工作台前，开始叽叽叽叽按动手柄，给乙炔罐加压。其他人都看向我，等着我把碎瓷片拿出来。

我环顾四周，却不着急掏出来："我有句话，不知当讲不当讲。"柳成绦不耐烦道:"汪先生,你先把瓷片给尹老师,然后随您说多久都成。"

"我要说的,正是关于这枚瓷片的事。"我慢条斯理地说道,然后视线缓缓扫过众人。

其实我的心里暗暗在着急,援军迟迟未来,之前已拖延了三天,若是再没动静,只怕我的计划就全盘落空了。

"有屁快放!"龙王催促道。

"你们难道不好奇,这'焚香拜月'罐到底是怎么落到我手里的?这来历,可是与瓷中奥秘息息相关。"

我故作高深,柳成缑虽然觉得不对,可一时也想不到回绝的理由。毕竟我被他们"请"过来的原因,除了身怀瓷片,还有我宣称自己知道五罐的秘密为何。药不然打了个圆场:"听听倒也无妨,权当开场,汪先生你说吧。"

这对我来说,可是一个艰难的考验。我必须请各国著名编剧上身,在众目睽睽之下编出一个合情合理、让人信服的故事来。

我没别的办法,只能搜肠刮肚,把我许家先祖的故事改头换面,娓娓道来。我讲了大概有二十分钟,柳成缑实在忍不住了,打断我道:"汪先生,您这是在说评书吧,可否直接说重点?"

我说就快到了,拉拉杂杂又讲了五分钟。龙王一拍桌子,怒喝道:"你到底想说啥!赶紧交出瓷片来!"

就在这时,外头传来一阵引擎轰鸣声。我们朝窗外看去,看到两辆墨绿色的吉普车大摇大摆开进来,停在小楼前面,从车上下来六七个人。

柳成缑面色一变,正要吩咐龙王去阻拦,可已经来不及了。很快教室大门"咣"地被人推开,那些人粗鲁地闯了进来。为首的一人身材矮小,长长的脸上一片麻皮,嘴里还叼着一根雪茄。他身后几个伙计也是恶形恶色,统一穿着迷彩服。冷不丁一看,还以为是特种部队杀进来了。

龙王反应最快,掏出五四手枪对准他们。那几个伙计也都带着家伙,同时掏出来对准屋内,一时气氛极为紧张。

药不然和柳成缑却没动。前者笑眯眯的似乎啥都没发生,柳成缑一直盯着那个小个子,眼神里有意外,有愤怒,但更多的是战意昂然。就连那惨白的脸,都染上了一点点振奋的血色。

我看了他们一眼，心中一块石头落地——总算是赶上了。接下来的事，可就有意思了。

柳成绦淡淡道："欧阳穆穆，你们鬼谷子不在河南忙活，跑来我细柳营做什么？"那个叫欧阳穆穆的麻脸狞笑一声："小白白，这事跟你没关系，我是来抓人的，抓了我们就走。"

"别叫我这个！还有，我细柳营里，哪里有你们要的人？"

"有，就是他！"欧阳穆穆一指我，"这个姓汪的兔崽子，是我们鬼谷子的仇人，非弄死不可。"

我一下子成了整个教室的焦点。尹鸿坐在工作台前，脸色煞白地回头，眼神似乎在问："这就是你请的援军？"

我微微一笑——这些人，还真是我招来的。

在绍兴那一晚，我给卫辉的康主任打了一个匿名电话，说汪怀虚现在被细柳营掌握，要回老巢去开启五罐，就在这几天。

康主任既然跟老徐勾结那么深，肯定也认识鬼谷子的其他人，会第一时间通知他们。

无论是"汪怀虚"还是五罐，都是最能挑动鬼谷子神经的事。他们若得知这个消息，一定会心急火燎来细柳营兴师问罪。当时我并不知道自己会去哪里，不过鬼谷子和细柳营同属老朝奉，他们自然有办法打听出细柳营的藏身之处。

这位欧阳穆穆，想来就是鬼谷子这个山头的老大，他们总算及时赶到了。

药不然看我的眼神，也充满疑惑。我没办法当场跟他解释，我把鬼谷子招来，不是因为活腻了，而是想要驱虎吞狼、死中求活。

老朝奉手下，各个山头彼此不服，互别苗头。我多吸引几股势力来制衡柳成绦，中间才有腾挪的空间，否则一家独大，哪有我活命的机会？

借势不只能借友军的，也能借仇人的。

柳成绦看了我一眼，觉得这事有点蹊跷，沉声问道："汪先生是我的客人，他和你们结了什么梁子？"

欧阳穆穆大叫道："卫辉那事你听说了吧？就是这个王八蛋害得我们损失惨重，今天不弄死他，我在道上没法混了。"一听这话，柳成绦冷着脸："这是我细柳营的地盘，不是你家炕头。你在道儿上混不下去，就跑我这儿撒泼耍赖。难道我是你家长？"

这个小便宜占得巧妙，让柳成绦身后的人都哄笑起来，欧阳穆穆气得鼻头都红了："你个小白脸咋说话呢？"柳成绦道："好话你听不懂，赖话你又不爱听。赶紧给我滚蛋吧，别耽误我办正事。"

一碰上这样的蛮汉，柳成绦也懒得谈吐风雅了。两个人话顶话，眼看就要吵起来。我故意"扑哧"笑出声来，这一下子，欧阳穆穆更是勃然大怒，一指我："兔崽子，你还敢乐？别以为有这个小白脸撑腰，你就能逃过此劫！老徐尸骨未寒，你今天必须得去陪他！"

我继续挑衅道："你说必须就必须？你是谁啊？"说完往龙王身后缩了缩。这一举动看在欧阳穆穆眼里，俨然是细柳营决定死命保我的信号，眼睛立刻红了。

"姓柳的，你就给我一句明白的，今天这人你交还是不交？"欧阳穆穆喘着粗气。柳成绦抬起下巴，轻蔑道："这个嘛……看我心情。"

我身怀白口秘密，又在绍兴媒体上露过脸。现在若让欧阳穆穆把我拖出去毙了，这个黑锅就得让柳成绦来背。所以柳成绦无论多厌恶我，这种情况下也得死死保住我。

欧阳穆穆听到柳成绦的话，立刻发起飙来，像是一头闯进瓷器铺子的公牛，摇头摆尾不顾一切。他大踏步向前，伸出手去抓我。龙王下意识地拦住，他毫不客气地扇了龙王一耳光，脆响无比。龙王哪里受过这委屈，挥拳要打回来，却被欧阳穆穆手下的一个短发青年给架住。

龙王毫不含糊，拔出五四手枪，顶住对方脑门。对面那小青年也够悍勇的，居然也不退，反而把脑门往前顶，把枪口顶了回去，手指头还勾了两下，意思是你有种就开枪。

现场气氛剑拔弩张，紧张至极。这时一个轻松的声音响起："哎，大家都消消气，消消气，都是老朝奉的部属，干吗搞得跟仇人似的。"

说话的是药不然，他居中说和，左手把龙王的手枪把住，右手推开那个悍勇青年。两人不动，欧阳穆穆和柳成绦同时发出指示，两人这才各自后退了数步，杀意却依然强烈。

欧阳穆穆和柳成绦也知道，真要火拼起来，老朝奉那里肯定怪罪。只是话已经说到这份儿上，面子过不去。此时药不然出来给铺了一层台阶，自然赶紧下来。

欧阳穆穆斜眼对药不然道："药老二，我今天买你一个面子，不动手。但人我必须带走，这个没商量。"

药不然恨铁不成钢地嘬了嘬牙花子:"哎,哥们儿,太不会聊天了吧?啥事不能谈啊?怎么就没商量了?"

欧阳穆穆冷哼一声,没吭声,继续瞪着我,生怕我借机跑了。药不然趁机继续道:"你换位思考一下,若是小白跑到你的地盘上,舞刀弄枪非要抓一个客人回去,你答应还是不答应。"

"他敢!"

"啧,你怎么又冒出脾气了!回头老朝奉问起来,你说我该怎么汇报?"

欧阳穆穆知道这个药老二是老朝奉的体己人,也知道细柳营和鬼谷子不能真起冲突。他眼皮一翻:"那你说咋办?"

药不然转过头,对柳成绦笑道:"欧阳老大刀子嘴,豆腐心,也没什么恶意。远道而来,也别太冷落了。"柳成绦淡淡道:"你的人情,你自己去承,别把我扯进来。无礼之客,恕我们这里不接待。"

虽然还是拒绝口气,但比刚才的调门可低多了。

药不然一拍手:"无礼之客不接待,那有礼之客就没问题喽?"他又转向欧阳:"欧阳老大,我保证,小白确实有要事在办。左右就半天时间,你等等不就得了?大局为重哈。"

药不然这几句话,看似公允,其实憋着坏呢。柳成绦听了,心里憋屈;欧阳穆穆听了,觉得是牺牲自己做出重大让步,两个人都觉得受了大委屈。刚才拱起来的火,只是暂时给压下去,压根没排解出来。

我看向药不然,他一本正经地左右调停着。我的计划虽然没跟他提过,这小子倒是颇有默契,完全按照我的节奏在使劲。

欧阳穆穆怒气稍微退了点潮,他拖过一把椅子来,大马金刀往那儿一坐:"大局为重?好,我倒要听听是什么大局,能比我的事还重。"

药不然扯过柳成绦,嘀咕了几句,柳成绦眉头紧蹙,沉思片刻,勉强点头应允。药不然得过许可,指了指我和尹银匠:"欧阳老大,那五件青花人物罐你是知道的,据说里头藏着东西。这两位一个能开,一个能读,小白好不容易请他们二位来,是帮忙开罐的。"

欧阳穆穆摸了摸下巴,一脸怀疑:"真的假的?"

药不然道:"其实细柳营的罐子,三天前就开了。现在要开的,是'西厢记焚香拜月'罐。"

欧阳穆穆一听，目露精光："哦？那个也找到啦？"他忽然一拍大腿，哈哈大笑起来："这可真是踏破铁鞋无觅处，得来全不费工夫。小白白啊，要不你帮我一忙，我就不追究这个汪怀虚了。"

在场众人除了我之外，都是眉头一耸。这家伙，看似脾气暴躁有勇无谋，原来精明着呢。刚才那一番胡搅蛮缠，不过是刻意表演，把事往绝了做，好攫取更大利益。

人的心理就是这样。你说开窗户，人家未必愿意，你闹着说把屋子给拆了，人家三劝两劝说开个窗户就得了。

我微微一笑，倒腾假古董的人，不会有傻子。想挑动鬼谷子和细柳营互斗，光是一个我分量根本不够，他归根到底，还是冲着五罐来的——别忘了，他手里可是还有真正的"鬼谷子下山"罐呢。

这就是为什么我给康主任打的那个电话，除了强调"汪怀虚"之外，还特意加了句和五罐相关。

这年头，利益永远都是最能动人心的。

果然，欧阳穆穆摆足了姿势，开口道："这罐子咱家也有一个，正巧带在身边，你让我插个队，先请这位尹师傅把这个给开喽，咋样？"

我看到柳成绦的嘴角抽动了一下，估计心里已经骂开了。欧阳这个浑蛋，青花盖罐那么大，谁会"正巧"带在身边。他明明一开始就存了开罐的心，却装出一副要报仇雪恨的嘴脸。看似勉为其难地做了重大让步，其实全是演戏。

柳成绦寻访到尹银匠，本来想占得先机，结果这欧阳穆穆不知从哪里闻到腥味，也跟苍蝇似的飞过来了。

柳成绦道："开罐并非那么简单，这位尹老师开一次，要休息三日才成。"欧阳穆穆一摆手："反正你们住这儿，也不急于这一时。我大老远来的，不方便，还不能占个先？"

柳成绦冷笑："你还真拿自己不当外人。"

欧阳穆穆斜眼道："那你把这姓汪的交出来，咱们各忙各的去。"

"放屁。"柳成绦难得说了一句脏话。

欧阳穆穆眼珠一转，麻脸上怒意转盛："你这么处处维护他，难道卫辉的事是你指使他干的？"

这连污蔑都不算，简直是把污水盆往柳成绦脑袋上扣。我见状，赶紧先朗声辩白道："一人做事一人当，卫辉之事，纯是我个人行为，大柳他毫不知情。"

我不"辩白"还好，这么一说，柳成绦发现自己说是也不合适，说不是也不合适，好像我在主动替他背黑锅似的。他对卫辉的事根本一无所知，结果被我这么"撇清"，反而显得居心叵测。

欧阳穆穆也不知道是真的起了疑心，还是借题发挥，总之"嘿嘿"阴笑起来，周围小弟们又开始蠢蠢欲动。

药不然见状，又出来打圆场："哎哎，大柳，实在不行你就让他先开呗。你反正开过一个了，不差这几天工夫。"柳成绦的脸色特别恼火，明明是自家地盘，却闯进来这么一个厌物。还有那个药不然，面上说得公允，其实却明显偏帮对方。

"罢了，你先开，开完了赶紧给我滚。"柳成绦甩了甩手，又阴沉地补充了一句，"但你的人必须给我出去，只许你一个人在这里看。"欧阳穆穆开口要说什么，柳成绦音量陡然升高："再啰唆，你一样也别想得着！"

这是最后通牒，欧阳穆穆知道再纠缠下去，这白毛怕是会真翻脸了。他侧过头跟手下小弟耳语几句，小弟们纷纷放下武器出去，过不多时，抬进来另外一个青花罐。

这青花罐直口短颈，溜肩圆腹，上面画着一位仙风道骨的坐车老者，造型和我们在卫辉看到的量产赝品并无二致——这便是"鬼谷子下山"的真品盖罐了。真品的气质，果然非比寻常，那温润内敛的光泽，比赝品高到不知哪里去了。

我目前所见的三件罐子，"三顾茅庐""鬼谷子下山"和"屯兵细柳营"，无一不是精品中的精品，大开门货。青花的魅力在它们身上表露无遗。我忍不住浮想联翩，倘若这五件罐子在博物馆里搁在一起，该是何等壮观的场面。

柳成绦和药不然也目不转睛地看着罐子，他们是行家，知道光是这罐子本身的价值，在市场上就能引起很大轰动。那么这五罐中藏着的秘密，到底该多重要，简直不敢想象。

欧阳穆穆略带得意，爱惜地拍了拍这盖罐，说："这玩意儿的仿品，我一年少说也能卖出去五六十件，绝对是一件福器，你可得小心点啊。"

尹鸿把盖罐接过去，搁到工作台上，朝我看过来。我说："没问题，给他开吧。"

有了上次的经验，尹鸿没有耽搁，立刻开始着手施展"飞桥登仙"。

绝活的具体过程，不再赘述。总之我们一干人等，又饱了一次眼福，见识到了艺术玄妙。欧阳穆穆本来坐在椅子上，略带着不屑，不信这事有多复杂。可当尹鸿一动手，他便瞪大了眼睛，一瞬都无法挪走。他浸淫这行许多年，知道这手法整治起瓷器来有多么牛，整个人完全呆在了原地。

"飞桥登仙"的魅力，谁能阻挡？

又是半小时过去，尹鸿停下动作。欧阳穆穆毫不吝惜自己的掌声："好！好！精彩！"尹鸿没受影响，小心翼翼地取出了一张皱起的宣纸，里面依然是黑点纵横。

欧阳穆穆怕我们看到，抢先一步把宣纸捏在手里，先看了一遍，有点莫名其妙："这啥玩意儿？把我的宝贝罐子刮开，就藏着这么一句鬼话？"

看来这里面那句话，和细柳营里的那句话风格是一样的。不过我们很有默契地，谁也没开口提醒他，几双眼睛就这么默默盯视着。

欧阳穆穆抓抓脑袋，走近"鬼谷子"盖罐，有点怜惜地摸了摸开腹处："可怜孩子，为了这么一句话就被剖膛了——喂，你是锔瓷匠吧？这个伤口还能补回原样吗？"

尹鸿说能，不过代价很大。"飞桥登仙"对身体伤害太大，按道理应该隔一旬才能施展一次。欧阳穆穆不甘心地反复纠缠，盘问各种细节。

柳成绦不耐烦道："你是不是该走了？"

欧阳穆穆摸着盖罐，一脸委屈："可我的罐子都破成这样了，不修补一下怎么成？这可是镇山之宝。这次我不抢先，等你的事都完了，我再补，食宿我自己掏钱，成了吧？"

他这是找借口赖着不走，可这个要求合情合理，柳成绦也想不到什么理由拒绝。

"再说了，这'飞桥登仙'这么好看，三天之后，我还想再看一次呢。"欧阳穆穆这次是发自内心地赞叹。他抓住尹鸿微微发抖的手，又问上"飞桥登仙"的事，言语里甚至颇有招揽之意。

柳成绦怕他又整出什么幺蛾子，赶紧吩咐龙王把我们押回去。我想了想，转头对柳成绦补了一句话："既然如此，那'焚香拜月'罐我先拿回去了。"声音故意放得很大。

欧阳穆穆十分敏锐，听到我的话，立刻起疑。他问药不然："你们本来不是要开罐吗？难得今天聚得这么齐，拿出来给我见识见识呗。"

药不然苦笑着摇头："我们这儿还有个'西厢记焚香拜月'罐，可惜那罐子早碎了，就剩下一片残片，在汪先生手里呢。"

欧阳穆穆眼珠一转："不是你们拿来的，是汪怀虚那小子的，对吗？"

"是啊。"药不然顺着这个话茬儿往下说。

"我说这小子怎么去卫辉的，原来也是为了五罐的事！"

欧阳穆穆一拍巴掌，然后把卫辉工坊覆没的整个过程说了一遍。这一下子，柳成绦也对我起了疑心。他原本以为我是去找尹银匠的，跟他们算是偶遇。若欧阳穆穆的话是真的，我早早就处心积虑地与老朝奉过不去了，那性质可就大不一样了。

柳成绦缓缓逼近我，冷冷问道："你到底是谁？想干什么？"龙王在一旁露出兴奋的表情，只要柳成绦一个手势，他非常乐意把我打成筛子。

我笑道："你管我是谁呢？东西是真的不就得了？"然后用手在胸口这儿轻轻一捏。柳成绦脚步立刻放缓。

没错，那枚碎片他检查过，确属真品无疑。但若我现在当场摔碎，恐怕大家都将一无所获，他不敢相逼过甚。更何况我还宣称自己知道白口背后隐藏的秘密，所以还不到最后翻脸之时。

柳成绦没有继续靠近。这时欧阳穆穆开口道："小白脸，三天之后，'焚香拜月'里的东西，我要分一半。"

他这句话一出来，整个教室的空气登时凝结。

现在柳成绦和欧阳穆穆各持有五罐里的一句话，分量相当，谁若能多拿到一句话，在未来便可占据优势。

道理是这么个道理，可这是细柳营的地盘。欧阳穆穆硬闯进来加了塞，已经是打了主人脸。现在他居然又公然提出分一半"焚香拜月"，未免有点太过分。

柳成绦吼道："欧阳穆穆！你不要得寸进尺！"

"我得寸进尺？"欧阳穆穆搓了搓手，脸上肌肉一颤一颤，无数麻子晃来晃去，好似万蚁覆面，"这碎片是汪怀虚的，不是你柳成绦的，对吧？"

"是又怎样？"

"这小子毁了我的产业，断的就是老朝奉的财路。他的东西，我有权分走一半，这要求不过分吧？"

"若我不答应呢？"柳成绦阴恻恻地反问。

"不分也成，现在我就把他带走，你别拦着！"

柳成绦十分为难。我知道在黑道有这样的规矩，断人财路，如杀人父母，这种复仇是最大的理。欧阳穆穆的这个要求，按说是不该拒绝的。但若我被欧阳带走，在这之前必然毁掉瓷片，他的计划也就落空了。

我看着这两个怒目以对的枭雄，心中暗自盘算。到目前为止，一切都是按照我的计划走的。柳成绦"贪"，欧阳穆穆"恨"，只要我用假"焚香拜月"绑定柳成绦，再用柳成绦钓住欧阳穆穆，两人迟早要爆发冲突。

唯一可惜的是，我本想钓出老朝奉，没想到来的是药不然。不然我可以在这里把老朝奉的人一锅端。

算了，先别好高骛远了，眼前这一番局面，还得仔细应付。我得再加一把火，才好进行接下来的计划。

我走到尹鸿跟前，跟他说："咱们走吧。"尹鸿默不作声地把海底针收拾起来。我俯身下去，似乎在跟他说话，然后微微侧过脸去，冲欧阳穆穆一笑。

欧阳穆穆面色大变，他果然开始起了疑心。刚才尹鸿取纸型时，会不会已经看到了那句话？若是他看到，会不会告诉汪怀虚？汪怀虚知道了，柳成绦是不是也知道了？

若是柳成绦知道了，那他这一番辛苦，可就全白费了。鬼谷子注定要被细柳营压倒。

有了"恨"和"贪"作为向导，这些人的思路很容易猜。我看到欧阳穆穆打了一个寒战，就知道自己的挑拨成了。

可我事实上什么都没说，只是冲他笑了笑。他拿这事跟柳成绦掰扯，是注定要被斥回来的。欧阳穆穆梗着脖子，几次要开口，却想不到合适的措辞。

人总是这样，越是憋着，越觉得自己有道理。再加上之前的"撇清"，我和柳成绦勾结的嫌疑，在他心目中恐怕越来越大。

"哎，哎，你说你俩，怎么又吵起来了？和气生财，和气生财。"

药不然再次出来打圆场。他左边拍拍柳成绦，右边拍拍欧阳穆穆，可两人都冷笑以对，拒绝让步。他终于也怒了，说："你们两位看不起我不要紧，难道老朝奉的话也不听了？"

欧阳穆穆正在气头上，摆摆手掌："滚开，药老二，你家里人都快死完了，别拿老朝奉的旗号来吓唬人。"

药不然陡然色变："我生平最讨厌别人议论我家里的事，你给我咽回去！"他一向嘻嘻哈哈，突然这么一变脸，锋芒毕露。欧阳穆穆这才想起来，眼前这位才是三人中最得老朝奉信任的。他有点后悔，不过羞刀难入鞘，只得岔开话题："今天我是来找小白脸的晦气，不是你药老二的。"

"我只重复一遍，刚才说我家里人的话，你给我咽回去！"

药不然不知何时手里多了把短刀，直抵欧阳穆穆的咽喉。他的双眼瞬间充斥着杀意，仿佛只要对方说错一个字，就会毫不留情地下手。

柳成绦抱臂站在旁边，嘴角略微抽动，显然之前也吃过类似的亏。欧阳穆穆久混江湖，知道什么人是可谈判的，什么人是玩真的。药不然此时的眼神，那是真动了杀心。他的喉结滚了几滚，终于服软了："好，好，我说错了，我咽回去。"

药不然这才松开刀，脸色一变，立刻又恢复了那个大大咧咧的形象，笑眯眯地环顾四周："你们两位甭对我藏着掖着，我来这儿只是做个见证，不会去争那些玩意儿。我就告诉你们一句话，这些东西，都是老朝奉想要的，你们私下里怎么分功，无所谓，但若误了他老人家的事，你们自个儿掂量掂量。"

说完之后，他坐了回去，那把小短刀在手指尖旋来旋去。

柳成绦权衡再三，一咬牙："好，我就再让你一步。三天之后，'焚香拜月'开出来的东西，我们两个共享。"

这时尹鸿怯怯地开口道："这枚瓷片比较小，不像前面两个都是整罐，我倒不必休息那么久，明天应该就成。"

柳成绦和欧阳穆穆对此都无异议，自然是越快越好。

这是我给尹鸿做的暗示。两个人现在对彼此的敌意达到峰值，万一过了三天恨意消退，或者两人说着说着说明白了，我一番苦功就白费了，得趁热打铁。

于是在药不然出乎意料的爆发下，两人再一次勉强达成了协议，约定次日开"焚香拜月"瓷片，两人都有权看取出来的纸型。

药不然拿出一个小宽边香炉，说："拜拜季六爷吧。"季六爷指的是季布，是楚汉时的一位名将，极其信守承诺，"一诺千金"这句成语就是从这儿来的——黑道上有规矩，但凡涉及利益的重大承诺，都会请出他来，拜上一拜。

据说之所以叫六爷，是因为二爷是关羽，三爷是张飞，四爷是赵云，五爷是南海龙王的五太子圣衍，所以他只能排第六。

这个宽边香炉是金的，两边伸出翘边，合在炉前，仿佛一个长袖之人拱手为礼。

此即"一诺千金"的象征。

柳成绦、欧阳穆穆和药不然三人点燃香炉，各自拈一炷香，恭恭敬敬插进炉里。甭管真心假心，三个人在六爷前还是拜得挺认真的。

但欧阳穆穆随即提出一个要求，加派他的人手，去看管我和尹鸿。柳成绦说我们已经被软禁在三楼，有铁门锁着，门口有人把守。但欧阳穆穆表示不信任他，坚持要加一个鬼谷子的守卫。柳成绦为示坦荡，也只得同意了。

回到房间后，我偷偷问过尹鸿，尹鸿说鬼谷子里开出的那句话是："北辰星十一指半平水。"这回似乎又成了星象，但"十一指"是什么意思，完全不懂。这两句话搁到一起，意思非但没明确，反而更加含糊了。我杂书读得算多了，可一点头绪都没有。

所幸欧阳穆穆和柳成绦互相提防，不愿意把自己那句话拿出来跟对方分享。不然万一他们逼我解读，我还真没理由推托。

当晚，我和尹鸿一夜好睡。反倒是细柳营和鬼谷子的两个守卫，互相提防着，一宿没合眼，早上起来两人都跟熊猫似的。

次日上午，三位老大早早等在教室里，工具什么的也都准备好了。看见我们进去，三人神情不一。药不然似笑非笑，坐在茶桌后慢悠悠弄着茶水。柳成绦面无表情，欧阳穆穆旁若无人地点起一根雪茄，喷吐着烟雾，旁边一个小弟殷勤地擦着雪茄钳。

柳成绦伸手找我要瓷片，我从怀里掏出来，但没着急交出："我可不是聋子和瞎子，昨天他闹得那么厉害，若现在把瓷片交出去，只怕我会性命不保。"

"那你想怎样？"

"很简单，你在季六爷的香炉前加一炷香，承诺不会让欧阳穆穆把我带走。"

柳成绦看向欧阳穆穆，后者叼着雪茄，嘲讽地哼了一句"假模假式"，不置可否。于是柳成绦说"好"，转身在香炉里加了一炷香，我这才把瓷片交还给他。柳成绦检查了一下，点点头，确认是当初我给他看的那片无误。

我后退几步，退到了教室靠近门口和讲台的一个角落。柳成绦比了一个手势，龙王走过去，站在我和教室门口之间，虎视眈眈。我的护身符已经交出去了，现在除了白口的秘密，没有其他价值，他可以随时干掉我。

我心里一乐。这家伙对我充满仇怨，比小狗还好预测，无论我去哪儿，他一定跟着。我再看向欧阳穆穆，他眼神里的疑惑更加浓郁了。

这正是我想要的效果。

我昨天已经在欧阳穆穆心中种下了一枚怀疑的种子,让他认为我和柳成绦干脆就是一伙的。以这个人的疑心病来看,无论现在柳成绦对我做什么,都是欲盖弥彰的遮掩。

龙王觉得他在看管我,可在欧阳穆穆那边来看,显然是柳成绦怕他们动手抢人,所以给我安排龙王当保镖。

两边互相的猜疑,将成为我最好的武器。现在这把武器,已经磨砺得差不多了。

我抬眼看看窗户,外面阳光正灿烂,真是一个好天气。

所有的铺垫都已经就绪,现在只等最后一张牌翻开的那一刻。我闭上眼睛,屏息凝气,努力让自己调整到最好的状态。

尹鸿拿着瓷片,在工作台上开始着手准备。他的背这几天驼得相当厉害,连续数次施展"飞桥登仙",可是极大的负担。所以他的动作,比前两次要慢很多。

时间一分一秒地过去,尹鸿以妙至毫巅的技巧,慢慢剖开小小瓷片上的白口,如同一个优秀的外科医生在做脑部手术。这种碎瓷片,整治起来比剖开整个罐子还要难,因为尺寸太小了,迫使锔瓷匠必须在螺蛳壳里做道场,一点一点地把釉囊衣解开,难度和玩枣核微雕差不多。中途好几次,尹鸿不得不停下来休息,要求提供湿毛巾和眼药水。

周围的人怕干扰效果,都不敢大声。欧阳穆穆和柳成绦这一对冤家,没再互相挑衅,都将注意力集中在尹鸿的双手中。过了足足一个多小时,尹鸿总算完成了工作,仔细地用玉扣纸从解开的囊衣中,取出了第三张画满黑点的纸型,小心翼翼地搁在桌子上。

周围的人不约而同,长出一口气。

"幸不辱命……"尹鸿低声道,然后拿起瓷片,拂去上面的粉尘。在他的精湛技艺之下,这瓷片只是白口附近一圈被刮开,其他部分的釉纹保存依旧。

欧阳穆穆从嘴边拿下雪茄,准备收取胜利果实。可他忽然注意到,我正好整以暇地望着那瓷片,唇边带笑,登时疑云大起。

"等一下,让我先检查一下。"

欧阳穆穆伸手按住尹鸿,抓起瓷片看了一眼,忽然面色一凛,重重把它扣在桌面上:"这不是'焚香拜月'的碎片!"

柳成绦大怒:"咱们可是在季六爷前起过誓的,你要反悔?"

欧阳穆穆拿起那瓷片，狠狠丢过来："你自己看看，是谁不守承诺？"柳成绦拿过瓷片扫了一眼，并无任何异状，他刚才明明已经检查过了。

欧阳穆穆道："你脸挺白，眼睛倒真瞎，张生会穿道袍吗？"

柳成绦一听，两道白眉挤到了一起。他再低头去看，碎片上袖子的边缘，出现了小半个八卦图案。

八卦图案不很清楚，只勉强看得清一个离卦符号，但这已经足够。

《西厢记》讲的是崔莺莺和张生的故事。张生是个书生，怎么可能会穿道袍？

"你个小白脸，想跟我玩狸猫换太子？太小看你欧阳爷爷了。"欧阳穆穆这次可是动了真火了，把雪茄直接丢到地上，一脚踩碎。

柳成绦有点糊涂，手里这片瓷，无论光泽、重量、釉质、胎体，和在沈园我给他看的那块都并无二致，怎么会平白多出一片八卦纹呢？他猛然瞪向我，我却报之以微微一笑。

早在绍兴沈园赴宴之前，我就已经对这枚瓷片做了处理。这本来是"三顾茅庐"的瓷碎片，釉画是诸葛亮袍袖的一角——诸葛亮穿道袍，有八卦再正常不过。我请尹鸿出手，用釉粉把这小半个八卦暂时抹掉，于是道袍的袍袖变成了一截普通的袍袖。

柳成绦只防着我拿假瓷片骗人，却没想到我是在真品上面做手脚。加上后来这碎片一直在我身上，他没机会仔细观察，便没发现涂抹的破绽。

昨天晚上，尹鸿把釉粉给抹去了，露出这个小小的八卦纹。刚刚我故意诱使欧阳穆穆，让他去检查碎片真伪。别看这家伙作风粗豪，眼光却相当毒辣，一眼就看出这个巨大的破绽。

他会怎么想？

欧阳穆穆不知道这其实是"三顾茅庐"的碎片。他只知道《西厢记》的张生袍袖上，出现了八卦，这是地地道道的赝品！谁干的？这还用想吗？肯定是柳成绦为了独吞真品，搞了一个调包计！

昨天积蓄的疑虑和恼怒，在这一刻终于彻底爆发。

面对欧阳穆穆的质疑，柳成绦面目扭曲，当真是百口莫辩。

欧阳穆穆认准了柳成绦把真品藏了起来，可柳成绦手里握的"赝品"，其实就是真品，让他去哪儿再拿一个出来？

两边本来就不存在信任，这一下子，关系更是彻底崩溃。

"在季六爷的炉里插过香,你都敢玩阴的。按江湖规矩,我杀你全家都占着理!"

欧阳穆穆大吼着,抓起茶桌上的茶杯,砸向柳成绦。柳成绦手疾眼快,头一偏,茶杯撞到身后黑板,"哗啦"一声撞了个粉碎。柳成绦怒极,大声招呼手下人冲进教室,控制局面。

欧阳穆穆一脸杀意,低声喝道:"虎子,你先去抓汪怀虚!"说完从腰间掏出一把黑黝黝的小手枪,对准了柳成绦。只要他动一动,就立刻开枪。

那个叫虎子的小弟,就是昨晚苦守三楼的人。他第一时间不是抓我,而是扑向龙王。他们以为龙王是保护我的,要抓我,就得先把龙王干掉。昨天晚上他们两个互相提防,今天终于彻底开打。龙王占得一个膀大腰圆,而那虎子一看就是练家子,动作专业凶狠。龙虎相争,一时谁也奈何不了谁。

这事真是讽刺,两个人都是要控制我,结果我反倒无人问津。

外面细柳营和鬼谷子的人纷纷冲进教室。细柳营人数占优,可欧阳穆穆拿枪对着柳成绦,一时形成了僵持局面。

我从怀里掏出一枚小白碎片,往天空一抛,高呼一声:"真品在此!"教室里的所有人一下子被吸引住了目光,都朝天空看去。

这其实是我前两天从废弃瓷片里捡的,用床头的铁框子磨成了真品大小。仓促之间,没人来得及辨认真假。我趁着这千载难逢的好机会,冲到那个乙炔小罐子前,拔下软管,然后高喊道:"尹鸿!药不然!"

尹鸿早有准备,一听我的指令,就地一滚,藏到了那扇屏风后头。我则抱着头,就近躲在木质讲台的后面。这是教室里唯一能起到遮蔽作用的两个掩体,至于药不然能不能及时反应,就看他自己的运道了。

教室里的其他人不明所以,还是在互相呵斥、威胁。

短短数秒钟后,一声剧烈的爆炸声从工作台下方响起,整个台子腾空而起,四分五裂,被一团急遽扩大的火团吞没。碎裂的钢皮和木屑伴随着强烈的冲击波向四周扩散,教室两侧的玻璃窗"哗啦"一声全部破碎。

所有站着或坐着的人,都被狠狠掀翻在地,他们甚至来不及发出惨叫。

整个教室,顿时沦为人间地狱。

古董局中局4

第八章

脱险

这个炸弹，其实是搁在工作台下供应喷灯的乙炔罐。

尹鸿在前两次使用乙炔喷灯时，做了个手脚，偷偷把桌下的乙炔罐的氮气软管接口拧松。刚才趁着他们争吵，他又悄悄拧紧了罐口的安全阀。

这一切前置工作完成后，我扑了过去，把软管扯开。结果大量空气取代氮气，裹挟着瓶口的铁锈、氯化物一下子冲入罐内，发生聚合反应，产生了大量热量。瓶内的温度和压力急遽升高，却没办法通过拧紧的安全阀传到罐外。

然后，就没有什么然后了……

我从前当过化学课代表，虽然后来转行做古玩，但一些安全常识还是知道的。幸亏这个罐子是供应喷灯的，容量不是很大。若是工业级的乙炔罐，估计整栋楼就没了。

木质讲台和檀木屏风并不能彻底抵御如此强烈的冲击，但我们比起屋子里的其他人来说已经幸福太多了。

我从摇摇欲坠的木质讲台下钻出来，强忍住晕眩和疼痛，抬头朝屏风那边望去。整个教室是个密闭环境，刚才又一下子冲进许多人。被这么一炸，现场烟雾弥漫，横七竖八躺了一地的人，生死不知，真是凄惨无比。

我顾不得查看战果，一瘸一拐地从这些人身上迈过去，朝对角的屏风走去。那扇屏风早已被炸得粉碎，我奋力拨开那些碎木渣滓，看到尹鸿抱着脑袋瑟瑟发抖，给吓坏了，好在没怎么受伤。

我一碰他，他就发出尖声大叫，带着哭腔喊着爹和娘，跟个小孩子似的。

我心里一凉，发现自己犯了一个致命的错误。

尹鸿小时候目睹了爹妈被炸弹炸死，从此才变得封闭，这是他最大的心理阴影。可现在我却让他重新直面这种恐怖，把最惨痛的记忆唤醒。我心下恻然，这事责任完全在我。

我拼命拽住尹鸿的胳膊搭到脖子上，不顾他尖叫，咬紧牙关往外走去。我还顺便扫了一眼，没看到药不然的身影，不知那家伙怎么样了。

我们跌跌撞撞出了教室，外面也是一片混乱。一些工坊的工人和守卫，都纷纷聚拢过来，可谁也不敢靠近。

楼前停着欧阳穆穆的吉普车，车上本来坐着一个司机，现在也下了车，惊恐地朝教室那边看去。我搀着尹鸿，对司机大吼："他们黑吃黑！欧阳老大让我们赶紧先走！"

驾驶员见我满脸灰土，分辨不出是谁，有点不知所措。我气势汹汹地训斥道："还犹豫什么！细柳营马上就追过来了，一围住，咱们都得死！"

一听这话，驾驶员立刻哆嗦起来。他知道细柳营和鬼谷子互相看不惯，昨天还差点打起来，现在发生了这么大的爆炸，对我的话自然笃信无疑。

他不敢怠慢，赶紧发动车子。我拽着仍旧在瑟瑟发抖的尹鸿，绕到车后，把他推进后排。

我正要顺势爬上去，脚踝却猛然被人拽住了。我回头一看，看到浑身是血的龙王站在身后，如同一只受伤的凶兽，双目露着可怖的煞气。没想到这家伙皮糙肉厚，居然扛住了那一轮冲击。他伸手一拽，硬是把我从车厢上拽下来。

我急中生智，猛拍车厢后盖，示意前面快开车。驾驶员从驾驶室里探出头往回看，我大喊道："快开车！别让细柳营的人追上！我掩护你！"驾驶员看到那浑身是血的大汉，吓得一踩油门，车子向前隆隆地开去。龙王气得开了几枪，效果适得其反，车子反而跑得更快了。

龙王还要开车去追，我一咬牙，回身扑上去，跟他缠斗。尹鸿是我招来的，没他我的计划不可能实现，无论如何我得先保住他的性命才行。

我那点花架子，哪是龙王的对手，几下就被撂倒在地。可这时候汽车已经远远开了出去，再也喊不回来了。

龙王狠狠吐了一口含血的唾沫，把脚重重踩在我的小腹上。我大声惨叫，他的军用皮靴却毫不留情，狠毒地用靴跟戳我，还要搅动几下。

"小崽子，你会死得很慢。"他充满杀意地吼道。说完他抓起我的一条腿，直接拖在地上往教室那边走。我的背在坑坑洼洼的地面上硌得生疼。

此时爆炸后的混乱已经初步结束，尘埃落定。幸存下来的人跌跌撞撞向外求援，伤者大声呻吟。外面的人也纷纷赶过来，七手八脚清理现场。鬼谷子和细柳营顾不得自相残杀，都想先搞清楚自家人还有多少活下来的。

龙王叫来一个手下，让他赶紧开车去追尹鸿，然后把我重重丢在一块大石旁，眼睛直勾勾地望着沦为废墟的教室。

欧阳穆穆被两个人抬着出来，那张麻脸覆盖着血污，胸口还插着一片金属罐皮。我记得爆炸之时，他站得离工作台最近，手里还拿着瓷片，所以受创最深。现在到底是死是活，没人知道。

其他人也陆陆续续被清理抬出，临时搁在小楼前的停车场里。密密麻麻摆放着的十多具人体，无不是满身烟尘血色。

出乎我意料的是，柳成绦居然活了下来，一头白发几乎被灰土盖满。他的眼角划出一条长长的口子，有鲜红的血顺着眼角流到白脸上，格外醒目。除此之外，他倒没受什么其他伤害，就是腿脚有点不灵便，显然还没从爆炸中缓过来。

柳成绦一拐一拐地走到我面前，鞋底沙沙地磨着沙砾，充满恶意和怨毒，像是一条毒蛇在缓缓滑向猎物。

龙王沉声道："老大，银匠逃了，只有这小子让我给逮回来了。"柳成绦"嗯"了一声，蹲下身子俯看着我："这些事，您在绍兴就计划好了对吧？"

"是啊。"我躺倒在地，心中却没有任何恐惧，一片清明。

"欧阳穆穆，是您叫过来搅事的吧？"

"对。"我甚至还有余力笑。

"那个碎片，您之前曾动过手脚？"柳成绦本来就是个聪明人，从这次离奇的爆炸，一点点推演出了我的几乎全部计划。

"可惜，你觉察得太晚了。"

"不，还不晚，您还在我手里呢。"柳成绦咧开嘴，不知是在笑还是威胁，眼角那道鲜血正好滑过脸庞，流至唇边。

他直起身子，向左右吩咐了几句清理现场的指示，然后比了个手势，让龙王把我拖到三楼睡觉的房间。进了屋子，龙王一脚把我踹倒在地，用绳子把我的双手牢牢绑在床脚。

柳成绦用一条白手帕把眼角的鲜血擦干净，在屋子里来回踱了几步："您知道我为什么安排你们住这个房间吗？因为这间房子对我来说，很有纪念意义。"他停顿了一下，把视线移向电视架上的那一排素白瓷器。

"药不然跟您说过吧？这些瓷器，都是骨灰瓷。每一件，都是我曾经的敌人或者背叛者。"他一边说着，一边伸手从架子上拿下一个素白茶碗，"您看这个莲瓣茶碗，它曾经是我最好的竞争对手，头脑敏锐，意气风发。"

然后他放下茶碗，又拿起一件八福盘："这件是我的得力助手，兢兢业业跟了我三年。可惜小伙子没把持住，还是办了件错事。唉，他临死前恳求我的嘴脸，应该刻在盘子上才对。"

他把盘子放回去，用手抚着那件曲线优美的梅瓶，难得地叹了口气："这是我的情人，英文系的。人真漂亮，床上功夫也不错，可惜不安守本分。我把她烧成梅瓶，就是为了纪念她那令人销魂的美好身材。"

每拿起一件瓷器，他都会讲一个故事。柳成绦的双眼闪着残忍而兴奋的光芒，甚至带了几丝沉醉，这得是多变态才会把敌人们烧成瓷器玩赏。他忽然伸出手，抓住我的头发猛然一揪。我头皮一阵剧痛，竟被他生生薅下来一束头发。

"您对我实在太好了，我会让您享受前所未有的待遇——其他人都是火化后才烧成瓷器，您要不要试试活着被送进窑炉，感受一下活体入瓷？"

我什么都没说，我知道这个不用回答。

"不着急，您可以慢慢想。我会请最好的工匠，给您全身抹上瓷泥，外面施一层厚釉，只留两个鼻孔。如果您愿意，我还可以让他们勾几笔花纹。然后您会被摆进窑里，靠墙站好，慢慢享受几千度的高温。烧窑温度上升不快，泥釉的传热不高，所以您的死亡过程，会很慢。热力让泥釉逐渐硬化，您会发现皮肤被灼热的瓷面牢牢吸住，像浑身都贴满了熨斗，但是您无处可逃，动都动不了，只有脑子还保持着清醒，清楚地感受着皮肤腐烂、肌肉消融，半熔化的高温瓷浆流入您的身体，焚毁血管和神经。您很害怕，会大口大口呼吸，把灼热的空气吸入鼻孔，烫熟您那卑贱的脑壳。想想看，您可以近距离观察窑变，亲身化为飞灰再融入瓷胎中，这是多少瓷人梦寐以求的体验啊——二十四小时之后，我会打开窑炉，您已经成为一件原大尺寸的人形瓷器。如果运气足够好，上面甚至还能固定住您临死前那绝望痛苦的表情。哎呀，佛家说人在世间，如居火宅，您这可是暗合了佛理，真是太美了，太美了。"

柳成绦近乎陶醉地在自言自语，沉浸在这种残忍的想象中。龙王在旁边满脸钦佩地看着他，感叹说："不愧是头儿，我最多只能想到一片片把他的肉剐下来而已。"

"干将莫邪舍身入炉，才换来两口利剑；铸钟娘娘舍身入炉，才有北京那一口皇觉大钟。瓷器也是一样。若有人的魂魄在其中嘶鸣，肉体在其中消融，那便会让瓷色加倍漂亮。"柳成绦滔滔不绝地说着，去看我的脸色。

我开口道："难道白口的秘密，你不想听了？"

柳成绦哈哈大笑起来："事到如今，您以为我还会相信您吗？退一步说，就算您知道，又能怎么样呢？这几天我都看明白了，这个秘密，非得把五罐全开了，才能搞清楚。现在欧阳穆穆死了，他的鬼谷子罐，加上我的细柳营罐，我已经掌握了五分之二的纸型。只要再弄到另外三件，自然一目了然，还用您说？"

细柳营的纸型，已经被柳成绦精心收藏。鬼谷子的纸型，也在昨天被欧阳穆穆拿走放到了别的地方。两个纸型都不在教室现场，不会被爆炸焚毁。

他居高临下地看着我："您替我干掉一个对手，又送来一件大礼。机关算尽，没想到却给我做了嫁衣吧？绝望吗？失落吗？"柳成绦越说越兴奋，他抬起皮靴，又开始踩我的脸。我躲闪不过，被踩得鼻青脸肿，可脸上却始终带着微笑。

柳成绦更加用力踩去，期望我开口求饶。让敌人在悔恨中堕入深渊，是他最喜欢欣赏的景色。可我却没让他如愿："你可是犯了一个大错。"

"哦？愿闻其详。"柳成绦收回皮靴，好奇道。

"拿到纸型的，可不是只有你。"我呵呵干笑道。尹鸿有着卓绝的记忆力，他在操作当晚，已经成功地把两个罐子的纸型都复制出来，带在了身上。

柳成绦很失望："这就是您的垂死挣扎？太弱了。"

"如果我说我们拿到了三个呢？"我勉强睁开肿胀的眼睛。

柳成绦的动作僵住了："三个？那一枚瓷片不是假的吗？"

我呵呵笑起来："说它是'焚香拜月'，那是骗你；可我也没说过它不是五罐之一啊。"

柳成绦忽然沉默了。他意识到，自己掉入了一个心理盲区，以为用来冒充真品的一定是赝品，却没想过真品也可以用来冒充真品。

他想到那作不得假的釉色和袖子上的八卦纹，不由得失声道："那是'三顾茅庐'罐！在杭州被摔碎的'三顾茅庐'！"

我点了点头，这小子的反应速度不是一般地快，这么快就想通前因后果了。

可惜，还是太晚了。

当时尹鸿从瓷片里提取出第三份纸型后，欧阳穆穆立刻跳出来质疑，随即发生了爆炸。也就是说，现场的人，只有尹鸿一个人见到过这份纸型。如今"三顾茅庐"已经粉碎不存，碎片也毁于爆炸，全世界唯一一份留存的信息，就只有尹鸿怀里揣着的那一份。

只要尹鸿顺利逃出去，他就有了三份纸型，比柳成绦更占据优势。

柳成绦道："你们根本连自己在哪里都不知道。他能跑到哪里去？"

"黄山？"

柳成绦大笑起来，似乎奸计得逞。我也大笑起来："黄山个屁，你根本是在存心误导我们。"

这些古董贩子，一个比一个狡猾。柳成绦带我们进来之前，故意让我们看到黄山路牌。如果我们是警方的卧底，肯定会设法通知他们去黄山附近围剿，那可就真是南辕北辙了。

看我一口说破他的小心思，柳成绦也不气恼："那您说说，咱们是在什么地方？"

"呵呵，我们不知道，但瓷器会告诉我们。"

我们在这里住的时候，向守卫讨了些附近瓷窑烧坏的废瓷。这些瓷器虽然品质不高，不过足以看出端倪——这是景德镇瓷，我们是在景德镇附近的山里！

一般人会被"安徽"这个概念束缚住，会进入思维误区。景德镇和黄山分属江西、安徽两省，感觉上似乎相距甚远，其实是分省导致的错觉。景德镇在黄山西南方向，两地之间距离只有一百多公里，开车两三小时就能到。柳成绦既然在黄山虚晃一枪，那么他的真正基地，一定是在景德镇附近。

景德镇号称瓷都，在中国瓷业中的地位相当高，就算是不懂行的老百姓都如雷贯耳。柳成绦玩瓷器，无论如何也绕不过景德镇这块金字招牌。

黄山附近、烧制白瓷。有这两个坐标参照，想猜不到是景德镇都难。

我看了看柳成绦，知道自己说中了。柳成绦抬起头，向龙王怒喝一声，说："你们怎么不去追？"龙王紧张地咽了咽唾沫，说："我想先控制这个主谋，以为那个废物不重要。"柳成绦抓起一个不知是谁的骨灰瓷，重重砸到龙王额头："蠢材！快去追！"龙王不敢争辩，赶紧跑出屋子去。

柳成绦站起身来，喘着粗气："汪先生，您的计划真不错。不过我很好奇，就算尹银匠顺利逃出去，这跟您又有什么关系呢？您不是一样要死？"

"可惜啊，你不会杀我的。"

柳成绦仿佛听到一个笑话："这就是您的临终遗言？可是一点也不好笑。"

我慢悠悠地说："难道你不觉得奇怪，为何杭州那被砸碎的'三顾茅庐'碎片在我身上？为何欧阳穆穆对我恨之入骨？为何我要处处针对你们？"

柳成绦是个聪明人，我点破了几个关键点，他便能想通。在卫辉，是两个人整垮了老徐；在杭州，是两个人砸碎了瓷罐，抓住了一个，另外一个跑掉了。被抓的那个，叫作药不是，是五脉药家的人。

那么另外一个是谁，几乎呼之欲出。

"您是五脉的人？"柳成绦说，语气既带愤恨，也带点敬畏。

"我不叫汪怀虚。我叫许愿。"我缓缓翻开最后一张底牌。

有时候，底牌不需要欺骗，真实才更有力量。

老朝奉和我们许家渊源深切，而且我先后经历了"佛头案"和《清明上河图》风波，与他关系匪浅。纵然老朝奉的组织里大多数人并不知道我的相貌，但许愿这个名字，应该是相当有知名度的。

正因为我太有名了，所以我算定柳成绦不敢擅专，一定会先请示老朝奉，只有他才有权处置我。本来我不想这么轻易暴露身份，但眼看自己都快被烧成瓷了，也只好用出最后这招保命了。

果然，柳成绦一听这名字，立刻愣住了。

"您是许愿？"

"如假包换。"

柳成绦眯起眼睛，打量着我："我还纳闷呢，我应该没得罪过您，怎么您这么处心积虑跟我过不去——原来是这样，若是许愿就不奇怪了。"他忽然话锋一转，"可我怎么知道您说的是真是假？"

"你可以打电话去给老朝奉验证。"我回答。

柳成绦却摇了摇头："我可不知道谁是许愿，我只是烧死了一个叫汪怀虚的骗子而已。"他双手合十，阴狠地翘起了嘴角。

我心里一震，看来他是连老朝奉的权威都不顾了，打算在这儿把我弄死，再来一个拒不承认。

好在我早想好了应对的办法。

"你这么做，老朝奉可是不会开心的。"我提醒他。

柳成绦略带怜悯地反问道："他怎么知道呢？"

"他怎么会不知道？"我迎着他的目光，把问题踢回去。柳成绦盯着我，突然眼角一抖，终于想到了一个一直被忽略的细节。

这几天除了欧阳穆穆，还有另外一位旁观者，就是老朝奉的代表药不然。如果我是许愿的话，药不然应该一早就认出来了，可他却一直称呼我为汪先生，从未说破。

这个药不然，恐怕是存心要让柳成绦吃一个大亏。若是"汪怀虚"死了，药不然一定会告诉老朝奉真相。

"哼，怕什么，他也在教室里，恐怕已经被炸死……"话说到一半，他停住了。不用我特意提醒什么，柳成绦已经想起来了，在爆炸前那一刻，我高声喊出两个人的名字让他们躲避，一个是尹鸿，一个正是药不然。

他脸上如罩寒霜，顾不得和我废话，转身匆匆走出屋子，估计是去落实药不然的下落。他留下两个守卫站在门口，虎视眈眈地盯着我。

屋子里恢复了安静。我从地上挣扎着爬起来，吊着一只胳膊不能动，只好用另外一只手擦了擦脸上的血痕。我喘着粗气，望向窗外，外面日头爬得很高，接近天顶，应该快正午时分了，正是一日之中阳气最旺盛的时候。任何魑魅魍魉，在这时都会慑于阳威，不敢造次。

不知道尹鸿现在怎么样了，有没有顺利逃出去。

柳成绦并不知道，我在尹鸿身上藏了一个信号发射器。这是方震通过绍兴公安局调拨给我的，是一个高等级紧急联络信号发射装置。它体积很小，作用范围是三十公里，只能发射一次。信号的等级非常高，一经发出，只要被任何一个公安分局接收到，立刻会上报北京，同时派遣警力前往排查发射信号地点。

在细柳营里我一直没用，因为不知道这个信号器在山区效果如何，方圆三十公里是否有公安分局。现在只要尹鸿能及时脱离山区，按动电钮发射，应该很快就能得到警方的支援——希望他尽快从崩溃情绪里走出来，想起来去按电钮。

我能做的都已经做完了，能翻的底牌也都翻开了。剩下的事，就看是警察先来，还是我先被烧死了。

唯一可惜的是，老朝奉没来，不然在教室里把他炸死，我现在死也瞑目。

我正胡思乱想，忽然听到外面走廊似乎传来铁轴的吱呀声，好像什么人推开了铁门。其中一个守卫跑过去看，然后闷闷地传来一声敲击，另外一个守卫也连忙赶过去，半天也不见回来。整条走廊悄无声息，跟闹鬼似的。

这大中午的，怎么会闹鬼？我盯着门口喊了一声，却没任何回应。我低头一瞥，看到刚才柳成绦砸龙王的骨灰罐，已经摔得粉碎，一地瓷碴子。我捡起脚边的碎片，割断了手腕上的绳子，谨慎地走出屋子去。

我一探头，看到外面走廊和铁门之间，两个守卫躺倒在地，昏迷不醒、血流汩汩，似乎被重物敲破了头。铁门敞开着，上面还挂着一把锁头。

这是谁干的？怎么打完就走了？不会是柳成绦搞的什么阴谋吧？

我二话没说，赶紧朝楼下跑去。那些疑问，可以等逃出生天之后再想。就算是阴谋也无所谓了，你说事情再坏还能坏到哪里去？

我冲下三楼楼梯，经过二楼走廊时，忽然听到那边似乎传来电子杂音，还夹杂着人声叫嚷。我心有所惑，蹑手蹑脚走过去。这二层走廊从中间被一道实木隔断截成两半，中间只有一道加装了电子锁的厚实小门。

前几天我下楼溜达时，就注意到了，当时猜测二楼大概是财务重地或是古董保管室，所以戒备相对森严。不过这大门此时却半开了，我悄悄推门进去，紧贴墙壁，往房间里面看。

原来这是一个通信室，里面正中摆放着一座大功率电台，四周都是杂乱无章的线路。一个人正半跪在地上，一边拔插各种插头，一边对着话筒喂喂大叫。话筒对面的人声时有时无，杂音极大。

我想起楼顶高高竖起的天线，这个深山里的村子不通电话，他们对外联络，只能靠电台或卫星电话。看来刚才一楼那一下爆炸，把二楼的这个通信台也给震坏了。这个技术人员急着维修，连门都忘记带上了。

看电台目前的状况，就算我能控制它，也无法跟外界取得联络——就算完好无损也没用，我不懂怎么操作，那是姬云浮的特长——不过我看到操作员手边有一本通信录，不由得眼睛一亮。

我看看左右，搬起一台双联蓄电池，高举过头，狠狠地朝那个技术员砸过去。他惨叫一声，立刻扑倒在地。我拿起通信录，翻开一看，里面用圆珠笔写着各个人名和呼号，密密麻麻足有半本，不同人名还是用不同颜色写的。

我草草翻了一遍，知道这东西极有价值，随手揣进怀里，匆匆往外走。刚出木门，迎面和一个人撞上了。这人我也见过，是欧阳穆穆的手下，那个和龙王打过一架的小虎。

小虎也是一身土灰，刚才炸得不轻。他稀里糊涂地站在楼门口，一见是我，先愣了下，然后怒吼一声，挥拳就打。我无心恋战，一猫腰，躲过他的攻击，朝楼下冲去。小虎是练家子，反应速度比我快，飞起一脚正中我后心，我一下子从楼梯顶摔到底下，连鼻子都摔破了。

小虎随即也冲下来，把我从地上揪起来，当胸又是一拳。我跌倒在一楼楼梯入口处，脑袋正好撞到摆在门口的青铜鼎上，眼冒金星。小虎狞笑着走过来，要把我抓起来继续虐杀。

他就是个浑货，眼看着欧阳老大死于爆炸，才不管什么许愿不许愿，非把仇人干掉不可。

他凑过来，正要卡住我的脖子。我猛然抬起手臂，朝他的腹部一捅。只听"扑哧"一声，小虎惊讶地低下头，我明明是空手，什么时候多了一把刺入他小腹的匕首？

这事说起来也真巧。刚才那一撞，我脑袋撞到了门前那个青铜双耳饕餮鼎，立刻发现这是个嫁接货。它是用真的青铜器碎片重铸而成，料真器假。这种货色，腿和鼎身不是一次浇铸完成，而是焊接而成，经过做旧锈蚀，关节会很脆弱。我当机立断，用手去掰青铜鼎的一条腿，"咔吧"一声，腿居然被我生生掰下来了，断口特别尖利。

我握着这东西当匕首，回身一捅，竟奏奇效。知识就是力量，这话真没错。

小虎被我这一捅，立刻瘫倒在地上，双手捂住伤口嗷嗷直叫。我擦了擦额头的汗水，没想到反假古董这么多年，现在倒被一个赝品给救了。

若这是件真鼎，估计我已经完蛋了。

小虎的惨呼惊动了正在忙碌的其他人，远远地，我看到柳成绦和龙王都跑过来，手势挥舞，呵斥着让手下人追过来。

这个时候，绝不能讲究英雄主义，我撒腿就跑。我这几天一直下楼溜达，对附近地形也算熟悉了，跑起来轻车熟路，一头扎进小楼旁边的村里去。

村子里的农舍早已废弃无人，三五成群地散落在山坳和平地里，中间还夹杂着一些半坍塌的破旧古瓷窑。我沿着高高低低的土路疯跑了一阵，肺里火辣辣地疼。回头一看，好家伙，三五十人展开队形，漫山遍野地追了过来。

看来柳成绦是动了真怒，把细柳营里的工人也都动员起来，非要把我逮住不可。

他也知道，如果让我进了山区，就麻烦了。要知道，江西的山势和别处可不一样。

我又跑了一阵，发现后面追兵很有策略，是摆出了一个鹤翼阵。两侧急速向前包抄，封锁我进山的路，中路徐图缓进，要把我堵在古村里，然后再抓出来。

看来进山是没指望了，我左右看了看，忽然看到旁边有一个古瓷窑，拱圆身长，纵看呈葫芦状，窑囱已经塌了一半，但主体结构还在，窑壁剥落，荒草萋萋，不知是哪朝哪代的遗留。

我看着追兵进来，一猫腰，钻了进去。窑洞里很大，前高后低，跟一条逐渐压低的隧道似的。阳光从上方的扁形观火孔投射进来，把内部构造照得很清楚。从窑门直入前室，过了护墙，会连着一个火膛。膛壁烧得发黑，这应该属于平焰窑的一种。

《玄瓷成鉴》对各类窑炉也有介绍。我依稀记得书中曾提及，景德镇早期是馒头窑，到了元末有了改进，变成了葫芦窑，后来明末清初之际，又改成了镇窑，又叫蛋窑。三者形制相差不多，但不断有改进，越往后对火力的利用效率越高，因此细节均略有不同。

若是葫芦窑，那么在火膛下面会有一个小口，平进平出，用来鼓风添柴。到后期镇窑，这个设计被取消，改成了前置火床。我蹲下身子，在侧面底部摸了一圈，果然摸到一处微微凹陷的地方，把碎砾搬开，露出一个洞口。洞口不大，但勉强能容我钻下去。

也是亏了我之前在村子里溜达了好几趟，注意到有这么一个古窑，提前做了点功课。不然情急之下，我还真不知道去哪儿躲藏好。

我忍着身上的疼痛，龇牙咧嘴地把身子放直，跟蛇一样往里钻。里面硌硌棱棱的，我也只能忍了。这个洞口往外通向一个低檐灶台，如今灶口已经被荒草掩住，影影绰绰能看到阳光洒进来。我把上半身伸进灶台里，就不敢再动了，脑袋再往前伸，就会从灶口伸到外面去。倘若被人发现，便成了瓮中捉鳖。

我刚藏好，就听到急促的脚步声传来，连忙伏下身子去，压着那本通信录，大气也不敢喘一声。脚步声众多，在附近跑来跑去，随即一个声音响起："一群废物！就这么大地方，他能跑哪儿去？！"

这是柳成缂的声音，他竟然亲自追来了。我听着他的皮靴声踩着沙砾，逐渐接近灶台，最后竟然就在前头停下来了。我和他那双皮靴之间，只隔了一层薄薄的灶体和枯黄草，只要一阵风刮过，他略一低头，就能看见我。

我调动全身肌肉,连呼吸声都尽量压低,安静地观察着。柳成绦的心情十分不佳,在灶前来回踱了好几圈,还踢飞了一块石头,焦躁得很。他都快气疯了,煮熟的鸭子居然都飞了。

"你们再给我搜一遍,挨家挨户搜!"然后"砰"的一声,我感觉背后的窑体稍微晃了晃。估计是柳成绦一拳砸了上去。

几个人无精打采地答应,各自分散开来。不一会儿,两条大粗腿飞快地跑过来,看那宽度,应该属于龙王。

"你怎么来了?不是让你去追人吗?"柳成绦心情非常不好。

龙王道:"老大,小王在通信室被人给打昏了!"

"什么?"

"您不是让我去追尹银匠嘛。我派了几个人开车去追,然后想联系附近镇上的兄弟接应。我一上二楼,发现通信室门开着,进去一看,小王昏迷不醒,那本通信录……不见了。"他的声音到最后变得极低。

"啪!"一个响亮的耳光打在龙王脸上,柳成绦大怒:"许愿不可能一个人逃出来把通信录偷走!到底是谁,是谁把他放出来的?"

龙王的声音有点发虚:"药先生告诉我,说鬼谷子的虎子是卧底,是他帮许愿逃跑的,还让我赶紧多带点人过来帮您。"

"等一下……你看见药不然了?"

"啊?对,他告诉我的。"

"药不然是卧底!他和许愿是一伙的!许愿一定是他放的!"

我听到这段对话,心里踏实了不少。药不然果然没死,不愧是祸害活千年啊。看来刚才打晕护卫的人,也是他。不过很奇怪,以他的个性,救了我肯定得嘚瑟几句,怎么会事了拂衣去,深藏功与名呢?

龙王有些不知所措,以他的脑子,对这个奇诡的局面实在无法理解。柳成绦急切地问道:"你在哪里看见他的?"龙王摸摸脑袋:"瓷厂门口。"柳成绦呆了一下,镇定神情终于彻底崩塌,他歇斯底里地大喊:"快,快回去!这是调虎离山之计!"

"啊?"龙王一愣。

"药不然把许愿放出来,让咱们去追,他好趁机混进瓷厂——那两个罐子的纸型,可都在那里放着呢!"

"啊！"龙王如梦初醒。

柳成缐这回可真是要气疯了，今天打击一个接着一个。先是被爆炸搞掉了一半人，好不容易逮到我，我又离奇潜逃；现在更好，连纸型都被人拿走了。他明明占有主场之利，却赔了一个底朝天。

那一双皮靴，踩着沙砾都踩不稳当了。

我趴在灶台里，心里说不出地痛快。可惜视角所限，看不到那张白眉白脸扭曲成什么模样，真是太遗憾了。

不过转念一想，我也没什么好高兴的。鹬蚌相争，最终得利的渔翁不是我，而是药不然。他啥也没干，轻轻松松收了两个纸型走人。

他救了我不假，但那不是关心我，而是为了制造混乱吸引他们的视线罢了。

这家伙才是真正笑到最后的人哪……

可是……我始终有一点不解。再怎么说，鬼谷子、细柳营还有药不然都是老朝奉麾下，哪怕互相不对付，也不至于拆台到这地步。药不然这一系列举动，简直就是把柳成缐当敌人来看了，老朝奉会容许他这么做吗？

我的脑海里浮现出药不然那轻佻的神情，莫名想起高兴那句话："药不然平时嘻嘻哈哈，对谁都挺热情，可骨子里却保持着距离，旁人轻易看不透。"

唉，这家伙一贯如此，谁也弄不明白他心中所想。

他们的脚步声逐渐远离，我又安静地趴了一个多小时，直到确定周围没任何动静，才谨慎地从灶台的风口退回到火膛，回到瓷窑的中心部分。

接下来，我面临一个抉择，究竟是现在离开，还是等到晚上？现在走，会有被人发现的危险，但晚上走的话，山区太黑，我又不熟悉路，风险也不小。这时，我觉得窑里的光线忽然变暗了，急忙回头一看，一个巨大的身躯遮住了窑口的光线。

是龙王！他居然找进这座窑里头来了！

他瞪着两只牛眼，右侧的脸高高肿起，这是让柳成缐给打的。

"你这个狗玩意儿，可让老子给逮着了！"他兴奋地舔了舔嘴唇，"你玩得挺美哈，连我们老大都快让你给整疯了。"

我倒退了几步，身子背靠窑壁："你怎么发现我在这儿的？"

龙王往前缓缓迈步："老子回去琢磨了一下，想起来前两天你散步的时候，围着这儿转悠了好久，就想回来瞅瞅——还真让我给逮着了。"他在黑暗的窑中站直了身子，好似一尊杀意毕现的魔神。

"你知道我是谁吗？我是许愿，是老朝奉点名要的人。"我冷静地说。

龙王挥起一巴掌，重重拍在窑壁上："我管你是谁！你害死我兄弟，就得死！你让我们老大难受，就得死！"每说一句，他就狠狠地拍一下墙，有飞灰扑簌簌地从窑顶飘下来，整个窑都为之一震。

我暗暗叫苦，就怕碰到这种浑人，什么道理都说不通。他两只大手张开又捏住，似乎在测试一下手劲，看如何才能把我一下子捏死。

我急忙朝左右看去，现在再想钻进那个洞里已经来不及了。我心一横，大叫一声扑向他，抱住他的腰，让他后退了数步。可惜这种困兽之斗没什么用，龙王轻而易举就制住了我，用液压钳般的大手捏住我的喉咙，把我抓在半空。

我呼吸变得困难无比，只能双腿拼命踢他。可龙王却纹丝不动，一脸兴奋地看着我这个小贼脸色转青，双眼和舌头慢慢凸出来。

"这次可是真没办法啦……"我的视线变得模糊起来，意识逐渐僵硬。

在幻觉中，我仿佛见到一个人的背影。他短发长袍，负手而立，背对着我，前方是璀璨的阳光。周围的景色不断变换，有宏大的帝王陵墓，有精致的玉佛明堂，有乱兵蜂拥，也有黑暗侵袭，可他始终不曾朝前方有半点迟疑，始终向前方从容走去，一直不停。我想大声叫喊，可他恍若未闻，我泪流满面，可他也不曾停步。

我没见过他，但我知道他是谁。他没对我说话，但我清楚地知道他要说什么。

我们许家，总是在坚持一些看起来很蠢的事情。可是我们不后悔。

"爷爷！"

我骤然大叫起来，不知哪里迸发出力量，双腿猛烈地踢起来。龙王不得不调整一下姿势，才能避开脚踢，继续扼住我的咽喉。这样一来，我的脚只能踢到窑壁上。

可我继续疯狂地踢着，踢到足尖全都肿起来。龙王哈哈大笑，甚至还刻意放松了一下手腕，想多欣赏一下我临死前的绝望。

可龙王忽然觉得有点不对劲，他皱起眉头，朝天花板上看，有细微的黄土在他额前飘下，落到我鼻尖。他再看向我，忽然发现我一直踢的，都是同一个地方，是在窑壁拱顶下三分之一处，那里有一条灰砖，和整个窑壁覆盖的黄砖略有差异。

在一般人眼中，窑洞不就是砖头砌起来的吗，没什么特别之处。其实真正搭起窑，讲究也很多。光是用砖就要分成三种。用田泥烧的黄土砖导热性好，要砌在表面,传递热量;用红土烧的砖耐火,是搭建窑体的主要材料;还有沙土砖,硬度非常高,搁在重要的支撑节点。

我拼命踢的地方,叫作窑眼,是支撑拱顶结构最重要的一个部位,一左一右,分在拱顶两侧中下部。这里相当于人的太阳穴,一旦这里破裂,窑洞就会崩塌,所以这里要用最坚固的沙土砖支撑。

在经历了长久的煅烧后,砖头都会变脆。这个古窑至少有几百年历史,又经历了同等时间的风吹雨淋,整个瓷窑的结构其实已非常脆弱。刚才龙王一拍,居然能让窑洞抖了一抖,便是明证。

这一条古旧的沙土砖,在我的猛踢下,已经悄然开裂,一块一块地掉下碴子来。然后"噗"的一声,整块砖头彻底碎掉。

这一下子引起了连锁反应。从穹顶开始,一道触目惊心的裂痕飞快地布满整个窑壁。龙王不明白怎么回事,可动物般的直觉告诉他,他将要大祸临头。可这里太狭窄了,根本不容他转身。数秒之后,整个窑洞轰然坍塌,无数砖头把我和龙王活活淹没,然后半截烟囱倾倒下来,又狠狠砸了一次。

我眼前突然间一片漆黑,然后就什么都不知道了……

我再度睁开眼睛的时候,发现自己正躺在医院里,旁边垂吊着一个点滴瓶。整个身体沉重无比,肌肉比青铜还僵硬,往头上一摸,脑袋上缠着一圈一圈的绷带。

在一旁忙碌的护士见我醒了,赶紧跑了出去。过了不多时,匆匆赶来一位医生,身后还跟着一个穿着公安制服的人。

"许先生,你能听见我说话吗?"医生和蔼地问道,带着轻微的江西口音。我吃力地说可以。医生掏出手电,略微检查了一下,然后对公安点了点头。公安走到床边,这是个年轻人,文质彬彬,手里还夹着个黑色的公文包。

"我现在是在哪里?"我问。

"您放心,我们是在景德镇第一人民医院。您很安全。"小公安劝慰道,还露出一个安抚的笑容,"许先生,你还记得你昏迷前发生了什么事情吗?"

我大概回忆了一下,好像是龙王在古瓷窑里逮到了我,然后我把窑给踢塌了,再往后就完全不记得了。我急忙挺立身子,催问后来到底发生了什么。

小公安从公文包里拿出一个记事本,一板一眼地对我讲起来。

我们所在的山区，叫作大游山，行政归属上饶，但距离景德镇不到四十公里。欧阳穆穆那个司机，带着尹鸿逃到附近的镇子上。尹鸿的情绪一直未能恢复，压根没想起来发射信号。结果柳成绦的人尾随而来，双方发生激烈枪战，随即被闻讯赶来的当地公安干警一举擒获。

清点犯罪分子随身物品时，一位老警司看到尹鸿身上那个信号机，大吃一惊，他认出这东西非同小可，这案子一定另有隐情。警方立刻紧张起来，用得着这个信号机的，无不是大案要案。他们一边向北京确认，一边提审嫌犯，很快摸清楚其中原委。警方立刻调集警力，沿来路进山，直接摸进了细柳营。

细柳营里正闹得鸡飞狗跳，连个放哨的都没有。被警方这么突袭，只能乖乖束手就擒。北京方面的指示说，细柳营里有一名警方的重要线人，务必找到。于是警方把周围找了好几遍，最后在坍塌的古窑砖堆下抓出龙王和我。

"许先生你运气好，坍塌时你被对方压在身下，对方承受了主要压力。所以你只有几处轻微骨折，那个大个儿就惨了……"小公安说。

我对龙王的生死并不关心，急切地追问道："主犯柳成绦呢？你们抓住他没有？"

小公安扶了扶眼镜："没有，他和几个手下跑掉了。我们搜查时，发现附近有一条潜逃的通道，是拿从前的防空洞改的，他们应该就是从那里离开的。"他见我有些失望，宽慰道："你也别太失望，这次行动收获还是很大的，一举捣毁了一个制假工厂，抓了四十多人，还关联上了全国十几起杀人案。省公安厅直接下了指示，要严办大办。通缉令已经发出去了，相信他逃不了多久的。"

柳成绦这家伙，果然狡兔三窟，不是那么容易被抓的。不过经此一役，细柳营几乎全军覆没，等于斩去老朝奉一臂，我也算是没白冒一次险。

我又问道："尹鸿怎么样了？"

小公安道："他已经被警方保护起来了，不过精神上似乎受到了很大刺激，恢复还需要一段相当长的时间。"我心中一阵懊悔，归根到底，是我把他给害了。我挣扎着起来，问尹鸿在哪里，我要去探视一下。小公安连忙拦住我，说他不在景德镇，已经被转运到南昌的精神病院接受治疗了。

我只得悻悻地躺回床上，忽然又想到一件事："哎，对了，你们发现我的时候，有没有看到一本通信录？"

小公安道："那本通信录是重要的证据，原本收缴在警方手里。不过我们可以给你一份复印件,这是北京那边特别交代的。"然后他从公文包里掏出一个装订好的复印本,递给我。

我这时才有机会翻开这本通信录。里面内容其实很枯燥,就是一排排人名、地址、电话和无线电呼号。但这里面有柳成绦的上游供应商、下游分销商、合作伙伴、其他分厂以及上级管理者等联系方式,警方以此为据,可以拎出一整条盗卖文物制假贩假的产业链条。

到时候老朝奉可就不是断一臂的事了,是整个产业都要覆没。若真是如此,我就算真死在瓷窑里,也瞑目了。

我收好通信录,然后要求和方震通个电话。方震说这起案子已经在公安部挂了号,肯定要搞出一场大地震来。他让我安心养伤,同时提醒我要注意安全,因为柳成绦和几个手下在逃,这些亡命之徒不知会干出什么极端的事情来。

我问:"药不然呢?"

话筒对面沉默片刻,然后方震答道:"在逃。"

听到这个回答,我真是一阵失落,又一阵庆幸。失落的是,这家伙果然又一次逃脱了法律制裁;庆幸的是,终究还是得让我亲手把他逮住。

"哦,对了,还有一件事,可能对你没什么用处了,不过还是要知会一声。"方震说。

"嗯?"

"柳成绦的背景,我们已经调查清楚了。他原籍北京,家里本来也是做古董这一行的,店铺名字叫作谟问斋。后来公私合营,谟问斋老板去世,他祖父是南下的政工干部,便把全家都迁到南方,从此与古董行业再无瓜葛。柳成绦从小罹患白化病,不怎么与外界接触,一直住在疗养院里,就喜欢摆弄古董。至于他怎么与老朝奉勾结上的,就不知道了。"

我听到谟问斋这个名字,不由得一惊。这不是药来给药不是讲的四个故事之一吗?那个孔雀双狮绣墩的故事,主角正是谟问斋老板。

难怪柳成绦那次对药不然说了句奇怪的话,什么"你们药家,可从来没安过什么好心",原来渊源在这里。谟问斋老板的去世,大部分责任要归于柳成绦的祖父,还有一部分责任,可得是药来承担。

可往深里想,药来讲的四个故事里,已经有两个和五罐有着间接联系。郑家有"西厢记焚香拜月",柳家有"周亚夫屯兵细柳营",如果另外两个故事里也有和青花盖罐的联系,加上药家的"刘备三顾茅庐",恰好是五罐。

那幅油画,莫非还有我们没读懂的地方?

一想到这个,我就有点坐不住了,想赶紧赶回北京。我匆匆挂掉方震的电话,问医生什么时候可以出院,医生说至少一个星期,没法再短了。

我苦苦哀求,可医生坚决不肯通融,说我涉及的案子太大,贸然放走,万一出了事谁敢负责。

这儿的医生,比许家的人还固执。我只得悻悻地留在病房,安心养伤。在接下来的一星期,我处于完全静养状态,没有会客,没有电话,一日三餐两次散步,晚上看看电视上的电视连续剧傻乐。门口有两个警察二十四小时执勤,安全什么的也不必担心。说真的,我已经很久没过这样纯粹而平静的生活了。

有一次我坐在医院花园里头,看着满天星辰,忽然想起我和方震第一次见面的情景。也是这么一个夜里,那时我只是一个小古董铺子老板,过着纯粹而平静的生活,结果他一脚踏进门来,从此我整个人生都改变了。

也不知道我该感谢他,还是该怨恨他。

不过平心而论,这跟方震关系不大,甚至跟刘局、刘老爷子关系都不大。他们只是一个契机。我们家发生的一切,实际上都来自许家血脉里存在的执拗。

若我爷爷不坚持东陵之事和佛头一案,则可以五脉族长的身份终老一生,名利双收;若我父亲不坚持赴西安查证,引来老朝奉灭口,则可以作为大学教授安享晚年;若我不坚持与老朝奉作对,现在也能在中华鉴古研究学会混口饭吃,衣食和性命都无忧。

可谁让我们姓许啊,许衡的许,许信的许,许一城的许。打从唐朝开始,我们这一家子人,就在坚持一些看起来很蠢的事。

坚持原则这件事,说来容易,只有亲身体验了才如手试井水,冷暖自知。我抬起头,望着天空中的群星,不知道许家的列祖列宗,会不会正在天上看着我。

好不容易过了七天,医生终于批准我出院。我先去了一趟派出所,做了份笔录。我把所有的事情原原本本说了一遍,不过五罐的事和背后的恩怨,只是约略一句,带过不提。这些事警方兴趣也不大,并没有详细追问。我问了下调查进展,对方说还没有突破性进展,但里面涉案已经不是江西一省,恐怕会多省联办。

做完笔录之后,我没急着回北京,而是先去了趟南昌。在南昌的一处僻静疗养院里,我看到了尹鸿。

他穿着白色的病号服，蜷缩在房间的一个角落，非常安静地待着，嘴里偶尔会嘟囔一两句谁也听不懂的绍兴土话，形容枯槁，大额头下的双眼有两个大大的黑圈。医生告诉我，这是专门的隔音房间，因为稍微有一点动静，他就会变得特别惊慌，所以一直没怎么睡，时刻都提心吊胆，跟流浪猫似的。

我隔着玻璃看到他这副样子，真是愧疚无比。

是我把他害成这样的。我明知道他目睹了父母被炸死，对于爆炸声有着严重的心理痼疾，却完全忽略了这点，拟订了一个乙炔罐子爆炸的计划。

他本来跟这些事情完全无关，只因身怀绝技，被各方裹挟利用，结果落得这么个下场，实在是太冤枉了。

医生把我拉到一边去，小声道："你是病人的家属吗？"我愣了一下，尹鸿在这世界上已经没有任何亲人了，那么我必须负起责任来，于是回答说是。

"他可能活不了多久了。"

我大吃一惊，连声问怎么回事，医生解释说这跟他的精神创伤没关系，而是身体长期接触重金属导致了癌变。

癌症？我先是一惊，旋即反应过来了：这——就是所谓"飞桥登仙"的诅咒啊！

尹家有古训，"飞桥登仙"易引天妒，一生施展不可超过大衍之数五十，否则必有灾厄。这门绝活，施展起来须有锔料配合，锔料里含有重金属，加上施展手法极易使颗粒渗入口鼻身体，对健康有极大损害。

看来尹家前辈对这事已有明悟，不过缺少科学理论，只能按照易遭天妒的方式去解释。尹田早早去世，恐怕也与他过度使用这一绝活有关系。

也就是说，尹鸿施展"飞桥登仙"，根本是在拿性命去拼。

我转身离开医院，冲到街上，买了一张学生用的木质课桌，斜面单层，大小跟尹鸿的工作台差不多。然后我又配了几样银匠常用的小工具，回到疗养院，提出放到尹鸿屋子里。

本来医生拒绝我把这些东西搁进去，这些都是尖锐物品，太过危险。可架不住我再三恳求，院方勉强答应在有人监视的情况下试试。

我把工作台往那里一摆，尹鸿惊恐的双眼倏然闪过一道光芒。他立刻凑过来，伸出双手放在台子上，摆弄了一会儿小工具，然后整个人弓着腰向前靠去，把脸贴在桌面。那神气，活像是小婴儿投入妈妈的怀抱一样。没过多久，安心的呼噜声传来——

他居然睡着了。

自从父母去世之后，尹鸿就龟缩到工作台后，把铜瓷匠和银匠当成遁世的理由，这里便是他的全部世界。只有靠近工作台，尹鸿才能得到最舒心的慰藉。

我能为他做的，只有这么多了。

他在梦里喃喃自语，似乎又在说绍兴话。不过语调温和，不再像之前那么急躁凶狠。我听着听着，忽然觉得有点怪，眉头一皱，连忙给莫许愿拨了个长途电话。

莫许愿还在生我的气，开始不乐意接听。我把她哄了一阵，她才消了气。然后我把话筒拿近尹鸿，让她翻译一下这句梦话。

莫许愿反复听了几遍，语气不是很确定："华盖星一指平水？这什么意思啊？"

她不明白，可我一听就知道了，顿时一股热流涌入胸膛。

这是"三顾茅庐"人物盖罐里隐藏的第三句话，和"细柳营"的"鸡笼开洋用甲卯针六更"以及"鬼谷子"的"北辰星十一指半平水"风格完全一样。

当时尹鸿一取出纸型来，立刻发生了爆炸，所以全世界只有他知道这第三句话是什么。我万万没想到，他哪怕是疯掉了，都还牢牢记住我的叮嘱，一直在梦中复述这句话。

我鼻子一酸，眼泪掉了下来。

挂掉电话，我对医生说："麻烦您好好照顾他，只要这工作台在这里，他的情绪就能稳定。"医生挺兴奋，搓着手说这个案例倒值得研究一下。我迟疑了一下，问医生他的病情还能坚持多久。医生犹豫了一下，说半年到一年吧。

我最后看了尹鸿一眼，在心里默默地保证，一定会回来接他，亲自把他送回绍兴老家，然后我离开了医院。

无辜的受害者，不能再增加。我和老朝奉的战争，得尽快见个分晓。

我当天从南昌搭乘飞机，直接飞回北京。一下飞机，方震已经在舷梯那里等候多时，旁边停着那辆当初去接我的红旗轿车，就和我们第一次见面一样。

"回来了？"方震打了个招呼，拉开后排车门，手掌贴心地挡在了上沿。我"嗯"了一声，钻进车内。

车子开动以后，我问方震："都安排好了？"方震道："人都齐了，就等你开宴呢。"

"刘局这回没什么意见吧？"

"今天你做主。"

"好。"我朝后座用力靠去,战意昂然。

我们去的地方,是上次五脉聚餐之处。此时饭桌上坐了一圈人,和上次出席的成员差不多。唯一的区别是,沈云琛和刘局都不在。这样一来,五脉老一辈儿的人全都缺席了,剩下的都是中青代。

上次就在同一个地方,这些人回绝了我请求协助的要求。如今细柳营覆没的事传出来,他们都有些尴尬和心惊。今天的饭局,打的名目是迎接我顺利回京,他们纵然心不甘情不愿,也不得不全数到场。

我入座之后,先拿起一杯酒,说:"我来迟了,先罚一杯。"不待他们举杯,我一仰脖,先一饮而尽。然后我给自己又倒了一杯,说:"这第二杯酒,是为了祭奠刘老爷子。"然后又一饮而尽。席间这些人互相交换一下眼神,知道我这一次召集家宴,搞不好是个鸿门宴。

我搁下酒杯,酒意微微上头,眼睛扫视一圈,沉声说道:"细柳营的事,大家都知道了吧?老朝奉手底下五个山头,已经被我干掉了一个半。虽然其中波折甚多,但总算是邪不胜正。上次跟各位说过,五脉的道,总得有那么一两个人去坚持,如今我也算履行了诺言。"

众人都没吭声。他们只知道我前一段时间不在北京,没想到不声不响搞出这么大一个动静来。

我从怀里掏出那本通信录复印件,往桌子上重重一丢:"这是我在细柳营里找到的通信录,里面记载着不少和老朝奉有瓜葛的人……"说到这里,我声音放缓,眯着眼睛往四周看去,有些人流露惊讶,有些人面色惶然。

"我仔细看过了,里面有那么几页,是对咱们五脉的污蔑,已经给扯掉了。各位倒不必担心。"

说完我拍了拍通信录,露出一个灿烂的笑容。在座的没人相信我是销毁证据的活雷锋,这话简直就是赤裸裸的要挟——你们谁敢不服,就当老朝奉的同党论处。

之前我若这么威胁,他们不会当回事。但我挟大破细柳营之威,气势便大不相同。

其实那通信录里到底写了啥,我也不是特别清楚,但这不妨碍我拿出来唬人。只要话说得含糊点,心虚的人自然会往自己身上联想。

我双手撑住桌子,一字一顿道:"眼下国家正在督办细柳营这件大案,宜将剩勇追穷寇。我希望诸位群策群力,跟我一起把这只制贩假赝文物的黑手彻底斩断,履行五脉的责任。"

我要表达的意思很明白：从前的事，咱们既往不咎，但接下来都得好好配合我，跟老朝奉大干一场。众人虽然还未表态，可个个盯着那本重逾千斤的通信录，没人表示反对。

这时一个人不阴不阳地插口道："哟，刘老爷子尸骨未寒，就有人想要夺权了？"

我抬头一看，认出来了，也是个熟人，正是药家兄弟的二伯——药有光。药有光叼着根香烟，抱着手臂，歪着脑袋一脸不屑。

"药二伯，您什么意思？"

"我说啊，有人想学康熙擒鳌拜，这不是笑话嘛。"药有光这张嘴还是挺犀利的，说起话来一套一套的，就是比喻有点不伦不类。

我和颜悦色道："药二伯，您误会了。我不是支使诸位，就是想让大伙儿一起使劲儿，趁着这个机会把赝品行业给打残，这对五脉也是好事。"

"大道理我是不懂啊，反正我问心无愧。你爱怎么着怎么着，别把我们药家扯进去。"药有光翻翻白眼。

我知道药有光肯定不是老朝奉的人，这号货色人家看不上。我笑了笑："那个子玉造鳝鱼黄蛐蛐罐，您玩赏得可尽兴？"

药有光一听，嘴里的香烟一下掉在地上，表情跟看见鬼似的。

他去药来的别墅拿子玉蛐蛐罐的事，本以为做得机密，只有他和他儿子知道。他可万万想不到，当时我和药不是就在隔壁，把他的举动看得一清二楚。

我高深莫测地看了他一眼："东西可得收好，不然露了白，对家里人可不好交代啊。"

药有光脸涨得紫红，一股气憋在嘴里，咽也不是，吐也不是。

我听方震说了，"三顾茅庐"事件发生后，药家跳得最凶的，就是这位药有光，扬言一定要严惩药不是。后来忽然不吭声了，很有可能是被药不然威胁了一下。现在他居然还敢转过来欺负我，我得当面教训他一下。

我们俩对视半天，最后药有光还是认了尿，垂头丧气地从地上捡起烟，在烟灰缸里捻了捻，然后一甩手："行了行了，都听你的，成了吧？"我给他恭恭敬敬倒了一杯啤酒："药二伯从善如流，功莫大焉，以后得多帮衬帮衬我们这些小辈。"

倒完了酒，我环顾四周，表情转冷："诸位还有什么意见，不如一起提出来吧。"

挑事的药有光被我一顿棍棒狠狠敲了回去，这些人噤若寒蝉，哪里还敢说什么？药不是说得对，这些家伙，果然都是属鹌鹑的，吃硬不吃软。

我微微一笑："既然如此，那祝咱们旗开得胜，还古董行当一个朗朗乾坤！"我正要敲钉钻脚，把这件事定下来，忽然门外传来一个铿锵有力的女声："家里这么大事，怎么都不叫我呢？"

一听这声音，席上倒有一半人喜上眉梢，仿佛盼来救星似的。我回头看去，看到一个老太太出现在门口，满头白发梳得一丝不苟，身着鹦鹉绿的旗袍，双耳垂环，脖下一圈玉链，双手都戴着祖母绿扳指，珠光宝气，富贵逼人——正是青字门的沈云琛。

我连忙起身，去搀她入座："您怎么来啦？"沈云琛斜了我一眼："我怕有人自作主张，从杭州匆匆赶回来了。"她说话京字京韵，跟唱大鼓似的，中气十足。

我心里一阵打鼓。方震在召集家宴的时候，跟刘局打过招呼，刻意不让老一辈的出席，这样我才好控制场面。沈云琛居然出现在这儿，说明刘局没挡住她。以她的身份，那可就没我说话的份儿啦。

在座的人重新蠢蠢欲动起来，药有光一脸得意，等着看我的笑话。沈云琛扫了一眼桌上的通信录，把它重新搁回去："小许，新闻我看了，你做得不错。这本通信录，确定是真的？"

"是真的。"我毕恭毕敬地回答。沈云琛把通信录交还给我，面无表情道："我在这儿给大家表个态，这几年是五脉发展的关键时期。虽然如今刘老爷子不在了，但改革的方向不能变。在这个节骨眼上，我不容许有任何节外生枝的麻烦。"

说完这话，沈云琛一指我："小许，对付老朝奉的事，接下来你全权处理，老婆子给你兜着底。谁要是阳奉阴违，让他来找我说话。"

她这一句话说出来，举座皆惊。所有人包括我都糊涂了，她不是来找我麻烦的吗？怎么旗帜一变，成了挺许的旗手了？我有点惊讶地看看沈老太太。我记得上次家宴，她还反对把事情搞大，说"此事牵系太广，还须从长计议"，为何忽然转变态度了呢？

沈云琛看出我的疑惑，拿起筷子不动声色地敲了三下瓷碟。

这是个暗示，意思是稍后细说。

有沈云琛老一辈的背书，五脉的人更提不出什么反对意见了。于是这个战略便就此敲定，至于如何配合警方行动，回头自有方震安排，我只需坐镇协调，就不插手别人的专业领域了。

我很兴奋,这是五脉第一次旗帜鲜明地要跟制假团伙开战。这些人胆子不大,但专业素养毋庸置疑,深谙其中门道。有他们协助和通信录指引,警方对付老朝奉,那还不是如秋风扫落叶一般。到时候墙倒众人推,就算之前跟老朝奉有勾结的人,也都会纷纷反水,甚至反咬一口。老朝奉的势力,必然是风流云散。

散了席之后,我和沈云琛留到了最后。沈云琛见人都走完了,对我说道:"小许,你是不是很意外,为何我忽然态度变了?"

"是。"我实话实说,"本来以为您老会找我的麻烦呢。"

沈云琛长长叹了口气,保养极好的额头上浮现出几丝皱纹:"我之所以如此,是有原因的。来,我先带你去见一个人。"

我不知道她是什么意思,又不好问,只好默默尾随而去。我们离开饭店,上了她的车。车子开了大概十几分钟,都快到京郊了,忽然拐进一个院子。我下车一看,这里居然是一处羁押所。

沈云琛显然来过这里,轻车熟路,她对负责接待的警员打了个招呼,填了一张表,然后和我进了会客室。没过多久,那边铁门哗啦一响,守卫带着一个身穿囚衣的男子走了过来。

"药不是?"我霍然起身,激动万分。

在我眼前,赫然是失陷在杭州的药不是。他还戴着那一副金丝眼镜,神色疲惫,发型略显凌乱,几根毛高高翘起——看得出他试图收拾过,但羁押所里没发胶,只能用清水解决。

他看见我,却没有任何情绪上的变化,默默地坐到对面,古井无波。

"你……你还好吧?"我问道。

药不是照例忽略了这句问候:"我听说你端掉了老朝奉的一个重镇?"

"是啊。"

"不要庆祝得过早,战争还没结束。"

药不是一句表扬的话也没有,劈头就是一句训诫。本来我还想显摆一下,这下子兴致全没了。药不是看了一眼站在旁边的沈云琛:"您也过来了?"

沈云琛道:"家里和展会方面我都疏通得差不多了,不会提起诉讼,很快你就能重获自由。不过赔偿费用,暂时还得由你来承担。"

我和药不是同时眉头一动。暂时？这个词用得颇为古怪。无论如何，那个罐子就是药不是推倒的，无论家里怎么谅解，这个损失都得是他来赔，为何要特意强调暂时？

难道这里面还有别的说法？

沈云琛叹道："你们两个果然敏感。"她找了把椅子坐下，双肘优雅地撑在台面上："这就是我为什么要当着你们俩的面说——杭州的事情出了之后，我非常气愤，没想到药不是你一回国，就给我捅这么大一娄子。可后来我左想不对，右想不对，你没这个动机，而那罐子摔得也特别蹊跷。所以我又去勘查了一下现场，翻了翻出事之后的照片，结果被我发现一个稳定性的问题……"

说到这里，沈云琛的眼神变得严厉起来。

经她这么一说，我也想起来了。"三顾茅庐"盖罐不是高脚瓶，它的圆足直径比罐口窄不了多少，像是一个中部鼓起的圆柱形，这是一个相当稳定的结构，怎么会一碰就摔倒粉碎呢？

"你们注意到没有，整个布局的摆设有不协调的地方。"沈云琛问。

我闭上眼睛努力回想当时的情景。当时的摆设里，有独板围子罗汉榻，有如意云头紫檀炕几，有螺钿侍女执扇八扇屏，有柚木嵌瓷心圆凳和荷叶高脚六足香几，还有一个包银斗橱与黄梨木小茶架子。

这些家具都很珍贵，艺术价值很高，要说哪儿不协调……

沈云琛道："这里头，有清代的，有明代的，全混到一块儿去了。"

明、清家具，和明、清两朝并不完全对照。康熙之前的家具，都可以归类为明代家具，康熙后才算真正意义上的清代。明代简洁质朴，注重功用；清代厚重华丽，装饰繁多。两者风格截然不同。从美学角度来说，两者搁在一起不够协调，所以在做场景展示时，很少混在一起。

但这次展示，居然明清混杂。这搁外行人可能没什么，可沈家是专业人士，不该犯这种错误才对。

沈云琛冷笑道："也怪我太放权给下面，结果才出了这档子事。按说明清混杂，也不是什么大问题，只要摆放得当，也是一景儿。可前头有了紫檀炕几，旁边还搁着螺钿八扇屏，香几和圆凳居然比邻而放，这连道理都不讲了——香几那是放香炉的地方，重在不显而沁，谁请客人落座还坐在炉子旁边？又不是炼丹的童子。"

要不怎么说隔行如隔山呢，我们俩原本觉得那布设很有意味，可落到沈云琛眼里，却处处都有问题。我循着这个思路去想，发现确实有种拥挤的感觉，"三顾茅庐"瓷罐附近簇拥着四五件家具，不像家具摆设，更像是仓库保管。

沈云琛道："原来呢，我以为是下面人不晓事，不懂摆放的规矩。可我后来仔细检查一下，发现那瓷罐附近的家具大有深意啊。"

我和药不是对视一眼，知道关键之处来了。

沈云琛道："你们知道榫卯吧？"我们俩同时点点头，这是木器行常识中的常识了。木器的不同构件切出凹凸，凸者为榫，凹者为卯，榫卯相接，就能固定结构。高明的木匠，不用钉子不用胶水，光凭榫卯就能造出结实的家具来，严丝合缝。

沈云琛手里一翻，亮出一张图纸，上头都是一些小部件的榫卯示意图。她说道："榫卯一阳一阴，看似简单，其实里面千变万化。每一种家具，榫卯都各有规程。我重新检查过当时摆放的家具，却发现每一件的榫卯，都被偷偷修改过了。"

"修改过？"

"不错。比如这一件木器，把双榫粽角榫法，换成了带板粽角榫法；那一件木器，本该是牙条和牙头分造的云型插肩榫，改成了嵌夹牙条与牙头的夹头榫，等等。这些往深了说得说几天，不细讲了。总之，每一件家具的榫法，都不太符合规程，但变化又不算大。"

"榫卯改变，会对家具造成什么影响？"药不是问。

"单看的话，几乎没有，只会有一点点形变。可若是这些聚合在一起，每一件都发生一点变化，集腋成裘，产生的影响可就大了。"沈云琛沉着脸道，"真正让我确定有猫腻的，是'三顾茅庐'瓷的底座。那个圆形底座很高，按照道理用的是圆香几攒边打槽——你们可以把它想象成一个木圈，拆开来是四个完全一样的曲状构件，每一件都是前榫后卯，彼此相插，榫接好了以后，绝不会松脱，想故意拆开都极难。"

"然后？"

"这种圆座是用来托香炉或瓷罐的，以稳为主，所以规程里要求必须使用攒边打槽。但我的检查结果发现，那个圆座，用的却是走马销！"

我倒吸一口凉气。我对木器不熟，但对走马销这名字也是如雷贯耳。这是一种叫作札榫的载销方式，用一个独立木块做成榫头，下大上小，榫眼做成半边大，半边小。榫接的时候，榫头从大的一端插入，逐渐推向小的一边。这种逐渐推入的方式，特别像走马,所以叫作走马销。

"走马销本来是用于罗汉床帷子的。若是圆座用了这种榫卯方式,如果上方施加一个斜下的力,又恰好与榫嵌方向相反,它就会松开,相当于有一只手把它推开了。"

药不是听到这里,双眼中开始酝酿起怒火。沈云琛说得简单明了,只要有初中物理常识的人都能听明白——瓷罐的底座,被人给换了。

"可是,那也不至于让瓷罐一推就倒吧?"我发出疑问。

沈云琛说到这里,手指在半空画了一个大圈:"那个展台,也有问题。我测试过,它比普通展台要向右歪十度。"

"嗯……"我陷入沉思。

"周围家具的变化,底座榫卯的更换,展台的角度,还有瓷罐的摆放方式……每一个小改动,都不起眼。可如果汇聚到一处,构成的巧合,足以营造出'三顾茅庐'罐摇摇欲坠一触即倒的形势。"沈云琛沉着脸,又补充了一句,"我做过实验,发现这是完全可行的。"

我和药不是都听傻了,原来木器还能这样玩,这可真是神乎其技了。难怪郑教授只消买通一个小孩,就能造成意外假象。这种巧妙布置,寻常人哪能想到是精心安排的圈套啊。

若这是真的,能做成这样的布置,那人必须对木器极为精熟,而且能够完全控制布展细节,难道说……我和药不是同时想到什么,不由得看向沈云琛。

沈云琛叹息道:"家门不幸,这设计必然是出自我沈家之手。"

看来沈家人里,除了沈君之外,还有被老朝奉买通了的奸细。我这才明白,难怪她立场转变那么快,原来是想要亡羊补牢。说罐子"暂时"由药不是来赔偿,只是为了尽快从法律上结案,使他获得释放。等到追查出真凶,再还他一个清白。

我对这位老太太肃然起敬。这种丑闻,别人掩之不及,她却毫不犹豫全抖搂出来,向我们坦承,极见决断。五脉的几位掌门,果然都不是浪得虚名。

药不是没我那么激动,他冷着脸思考了一阵,开口道:"那么,您知道是谁了吗?如果是负责展会布置的人,应该很容易追查吧?"

沈云琛有些为难地摇摇头:"展会的整个设计,是交给了家里所属的一个设计所来解决的。整个方案是由一个小组讨论出来的。每一处改动,方案里都陈述了理由。任何一个人,都有可能不动声色地影响其他人,把设计导向自己想要的方向。"

"不能调查会议记录或询问与会人员吗？"我问。

还没等沈云琛回答，药不是就否定了："不行，那样会打草惊蛇，得想别的办法。"

沈云琛道："今天我特意叫你们俩来，当面把这事说清楚，一是当面致歉，二是想得到两位的协助。"

"协助什么？"

沈云琛手指上的祖母绿扳指猛地一磕桌面："打扫房间，把那只老鼠逼出来！"她气势勃发，如同一头看到自己领地被侵犯的母狮子。药不是道："何必这么麻烦，这件事是郑教授指使的，去问他不就得了？"

沈云琛面色顿时暗淡："他已经失踪了，到处都找不到。这个人哪，我可从来没想到会变成这样……"

郑教授与我曾经直面相对过，若我活着回来，一定会揭穿他的面目。他唯一的办法，就是尽快逃走。不过……我觉得沈云琛的话里，似乎有点八卦。

沈云琛难得露出腼腆神色，双颊微红："年轻的时候，我差点嫁给他。不过碍于家里诸多因素，最后没成。"

看她的扭捏神色，估计这段风流韵事可没这么简单。不过现在大事当前，我也没心思深入挖掘，还是说回正题的好。

虽然郑教授跑了，这有些遗憾。但一想到老朝奉在五脉中的钉子正在被一个一个拔出，我还是很过瘾。这个过程固然有些痛苦，却也是恢复身体健康的必要一步。

会面时间很快结束了，药不是暂时先回返牢房。我和沈云琛出来，她问我去哪儿。我想了想，说自己走走，沈云琛知道我如今心绪繁多，也不多劝，叮嘱了几句便先驱车离开——她那边的事情，只怕比我更多。

离开羁押所后，我并没有着急返回四悔斋，自个儿在路面溜达起来，整理整理事情。

现在对老朝奉的战争已经全面打响，这不劳我再多费心。现在还有五罐之谜尚未解开。直觉告诉我，这和许一城以及老朝奉密切相关。

"三顾茅庐""细柳营"和"鬼谷子"三罐里的秘密在我手里，药不然拿走了"细柳营"和"鬼谷子"；还剩下"焚香拜月"以及第五个罐子不知下落。

还有，药来讲的那四个故事，到底跟五罐有什么关系？

药慎行的神秘北上，到底所为何事？许一城在庆丰楼逼着那个叫楼胤凡的商人跳楼，到底出于什么动机？

无数疑惑，纷纷涌入心中，每一个和其他问题都似有联系，可那线索若有若无。

我这么琢磨着，不知走了多久，一抬头，不觉呆住了。我来到的这个地方，是一栋三层小楼，仿古歇山顶加水泥结构，白石雕栏，明黄瓦片，既典雅又不古旧。入口处有一个竖牌，写着"中华鉴古研究学会总部"几个字。

这地方我来过几次，今天怎么鬼使神差地走到这里来了。我正要离开，却看到此时楼前横拉着一道黑幅，上有白字"沉痛悼念刘一鸣同志去世"。两侧各有两个花圈。两扇正门敞开着，直通向大堂。

我回来之后，一直想去吊唁一下刘老爷子，可先是五脉家宴，又是沈云琛的事，还没腾出空来。想不到冥冥之中自有天意，在我自己都未觉察的内心深处，一直想要最后送老爷子一程，不知不觉走到这里来了。

我怔怔地望着入口，赶紧去附近买了一朵白花、一个黑箍，给自己佩戴上，然后才返回正门前。

大堂里的布设极为简单，正中央是刘老爷子的黑白照片。照片上的老爷子神情淡然，仙风道骨。照片两边摆放着几束鲜花和一副对联，不是挽联，而是刘老爷子书房挂着的那一副："事能知足心常惬，人到无求品自高"。没有香炉，没有哀乐，也没有吊唁簿和花圈，一切都朴素低调。

此时距离刘老爷子去世已两个多星期了，该来的人都来过了，所以楼里安静得很，只有前台坐着一个接待员。

接待员见我进来，起身要来迎接。我摆摆手，表示不必，然后走上前去，跪下磕了三个头。

磕完头，我站起来，忽然听到耳边传来一个熟悉的女声。

"许君？"

我回过头去，看到一名女子身着黑色连身葬礼礼服，胸口别着一朵白花，还戴着黑纱。虽然脸被黑纱遮挡，但我一眼就认出她来了。

木户加奈？！

古董局中局4

第九章

解密五罐

木户加奈？她怎么跑到这里来了？

这个姑娘跟我的渊源太深了。佛头案就是从她而起。木户家和我许家的恩怨也是百般纠葛。甚至我俩还一度差点结婚。不过佛头案后，她就返回日本去了，我们就再没什么联系。现在她突然出现，真是让我无比意外。

"你……呃，木户小姐你怎么来了？"

木户加奈掀开黑纱，深鞠一躬："我听到刘先生去世的消息，真是万分悲痛。特意从日本赶过来，希望能够在灵前吊唁，聊表哀悼之情。"

她双手合十，闭眼祷告，然后把胸前的白花摘下来，轻轻放在刘一鸣的遗像前。

"我记得第一次到中国来，得到了刘老先生的很多照顾。佛头能够顺利回归，也多亏了刘先生的推动。还没来得及好好表达谢意，就听到他去世的消息，真是太让人遗憾了。"

木户加奈望着遗像说道，我注视着她的脸，努力分辨哪句是客套，哪句是出自真心。

吊唁结束后，我们两个并肩走出小楼。我一时不知该怎么开口才好，尴尬地沉默了足足有一分钟，还是木户加奈撩了撩头发，开口笑道："可以请您去喝杯咖啡吗？有些话我正想对许君您说。本来想吊唁完刘先生再去四悔斋拜访的，能够碰到真是太好了。"

我正好也没别的事，便答应下来。

我们在附近找了一家咖啡厅，各自点了东西。我用汤匙慢慢搅着，等着她开口。木户加奈注视着我，忽然笑起来："许君还是和从前一样羞涩啊。"

"喀喀，承让，承让……"我挠挠头，说着不着边际的话，"你最近，怎么样啊？"

"托您的福,我已经顺利毕业了。现在东北亚研究所担任研究员,专做古董修复研究,总之是在自己喜欢的领域努力吧。"木户小姐回答,她的中文比原来还流利,这几年看来下了不少苦功。

"许君呢?"

"唉,老样子,混呗。"我含含糊糊地说,犹豫了一下,决定还是不提最近发生的这些烂事了。

木户加奈道:"说起来,我的家族和许君的家族之间,还真是有各种各样的奇妙缘分呢。"

她这话真没错。真要追溯我们两家的历史,得从唐代说起。当年火烧明堂,起因就是日本遣唐使河内坂良那对则天玉佛起了觊觎之心,与明堂守护连衡发生冲突。最后玉佛一分为二,佛头被河内坂良那带回日本。连衡则改姓为许,嘱托后代千万取回佛头,这才有了五脉的诞生。

我看了一眼木户加奈,心想:她这次来中国,是要跟我说什么话呢?木户加奈优雅地啜了一口咖啡,把杯子放下,双手搁在膝前,这是要开始正式谈话的仪态。我也赶紧把杯子一推,正襟危坐。

"是这样的,最近日本考古界出现了一个新动态,因为涉及了我们的家族,所以我觉得有必要向许君通报一下。"

"哦?居然涉及我们两家,不是玉佛头的事情又起了波澜吧?"我眉头一紧,这会儿我已经焦头烂额,可千万别节外生枝了。

木户加奈道:"日本有一个叫作岛津文库的私人博物馆,里面珍藏着大量古代典籍文档,但几乎不对外开放。一年之前,该博物馆的管理者变更,政策也随之有了改变,允许一部分专业学者入内查阅。连同我在内的一批东北亚研究所学者有幸作为第一批有资格的人入内。在里面,我的一位同事意外地查到了一份关于许家的记录。"

"如果是关于玉佛头和许衡的话,我应该都知道了吧?"我问道。

"不,和玉佛头没关系,是和许信有关。"

"嗯?许信?"我一怔。

根据我爷爷许一城的考证和老朝奉的补叙,许信是许家在明代万历年间的一位祖先。他是锦衣卫出身,曾经参加过万历援朝抗倭战争,在战场上与河内氏的后人木户明雄相遇。许信是个异常悍勇的人,他居然趁机潜入日本,从木户家手里夺走玉佛头,带回大明。木户明雄一路追杀,尾随至大明,想把佛头佛身反夺回去,最终两人在岐山同归于尽。许信死后,就葬在玉佛身边。

木户加奈道:"没错,那位同事查到的资料,就是和这位许信关系密切。"

我兴趣一下子被提起来了。许信的生平资料,在中国散失已久,我爷爷许一城费尽心思,也只是勉强拼凑出一个大概轮廓。想不到,日本方面居然还能有资料保留下来。

挺讽刺的一件事,但这在文化史上并不罕见。中国本土因为战乱频繁,导致大量资料散佚,反而是积极吸收中华文化的日本保存下许多珍贵典籍。清末民国那会儿,中国学者经常要去日本抄录孤本遗本。比如唐代魏徵、褚遂良曾经编过一本《群书治要》,失传于宋代,后来学者在日本发现了译本,这才得以一窥全貌。

木户加奈说:"萨摩藩当年是中日贸易的重镇,贸易往来繁多,因此作为藩主的岛津家留下了大量档案记录。在万历年间,藩主岛津义久身边有一位来自大明的医生,叫作许三官。他虽然身在日本,但一直不忘关心大明。丰臣秀吉决意侵略朝鲜之时,许三官冒着生命危险把情报送至朝廷,引起明廷重视。在许三官留下的《三官文书》里,曾经隐晦地提及,有锦衣卫前来拜访,应该就是许信本人。"

原来许信闯入日本,在当地还是有接应的。那会儿不像现在,如果孤身一人贸然进入陌生国度,没有当地华侨配合,是不可能的。

"然后许三官帮他从木户氏那里抢回了玉佛头吗?"

木户加奈轻轻摇了摇头:"《三官文书》里没提这个,但我要说的是另外一件事。许三官提及了一个与许信密切相关的关键词,叫作柴窑。嗯,没错……应该是叫柴窑吧?"

我一听这个名字,耳朵立刻竖起来了。柴窑?那可是中国最富传奇色彩的瓷窑了。

柴窑是后周皇帝柴荣的官窑,被称为"诸窑之冠"。当时制瓷工匠请示柴荣,想要什么颜色的。柴荣颁下谕旨:"雨过天青云破处,这般颜色作将来。"后来经过反复试验,终于做出来号称"青如天、明如镜、薄如纸、声如磬"的柴瓷绝品。因为柴窑存世时间短,所以作品极少。古人称之"柴窑最贵,世不一见",在明代都已经属于极其珍稀的奇器了,地位在汝、官、哥、钧、定五大窑之上。清代之后,柴器几乎彻底消失,偶尔有残片问世,都能卖出天价。即便是《玄瓷成鉴》里,也感叹说柴瓷难睹,几乎未有过手的机会。

"柴窑和许信有什么关系，又是怎么被日本方面记录下来的？"我连声追问。

木户加奈道："根据文书的说法，当时丰臣家有一位痴迷茶器的近臣，许下重金，悬赏收买柴窑精品。然后有一位大明商人来应征，说已经设法从大明取得柴器十件，运来日本。结果这位商人拿走订金之后，再也没了消息。近臣拜托岛津家着意打听，许三官也暗中询问，才知道原来许信在日本取回佛头后，返回途中恰好遇到这条叫作福公的海船。许信发现船上居然藏有柴器重宝，皆是宫中之物，遂勃然大怒，要求对方立刻回转大明，见官自首。双方一番争斗之下，许信将这条海船击沉，可惜那十件柴窑名器也随之沉入海底。"

船上有水手侥幸逃生，回到长崎。这件事的原委，才有机会大白于天下。

我对先祖许信一直特别钦佩，没料到他居然悍勇如斯，取回玉佛头不说，还搂草打兔子，截击了偷送国宝出境的船只。唯一可惜的是那十件柴窑名器，就这么深埋海底，从此不见天日。

十件啊，搁那会儿也是超级大的手笔了。您想，严嵩父子权势大不大，他们爷俩花了一辈子时间，也只搜罗到十几件，明宫里也差不多是这数量。这位中国商人能量可真不小，居然能从宫中窃出这许多至宝，背后不知隐藏着多少悲惨故事。

"那位中国商人姓鱼，叫作鱼朝奉。"木户加奈平视着我的眼睛，吐露出这个名字。

我一听，脊背不由得一凉，身子前倾。鱼朝奉？这个人我记得，他和许衡同为明堂守护，玉佛失窃后，他诬陷许衡监守自盗，导致后者被迫出京追讨。

不过那都是一千多年前的事情了，怎么他还能活到明代？那不是成妖怪了吗？后来转念一想，这个"鱼朝奉"要么是外号，要么是重名吧——不过许家和鱼朝奉时隔一千年后再度在海上相遇，可真是孽缘不浅。

"呃，谢谢你的消息，真是费心了。"我以为她已经说完了，欠了欠身子。

木户加奈笑道："许君耐心一点好吗？我还没说完呢。"我有点尴尬地摸了摸鼻子："没……没有。您继续，继续……"

木户加奈继续说道："如果只是历史逸闻，我给许君打一个电话或传真就可以了。但是这件事只是开头而已。发现《三官文书》的人，并不是只有我，还有另外几位历史学家。他们对福公船这个主题很感兴趣，先后发布了几篇研究专著，在学界引发了很大轰动。于是就有人提出来，有没有办法可以找到这条船，把里面的东西捞出来。"

我一听这个，心里大跳。打捞沉船宝藏这事，并不稀奇。现在中国沿海底下的沉船，少说也有几百条，好多南下贸易的宋船都沉在东南亚，里面都是好东西，很多公司摩拳擦掌在搞这个开发。这条船里面可是装着十件柴瓷啊！这可不是南海沉船里那些贸易瓷可比的。若是真捞上来，绝对是超级国宝，恐怕全世界都会轰动。

可是大海茫茫，凭着几句语焉不详的话，怎么找福公号？就算有现代化的搜寻设备，恐怕也无异于大海捞针。

我看着木户加奈的表情，总觉得她似乎话还没说完。

果然，木户加奈继续道："学界和商界对这个提议都很有兴趣，有更多的人投入研究中来，深入挖掘相关文献，结果真的被他们发掘出一条……许君应该还记得吧？东北亚研究所的前身是'支那风土会'。"

"我怎么可能忘。"我面色一冷。就是这个风土会搞出了《支那古董账》，意图有计划、有步骤地掠夺中国文物。玉佛头就是其中一个重要环节。战后这个组织被取缔，改组成了东北亚研究所。

木户加奈道："在风土会残留的档案里，学者们发现一份昭和六年的可行性报告。在这份报告里，已经有人接触了《三官文书》，并掌握了重要线索，建议政府派遣军舰前往勘察，打捞福公号云云。"

我心算了一下。昭和六年，那正好是民国二十年，和佛头案是同一时间。

"那么线索是什么？"

木户加奈犹豫了一下，放缓了语速："报告里说，他们联系了一个叫楼胤凡的北平商人，在他手里有当年许信留下来的福公号沉船位置记录。在中国专家许一城的配合下，很快就会有收获。建议帝国予以重视，派遣军舰前往勘察云云。"

许一城！我爷爷的名字果然又出现了。我暗暗心惊，有许一城这个名字在，这事一定大有深意。

楼胤凡这名字我听起来十分耳熟，再仔细一想，不正是庆丰楼事件里的受害者吗？刘一鸣他们目睹许一城在庆丰楼当面逼死楼胤凡，讨好日本人，这才对他彻底失望。

那时玉佛头事件已然爆发，没过多久我爷爷便死了。如今看来，我爷爷死前，似乎还跟日本人合作了一件柴瓷沉船的事，甚至还为此事逼死了一个人。别说当年的刘、黄、药三人迷糊，就是现在的我，都忍不住嘀咕一句，我爷爷到底想做什么？

从木户加奈的话里判断,这事应该没成功。不然现在也不会再次要组织人去打捞。

木户加奈证实了我的猜测:"研究所找到的,也只是这一份报告而已。至于后续如何,不得而知。政府方面也没有任何官方派遣舰船的打捞记录。我们推测,很可能当时这份报告并未引起重视,所以就被搁置了,尘封至今。"

"谁写的这份报告?木户有三教授吗?"

"不,他不是这个专业的。报告的作者是一位叫泉田国夫的学者,他是研究瓷器的专家,也是著名收藏家。不过他在发出这份报告后不久,就神秘失踪了,一直没有下落。曾经有传言,说他的提案受到上面冷遇,说大陆的宝贝都找不完,哪里有空去捞海底的东西。泉田国夫一气之下,自己出发去寻船了,不过这终究只是个传言……"

我摸摸下巴,这事听起来,还真是扑朔迷离:"那么您希望我做什么呢?还是说,您单纯只是想告诉我这件事?"

木户加奈挺直了胸膛,语气诚恳:"我之所以会归还玉佛头,是因为希望它能回到中国。许君也曾经跟我说过,希望自己国家的东西,能留在自己国家。福公号的沉没位置肯定是在公海,先到者得。希望许君能提醒五脉以及相关政府部门,引起重视,尽快着手开始准备。"

我看着她的眼神,闪亮亮的没有一丝作伪。

我忽然明白她为何来找我。刘一鸣去世,瓷器专精的药家一蹶不振,唯一能接触的人,就只有我而已了。我说道:"您真是费心了。没问题,福公号的事我一定尽快转达给有关部门,让他们重视起来。"

对于福公号的事,我不是特别急。柴器确实价值连城,意义深远,可远洋捕捞和大海捞针一样,光凭着几句古人记载,不太可能马上出什么成果。我现在得集中精力对付老朝奉,这事就先去有关部门挂个号吧。虽然这么做有点对不住木户小姐的好意,不过还得分个轻重缓急嘛。

木户加奈也听出了我语气中的敷衍,长睫毛失落地闪了闪,仍旧鞠躬表示谢意。然后她拿出一沓文件,说是《三官文书》和《泉田报告》的影印本。

我接过来,随手翻了一下,都是看不懂的日文,只能大致从汉字猜测意思。我翻了几页,实在看不明白,索性翻到最后一页,是泉田报告书附的两张照片,旁边用钢笔注释了一连串日文。

我瞥了一眼照片,不由得一怔,然后脑子呼的一下就炸开了。我的身子猛然前倾,撞动餐桌,一下子把咖啡杯给碰翻了,黄褐色的液体弄脏了大半块桌布。木户小姐发出小小的惊呼声,胸前也被溅到了几点。

但我完全顾不得这些,眼睛死死盯着照片,整个人的注意力仿佛被焊死在上头。

照片是黑白色的,上面没有人,只有一个木质摆架。架子上一字摆开,有五件青花人物罐。两张照片构图完全一样,只是方向不同,为的是能够拍全罐子两侧的纹饰。

照片年代久远,画面有点模糊,但因为是近距离拍摄,所以青花罐整体构图还算明晰。我看到了"三顾茅庐""焚香拜月""鬼谷子"和"细柳营",还有第五件我认不出来。

这五个罐子里,我曾经目睹过三件,冒充过一件。这段时间,我日日夜夜都在琢磨的,就是它们;彻底搅乱我和老朝奉的,就是它们!

我万万没想到,它们又一次出现在我的面前,却带着另外一重意义。

不,准确地说,是真正展现出它们的意义。在那之前,别看我们围绕五罐斗得不亦乐乎,实际上每一个人都懵懂无知,不知为何抢它。柳成绦、欧阳穆穆那批人抢,是因为老朝奉要;我抢,是为了让老朝奉要不着。但老朝奉为什么要这东西,除了他没人知道——也许药不然也知道,但他一定不会说。

我努力让自己的手别抖得那么厉害,把两张照片拿得稳一些,去看向第五个罐子。

前四个罐子,我一共见过三个,第四个虽然没见过,但也知道题材是《西厢记》。唯独第五个罐子到底画的是什么,我完全无知。现在这个谜底,清晰地展现在我面前。

这第五件上的花纹,乃是一组战争群像。正中一人挥鞭骑马,头戴双翅朝天幞头。后面紧随一员执钢鞭的长须大将,身后若干小兵追随。在更远处,两员武将正在你追我赶,一人在前,手执钢叉回架,一人在后,手挥长矛前刺。

中国著名武将里,拿钢鞭的就那么几个,我仔细回忆了一下小时候听评书的记忆,很容易就对上了号——尉迟恭!这一幕,应该是尉迟恭单骑救主:李世民攻打王世充,遭遇了单雄信的包围。李世民孤身一人逃入树林,眼看要被追兵抓住。这时尉迟恭飞马赶来,三招打跑单雄信,把李世民救回大营。

所以这第五个罐子,主题应该是尉迟恭单骑救主。

我长长呼出一口气,可算是知道这第五个罐子是什么样子的了。可心中的惊涛骇浪,却远未平息,反而越发地激烈起来。

我正在周旋五罐之事，然后日本方面就开始启动福公号打捞的计划。仿佛冥冥之中有天意似的，让我恰好在他们动手前知道了五罐的存在。

这真的是巧合吗？

我拿起照片，问木户加奈这旁边的注解是什么意思。木户加奈说："直译过来的话，意思是'引向沉船的关键器物'，不过这句话暧昧不清，学术界至今还有争论。到底这五个罐子和沉船位置有什么关系？"

这个答案，我恰好知道。五罐里藏的是五句话，目前我已得到三句。如果《泉田报告》没错的话，那么这五句话，很可能是福公号沉没的地理信息！

可是那五句话实在太难懂了，完全不似人话，恐怕是密码或是暗语之类的吧！

我忽然想起来了。尹银匠曾经说过，这些罐子曾经被"飞桥登仙"的手段开过一次，然后又补回来了。难道那一次开启，就是在民国二十年的庆丰楼里？可许一城并不懂"飞桥登仙"，当时唯一的传人是药慎行。他恰好也在那年从绍兴匆匆北上，再未返回。

一个模糊的故事浮现在我脑海：我爷爷许一城和泉田国夫勾结，在庆丰楼夺走楼胤凡的五个罐子，请药慎行北上开启，然后利用其中坐标，欲出海寻宝。

这里面还有许多矛盾之处。首先我爷爷不可能跟日本人勾结，他一定别有用意。其次，既然出海，为何还大费周章把罐子补回去？再次，药慎行在其中究竟扮演何方角色？最后，到底寻宝结果如何？要知道，我爷爷可是被公开枪决的……

我又把照片翻过去，看到三个简简单单的字："老朝奉"。笔迹和前面注解完全一样。然后还画了一个箭头，指向一片东海海域。怎么回事？老朝奉为什么会出现在《泉田报告》里？

"许君？"

木户小姐的呼唤，把我从混沌的沉思中拽回到现实里来。我抱歉地冲她笑了笑，解释说："不好意思，想得有点出神了。"

木户加奈叫来服务员，更换桌布和杯子，好奇地问道："许君在想些什么？"

我不希望对她有什么隐瞒，于是坦诚地把五罐之事简明扼要地说了一遍，然后给她看了三句话中的两句话，从"三顾茅庐"中开出来的第三句话，我没亮出来——不是我怀疑她，在当前形势下，一切都必须谨慎。

木户加奈听完故事，没想到这背后居然隐藏着如此深的秘密，惊叹连连。不过她也表示，那几句话完全看不懂。

"这样说来，幸亏我来中国通知许君你了呢，不然的话，我们双方都身陷迷雾而不自知。"

"木户小姐，接下来我会有个问题，有些失礼，希望你不要生气。"我说得特别严肃，双手撑住桌子。木户加奈有点惊讶，不过她微微点了下头，表示不介意。

"这里面有太多巧合，让我觉得有些不安。要知道，民国二十年后，中日双方关于福公号和五罐的记录，都彻底被掩埋，无人提及。现在这个话题，居然在同一时间被两国翻出来。日本方面找出了《三官文书》和《泉田报告》，中国方面老朝奉对'三顾茅庐'动手，并且试图绑架尹银匠——这些事几乎同时发生，不可能是单纯的巧合。"

"许君你的意思是……"

我徐徐吐了口气，说出自己的猜想："我怀疑，两边根本就是有勾结的，所以行动上才会表现出惊人地步调一致。"

我忽然想起来一件事。在玉佛头案结束后，老朝奉给我打了一个电话，电话里他说了一句奇怪的话，问我是否还记得鱼朝奉。当时我还以为他在暗示自己是鱼朝奉后人，想找许家子孙报仇，现在看来，不是，他话里有话，指的可能是明代福公船。

而他自称的老朝奉，恐怕是一个寓意深刻的代号，代表他掌握了鱼朝奉所乘福公号的沉船地点。至少从《泉田报告》去推断，当是如此。

可这里有一个矛盾。如果老朝奉早知道沉船地点，他又何必去苦苦追寻那五个罐子呢？

我把这个猜想说出来，木户加奈惊讶地捂住了嘴，有点吓到了。她涨红了脸，有些急切地解释说她并不知情。我赶紧跟她解释，我并没有怀疑她。事实上，如果没有她这次来中国吊唁，恐怕我仍被蒙在鼓里毫不知情。

木户加奈有些沮丧地垂下头："我真的不知道事情会变成这样，我还以为这是一次普通的学术研讨而已。很是对不起。"我摆摆手，表示这事不能怪她。她一个单纯的日本女孩子，哪里经历过尔虞我诈的古董江湖。这些匪夷所思的阴谋和手段，远远超出了她的想象。

可我的心情，却因此而绷紧。若单只有日本那边筹办打捞福公号，成功率不会很高，但加上老朝奉的话，情况就完全不同了。老朝奉到底掌握着五罐多少秘密，我完全不知道。凭借日本的打捞技术和老朝奉手里掌握的未知情报，他们真的有可能把福公号捞出来。

到了那时候，十件柴窑国宝就要流失海外了。

这是绝对不可以接受的结局。

时间陡然变得紧迫起来。

我把视线移到照片上，木户加奈立刻明白我的意思，苦笑道："如果可以解读出那几句话，也许会有什么办法，可是它太难懂了，恐怕要到一些大的图书馆查询才行。"

她的话，在我脑海里划过一道闪电。我一下子面露喜色，站起身来："哎，对啊！你说得对。木户小姐，没别的安排的话，跟我走一趟吧。"

"啊？去哪里？"

"如你说的，去找图书馆。"

图书馆不是真正的图书馆，而是一个人。这家伙在南城倒腾旧书，号称无所不藏，你要什么他都能给你找出来，只要价格合适。当初在《清明上河图》风波中，全靠他帮忙，我才得以最终力挽狂澜，顺利解决问题。

说起来，图书馆还是郑教授介绍给我的呢。

我带着木户加奈直奔南城，来到离丰台不远的一个城边村。这里是一片黑压压的低矮平房，中间被十几条狭窄的胡同巷子切割成几十块错综复杂的街区。街上污水横流，垃圾满地，一吹风能掀起一片脏兮兮的灰尘。

木户加奈有点不适应这个环境，只好轻蹙眉头，用一块小手帕掩住口鼻，紧紧跟着我。我们一头扎进小胡同，走过散发着异味的公共厕所、苍蝇嗡嗡的垃圾堆和杂乱的发廊，七转八弯，在她要昏倒之前总算抵达了一条小胡同的尽头。

这里没什么变化，两扇锈迹斑斑的铁皮大门紧闭着，上头用粉笔歪歪扭扭写着门牌号，院里一棵杨树挺拔而出。

我咣咣拍了几下门，门里传来一个不耐烦的声音："别敲了，家里没人！"我扯着脖子喊道："我许愿！"对方沉默片刻，然后窸窸窣窣的脚步声传来，大门打开半扇，探出一个几何图形。

图书馆这个家伙，脸长得特别标准，圆脸、三角眼、梯形鼻，还有两条波浪线的嘴唇。

他看到我，没什么好脸色，劈头就问："你把郑教授咋啦？"我没料到他第一句话居然是问这个，一时不知道该怎么回答。图书馆又道："他欠了我好几百块书款，现在玩失踪了。我知道肯定跟你小子有关。"

我苦笑一声，该怎么跟他解释呢？图书馆一见我面露苦笑，不以为意地摆了摆手："甭跟我诉苦啊，你今天要不替他还上钱，我可什么书都找不到。"

图书馆抬起一条胳膊，挡在门边，做出随时关门的架势。这家伙除了钱，从来六亲不认。我只好掏出钱包，先把郑教授的书钱给还上——你说这叫什么事，他都叛逃到老朝奉那儿去了，我还得替他还账。

图书馆接过那沓钱，往大拇指上吐了口唾沫，数了起来。木户加奈挪到我身后，生怕被他的口水溅到。数完了，他满意地把钱一卷，塞进腰包，然后打开门说："进来吧。"

他这个小院的布局，我怀疑从来没变过。从来都是铺天盖地的旧书，里三层、外三层，花坛上、平板车里、窗台边，铺天盖地全是书，也不知道如果下起雨来，他怎么搬到屋里去。我来过好几次，对这番奇景早看习惯了。木户加奈没料到小院里别有洞天，有这么多书，不由得双目放光，想俯身去翻看。

图书馆瞥了她一眼："阅览也是要收费的。"木户加奈吓得把手缩了回去。我拍拍她的肩膀，示意甭跟这家伙一般见识。图书馆拎起一摞用麻线捆着的书，丢到我面前："这是郑教授订的书。"

我吓了一跳："你给我干吗，我也不知道他失踪去哪儿了啊！"图书馆一瞪眼："反正你钱给了，书就得给你。至于你怎么给他，我不管。一直在我这儿搁着，也得收保管费。"

"好吧好吧。"我无奈地把书接过去，让木户加奈拿好。图书馆交割清楚了，这才看向我："这回你想怎么照顾我生意？"

"我想找一句话。"

图书馆一听眉头就皱了起来："原先你就找几本书，现在更出息了啊，找话？我怎么给你找，一本本翻吗？"我生怕他开出个天价，连忙解释说，是凭着一句话找相关的书。不一定严格按照那句话，只要是类似的感觉就好。

图书馆对这个要求迷惑不解，要求先看看是什么话。我给了他一句："鸡笼开洋用甲卯针六更"。图书馆看着这十个字，直嘬牙花子。看来这玩意儿把他也给难住了，真是够冷僻的。

图书馆闷着头琢磨了一阵，然后抬头问："你的意思是，不一定一样，只要感觉接近就成，对吧？"我一点头。图书馆说这个不太好找，得多点钱才成。我说："不是刚刚给你钱了吗？"图书馆说那是郑教授的书钱，跟这个不是一码事。面对这个钻钱眼儿里的家伙，我只能无奈地苦笑："好吧。"

图书馆倒是个有信誉的人，谈好了协议，立刻说："你们等会儿。"然后回身进屋。屋子里传来翻箱倒柜的声音，可真是下了力气。

木户加奈好奇地左顾右盼："这都是他的藏书吗？为什么不好好地保存起来？"我摇摇头："他可不藏书，他是个二手书贩子，到处收书来卖。书籍对他来说，就是商品。"

"居然还有这样的人。"木户加奈出身学术世家，书籍对她来说无比神圣，无法想象还有这种做法。我感叹道："其实不只是书籍，古董也一样。有人深爱至极，为之发痴发狂；有人却纯当成买卖，皆以价格论断。前者是收藏家，后者是古董贩子。最讽刺的是，后者靠着前者才有生财之道，前者靠后者才能起流转之功。"

然后我给她讲了郑教授一家的遭遇。郑安国就是一个典型的爱物之人，为了古玩，连全家老小性命都不要了。相比之下，药来更像是一个生意人。木户加奈听完这个故事，感慨万分。她说日本有个差不多的故事：江户时代有一位画师，为了描绘出真正恐怖的地狱图景，不惜把自己最心爱的女儿烧死。

画师和郑安国都是一类人，为了自己心中的美学和痴迷，世间的亲情根本不重要。这种到了极致的爱，到底是好是坏，已经没法用常理去评判。古董也罢，绘画也罢，它们就像是一面诚实的镜子，照出每个人心中最真实的贪婪和疯狂。

人可鉴古物，古物亦可鉴人。

"那么郑教授和他父亲一样吗？"木户加奈问。

如果是原来，我会立刻回答说不一样。可是自从在塘王庙看见他的精神状态后，我还真有点拿不准了。郑家那种对一件东西痴迷到极致的基因，说不定一直潜伏在他体内，当碰到特定情况时，就会爆发出来。至少在塘王庙时的郑教授，行为举止简直就和邪教徒差不多了，连药不然都有点受不了。

所以我只能苦笑："不知道。"木户加奈垂下头去，把注意力放在手里那一摞郑教授的书上："不知道这样一个人，喜欢看的是什么书。"

反正图书馆还在折腾，等着也没什么事。我和木户加奈凑过去，看郑教授发疯前到底在找什么书。

这一摞大概是十来本书，厚薄不等，大多是古代典籍的影印本。有茅元仪的《武备志》、李淳风的《乙巳占》、王希明的《步天歌》、南怀仁的《灵台仪象志》，甚至还有一本康有为的《诸天讲》，似乎和天文相关的比较多。

我还真不知道，郑教授对天文学还有这么浓厚的兴趣，有三分之二都是古代天文历法专著。木户加奈忽然指着其中一本道："这本书，看起来和其他书有些不协调。"

我凑近一看，她的手指滑过茅元仪《武备志》的书脊。这本书我知道，茅元仪是明末一位学者，喜好军事，对大明日渐废弛的武备痛心疾首，于是把历代军事资料合辑成了一本书，起名《武备志》，希望能为朝廷所用，重振兵威。

当然，我只是知道个书名，没看过，所以不知道这本书哪里不协调。

木户加奈盯着书脊的名字，微微有些困惑："《武备志》在日本的名声也不小。宽文年间，就已经被一个叫须原屋茂兵卫的人译成日文，广为流传。我曾经看过相关研究论文，所以有印象。我记得《武备志》是一部非常厚的书，一共有两百多卷，汉字的字数有两百多万，且还配了七百多张图，怎么可能只有这么薄的一本？"

经她这么一提醒，我反应过来了。《武备志》不是一本原创书籍，而是资料汇编，里面广泛收录了古代的许多军事资料，从兵法、战例到行军设营、火器装备、地理形势、天文状况，一应俱全，几乎可以称为军事百科全书。

眼前这一本，可实在是太薄了点。

"也许是其中一个分册吧。"我漫不经心地回答，然后又看向屋子里。图书馆还在折腾，看来一时半会儿是不会有结果了。

木户加奈却有一股认真劲儿，她蹲下身子，双手拢住捆书的绳结，问："可以拆开吗？"我随意说："拆吧，郑教授肯定不会追究的。"木户加奈便小心翼翼地把绳子解开，搬开上面的书，把那一册《武备志》拿出来。

她先看封面，不由得"哦"了一声。这是商务印书馆在1956年出版的，封面非常朴素，只写着书名和作者，下面还有一行小字：占度分册。她翻开序言，朗读给我听。原来占是占星，度是度量，《武备志》里专门编了一卷占度部，讲天文星辰和山川形势的。

这就对了。郑教授订的这一摞书都是天文学相关的，于是《武备志》里的占度分册也被单独抽出来，归在一堆里。

"对古人来说，天文和航海息息相关。郑教授搜集这些资料，也许和福公船有密切联系呢。"木户加奈对我说道。然后她捧起书，认真地读了起来。我想反正也是等着，左右无事，于是也随手拿起康有为的《诸天讲》闲翻。

我们两个埋头翻书，图书馆在屋子里继续翻腾。一时间，整个小院里特别安静，只有书页翻动的哗哗声。我坐在花坛上，背靠大树，眼睛不由得眯了起来，这感觉就像是回到了当年中学图书馆前的草坪。小风吹过，绿叶沙沙作响，书页散发着油墨的香味。

"哎？许君，你快来看。"木户加奈的声音打断了我的遐想。我把书合上，赶紧凑过去。她整个人很激动，声音都在微微发颤，她的手指指向了《武备志》摊开的一页。

这是一张图。正中是一条明代福船，船正上方画着北斗七星。四周都写满了字。船右侧写着"东北织女星十一指平水"，下方是"南门双星平十五指平水"和"灯笼骨星正十四指平水"，左侧写着"西北布司星四指平水"，上方是"北辰星正八指平水"一共五句。在最右侧还有一排文字，标题是：锡兰山回苏门答腊过洋牵星图。

听这个标题，似乎说的是从锡兰山到苏门答腊的路线，可图上并没有路线。真正让我在意的，是这周围写的文字。虽然它们和我掌握的三句话文字不一样，但格式和行文风格非常接近，尤其是结尾，都是××指平水云云。

"你看的是哪一部分？"我呼吸不由得粗重起来。

木户加奈朝前翻动几页，然后说这是一系列地图，统称为《自宝船厂开船从龙江关出水直抵外国诸番图》，据说是郑和下西洋时留下来的珍贵航海资料。我前后翻了一下，类似这样的图还有好几张，词语风格如出一辙。

终于找到那几句怪话的根儿了！什么"平水"啊、"几指"啊之类的，大概是某种航海术语。可有一个根本问题还没得到解决——那几句话如果是指示方位的，到底是什么意思？

"有没有路线图之类的？"我追问。

木户加奈翻动数页，里面有一个折叠的长幅，展开来看是一个地图长卷，从地势和地名看应该是从南京到东南亚的水路航线图，上面有密密麻麻的标记，沿途标了十几条航线和一百个地名，航道走向、水沉、洋流、礁石和天文方位，全都标记得一清二楚，极为详尽，简直不敢相信古人的航海技术已经精密到了这种程度。

地图上的文字细如蚊蝇，我没任何航海基础，看了没多久便头晕眼花，赶紧闭上眼睛，放弃了寻找线索的打算。

这事啊，还真得靠专业人士来干才行啊。

过了好一阵，图书馆从屋子里出来，一头灰尘，气喘吁吁："没找着你们想要的，今天不成了，你们回去吧，赶明儿我慢慢翻。"

"不必了，我们已经找到了。"我抬起头来，把《武备志》递给他。图书馆愣了一下，接过书快速翻了几页，狠狠地拍了一下大腿："对呀，我早该想到这本上面有，怎么就给忘了呢？"

他眼神突然一凛，严肃地对我说道："就算是你们自己找的，钱也得付一半，我没功劳也有苦劳。"

我"扑哧"一声乐了，我认识的人里，也只有图书馆能厚颜无耻地说出这样的话。我笑着说："好，好，我付给你一半辛苦费，不过你得帮我们认认，这是什么来路。"

图书馆没回答，右手拇指和食指飞快搓动。我闻弦歌知雅意，赶紧递过钱去。他接过钱去，大嘴一咧，拍着《武备志》的书皮儿说："郑和七次下西洋的事你们知道吧。那是多牛的一次航海壮举。后来到了成化年间，皇帝希望再搞一次下西洋的壮举，郑和不是太监嘛，所以这事又交给太监们去办了。你们也知道，明朝太监没几个好东西，有一位叫刘大夏的官员担心阉党因此势大，畏惧后患，居然将郑和积攒下来的资料档案付之一炬。从此之后，七跨重洋的第一手资料，就只剩下《武备志》里残留的这么几页地图，别的什么都没剩下。中国打那以后哇，就再没这么辉煌的航海记录，技术也从此失传。"

"那你看看这张图是什么意思。"我翻到《锡兰山回苏门答腊过洋牵星图》那一页。

图书馆琢磨了一下，难得地表示了一下谦虚："这事我不是特了解，只能简单说说啊。比如说吧，你现在要去天安门看升旗，不知道怎么走，来问我。我告诉你，什么时候看见一座城门楼子，对面是个纪念碑，纪念碑两旁是中国历史博物馆、中国革命博物馆和人民大会堂，就到了。城门楼子、纪念碑、中国历史博物馆、中国革命博物馆和大会堂，就是四个定坐标，你只要瞅见这四个，就肯定在天安门广场。"

他说得唾沫横飞："这个图啊，它不是航线图，而是坐标图。你看到图边那五句话没有？那是五个坐标，代表了五处星辰。古人航海，没法像现在这样靠卫星定位，也不具备经纬度的概念。大海茫茫，没有山川树木可以定位，唯一能依靠的，就是头顶的星空。古人先在锡兰和苏门答腊之间的水域测量这五处星辰的夹角，以后再走这条航线，只要随时测量这五处星辰夹角，再跟记录对照，立刻就能判断出自己和坐标之间到底偏差出去多少。所以这《过洋牵星图》，不是航线图，而是坐标图。"

"那这个多少指，什么平什么水，到底是啥意思？"

图书馆道："这是中国古代的一种航海导航技术，叫作牵星术。"

说到这里，他忽然不吭声了。我等了半天，觉得纳闷，催促他快说，图书馆双手一摊："说完了。"

"您还没解释呢。"

"剩下的我不知道了。"图书馆坦然回答。

我险些一口血喷出来："不知道？不知道您干吗说那么热闹？"图书馆也来气了，说："你还真当我是无所不知啊，我就是一个书贩子，能学贯中西到这份儿上不容易了。这玩意儿很冷门，理论又很艰深，不是专门研究这个的人，根本搞不明白咋回事。"

"那你知道谁懂吗？"

"不知道！"图书馆气呼呼地把我们赶出门去，"砰"地把铁门给关上了。

我和木户加奈相顾苦笑，只好先离开这里。

不过这趟总算没白来，既得到了一个好消息，也得到了一个坏消息。好消息是，我终于搞清楚了五罐和福公船之间的联系，那五句话原来是牵星术的坐标，从此调查有了方向；坏消息是，郑教授来借这些书，说明老朝奉早就知道五罐里有福公船的沉没坐标。他比我要占得先机。

"这可怎么办呢？"木户加奈道。

"我想到一个人，她应该可以帮到我。"我脑海里浮现出一个人的影子。

我们脱离了那片混乱的区域，我就近找了个能打长途的公用电话，往上海复旦大学的研究生宿舍楼打了过去，要求让戴海燕听电话。她生活作息很规律，一般这个时间都在宿舍里看书。

戴海燕是我最钦佩的女性之一，她拥有犀利无比的洞察力和缜密的逻辑思维，永远不会被情绪所左右。天下所有的事情，她都可以庖丁解牛一样地分剖解析，理得一清二楚。那个理科生的大脑，简直可以碾压大部分文科生。

我是在《清明上河图》事件期间跟她认识的。多亏了她在考据方面的帮忙，我才能最终翻盘。事件结束之后，我还顾不上给她打电话致谢。

像牵星术这种深奥的理科学问，我想不出有谁比她更适合解决。

电话那边很快传来戴海燕清冷的声音:"喂。"

"海燕哪,我是许愿。《清明上河图》的事我一直没顾上谢……"

"说正题。"她毫不客气地截断我的寒暄。

于是我在电话里把五罐和福公号的事大概讲了一下,略掉了许多部分。不是我故意欺骗她,我知道,她对江湖恩怨、人情世故之类的话题不感兴趣,只说技术层面的东西就好。

"你的意思是,希望我来搞清楚牵星术的原理,并换算成现代纬度标记,确定福公号沉船位置?"

我一拍巴掌,她总结得太清楚了,就是这么个需求。

"那么这件事对我来说,有什么好处?"

我呃了一声,一瞬间以为自己错拨了电话给图书馆。戴海燕高傲自矜,怎么也开始满身铜臭来了。

"海燕你是要……钱?"

"许愿,如果要以金钱来换取我的脑力,你根本付不起。"戴海燕冷冷道,"我的要求是,如果你们要出海的话,我必须随行。"

我没想到她提出这么个要求,颇觉意外:"你干吗要亲自出海,大学没事了?"

"这个与你无关。"

我觉得有些奇怪,不过时间紧迫,我便随口先答应下来。戴海燕说她需要去调查,让我二十三小时之后打过来。我问她干吗不说二十四小时,结果她的回答是:"不需要,二十三小时足够了。"

放下电话,我心里踏实不少。这个技术难题甩给了专业人士,我可以腾出精力做别的事情了。

木户加奈一直在旁边耐心地等待,今天多亏了她的敏锐,才能从《武备志》里翻出重要线索。若不是她专程从日本送来这么贵重的情报,我还被蒙在鼓里,怎么感谢人家都不为过。我说:"要不去我那小店坐一会儿?"她挺高兴,立刻就答应了。

说起来,我的四悔斋好久没开张了,也该回去看看了。我一进胡同,街坊王大妈迎面过来,一看是我,赶紧挥手把我叫过去。还没开口呢,她视线越过我肩膀,看到后面跟着的木户加奈,眼神立刻变了。大妈一把抓住我胳膊,拽到一旁小声问:"这姑娘是谁啊?"我回答说这是我日本来的朋友,过来坐坐。

王大妈一听是日本人，不由得"哦"了一声，说："你小子一会儿可注意点啊，别惹出国际纠纷来。"我有点莫名其妙，这有什么国际纠纷的。王大妈却含含糊糊不明说，一转身走了。

我和木户加奈拐过街角，我看到一个高挑倩影，正站在四悔斋的门前。

"烟烟？"我大吃一惊。

一听到我的呼唤，那倩影转过脸来，果然是黄烟烟。不过她看上去可比从前憔悴多了，脸色有些苍白，颧骨凹陷，眼角甚至多了几道淡淡的皱纹。她前段时间一直在香港照顾黄克武，没日没夜，也真是够辛苦的了。

她居然回北京了？

我惊喜万分，快走了几步。烟烟看到是我，也露出笑意，可她的视线扫到木户加奈，身形却僵了一僵。

我的冷汗"唰"地就下来了，这种状况可真是太尴尬了。如果人生是一部小说的话，那我这个作者最不擅长的，就是言情戏，结果还被我赶上了最头疼最经典的场景。如果有可能的话，我宁可去面对细柳营和鬼谷子的联手搏杀。

木户小姐倒是波澜不惊，向她鞠了一躬，说道："好久不见了，黄小姐。"黄烟烟狐疑地看看我，又看看木户加奈，礼貌地点了下头，算是回应了。

"烟烟，我……"我上前一步，抓住她的手，想解释一下。话没说完，烟烟先沉声道："许愿你现在有空吗？"

她居然没纠缠这件事，我心中先是一松，可再看烟烟的眼神，却带着几丝焦灼，说明她心里有大事，大到已经顾不得吃飞醋了。一股不祥的预感浮现出来，不会是黄克武出了什么事吧？老爷子心脏一直不算太好，也许听说刘一鸣去世，受了刺激，所以烟烟才会突然返回北……

黄烟烟伸出巴掌，猛拍了我后脑勺一下："你胡思乱想什么呢？"我摸摸脑袋，问到底是啥事，黄烟烟道："我爷爷回来了，想见见你。"

我松了一口气，总算不是坏消息。五脉的老人凋零得太多，可不能承受再一次打击了。

"老爷子在哪儿？"

"三〇一医院。"烟烟解释说，他虽然身体恢复了，可还是有点隐患，回来以后直接住进医院，要观察一段时间。

站在一旁的木户加奈说:"既然许君有事,那么我就不打扰了。我在北京会待上一段时间,如果需要我跟日本方面联络的话,随时可以找我。"

我也鞠躬致谢,黄烟烟虽然想问到底是什么事,可终究还是忍住了。

我们坐上车,朝医院赶去。我看着烟烟疲惫的侧影,忍不住去撩她的额发:"这段时间真是辛苦你了。"她有点受惊地躲闪了一下,似乎已经不太习惯这种亲热动作。我只好把手收回来。

"还好,比起你来说还算安逸。"她回答,看来我的事她也略有耳闻。

我把最近一段时间的经历慢慢讲给她听,她一直没发表评论,只是沉默地听着。我讲到在瓷窑里的事情时,她紧张地抓住了我的手,然后很快又放开了。

不知为何,我总觉得她有点变了,对我有微微的抗拒感。不是那种厌恶或者嫌弃,更像是躲避。我不知道这生疏是不是太久没见面导致的。我顺口把刚才和木户加奈去找图书馆的事也说了,不露痕迹地做了一下澄清。黄烟烟不置可否,她的心思似乎根本不在这儿,我于是不敢再说了,再说反而显得做贼心虚。

"药不是那家伙,根本配不上高兴姐。"烟烟忽然没头没尾地说了一句。

"原来你也认识她?"

黄烟烟说:"当然认识,高兴姐可是我的闺密。我早跟她说过了,药不是的性格太阴沉了,药不然又太轻佻,他们俩都不适合高兴姐。"

我差点没被口水噎死:"药不然还和高兴谈过恋爱啊?"

"没有。药不是跟她分手出国以后,药不然不知哪根弦搭错了,非要追高兴。高兴姐说他俩年纪相差太大,他说不介意。高兴姐逼急了,说她介意,药不然这才悻悻作罢。"

烟烟说药不然宣布公开追求高兴姐那一段时间,跟打了鸡血似的,见天往高兴姐那儿跑,一宿一宿不回家,除了喝酒抽烟就是唱歌,累了倒头就睡,日子过得无比颓废。高兴姐那么浑不吝一人,最后都看不下去了,通知药家把他接了回去,他被药来狠狠训斥了一顿,这才收敛。

没料到那小子还有这么一段荒唐的罗曼史啊,我心里嘿嘿一乐。说起别人的八卦,车里的气氛就缓和多了。

我们驱车抵达三〇一医院,进到有武警把守的特护病房。穿着病号服的老人正在病房里缓缓地打拳,他本来是练形意的,现在却换成了太极。

一见我们来了，老人立刻收招。黄克武可比我原来看见的精神差多了，脸上满是老人斑，褶皱耷拉下来，眼神里那股虎虎生风的劲头还在，可整个人明显发虚。

"许愿哪，你来啦？"黄克武说话低沉，中气不足，他示意我坐下，然后自己靠到了床上去，略有点喘。

"唉，真是老了，稍微动动筋骨就不成了。搁从前，我面不改色。"黄克武自嘲地说，黄烟烟赶紧过去，给他轻轻捶背。

我注意到，在病床边上的小柜上，搁着一个小水盂。那是素姐送给他的，里面含有他们两个人孩子的骨灰。当初在香港，黄克武就是被这个小玩意儿生生刺激倒的。

它居然还在，至少说明黄克武已经从阴影里走出来了。黄克武注意到我的视线，略带尴尬地用指头一敲盂边儿："我的日子也不多了，趁现在多陪陪他。不然以后到了底下，彼此都不认识，就不好了。"

这话说得意气尽消，满是颓丧。老人的生存意志正在消退，这个真得警惕。烟烟一听这话，恼怒地掐了黄克武一下，说："爷爷你别胡说！"黄克武却拍拍她的手："老伙伴们一个一个都走了，我一个人还苟活于此，也怪寂寞的。要不是有些事情未了，我早就下去了。"

我正想该怎么劝劝他，一听最后一句，心中不由得一凛。黄克武示意烟烟出去，然后让我把门关上。

屋子里现在只剩下我和黄克武两个人。我们四目相对，良久没有作声。最后还是黄克武先扬起眉毛，开口道："你最近搞的那些事情，我都听说了。"

我没摸清这位老人是褒是贬，所以也不敢应声，只是谨慎地"嗯"了一句。

黄克武笑骂起来："臭小子，跟我耍什么心眼，你们许家可从来都是敢做敢当。"我抬起头笑道："这不是怕您打我嘛。我没学过功夫，可吃不住您老爷子一甲子的功力。"

"别耍嘴。"黄克武面色一板，"你这孩子的脾气啊，跟许一城一样，太轴。使错了方向，会惹出大乱子；使对了方向，也能做下大功德。景德镇那事你干得不错，我都听说了。五脉里的年轻人，没一个能像你这么较真的。"

我忝着胆子反问道："既然这是一件好事，若是您或刘老爷子出手，一定比我效果好。为什么你们却袖手旁观这么久，非等我去解决呢？"

这个问题，萦绕在我心里很久了。老朝奉为害不是一年两年，我不信若是刘、黄、药三人真心出手，会拿不下这一颗毒瘤。

听到这问题，黄克武双眼陡然暗淡，眉毛一垂。我以为把老爷子气着了，吓得赶紧过去查看。黄克武抬起手示意没事，长长地叹了一口气。

"你问得好，这么多年，我也在问自己，这到底是投鼠忌器，还是姑息养奸？"黄克武的声音疲惫中带着几丝锋锐，以及几丝愧疚，"古玩这个行当，天生就是阴阳相济，真假互通。老朝奉呢，是浮在五脉上空的一道魂、一道影，它斩不断，也甩不开。"

"那您到底知不知道老朝奉究竟是谁？"我单刀直入，随即又补充了一句，"我今天想听到一个确定的回答，您不要像刘老爷子那样说得云山雾罩。"

"你别着急，听我慢慢说来。你可知道我第一次听到老朝奉这个词，是什么时候？"

"玉佛头案？"

"对，也不完全对。我们第一次知道老朝奉的存在，是在玉佛头案期间，不过却不是因为佛头，而是因为那五件东西。"黄克武伸出五个指头，摆了摆。

"五个青花人物罐？"我心头一跳。

"不错。我们与许叔的决裂，也基于此。我听说老刘给你留了封书信，把当年庆丰楼的事说了？"

"是，不过不是特别清楚，草稿还未写完。"

"呵呵，以他的脾气，恐怕完稿了也不会说清楚。当年在庆丰楼上，许叔逼死楼胤凡——你知道这个人吗？"

我摇摇头。这人的名字我在刘一鸣的遗信里见过，但也是只知道个名字罢了。

黄克武眯起眼睛："那个人啊，是京城里的一号人物，瓷器名家，人望很高。一直有个传说，他家里藏着几个青花人物罐，据说那些罐子本属五脉，前几代里出了一个不肖子孙，输给他了。五脉长辈去交涉过，可不了了之。然后许叔有一天忽然说，他有办法把瓷罐讨回来，我们三个人听了挺高兴，摩拳擦掌，准备大干一场。"

说到这里，他又弹了一下水盂，显得颇为困惑："那可真是个奇怪的时机。那时候玉佛头案其实已经爆发了，社会上要抓他的呼声很高，全靠付贵顶着。我们挺奇怪，为什么他还有心思去管五罐的事？可许叔一副成竹在胸的样子，我们以为他早有脱罪的办法，也就没多问。

"药来是玄字门的，骗楼胤凡的事他来主导，我们两个策应。我们经过那么一番调查，发现楼胤凡曾经接触过一个叫老朝奉的人，这是我们第一次听到这个名字。据药来说，这位老朝奉也是位瓷器高手，是楼胤凡动用关系请来整治青花罐的。"

我心中一动，《泉田报告》里提及老朝奉，也是在这时候。

"有老刘筹划，有我执行，还有药来的专业知识，我们最终成功地把楼胤凡引入局中，逼出一个在庆丰楼和许叔对赌的局面。玩这个，谁能干得过许叔哇，结果楼胤凡惨败，气得直接跳了楼。我们一看闹出人命，都有点吓傻了，可更让人气愤的事还在后头。庆丰楼里有个日本人站起来，似乎跟许叔非常熟稔，两人握了握手，许叔直接把罐子交给他了。这一下子，我们全傻了。他要真这么干，那不证明玉佛头案里指控他勾结日本人是真的了吗？可许叔根本不搭理我们，他显得特别急躁。没过几天，玉佛头案事发，他被捕入狱，我对许叔终于彻底失望……"

"那个日本人叫什么？"

"泉田国夫。"黄克武对那个时候的事情记忆犹新，可见当时受的刺激有多大。

我皱着眉头，陷入沉思。从黄克武的描述结合木户加奈的消息，很显然这是一个局。泉田国夫知道五罐里的秘密，因此伙同我爷爷从楼胤凡那里抢过来。我爷爷借助刘、黄、药三人之力，成功夺得五罐，然后交给泉田。

这故事应该没这么简单，其中一定有什么隐秘之处。

这个关键点，就在老朝奉——他本来是楼胤凡请来开罐之人，后来却成了泉田国夫寻找沉船的向导。

"后来呢？"我追问。

"许叔的死，让五脉特别被动。我们几个都颇为惶恐不安，尤其是药来，那段时间他总是心神不定。泉田国夫很快就失踪了，再没人见过他。不过那五个青花罐，倒是没有被带走，而是落到了一个人的手里。"

"谁？"

"姬天钧。"黄克武冷冷地吐出三个字。

这个名字我没听过，可是一听就有股寒意浸透全身。

"他是谁？"

"他呀，本来是五脉在西安铺子里的一个小伙计，不在五姓之内。不过他机灵能干，几年就有资格在柜上拿干股。东陵事变之后，许叔去乾陵收拾日本人，当地负责接待的，就是这位姬天钧。许叔觉得这人乖巧能干，问掌柜讨来带在身边。不过他身份比我们三个人低，行事特别低调，我们都没怎么注意。庆丰楼的事，他一直陪在许叔身边。"

"就是说，后来楼胤凡和我爷爷都死了，泉田失踪，了解整个事件过程的，只剩一个姬天钧？"我立刻抓住了重点。

"没错，那三个人或死或失踪，这个姬天钧却趁机把那五个罐子卷走了。我们三个狠狠地和他干了一仗，可五个罐子却没保住，散失了四件，只有一件'三顾茅庐'被药来抢了回来——当然，姬天钧自己也没捞到几个，有一件最多了。"

我沉默不语。

那五件罐子的去向，恰好我大多都知道。"西厢记"去了长春郑家，"细柳营"跟着谟问斋南下福建，"鬼谷子下山"流落到欧阳家手里，还有一个"尉迟恭单骑救主"不知所终——很有可能就落在姬天钧手里。

难怪药来前往长春寻访，原来他搜寻的真正目标不是天青釉马蹄形水盂，而是郑家的"西厢记"人物青花罐。

若是黄克武所说并无隐瞒，那老朝奉的身份几乎呼之欲出。可是……老朝奉明明与楼胤凡、泉田国夫关系匪浅，而且似乎掌握了沉船位置，这就和姬天钧的行踪身份并不符合了。

这一位老朝奉，并不知道沉船位置，所以才对五罐表现出了强烈兴趣，持续到了今天，不仅刻意搜集这些青花罐，还把自己的势力以五个罐子来命名。

想到这里，我心中不禁一震。现在回想药来的四个故事，真是个个都有深意。天青釉马蹄形水盂，指向的是有"西厢记"的郑家；孔雀双狮绣墩，暗示的是拥有"细柳营"的谟问斋柳家；青花高足杯的故事，虽说发生于沦陷期间，可这故事的主角姓楼，且情节和楼胤凡的遭遇惊人相似，都是被国人出卖给日本人，最后人物两空。

那么最后一个子玉蛐蛐罐，又是暗指什么呢？那故事发生在西安，姬天钧恰好又出身西安……

黄克武看我呆呆不语，知道我脑子里在想什么："你是不是在猜，老朝奉就是姬天钧？"

"没错！"我越想越像。无论年纪、行为，还是姬天钧出现在我爷爷许一城面前的时机，都十分符合。除了时间有点矛盾，几乎无破绽。

黄克武叹了口气："后来这小子确实也成了陕西的一个文物大盗，为害不浅。我们也曾经怀疑过姬天钧就是老朝奉。不过他 1948 年就已经死了。"

"啊？死了？"我一惊。

"当然，我没见过尸体，只是听说。他似乎是死于一次盗墓的意外事故，也有人说是解放军剿匪干掉的，总之众说纷纭。"

等一等，如果姬天钧解放前就死了，那"文革"期间害死我父亲的人是谁？现在跟我打对台的老朝奉是谁？难道还是鬼不成？

我开始觉得脑子有点不够用了，只得看向黄克武。黄克武坦然回答："老朝奉到底是谁，我确实不知道，老刘知道不知道，我不清楚，但药来一定知道点什么。"

这个回答，等于没说。

黄克武继续道："解放初期，曾经有一轮大规模打击盗墓的活动。我们五脉也参与其中，摧毁了不少制假和盗墓团伙。那几仗可真是荡气回肠，痛快得很。"他晃了晃拳头，嘴角浮笑，回忆当年的峥嵘岁月。这种事最对他的胃口了。

"后来这边古玩市场完全消失，相关商业活动陷入停顿，连五脉都变成了一个学术机构。加上当年跟外界沟通也受限制，那些暗地里的勾当无利可图，完全销声匿迹。一直到改革开放，市场也重新开始活跃，我们才发现，原来的制假和盗墓的沉渣，又再度泛了起来，且似有整合的趋势，就连五脉也隐隐被侵蚀。"

讲到这里，黄克武的脸上隐隐带着忧虑——能让他感到忧虑的东西，可不多。

"你该知道，贪婪永远比理智发展更快。那些曾经被打压到近乎灭绝的沉渣，比五脉复苏还快。短短几年，野火燎原一样在全国扩展开来，发展速度完全出乎我们几个的意料。等到我们想动手予以打压时，对方已是盘根错节，枝繁叶茂。我们都感觉，这一切背后应该有一个黑手在组织，否则黑势力发展绝不会如此迅速。盗墓、造假、走私、诈骗以及洗白，每一方面都规划得井井有条，形成一个巨大的产业链。这只黑手一定对古董行当非常熟悉，且对五脉了如指掌。"

我精神一振，这是黄克武第一次明确承认，五脉里有老朝奉的人。

"我曾经建议在五脉搞一次清洗，起码把我们内部纯洁一下。可是药来反对，刘一鸣态度也很暧昧。他们的意见是，如果强行清洗，恐怕会把整个五脉都牺牲掉。这一锅饭，等于是夹生了，没法下嘴，可又不能全倒了。真要把和老朝奉有关的人都抓起来，恐怕五脉一半人都得进去。"

"这么多？"我虽然有心理准备，可还是被这个比例吓到了。

黄克武愧疚地叹息道："我这还是往少了说。都说人心向善，倒不如说是人心向利，大家都奔着钱去，再严的家规也挡不住哇。别说别家，就是我们黄家，干这事的明里暗里就不少。"

"你们这种态度，就是姑息养奸。"我直言不讳地批评道。黄克武没有动怒："若是早个几十年，我也和你的态度一样，宁为玉碎，不为瓦全。可位置不同，顾忌的东西就不一样了。下面这么一大家子人得养活，投鼠忌器，投鼠忌器啊。"

黄克武道："所以你能做这些事，我心里很高兴。我们已经老了，老到丧失了勇气，畏惧变化，正义感和良知还有，可已经风烛残年。但你不会，你和你爷爷许一城的眼神一样，透着一股子轴劲。你知道吗？当初在东陵前，所有人都觉得一定会失败了，你爷爷就是带着这样的眼神，朝孙殿英的军队冲去，那可是一个团的兵呢——那可真是个痛快的时代啊，跟着许叔，算是我这一辈子最幸福的时刻了。"

黄克武的眼神变得温柔起来，浮出无比的怀念。他的脸一瞬间变年轻了，泛起光泽，表情如同少年一样。我没有作声，默默地让老人沉浸在过去的岁月里。

过了足足五分钟，黄克武才继续说道："庆丰楼的事过去后，我非常痛恨许叔。因为我是最崇拜他的一个，偶像破灭后我也是最痛苦的一个。咱俩初次见面，我没什么好脸色，你得多谅解，我是想不通啊，想不通那么好的一个人，怎么会变得那么快。"

"现在您想通了吧？"

"你把玉佛头敲开的那一瞬间，我就释然了。所以庆丰楼这事，我相信一定另有隐情。可惜我的身体已经不行了，所以今天叫你过来，是希望你能顺利解决五罐之事。我会努力活下去，活到许叔所作所为真相大白为止，可别让我带着遗憾进了棺材。"

"行了，我说完了，说说你吧。五个罐子到底干吗用的？"黄克武好奇地问道。从庆丰楼算起，他已经好奇了几十年。

于是我把五罐秘密、福公号以及老朝奉的纠葛讲给黄克武听，黄克武听完半晌不语，末了才说道："原来，当年泉田国夫觊觎的居然是这个，难怪许叔会参与其中。也难怪姬天钧会事后去抢罐子。"

十件柴瓷，比五件明代青花罐值钱百倍有余。这个价值，黄克武理解得比我深刻得多。

"您说我爷爷会不会带着日本人去寻宝？"我说出疑问。

"不可能。"黄克武断然否决，"庆丰楼事件之后，许叔一直就没离开北京城，没过多久就被捕入狱，再没出来过。这期间他没有出海的可能。"

那我就有点想不通了。姬天钧为什么事后去抢罐子？说明它还有价值。为什么有价值？因为泉田国夫没有成功捞出福公号。为什么没捞出福公号？因为许一城从中作梗。沿着逻辑反推，我只能推测到这一步，然后我爷爷入狱枪决，跟这个链条彻底脱节，故事完全说不圆了。

难不成我爷爷许一城有通天彻地之能，死后还能布局去阻止泉田？我倒是很希望如此，但可能性太低了。

黄克武听到这里，沉思片刻，眉毛一抬："你是说那五个罐子的坐标曾经被打开过一次？"

"对。那五个罐子在民国二十年开过一次，被泉田拿走了坐标。然后它们又被重新补了釉，恢复如新。老朝奉……好吧，姬天钧那么拼命要去抢罐子，一定是想再次把坐标拿到手，再搞一次打捞。"

黄克武奇道："药来抢得也特别积极，跟姬天钧几乎兵戎相见。难道说，他早就知道这罐子里的奥秘？"他一语提醒了我："很有可能。不然他也不会特意弄了一幅油画，煞费苦心地给药不是暗示'三顾茅庐'的重要性了。"

黄克武眯起眼睛："我总感觉，自从庆丰楼的事出了以后，药来一定知道些什么，可他从来不说。我看得出来，这些年，他的内心很痛苦，似乎藏着一个永远不能告人的秘密。他对老朝奉的暧昧态度、药不然的突然叛变，包括他最后的自杀，一定也和这个有关系。"

"会不会药来被老朝奉拿住了什么把柄？"

"药来那家伙狡猾得很，至少我想不出有什么可以要挟到他的东西。"黄克武说到这里，沉痛地摇了摇头，"不过现在人都死了，有什么秘密也都没用了。"

我心想，药家和这五个罐子的渊源可是比您想象中更深呢。药来痛苦的那个秘密，我应该能猜出来源。

楼胤凡请来一位高人整治五罐，五罐唯一需要整治的地方，就是里面藏的坐标。而打开它的唯一手段，是"飞桥登仙"。在那个时候，能施展"飞桥登仙"的一共只有两个人，一个是蜗居绍兴的尹念旧，一个是离奇北上的药慎行。

从黄克武的描述里，我总觉得药来似乎发现了什么事情，但支支吾吾不提。难道是因为他发现自己父亲在里面扮演了一个不光彩的角色，所以为尊者讳？

我已经能勉强摸到围绕着庆丰楼的谜团轨迹，现在只欠缺一根主线把整个事件拎起来。药慎行到底干了什么？姬天钧到底是不是老朝奉？泉田到底去了哪里？我爷爷到底什么打算？药来试图隐瞒的是什么？种种疑问，其实只要有一个答案，即可豁然开朗。

我们一老一少都眉头紧皱，绞尽脑汁想了半天。黄克武摆了摆手："不想了，不想了。那些陈芝麻烂谷子，暂时没必要想那么多。咱们先看眼前吧。"

黄老说得对。纠结于庆丰楼，不过是想廓清一段史实，而福公号国宝面临流失，才是火烧眉毛的大事，得分个轻重缓急。

"您想怎么办？"我问。

"我和老刘聊过这事，我俩都有一个默契。万一有一个先走了，那么剩下的一个，就随自己意思来。反正我的日子也没几年了，索性放肆一把，到时候去见许叔，也好有个赎罪的赔礼。"说到这里，黄克武双目虎虎生威，整个人挺直了身子，凶悍之气又回来了，"五脉的反攻，我来亲自督军主持局面。趁着老朝奉病了，要了他的命！"

"您能主持大局，那就最好不过了。"我大喜过望。虽然我撺着五脉的人对老朝奉开战，但我实在不适合做领导，也没那个时间和精力。黄老爷子放弃暧昧立场，亲自领衔，无论能力还是资历，都远远在我之上。他加上沈云琛亲自上场，谁也不敢有什么反对。

这一件大事卸下，我便可以专心在福公号的事情上。木户小姐说过，日方已经在筹划此事，又有老朝奉居中协作，假如他再次和日本人合作，事情便无可挽回了。

这十件柴窑国宝，无论落到谁手里，都将对古董市场产生巨大影响。更何况它关系到我祖先、我爷爷的命运。于公于私，我都必须去把它们找回来。

黄克武痛快地一挥手："这件事你也不用发愁，我去跟文物主管部门反映，让他们出船出人出钱，组织出海。国家每年拨款那么多，得花到正地方才成！"

"那最好不过。我已经委托专家去解析，很快就能知道那三个坐标，剩下的我会想办法。我们还有机会。"我迅速回答。老朝奉肯定也没拿全坐标，手里最多有三个，所以这是一场看谁先把坐标搜集全的竞赛。

这几件大事定下来以后，屋子里暂时恢复平静。我心如乱麻，觉得事情千头万绪。可黄克武并没说谈话结束，所以我也不好走。

黄克武端详了我很久，忽然露出一个高深莫测的笑容："刚才在谈话时，你应该感觉到哪里不对劲了吧？"

我也笑了："您特意让烟烟出去，也是为了方便我提问吧？"

黄克武没有作声，就那么望着我。我深吸一口气，把一直以来的疑惑问了出来："为什么你们都叫我爷爷许叔？我的辈分到底是什么？"

黄克武似乎早就在等待这个问题，他仿佛正在从肩上卸下一个巨大的包袱："这件事，本来我不想说。不过现在也瞒不住，为你们俩好，还是说明白的好。"

我眼睛一眯，等着他的下文。

"这事，也和姬天钧相关。"

我一阵愕然："这也跟他有关系？"

黄克武道："五脉虽然合称明眼梅花，不过五姓乃是许衡的四个弟子外加儿子传下来的，中间虽然互有姻亲，但并无血缘关系。传承千年下来，辈分和年龄之间总有差异。许叔比我、刘一鸣以及药来大一辈，但下一代却差着将近二十岁。我们跟着许叔解决东陵案后，他的孩子许和平才出生。"

这是常有的事，我一朋友，得管一个四岁娃娃叫叔，辈分和年纪之间常有错位。

黄克武继续道："许叔死后，整个五脉都认为他是罪人，连带着对许婶态度也有转变，有偏激的人甚至要求她也坐牢。我们三人虽觉不妥，可当时年纪太小，人微言轻。加上心中对许叔也有怀疑，并没有多花心思。许婶是一个要强的人，面对着巨大压力，她没有向五脉乞求，毅然从协和医院辞职，抱着孩子远去西安……"

说到后来，黄克武声音转小，眼中愧疚深重。我对家族史不甚了解，听到我奶奶还有这么一段经历，既欣慰又愤恨，双拳不由得攥起。

"为什么远去西安？"

"因为姬天钧在那儿。"黄克武说到这里，面色发沉，"五脉敌视许婶，可姬天钧那会儿却把自己装扮成许叔的亲密战友，在明面儿上仍旧扮演好人。那么恶劣的环境之下，许婶别无选择，只能依靠他。为了避免和五脉有什么瓜葛，惹出仇家上门，她把许和平故意降了一辈，让他管姬天钧叫叔。反正年龄差距正合适，这样一来便不容易被人发现了。"

我"哦"了一声，没想到还有这么一档子事。

黄克武道："这是后来我们才知道的。在当时，我们只知道许婶去了西安，然后不知所终。五脉曾经派人去西安找过，不过因为这个辈分上的微妙差异，始终没找到。"

我心中一动："时间是1937年，去的人是药来？"

黄克武挺惊讶："你怎么知道的？确实是他。当时他第一次独自出门，前往西安扫货。我和老刘偷偷拜托他去寻访一下，结果他无功而归。"

这就完全对上了，我心里说。药来的四个故事，和五罐之间的渊源太深了，绣墩故事对应"细柳营"，水盂故事对应"西厢记"，高足杯故事对应楼胤凡，现在第四个故事也合上了榫头。药来去西安，除了淘到子玉造蛐蛐罐，原来还肩负着找我家人的任务。

这四个故事均颇有深意。药来特意点出这故事，到底是想暗示什么？难道那一次开元通宝大骗局，是姬天钧搞的鬼？

黄克武继续道："姬天钧原来还算规矩。1937年中日开战之后，他有了日本人做靠山，行动开始肆无忌惮。盗掘古墓，巧取豪夺，造假贩卖。许婶是个是非感极强的人，她大概也觉察到姬天钧的真面目，便愤然断绝来往，和许和平一起又回到北京。不过回京之后，她从来没主动联系过我们，我们虽然略有耳闻，但觉得见面也尴尬，也没主动去联络，许婶去世我们也没去看。两边就这么各过各的，直到'文革'……"

黄克武没有继续说下去，怕伤我的心。我父亲许和平在"文革"期间被老朝奉陷害，夫妻双双自尽而死，剩下我一个孤儿。

"本来呢，辈分这事，只要不来往就无所谓。没想到木户小姐意外地送还佛头，把你给引出来了。我们几个老的头疼了很久。论辈分，你比烟烟他们高。可是如果我们把这事说明白了，必须牵扯姬天钧，牵扯我们几个当年的不地道……我们一合计，反正你年纪和烟烟、药不然他们差不多大，就这么含糊过去，不特别说明了。"

黄克武说得有点心虚，直拿眼神看我。我气不打一处来，这也太儿戏了，哪有这么办事的！

刘、黄、药三人对许家尤其是对我奶奶的态度，我虽然很不爽，但可以理解。毕竟那个时候我爷爷还未洗刷冤屈。但明知有辈分差异，却为了面子故意不说，这不是坑人吗？

"那您就放心让我跟侄女谈恋爱？"我提高了声音，怒目以对。

黄克武眼神躲闪，全无刚才要督促五脉反攻的气势："嗯……许家几代单传，跟其他四脉是没有血缘关系的，你俩年纪相当，辈分什么的无所谓。"

我忍不住抚住额头:"好,好,我算您有理,辈分无所谓,我们继续谈——可您干脆别告诉我真相不就得了?现在您怎么又想起来说了?"

黄克武唉声叹气:"烟烟这段时间不是一直陪着我吗?病房里也没别的事,就是闲聊,说着说着就讲起从前的事。她缠着我要听许家的事,我给她讲许一城当年如何如何,一不留神说漏嘴了,叫了声许叔。那丫头多机灵,逮着这个漏洞使劲追问。我实在磨不过她,只好把实情给说了。"

怪不得烟烟对我态度那么奇怪,原来是这么回事。男朋友忽然变成了叔叔,换了我我也得崩溃。刚才黄克武叫她出去,也是为了避免尴尬。

我揉揉太阳穴,这以后可怎么办哪。

黄克武忽然严肃道:"其实就算烟烟不问,我也会跟你说。因为你要查五罐,姬天钧是个绕不开的槛。许家的辈分差异,很有可能会挖出很重要的线索。"

"等一下,姬天钧有后代吗?"我忽然想到一个重要问题。

"不知道,至少我没听说过。"

我眉头紧皱,心想,他的后代该不会是姬云浮吧?不然我父亲许和平当初去西安,怎么会那么巧,找到姬家的人?可姬云浮对玉佛头案的兴趣,纯粹是自发的,我目睹了他搜寻的全过程。若他是姬天钧的后人,这些资料简直唾手可得,何必费那么大劲?

可惜他已然身死,真相如何已不可知。一想到他的去世,我格外觉得遗憾,那是多么出色的一个妙人。而杀他的人,却是药不然。

等一下!我念头一转。

哎?姬云浮不是有个妹妹吗?叫什么来着?对了,姬云芳,我们为姬云浮善后的时候接触过。我还留着她的电话,可以去问问看。

我们这一谈,谈了差不多三小时,黄克武已十分疲倦。于是我们终止了谈话,今天我听到的信息,够我消化好久的了。

有专门的护士服侍黄克武吃药上床。我推门出去,看到烟烟坐在走廊的长椅上,心不在焉地玩着脖子上挂的蒲纹青铜环。那玩意儿,可是陪着我们去过好多地方呢。

"烟烟。"我叫了一声。她慌忙站起身来:"你们谈完了?"

"谈完了,辛苦老爷子了。"

"谈得怎么样?"她问。

我双手插在裤袋里，轻轻叹息："拼图的碎片足够多了，可是都散落各处，东一榔头西一棒子，聚不成形，要做的事情实在太多了。"

"你可别太累，不要一个人扛着。"

我摇摇头："许家的事，只能许家人自己扛——不过你也不必担心，顺利的话，很快就能解决了。"

黄烟烟勉强笑了笑，说："你注意安全才好。"我忽然抓住她的肩膀，把脸凑了过去。烟烟惊慌失措，以为我要干啥，想要挣脱，我却死死按住，郑重其事地说："烟烟，你安心地照顾你爷爷，等我逮着老朝奉以后，咱们好好谈谈将来的事。"

我刻意回避掉那个敏感的字眼，用了个委婉的说法。辈分差异这种事实在太尴尬了，不适合现在谈。黄烟烟怔了一下，旋即双肩松弛下来。她本来以为我要跟她摊牌，一听到抓住老朝奉后再说，如释重负。

我们俩都是一般心思，这事根本不知该怎么办，那就能拖一阵是一阵吧。

烟烟要留下陪床，于是我独自一人离开了三〇一医院。

一出医院大门，我抬头一看，头顶正是星光璀璨。我怔怔地看了许久，发觉千万道星光勾勒出几个熟悉的轮廓。在夜幕之上，我看到了我爷爷、我奶奶、我的爸爸妈妈。他们一直在天上慈祥地望着我，守护着我，我从来不是一个人在战斗。

许家承受了太多苦难，但从来没有放弃过自己的责任。许衡没有，许信没有，许一城和许和平也没有，我许愿，也绝不会退缩。

而且我一定要比他们做得更好，因为这一次，我会把这段漫长的恩怨彻底做一个了断。

古董局中局 4

第十章

最后一个罐子的下落

我凑到窗边,隔着一块略带污渍的玻璃看过去。隔壁是一间审讯室,药不是端坐在一张桌子后面,穿着号服,闭着双目,一动不动。

沈云琛走到我身边,神情严肃,手里默默地数着一串楠木小佛珠。

"你跟黄老谈过了?"

"嗯,昨天谈过了,他会督办五脉反攻的事情。"

沈云琛松了口气:"这事真得他出手才行,不然我未必能压得住。那些家伙,个个都跟老朝奉的势力有深厚的利益关系,断人财路如杀人父母。"

"勾结不法犯罪分子还这么有理,再不整顿,我怕五脉就真成了贼窝了。"我沉着脸说道。

沈云琛何尝不知道这其中利害,只是做起来却没那么容易。五脉原本由刘一鸣牢牢把持,她自己实际上被三巨头边缘化了。如今骤然失压,她就算资历够老,权威也难以震慑整个学会。

"大面儿上的事交给黄老,我先专心把青字门这一脉好好清理清理吧。现在是商业发展的黄金时期,不整合好内部,会留下巨大隐患。"沈云琛说着生意经,重新把脸贴在玻璃上,朝隔壁房间望去。

我是今天一早被她接到这个偏僻派出所的,沈云琛告诉我,今天有办法查清楚到底是谁改动了展台。我挺惊讶,问她是否打算动用刑侦审讯手段,她却说不是,她喜欢更柔一点的办法。

沈云琛告诉我,涉嫌改动"三顾茅庐"展台的人,一共有五个。她已经向五人分别发出邀请,说警方正在审讯药不是,需要他们协助审理。

"那个搁'三顾茅庐'的底座,榫卯本该是攒边打槽,被人改成了走马销,这是最关键的一个改动。走马销有一个特点：上方有巨大物体摔落时，木销会向一侧滑出，伴随有轻微的咔嗒声——这个咔嗒声其实是两声，先是在凹槽内滑动的声音，然后是木销脱离槽轨的声音，非常有特点，跟别的榫卯都不同。我已经跟药不是面授机宜，准备了一套供词。顺着这套供词审下去，内鬼自然现身。"

沈云琛说得有点模糊，不过我仔细想了一下，立刻就明白了其中的奥妙。

这是个非常巧妙的圈套。

在药不是排练好的供词里，会"不经意"地提及他在碰碎罐子时听到了一声特别的咔嗒声——尽管现实中他未必真能听见——如果是无辜的人，他们默认底座是攒边打槽，就不会在这个细节多联想。

但如果是内鬼的话，他知道底座动过手脚，心里有鬼，一听这声音，立刻就能判断出是来自走马销退开，必然非常紧张。那声音太有特点了，话传出去给懂行的人听见，便有暴露的风险。

知道内情的人和不知道内情的人，对这个细节的反应是不一样的。观察对方表情，便可以轻松判断出来谁是内鬼。这就好比说，一个肺结核病人当街咳嗽，普通人不知内情，路过时昂首挺胸，而病人的主治大夫路过，他知道这人的病情，怕传染，赶紧把口罩戴上。所以谁一见这病人就戴口罩，那准是医生没错。

这个局妙就妙在，当一个人被审讯时，他会提高警惕，斟酌词句，但当他认为自己是审讯者时，处于优势地位，精神上便完全不设防，很容易就能被供词套出话来。

自古审讯手段无不是以上逼下，沈云琛反其道而行之，负责审讯的人其实才是被审者，自己却浑然不知，也算是一大创举了。

我又看了一眼窗户，药不是在小屋子里不动声色，感觉完全就是一个穷途末路的犯人。在这场戏里，他是最好的演员，那张面瘫脸可以有效掩盖内心的一切情绪。

很快审讯室的门被推开了，一个男子走了进来。他只是个木器研究员，从来没有审讯犯人的经验，所以显得有些胆怯。旁边一个大个子警官陪同，审讯工作将由他们两个负责。

警方的理由是，此案涉及文物，会有很多专业知识，需要有专家在一旁指导。这个理由合情合理，内鬼不会心生怀疑。

审讯开始，主要还是由大个子警官来盘问。他和药不是之前排练了好几遍，你问我答，像煞有介事。所有对话都是事先设计好的，没几句，便悄无声息地转到了技术细节上。大个子警官侧过头去，说道："哎呀，他说的这些我不太懂。您是专家，要不您接着问？"

一谈起技术，那男子就来精神了，对药不是连续发问。药不是事先做了准备，无论对方问什么，都朝着预设阵地里引。他就是放牛的王二小，要把鬼子们引到八路军的埋伏圈里。

"我在碰倒青花罐子的时候，听到过咔嗒一声，声音拖得略长，前闷后亮，挺怪的。"药不是终于说出了关键性的一句话。

"难道是剐坏了后面的螺钿屏风？"那男子变了脸色，唰唰地在纸上记了几笔，开始追究起螺钿屏风有没有被剐坏的事去了。

"应该不是他。"我说。

沈云琛长出一口气："幸亏不是。他是我们最好的明清家具研究员之一，若是内鬼，损失可大了。"

她按动电钮，审讯室里一盏不太起眼的红灯闪了一下。警官见状，对男子说："咱们休息一下吧。"然后把他带了出去。

"他会被警方带到隔壁休息室去，一直待在那儿，直到所有人都完成审讯。"沈云琛说。我点点头，这是个很细致的安排。如果这五个人发现其他人也参与审讯，有可能心生怀疑，在结束前单独隔离是很有必要的。

很快第二个人也来了，大个子警官重新把刚才的戏演了一遍，感觉好似时光倒流一般。

不到一小时，已经完成了前四个人的审讯。他们表现都很正常，对于供词里那段咔嗒声，没什么特别的反应。

如果第五个人也是如此，那这个精心设计的局，只怕就失败了。我和沈云琛对视一眼，心中颇有些焦虑。

第五个人是个分头高鼻的小帅哥，行为举止颇为优雅，姓曾。他在意大利学过家具设计，归国后被沈家看中，在下属的设计所任职。他一进审讯室，就跷起二郎腿，十指交叠在膝盖上，显得十分放松。

大个子警官例行公事问完了话，请他发问。曾小哥饶有兴趣地端详了一番药不是："你就是药家老大，出国的那个？"

"对。"

"那青花罐子其实是你自己家的吧？你家里人没说你什么？"

药不是抬起头，冷冷地盯着他。曾小哥笑了："我明白了，大概就是因为你这个德行，药家才把你撵出国，转而去培养药不然吧？"

这话几乎就是挑事来了，曾小哥对戏弄药不是似乎很有兴趣，屡屡出言不逊。最后大个子警官不得不出面制止，让他尽快回到正题。

曾小哥在专业领域还是挺有水准的，连续问了数个问题，又狠又准。沈云琛偷偷告诉我，这些问题看似平常，其实里面都藏着陷阱。你随口一答，他都能从答案中推导出极其不利于你的证据，让你有苦也说不出来。若是真正的审讯，药不是恐怕已经坐实了罪名。

"把你接近罐子时的细节再描述一遍。"大个子警官开始将对话往陷阱引。

"我在碰倒青花罐子的时候，听到过咔嗒一声，声音拖得略长，前闷后亮，挺怪的。"药不是终于有机会说出这句话来。

曾小哥本来胳膊支在桌面，一听到这句话，立刻正襟危坐。他看了大个子警官一眼，发现对方在本子上做着记录，连忙开口问道："你再说一遍？"

"我说我听见咔嗒一声，前闷后亮。"药不是重复了一次，挑衅地望着他。

曾小哥道："你确定自己没听错？不是你的脚尖碰到罐子的声音？"

"不是。"

曾小哥沉吟片刻，对大个子警官悄声道："这个家伙故弄玄虚，不尽不实，一直在带着我们绕圈。我建议这段记录还是删掉，把突破重点集中在青花罐本身。"

他的语气非常诚恳，建议非常合乎情理，几乎不露痕迹。如果是一般审讯的话，警方肯定已欣然同意。可惜，这并非一次普通审讯。审讯者的身份使他的警觉变得迟钝，让他露出了马脚。

我和沈云琛对望一眼，不需要再继续了，这个迹象再明显不过了。

"唉，这孩子本来很有前途，是我们打开国际市场的中坚力量。"她遗憾地说，可眼神却跳动着锋锐的火焰。她毫不犹豫地拍动按钮，审讯室里的红灯这回连续闪动，药不是和大个子警官都知道，正主儿逮住了。两人一时间同时转头，看向曾小哥。

曾小哥浑然未觉，还在那边大大咧咧地敲着桌子，充满优越感地看着药不是，浑然不知自己的职业生涯已经完蛋了。

大个子警官客气地宣布暂时休息一下，然后把曾小哥请出审讯室。药不是举起右手食指,朝我们这个方向伸直手臂,比出一个宣告胜利的手势。

"这下子药不是可以脱罪了吧?"我问。

"如果证明他确实是被陷害的,应该很快就会释放了。"说到这里,沈云琛恨恨道,"这次非得好好审审不可,到底是谁指使他做这样的事,五脉之中还有同党没有!"

不怪她心惊,老朝奉的势力已经渗入如此之深,甚至能左右一次重大布展的设计,长此以往,后果不堪设想。

我们两个并肩走出隔离室,恰好药不是也被带出来。我迎上去,兴奋地对他说:"这次可算逮到个大的,你可以洗脱罪名了。"听到这个好消息,药不是的脸上却殊无喜色。他缓缓地摇了一下头:"这个姓曾的,有问题。"

"当然有问题,不然怎么会抓他回来?"

"我是说他的精神状态有问题。你也听到了,这家伙上来就毫无意义地挑衅我,这很难解释。我和他之前没有任何交集,就算身处敌对阵营,也犯不上如见仇敌一样。"

"也许天生就是讨人嫌的性格吧?"我猜测。

沈云琛在一旁道:"小曾平时是傲气了点,不过确实没今天这么夸张。"

我们正说着,忽然远处传来一阵慌乱的然后是纷杂的脚步声,一个人在高喊:"医生,快叫医生来!"我们都是一惊,三步并两步往那边跑去。到了办公室,我率先冲进门,看到曾小哥瘫倒在长椅子上,口吐白沫,眼睛不住翻动,四肢抽搐得厉害。

"这是怎么回事?"我问大个子警官。他也急得一脸汗,说刚把曾小哥带进屋,只给递了一杯热水,其他什么都没碰。他喝了热水以后,立刻就这样了。

我扫视屋子,看到办公桌上那白瓷茶杯还在,里面热气腾腾,连忙过去把盖子盖好,尽量不让自己的手碰触到杯外壁,这都是重要证据。

在派出所里投毒杀人?老朝奉的胆子未免也太大了。

沈云琛站在门口,看到曾小哥这副惨状,整个人完全呆住了。她快步上前,试图扶住他的双臂,可他整个人抑制不住地往椅子下滑。

好在案发现场就在派出所内,短短一分多钟,一名法医和几名刑警先赶到了。封锁现场,检查被害人状况,处理得有条不紊。

曾小哥此时已经停止了抽搐,法医蹲下检查了一下,起身宣布已经死亡。

这个宣布真如晴天霹雳一般,别说沈云琛,连我都无法接受。我问法医是否中毒而死,法医警惕地看了我一眼,没吭声。旁边大个子警官把他拽去一边,嘀咕了几句,然后对我说:"他们得等尸检报告出来,不过初步判断和热水没关系。"

他特意强调了这一点,是因为刚才只有他和曾小哥在屋里,他还倒了水,若说最有嫌疑的,非他莫属。

这一下横生惊变,我和沈云琛自然没法离开,只好在等候室等待尸检。药不是被早早押了回去,出了这个变故,他的释放时间又要延后。

沈云琛道:"你注意到了吗?他和药来死时的症状几乎是一样的。"

她这么一提醒,我立刻想起来了。药来自尽时,也是这么个情况。"老朝奉……"我咬着牙,一字一字地咬出来。这家伙的危险之处在于,他不但肆无忌惮地制假行骗,而且频频弄出人命来。

"难道我们这个请君入瓮的计划,被泄露给了老朝奉?"沈云琛自言自语,可随即又摇摇头,"不可能,计划细节只有你、我和药不是知道,就连那个大个子警官,都是前一天才安排来配合我们的。"

我忽然问:"安排那五个人来审讯,是什么时候的事?"

"两天之前,是公安局的人分别通知的,彼此之间都不知道。"

"如果曾小哥是老朝奉的人,他接到这个通知,一定会先告诉老朝奉。也许在那个时候,老朝奉就产生了怀疑,定下了灭口的手段。"

"小曾接到的,是公安局正式发布的协助审讯邀请,去审别人,又不是被审查,老朝奉没理由会怀疑吧?"沈云琛始终不太相信,她眉头紧皱,"如果这都能看穿,老朝奉岂不是成精了?"

我缓缓地摇了一下头:"也许……老朝奉根本不需要怀疑。现在他的产业风雨飘摇,五脉也开始全面清查整顿。那么他要做的事就是止损!把曾小哥干掉,让我们的线索在这里中断,再也无法顺藤摸瓜。"

"你的意思是,老朝奉本来就想把曾小哥灭口?"沈云琛的眼神都直了,手在微微发抖。她虽然在五脉中最精通商道,可这样的事还是经历得太少。

"极有可能。"

我眯起眼睛,老朝奉的做事风格,我太了解了。他疑心太重,连手下都分成五支,彼此之间互别苗头,分而治之。一旦有什么危险,毫不犹豫牺牲掉一支,不伤其余,有如壁虎断尾。像曾小哥这种棋子,自然说弃就弃。

他的死告诉我们,五脉的清查整顿,没有想象中那么简单,将会掀起一场腥风血雨。难怪刘一鸣一直不敢大举动手，这可是真的会死人的！

正如沈云琛之前跟我说的一样：现在这个时代，一切都是从利益考量出发。你谈理想，谈道德，谈信仰，都没问题，但一旦涉及利益，态度就不一样了。断人财路如同杀人父母，那人家还不找你拼命？

沈云琛和我同时苦笑起来。这一仗，不知道我们是输了还是赢了。

三小时之后，法医的鉴定报告出来了。被害人是事先服用了含有氰化物的胶囊，喝了热水后胶囊溶化，氰化物泄漏到胃里导致死亡。同时法医也指出，即使不喝热水，胶囊也会在数小时内分解。也就是说，曾小哥踏出门的那一刻，他的命运就已经注定了。

不幸中的万幸是，排除了派出所内投毒的可能，让所有人都松了一口气，不然那可就成惊天大案了。

后续的调查很烦琐，要去查曾小哥的家里是否还有剩余胶囊，要去查他最近几日的行踪，还有平时接触过的社交人群，等等。沈云琛作为青字门的掌门，对这些最有发言权，她决定主动去跟警方交涉。

至于药不是，我们给办了一个取保候审，总算把他弄了出来。

药不是听到曾小哥的死亡，也不禁为之动容。他说曾小哥开审前那种异常的挑衅态度，大概是想传达点什么，可惜真相如何，再也问不出来了。

"沈云琛已经和警察去曾小哥的家里和办公室，也许能找到什么线索。"我说。

药不是冷笑道："老朝奉既然都要毒杀曾小哥，怎么可能还会留下什么破绽？纯属无用功。"

"死马当活马医呗。往好的方面想，至少又挖出了老朝奉在五脉里的一枚钉子。"

药不是耸耸肩，对此不以为然。

我们一边说着，一边走出派出所。一迈出大门，药不是停下脚步，说等一下，然后闭上眼昂起头，深深地吸了一口空气，浑身为之一松。他的脸上难得露出一丝陶醉，不过稍现即逝，又恢复了那张死板淡漠的脸孔。

"对了，我还没谢谢你呢。"我有点惭愧地说。杭州的事，归根到底是他牺牲自己救了我，用自己身陷囹圄的代价，换取我继续追查的自由。

药不是看了我一眼："那你最好查出有同等价值的东西来。"

我问药不是下一步打算去哪儿。拜祭刘一鸣？探望黄克武？还是先回药家休息一下？反正他归国的事现在尽人皆知，也不必隐瞒。谁知药不是打了个响指，说了三个字："四悔斋。"

他怎么想起来去那儿？我想了想，说好吧。

我们俩回到我的小店，正开锁呢，邻居王大妈又探出头来，殷勤地跟我说："小许，上回俩姑娘没打起来吧？"给我搞得哭笑不得。

进了屋，我简单打扫了一下，开窗通风，拂去柜上灰尘，还顺便把扔在家里的大哥大充上电。药不是环顾四周，说："你根本不会经营，回头我帮你做一份商业计划书吧。"我苦笑着说："我哪里有空管店啊，这几个月没干别的，净出生入死了。"

"这是为你以后打算。光是一个小店，收益有限，得纳入一个大体系里来。"

"等会儿，你是要把我卖了？"

"沈云琛是五脉里面最有商业头脑和眼光的人，我跟她谈过，可能会回来帮她。你的四悔斋，将来也会放入这个体系发挥作用。"药不是一本正经地说。

沈云琛和药不是这个组合，倒是相当合适，说不定真能打造一个古董商业大帝国出来呢！不过我对这些真是毫无兴趣。

"得了，这些事回头再说，咱们先把眼前的事做好吧。"我给他搬了把椅子，烧上一壶水。

药不是点点头："你说得对。反正你也不懂，到时候听安排就是了。"

我抚住额头："说正事了，说正事了。"

药不是在牢里听过我大闹细柳营的事，但也仅限于知道，前因后果和细节都不清楚。加上我回北京之后，先后从木户加奈、图书馆以及黄克武那里听来一大堆秘密，急需找个人帮我梳理，药不是是最合适的人选。

仔细想想，能有今天的局面，不是我的功劳，我只是个跑腿的，真正的功臣是药不是。若不是他强势地拉我合作，去卫辉揭开了五罐秘密的一角，我可能真的跑去见老朝奉了。到时候会有什么发展，我简直不敢想象，但一定比现在更惨。

所以我一点都没隐瞒，把之前的事原原本本讲了一遍，从庆丰楼到绍兴尹银匠，从明代许信到五罐坐标，全讲了。唯一没提的是辈分问题，这跟福公号无关，说出来徒增尴尬。难以想象，当药不是得知按辈分我算是他叔叔时，会是怎样一个表情。

现在我掌握信息太多太繁杂，自己已经全无头绪，只能指望他的清晰头脑能带来一个突破思路，看下一步该怎么办。

听完我的讲述，药不是闭上眼睛，安静地思考了一阵。我知道他脑子在高速运转，也不打扰，起身泡了两杯茶，黄山毛峰。茶是原来存铺子里的，一看这个，我立刻就想起了细柳营的事。当初柳成绦还试图骗我，让我以为自己在黄山呢。

也不知道后来逮到柳成绦没有，这人是个亡命之徒，真逼急了可什么都干得出来。

药不是端起杯子，吹开茶叶喝了一口，问有没咖啡，我撅着屁股翻了半天柜子，找出小半瓶不知啥时候剩下的。药不是一看，意兴阑珊地说算了。

他对我说："我给你数数看，庆丰楼是一条线，药家是一条线，五个青花人物罐是一条线，福公号又是一条，还有泉田国夫的行踪、姬天钧的变化、你们许家的经历，全纠缠在一起，想要全解开，实在是太难了。"他每说一条，就竖起一根指头，到后来十指都不太够用了。

我愁眉苦脸地点点头。最近接收到的信息太多，脑子都要爆炸了。原来是苦于线索太少，无处下手，现在发现线索多了也不是好事，更乱。

药不是道："我们学商业管理的，有一个忒修斯原则。在希腊神话里，克里特岛的国王修建起一座极其复杂的迷宫，迷宫的中央是一头叫米诺陶的牛头人身怪物。无数英雄试图闯入，结果都迷失其中不得出来。后来一个叫忒修斯的少年，带着线团进入。无论周围如何变化，他始终跟着线团行进，最终抵达中央，干掉了怪物。"

我一听就明白他想表达什么："你是说，要抓住主要矛盾，放开次要矛盾？"

"对，当你面临一堆庞杂的事情，必须提炼出最核心的那一部分，一直跟住线团。否则你什么都想管，什么都想顾及，最后只会身陷迷宫，再也绕不出来。"药不是侃侃而谈，好似上课一般。

"什么庆丰楼旧怨啊，什么我爷爷的四个故事啊，什么许家和姬天钧的恩怨啊，都是次要的！现在最主要的事是什么？是尽快打捞福公号，别让老朝奉抢先夺宝！"

他这么一说，我豁然开朗，确实是这么回事。只要牢牢把握住福公号这个核心元素，其他事便可以迎刃而解。

万一日本人真把东西捞出来，我把事情查得再清楚也没用了。

药不是道："所以你现在最主要的，是尽快组织出海，去捞福公号。"

一经他提醒，我想起来了，差不多该给戴海燕打电话了。她那边如果能顺利解析出坐标，那么我们的主要矛盾，就解决了一大半。

我跟药不是打了个招呼，转身出门，找了个能打长途电话的地方，给戴海燕去了个电话。

戴海燕接得很快:"我咨询了一下天文专业的老师,自己也试验了一下,基本上搞清楚那个牵星术的原理了。"

"是什么?"我攥住话筒,急切地问道。

戴海燕道:"牵星术是以星辰夹角定坐标,这个你是知道的。至于怎么测量夹角,古人有一套专用的工具,叫作牵星板。"

"那是什么东西?"

"我在图书馆里翻出图来了,其实就是十二块正方形木板,用优质的乌木制成。这些木板每一块尺寸都不一样,最大的一块每边长约二十四厘米,叫作十二指板;以下每块递减二厘米,最小的一块每边长约二厘米,叫作一指板。另有用象牙制成一小方块,四角缺刻,缺刻四边的长度分别是一指板边长的四分之一、二分之一、四分之三和八分之一。"

我理科不是太好,越听越糊涂,便问这东西怎么测定位置。

戴海燕道:"牵星术里规定了几个固定坐标,比如北极星、灯笼骨星、织女星、布司星、华盖星,等等。需要测定时,测量员站在船头,左手竖拿牵星板一端中心,手臂平直,眼看星空。这样一来,手臂与海平面是平行的,牵星板与海平面垂直。"

我只恨科幻小说里的电视电话没能实现,不能直观理解。戴海燕也明白,所以耐心地解释道:"比如说吧,咱们要观测织女星,就摆出这个姿势来,保证牵星板的上端正好对准织女星,先用八指板,结果高了,换一块七指的,还高,再换六指的,正好。然后从六指牵星板上端牵出一条线,一直拽到肩膀,牵星板、丝线和手臂构成一个直角三角形,丝线就是斜边。用的是几指板,说明海平面和星辰之间的夹角,就是几指。小数点后,可以用四缺刻表示。"

我恍然大悟:"估算出星辰高度,就能算出纬度了。"

戴海燕道:"没错,比如说'东北织女星十一指平水'这句话,意思就是说,你先用指南针确定东北方向,然后用牵星板去算织女星的高度,如果用十一指板的上缘贴合织女星,下缘贴合海平面,说明是在正确的位置。如果不是,你还得继续走。"

我几乎按捺不住心中的兴奋,老祖宗们的技术,原来也这么有意思。那些如同天书般的术语,经过这么一解说,变得异常精妙。

"其实这不光有确定坐标的作用,对航向也是个指引。比如正北方向的北极星,你第一天测高度是四指，第二天测是三指，这说明船在朝正南方向行进。东北的织女星高度第一天是六指，第二天是五指，那船头必然是朝着西南——这个测量原理，已经和六分仪无限接近了，只是精确度不及后者。"

"那'鸡笼开洋用甲卯针六更'是什么意思？"

"针是航线的意思，古人用指南针指示航海方向，故称针路。甲卯是方向，指东方。整句话的意思是，从鸡笼——就是台湾的基隆港——出发，朝东方走十二个小时，这是大方向。差不多到了，再按照后面几句话的星辰夹角进行测算，微调航向。"

"那你现在能把具体位置换算成现代经纬度吗？"

"你只给了我三句话，我只能给你画出一大片海域来，跟没说一样。你记住，坐标越多，位置越精确。最起码有四个坐标，才能构成出海打捞的先决条件。"戴海燕毫不客气地说。

我轻轻叹息了一声，果然事情没那么顺利。在太平洋大海捞针，和在东海大海捞针，区别根本不大……看来不把那五句话搞全，很难锁定精确坐标。

"我明白了，谢谢你。"

"别忘了我们之间的约定，如果你要出海，我也要跟着。"戴海燕提醒我。

"一定一定……"

"我觉得你语气里有敷衍的成分。"戴海燕一针见血，毫不客气地戳破。

"怎么可能！我许家从不骗人，不然天打雷劈。"我赌咒发誓。

戴海燕道："撒谎和雷电之间可没有相关性，我需要更严谨的保证。"我说："要不这样吧，我给你寄份公证过的承诺书。"戴海燕想了想，居然说这个不错。

我真是永远抓不住她的重点。

我放下电话，把新消息告诉药不是。药不是目露赞赏，说道："这个牵星技术真是不错，很科学。以明代的技术水平，能够想到这么巧妙的办法，实在难得。这个戴海燕是不是就是上次帮你解读《清明上河图》的女人？"

"对。"

"如果你能像她那么理性而有条理地思考，也许我们还能少走点弯路。"

我看着他一本正经的嘴脸，心想如果我把关于辈分的真相告诉他，他面对我这位"叔叔"，是否还能摆出这么一副拽拽的面孔。

唉，算了，正事尚且做不完，这些争大辈讨口头便宜的事先搁一边吧，又不是说相声。

我整了整思路,说道:"所以现在的问题是咱们如何弄到剩下的两个罐子。弄不到罐子,就没有坐标,没有坐标,就没法出海——这事啊,药不然肯定知道。若是他肯说,不知能省多少事情。"

药不是听到这名字,冷笑道:"他不想说,谁也别想改变。我这个弟弟是铁了心跟着老朝奉了。"

"呃……这个也不尽然。在杭州塘王庙,他跟我的碰面就没跟老朝奉提。在细柳营,他也帮了不少忙。我总觉得,药不然似乎不完全和老朝奉是一伙。"

"那是因为你还有利用价值。最后细柳营覆没,难道最大的获利者不是他?"药不是的话让我无言以对,他语气生硬,"我劝你放弃幻想,认真对待,对敌人不要手软。"

我没法反驳他的话,只得微微叹息一声。

接下来的一个星期忙碌而又平静。警方针对曾小哥家里的搜查果然一无所获,没找到什么有价值的线索。反倒是五脉的攻击在黄克武和沈云琛的领导下搞得有声有色,加上刘局在官面儿上配合,掀起了一场文物市场清理行动。警方查封了一批古董铺子,抓了不少制假团伙和文物走私贩子,连盗墓贼也逮了七八队。十几家专业和大众报纸都进行了专题报道,境外媒体也有关注,甚至连《新闻联播》都提了一嘴,声势颇为浩大。

这些倒霉孩子,大部分都是细柳营那份通信名录上的。警方顺藤摸瓜,又有五脉提供技术指导,势如破竹,一抓一个准。这边的战果越辉煌,老朝奉的势力失血就越多。这一次攻势即使不能彻底铲除他的势力,至少也能使其元气大伤。

这就暗合了古董行当流传的一个古理——赝品之所以要伪真,是因为连它自己都打心眼里认为,真比赝好。所以赝品势力再大,它始终见不得光,上不得台面,永远只能在暗地里生存。老朝奉在地下经营得风生水起,但只要把它拖到阳光下,便会如冰雪消融。

所谓的真,就是人心中存在的那一点正义感,也许会衰弱,也许会蛰伏,可这是正理儿,是堂堂正正的王道。只要真赝对决,最终一定是邪不胜正。这跟势力啊、手段啊什么的都没关系,此乃天命所归。

我在这一个星期里,一方面拜托木户小姐从日本搜集更多资料,另外一方面则把精力放在寻找五罐的蛛丝马迹上。方震告诉我,他已经给上面打了报告,请示未来的沉船打捞工作。但这一切准备工作，都必须建立在我找到正确坐标的前提下。

我每天都打一个电话到南昌去，尹银匠情绪还算稳定，每天趴在工作台上，没什么变化。至于药不是，却跟失踪了似的，再也没看见人，不知道去忙什么了。这家伙对私人交情没什么兴趣，没事不必来往。

这天我正坐在店里，面对着一块画满了圆圈和线段的小黑板发呆。这块黑板是我朝旁边小学借的。我把目前了解到的线索和人物，一个一个用粉笔写上去，彼此连线，希望借此能把思路整理清楚。五罐牵扯的事情太复杂了，既有明代的，又有民国的，既有日本的，也有中国的，围绕着庆丰楼的种种谜团，失踪的几个神秘人物，以及佛头案。我每次一思考就头疼欲裂，这不是小黑板能解决的，电子计算机还差不多。

我正沉浸在迷宫中不可自拔，忽然身旁的玻璃柜子发出一阵震颤。柜子里的那些小玉佛拼命颤抖，从原来的位置上挪开，仿佛出了什么大事似的。

佛爷挪窝，必有幺蛾。

我赶紧按住柜面，低头一看，果然是搁在柜子里的大哥大响了。我拿起电话"喂"了一声，对面传来烟烟的声音。

"许……呃，许愿。"自从知道辈分真相后，她对我的称呼都发生了微妙的改变。我俩最近一直没见面，彼此看着都尴尬，至于两人关系要如何定义，还是等这事告一段落再说吧。她现在主动打电话来，一定有什么重要的大事。

"怎么了？黄老爷子身体没事吧？"我关切地问道。

"没事。我打电话来，是告诉你，'尉迟恭单骑救主'有着落了。"

我听到这个消息，心中不由得一喜。

五个青花人物罐之中，"周亚夫屯兵细柳营""鬼谷子下山"和"刘备三顾茅庐"已经现世，"西厢记焚香拜月"和"尉迟恭单骑救主"却不见踪影。那天我跟黄克武谈完，他允诺发动他的关系，在全国范围内做一次排查，看是否能找得到。

黄克武作为五脉中仅存的几位高人之一，声望不在刘一鸣之下，人脉关系也是极广。有他出手，我相信很快就能有结果——但我万万没想到的是，这才一周时间就查出来了，效率未免太高了吧？

黄烟烟知道我误会了，说道："这和我爷爷没关系，是我找到的。"

"你？"

我有点不敢相信。不是看不起烟烟，但跟黄克武比，她还是稚嫩太多。一听我这口气，烟烟有点不高兴。我赶紧哄了几句，她才说明白。

原来黄克武确实发动了各地关系网去找，连药家的资源都用上了，可一直没有任何进展。黄烟烟忽然意识到，他们进入了一个误区：所有的搜寻力量，都放在了古董行业，却忽略了一个资源同样丰富却不太被人关注的领域——博物馆。

从故宫到各地博物馆，馆藏的好东西，远比市面上流通的文物要多。只因为博物馆内的东西不可流通贩卖，不是商品，只供展示研究，所以在古董市场往往被人有意无意忽略掉了。实际上，无论中国还是外国，博物馆才是真正的文物归宿之地。

烟烟想到这一点，就自己去借来了中国文物馆藏名录翻阅。这份名录很厚，里面涵盖了中国所有一、二、三级博物馆的重要藏品清单，每五年更新一次。瓷器类的名单非常多，好在索引做得不错，她可以直接去查明代万历年的人物罐。

结果这么一查，还真被她查到了。

在山东烟台有一个烟台市闽商博物馆，1958年建的，正县级事业单位，一个地区性综合类博物馆，规模不大，不过学术力量很强。山东一共只有三家博物馆有资质进行团体考古挖掘，它是其中一家。这座博物馆里的多是闽商航海文化文物与山东当地青铜器、铁器、玉器，瓷器相对比较少，更没有什么一级文物。不过在馆藏名录里，赫然写着藏有一件万历年人物青花罐，但没写清楚细节。

若是别人翻，可能匆匆略过。烟烟心思缜密，注意到了这条记录，然后特意请烟台当地的朋友去实地看了一眼，确认上面的纹饰果然是尉迟恭单骑救主。

这事说起来挺不可思议。无论是药来还是老朝奉，都是古董行当里的老手，药不然、柳成绦、欧阳穆穆等人，也是年轻一辈里的佼佼者。这些顶尖高手为了寻找五罐，打得头破血流，甚至送了性命。可这"尉迟恭单骑救主"罐堂而皇之地摆在一个小博物馆里，居然无人问津。

只能说，这是灯下黑。所有人都被思维盲区给误导了，全专注在古董江湖，却忘了古董并非只在江湖中有。

我心中一阵感动。这事说起来轻巧，做起来却没那么容易。全国馆藏的青花瓷太多，人物罐也不是特别罕见的物件，要一条一条确认，并最终锁定烟台闽商博物馆，得花费大心思才成。烟烟可真是下了功夫。

"烟烟，多谢你。"我真心实意地道谢。

"呃……不用谢，应该的。"

对面的声音有点扭捏，然后立刻挂断了。我叹了口气，烟烟还是在逃避。这件事到底该怎么解决，我也很头疼，感觉比福公号的难度还大。

不多想了，先办正事！

我没多耽搁，立刻通知了药不是。我们两人当即买了最近一班火车，奔赴烟台。

"你可要提前想好，我们到了以后该怎么办。"药不是托腮望着窗外不断后退的树木，对我说道。

我在座位上闭起眼睛，这件事细想起来，还真是棘手。

我们的目的不是罐子，而是罐内的坐标。可现在人家是馆藏文物，别说敲开了取坐标，就连开箱用手去摸一下，都得一层层报告打上去。我们不是老朝奉，不能干鸡鸣狗盗的事，只能循正规途径，这就很束缚手脚。

退一万步说，就算我请五脉施压，最终拿到这个罐子，怎么开？唯一懂得"飞桥登仙"之术的尹银匠已经疯了，不可能让他再施展一次。

哎呀，想起这些事情真是千头万绪。我心想姑且走一步看一步吧。无论如何，先把它弄到手总没错。

药不是看出了我内心的纠结，冷哼了一声："如果你觉得不行，那就用我的方法。"

我知道他指的是什么，一个学经商的家伙，还能有啥办法？我连忙开口道："这不是古董铺子，也不是你和沈云琛的商业计划，这是博物馆，你那套可别往这儿使。"

"最好如此。"药不是吐出四个字，转过脸去，继续看窗外的景物。我看他没有聊天的兴致，乐得清净，在座位上闭目养神。我忍不住回想起当初跟药不然去天津的情景，同样是坐火车，他弟弟可比他有意思多了。

药不是突然又把视线移过来："你是不是在想，跟药不然同车有意思多了？"

这家伙……难道会读心术不成？我赶紧低下头，像是一个在课堂上偷看小人书被老师抓到的小学生。药不是眯着眼睛盯了我一阵，换了一个坐姿，意味深长地说："我给你讲个药不然的故事吧。"

"嗯？"我一愣，他什么时候有这种雅兴了？

"药不然上初中时，学校来了一个转学生，小混混。这位小混混很嚣张，横行霸道，连老师都不敢管。结果半个学期不到，他因为偷窥女人洗澡，狼狈地背了一个处分转走了。别人不知道怎么回事，我却清楚得很，这一切都是药不然策划的。他花了一个多月时间，冒着被发现的风险在女浴室的墙上凿了一个孔洞，然后特意选在女校长洗澡的时候,把小混混骗到墙边,让他当场被抓了个正着。'人洞并获',证据确凿,那个小混混只能黯然离校。"

这故事我听得津津有味,药不然在初中就已经这么妖孽了啊。

"你知道这件事最可怕的一点在哪里吗?"药不是的声调微微提高,眼神也随之锐利,"除了我,没有人知道是药不然干的。他们根本想不到一个整天笑眯眯的小男生,会策划出这么狠辣的局。就连我,也只是从他日常行为的蛛丝马迹中,才推断出真相。药不然为了一个目的,竟然把行动贯彻得如此彻底,但同时他又把真正的心思隐藏得如此之深。"

我倒吸一口凉气。

药不是道:"别人是外柔内刚,我这个弟弟是外刚内柔,中间还夹着一层雾。没人能看穿他到底在想些什么——所以你明白我的意思了?跟他做敌人,不要抱有任何幻想和侥幸,不要试图去猜测他的想法。在某种意义上,他比老朝奉更难对付。"

说完,他把头再度转向窗外,把再也没有半分睡意的我晾在旁边。

我们抵达烟台之后,哪里也没停,直奔烟台闽商博物馆而去。

烟台闽商博物馆位于一处相当有特色的老建筑里,那是一座闽南天后庙。歇山重檐、雕梁画栋,上覆翠蓝琉璃瓦,闽南风格强烈,十分精致。当年福建船帮商贾为了保佑海路平安,在航线沿途修了一系列海神娘娘庙。现在拿这个来做博物馆,所以才叫作闽商博物馆。

山门和大殿前的那些精致石雕,是这里的一大特色。看解说牌,据说当年一砖一石皆是从泉州运来,梁枋、雀替、重檐之间,有近百处各色浮雕,个个皆有典故。可惜我们有心事在身,无暇欣赏,买了两张票,匆匆进了庙里。

得先确认了罐子的存在,再想办法。毕竟从名录上看都是虚的,眼见为实。

馆内不大,游客寥寥,标牌摆设什么的漫不经心。如今大家都热衷于商品经济,讲究原子弹不如茶叶蛋,各地大博物馆尚且萧条,何况这种小馆。

我们转了一圈,里面展品还真不少,最醒目的是一件秦嵌铜诏版铁权,这大概算是镇馆之宝了。瓷器分类比较少,但也有那么十几件,以清代居多,像什么乾隆朝的金胎画珐琅双耳杯、康熙朝的青花开光八仙图花觚等,还有明代景德镇窑的缠枝梅瓶、元代钧窑的天青釉玫瑰紫斑碗,宋代建阳窑、越窑的也有那么几件。

可是唯独没看到万历年的人物青花罐。

这事挺奇怪的。烟烟明明拜托了当地朋友来查验过，确实还在。怎么我们一到这儿，这罐子就失踪了？

不会老朝奉又抢先一步了吧？我和药不是对望一眼，都有遮掩不住的担心。这次来烟台，除了黄烟烟就只有我和药不是知道，按说保密工作不会有纰漏——可对手是老朝奉的话，可真就不好说了。

我们赶紧找来讲解员询问，那是个小姑娘，除了解说词之外什么都不知道。她被我们问得满头大汗，只得说去请示领导。结果一问，领导出差去了，啥时候回来不知道。

这时一个戴着眼镜的中年人走过来，态度和气，问我们有什么事。他是个标准的山东大汉，脸膛是黑紫色的，皮肤皴皱，一看就是常年在野地曝晒。唯有两只圆眼闪亮，透着儒雅之气。

他自我介绍叫梁冀——跟汉代那个跋扈大将军同名——是烟台闽商博物馆的专家，我跟他攀谈了几句，梁冀双目放光，搓着大手欣喜地说道："你们很内行嘛。"

山东人本来就热情，一言相投，立刻熟络起来。交谈中我了解到，梁冀在这里负责野外考古，不过最近馆里经费紧张，野外作业暂停。他没别的事情好做，就跑来博物馆里待着。他刚才看到我们追问解说小姑娘，发现我们不是走马观花的普通游客，赶紧亲自过来招呼。

"现在愿意来这里看的人不多了，懂的人就更少了。连我手下的队员也跑了快一半了，留不住人。"梁冀感慨地擦了擦镜片，抑制不住热情，"你们能来，挺好，挺好！这个博物馆虽然小，可也有些不错的东西呢。"

这位考古专家想必是寂寞得太久了，难得看到两位感兴趣的知音，分外热情。我聊了几句，趁机问他："听说这里有一件万历年的'尉迟恭单骑救主'人物青花罐，可是我们没看到啊。"

"哟，这件东西两位也知道啊？"梁冀更高兴了，往周围一指，"你们也看见了，这庙里地方小，文物摆不开，所以我们采用轮放制，定期更换。那些撤下来的，都封存了搁在库房里。你说的青花罐我知道，恰好是昨天撤换下来的。"

"我们能不能去库房里看看？"我试探性地提出要求。

梁冀为难地抓了抓头，说馆里有规定，入库文物不能拿出来。我看他语气不是很坚决，恳求道："我们都是外地来的，不可能在烟台待到下次换展，您看能不能通融一下？"

梁冀有点左右为难，说："咱们这馆里还有别的好玩意儿，我可以免费给你讲讲，何必非要那青花罐子不可呢？"我再三坚持，但梁冀原则性很强，怎么说就是不松口，坚决不肯违反规定。

我以退为进，作势要走。梁冀连忙拽住，说："要不这样吧，下午我可以提前轮换一批文物，把它从库里放出来布展，你们就能看到了。"

这个折中的方案虽然不是我们的本意，但也勉强可以接受。于是我们找了个地方吃午饭，等到下午又来到博物馆里。梁冀早早地等在了门口，热情地给我们一指，说布好了。

我们顺着他的指头一看，只见那件"尉迟恭单骑救主"青花人物罐，就这么悄然立在了一个大玻璃柜子里。这是件大开门的瓷器，我一眼就能确定，它和其他四件是一窑所出，无论色泽、釉质、开片都如出一辙。我拿出《泉田报告》里附的那张民国老照片比较，也完全一样。

"真美啊……"我不由得感慨道。

即使不掺杂任何功利心去看，它也是一件不可多得的艺术精品。那从容不迫的雍容气质，那美妙的苏料釉色，都让人情不自禁地产生迷恋之情。

梁冀也按住双膝，身子前倾，像宠溺自己孩子一样望着它，一脸陶醉："这个馆里好瓷器也有那么几件，但我最喜欢的就是这个，经常一个人看半天都看不够。"

我的脑门顶在玻璃柜上，尽量凑近。这么轻易就看到了它，我总有一种不太真实的感觉。前三个罐子，我们都是历尽艰辛才能接触其中的秘密，现在第四件如此轻易地出现在面前，还真有点不太习惯。

其实，古董这一行就是这样，众里寻他千百度，那人却在灯火阑珊处。有时候事情根本没那么复杂，远比你想象中简单。

我尽量去观察，努力去寻找上面的釉囊衣。可惜间隔还是太远，加上玻璃擦得不是很干净，影响了观察效果。非得把它抱起来看，用手去触摸凹凸，才能分辨出准确位置。我把手贴在柜子上，努力抓过去，现在这个秘密离我近在咫尺，真恨不得立刻砸碎玻璃，把它狠狠抱住。

有了它，我就拥有四个坐标，在与老朝奉的竞争中处于有利位置。

"这罐子哪里弄来的？"我问。

梁冀道："哦，这件不是出土文物，是1958年建馆的时候从民间收上来的，可惜捐献者的档案早就找不到了。这东西可不是一般人家能用的，我怀疑是战乱逃难至此的大户从北边带过来的。"

民国二十年之后，五罐分散。前四件分别落到药、郑、柳、欧阳几家手里，这第五个罐子流落山东，也不足为奇。

我盯着柜子端详良久，眼睛盯着青花罐，脑子里却在飞快盘算。

跟博物馆打交道，和跟古董铺子打交道完全不同。古董商人重利，只要价格合适，什么都可以谈。博物馆是事业单位，有自己的一套规章制度，学术气氛重，官僚气息也重。不按规矩来，事情很难办成。

我和药不是来得匆忙，只带了一份故宫开的介绍信，这是黄克武帮我们弄到的。但这介绍信只是介绍，没有管理效力，至于如何"借"走罐子，还得我们自己想办法。

梁冀不知道我的心思，还在乐呵呵地给我讲解着。我问他这罐子是否曾经外借给兄弟博物馆展出什么的，梁冀断然否决："这怎么可能，这虽然不是镇馆之宝，但也极具考古和欣赏价值，博物馆怎么可能会放走？我们提交藏品目录时，都不敢写得太清楚，就是怕别人借走了不还。"

难怪烟烟查的目录上语焉不详，原来还藏了这个心思在里头。我心想这可麻烦了，这里如此看重这件文物，拿走的难度岂不是更大？

这时药不是走过去，把我推开，开口问道："这个，能买吗？"梁冀脸色骤然就变了。我急道："药不是，你怎么这么说话呢！这是国家文物，不允许买卖，那是犯罪。"

药不是不动声色："我就是问问而已。"

梁冀仿佛受到了极大侮辱，他面色一变，把我们往屋外推："我还以为你们是同行呢，想不到是古董贩子！滚滚滚，给我出去！"我还想分辩几句，结果梁冀根本不听。他膀大腰圆，推搡我们两个不费吹灰之力。我们就这么被生生赶出了博物馆。

我站在大街上，低声埋怨药不是，怪他太唐突。明知道梁冀是个热爱文物事业的人，干吗还说那种话刺激他？好不容易建立起的好感，一下子全没了。药不是道："他只是研究员而已，连副馆长都算不上，这事他做不了主。"

"那你干吗跟他说这个？"

"我可不是跟他说。"药不是伸出手臂，往前一指。我回头看去，一个矮胖子从博物馆里走出来，冲我们使了个眼色，做了"跟我走"的手势。我们跟着他走到一处僻静角落。矮胖子递给我张名片,我一看,原来他是这里的馆长。

"两位刚才跟梁老师的交谈,我恰好都听到了。梁老师是个专业人才,对外这块接触不多,工作态度有点简单粗暴,我替他道个歉。"馆长笑眯眯地说。

我和药不是都没吭声,知道肯定还有下文。馆长道:"刚才这位先生问的……是能不能买?"

药不是点点头。

"我们博物馆是公益事业单位,不是地摊儿市场,绝不允许出现文物倒买倒卖的行为。"馆长严肃地指出,随即又说道,"当然,我们欢迎全社会监督,对藏品进行严格筛选,去芜存菁,优化品质。"

他这一句话说出来,我们都听明白了。博物馆不能倒买倒卖,但没说不能处理赝品。有馆长居中操作,找一个专家,出一份鉴定报告说这几件文物是假的,按赝品报废淘汰,偷偷流到古董贩子手里,这钱还不用过博物馆的账——就算上级主管部门发现了,只消回一句"鉴定有争议"就结了,没法追责,谁鉴定古董还没个走眼的时候?

我出发之前,特意去问过沈云琛,她最有商业头脑,对这些猫腻门儿清。地方上的小博物馆生存窘迫,不得不各谋生路。倒卖馆藏文物就成了唯一一条生财之道。馆长赤膊上阵,跟古董贩子亲自勾结,这根本不算什么大事。

我望着满怀期待的馆长,心中慨叹。我知道,只要药不是开个价,价都不用太高,馆长立刻就会开始操作,把"尉迟恭单骑救主"青花罐做成一件赝品,交到我们手里。为了拿到一件真东西,居然要先把它说成假的,这件事真是充满了讽刺。

药不是刚要开口,我却一扯他袖子,无比严肃地说:"这不行。"药不是一愣,不明白我为什么拦住。我抢先一步,对馆长道:"您说得对,博物馆不该允许文物倒买倒卖,它应该留在这里。"

馆长没料到我居然说出这么一番话,还以为有什么深意。我又斩钉截铁地重复了一遍,他像是看神经病一样打量了我几眼,满脸阴沉地走开了。馆长倒不担心我们去举报他,他刚才说的那些话,滴水不漏,挑不出任何错。写成笔录,完全是官方口气。

等馆长离开后,药不是看向我,脸色也不太好:"你最好有一个解释。"我吐出一口气:"我说过了,从博物馆偷文物出来,这是犯罪。"

药不是有点恼怒:"我们是从博物馆手里收购废品,就算出事,也是鉴定专家和馆长玩忽职守，与我们没关系。"我回答："法律或许可以规避，但良心可过不去。如果咱们玩这么一手把青花罐骗出来，那和老朝奉有什么区别？我们还怎么好意思去反对他？"

这真不是我忽然变成道德家或者圣母，这只是我的坚持，也是许家的坚持。我相信我爷爷、我父亲他们在此，也不会用这种龌龊的手段去获取文物。一个人行事，必须要符合他的本心，否则这些事岂非全无意义？

"若是拿不到里面的坐标，你就更没机会反对他了。"药不是提醒道。

"坐标的事，我会另外想办法，但绝不能从馆长手里偷。"

"你这个感情用事的白痴。"

药不是毫不留情地骂了一句，不过没有继续劝说。他一看到我的眼神，就知道我对这件事非常认真，认真到即使是他也不敢再打这个主意。我看了他一眼："你别打算瞒着我去偷偷交易，造成既成事实。"

药不是冷哼一声，把脸转过去。联手这么久了，他有什么思路，我也差不多能猜得出来。

今天的事就到此为止。我们两个回到旅馆，商讨下一步该怎么办。我的想法是请黄克武出面，让故宫或者中国历史博物馆、中国革命博物馆出一封官方的借调函，把这个青花罐调去北京。中华鉴古研究学会对尹银匠的手艺很感兴趣，请几位专家研究一下，借助现代科学，也许能在不损伤罐子的基础上，把里面的坐标提出来，皆大欢喜。

这里面不确定的因素太多，但目前也没有什么特别好的办法。药不是对此没发表评论，表示随便我，他还在生着闷气呢。

我正琢磨着怎么跟黄克武开口，忽然房门砰砰响起，敲门声很重。我一开门，梁冀忽地冲进来，揪住我衣领，愤怒地吼道："你们怎么敢做这种事？"

我被这大汉一揪，双腿差点离地。我莫名其妙地问他怎么了。梁冀怒道："你们这些古董贩子，来这里偷东西，还问我怎么了？"

药不是走过来，让他放手："我们只是随口问了一句，怎么就成偷东西了？你讲的话，要负法律责任的知道吗？"梁冀把我往地下一搁，气势汹汹道："你们出门没看见我们馆长？"

"看见了。"

"他没跟你们说欢迎全社会监督、严格筛选？"

"说了啊。"

"那你们还说自己不是贼!"梁冀大怒,"那个老东西靠这套说辞,偷偷卖了馆里多少东西!"

药不是冷冷道:"本来我们是想买的,可惜这位想做圣人,没同意,所以我们灰溜溜地回来了。"

"放屁!他今天又签了清库条,明摆着又要偷东西了,难道不是给你们?!"

我和药不是对视一眼,心里同时生起一阵疑惑,赶紧问梁冀到底怎么回事。梁冀见我们表情不似作伪,也慢慢冷静下来。他倒退两步,坐到椅子上,开始说起来。

梁冀说他早就发觉馆长在偷偷卖文物,开始是一些小件,后来连一些大件也敢卖了。手法和我猜的如出一辙,先签清库单,然后把东西批成赝品或损毁,报废处理。梁冀特别心疼,可也没办法。馆长卖了东西,会拿去给博物馆员工发工资。全馆的人得了好处,都明里暗里配合,梁冀一个人纵然不满,也没辙。

"刚才下班前,我清点完展品,看到馆长让管库把清库条开好,就知道又有东西要遭殃了。我一想,今天只有你们来问过那个万历人物青花罐,就过来找你们算账了——你们真没打算买?"

"这是犯罪行为,我不会参与的。"我解释了一句,看向药不是。药不是反应最快:"看来是另外有人找上门来了。"

"老朝奉?"我想不出还有其他什么竞争者。

药不是眼神闪动:"应该不是行动泄密,而是有人尾随着我们到这里来,所以他勾结馆长的时间,比我们慢了半拍。"我听出他话里的意思。我们本来占据时间优势,结果因为我坚持不能犯罪,放弃了机会,让人家后来者居上。老朝奉那些人,可没这种道德负担,可以毫不含糊地买通馆长。

我们俩正说着话,房门"啪"地一响,抬头一看,梁冀居然走了。

我本来想请他跟我们一起合作的。想不到他一发现跟我们无关,转身就走。这位的脾气可真是够急的。我从房门探出头去,人跑得早没了踪影,喊都喊不回来。

次日一早,我们就赶到博物馆门口,等着开门。可到了开馆时间,大门却依然紧闭着,只听到院内有叫嚷声,似乎发生了什么事。警察都匆匆赶到时,旁边售票处的小门才打开,放他们进去。

我们也想跟着混进去,检票员却不让。我亮出故宫介绍信,一脸严肃地说我们是从北京来的。那检票的小孩不知道这介绍信没啥效力，一听故宫、北京，又盖着公章，觉得来头好大，哪还敢阻拦。

我们循着声音走过山门，走到正殿前头。此时那里已经聚集了十来个人，看穿着都是博物馆员工，馆长站在最前头，表情恼火。

在正殿门口，梁冀高举着"尉迟恭单骑救主"青花罐，宛如霸王举鼎，踏在白玉石台阶上，眼睛通红地瞪着台阶下面的人。馆长气急败坏地喊道："老梁，你快下来，别闹！"

梁冀把罐子一举，台下群众一阵惊恐。他大吼道："你们都看见了！这是真货，货真价实！没有瑕疵！不是废品！"馆长道："没人说这不是真货，你快下来，下来！"梁冀吼道："既然是真的，你为什么要把东西偷走卖掉？"

馆长吓了一跳，虽然这事馆里的人都心知肚明，但公开说出来性质便大不一样。他怒极反笑，说道："老梁你疯了吧？这是说的什么混账话！"梁冀却不肯闭口，历数着馆长偷偷卖掉的东西，一条一条都记得清清楚楚。

我们大概能推测出现场情况。馆长一早过来拿货，不料梁冀捷足先登，抢先一步进了展厅，把青花罐控制在手里，公开闹事，这样一来便可以搅黄这笔生意。这位考古队长，恐怕是郁闷到了极点，这次借机全发泄出来了。

奇怪的是，他怎么反应如此激烈。我看梁冀的表情充满了绝望和幻灭，似乎遭受了重大打击。他性子急归急，可昨天情绪还好，怎么今天就崩溃到这种程度？

两名警察互相使了个眼色，悄无声息地绕到两侧，打算动用武力夹击。梁冀浑然不觉，继续冲馆长大叫。馆长继续做工作，温言宽慰，梁冀却不为所动，要求馆长立下字据，承诺绝不清退任何一件文物。馆长说："你下来，把东西放下，咱们慢慢谈。"梁冀说："你先签好，我再放下东西。"两边陷入僵局。

望着梁冀在殿前的声嘶力竭，我忽然有点同情这位考古队长。他一心扑在野外考古和博物馆事业上，却窘于现实，无处伸志。面对着领导的违法和同事的漠然，他空有愤怒，却没有同盟，也欠缺能力，只能用这种最极端的方式表达不满。一个小人物对现实的抗争，悲壮而绝望。

无论这事怎么解决，他的职业生涯恐怕都要结束了。

我们对此无能为力，只能远远地静观。警察们此时已经进入了最佳的位置，馆长继续长篇大论，吸引他的注意力。梁冀的精神状态异常亢奋，全然没觉察到警察的靠近，把火力全集中在馆长身上。

说时迟那时快，两名警察同时从两侧扑过去，一个抱腿一个夹胸，登时把梁冀扑倒在地。梁冀猝不及防，手里一松，那青花罐一下子朝下面滚落下来。馆长吓得伸手去接，可晚了一步，这罐子滑过他的手指，只听得哗啦一声，在白玉石台阶上磕了个粉碎。

这一下子，连馆长、梁冀、警察、博物馆员工和冷眼旁观的我和药不是，都呆住了。这一刻，博物馆好像被人施了一个时光停止的魔法，所有人的动作都冻结了。

这一件宝贝，就这么摔碎了？

我和药不是三步并两步跑过去，只来得及看到一地的碎瓷碴儿。这次可没有"三顾茅庐"那么幸运，正殿高台距离地面有三米多高，一个瓷罐重重摔下来，必定是死无全尸，不可能再有一个大瓷片给你捡。那里面的坐标，自然也是碎得不成样子了，就是真的仙人来了也拼不回去。

我晃了晃脑袋，觉得像是在做梦一样，一点都不真实。这"尉迟恭单骑救主"罐，轻飘飘地出现在我面前，然后又轻飘飘地离去。浮光掠影地跟我发生了一点交集，然后……它就这么彻底消失了，无可挽回。

远处的梁冀传来一声震耳欲聋的哭声，馆长气急败坏的叫骂、警察的呵斥、员工们的议论纷纷，构成了这一出小小悲剧的注解。

这一切就像是一部荒诞小说。如果没有我们的介入，也许青花罐会好好地待在博物馆里，直到永远；如果馆长不是那么急着做成这笔生意，梁冀也不会选择如此激烈的反抗方式；如果老朝奉的人报价再晚上那么一天，事情说不定也有转圜的余地。我们的执着、老朝奉的引诱、馆长的贪婪、梁冀的悲壮和抗争，种种因素，最终却造成了无人是赢家的悲惨结局。

我愣愣站在原地，不知所措。药不是忽然抓住我的胳膊，说他刚才看到一个人影从博物馆正门离开。想来那就是老朝奉派来和馆长接洽的人，一看罐子被摔碎，立刻就走了。我连忙收起混乱思绪，赶紧跟药不是追出门去。可惜这里正对着一条热闹大街，我们冲到门口一看，前方车水马龙，行人熙熙攘攘，那人早隐没在人群里不见了。

事到如今，就算折返回去逼问馆长，也没了任何意义。我们只好颓丧地返回旅馆，药不是去前台订返程的火车票，我直接回房间躺倒在床上，心里郁闷无比。

这趟烟台之旅，真的是太失败了。我们与第四件罐子失之交臂，眼睁睁看着它被毁掉。福公号的五个坐标，就这样永久地失掉了一个。失去这一个坐标，对寻找福公号有什么影响，我不太清楚，这还得请教戴海燕才成。但它给我心理上的冲击，实在是有点大。

这个青花罐，它熬过了明代的战争，熬过了民国乱世，熬过了"文革""破四旧"，结果却毁在这国泰民安的商品经济社会，毁于一个地方小博物馆的小小纷争。大风大浪都闯过来了，却在一条小阴沟里翻了船。

我记得禅宗公案有一个故事，说有一位将军驰骋疆场，历经百战，浴血搏杀，无数次与鬼门关擦身而过，最后得胜归朝。他带着一身荣耀返回自家府邸，半路上正赶上两个地痞流氓打架，一块砖头飞过，正中太阳穴，结果将军坠地不治。禅宗以此表达世事无常之苦，现在想想，和这罐子的遭遇还真是有点相似。

古董也罢，古董江湖也罢，不也正是这世事的一部分吗？

往好的方面想，老朝奉派来的人也啥都没得到。这是唯一值得宽慰的事。

我正躺在床上胡思乱想，忽然大哥大响了。

这大哥大是药来送我的。当初去卫辉，药不是要求断绝一切来往，所以我就给扔家里了，回北京之后才重新带在身上。这会儿响起，我估计是烟烟打电话过来询问进展，赶紧接起电话。

电话那头一个熟悉的苍老声音传来，让我整个人瞬间如坠冰窟。

"小许，你最近可是够忙的啊。"

老朝奉！他终于坐不住了！

他的声音还是那么从容亲热，似乎什么都没发生过。药不是恰好走进屋子来，我冲他使了个眼色，示意安静，然后悄悄按下了扩音键。药不是反应很快，他立刻一动不动，保持着完全的安静。

"老朝奉，是你。"我故意把名字说出来。药不是一听居然是他，镜片后闪过两道利芒。

老朝奉道："我得承认，我低估你了。我本来以为你还是《清明上河图》时候的那个愣头青，没想到居然成长到了这地步。手下人一次小小的失误，居然让你钻出如此之大的一个口子，我现在很被动啊。"

能让宿敌说出这种话来，可比一百次表扬都让人舒坦。我微微一笑："承蒙您平日的教诲，我才能学以致用。"

"算了，过去的事情就不提了。咱们还得往前看不是？"老朝奉也挺淡然。

我没有跟着他的节奏走："不要绕圈子了，你打电话来，到底想要做什么？"

老朝奉呵呵一笑："我是想和你谈谈合作。"

"免了，我们是敌人，不是你死就是我亡。"我毫不犹豫地拒绝。

"那好，我换个词，咱们谈笔交易如何？"

"我可没心情跟你谈。"我一口回绝。药不是说过，一切送上门的东西都不能要。老朝奉要跟我交易，背后一定有大阴谋，我绝不让敌人如愿。老朝奉早料到我的态度，他淡淡道："小许，你还是听听吧，不然木户小姐可不会开心。"

"你说什么？"我大吃一惊，手机差点没握住。

话筒里忽然传来了木户加奈的呜呜声，似乎受到了很大的惊吓。然后又换成了老朝奉的声音："我们可以继续谈了吧？"我愤怒地吼道："你这个卑鄙小人！我们之间的恩怨，不要牵扯无辜的人进来！"

老朝奉没说话，似乎在不急不忙地等着我的回应。事关木户小姐的生死，我别无选择，只得咬紧牙关道："好，谈！你说！"

老朝奉道："我这个交易，是关于那五件青花人物罐的。"

我心里一动，"尉迟恭单骑救主"刚刚被摔碎，他就打电话过来了，这前后一定有牵连。

"我想你现在也应该知道了。当年许信归国，击沉了福公号，然后把牵星坐标藏在五个青花人物罐里。现如今'尉迟恭单骑救主'已毁，真是让人惋惜。你我手里的坐标都残缺不全，不妨互通一下有无。"

老朝奉的这个提议，有点意思。

我仔细盘算了一下。目前我手里得到的，有"细柳营""鬼谷子"和"三顾茅庐"的三句话。老朝奉手里，却不知道拿到了多少。但他既然提出交换，说明我至少有一个坐标是他未掌握的。

不过我没急着开口，等着他的下文。

他继续说道："我对小许你，从来都实话实说。如今在我手里的，除了'细柳营'和'鬼谷子'之外，还有老郑家的'西厢记'，这都要感谢郑教授。"

"郑教授……"

"不错，当年药来去长春的故事你也知道。其实'西厢记'并没有失踪，被郑安国妥藏在了某处，只有他跟他儿子知道去处。多亏了郑教授记忆力好，这么多年一直没忘，把它献给了我。"

听老朝奉这么一说，我才明白，原来"西厢记"的下落，郑教授从小就知道，可竟然谁都没告诉，连药来都不知道。直到投靠老朝奉后，他才吐露出来——这老郑家的人，到底有多疯魔啊？！他爹为了件瓷器能把救命粮给舍了，他一个十岁的孩子，爹妈饿死在身边，自己奄奄一息，居然也死藏着秘密不肯说。即使被药来救下带回北京，他也只字不提，就这么隐忍了几十年。

郑家基因里的疯狂和固执，真是令人叹为观止。

可这个故事里，有一个大问题。

"没有尹银匠的'飞桥登仙'，你怎么打开那罐子的？"我问。

老朝奉呵呵一笑："因为那个罐子，从来就没修补好嘛。"

"什么？"

"那五个青花人物罐，早在民国二十年就被打开过，随后重新修补好了四个。唯独'西厢记'这罐子，却没来得及修补。"

我知道他没必要撒谎。药慎行既然有办法开罐，自然有办法补上。只不过修补极费时间，他只来得及补了四个，就失踪了，这不算离奇。我相信老朝奉对庆丰楼那件事，肯定还有更多情报。不过此时问他，他必然不会回答。我按捺住好奇，听他继续说道：

"总之，'西厢记'如今在我手里，全世界独此一份。"

我反唇相讥："'三顾茅庐'在我手里，也是全世界独此一份。"老朝奉呵呵笑道："所以啊，我们不妨互通有无。"

我大概明白他为何打电话来了。我与老朝奉各有三罐，其中分别有一罐为对方所无，我缺"西厢记"，他缺"三顾茅庐"。若是任何一方再得到"尉迟恭单骑救主"，都会占据主动优势。可这个罐子竟然惨遭不幸，两边都没得着。现在我们手里坐标残缺不全，两个人若不凑在一起，谁也别想搞清楚福公号的沉没位置。

这世事岂止是无常，简直就是讽刺！

难怪老朝奉立刻就打电话来，跟我这个大仇人交易，他别无选择。

他没有，但我有选择啊。

我冷笑道："坐标的事，我可不急。我又不急着捞出福公号，只要让你捞不到就够了。"

老朝奉似乎对此早有成算："呵呵，小许，你还是太小看现代的海洋勘测技术了。我实话告诉你，凭现在日本的技术实力，只要锁定大致区域，就一定能找到沉船位置，只是时间花费多少而已。现在你跟我交换坐标，我呢，能省点麻烦；你呢，能争取到和我同一条起跑线。咱们各握四个坐标，公平竞争，各自凭本事去捞——再这么拖下去，只会对你越发不利。"

我沉默不语。他果然是只老狐狸，句句都砸在了关键之处，逼着我按他画下的路走。

"我怎么知道你给我的坐标是真是假？"我问。

"这五个坐标，彼此之间都有关联。如果其中一个坐标是假的，跟其他几个根本对不上榫头。你身边想必也有高人通晓牵星术。交换之时，让这些专业人士去验证就是了。"

老朝奉几乎要把我给说服了，我忽然觉得对面有动静，略一抬头，看到药不是举着一张白纸，上面有他匆匆写的四个字："三顾茅庐"，旁边还加了一个大大的问号。

我略一思忖，便知道他是什么用意，遂对着电话开口问道："既然'三顾茅庐'对你也有用，当初为何要在杭州把它毁了？"

我原来就隐隐有这个疑问。老朝奉拼命搜集坐标，每一个青花罐都很重要。可他在杭州的架势，真可称得上是处心积虑，又是曾小哥布置家具机关，又是郑教授买通小孩，似乎不砸碎瓷罐誓不罢休。

老朝奉哈哈大笑起来："我来问你，这么大一罐子摔在地上，碎成几百片，结果恰好藏有坐标的那部分碎成一整块，你不觉得太巧合了吗？"

我愣住了。

对啊，一个罐子摔碎，哪有那么巧，把坐标摔成一块，不多也不少。我之前觉得是有点巧合，可并没往深里去琢磨。

"小许，你金石专业不错，瓷器还是了解得太少哇。"老朝奉语重心长，"你没注意过那青花罐的开片纹路吧？"

老朝奉说得没错，我确实只关注了那些青花罐的纹饰，寻找釉囊衣，还真没注意过釉面开片的形态。

开片是烧制瓷器时釉面开裂的裂痕，最初是技术缺憾，后来反成了瓷器魅力的一部分，还细分成网形纹、梅花纹、蛇纹、蟹爪纹、百圾碎，等等。后人烧制瓷器，有时还故意烧出开片。我一直觉得这个只有鉴赏上的价值，所以并未过多关注，也没认真研究过。

经老朝奉这么一提醒，我连忙把木户加奈的那套老照片翻出来，仔细去看。那个"三顾茅庐"罐上，釉面呈鱼子纹状，但在诸葛亮胳膊周围有一圈不太起眼的细缝纹，恰好围着衣袖转了一圈，其围成的形状，恰好是药不是捡到的那枚碎片的形状。

我想起来了，《玄瓷成鉴》明明提到过这个现象，可惜我只是草草翻过这一段。书里说过，自然开片，浮于釉面，不及胎骨，若隐若现。若是刻意开片者，则会深入瓷胎，边缘分明。

"三顾茅庐"罐这一圈开片纹路清晰明白，显然是有人有意为之。

这种深入胎内的开片手法，可以控制开片的走向和形状，外面还会多涂一层釉胶。当瓷器摔碎时，它就像是钢化玻璃一样，允许罐体沿开片方向碎裂，保留特定形状的整块碎片。《玄瓷成鉴》把这种手法称为"摔云"，水平高的人，可以保证想保留哪部分瓷面，就能让哪片不碎。

现在回想起来，在绍兴的教堂里，尹银匠观察碎片边缘时曾说了一句："不像是摔出来的，更像切出来的。"我早应该注意到！

老朝奉略带遗憾地说道："本来呢，我是想制造一场意外，把它摔碎，然后不引人注意地取回碎片。没想到准备了半天，反而给你做了嫁衣。"

"这大概就是天意吧。"我冷然道。

老朝奉道："好了，三天之后，晚上十点，北京城老地方见，我等着你。"

他不待我同意，直接挂断了电话。

我把大哥大放下，看向药不是。他全程都听完了，却没急着发表意见，手指有节奏地敲击着柜面，似乎在沉思这意外的变化。

"先声明，木户小姐我无论如何，都得去救。"我先表明自己的态度。以药不是的狠劲，说不定会很干脆地牺牲掉木户加奈，这是我不能接受的。

药不是似笑非笑："我记得你跟她曾经有婚约？"我连忙辩解道："这与那个无关。木户小姐有恩于我们许家，这次又特意来中国通报重要情报。于情于理，我都不能坐视不理。"

药不是无意在这个话题上多作纠缠："从我的感觉来说，老朝奉这次提出的交易，似乎很公平。我们各自得到四个坐标，凭本事去打捞，挺好。"

"可是如果他说谎呢？"

药不是摇摇头："老朝奉应该没撒谎。"

"你怎么知道？"

"简单的逻辑推断罢了。如果他手里牌特别差或特别好，都不会跟我们交换。博弈学的原理，是让每一个人都在削弱对手和壮大自己之间取得纳什均衡。如果你手握四个坐标，会和掌握三个坐标的对手谈判交换吗？"

我摇摇头，当然不会，这是显而易见的。戴海燕说过，掌握至少四个坐标是出海捕捞的先决条件。我自己若已经达成这个条件，何必再帮助敌人跨过门槛呢？

药不是继续说："'尉迟恭单骑救主'被毁掉之后，他主动打电话要求交易，说明他的压力比我们还大。你想，细柳营和鬼谷子元气大伤，警方顺着这个链条已经发起了数轮打击，五脉内部也开始搞起清查整顿。他急需取得一场胜利，来挽救之前的损失，恢复组织士气。说不定日本方面也在对他施压，毕竟一支打捞沉船的考察队的维持费用非常昂贵，不可能无限期地等下去。"

"所以你的意思是，答应这次交易？"

药不是竖起一根指头，目光沉静："还记得我第一次见面跟你说过的吗？永远不要信任主动送上门的线索。"

我又一次来到通惠河旁的那座老宅。老宅子没什么变化，门口还坐着两个蹲虎石礅，门楣上的缠花纹路依旧清晰。不过因为已经晚上十点了，院子里那半棵槐树看着比白天狰狞得多，跟个妖精似的张牙舞爪。

我一个人迈入院子，里面早已有人等待。树下站着一个很熟悉的身影，头发和眉毛被剃了个精光，但那张惨白的脸，想认错了都难。我不由得叹了一口气："你现在居然还敢现身？"

柳成绦恶狠狠地瞪着我，那眼神如利剑一样刺向我的胸口，仿佛要把我的心脏搅得稀巴烂。他压低了嗓音道："我一定会亲手把你烧成瓷器，一定！"

这家伙被我搞得失去了一切，为了躲避警方通缉，连头发眉头都给剃光了。原来那副风雅模样荡然无存，连说话风格都变了。

现在全国最恨我的人，恐怕就是他了。

我懒得跟他在口舌上计较，开门见山："我现在已经如约来了，老朝奉呢？"柳成缘从腰间拔出一把雪亮的匕首，舔了舔舌头："收拾你，有我就够了。"他一脸狞笑着向我靠近。

一个苍老的声音忽然从后面的厢房中传出来："成缘，别胡闹。"

柳成缘停下脚步，嘴角抽搐了一下，强抑住自己的怒火。我朝那边的黑暗中望去，一个老人和一名女子慢慢走了过来。

木户加奈面色惊慌，头发散乱，双手被捆缚在身后。而站在她身后的，居然是郑教授。

我有些失望，不过也不算太失望。指望老朝奉在这时候现身，不太现实。他派了柳成缘和郑教授来代表，多少让我松了一口气。万一来的是药不然，我真不知道该怎么办才好。

郑教授深深看了我一眼："小许，我在烟台看见你了，可惜没时间打招呼。"

我恍然大悟。老朝奉派去烟台的人，居然是郑教授！难怪那个馆长那么痛快地答应交易，难怪梁冀会反抗得那么绝望。郑教授也算是考古圈里的名人，他出面，和别人的效果可大不相同。梁冀搞不好还是他的学生，见到尊敬的老师暗中搞这么龌龊的事，难免情绪崩溃。

郑教授看到我面露冷笑，不禁有些赧然。他目光略有躲闪，喃喃说着那博物馆管理混乱，好东西搁那儿实在浪费云云。他给自己找借口的本事，早在塘王庙里我就见识过了。

"郑教授，您居然把'西厢记'罐献给了老朝奉，难道他是您爹？"我讽刺道。

郑教授一点愧疚也没有，胸口一挺："如果我父亲在世的话，他也会做出同样的选择。牺牲一件万历苏料青花，可以换回十件柴器。那可是柴窑啊！多少瓷人梦寐以求的柴器！哪怕用我的命去换，也心甘情愿。"

柳成缘不耐烦道："好了好了，瓷器课就上到这里。赶快交换吧。"

我一挥手："我现在已经来了，她作为人质已无意义。你们先放她离开，交易才正式开始。"

郑教授倒没耍花样，给木户加奈解开绳子。她身子往前一倾，一个趔趄，差点摔倒。我见状快走两步，把木户加奈扶住。她抬头一看是我，把头埋到我胸口，放声大哭。她从小生活养尊处优，何曾受过这等惊吓。我满是愧疚地连声说："真对不起，连累你了,现在没事了,没事了……"木户加奈哭了好一阵,才止住抽泣。

"他们有没有虐待你?有没有受伤?"我关切地问道。木户加奈摇摇头,表示没有。我对她低声道:"你快离开这里,外面有人接应。"她知道这不是说话的时候,担心地看了我一眼,我表示没问题。

木户加奈这才飞快地离开院子,消失在夜幕里。

我确定她脱离了危险,才开口道:"你们想要如何交易?"

我们对彼此都没有信任可言,必须得有一个双方都放心的流程才成。柳成缧阴狠地看着我,若不是郑教授主事,他有可能直接出手把我弄死,再搜尸体。

郑教授道:"张松献图。"

张松献图是一种古老的古董交易方式,一般用于双方实力不平等的情报交换。不像古董或金钱那样,价值与物件本身固定,情报的价值,别人看一眼可能就全没了。比如说我有张藏宝图,你拿一百两银子来换,我若先把图给你,你看一眼全记住了,然后反悔不交易。你比我强,我想把钱讨回来都没办法,血本无归。

张松献图,就是为了这种情况而设,让弱者先挑,以图安心。强者也不亏,因为他们强势,不怕弱者反悔。说白了,就是通过偏袒弱者的交易方式,让双方对毁约成本的承受力达到平衡。

具体到这次交易上来,他们先给我"西厢记"的坐标,我验证无误后,再把"三顾茅庐"给他们。依循这个流程,他们即使给我假的,我也不怕,因为我的坐标还没给他们。他们也不用担心我给他们假的,因为这院里他们场面占优,就算发现作假,再问我要便是。

我满意地点点头,郑教授这么安排,也算是有诚意了。这个交易方式看似简单,却也下了一番心思。

郑教授从怀里掏出一张字条,递给我。我打开一看,上面写着一句话:"西边看狮子星一指半。"虽然我看不懂,但风格和我手里的三份如出一辙。

我看了他一眼,后退两步,拿起大哥大拨号。柳成缧则悄无声息地站到我身后,只要我有要跑的企图,他会毫不犹豫地出手。

电话对面,戴海燕已经恭候多时。她已经预约了复旦大学的海事计算机,可以迅速验证其准确性。她听我报完,噼里啪啦地开始敲击键盘。整个计算过程不超过五分钟,很快她就告诉我,这个坐标的真实性超过百分之八十。

我本以为她会告诉我是或不是，没想到她会报出一个百分比。

戴海燕说："我只能确定这个坐标和目前已知的三个坐标不矛盾，至于是不是真的，无法判断。"我说："那你能否确认一下，那个地点是否在明代的中日航线附近？"

明代的中日航线是从长崎到澳门以及福建，戴海燕那边忙活了一阵，说："没错，确实在这条航线上。"我说："行了，这就够了。"于是对郑教授点了点头，表示收到。

"现在轮到你了。"

我掏出一支笔和笔记本，撕下一张纸，唰唰写下几笔。郑教授接过去，也拿起一个大哥大，一边低声说着话一边走到另外一个角落。柳成绦虎视眈眈地盯着我，舔着嘴唇，跟一只亮着绿眼的藏獒似的，随时可能挣脱绳索扑上来。

"你为什么会跟着老朝奉？"我忽然发问。柳成绦一怔，他没想到我还敢主动跟他搭话。我笑道："反正郑教授的验证还得等一会儿，你又不能对我动手，干吗不聊聊？"

柳成绦"哼"了一声，把脸转了过去。我主动凑过去，笑眯眯地说："谟问斋公私合营之后，你们柳家南下，本与古董这个圈子再无瓜葛。父辈本来已经断掉了念想，你又何苦掺和进来？"

"关你屁事？！"他把匕首狠狠一捏。

"闲聊嘛。我听说你小时候不爱出去玩，就在家待着，生生磨炼出了一手鉴古的手法？啧，这么好的条件，干吗不走正道？"

柳成绦勃然大怒，拿刀就刺了过来："你没得过白化病，哪能知道我的痛苦？"他满怀怒气，刺得根本没有准头，我轻轻躲过去，继续道："别把自己的遭遇归罪给环境，没人能逼你选择，除了你自己。"

"我可没的选！"柳成绦恶狠狠地又刺了过来。我知道我已经刺痛他的弱点了。一个白化病少年，在家庭、学校和社会上会遭遇什么样的压力，可想而知。他的残忍、极端，恐怕都源自于此。柳成绦对老朝奉如此死心塌地，大概是因为老朝奉给了他正常社会所不能给予的东西吧！

"你觉得只有在老朝奉这里，才能找到自己的价值所在？把人烧成瓷器，你才觉得内心得到认同？"我喋喋不休，柳成绦越来越恼怒，刀子挥得越来越快。好在他因为愤怒，手腕抖得厉害，我一步一步往后退去，勉强能躲开攻击。院子很小，我们俩只能绕着那棵大槐树你追我赶。

"你知道吗？这棵槐树是被雷活劈死的，最能惹来怨气。你身上的那些人命，现在都吊在树上，朝下看着你呢。"我大声喊着。

柳成绦压根不信，可他还是下意识地抬头看了一眼。内心有鬼的人，总会有着莫名的恐惧。我趁机跑远了几步，高声数着："你看，这是你的女友，那个是你的助理，挂在树梢尖上的胖子，是你那个合作伙伴吧？看到眼珠在转了吗？他们都想拽着你一起进窑去烧呢……"

也不知道柳成绦是根本不信，还是为了遮掩内心的惊慌，他大吼了一声，把匕首朝我丢过来。我头一偏，刀刃"扑哧"正刺入槐树干内。

"成绦，住手！"

这时郑教授回返过来，见柳成绦正挥刀乱舞，赶紧大声喝止。柳成绦却恍若未闻，仍旧朝我扑过来。郑教授一把死死拽住他胳膊，才勉强按住这个快疯的家伙。我背靠着槐树，微微喘着气，如果郑教授再晚点回来，说不定我就真挂在这儿了。

柳成绦刻意背对着槐树，脊背弓起，似乎在微微发抖。郑教授皱了皱眉头，不知我对他干了什么。不过郑教授没有问详情，而是先说正事："验证过了，小许你给的坐标没有问题。"

"很好，这样我们就处于同一条起跑线了。"我平静地说，"那么祝两位晚安，我们很快就会再见面的。"说完之后，我轻鞠一躬，朝院外走去。

郑教授没拦着我，交易已经结束，现在即使他们发难把我弄死，也没任何意义。

柳成绦轻轻喘着气，怒视着我，却没有再冲过来。

古董局中局4

第十一章

海上争锋

此时的天气状况非常好，天空几乎一丝云都没有。炽热的阳光毫无保留地照射在海面上。这一片深蓝色的辽阔海域波光粼粼，宛如海底隐藏着无数的珍宝，可以任君采撷。可惜的是，无论朝什么方向看过去，都是完全一样的风景。初看时令人兴奋、雀跃，可时间一长，会让人产生视觉疲劳，仿佛这个世界永远是这样，再也不会有任何变化。

药不是脸色惨白地扶着船舷边的栏杆，身子随着船身轻轻摇摆。我从他身后走过去，递上一瓶水和一粒晕船药，拍拍他的肩膀。药不是一言不发地把药接过去，和水吞下。昨天晚上这条船摇晃得很厉害，他是吐得最惨的一个。

"实在撑不住就先回舱室吧，躺着能感觉好点。"我说。药不是看了我一眼，有些不甘心："你怎么不晕船？以前出过海？"

我笑眯眯地拍了拍脑袋，说我这是天赋异禀。这我可是一点没吹牛，从小我就不怕摇摆和旋转，能自己原地转上二三十圈，然后走路还是一条直线。若不是家里出了变故，我的体质够格去当飞行员。

听到这话，药不是"哼"了一声，努力抿住嘴唇，估计胃里又开始翻腾了。

"你从前出过海没有？"我问。

"没有。我一直尽量避免坐船，尤其是海船。我总觉得一到海上，就失去了对周围事物的控制，是好是坏，听天由命。我不喜欢这种感觉。"药不是试图解释自己的窘态。

归根到底，还是这家伙的控制欲太强了，难怪高兴受不了他。我反问道："那你这次干吗勉强跟过来？这不自己找罪受吗？"

"我总有种直觉，福公号不只与你们许家有关系，跟我们药家也有牵连。那条沉船,隐藏的不只是历史,我必须得在场。"

"是啊,现在老朝奉的势力风雨飘摇,福公号恐怕是他的最后一根稻草。拿到那十件柴瓷,老朝奉还有机会号令群雄,若再失手,他再也没有翻身的机会了。搞定福公号,回去之后就可以直接把老朝奉揪出来!"我信心十足地说道。

话音刚落,一阵带着腥味的海风轻吹,把海面吹起一片片白色褶皱,有如野马在原野上奔驰时飘起的鬃毛。只有在这个时候,大海才会变得生动起来。我把胳膊搭在栏杆上,身体朝前弯去,和他并肩而立。我们俩就这么眯着眼睛,望着远方的海平线。碧蓝的天空和深蓝海面在那里交会,我们的目的地,应该就在那条线上的某一个点。

我们的船是两天前出海的。这是一条船龄超过二十五年的老船,隶属于交通运输部上海打捞局。本来刘局与黄克武想调配一艘五千吨级的拖轮,但有关部门认为现阶段资料太少,水文不明,派遣大船有点浪费,最后只批了这么一条又老又小的船。

这条船的编号是打捞08号,吨位只有一千吨,巡航航速二十节,最高航速二十五节。它的分类属于海事打捞船,但并不具备打捞功能,因为没有大型起吊设备,只在舰尾设置了一个抓斗。潜水配套设备在船上有那么几套,但不能进行水下电焊和水下切割作业。船上最值钱的一台设备,是瑞典产的海底主动声呐探测仪,用来搜寻沉船残骸。

换句话说,这次出海,我们只能进行沉船的定位和船内打捞工作,想把福公号整体捞起来,是绝无可能的。对此我挺无奈,不过这已是在仓促时间内能争取到的最好条件了。因为几乎就在同一时间,日本人的考察船也已出海,再拖延下去就会被他们捷足先登。

打捞08号从上海出发,船上除了船员之外,还有我、药不是、方震、沈云琛和戴海燕,再就是一位水下考古专业的教授,叫林川,以及一名专业的潜水员。

方震能同行,让我安心不少。不知道这家伙的具体职务是什么,但他总是能充当各种协调员的角色,下到绍兴公安局,上到交通部和海军,没有他不能协调的部门。这次出海他能跟来,代表了有关部门的某种意志,至于是和什么有关的部门、哪种意志,我就真不知道了。

戴海燕是当初我答应好了的,不过沈云琛居然也跟来了,倒真出乎我的意料。海上条件艰苦,我本来不赞同老太太亲自舟车劳顿,沈云琛却笑眯眯地打开一个紫檀色的行李箱，从里面掏出一摞木板。这摞木板都是乌木制成，一套十二份。

我还没说什么呢，旁边的戴海燕忽然发出一声惊呼："呀，牵星板！"我这才知道，这就是古人用来牵星定位的牵星板。

她淘来的这一套板子品相保存十分完好，上面的望准、分度、刻字都清晰得很，板子上下都留有一处微微凹下去的痕迹，这是测量时牵线留下的压痕。背面写着"大清雍正年制"以及"泉州"等字样，一看便知是雍正年间闽商的用具。

清代海禁严格，顺治、康熙两朝均实行南洋禁海令，片帆不准入海。到了雍正一朝，才废除此令，开放四个通商口岸，远洋贸易有了一个小小的回升，可到了乾隆登基，又彻底闭关，一闭就闭到了鸦片战争。这套牵星板，应该就是雍正废除南洋禁海令后，闽商为出海所制，十分有意义，它象征着中国古代最后一次拥抱海洋。

这套板子的价值可不小。它一整套由乌木制成，打磨得光滑如镜，表皮呈黄褐色，握在手里沉甸甸的。乌木又叫阴沉木，其实是木材在特定环境下碳化如石了。乌木材质紧实坚硬，不惧海风侵蚀，是充当航海仪器最好的材料。古董行有句话："家有乌木半方，胜过财宝一箱"，可见其珍贵。这套乌木牵星板大小有十二块，可真是下了血本——不过话说回来，大洋风险重重，谁也不会在导航仪器上省钱。

清代航海技术衰退很厉害，到了近代，西方仪器纷纷进入中国，牵星技术逐渐失传。这牵星板流传下来的很少，在市面上十分罕见。也只有沈云琛这种青字门大佬，精通木器，才有门路弄来这么一套东西。

打捞08号上有现代导航设备，比牵星板要精确得多。不过毕竟坐标以古法写就，若能以古板作为验证，会更加准确。这可真是一份大礼。

我向沈云琛道谢，她笑道："佛头案、《清明上河图》风波，两件大事我都没帮上你什么忙，这次若再没什么表示，以后真没脸去见刘老爷子了。"说到这里她眼珠一转，兴致更加高涨："再说这沉船藏宝，是多好的话题啊。聂卫平在中日围棋擂台赛连胜十一场，全国人民都开始学下围棋。倘若这次咱们满载而归，说不定全国人民都开始玩古董了呢。到时候咱们也拍部惊险电影，学《少林寺》，给中华鉴古研究学会宣传宣传，对发展将会是极大促进。"

我一阵苦笑，三言两语，这老太太又转到商业运作上去了，怪不得她非要跟来，原来真正的用意在这儿呢。

这套板子我还没焐热乎，立刻被戴海燕给收走了，她说难得有实物，可以借机研究一下用法。这姑娘上船以后,一直没怎么和人来往,大部分时间都待在自己舱室内,要么就是独自站在船头,高举着板子不知在鼓捣什么。大家开始觉得奇怪,久而久之也就习惯了。

"如果我是一男的,你们就见怪不怪了对吧?"戴海燕有一次问我。我连忙说:"怎么会?"戴海燕耸耸肩:"你的眼神已经出卖你。好像科研工作必须是男性干才正常似的。"

她指的是林川教授。林川教授是专门研究水下考古的,按照规定,这次出海考察只有他才有资格带队。虽然这船上五脉的人不少,但说起水下考古,人家才是专家。

林川教授跟黄克武很熟,这次也是受其所托,当然他自己也十分感兴趣。要知道,沉船里藏的可是柴窑瓷器,而且有十件!"柴窑"这两个字,玩古董的无论谁听了,都会为之疯狂。

林川教授是苏州人,长得有点像老太太,慈眉善目,说话也是轻言细语,不凑近不大容易能听到。但他的资历可不浅,从20世纪60年代开始就研究水下考古,是国内少数几个懂行的,先后对十几条古沉船进行了探索打捞,经验丰富。

"小许,你知道吗?根据联合国教科文组织的统计,在全世界的范围内,还没被发现的古沉船至少有三百万条。这是个什么概念?人类有明确记载的历史才五千年,等于每年要沉没六百艘,平均一天两艘,跟下饺子差不多了。光咱们的沿海和东南亚地区,中国沉船少说就有三千多条。这是何其丰富的一个宝藏库。如果不好好搞,可就全让外国人把便宜占去了。"

一见面,林川教授就拉着我的手,絮絮叨叨地说着一连串数字,特别认真。我国的水下考古长期不受重视,想必他也是寂寞太久,这回难得有人愿意出资出海考察,老头可高兴了。我挺喜欢他这个人,感觉是那种单纯的学问人,没什么心机。

同船的还有一名潜水员,是林教授的老搭档,负责对沉船进行海底勘察。他叫钟山,沉默寡言,跟我没啥话题可聊,但据林教授说,他的技术没的挑,经验丰富,考察沉船是个极其危险的工作,非他莫属。

这是我们这次考察的全部班底,说实话,薄弱了点。不过这已经是在有限时间内能争取到的最多资源了。

我们这条船从上海出发,一直向着东南方向前进。我们的目标在两百多海里之外的广袤东海之中。为了防止老旧轮机出问题,打捞08号的航速并不快。船长告诉我们，抵达预定海域大约要花两天的时间。

五件万历人物青花罐提供的坐标是这样的："鸡笼开洋用甲卯针六更，北辰星十一指半平水，华盖星一指平水，西边看狮子星一指半。"戴海燕给我解释过，鸡笼是基隆，甲卯指东北方，六更是十二个小时。当北辰、华盖、狮子三星与海平面的夹角分别是十一指半、一指和一指半时，所在之处就是沉船之地。剩下的，就是三角函数和现代经纬度的换算了。

虽然少掉了一个坐标，戴海燕还是推算出了一个大概范围。福公号沉船地点的大概位置，是在北纬25度44分，东经123度28分，没法更详细了。戴海燕告诉我，可能沉船的海域非常宽广，粗略估计得有七万平方千米。这么一条小船开过去，只能一点一点搜。

更麻烦的是，这片海域紧邻敏感地区，因此当初主管部门批准时也很犹豫，对我们的行动限制很多。比如这次出海，名义上是由中华鉴古研究学会出钱，雇用打捞船进行考察作业，是私人商业活动，不是官方行为。而且不允许我们靠近邻近海域的任何岛屿，以免引发不必要的冲突。

这个季节，东海相对风平浪静，一路上没什么风险，就是太阳有点晒。白天我们大部分人都躲在舱室里，只有太阳快落山才上去拍几张照片。晚上的星空很漂亮，可惜船长禁止乱跑，这条船吨位小，风浪稍微大一点就摇晃得很厉害，一下子晃进海里可不得了。只有戴海燕这种胆大的家伙，才会偷偷跑出来，因为她说，想用牵星板测量，必须得是星空之夜。结果她一不留神被缆绳绊倒，差点跌下船去，幸亏被路过的药不是给救了。

当时药不是还在晕船，在狭窄的舱室里实在喘不过来气，就跑到甲板上透气。正看到戴海燕跌倒，赶紧伸手拽了一把，这才避免了我军先折一员大将的悲剧。然后两人拿着牵星板，研究了大半夜，一直到天空露出鱼肚白才各自回去休息。

药不是对戴海燕挺欣赏，跟我说这是个讲道理的姑娘。言外之意，他之前碰到的，都是不讲道理的。我看他一本正经的样子，打趣说："你看上人家了？"药不是沉思片刻，一歪头："确实很合适。"然后，就没下文了。

打捞08号在东海顺顺当当走了一天半，即将抵达预定海域时，戴海燕和林教授召集了所有人，开了一个会，拟订搜寻方案。

林教授主持会议，一开始他就猛打预防针："锁定沉船位置，是一件非常复杂的事。海底坡度、洋流、气候、地质变动，都有可能让沉船位置发生变化。有的时候，沉船移动十几海里都有可能。那个牵星术坐标，只是标明福公号在当时的沉没位置，从明代到现在有几百年了，这条船目前跑去什么地方，可就不好说了，戴小姐划定的那个七万平方千米的海域，只能说存在的可能性更大一些。"

听他这么一说，我们面面相觑，才知道把整件事想简单了。我原本以为跟陆地上似的，拿着宝藏图总能找到。林教授正色道："甚至在一些极端情况下，整条船的保存条件不好，木质零件被海水腐蚀、糟朽，然后漂散，最终整条船彻底消失。你们得做好这个心理准备。"

"那您估计这次的成功概率高吗？"我问了一个有点傻的问题。

林教授看了我一眼："这一带的海底水文资料，我国非常缺乏，我们只知道属于大陆架的延伸部分，水深不超过一百米，海底相对平缓，找到沉船概率不低。不过，附近是冲绳海槽，如果沉船移动去了那边，甚至跌入槽底，那就彻底没有希望了。"

他看了一眼我们，注意到我们对这个模棱两可的回答不太满意，不由得叹了一口气："诸位都是五脉的人才，不过水下考古你们可不熟。我捞起过十几条船，可一大半是江河和浅海码头沉船，真正捞起来的远洋沉船凤毛麟角。我必须讲清楚，这是一个非常容易有挫折感的行业，成功率非常低，大部分时间，都是在失望和失落中度过。你们如果抱的期待太大，恐怕结局会让你们大失所望。"

沈云琛看看我们这些年轻人，清了清嗓子："林教授，您说得对。咱们把事情做到最好，至于成不成的，就交给老天爷吧。"她到底老辣，两句话就把沉闷的场面给接住了："您说说接下来具体要做什么吧。"

林教授道："这条船上带了一台海底旁侧拖曳声呐，可以扫描海底的地形特征。我们先从小戴划定的那一片海域开始，把它划分为网格，标上号码，然后逐格扫描。这台机器侧扫覆盖宽度二百米，能识别一米五幅度的变化，所以如果地形特征有突然的起伏，那便可能是残骸——当然，也可能是丘陵或沟槽。"

"听起来还挺简单的嘛。"我评价道。

"技术上没那么复杂，只是单调枯燥罢了。"林教授看了我一眼，"扫描的时候，这条船必须以三节的速度，沿网格直线前进。声呐仪每工作五小时，就要关机充电三小时。你算算看，若扫完这七万平方千米，需要多少时间。"

我心算了一下，不禁咋舌。这次出海，五脉不可能无限资助，预算有限。目前的投资，刚刚够维持把这七万平方米扫一遍的时间。换句话说，中间不能有变故，机器不能坏，风暴不能来，稍微有点耽搁，就扫不全整个海域。

日本人肯定比我们有钱，坚持的时间更久。一想到这里，我就有点担心。

声呐在工作时，会把实时信号回馈到监控仪上，这需要随时有人在旁边看着。不过这个过程实在太漫长，一个人可扛不住，所以必须得轮流值班。接下来林教授安排了监控声呐屏幕的班次，除了船员之外都得来，然后他讲了一些海底地形探查原理和地形识别入门，开机演示了几次，我们轮流上前操作。

"福公号已经在水里泡了几百年，姿态和解体程度如何，我们并不清楚；是否处于复杂地形，周围环境是否形成干扰，我们也不清楚。就算机器扫到福公号，反馈回来的信号也可能只有那么一点点。所以你们千万不可大意，屏幕前一两秒的走神，就有可能错失良机，再不能挽回。"

听了林教授的话，我们都收敛起轻视之心，拿出鉴定古董的认真劲儿来学习。

说实话，我原本以为这搜寻沉船跟电影一样，主角只要拿到藏宝图，直接过去捞起就是，真是想简单了。听林教授这一番讲解，才知道实际操作是多么枯燥而艰苦。

培训持续了半天时间，所有人都上机操作了几次。林教授还把声呐放入海中，实战了一次，对着起伏的信号进行讲解，告诉我们分别可能代表什么地形。在随后的考核中，表现最优的居然是戴海燕，大概女生比较细心吧。我、方震和沈云琛成绩中等，奉陪末座的居然是药不是。林教授笑着说："看这个得有点想象力，海底情况千变万化，光靠手册上的波形对比可不成。"

我往旁边看了一眼，药不是这个优等生露出的失落表情，真是大快人心。

差不多太阳快落山之时，船长打来电话，林教授在电话里"嗯"了几声，眉头忽然一挑，略带惊讶。他放下电话，对舱内所有人说："我们在二十分钟内就会进入搜寻海域。不过在数海里之外，雷达发现有另外一条船。"

所有人都停下了手里的事，面色严峻。这里离正常航线很远，不可能是无关船只。我们赶紧冲到甲板上，想亲眼看看。

此时夕阳半落，海面浮着一层阴郁的酡红。我们顾不得欣赏美景，都望着远处天边的一个小黑点。随着时间的推移，小黑点越来越大，变成一条大船。有经验的船员告诉我们，那条船的吨位在一千五百吨以上，从船形判断也是打捞船，甲板很宽，很可能配备吊杆、绞车及大型起吊设备——总之一句话，比我们这条小破船的战斗力可强太多了。

那条船也是冲着这边开来，速度还很快。在太阳彻底沉入海平线之前，我们已经能看清它流线型的乳白轮廓，以及船上飘扬的一面日本国旗。

毫无疑问，这一定是东北亚研究所的打捞船，他们跟我们是同一目的，想不到居然也是同时到达。我看着那庞大的舰艏，心想药不然、柳成绦他们说不定就在上头，老朝奉说不定也在。大家都冲着福公号来，谁都不会罢手。

天色完全黑了下去之后，对面船只的信号灯闪了几下。船员说在航线上，两船相遇都会简单地做一下交流，避免事故。不过在这片海域，恐怕是示警挑衅的意味多一点。那几下信号灯的意思是，这里靠近日本专属经济区，要求我们尽快离开。

我闻言十分生气，用力拍了拍栏杆："他们凭什么要求我们离开？"沈云琛劝我道："你在这里生气，对面也看不到。他们就是讨讨口头便宜，还真能把咱们怎么着了吗？"

药不是倒有些忧心："万一他们召唤日方的警备巡逻船呢？"

方震开口——自从上船后他很少开口——道："放心好了，他们虚张声势而已，绝不敢召唤日本警备巡逻船。这里靠近公海区域，如果起了纷争，按照规定，所有涉事船只都必须离开。他们不会给自己找麻烦。"

"可是多这么一个货在旁边绕，总觉得不爽啊！"

方震慢条斯理道："也有别的办法。到了夜里，我们乘救生艇摸过去，把船上的人都给端了。"他的语气里杀气满满。饶是我满怀敌意，也被这个建议给吓着了。我们是考古船，又不是海盗，用不着做到这地步吧。

我赶紧摆了摆手，然后周围的人一阵哄笑。我才发现方震并不是认真的。这家伙开起玩笑来，也是一本正经。

这个小插曲让气氛稍微活跃了点，可大家的心情还是沉甸甸的。无论如何，我们两条船同时出现在这片海域，竞争会变得激烈，日本人不会让我们舒舒服服地找到福公号。他们的船无论吨位还是搜寻技术，恐怕都在我们之上。

这一场仗，不好打。

唯独林教授站在甲板上，背着手，眯眼远望，神态并未露出多少惊慌。打捞08号正在以灯光回应，大概意思是这里是中国专属经济区，请对方尽快离开云云。信号发完之后，对方船只不再有回应。

谁也没吓走谁，接下来就是海底见真章了。

林教授看天色完全黑下来了，招呼我们返回舱室，然后鼓励众人道："搜寻方案不变，大家不要被外部因素干扰。在探摸古沉船这块领域，技术和运气的因素各占一半——咱们技术落后，运气可未必。"

这话说得一点都不科学，但大家都发出轻轻的笑声。我忽然想起一个问题，好奇地问道："之前也应该有过类似的事吧？几方人一起找同一条船。像这种情况，到底所有权该怎么划分？谁捞到算谁的吗？"

"这是个好问题。"林教授说，"沉船文物的归属权问题相当复杂。沉船原主人、打捞公司或个人、文物原产地、船籍所在国、距离水域最近的所在国，都有权主张归属。不过现在的通行惯例，和小许你说的一样，谁捞到算谁的。"

林教授举了一个例子。1912年，著名的"泰坦尼克号"在大西洋国际水域沉船。然后到了1985年，美国人罗伯特·巴拉德终于成功发现这条船的沉没处。当时引起很大争议，英国人认为泰坦尼克号船籍属于白星公司，所以沉船应该归英国；美国则坚持说发现者是美国人，归属权应该是美国；加拿大认为沉没水域毗邻加拿大海洋经济区，他们才是真正的主人。就连泰坦尼克号沉没前途经的法国和爱尔兰，都有主张。结果在混乱的归属权争吵中，打捞公司各行其是，纷纷赶来打捞，甚至屡起冲突，最后各国不得不坐下来谈判……

跟泰坦尼克号比起来，我们和日本人围绕福公号的争夺，根本不算什么。药不是忽然问："这些打捞公司在冲突中都用了哪些招数？"

林教授道："打捞船是非军事交通工具，武装冲突是不会，最多是对对方进行通信误导、利用洋流使坏什么的，严重的还会使用船体冲撞——不过那就涉嫌刑事犯罪了，要上海事法庭的。"药不是点点头，似乎在默默思考，又道："其实在发现泰坦尼克号前一年，还有一件对咱们中国触动很大的事。"

1986年，一个叫迈克尔·哈彻的英国人，用了三个月时间，在香港西南海域探摸到了一条东印度公司的商船。这条船沉没于1752年，迈克尔·哈彻在一本古航海日志里找到它的记录，便偷偷前来探索。他没有整体打捞，而是分多次潜水，从里面弄出了十几万件瓷器、一百多块金锭。后来这些东西全都放到嘉士德去拍卖，卖了两千多万美元，全都落入迈克尔·哈彻的囊中。

林教授拍着大腿叹息道："如果我们能够早点重视，这些就不会流失到国外去。

国家那时才开始重视水下考古与打捞这块。可惜需要补的课太多，得一步一步来。"

说到这里，他扫了我们一眼："诸位都是古董行当的人，有自己的规矩。不过我先提醒一声。这次是我带队，是正规的考古行动。捞出来的东西，可是要收归国有的。"

我点点头，我的目的不在于此，对柴瓷并无觊觎之心，博物馆是它们最好的归宿。这次上船的人各有动机和理由，但为了发财的，一个都没有。

既然日本人的船也已经到了，我们决定抓紧时间。最近天气都特别好，这个声呐探测又与光线无关，于是当天连夜就开始启动搜寻工作，我们轮流监控。

监控信号确实是个极其枯燥的事，屏幕上就是小亮点和线段，千篇一律，你又不敢松懈精神。一小时漫长得好似一天。不过林教授比我们还辛苦，我们都是生手，经常发现一些奇异信号，生怕错过，总把他叫起来确认。一夜下来，他几乎没怎么睡。

我原来还抱有一丝丝侥幸，说不定我们第一脚踏下去，就能找到福公号。事实证明，这种买彩票还债的行为，成功概率实在太低了，我也只好耐心地一格格扫去。

那条日本考察船，用的方式和我们差不多。在初期的两天，我们两条船一个从东边扫，一个从西边扫，两边相距不远，但不会主动靠近，互不相扰。不过我在白天，看到过对面船上光亮一闪。毫无疑问，对方在用望远镜朝这边观察——他们一直没有放松过对我们的监视。

我把这事报告给林教授，他呵呵一笑。到了第三天，打捞08号行进扫描的节奏忽然变了，会不定时地放缓船速，掉头兜个圈子，甚至有时还要彻底停船，安排抓斗下去挖海泥。

我有点迷惑，停船的地方，海底明明没什么异常，为什么要特意这么做？

林教授道："我来问你，如果你是搜寻船的指挥官，当同一片海域有竞争对手存在时，你最在意的是什么？"

我想了想，回答说："对方比我们先找到沉船地点。"

"还有呢？"

"我们找到了沉船地点，但被对方发现了。"我有点明白他的思路了。海面上一马平川，没有任何遮掩，而沉船定位需要长时间抛锚停泊，动作明显。只要一方发现了沉船地点，另外一方立刻就会知道，彼此之间是透明的。

"这和打仗是一个道理。我得及时看穿敌人的意图，还得隐藏好自己的意图。如果你发现了沉船地点，会怎么办？"林教授循循善诱。

"装作没发现,记录下位置,晚上再来作业。"

"再进一步想想。"

我脑子里灵光一现:"我会时不时地停一下船,让对方不知道哪次停泊是真的有发现,把树叶隐藏在树林里。"

林教授笑着点点头:"没错,反正瞒不住,索性多告诉你一点,增加干扰项。"

要不怎么说天下事理皆通呢。古董行当里也有类似的做法。在关中地区,大墓比较多,一两天根本盗不完。盗墓贼怕引来同行觊觎,往往同时打三到四个盗洞,其中只有一个是真的,能通往地宫。此所谓"狡兔三窟,一枝独秀"。

林教授道:"对我们来说,随停随走,随心所欲,成本不高。但对日本人来说,我们每一次停船减速,都有可能发现沉船迹象。他们必须做记录,然后找机会在夜间验证。就算明知我们在放烟幕弹,也不敢掉以轻心——万一其中一个是真的呢?这么一折腾,会让他们耗费更多燃油和补给,缩短续航时间。"

原来背后还有这样的用心,我暗暗赞叹,这两船隔空斗法的门道,可真多。

"不过……日本人也会采取同样的策略啊,那我们怎么应对?"

林教授一挥手:"不用去管他们,我们按照既定方案,踏踏实实地去找。"说到这里,他拍了拍大腿,叹息道,"我们的船小,续航力差,正面对决根本玩不起,所以不敢被别人牵着鼻子走啊。"

说白了,我们是穷人,对方是富人。富人陪穷人过几天,不影响家境,穷人陪富人过一天,只怕就倾家荡产了。所以这个策略看似高明,实则是无奈之举。

于是在接下来的日子里,两条船隔空斗法,像两辆犁地的拖拉机一样,在这片海域来回穿梭,留下长长的尾迹。这样的明争暗斗持续了五天、十天、十五天,搜索范围逐渐扩大,我们发现了好几处可疑的海底凸起,可惜很快证明不是礁石就是小山包。日本人也没什么收获——至少在我们看来是没有,因为他们一次起吊都没启动过。

小时候看童话和小说,想象海里多么丰富多彩,有美人鱼有海盗,有八爪海怪有海底宫殿,可现实大海上的生活,却很容易让人厌倦。外面的景色永远都是那样,就连日本人的船也成了背景的一部分,再没有之前看到时那么兴奋。有的时候,我甚至想还不如来一场暴风雨,换换口味。

比无聊更难受的是居住环境。这条船上没有空调,白天舱室热得好似蒸笼,几乎待不住人。淡水有限,只够日常饮用,洗澡什么的不可能,最多是拿毛巾擦擦身体。

男性还好，可苦了两位女性，尤其是戴海燕，她特别爱干净，在海上无法洗澡，这比杀了她还难受。

戴海燕到底是生物学博士，她弄了个简易的海水净化器，结构极简单：就是一个铝锅，上面罩起一层塑料布，塑料布中间用小棍撑起来跟帐篷似的，旁边开了一个小口，用一个凹槽引到杯子里。锅里放满海水，放在甲板上暴晒。海水蒸发，遇到塑料膜会冷凝成淡水，顺着膜壁流到下面凹槽收集器。

这种淡水产量不高，也不能直接饮用，但擦擦身体没问题，聊胜于无。

沈云琛沈老太太表现得特别淡定，穿着永远一丝不苟。按她自己的话说："心静自然凉，你们年轻人受不了，是因为心事太杂。"尽管她这么说，我还是偷偷跟船长和林教授打了招呼，一旦老人家出现什么不好的征兆，立刻返航。

至于药不是，他每天不值班的时候，都抱着一本航海记录研究，还自己写写画画，不知道在干什么。不过我没问，问了也白问，时机不到他根本不会说。方震在不值班声呐的大部分时间，都待在船长室，不知道在干吗。

我没什么人能说话，于是跟那位叫钟山的潜水员慢慢熟络起来。他是海军退役的，当过蛙人，作风和在部队时一样严谨，每天都会把潜水设备检修一遍。我主动过去攀谈，他虽然沉默寡言，但对本专业却表现得很热忱，一谈到潜水就滔滔不绝。一来二去，我们就熟了。

我百无聊赖，问他能不能教我潜水。钟山答应得很痛快，给我讲解了一些潜水的基本常识。在停船做例行检修时，他还会带我入水体验一小会儿。这里的浅层海水极为清澈，炽热的阳光透射下来，周遭纤毫毕现，我在水中自由地挥动四肢，浮上潜下，整个人如同在天空飞翔。我很快就喜欢上了这项运动。

另外我也从钟山那里得知一个秘密：方震这个看似无所不能的人，居然不会游泳，是个彻头彻尾的旱鸭子，难怪他不爱来甲板上溜达。

这也算是乏味的海上生活唯一的一点乐趣了吧……

到了第二十五天，平淡至极的搜寻工作出现了一丝转机。

那一天的下午一点，阳光正盛，我们都被晒得昏昏欲睡。方震在屏幕上监控到一个凸起。这个凸起只有五十厘米高，按说不算显著特征，但方震往回查了一下，发现之前也出现过完全一样的凸起，一共四次，间隔时间都一样。他赶紧叫来林教授，林教授研判说这些凸起的间隔如此有规律，很有可能是一个人造的物体。

一听到这个消息，船上士气大振，纷纷聚拢过来。林教授立刻命令打捞08号倒船，返回到刚才的位置，再探了一次。要知道，海底沟壑纵横，地形不比陆地简单多少，一次平扫未必能摸清所有细节。

第二次监测结果，和第一次完全一样。林教授沉吟片刻，让钟山准备下潜，做进一步探摸。

钟山随时处于可工作状态，他穿好装备后，扑通一声，消失在水中。我们在船上焦虑地等着，约莫过了三十分钟，钟山返回水面，报告说在海底看到了一段狭长的黑色物体，目测是船只的木质船舷碎片，长约三到四米，他一个人没法搬上来。好消息是周围很平坦，没有复杂地形，容易实施抓捞。

打捞08号启动了深水抓斗，钢缆发出巨大的摩擦声，方头方脑的抓斗像一头怪兽钻入水下，在钟山的指挥下缓缓落到指定位置上方。它张开钢质大口，用力深入泥土中，把海底搅得黄烟四起，在经历了十几次淘挖后，终于把一条黑色物件拖上了甲板。

清水冲干净之后，我们凑成一圈，发现这是一根颜色发黑的长条木板，上面爬满了藤壶和贝壳，怪异嶙峋，早看不出漆色。方震发现的连续四个凸起的信号，其实是板上竖向钉着的几排凸条。它残缺不全，但勉强还保留着一个曲面轮廓，林教授认为这很可能是船舷外凸的一部分，叫作护浪。这种护浪是可拆卸的，风浪大时，会用它来临时增高船舷，防止甲板进水，风平浪静后再拆除。

虽然不确定这条护浪板是否属于福公号，但至少证明这附近应该有一条沉船。很可能在船只倾覆时它从船舷脱落下来，漂开了一段距离。

这个发现，让所有人都异常高兴。我担忧地看了一眼远处的日本船，问林教授："日本人肯定会看到我们的动作，如果他们也凑过来，该怎么办？"

林教授笑道："这些天来，我们停船的次数有几十次，动用抓斗和潜水员也有十几次。实者虚之，虚者实之，他们暂时还分不清我们这次是虚晃一枪还是真有发现，不会轻易过来的。"

"那我们怎么办？"

林教授在海图上画了一个圈："以这个沉落点为中心，沉船应该就在这一个范围内。接下来的搜索重点，将以这个圆圈为主——当然，改动航线的幅度不要太大，别让他们看出破绽。"

海上寻宝，真是一件枯燥而烧脑子的事，必须得不停地互相琢磨，猜对方的心思。

有了护浪板的发现，一度沉寂下去的信心终于又有所回升。接下来的几天里，打捞 08 号不动声色地偏离既定路线，围着沉落点转悠。日本人毫无觉察，依然远远地按自己的节奏搜寻着。可惜我们的好运气暂时被用光了，连续三天一无所获，动用了几次抓斗，但只抓出来一大堆水草和贝壳。

这也并不是什么罕见之事，毕竟这是木质护浪，在沉入海底之前有可能漂出去几十公里乃至上百公里。

到了第三天，药不是忽然找到我，召集所有人开了个会，他一脸严肃地说："我觉得我们可能上当了。"

他忽然这么说，让我们为之一愣。药不是拿出一个笔记本，上面画了一页规整的坐标格，用红蓝两色铅笔分别标记了长短线段，冷不丁看上去，让人眼花缭乱。

药不是说，他一直在做日本船的搜寻航线记录，在笔记本上，三个格子彼此相邻，左右两个格子用蓝笔勾了一根实线，分别写着 14、15，中间格子勾着虚线。药不是解释说，14 和 15 是指开始搜寻起第 14 日白天和 15 日白天，实线代表日本船的白昼航迹，虚线代表了夜晚航迹。因为夜晚无法观测，只靠船载雷达追踪，所以用虚线表示。

这不是标准的网格记录法，是药不是自己琢磨出来的。虽然不规范，但很清晰。林教授一边翻看一边啧啧称赞。

这一段记录显示，我们发现护浪板的那一个区域，日本船恰好于第 14 日和第 15 日经过其两侧，换句话说，他们有极大可能在夜间经过该沉落区。可这个区域只有十五平方千米，根本用不了一夜时间就能穿过去。唯一的解释是，日本船于 14 日晚进入过该网格，在这里停泊了整整一夜，15 日清晨才离开。

药不是看向钟山："我记得您说过，这块残骸的周围很平坦，方便打捞？"钟山回答："是的，那一带没有很大的沟槽，也没有礁石，地势高低不超过五度。护浪板显得鹤立鸡群，特别明显。"

药不是点点头，重新看向众人："我不懂技术，但以日本人的搜寻实力，海底这么明显的凸起，怎么可能停留了一夜也没发现？但次日他们没有任何动作，反而大摇大摆离开，让我们来捡这个便宜。这实在是很可疑。"

"也许是他们怕我们发现，所以故意假装什么都没发现？"沈云琛猜测。

"那它至少也该在附近绕圈，伺机接近才对——就像我们做的那样。"药不是又指向记录本，"接下来的几天，日本船的航向一直偏向东北，与这里呈对角，一点都没表现出留恋的模样。"

戴海燕突然插嘴道："这块护浪板是鱼饵？"

药不是赞许地点了点头。他们俩思维跳跃得有点快，我和其他人没跟上。药不是看了我一眼，语气略带怜悯："日本人应该是在第14日晚赶到那个区域，把护浪板投入海底，还选了一个最容易被我们发现的地方——因为是夜里，所以这一系列入水操作不必担心被发现——然后扬长而去。也就是说，护浪板是他们投下的鱼饵，用来把我们拖在无用水域。"

方震反问道："他们怎么会算准我们一定会去那里？"药不是扬了扬手里的笔记本："都是网格式搜索，我们可以推测出他们的航迹规律，他们同样也能掌握我们的。日本人选择第14日夜晚干这件事，显然是通过之前13天的观察，掌握了我们的行动规律。"

会议室里一时间没人说话。如果药不是和戴海燕的猜测是对的，那意味着我们犯了一个非常大的错误。林教授没有轻易表态，提议再去看看那块板子。

我们连忙赶到库房，那块板子就躺在地上。林教授拿起放大镜，仔细观察了一阵，颓然坐在地上，一声长叹："你说得对，我大意了。"

这块护浪板上附着了大量的藤壶，密密麻麻的十分瘆人。林教授点着其中一块道："你们看，这种藤壶表面有灰紫色细纵条纹，翼部很薄，呈铅紫色，而且顶缘倾斜，这叫作西沙藤壶，是热带海域特有的品种。东海海域应该以鹅颈藤壶或白脊藤壶为主。"

他不必往下说了，大家都能听明白。在东海沉没的海船残骸，怎么也不可能附着南海的藤壶。这应该是某条东南亚沉船的残骸碎片，被日本人投下海底冒充福公号残骸。反正都是海水浸泡几百年的木料，不送进实验室根本分辨不出来。

再往深里想，日本人显然在出海前就准备好这个计划了，真可谓是深谋远虑。我甚至怀疑这主意是老朝奉出的，那家伙可是玩弄人心的高手，我们都被他耍了。

这个计划太毒辣了，也太精密了，几乎是卡着打捞08号的补给来策划的。若不是药不是及时发现，我们恐怕会在这附近浪费掉大量时间和燃料，最后不得不提前返航。

不，不是恐怕，这个问题实际上已经相当严重了。林教授去跟船长交谈过，回来以后脸色有些严峻："按照目前的燃料存量，我们已经没办法覆盖整个海域，最多完成75%就得返航。而且刚才气象部门发出警告，接下来的一周内，这一带海域可能会遭遇风暴，我们的续航时间会进一步缩短。"

会议室里充斥着压抑的郁闷，每个人脸色都不太好。日本人只用了一条破木板，就打折了我们的一条腿。

林教授自责地说这都怪他，他没有仔细研究那块板子，就武断地下了结论，犯了学术大忌。沈云琛安慰林教授几句，对大家说："你们也别太过沮丧，搜寻沉船是件极困难的事，日本人这次也未必能如愿，大不了咱们再来。"

这话是没错，可未免消极了点，完全要听天由命，拼运气和命数。

我把药不是的笔记本拿过去，低头仔细看，努力从中间看出一些端倪来。可那里面的线段构成太杂乱了，看了一会儿就眼花缭乱。大家又讨论了一阵，还是毫无办法。林教授说："今天太晚了，别耽误睡觉。留下值班的人，其他人早点休息。"

我在狭小的舱室里横竖睡不着，濒临失败的沮丧充塞在我的胸口。这次行动难道就这么虎头蛇尾地结束了？我不甘心，可这不是在古董铺子里，是在海上，我所能做的事情实在太少。

想了太久，胸口实在憋闷。我从铺位上起来，想站到甲板上去透透气。此时凌晨两点多，声呐正在进行充电，因此打捞08号下锚停住，整条船在海浪的推动下微微晃动着，像是一个摇篮。

此时四周极黑极静，只有阵阵海浪声在低声咆哮。黑夜的大海是最可怕的景象，它如同一座流动的无尽深渊，随时唤起人类对黑暗所能达到的恐惧的顶峰。带着腥味的风吹过来，像怪物靠近的鼻息。好在今夜天气晴好，天空星斗璀璨，让人不至于完全被黑暗所控制。

借着桅杆上的大灯，我忽然看到一个人影站在船头，定睛一看，居然是戴海燕。

她穿着一件短袖衬衫和一条短裤，左手向前举起一块乌木牵星板，手臂平伸，右手扯着一根从牵星板上缘斜下来的丝线，整个人对准了星空的某一点。这个姿势我见过很多次了，当年郑和大概就是用这个方式来测定方位的：牵星板是直角边，左手手臂是底边，丝线是斜边，构成了一个标准的直角三角形。左手手臂和丝线的夹角，就是目标星和海平面的角度。

她就这么认真地观测着星空，瘦小的身躯一点都不摇晃。那姿势，活像一个向天神祈祷的古代女祭司，用神秘的手势和上天沟通着。

我静静地站在她身后，等她观测完，才开口询问她在干吗。戴海燕一边往本子上记录，一边回答说："我想要再验证一下这个坐标，看是否足够准确。之前毕竟是模拟，沈奶奶送的这副牵星板品相很好，可以实地测一下。"

"没用的。"我摇摇头，"现代仪器都做不到的定位，更别说用这些古代的粗糙器具了。"

"我同意你的观点，现代科技的进步不是古代所能比拟的。"戴海燕扶了扶眼镜，"但这不代表眼下牵星板没有用武之地。"

我心中一喜，连忙请教。戴海燕道："刚才开完会，我回去想了想。药不是以画线的方式记录搜索航迹，这给了我一个启发。我发现我们进入了一个误区。目前我们计算出的方位，都是从那四句话里推断出来的。如果对那四句话的理解不准确，从根儿上就错了，那接下来的推算再精密，也是南辕北辙。"

"你是说我们的解读不对？"

戴海燕把牵星板收好，朝船舷里侧靠了靠，反问道："我在想一个问题。你家的祖先许信在这里击沉了福公号，把坐标封入五个青花罐内。他为什么要这么做？"

"希望后人有机会返回此地，拿到沉没的宝藏吧！"

"那何必分成五部分？写在一起不好吗？"

面对这个质问，我哑口无言。

"许信把它分成五份，一定有他的道理。也许这四个坐标和那一个失落的坐标，构成的不是一个点，而是一条线！"

戴海燕索性摊开一张地图，拿起笔来："比如说吧，有 ABCDE 五个点，我们可以根据距离关系，找出这五个点之间的中点——但同时，我们也可以把这五个点连接起来，这样就成了一个折线段。"

戴海燕的话，给我打开了一扇新的大门。戴海燕表示她会坚持观测几天，把所有的数据搜集全了，应该会有收获。反正按照现有的搜索方式，成功率已经低到不像话，不如挑战一下新理论。

"你是怎么想到的？"我大为赞叹。

"是药不是跟我说的。"

"他还懂这个？"

"他不懂，不过他说，天下万物百科，都逃不开'逻辑'二字，道理总归是一样的。"戴海燕仰起头，看向星空，"这个人挺有意思，我很喜欢他。"

这个突如其来的坦白，让我有点尴尬。我呵呵干笑一声，说："你还挺直接的嘛。"戴海燕奇怪地看了我一眼："既然喜欢一个人，为什么不说出来？"

"呃……我是觉得那家伙有点不开窍，未必能回应你的心意啊。"

"我们已经在一起了。"

我吓得差点从船上掉下去，这什么时候的事？

"一天前，他正坐在瞭望塔里，一边拿望远镜望着那条日本船，一边在膝盖上摊开笔记本记录。我去给他送饭，看到那一笔一画非常有规律，很好奇。于是他给我讲解了他自己发明的记录法，我们一起研究了一下，发现了日方船只的诡异行踪。他是个聪明人，完全跟得上我的思路。"

"所以你们俩才在会上一唱一和……"我挠挠头。原来还真有因为"智慧"这个原因而走到一起的情侣啊。

"也不完全是。"戴海燕背靠船舱，线条分明的脸庞难得显出一丝欣赏，"上船之前，咱们不是有一个碰头会吗？他听说我是博士时，第一个反应是目露赞许。"

"哎？"

"许愿，你还记得咱们第一次见面，你的反应是什么吗？"戴海燕看向我，我有点尴尬地表示想不起来了。戴海燕说："是惊讶。你的潜意识里认为，女人不能读博士，何况还是生物专业。其他人的反应也都差不多。只有药不是，最自然的反应是赞许，因为他知道博士学位要付出的是智慧和努力，跟性别一点关系也没有。"

我正琢磨着该怎么回答，戴海燕忽然伸直手臂，轻轻地喊了一声："龙船过境！"

我急忙朝船外去看，我们面前浮现出一番奇景。在十几公里开外的海域边缘，不知何时升起来一条长长的光带，星星点点的淡蓝色光芒不算耀眼，但在漆黑的海面上绝对醒目。这些光点若是单看，有点像坟堆附近的阴森磷火，可当它们汇聚成光带行于海面时，却变得气势恢宏，如同无数艘巨大的宝船高悬灯笼，从容不迫地纵队前行。似有漫天星斗倒映在海面，有淡淡的雾霭飘浮其间，给光带增添了几许神秘庄严的气氛。

原本寂寞而狰狞的夜海，陡然变成了神仙出游的仪仗。

"这是什么？"我被眼前的景色完全震慑住了。

戴海燕道："海洋里有很多发光的浮游生物，白天躲在海底深处，晚上浮到水面上觅食。为了方便寻找食物和求偶,它们进化出了生物的荧光。当气候和环境适合的情况下,大批浮游生物群聚在一起,就会出现刚才那一番景色。"

"我听你刚才说,什么龙船过境?"

"哦,这是福建一带的民俗传说。传说郑和七次下西洋,是为了寻找建文帝。但这个任务一直没完成,于是郑和就留下一支舰队,继续寻找建文帝。几百年来,人化魂,船化灰,但依然忠诚地执行着郑和的命令,在东海、南海一带游弋。渔民们尊郑和为龙王,把这支舰队称为龙船过境。凡是能看见龙船过境的,一定会有大丰收。因此渔民们都视其为海洋保护神。"

"这是个好兆头哇。"

"这和迷信无关,是有科学依据的。这些浮游生物只能随洋流移动,当两处洋流相遇时大量聚集,一定可以捕捉到逐食而来的大型鱼群。所以很多著名渔场,都是在洋流交汇之处。"

我无视她科学上的解说,有点迷醉地望着远处的龙船。脑海里,把那些光点聚合想象成巨大的宝船,舰艏是威猛的辟水金睛兽,上面是高耸的桅杆,船舷两侧是坚毅忠诚的水手和犀利的护卫,还依稀能看到一位明朝将军迎风而立,背后一面大纛猎猎飘扬。慢慢地,我似乎能看清那明将的脸,虽然陌生却无比亲切,与许信好生相似……

我忽然听到一声小小的惊呼,转过脸去,发现戴海燕的脸上满是惊喜。我连忙朝龙船看去,发现并没有特别异常的变化,她看到了什么?

可惜戴海燕并没回答我,她飞快地跑下甲板,钻进自己的舱室里,砰地把门关上。我苦笑着摇摇头,只得也返回去休息。

到了第二天,搜寻活动被暂停了,打捞08号停留在原地,这样可以最大限度节约燃料,直到有了新计划再说。龙船过境的事,我谁也没说。说实话,这个挺幼稚的,我担心说出来会被大家嘲笑,还是把它当成一个藏在心里的小秘密吧。

不过我一看见药不是,就忍不住多打量几眼。这家伙性格那么别扭,却挺有女人缘。前有高兴,后有戴海燕。高兴不适合他,戴海燕跟他倒是天造地设的一对。药不是见我眼神诡异地盯着他,莫名其妙,又不好放下身段来问我,只得讪讪走开。

打捞08号很快再度启动,这次不再围着沉落点转圈了,而是朝着一个方向以最经济的航速航行。这是应戴海燕的要求。

每天晚上，戴海燕都站在船头，一直在观测星空。幸亏，连续三天天气都特别好，可以让她尽情观测。可惜船上没有计算机，很多数据只能用手去算，药不是当仁不让地站出来帮忙。

这回连其他人也都看出端倪来了，沈云琛乐呵呵地跟我说，这回药家总算有后了。嘿，这才哪儿到哪儿啊，老太太未免也太心急了。

到了第四天，夜空终于被云彩遮住了，风也大了起来。船长发出警告，说很快就会遭遇风暴。戴海燕把大家召集到会议室来，把一张大大的海图挂在墙上。

她什么开场白都没有，上来就说："我们之前认为，那五句话是同一个点的五个坐标。但是在实际测量中，我发现没办法找到一个点，能同时对上这五个坐标，总会存在这样或那样的误差。我本以为是古人测量工具不够精确，后来才知道，我们进入了一个误区。这五句话，其实是五个点。星辰夹角，指引的是通向下一个点的方向——换句话说，我们要找的，不是一个点，而是一条线！"

戴海燕知道，光说理论会让人迷惑。她拿起笔来，在海图上点了四个点，然后按照测算过的星辰夹角标记方向，用线段彼此相连。当这四个点都连接起来之后，众人都发出一声惊呼。

在我们面前的，不是一条折线段，而是一个不太规则的旋涡，但能看得出是从最外围慢慢向内圈旋转的走向，不过因为缺失了第五个坐标，所以旋涡的中间是空白的。

"这是什么意思？我们找的难道不是一个沉船的地点吗？"沈云琛皱着眉头问。

图上这一条旋涡，如果是在陆地上，可以理解为一条特别的通道。可海上一马平川，海水流动，特意标记出一条路径来有什么意义吗？

戴海燕胸有成竹："原本我也想不通，不过前两天我看到龙船过境，终于想明白了。海上也有特定的路径，那就是洋流！"

我听到这一句，眼神里爆出一丝恍然大悟的惊异。原来她想到的，居然是这个。

大海并非静止不动，根据风向、海水密度差、地转偏向力或地形摩擦阻挡效应，海水会沿一定路径大规模流动，轻易不会改变。比如太平洋就有北太平洋暖流、北赤道暖流、千岛寒流、西风漂流等著名大流，几乎可以当成海上高速公路来看。龙船过境，可以说是洋流产生的效应之一。

戴海燕继续说道："我们所处的位置，位于东海大陆架边缘，距离冲绳海槽非常近。冲绳海槽是一个琉球海沟扩展而成的弧形盆地，平均深度一千米，最深处有两千七百一十六米。槽内的水文环境极其复杂,又受到日本暖流的影响,形成了很复杂的小洋流系统。所以许信标记出的这个路线,应该是其中一条洋流。只要船只进入这条洋流,就可以顺流而去,达到真正的沉船地点。"

"这是不是就像坐公共汽车?只有去特定站点,才能乘上正确的车,前往目的地?"我问。

"就是这个意思。古人的船动力不足,导航技术不精密,依靠洋流前进是最省力同时也最准确的选择。"戴海燕看了眼药不是,后者微微点了下头,表示她说得很好。

这一番分析,如拨云见雾,前方的路线一下子就清楚了。船长和大副也参加了这次会议,他们支持戴海燕的判断。目前打捞 08 号的燃料已经接近返航线,大范围探摸已不现实,事实上,戴海燕画出的旋涡图,是我们目前唯一的选择。

不过船长也警告说,风暴距离这里很近了,必须要抓紧时间。

事不宜迟,打捞 08 号很快便再度启动,声呐被回收维护,引擎发出巨大的轰鸣声,高速朝着规划好的洋流海域方向而去。不知道是心理作用还是船开快了有风,我觉得不如从前燥热了。看着舷窗外飞溅起的水花,我感觉正在逐渐接近真相。

这时舱室外传来敲门声,我以为是药不是或者钟山,一抬头,却发现是方震推门入内。这可真出乎我意料,无事不登三宝殿,这家伙怎么想起来找人聊天了?

方震还是那一副淡定神情,小心地把舱门关闭。我问他有什么事,方震忽然问我:"你开过枪没有?"

"嗯?没有。"我有点莫名其妙。方震递给我一把黑乎乎的手枪,什么型号我说不上来,保养得很好,还带着枪油的味道。我大吃一惊,问他这是要干什么。

方震淡淡道:"今天我在雷达上看到一条船。"

"日本人的?"

"不,是在更外围,信号一闪而过,随即就消失了。船员们以为是过路的,都没注意。但直觉告诉我,事情没那么简单。老朝奉的手段,会只是扔木板而已吗?"

他提到"老朝奉"这三个字时,一丝控制不住的杀意从木然的外壳缝隙中流泻出来。我忽然意识到,那天他说要趁夜潜入日本船上摆平所有人,并不是在开玩笑。

刘一鸣的去世,对他的影响果然很大。

方震发现我在观察他,很快敛起情绪,把枪递给我:"暂时我还没对任何人说起来,以避免引起不必要的恐慌。不过我得给你留一把枪,有备无患,希望没机会用到。"我战战兢兢地接过去，方震简单地讲解了一下操作要领。

"你和刘老爷子怎么认识的？"我忽然问了个没头没尾的问题。方震看了我一眼，说："对越自卫反击战，他救过我们一个连的命。"

咦？一个住在北京的古董巨擘，怎么能在越南救下一个连的解放军？我猜这应该是一个惊心动魄的故事，可惜方震并不打算详细讲讲。他教会我用枪，就起身离开了，临出门前，他深深地看了我一眼，沉声道："如果我们有机会回去，我会说给你听。"

这话……听起来可真有点不吉利啊，尤其是从方震口里说出来。这个老江湖都对未来这么没信心？我把枪藏到枕头底下，心里忐忑不安，比这条船还颠簸。

打捞08号寻找洋流费了一番功夫，经过几次周折，戴海燕总算锁定了正确的洋流位置。打捞08号关闭了发动机，任由洋流推动着船体缓缓前行，速度居然还不怎么慢。

我们被命令禁止上甲板，就聚在会议室里，通过舷窗观察外面。此时的海面已不复之前的平静如绸，浪花此起彼伏，发出阵阵咆哮，不时扑过船舷，把甲板狠狠洗一遍。打捞08号东倒西歪，但大体仍朝着一个方向运动。

"这里的洋流推动力很强，下方海底一定有强烈的地形落差。如果海燕小姐画出的旋涡图没错，我怀疑在中心会有一条落差极大的盘形海沟或断崖，冷暖洋流在这里交汇起落，形成一个旋涡。"林教授略带忧虑地说，"就算我们发现沉船位置，下潜打捞也将变得十分困难。"

沈云琛有些不安地提出了一个可能性："许信当年击沉福公号，可没去海底探摸过。他给的坐标，只是沉船地点，船沉下去什么样，可不知道。万一福公号沉下去，就直接掉进海沟，咱们可就全白忙活了。"

我耸耸肩："那样也不错，至少不会被老朝奉得手了。"这时钟山插嘴道："以我的经验，只要残骸不是落在断崖下，就还有机会。"

药不是脸色苍白地斜靠在角落里，晕船药只能勉强抵消掉颠簸带来的不适。戴海燕很想在旁边照顾他，但此时正是关键时刻，她必须盯着海图。所以只有沈云琛帮忙照顾。

这时船长打来一个电话："右舷方向发现那条日本人的船，也朝着这个方向过来了。"

我们都是一惊。日本人怎么也跟来了？他们成功骗了我们之后，不是赶去对角海域探摸了吗？难道我们的行踪露出破绽，被他们看穿了端倪？

"确认吗？"方震问。

"确认，肯定是跟着咱们来的，连停机入流的时机都差不多。现在距离咱们大概是两公里。"

不知道日本人是跟踪我们，还是他们自己想明白了坐标的真实含义。原本单独探险的好心情就这么被破坏掉了。这些家伙真是附骨之疽，怎么都摆脱不了。

事到如今，也没别的办法，只能听天由命了。幸亏我们先走一步，稍微占据了一点优势。

此时天色也开始慢慢阴郁起来，大块大块的云彩把阳光挡住，只留下一道金边，很快连金边也看不到了。湛蓝色的海水颜色逐渐变成灰蓝，混浊不堪，远方一层层的浪墙推锋而进。在遥远的天边，令人不安的黑色如洇入宣纸的墨滴，正朝这边扩散而来。

即使是在晴天，这样的景象也足以使人心生动摇。壮观的海洋巨变，让两条千吨级的船显得极其微不足道。两条船为了捕捉洋流，都把发动机给关掉了，完全随浪漂动。如同两个绝望的登山运动员，一前一后，忽高忽低，仿佛在攀登一座座流动的大山。

在雷达屏幕上，航迹虽然杂乱无章，但已经形成了内弯的曲线，看来已经进入正确的洋流通道。戴海燕手持计时器，随时盯着海图。每经过一个坐标，她就会命令船长朝特定方位发动引擎，强行突破洋流，进入下一个循环。

我之前说过，跟随洋流就像乘公共汽车。每条洋流，都是一路公共汽车，许信的坐标，其实等于是标记出了换乘站。乘客必须在特定的地点换乘另外一条洋流，才能朝正确方向前进。

于是打捞08号就在各条洋流之间不断跳跃，而日本人的考察船则紧随其后。现在的态势，颇和当年许信追击鱼朝奉的福公号相似。我猜当初两条船进入这个洋流循环，也是稀里糊涂误打误撞，那年头可没有大功率发动机，帆船想要在两条洋流之间切换，可不是那么容易的事情。

这种疯狂的大洋漂流持续了两个多小时，船体持续剧烈颠簸，而海洋的威势有增无减。我们都已经有点承受不了，药不是更是和死了差不多，瘫软在角落里。这时戴海燕忽然把笔一扔，说我们已经越过了第四个坐标，剩下的，就只能靠猜了！

在她身前的海图上，蓝色航迹的标记已经和红色线完全吻合，伸向旋涡最中心的位置，那里是一片空白。

如果我们掌握了完整的五个坐标，就能义无反顾地跳进去，直扑沉船地点。可惜先人许信只能帮我们到这一步。剩下的，就只能靠自己去找了。

大海咆哮着，撕咬着，用一只巨手拽着打捞08号往前走。打捞08号的引擎发出巨大的轰鸣，船体都开始微微颤抖。它奋力在洋流中挣扎。发动机赋予的强大力量，驱使船体硬生生进行了一个九十度的转弯，然后彻底脱离洋流。船体越过一道巨浪后，船舷突然一沉，整条船几乎要朝海里倾倒过来。舱室里的东西都纷纷飞起来，乘员也跌撞到墙上。

轰隆一声，打捞08号掉落在水里，掀起巨大的水花。它重重地摇摆了几下，浮力发挥了作用，保证整个船体平稳地停在了海面上。

我的脑袋撞到墙壁，生疼生疼的。可我没顾上揉，从地板上挣扎着爬起来，朝外看去。说来也怪，一脱离洋流，整个海面忽然变得平静起来，反而不如外面颠簸。外围的螺旋洋流成了一圈圈高耸的墙壁，围着这一块净土花园旋转。

众人纷纷站起身来，努力让发软的双腿和眩晕的脑袋恢复正常。林教授望着舷窗外的景象，喃喃说这是伪旋涡啊……

伪旋涡是海洋中的一个特异现象。它的周围洋流会螺旋盘转，表现得如同真正的旋涡一般，但这些螺旋曲线都是平行的，而不是渐进，所以并不会在中央产生强大吸力，反而会在外围形成数层屏障，让中央变得平静——就像是风暴眼一样。

"这听起来不错啊。"

"这种伪旋涡没有真正的旋涡那么可怕，可是也不能轻视。外围有洋流屏障，意味着船只很难离开，像笼子里的金丝雀一样，被彻底关在里面。"

我脑子里勾画出一幅图景。许信在海上强行追击鱼朝奉的福公号，两条船不慎卷入螺旋洋流，并奇迹般地进入伪旋涡的中央。这一片平静海域，变成了四面封闭的角斗场，许信和鱼朝奉展开了一场殊死搏斗。最终许信击沉了福公号，不知用了什么办法突破障壁，返回大明。

这些想象，不知有几成能贴合事实，但现在的我，恐怕要面对和祖先一样的状况了。现在不用雷达也能看到，那条日本船也已经突破进来，就停在距离我们一海里的水域。船上飘扬的日本旗、高昂的船艏、椭圆形的雷达罩，甚至船边的救生艇，都能看得清楚。

这是我们两条船对峙以来，最接近的一次。日本人用骗局营造出的优势，被戴海燕的发现抹平。我们先行一步的优势，又被日本人的强势追踪抵消。现在我们又回到同一条起跑线上了。

"事不宜迟，尽快开始扫描吧，离天气转坏还有一段时间。"林教授下达了命令，然后又叮嘱了一句，"做好自己的事情，别管其他的。"

到了这时候，已经没有跟对方玩手段的余裕，能把自己的事情做好就很不错了。对面的船也是同样的想法，我看到甲板上有人跑来跑去，应该是在准备扫描和潜水设备。

这一片伪旋涡的中心地带，海域并不大，目测大概只有三千平方米。两条船各自铆足了劲扫描，大概几小时就能粗略扫一遍。加上即将到来的风暴压力，必须争分夺秒才成。

打捞08号和日本考察船各自占据一角，开始闷着头转悠起来。

钟山在甲板上开始调试潜水设备，连潜水服都穿上了。我看到之后有点吃惊，问他为何这么着急。钟山两道蚕眉皱在一起，说他有直觉，很快就能用上。说完他把信号绳递给我做安全检查。我只得闷着头，帮他一丝不苟地做准备。

打捞08号扫描了一小时，林教授有点担忧。目前能看到的数据，海底深度大约是六十米，而且水文环境相当复杂，可以说是跌宕起伏。就算是风平浪静，水下探摸的难度都不低。

药不是这时带着苍白的脸色走过来，刚才那一番颠簸把他折腾得不轻。方震搀扶着他的胳膊。药不是对林教授和戴海燕道："有人在做日本人的航迹观察吗？"

沈云琛举起手："我。"这个老太太在刚才的混乱中表现出的镇定，大概是因为那种天生不晕船的特质。全船人都头昏眼花，只有她还坚持做着记录。家有一老，如有一宝，诚哉斯言。

沈云琛的记录摊开在桌子上，药不是发现，日本人本来是走直线的，忽然在中间偏转了四十五度，斜向前进，似乎前方有什么东西迫使他们绕开。

"他们不可能有这一带海底的记录，那这个行动说明什么？"药不是问。戴海燕思忖片刻："说明那边有一条巨大的海沟？"

"没错，所以日本人索性放弃对那一带的探察，转向浅海区。"药不是在记录本上画下长长的一道折线，"我们的策略必须要改变，不然会被抢先。"

钟山这时插嘴道："我建议去这里，然后放潜。"

他点的位置，是海图的正中央偏左，位于我们和日方船只的中点。林教授问他为什么，钟山回答："声呐探出的地形，呈上升趋势，说明这里有一个小峰，然后坡度陡降，前方即是日方探明的海沟。在这个过渡带放潜，可以兼顾到两个方位，效率会更高。"

站在坡上，自然比平地看得远，无论陆地还是海底，都是一样道理。虽然能见度是个大问题，但配合水下强光的话，潜水员一眼就能兼顾到周围数米之内的动静。声呐效率已经达到极限，只能通过潜水员的肉眼来扩大观察范围。

更何况，沉船服从重力，在有坡度的地方，几乎无一例外都会朝坡下滚落。在这个位置找到沉船的概率很高。

"可是风暴很快就来了，何况这里水深已经过了六十米。"

钟山道："我的一个同伴也曾经碰到过这种伪旋涡。在风暴到来之前，伪旋涡中心周围会形成很高的水墙，造成中心水位下降。所以我想赶在风暴前，利用短暂水位下降的时间窗口，实施一次潜水探摸兼观察。"

探摸沉船，深度是一个非常关键的因素，能削减一点深度，会带来更多优势。可林教授有点激动："这个窗口太窄了，水下稍微一耽搁，就会赶上风暴，那可就彻底完蛋了。"

"做水下探潜，本来就是件危险工作。如果我们不抓住这个窗口，岂不是错失良机？"

林教授这才注意到，钟山已经把抗压服穿好了："你早就有了这个打算吧？"钟山咧开嘴，第一次露出笑容。

本来林教授坚决不同意，但钟山说的也是实情。我们的搜索效率低于日本人，如果不趁风暴前水位下降时潜下去，几乎没有优势可言。最终林教授还是批准了，但反复叮嘱，一旦有什么天气骤变的迹象，尽快上浮，减压舱随时待命。

打捞08号再一次转向，朝着中央位置破浪而去。正如钟山预料的那样，随着风暴临近，四周的水流开始加速，中心地带的水位有了一个微妙的落势。

在海风呼啸中，我们抵达了指定位置。我作为钟山的弟子兼副手，和方震一起在甲板上给他做支援。戴海燕则时刻盯着天气状况，一有不对立刻通知。林教授和沈云琛留在声呐屏幕前，继续监控。药不是则跑去观察哨，监视日方船只的动静。整个打捞08号把所有的眼睛都睁开了，如临大敌。

钟山娴熟地做好准备工作，招招手，扑通一声扎入水下，很快消失在呈墨绿色的海水中。我紧握着信号绳，和他随时保持着联络。

时间忽然一下子变慢了，十分钟时间有十个世纪那么长。我焦虑万分地等待着，直到信号绳拉了一下，这表明潜水员已经抵达探摸深度。此时水深回落到五十米，态势比较有利，但时间也越加紧迫。

这时药不是在瞭望塔上虚弱地大喊道："日方船只接近！"

我抬起头，看到在五点钟方向，日本那条大船正开足马力往这边赶来，舰艏切出高高的浪花。看来他们也意识到这是个战略要点，放弃慢条斯理的扫描，急急忙忙赶过来了。

我们没什么反制的措施，也没什么反制的办法。现在人已经在水下了，天塌下来船也不能动。

日方那条船在离我们只有八百米的地方停住了，与打捞 08 号保持平行。作为海上航行的船只来说，这个距离可谓是近在咫尺。我看到日方的队员在甲板上匆匆忙忙地准备东西，然后扑通两声，两名潜水员也相继入水。

他们连船锚都还没放全，就派潜水员下水，这是违反安全规章的。看来他们是真着急了，迫不及待地要追平我们。

我低头看了一眼信号绳，还没有任何动静。牵引绳倒是持续不断地往下放，说明钟山正在缓慢移动。现在没法通知他水面情况，只能等等再说。现在水下一共有三名潜水员，就看谁的运气好了。

天边忽然传来隐隐的雷声，我抬头一看，黑云在继续麇集，越加厚重，已经形成了一个大团，里面不时闪过一道银芒。猛烈的腥风吹起我的额发，我几乎睁不开眼。海面像是刚刚加热的火锅，不断有小而密集的气泡起伏，这个征兆预示着巨大的能量潜藏其下，蓄势待发。

一个船员压着海员帽跑过来，大声说风暴将近，船长决定提前下锚，问我现在潜水员在什么位置，若是锚砸到就麻烦了。我看了眼手里的牵引绳，刻度显示已放出去三百米，没往回收，应该是安全范围。船员二话不说就要往回跑，我拽着他胳膊，问风暴团还有多久抵达，船员说最多一小时吧。

钟山背的压缩空气瓶可以支持五十分钟，但这是个理论数值。如果遇到特别情况，动作大一点，消耗量会直线上升。我按照事先约定的暗号扯动信号绳，通知水下的钟山，钟山很快回复知道了。我稍微踏实了一点，至少目前他的状况还比较正常。

我看了眼对面，日方的支援队员围在甲板上，摆着各种我看不懂的设备，他们也很紧张。时间又过去了二十分钟，钟山已经走出去五百米。我觉得差不多了，扯动信号绳提醒他尽快返回。要知道，深潜回到水面，这个过程不能太快，也得花上一段时间。

水下压力比水上大，潜水员为了保持压力均衡，会吸入压强同等的空气。其中氮气会溶解于潜水员的血液和组织中。如果潜水员急速出水，压力骤然减少，体内多余的氮气被释放出来，形成气泡，就会造成栓塞。这就是减压病，对身体会有极大损害。

可是这次钟山却没有及时回答，可能是他在海底走得有点远，信号绳太长以致扯动效应不明显。我又不敢动牵引绳，万一他正处于一个微妙环境，我贸然回扯，让他卡死在什么缝隙里就麻烦了。

十分钟后，开始有雨滴伴随着大风吹过来，两条船摇摆起来，空气中弥散着一股让人不安的湿气。戴海燕跑来说，风暴加速接近了，让钟山立刻返回。

现在中央水位进一步降低，已经到了四十五米。这不是什么好事，海啸来临之前，海水也会骤然收缩。我急忙猛扯信号绳，一组动作四下，这是紧急撤离的信号，可是钟山那边却是一阵沉默。

我耳边忽然传来一阵惊呼声，这是从日本人的甲板那边传来的。他们的潜水员不知在水下碰到什么了，让他们非常惊慌。有人站在甲板边缘往下喊，有人大声地对同伴叫嚷着什么，现场一片混乱。一个指挥官模样的人，似乎在下令回收牵引绳。

我毫无幸灾乐祸的心情，因为日本潜水员遭遇的情况，很可能钟山也遭遇了。我忽然感觉手里的信号绳和牵引绳同时一松，大惊失色，立刻拼命往回拽。暴风雨迫在眉睫，林教授和几名船员也跑出来一起帮我。海浪不时扑上甲板，把我们浇成落汤鸡。最终牵引绳被我们拽了回来，绳子的另外一端没有人，只有一截平整的断头。这意味着，钟山在水下碰到了非常危险的环境，不得不切断牵引，以便更灵活地行动。

信号绳随即也被切断拽上来，所有人都面色大变。等于说钟山现在完全脱离了船只支援，想回来的话，只能靠自己辨认方向，这在漆黑的水下，可是难度极高的。林教授比较有经验，他说与船只失去联系的潜水员，会选择直线浮上海面，然后再设法取得联系。于是我们立刻安排人手准备救生艇、救生圈，向四周海域瞭望。

我忙里偷闲朝日本人的船看去，看到其中一名潜水员已经被拽上来了，可是另外一名迟迟看不到踪影。我心里一沉，难道说……他们和钟山在水下发生了冲突？我一走神，一股大浪猛地拍在我脸上，满口都是咸腥的海水味道，眼睛被盐水杀得生疼，整个人摇晃了一下，差点跌落船下，幸亏被林教授一把抓住。

风暴团此时已经驾临这个区域，以无法抵御的君临姿态碾压下来。大雨滂沱，狂风呼啸，原本井然有序的洋流，被雷电刺激了神经，骤然变成了狂怒的海蛇，在水下搅动翻滚。附近的海浪如小山般涌过来，把船只抛得忽高忽低。

"在那儿！"观察哨的药不是忽然喊道。

在距离打捞08号大约一百米的位置，一个小小的黑影露出来，在海浪中挣扎。我飞跑到另外一侧船舷，想把救生圈扔下去。可是这种极端恶劣的天气，救生圈根本扔不远。就在这时，一个巨浪涌起来，把那个小黑影带到了顶峰，然后朝这边倾倒而来。我趁这个机会，奋力把救生圈丢出去，大声叫喊。

万幸的是，小黑影奇迹般地抓住了救生圈。我和几名船员七手八脚，硬生生趁着一次大浪过后的低谷，把他拽上甲板。

不，不是他，而是他们。

除了钟山之外，还有另外一名潜水员。后者昏迷不醒，被钟山用潜水钩固定在后背。我顾不得询问详情，赶紧把他们两个人抬进减压舱。安排完这些，我累得一屁股坐在地上，喘了半天，浑身都湿透了。沈云琛比较细心，早准备好了一套干燥的衣服和一条毛巾，还递了一杯热茶给我。在淡水紧缺的船上，这一杯热茶可是相当奢侈的享受了。

"钟山怎么样？"她问。

"状况不太好，完全是凭着意志撑上船的。现在船上的医生已经去检查了，希望没事。"

"我听说还有个日本人被救上来了？"

"嗯，不知道水下到底怎么回事。"我恨恨地说，捏紧了拳头。沈云琛叹了口气，忧心忡忡地望着舷窗外面，喃喃道："早知道还不如不来，冒这么大的风险，实在不值得。"

很快，船上的医生有了报告。他说钟山已经有潜水病的症状显现，好在及时送入减压舱，不会致命。他的头部和背部都受了伤，神志还算清醒，但这次已不可能再次潜水。那个日本人的伤势更严重，已经陷入严重昏迷，窒息是主要原因。以打捞08号目前的设备，没办法做任何抢救。

钟山在减压舱里把潜水服脱掉，虚弱地靠在内壁，用电话跟我们讲述了水下的事。

开始的进展不错，他顺利触底，然后按计划沿斜坡朝海沟方向游去。沿途的地形有些复杂，但总算有惊无险。他翻过几道浅梁，抵达预定的海坡顶端，这时候的深度只有三十米。他稍事观察，开始朝海坡的另外一边下降，越往下走，发现坡度越发倾斜。对牵引绳和信号绳来说，斜度越高越不利，因为会造成折角。但钟山拿强光晃了一下，发现坡下似乎有什么黑影。他经验丰富，觉得这个黑影值得探查，就游过去看看。

结果发现，在那条深深的海沟边缘，有一处半环状的凹坑，就好像悬崖上的鸟巢一般。就在这鸟巢之中，一条沉船的残骸安静地侧躺在那里。

海底光线太暗，钟山没能观察到沉船的全貌，但从残骸底尖上阔、艄艉昂起的特点，立刻判断出这是一条明代海船。他还在坡面上方发现一截压在礁石缝隙里的粗大桅杆，这表示海船沉没后，曾经发生过一次移动，从坡顶滑落到现在的位置，桅杆在滑落中途卡入礁石折断。

钟山大喜过望，这次探摸的目的已经达到了，准备回撤。等风暴结束后，让打捞08号开到残骸顶端，再下来慢慢考察不迟。

这时他看到对面有两道光传来，然后发现两名日本潜水员也过来了。他们发现海船残骸，同样兴奋不已。不过他们居然打算现在下去考察，这让钟山吃惊不小。

因为风暴马上就来了，如果不及时后撤的话，很容易就会被困在水下。钟山有心想提醒他们一声，可对方却很警惕。

钟山发现海水流动加速，知道风暴即将要来，决定不管他们，先后撤再说。就在这时，忽然从海沟里涌出一股强烈的洋流，跟一条鞭子似的猛然抽到残骸附近，周围海水登时大乱。那两名潜水员立刻被狠狠抛开，朝着不同方向飞去。

其中一人朝着钟山的方向漂来，四肢拼命挣扎，却导致信号绳在身上缠得越来越紧。祸不单行的是，他背后的压缩空气瓶被残骸桅杆挂住，生生扯漏了，巨大的气泡朝水面涌去。钟山见状，毫不犹豫地切断了牵引绳和信号绳，双腿一蹬，朝那人游去。

钟山先把他紧紧抱住，然后切断了缠在他身上的绳子，这时另外一道洋流冲过来，把钟山甩在沉船的顶部，他的头部和背部受到强烈撞击。钟山知道继续待下去，两个人都会死，顾不得减压隐患，抱着潜水员朝水面浮上去。

这一路上水流纵横，全靠钟山经验丰富，才没有被重新卷回海底。饶是如此，他浮上海面时也已经是精疲力竭，如果药不是没及时观察到，如果我没扔出救生圈，如果没有那么一阵大浪，还真是凶多吉少。

我们所有人都被钟山叙述里的沉船给吸引住了。尽管他出于谨慎，只说疑似明代古船，但在这片海域，毫无疑问，这肯定是我们要找的福公号。

所有人发出欢呼，辛苦这么久，冒了如此之大的风险，总算物有所值。狭小的舱室内，每个人的眼神都变得闪亮而兴奋。就连方震和药不是两个玩深沉的人，都勉为其难地流露出了一丝如释重负。我们为这一刻付出了太多，现在终于接近结局。

只有林教授还保持清醒，他提醒说，现在不光我们知道，日本人也知道沉船位置了。而且钟山已经负伤，我们已经没有潜水员了。现在的局面，比原来更加窘迫。

"我去！"我毫不犹豫地举起手来。当钟山说他看到福公号时，我的内心就涌现出一种无可抑制的冲动。那一条船，仿佛在幽深的海底呼唤着我，那是灵魂深处的吸引，无法抗拒。

林教授断然否决："初学者潜入这么深的海底，简直是自杀！"

"钟山教了我很多技巧，我也练习过。"我坚持说。

林教授道："你一共才潜了多少小时？钟山也不会允许你这么做！"

无论我如何坚持，威胁也罢，恳求也罢，讲出我爷爷的故事也罢，林教授就是不允许。沈云琛、戴海燕也都劝我打消这个念头。我还是不放弃，沈云琛突然"啪"地打了我一耳光，怒声道："许家现在就你一个人了，你这么作死，是要给谁看？"

这是我第一次看到老太太动怒，有点被打蒙了。大家这才想起来，沈云琛也是五脉掌门之一，没点威严可是镇不住场子的。出海以后她没怎么说话，所有人都忽略了这一点。

沈云琛脸上阴云满布，一挥手说："各自回舱待着去，谁也别胡思乱想。天大的事，等风暴过去再说。"

于是大家纷纷回舱，沈云琛盯着我回了舱室，这才走开。她前脚走，我后脚悄悄拉开门出去，跑到了位于船艏的驾驶室。

此时外面的风暴正是最肆虐的时候，打捞08号虽然下了锚，可仍旧无比颠簸。船长和大副一直坚守舵位，雷达和电台也都在那里，我能够第一时间得到天气变化的消息。福公号对我的吸引力实在太大了，我简直不能忍受哪怕一分钟的等待。

我站在最前面，整个人贴在玻璃上，盯着眼前起伏的惊涛骇浪。我瞪圆双眼，努力想透过海水，看到隐藏于海底的那条沉船。我跟它的距离，不，是跟那段历史的距离，明明只有不到一千米而已。

"你又乱跑？"一个声音从身后传来。我一看，居然是沈云琛，她怎么找到驾驶室里来了？我吓得缩缩脖子，像被大人抓住的顽童。沈云琛狠狠瞪了我一眼，却没有继续追究。船长把一个话筒递给她，她哇啦哇啦地讲起日语来。

我没想到她的日文居然这么好，可惜完全听不懂她在说什么。大副偷偷告诉我，船长已经通过公共频道跟对面的日本考察船取得联系，可惜双方语言不通，英文都挺蹩脚，很多细节说不明白。刚才问了一圈，发现沈云琛居然日文不错，于是把她请来做翻译。

有她居中翻译，两条船终于可以顺畅地对话了。打捞08的船长通报了一名日本潜水员获救的消息，但是伤势很严重，打捞08缺少必要的急救设备。对方那条船叫青鸟丸，他们本来以为那名潜水员已经死了，得知这个消息，大喜过望，连忙表示青鸟丸上有随船医生。可惜现在处于风暴期间，什么都没法做。两位船长约定，等风暴一停，先用救生艇转移伤员。

我注意到，两边都很有默契地没提沉船的事。

虽然不指望日本人会因为这件事就把福公号拱手相让，不过让青鸟丸欠打捞08号一个大人情，我们会在未来的谈判协商中多一枚筹码。

风暴来得快，去得也快。三小时之后，海上终于风平浪静，重回阳光灿烂，跟什么都没发生过似的。两条船因为及时下锚，船长经验也都比较丰富，在风波中毫发无损。

打捞08号向青鸟丸缓慢靠拢，这既是为了尽快把伤员送过去，也可以不动声色地朝沉船上方水域移动。钟山已经把大致坐标标记在海图上，现在是搂草打兔子，两不耽误。青鸟丸也看出来了，但毕竟是我们救了他们的人，他们也只能吃一个哑巴亏。

两条船平行而停，艏艉相反，相距大约三百米。这是极限距离，再靠近，两船之间就会产生吸力，撞到一起。

我们把日方受伤潜水员小心地抬到救生艇上，随行的有打捞08号的二副、方震和沈云琛。黄色的救生艇被缓缓放到海面，沈云琛负责为伤员保持平衡，其他两个人用桨向青鸟丸划去。等到了船边，那边有吊车把救生艇吊了上去。

我看到救生艇顺利过去了，偷偷离开甲板，到潜水准备室里，把钟山的抗压服往身上套。现在沈云琛不在，林教授又在甲板上看着，如果要下水，这是千载难逢的好机会。

我不搞高难度动作，只是潜入沉船，把那几件柴瓷拿到手就好，这又能难到哪里去？

我正在折腾，路过的戴海燕发现了我的小动作。她把头探进准备室里，一言不发地盯着我，但也没去举报。我看了她一眼，继续慢条斯理地准备着。

"你坚持要下水？"

"对。"

"也好。这船上已经没有潜水员了，又来不及从后方调，你是唯一的选择。"

戴海燕和药不是的思考回路很接近，两个人都能从情绪旋涡抽离开来，从一个纯理性的角度去看待问题。我趁机要求她一会儿把林教授拖住，只要一小会儿，我会拜托药不是掌握信号绳，趁两船交接的时候偷偷下水。

一旦下了水，林教授就只能接受这个既定事实了。

就在我抱着压缩空气瓶接近船舷时，一声尖厉的汽笛从远处响起。我惊愕地看到，第三条船，来势汹汹地冲入这个伪旋涡的中心地带。

古董局中局4

第十二章

老朝奉的身份

这一条船，吨位介于打捞 08 号和青鸟丸之间，但绝不是执行打捞或考察任务的，也不是渔船。它的船身很窄，一看就是那种强调高速机动的舰型，难怪可以更迅速地突破旋涡外围，进入中央地带。

船头飘扬的是一面巴拿马国旗——但它肯定不是巴拿马船籍，因为我看到甲板上站着十来个人，手里拿着长短武器，来意不善。

这是海盗船！

一提海盗，大多数人脑海里浮现出的，是骷髅旗、独眼龙、假木腿，还带着点浪漫色彩。其实现代海盗早已鸟枪换炮，他们拥有最精良的武器、性能最好的船只装备以及最专业的操船人员，狡黠凶残，连正规军舰都为之头疼。

不过在亚洲，海盗大多活跃于东南亚马六甲一带，东海一带很少涉足。现在他们居然出现在这里，实在是令人惊讶。

我心中一惊，想起方震的嘱托。他说之前曾经在雷达里看到第三方的船只一闪而过，莫非这就是那条船？它一直在后头跟着我们，保持在雷达范围之外，等到我们在中央地带有所发现，它才凭借自己的航速冲过来。

难道真是冲着我们来的？

那条海盗船先是盘旋了几圈，然后大摇大摆切到两船之间，我看清了甲板上有两张熟人的脸：药不然、柳成绦。

老朝奉的船？！

我说怎么会有海盗特意跑来这个偏远海域，原来是老朝奉！

我本以为老朝奉既然和日本人合作，那么他的人应该在青鸟丸上。如今看来，他根本就是打算螳螂捕蝉，等双方探摸得差不多了，他再轻轻松松登场，摘取胜利果实。我们和日本人，全成了他的侦察员。

这么老谋深算的手段，也只有老朝奉用得出来。这么说来，老朝奉本人，很有可能也在那条船上。想到这里，我不由得又多看了两眼，恨不得立刻跳上船去，把他揪出来。可打捞08号和青鸟丸都没有任何武器，最多有高压水枪。面对这些武装到牙齿的人，毫无反抗能力。现在我们处于绝对劣势，唯一有实战经验的方震，现在却困在青鸟丸上。

形势几乎在一瞬间，就变成最糟糕的局面。

这时我背后传来急促的脚步声，回头一看，是药不是，他脸色铁青，我从来没看过他这么紧张。他看到我还穿着抗压服，松了一口气："许愿，你现在必须马上入水，留在船上太危险了。我看到对面船上有一个人，和通缉犯柳成绦很像。"

"嗯……"

"他跟你的仇太大了，你绝不能落到他手里，先去水里躲一躲，注意别潜得太深——信号绳我给你牵着，随时通报船上情况。"药不是说。

虽然这么贸然下潜，危险系数不比直面柳成绦低，不过眼下也没有更好的法子了。药不是拍了拍我的肩膀，不太熟练地说了一句："小心。"

我把全套设备穿戴好，最后检查了一下压缩空气瓶。这次我一气背了两个下去，行动会受限，但续航时间能长一倍。药不是已经提醒船长，用海事电台发出求救信号，我得坚持到救援到来。

为了避免敌人发现，我悄悄来到另外一侧船舷，采用直浸式的姿态慢慢把身体泡进海里，然后一松手，全身都沉了下去。

入水的感觉非常奇妙，仿佛有一圈厚厚的幕布在四周霎时垂落，把世界与自己隔绝开来。无论光线还是声音，都没有了，只能看到眼前的海水，只能听见自己有节奏的喘息。四肢移动缓慢，但没有拘束，如同飞翔在一片黏滞的天空中。到了这个时候，心中也会变得一片澄清，似乎那些纷扰烦恼也被一并隔离开。

我缓慢地转动脖颈，调整姿态，朝四周看去。此时风暴已经消失无踪，金黄色的阳光穿过纯净的海水，水下的浅层能见度非常好，我甚至能看到远处青鸟丸和海盗船的漆黑船底和螺旋桨。海盗船这时速度已经放缓，霸道地切入两船之间。打捞08号和青鸟丸的四条粗大锚链在水里漂荡着，还没顾上收起来。

我朝下方看去，随着深度加深，光线锐减，可以明显看到海水从湛蓝到暗蓝色的渐变。我勉强可以看到下方几十米开外是一片起伏嶙峋的斜坡，视线尽头是一条晦暗不明的深邃海沟。海水在那里已变成墨蓝色，我甚至可以看到洋流的痕迹。按照钟山的描述，沉船位置，就在墨蓝海水之中的海沟边缘。

打捞 08 号抢占的位置非常好，恰好就在其上方。只需要直线沉降，就能抵达斜坡，不需要横向移动。熟练的潜水员，抵达沉船只需要一刻钟，我这种半路出家的，大概也只需要二十分钟。

"要不要去看看？"

一个极其荒唐而大胆的想法涌上心头，让我自己都大吃一惊。现在水面上有穷凶极恶的敌人，毫无保障可言，到了这时候我居然还惦记着深潜去沉船？

我知道这事太荒谬，最好的应对，应该是待在水下船底的阴影里，静等救援。可是那个想法如同生了种子一样，再也挥之不去。那条深邃的海沟，变成了魅惑人心的嘴唇，喃喃地呼唤着我的名字。

我保持着悬浮状态，低着头，内心天人交战。老朝奉无疑是冲着那十件柴瓷来的，接下来他第一件事，肯定是派遣潜水员去沉船探查。如果我现在不去拿，得到柴瓷的老朝奉，大可以把两条船全部弄沉，然后携宝离开。

要扭转当前极端不利的局面，沉船里的柴瓷是唯一的机会，我得给他来个釜底抽薪！

我不知道这是用理性得出的分析，还是我为了说服自己而想出的理由。反正是越想越觉得合理，恨不得拔腿就走。很快发生的一个意外，成为促使我行动的最后一根稻草。

我的信号绳忽然飞快地连续扯动三次，这是发生紧急情况的暗号。我还没反应过来，牵引绳开始粗暴地朝上拽去，拖着我浮向水面。毫无疑问，海盗们发现了药不是的这个小圈套，他们试图把我拽出水面。

我不再犹豫，用潜水刀飞快地割断绳索，朝水下游去。再耽误片刻，等海盗的潜水员入水，我可就一点机会都没有了。

我一边变换着呼吸节奏，一边把方向对准海沟。现在光线很好，肉眼就足以指示我朝着正确方向前行。

但速度不能太快，否则水压和氮溶会要了我的命。事实上，我觉得有点头晕，也许是下潜太快，也许是心理作用。

很快我便接近了海沟边缘，这里礁石丛生，海草摇曳，半明半暗之间，一个个就像是张牙舞爪的恶魔。很快我找到了那根嵌在岩缝里的断桅，这是最好的路标，说明沉船就在不远处。

我继续向前摸去，周围的光线慢慢暗淡下来。我终于理解，对一个初学者来说，深潜是多么可怕的一个挑战。技巧还在其次，主要是人类对于黑暗以及幽闭环境的恐惧，在这里会无限膨胀，让你需要花极大的意志去克制。一不留神，便会被恐惧吞噬。

这里的海床就像是一头史前怪兽的脊背，满是突刺和瘤疣，几乎没有落脚之处。我必须保持着一个平稳的姿态，避免靠得太近被刮到身体，还要随时小心喷涌的洋流。水下很难把握时间的流逝，我只能以压缩空气瓶的读数作为依据。空气消耗了差不多三分之一时，在我眼前下方缓缓浮现出一个巨大的阴影，我赶紧拧亮头顶的潜水强光灯，朝那里照射过去。

光束所及，船身显现，我终于看到了那一条梦萦魂牵的沉船——福公号。

和钟山描述的一样，福公号侧躺在海沟边缘的一个"鸟巢"里。这"鸟巢"是一个凹坑，坑底相对平坦，周围一圈隆起的礁石。福公号从原来的沉船地点顺坡而下，中途折断桅杆，船体偏移，掉入此坑，才阻住落势。

这一条残骸，就这么安静地侧躺在幽深的水下，龙骨清晰可见，场面恐怖而梦幻。我感觉自己好像是一个盗墓贼，闯入墓穴，正看到墓主在棺椁里沉睡。

出发之前，沈云琛给我补过课，讲授了一些基本常识。明代远洋海船，都是采用"V"字尖底的设计，可以抵御风浪，适合深水航行。艏艉高翘，船舷很高，有如城墙拱卫。眼前的福公号完全符合这些特点。

福公号的结构保留完整，这对我来说，可不是个好消息。这条船的吨位不小，目测甲板下有三层，靠水密隔舱与多重板分割，这意味着里面的布局十分复杂。在缺少支援的情况下，贸然钻进去等于作死。

难怪林教授强调，找到沉船和从沉船里找到东西是两个概念。前者是大海捞针，后者是螺蛳壳里做道场，就算是专业潜水员，也得谨慎地分阶段探摸，没有一次成功的。更何况，我要找的是十件瓷器。这船少说也有一千料，排水量二百五十吨，体积庞大，别说这船是在水里，就是搁到岸上让我去找十件瓷器，也得找上半天。

我围着沉船转了两圈，大体锁定了福公号的入口。那是一个方形的楼梯口，位于甲板前半段，入口大大地敞开着，好似一个洞口。我犹豫了一下，游近福公号，轻轻解下一个消耗得差不多的压缩空气瓶，减少负担，然后一咬牙，钻了进去。

船外尚且还有点光亮，但一进船舱里，可就是彻彻底底的黑暗了。我凭着头顶的强光，只能勉强扫到眼前极其狭窄的一点范围。在我面前是一条很窄的走廊，地板早已糟朽不堪，再远处有一个拐角，也许是一个舱室的门。我脚下一动，似乎踢到什么，低头一看，原来踢倒了一个陶罐。罐上还用漆写着几个字，可惜完全看不清了。罐子口流出一堆沙糊状的东西，在水中立刻消散，不知当年盛放的是什么。

我听说地狱里的景象，就是在你面前摆满山珍海味，你一动筷子，霎时化为流沙。在这里，所有的景象都已丧失了本来的颜色，全是灰蒙蒙的，就像死人的脸——这福公号本来就是死后的世界。

我自诩胆大，可到了这时候也不由得咽了口唾沫，定定心神，才敢往里走。船内的行进非常艰难，人处于潜游状态，很难精确控制动作，而船舱内又特别狭窄，稍不留意就会撞到，这是很危险的。

我往里游了大概两三米远，眼前的空间忽然宽敞了点，有那么十丈见方。这里应该是一个中转区和聚集区。当发生紧急情况时，这一层的乘客可以迅速集中在这里，登上甲板。这里的地面——其实应该是墙壁，因为船是侧躺着的——积着厚厚的一层海尘。我一脚踏上去，尘土激扬，让海水一阵混浊，遮挡住了前方的视线。

好不容易等到海尘重新沉下去，我觉得头顶有些异样，抬起头来，两具惨白颜色的骷髅出现在潜水强光灯的光柱里，头上戴着一顶古怪的帽子，两个漆黑的眼窝和下颌骨还会动，直挺挺地朝我扑来。我吓得方寸大乱，呼吸节奏一下子就乱套了。那两具骷髅似乎抱在一起，一动皆动，似乎不甘于自己溺死的命运。

潜水时，最忌的就是呼吸节奏被打乱。因为潜水员不是用鼻子，而是用嘴呼吸。一乱套，人会不自觉地切回鼻子，极容易呛到。

我毕竟经验太少，心理压力又大，这一吓，身体不自觉地往上猛挣。脑袋"咣当"一声，撞到了船舱墙壁，还把隔板给撞破了，头顶的潜水强光灯啪啪闪了几下，灭了。

这一下子，我便陷入极大的困难，周围彻底沦为黑暗。那两具骷髅不知所终，说不定正在阴暗的角落里窥视。我没办法继续前进，只得先退出，可往后一走，却没摸到楼梯的扶手，心中大惊——果然迷路了。

人的情绪一紧张，呼吸就变得粗重，呼吸一粗重，耗氧量直线上升。我急忙想反身去找楼梯，可如今没有半点光亮，舱内上下又是颠倒的，我甚至都无法确定是不是在沿着原路返回。

绝望的情绪一点一滴地在内心滋生，我的动作也随之走形。林教授说得对，新手深潜入船，根本就是找死。现在别说找到柴瓷，就连能不能安全出去，都是个严峻问题。

正在惶然之间，一只手从黑暗中忽然伸出来，拍在了我的肩上。

这让我浑身一僵，几乎大叫起来。不过那手没什么恶意，连续拍了三下，这是表示跟随的手势。随后一束强光扫过，我这才反应过来，原来对方不是鬼，也是个潜水员。我顾不得考虑太多其他，被这手拽着，一路朝上游去。他有光照指引，很轻松地找到楼梯，把我带出黑暗，重新爬回甲板。

我望着那个入口，心有余悸。倘若不是这个潜水员及时赶到，搞不好我今天就交待在这里了。不过这潜水员为什么要救我？现在水面上明明老朝奉的人已经控制了局面。这个潜水员觉出我的疑心，比了一个"OK"的手势，然后在我手心写了两个字。

不然。

药不然？我瞪大了眼睛，仔细看去。潜水面罩遮挡住了他的脸，可那一双贼兮兮的眼睛却证明我没猜错。我之前可从来没想过，会在幽深的海底和这家伙直面相对。

水下是没有办法交谈的，我只能瞪着他，手足无措。药不然指了指水面，又指了指自己胸口。

"先上去，相信我。"我准确地读出了他的意思。

可是我应该相信他吗？要知道，现在上去可就是自投罗网，多少仇人都盯着我呢。药不然立场暧昧，这一出难道不是老朝奉诓我的圈套？

他到底想干什么？

药不然见我没反应，知道我还心存怀疑，居然递了把潜水刀过来。刀柄朝我，刀头倒转。意思是："你要是信不过我，就一刀捅死我，哥们儿保证不还手。"

这是我脑补的台词，可药不然会说出这样的话来。我隔着潜水镜，看到这家伙眨了眨眼睛，指了一下旁边的沉船，两个大拇指交抵，八指交拢，拜了三拜，手背翻转，再拜三次。我看到这个古怪的手势，心中不由得一动。

这是一种古老的江湖手势，如今已不多见，叫作"生死拜"。这是一种极其严肃的承诺，九死不悔，手背翻转，意为不负所托。他冲着沉船做生死拜，这是什么意思？他和谁立过承诺？

我心里涌现起一种怨愤：你小子每次见面，从来神神秘秘不肯说明白。现在到了水下，口不能言，你反倒要交代起事情来，你可真会挑时候啊！我狠狠捣过去一拳，砸中他的肩窝，让他在水中倒退了几步。水里动作慢，药不然完全可以躲过去，可他没躲，生生挨了我一拳，倒退了几米，直到背靠福公号才止住退势。

药不然也不生气，又游了回来，手里举起一件小巧的东西，讨好地递过来。虽然在水里视野混浊无比，可我一眼就看出来了，那是一个茶盏，柴窑出的莲瓣茶盏！

当这一件瓷器出现在面前时，我的双目圆睁，呼吸停住。这可是多少瓷道大家梦萦魂牵的柴瓷啊！传说中雨过天晴云破处的柴瓷啊！那传说中青如天、明如镜、薄如纸、声如磬的绝世珍瓷啊！

我们一切的遭遇，都是围绕着它而发生的。追寻了这么久，我无数次地想象它们会是什么样子，如今它就这么毫无征兆地出现在我面前，水中半明半暗，细节未明，可已生生将我的魂魄吸走了一半。不是因为我爱瓷成痴，而是它天然就带着一种睥睨众生的魅力，让你无可逃离，无可回避。

压缩空气瓶里的耗氧量直线上升，我好不容易才把视线从这个茶盏上挪开，充满疑惑地看向药不然。

药不然应该与我深入沉船的时间差不多，他是怎么迅速锁定柴瓷位置的？而且这儿只有一件，其他九件在哪儿？若不是顾及性命，我真想一把甩开呼吸器，狠狠揪住他衣领质问一番。药不然挺大方地把茶盏递给我，重复了一遍手势，催促我跟他上去，再次做了保证。

他的潜水镜后，眼神流露出一种前所未有的认真。我想了想，把潜水刀递还给他，接过茶盏，放到身旁的潜水袋里，算是同意了他的建议。

我跟药不然之间的关系实在复杂，但此时我决定赌一把。若是药不是在场，肯定又要批评我冲动行事，不过这世界上有些事情，就和古玩的气质一样，用理性很难去解释。

药不然挺高兴，还不忘摆了个"V"字手势。

我们简单地互碰了一下拳头，药不然没有急着上去，而是招呼我重返甲板入口，守住门口，然后自己钻了进去。我以为他要回去取那九件柴瓷，可过了一会儿，他重新钻出来，手里还拖着一堆东西，让我大吃一惊。

他拖动着的，是刚才我看到的两具骷髅。它们的骨架互相钳抱在一起，这么多年过去，已经没法分开。原来我刚才在黑暗中遭遇的，就是它们。现在回想起来，这应该是沉船上的遇难者吧，来不及逃走，随船一直沉入海底，化为孤魂漂荡在船舱之间。

我游过去，帮他一起扛。这两具尸骨残缺不全，只残留了颅骨、脊椎、臂骨和大半条肋骨，下面一半早不知所终，所以不算太重。近距离观察，我才注意到，两个骷髅头上的古怪帽子，其实是一个头套一样的装置，正面是一整片玻璃，旁边一圈框子固定，和潜水罩很像，但样式古老。我刚才看到它们表情生动狰狞，其实是玻璃面罩反射灯光所产生的错觉。

药不然不去拿柴瓷，反倒来扛这些死人骨头干吗？他的行动真是越发难以索解。而且，那两个头罩怎么看都不像是明代的器物，是典型的工业时代产物。

我陡然想起来，泉田的报告受到冷遇后，愤而失踪。说不定，是他自己偷偷跑来搜寻，结果死在这里。眼前的尸骸，该不会是泉田的吧？

可就算搜寻到遗骸，日本人这么干我还能理解，药不然这又是何必？我侧过头去，想从他的动作里寻找答案，可什么都读不出来。

我强压下疑惑，帮药不然带着两具尸骸缓缓上升。我们花了很长时间才浮出水面，一出水，我发现三条船并排停泊，我们靠近的是青鸟丸。

青鸟丸上有自动升降机，把我、药不然和两具尸骸一并运了上去。一上甲板，海盗们立刻拥了过来。为首的柳成绦一直阴冷地看着我，嘴角带着凶狠的笑意。他走过来飞起一脚，把我踢翻在地，歇斯底里地大笑："我早说过，你迟早有一天要落在我手里！"我毫无反抗能力，只能躺倒在地上，动弹不得。药不然在一旁脱着装备，对我的遭遇却置若罔闻。

柳成绦还要踢打，却被郑教授拦住了。"先做正事。"郑教授的视线只在我身上停留了片刻，便转向了药不然，"有结果了？"语气里满怀期待。

"嗯。"

药不然默默地摘下潜水设备，露出一张疲惫的面孔。不知为何，他摘下潜水罩的一瞬间，我突然发觉我不认识这个人了。原来的药不然，浑身都带着浑不吝的痞气，就算是叛变之后，也是一直嘻嘻哈哈，没个正形。

可此时的他，却和我熟悉的药不然截然不同。嘴角紧抿，眉头微蹙，湿漉漉的头发从额头垂下，半遮住了他的悲伤眼神。他就那么手捧面罩站在那里，脑袋微垂，注视着那堆骸骨。一切锋芒和玩世不恭都收敛不见，仿佛他从来就是这么悲伤，直到今日才在人前显露出来。

这两堆骸骨被搁在一块塑料布上，海盗里有日本人，忽然发出惊讶的声音："哎？这个面罩，我之前见过。"郑教授问他在哪里见到的，他说日本在1924年发明出世界第一款面罩式潜水器，成功地潜入地中海七十米，捞出了沉船八阪号内里的金块。这个可能是其改进型，但总体结构没什么变化。

柳成绦不屑道："费这么半天劲，弄一堆死人骨头上来干吗？"他伸出脚去踢了踢，药不然低声吼了一声，一脚把他远远踹开。柳成绦跟跟跄跄跌到对面船舷，勃然大怒，回手就要动手。这时一个苍老的声音传来："成绦，住手。"

声音是从船外扩音器里传出的，这是老朝奉的声音！那老家伙果然随船而来了！我连忙抬起头，看向位于青鸟丸高处的驾驶室。可惜角度不对，玻璃又反光，看不清里面站立的人是谁。我挪了挪四肢，发现根本抬不动，真是该死！现在我跟他的距离，明明只有十几米而已啊。

柳成绦不满道："这可是他先动手的，到底是嫡系，跟我们待遇就是不同。"老朝奉道："我不是偏帮，而是救了你一命。"柳成绦不服气，可他再看药不然的眼神，陡然间打了个哆嗦。药不然站在骸骨前，眼神无比冰冷，仿佛刚刚被人触动他的逆鳞。

这是真会杀人的眼神，半点都不含糊。柳成绦只得讪讪后退了几步。

"小药，恭喜你，终于大愿得偿。"老朝奉慈祥地说。药不然双膝忽然跪倒，面对尸骸放声大哭起来，哭得简直就像一个孩子。我看到他身上的面具和假象一片片剥落，现出本心。

郑教授站在旁边，微微叹道："药慎行的下落，到今天，才算是清楚了。"

这一个名字，在我脑海中骤然炸开，许多残缺不全的图景，立刻得到填补。庆丰楼事件后，药慎行的下落一直成疑，原来是跟随泉田入海前来寻宝了！结果两人都死在船中，消息断绝，直到几十年后，这两个人的踪迹才终于大白于天下。

难怪药不然要放声大哭，这其中一具尸骸，可是他的太爷爷啊。我忽然有个感觉，药不然来到这里，根本不是为了柴瓷，完全就是为了寻回他太爷爷的遗骸，那才是他的真实目的。

无论是药不是、高兴还是其他人，都说药不然骨子里有疏离感，和谁都无法亲近。但从此情此景，可见他的骨子里对亲情是多么重视。只能说这小子太擅长隐藏自己的情绪，让旁人根本无从觉察。

柳成绦对庆丰楼的前后因果也略有了解，咕哝道："谁知道哪具是日本人，哪具是他太爷爷，拜错了可就有的乐了……"郑教授道："看臂骨的颜色。使用'飞桥登仙'的人，会被含有重金属的锔料渗入口鼻身体，时间长了，臂骨会被侵染，呈斑斑暗红色。"

"飞桥登仙"对身体有害，这个我知道，没想到居然还能深入骨骼。难怪尹银匠健康状况那么差，这诅咒还真是非同小可。这些骨头虽然被海水浸泡了几十年，可仔细分辨，还是能勉强分辨出来。

药慎行学的绝技，成了子孙相认的标记，这也真是一件奇妙的事。

郑教授走过去，拍拍药不然的肩膀："小药，先别激动，注意身体，先去减压舱减压。"药不然这才止住哭声，先跪在地上，朝遗骨砰砰砰磕了三个头，然后抬头道："我刚才探摸了一圈，怀疑泉田和太爷爷已经在沉船里找到柴瓷，正要带出来的时候，出了意外。所以这几件柴瓷，应该离他们两具尸骸不远。下次去探摸，应该就能拿到了。"

郑教授双眼放光，连声说好，然后赶紧让他先回减压舱。我心中一动，药不然这是还有伏笔啊。他明明已经找到了一件柴瓷，而且现在就在我身上，怎么只字未提？

此时那个茶盏就藏在我的潜水袋里，没人想起来去搜一搜。郑教授正要安排我也进去减压，柳成绦却给拦住了："这个臭小子是咱们的仇人，无论如何是要死的，何必多此一举？"

药不然停下脚步，回首冷冷道："我还有话要问他，他暂时不能死。"柳成绦怒道："你今天认祖归宗，是大喜事，我不与你计较。但这小子必须交给我，谁也别拦着！"

药不然道："大家伙儿千辛万苦找到福公号，先把柴瓷取出来是正事，先不要节外生枝。"说完他抬起头，似乎在征询意见。喇叭里的老朝奉也很赞同："小药说得对。这十件柴瓷是咱们翻盘的最后机会，先把正事办了。小许跟我还有些恩怨未了，暂时先不动他。"

柳成绦极不服气："我跟您出生入死，忠心耿耿十多年，也不过占得一山之地、几句赞许。这许愿不过是个小混混，怎么您反倒天天花尽心思罗致。现在倒好，您姑息养奸，让咱们的盘子全翻了，还不忘跟他谈什么恩怨！我不服！凭什么？"说到后来，他几乎哽咽起来。

和我那天猜想的一样，柳成绦自幼孤僻，只有在老朝奉这里才能找回认同感。他这么失态，与其说是愤怒，倒不如说是孩子式的惊慌更准确。

大喇叭沉默片刻，声音复又响起："傻孩子，你想得太多了。我说和小许有恩怨要了，又没说要放过他，安心去准备吧。"

柳成绦眼珠一转："好，听你的。但许愿我得带走，去打捞 08 号上减压。他和药不然别凑一起，我不放心。"我心里一沉，原本我还打算跟药不然同处一个减压舱，有机会对话，想不到柳成绦疑心这么重。

"随便你。"药不然却丝毫不以为意，转身就走。我看到他背对着我，做了一个手势。这手势很隐秘，可以视为生死一诺的一个简易变种。

他在水里说"先上去，相信我"，现在是在提醒我他会信守诺言吗？药不是给我讲过药不然初中的故事，他可以不动声色地把转学生赶走，现在他又在筹划什么？我摸摸潜水袋里的凸起，茫然得很。

很快，柳成绦押着我转移到打捞 08 号上，途中我了解到，两条船的乘员都被海盗们给控制了，所幸暂时无人伤亡，分别关在底舱里。

他连脱下潜水服的时间都不给，把我恶狠狠地推进减压舱里，"砰"地把密封门一关，派了两名海盗看守。他隔着玻璃道："你别以为自己多幸运。多等那么一两天，只会让你后悔当初为什么不死得快一点。"我冲玻璃外微微一笑："至少我不会跟老朝奉闹着讨奶喝。"

柳成绦一拳砸在玻璃上，然后脸色阴沉地走开了。

这种五十米以上的深潜，减压时间得要六小时。我徐徐坐下，闭目养神。门口两个海盗比我要痛苦，他们哪里耐得住这种枯燥差事。减压舱的门是密封的，他们觉得我不可能会逃走，很快就打起瞌睡来。

我当然不可能逃走，开了门让我走我都不走。不彻底减压就出来，纯属作死。我徐徐坐下，闭目养神。

药慎行遗骸的出现，真是一个意外的变数。我刚才仓促间不及细思，现在倒是有充足的时间可以梳理。我发现把他的下落填入框架，让那段往事顿时清晰了不少。

东陵盗案事发，药慎行入狱，数年后离开监狱，悄然南下定居绍兴。1931年，楼胤凡搜集全了五个青花罐，邀请他北上开启。不料我爷爷许一城介入，导致楼胤凡自杀，五个罐子落入泉田国夫之手。药慎行开启了五罐，掌握了福公号的坐标，然后随泉田出海寻宝，最后双双死在了沉船之中。

福公号的船主自称鱼朝奉，根据《泉田报告》的照片，老朝奉这个称号，正是来自掌握福公号下落之人。如果这个推想没错的话，老朝奉——或者说第一代老朝奉——正是药慎行！此后姬天钧与药来争夺五罐，自称为老朝奉，自然是表示对福公号志在必得。

一点破迷思，眼前豁然开朗。我想到这里，猛然跳起来，差点撞到脑袋。

难怪之前老朝奉的年纪对不上，让我百思不得其解。他不是一个人，而是两个！先后有两个老朝奉！现在这个老朝奉，只是继承了这个名号而已。

这几乎能解释一切不协调的矛盾了！

可是，我爷爷许一城为何介入此事去帮助日本人？药慎行和泉田出发之前，为何要把青花罐重新修补起来？这两个疑问，还是难以索解。

但这个无关宏旨，重要的是，我终于揭开了老朝奉秘密的一角！

我激动地在密封舱里转来转去，恨不得立刻出去告诉药不是。门口的海盗看到我的动静，喝令安静，我这才压住心头雀跃。有了新的动力，我必须要筹划反击。尽管药不然承诺会保我平安，但是我不能完全依靠他，人必自助，而后天助之。

我安静地等待了六小时，舱内的压表终于发出"嘟"的一声，绿灯亮起。两名海盗打开舱门，把我押了出来。我轻描淡写地对他们说道："能否请你们行一个方便？"

两个海盗对视一眼，呵呵笑了起来。我观察过他们，明显不是老朝奉一伙的，想必是临时雇用。这种人只认钱，贪欲一起，最容易操纵。

我慢吞吞地从潜水袋里掏出那件柴瓷茶盏："我浑身都是盐水，太不舒服。能不能让我回舱房里洗澡，换一件干净衣服？死也得死得干干净净。"

一个海盗把茶盏一把抢过去，得意道："我们想要，抢就成了，还用跟你谈条件？"

我淡淡道："这只是其中一件，另外还有九件，你们不想要？"

两个海盗这下停止了动作，狐疑地看着我。他们之前应该知道老朝奉此行的目的，但并不了解柴瓷的珍贵之处，只知道兴师动众来找的海底宝藏，一定值钱。

一听说这样的宝贝还有九件，贪婪立刻占了上风。

我微微一笑:"你们若给我这个机会,十件都可以给你们。要不然,那九件只能给我陪葬。"

我刚才潜水,他们都是看见的,这一件柴瓷,他们是扎扎实实拿在手里的。有这两个前提,我又句句都扣着好处,由不得他们不答应。两个海盗合计了一下,觉得这买卖太划算,于是没有去通知柳成绦,跟我结成了暂时的联盟。一边走着,两人还一边算计着那九件虚无缥缈的宝贝。

外面刚刚又刮过一轮暴风雨,此时刚刚收住。海面浪花还未平复,不过天空阴云已有转白的趋势。

他们押着我,来到我居住的舱室。舱室很窄,我推门进去,他们俩就挤不进去了,只好留在门外——反正也不怕我跑了。

我把门关上,从被子里把方震留给我的手枪拿出来。他不愧是老兵,真是有先见之明。只在雷达上看到一个疑点,就提前做了准备。

可是海盗有两个,距离这么近,只够我开一枪,我还得把万一打不准的变数算进去。再者说,打完以后怎么办?这三条船上,海盗可是有十几号人呢。我得仔细筹划一下。

我走到舷窗前,发现对面不远处正好是青鸟丸的船舷。甲板上一共有七个潜水员,正忙活着下水。看来他们正式开始打捞了,这些家伙装备精良,人多势众,对柴瓷志在必得啊。

我看到其中一个正是药不然,不禁有点愕然。药不然不是给了我一个承诺吗?怎么又下水去了?

按道理,一天之内只允许一次深潜,尤其是刚减压完,不能再次下水。药不然这是不要命了?隔得太远,我没法出声,只能扒在舷窗上,看着这七个人扑通扑通纷纷入水,很快全消失在海水中。

我看到柳成绦和郑教授站在甲板上。等他们全数入水后,柳成绦抬腕看看手表,朝小艇走去。看来他打算来打捞08号上对付我了。

已经不能再拖了。我换好衣服,转身打开舱门,跟着两个海盗往外走。我故意一路给他们讲这柴瓷有多么珍贵,当年柴世宗发下谕旨,说雨过天晴云破处,这般颜色作将来。全国能工巧匠都束手无策,只有一对瓷匠夫妻想到个办法……这些海盗没什么文化,听得津津有味,没想到手中柴瓷居然这么值钱,心里都乐开了花。

不知不觉，我们三人走到甲板边缘。我讲到高潮处，口中还在讲着故事，身体却趁着船身晃动，猛然朝拿着柴瓷的那个海盗撞去。他听故事听得入神，猝然受袭，手一滑没拿住，茶盏朝海里滚去。两人大惊，一起冲过去捡。我趁机后退几步，掏出枪来，对着他们乓乓开了两枪。

我之前开过枪，还是方震带我去的靶场。但实战可是生平第一次。这么大的两个目标，我愣是一枪都没打着。可那两位突遭枪击，下意识想闪避，结果双双从甲板上跌落到海里去，反而是那件茶盏滚到边上，没掉下去。

我俯身把茶盏捡起来，重新搁回口袋里，然后冲到舷边，对着海里扑腾的两个人继续开枪。这时候绝不能有妇人之仁，否则倒霉的只能是自己。我的枪法实在太差，打空了一个弹夹，也没打中什么。不过好歹吓得他们潜入水里，不敢冒头。

这时对面的人也听到枪声了，在甲板上大声呼喊。我看到柳成绦的小艇已经接近打捞08号，速度比之前更快。我只恨自己图一时痛快，把子弹一搂到底，不然橡皮艇那么大目标，我怎么样也能击中吧……

橡皮艇突然转了一个弯，把那两个落水的海盗救了上来。柳成绦在船头直起身子，目光凶狠地瞪视过来，嘴里喃喃不知在说些什么。可以想象，等到他登上船，会对我做出什么事情来。不过也无所谓，债多了不愁，本来他就恨不得把我碎尸万段，现在多恨几分也没差别。

我环顾左右，忽然心生一计，把船上的高压消防水枪摘下来，扭开龙头，毫不客气地对准远处那橡皮艇就喷了过去。柳成绦一时不防，被正面喷到，强压的水枪把他扑通一声冲到海里去了。其他几个海盗连忙把身子团起来，往橡皮艇后头缩。

这玩意儿看着声势浩大，其实一点也不致命，柳成绦很快就被拉回到艇上，船头硬顶着水流往前冲。水压再大，也顶不住橡皮艇的发动机。有海盗回过神来，拿手里的AK-47朝这边放枪。

乓的一声，一颗流弹击中了水管，钻出一个大洞，水压登时没了。我放下水管，掉头就跑，生怕被乱枪击中。橡皮艇士气大振，很快就开到了打捞08号的边缘，他们七手八脚往上爬。柳成绦率先往甲板上冲，被我死死拦住。他顺着海员梯爬了一半，我占据了高处拼命阻挠。我有地利，但他人多势众，眼看就要冲破阻拦，登上甲板。

就在这时，不知从哪里传来一个闷闷的声音，很低沉，似乎很远处有雷声滚过。

所有人的动作，一时间都僵住了。再迟钝的人，都觉得有些不安。紧接着又是一声雷声。这回都看出来了，是海底发生了剧烈的爆炸，海面如同煮沸了一般，有许多翻着肚皮浮上来的鱼。这是怎么回事？爆炸这么剧烈，那些潜水员还能活吗？药不然还能活吗？我和柳成绦停住动作，同时惊骇地朝水下望去。

没过多久，第三声爆炸声传来。这一次爆炸更为剧烈，居然发生在海盗船的内部。只听得轰隆一声，海盗船侧面生生被炸开一个大洞，大量海水疯狂涌入，很快就让船身发生倾斜。

此时海盗们不是在水下，就是在青鸟丸或橡皮艇上，只留了两三个值班的人在船上。出了这么大的事，根本来不及做损管。这条船也许还能挣扎一会儿，但沉没是必定的。

第三次爆炸产生了巨大的冲击波，把距离不远的橡皮艇也给掀翻了，那几个海盗再次落水。可这次情况不一样了，即将倾覆的海盗船产生了强大的水流吸力，他们惨叫着被吸过去，陷入旋涡中，挣扎完全就是徒劳，一会儿工夫就消失了。

与此同时，有大量漆黑的木质碎片纷纷浮起来，如同许多蟑螂浮满海面。不知道是不是来自福公号。

我站在打捞08号的船舷边上，继续和柳成绦扭打。橡皮艇一翻，他没有退路了，更加拼命地朝上面冲来。他的格斗技巧比我高明得多，加上背水一战的气魄，一下子就将我打退了数步。

眼看他就要踏上甲板，我急中生智，从口袋里掏出那价值万金的柴瓷茶盏，用尽全身力气砸到他的额头。瓷性脆，但瓷性也硬，这柴瓷虽然号称薄如纸，砸在脑袋上也绝不好受。

我估计有柴瓷以后，舍得拿它当武器砸人的，可能我是头一个。

柳成绦挨了这一记砸，头上迸出一团血花，不由得大声惨叫起来。而那精妙绝伦的莲瓣茶盏，也因为这强力的冲击，碎掉了半边莲瓣，瓷碴儿上沾满了鲜红的血迹。我见势又砸过去，这次那半截断碴儿正好刺中他的右眼，又是一团血花爆起。

柳成绦也真是悍勇，受到如此重创，他不退反进，竟是硬生生往上面冲，满头鲜血，形如恶鬼，一把抓住了我的腿，试图借力登上甲板。我举起手里那半件柴瓷，阴恻恻地对他说道："还记得北京老院子里那棵槐树吗？"

柳成绦愣了一下。我旋即说道："那些被你烧成瓷器的人，可都跟来了。要把你往海底拽呢。"这话柳成绦本是不信的，可此时他受到重创，心情激荡，又逢海面大变，手掌不由得一松。我突然指着他身后大笑道："刘月，她在这儿呢！"

一听这名字，柳成绦下意识地回头去看。我趁这个机会奋力一推，他直接掉入海中。

刘月就是他那个被烧成瓷器的女朋友，我在查阅细柳营涉案失踪人员名单时看到过这名字，当时没多想，现在居然起了大作用。

据说人在大海中的恐惧感最为强烈，这源自基因中对汪洋的恐慌。现在他连遭大变，又身受重伤，在这翻腾的海洋中，他内心的恐惧被彻底引了出来。

不做亏心事，不怕鬼敲门。他能把那么多人包括心爱的女友活活烧成瓷器，内心没鬼才怪。我在北京老宅子里已吓唬过他一回，那次被我试探出来他内心深怀惊惧。如今刘月这个名字，正是击破他心防的最后一根稻草。

柳成绦落水之后不停地扑腾。此时海盗船已经侧翻了一半多，开始打旋，这是要沉没的前兆。海水在船底形成一个漏斗，周围的旋涡力度不断加强，卷着柳成绦往水下拽。好似那些死者在水下蜂拥而来，要把他拽下幽深的海底。

柳成绦绝望地摆动着身体，拼命向上挺直。他惨白的脸上不再狰狞，反而像个害怕的孩子。他大声呼喊着"妈妈，妈妈"，泪流满面，无助地向前方伸出手臂。

我心中忽有不忍，想抛个救生圈过去。可是已经太晚了，白色的泡沫像寿衣一样聚拢过来，把他团团裹住。柳成绦打了几个转，先是身体，然后是头，最后是高高伸出的手臂，和海盗船一起被旋涡吞没。几个大浪拍过去，海面恢复了平静。

我站在甲板上，大口大口喘着粗气，浑身有点发软。刚才那一系列搏斗，稍有不慎，葬身海底的就会是我。

一直到这会儿，我才腾出空来去想，刚才的爆炸是怎么回事？

一次爆炸也许是意外，两次爆炸也许是巧合，但连续三次，绝对是有预谋的。而且除了第三声明显在海盗船内，前两声都是从深海传来。我想起药不然告别时的手势，莫非这一连串爆炸，是他暗中策划的？

这……难道就是药不然向我承诺的生死一拜？

一念及此，我心中一凛。福公号里可是还有九件柴瓷呢，这么一炸，可怎么得了？更重要的是，药不然自己呢？

我趴在栏杆上朝下面望去，海盗船已经被完全吞没，在附近海面上漂浮的除了细碎的木片之外，还有一些潜水设备的残片，似乎还能看到一些疑似人体断肢的东西。

我的脑子里一片空白，眼前的这一连串事情，已经超出了我的理解范围。从塘王庙开始，我就隐隐约约猜到药不然和老朝奉不是一条心，刚才也大概能看出来，药不然的真正目的，是寻找药慎行的遗骸。可我万万没想到的是，他居然这么决绝，把老朝奉的人马、宝贵的柴瓷和自己都搭了进去！这手段之狠，已经超乎常理。

他到底想干什么，我已经看到了，可是他到底为什么这么做？

我朝对面青鸟丸上望去，看到两个海盗跟没头苍蝇似的，在甲板上乱跑。这横生的惊变，可着实把他们吓傻了，他们完全不知所措。郑教授趴在船头，呆呆地望着海底，整个人傻掉了一样。

我意识到，事情还没完呢！我赶紧跑下甲板，先把关在底舱的打捞08号船员，以及药不是、戴海燕、钟山等人放出来。

底舱里的海员们憋在里面，都已经绝望了。看到打开门的原来是我，无不欣喜。我把情况跟大家简略地说了一下，船长立刻奔赴通信室，跟水警联络；大副则带着几个水手，准备卸救生艇，反攻青鸟丸。海盗船已经沉了，青鸟丸上的海盗和老朝奉是瓮中之鳖。

药不是紧皱眉头，问我药不然的下落。我有些惘然地摇摇头："海下两声爆炸，情况不明，没看到他浮上来。"药不是道："没人会蠢到凑近自己安放的炸弹，他一定远远地跑开了。"

他的口气里带着强烈的不自信，这在药不是身上可不多见。我没说什么，因为不知该怎么接。药不是沉默片刻，把视线挪到我的右手："这么说，十件柴瓷，就只剩你手里这一件了？"

我低头看看，手里的茶盏被砸得碎了一半，断碴儿处还有斑斑的血迹。严格来说，只算半件而已。药不是看着这硕果仅存的半件柴瓷，百感交集，不由得喃喃道："这浑小子的心思，真是谁都猜不到啊。"

海面上漂浮的碎片慢慢汇聚在一起，形成一个大大的问号，就像药不然那张嬉皮笑脸的脸。药不是重重地拍了一下栏杆，镜片后的眼皮在微微抖动，放任自己的情绪外流。上一次我见他这样，还是在药来卧室里给他爷爷的画像磕头。

那边救生艇很快已经准备好了，船员还找到了两支海盗遗落的AK-47步枪。我们让戴海燕留在打捞08号，然后跳上救生艇朝青鸟丸开去，两支AK-47交给了两名在海军服役过的船员，这样即使敌人反抗，也能有一战之力。

海底的两次爆炸和海盗船沉没，起码干掉了十几个海盗。现在剩在青鸟丸上的，不超过五人，再有就是郑教授和老朝奉。老朝奉这次，真正是无路可逃！所以我无论如何也必须杀过去。

我们的救生艇走到一半，率先开火，把甲板上还发蒙的海盗登时打死两个。剩下的人四散而逃，纷纷找掩体躲避，居然没人想着截击我们。

这就是海盗根性，私心太重。截击我们有被击中的风险，如今缺少指挥，根本没人愿意挑这个头。

我们趁机接近青鸟丸时，甲板上已经空无一人。我、药不是、大副和几名水手抓紧时间登上甲板，四处搜寻，只看到绞盘旁边搁着药慎行和泉田国夫的尸骸，还没来得及进行妥善保管，只在底下垫着一块塑料布。

药不是看到这一幕，扶了扶眼镜，眼圈登时就红了。这也是他的亲太爷爷，曾经听药来谈起过无数次。

我对此不置可否。药慎行虽然在私德上可圈可点，可他之前替东陵盗案销赃，之后协助泉田来东海取宝，可算不上什么英雄所为。碍于药不是的面子，我不好说什么，可药慎行这些举动，也可算是汉奸的一种了。

不要忘了，他也是老朝奉。

想到这里，我猛然抬头，看向高高的驾驶室。过去的老朝奉，已化为尸骸；如今这个老朝奉，离我近在咫尺。这贯穿多年的恩怨，今天无论如何，也要做个彻底了结。

我们从甲板一路冲下舷梯，到了青鸟丸的下一层。这里是船员的住宿区，相对狭窄，海盗们躲藏在右舷的通道旁，凭借地利还在负隅顽抗。两边开始猛烈交火，场面登时陷入僵持。

我没有枪，就躲在后头，忽然看到旁边有一个小舱门，正从里面传来有节奏的撞击声。这是个杂物间，非常小，不仔细就漏过去了。我隔着圆窗往里一看，居然发现方震在里头，正用一根拖布杆用力敲门。

我赶紧把门锁打开，把他放出来。方震没有被困的怨愤，也没有获救的惊喜。他简单地说了一下之前的遭遇。海盗占领青鸟丸后，他为了保证其他人的安全，没有反抗。他们把沈云琛和日本人都关在底舱，但郑教授跟方震很熟，知道这个家伙绝对不容小觑，于是便把他单独关押在这个小房间里。

我把局势大概说了一下，这回连一贯淡定的方震都露出了惊讶的表情："药不然把两条船都给炸了？"

我说很有可能，但一切都不确定。方震沉默不语，连他都要花点时间来消化这个消息，可见这件事有多么突兀。

"算了，先把眼前的事情办好吧。"军人是很现实的，想不通的事，就先搁置。方震转过头去看了看战场，两边还是你一枪我一枪地对射，他冲我一伸手："我的枪你用了吗？"

我不太好意思地说子弹打光了。方震"哦"了一声，走过去拍拍一个船员的肩，把 AK-47 拿了过去。他一握紧枪支，整个人一下子就变了。原本是块稳当到不能再稳的岩石，现在岩石崩裂，从中刺出一根锋锐的长枪。

海盗们的反击依然热闹，他们都是疯狂地把枪一搂到底，打得船内四处白烟，声势浩大，但没什么准头。方震猫着腰，以极其标准的战术动作寻找一处掩体。他偶尔轻描淡写地还击，每次都是三连发点射，每次必传来一声惨叫。这简直就是小李飞刀，一经出手，例无虚发。

没走几个回合，对面的枪声就停了。那几个海盗全都眉心中弹，躺倒在地。方震蹲下身子，简单地翻检一下尸体，面上一丝得色也无，仿佛这点场面对他来说，根本不值一提。

我看着满地的尸体，心有余悸。若不是药不然突如其来的反水，如今躺在地上的，可能就是我们了。方震没说什么，但我看出他的表情，肯定还藏着后手。

忽然远处甬道传来一声绝望的吼叫。

"你们再过来，我就杀了她！"

我和药不是转头看过去。只见在甬道尽头，郑教授用一把刀横在沈云琛咽喉，勒住她的脖子，站在靠近船舷的舷梯边缘。一名打捞 08 号的船员举枪对着他，却不敢开枪。

沈云琛双目紧闭，身子僵直，没有反抗的意思。

难怪刚才没看到他，原来是跑下底舱去抓人质了。郑教授知道抓了日本考察队员，未必能钳制住我们，沈云琛是再好不过的一个人质。

果然，这一下，我们可不敢动了。

"投降吧，郑教授。现在你和老朝奉已经是光杆司令。"我试图喊话。

"退后！"郑教授的刀在沈云琛的脖子上又陷入一分，"你们马上去给我准备一艘救生艇和十天的食物，不然云琛就得死！"

我怜悯地看着他。我所熟悉的那个郑教授已经死了，郑家那疯狂的基因，已经完全腐蚀了他的心灵和神志。现在的他，只是一个穷途末路的可怜虫。

沈云琛倏然睁开眼睛，厉声喝道："别管我！干掉他，这人已经疯了！"

"是你们疯了才对！"郑教授愤怒地喝道，额头上的神经都在一炸一炸地跳，"你们怎么想？那可是柴瓷啊！全世界绝无仅有的柴瓷啊！就这么给炸了，炸没了。你们怎么能？你们怎么敢？这可是值得千年流传的珍宝，你们为了一己私怨，居然……"他说到后来，尾音已近乎呜咽。

到了这时候，这个瓷疯子关心的居然还是瓷器。

方震想趁他神情恍惚的时候冲过去，却被我拦住了。那家伙手里还有刀，不知道会干出什么事，沈老太太如今是五脉的顶梁柱，可不能出什么问题。

我走上前一步，郑教授挥舞着刀，让我退开。我从兜里掏出那半个茶盏："郑老师，你看看这是什么？"郑教授的呼吸一下子就粗重起来。他本以为十件柴瓷都葬身海底，可没想到居然还剩下一件。这让他简直惊喜万分，几乎忘了自己所处的环境。

"你……你从哪里找来的？"他连声问。

"第一次潜下去，我取了一件回来。可惜如今只有半件了。"

我把茶盏托举得高一些，恰好这时暴风雨后的第一道清澈阳光洒下来，如同魔术师的手轻拂在这青瓷面上。那一刹，一层难以言喻的光芒浮现在温润的釉面上，海底几百年的幽居蒙尘，赋予了它更内敛深沉的古意。尽管已是残品，可那雍容素雅的气质，却被沉淀得愈加纯粹。我也是第一次注意到，它的颜色，竟然真的跟雨后的天色一样蔚蓝。

郑教授浑身止不住地颤抖，他死死盯着那半件茶盏，喃喃道："雨过天晴云破处，雨过天晴云破处，雨过天晴云破处，雨过天晴云破处……快给我看看，快点，拿近点……"

我把茶盏捏在手里，慢慢递过去。我本意是打算用柴瓷吸引郑教授的注意力，给方震制造机会。不料郑教授一看见柴瓷，竟连人质都不要了，把沈云琛狠狠推倒在地，冲到我跟前拼命要抢这柴瓷。我一时不慎，那柴瓷竟然被他撞得脱手，飞到半空中。郑教授和我同时举头伸手，跟篮球发球似的，指尖同时触碰到茶盏。

那茶盏被两边用力一碰，倏然一晃，划过一条优美的弧线越过栏杆，朝着海中落去。我还未有什么反应，只听见一声震耳欲聋的巨吼："不！"

这吼声简直不像人类能发出来的，我怀疑声带会被直接撕裂。听到吼声同时，我眼前黑影一晃，郑教授毫不犹豫地纵身跳出栏杆，整个人宛若鱼鹰，伸手抓向落水的茶盏。可惜他终究晚了一步，那小小的茶盏扑通一声，溅起一朵极小的水花，朝海底落去。在这片海床复杂的深海水域，落水就等于彻底没了，绝无找回来的可能。

随即一个更大的水花溅起，郑教授也落入水中。我们看到他疯狂地扑腾了两下，深吸一口气，头朝下扎入水里，竟朝深海里游去。甲板上的人全都看傻了，郑教授这么裸着往水下游去，不是作死吗？这下头横亘着一条大海沟，就算真探到底也找不回来啊。

可郑教授却没有半分犹豫，义无反顾。开始我们还能借着阳光，看到浅水里他拼命游泳的身影，可随着他越游越深，视线再也捕捉不到。只看到一个小小的黑影，拼命向着更深的深渊冲去。也许是错觉，可我分明看到深渊中闪过一丝光亮，稍现即逝——那个，大概就是柴瓷在这世上的最后一次风华绽放吧。

方震吩咐把救生圈扔下去一个，随时准备救人。可我们等了十分钟，海面上却一点动静也没有。方震还要再等，我摇摇头，把他拦住。

"郑教授不会回来了，他已经追随着柴瓷去了。"我望着海水，心中无限感慨。当年的郑安国为了瓷器，全家性命都不顾了；如今他的儿子，为了一件柴瓷，甘愿自沉深海。老郑家对瓷器的痴迷，简直就疯狂到了极限，深深镌刻在基因之中。宿命轮回的残酷，到今日终于有了终结。

可该怎么评价这些人呢？在他们心目中，什么道德、金钱、权力、国家甚至亲情都是可以抛弃的，唯一不可抛弃的，就只有瓷器而已。这些人专注的，是瓷器本身，外物全不在乎。我忽然意识到，这不就是玩古物的最高境界——心外无物吗？

从某种意义上来说，这些抛开一切的人，才是真正的瓷家。

沈云琛的声音忽然把我拽回到现实里去："快，老朝奉！"她被推倒在地上，腿似乎摔瘸了，动弹不得，只能高声叫喊。

是了！沈老太太说得对，现在还不是感伤的时候，因为还有另外一件更重要的事情等着我去办。

老朝奉！

现在只剩他一个人，我们即将要直面相对，而且不是在他安排的局面下。

方震吩咐船员一个看好沈云琛，一个去打开底舱放出日本船员，然后我们两个人三步并作两步，直扑顶层的驾驶室。

我的速度前所未有地迅猛，连方震都被我甩在后头。我一脚踢开舱门，冲进去环顾四周。我看到船长座位上空空如也，前方一个开启状态的扩音器，上头绑着一部卫星海事电话。

老朝奉居然没有亲身到此，而是靠一部电话遥控指挥？

我抓起电话，里面沙沙的全是噪声，早没了动静。我发疯似的在里面转了一圈，驾驶室没多大，根本不可能藏住人。这里是海上，也不会有什么密道通往别处。

"不对，那电话一定是个幌子！他绝对没离开，快，快搜全船！"我抓住方震的肩膀，歇斯底里地吼道。

日本船员也都纷纷被放出来，他们听说船里还藏着一个海盗，都吓坏了，连连表示必须得彻底搜查。就连打捞08号也被方震要求彻搜一回。于是一群劫后余生的船员，带着愤愤之心开始了大搜查。他们对自己的船只布局极熟，连只耗子的藏身之处都知道。更何况青鸟丸和打捞08号不是泰坦尼克号，空间并没多大，搜起来不费什么事。

可是，就是这么怪。这么多人来回篦了两三遍，偏偏老朝奉却消失无踪。

只有两种可能：一、他确实通过海事电话远程遥控，毕竟老朝奉年纪太大，不适合来闯风波；二、他纵身跳海，沉于深渊。这在物理上说得通，情理上却说不通。老朝奉可不是郑教授那种瓷呆子，他是最现实主义的人，不到走投无路，绝不会冒险做这样的选择。

在接到第三次搜查无果的消息后，我灰心丧气，恨不得也跳下海去。

十件柴瓷没了，福公号炸了，药不然莫名其妙地失踪了。我们付出这么大心血和代价，老朝奉却依然逍遥法外，远远地在嘲弄着我们。

"爷爷、爸爸，我该怎么办，怎么办……"我双手捂住脸，垂下头去，感觉到了前所未有的孤独和无力。

暴风雨过后的夜空，满天星斗灿然，甚至连银河都清晰可见。这些星辰庄严地缀在穹顶之上，就像是指引海船归港的明灯。打捞08号在星光照耀之下，航速飞快，船艉留下一道长长的泛着白色泡沫的尾迹，延伸到远处的黑暗。

"难怪古人会发明牵星之术。在海上，没什么是比星辰更可靠的路标。仰头可得，万世不易，这可真是太方便了。"药不是站在上层甲板，手里捏着一罐啤酒，难得地发了一回文艺腔的感慨。

我在他身边，俯身靠在栏杆上，仰望星空，默不作声。在我脚下，已经丢了三四个空易拉罐，可酒精的作用，并没想象中那么大。

在解决了海盗之乱后，打捞08号和青鸟丸联合对那个海域做了一次勘察。无论是声呐还是潜水探摸，都明白无误地显示，福公号已沉入深深的海沟，那里的深度估计接近一千米，绝无二次打捞的可能。

既然目标都没了，两条船也没什么好竞争的。日本人向我们郑重地表示了谢意，然后离开。在离开之前，我特意询问过，他们确实得到了来自中国方面的坐标协助，不过接洽人是郑教授——我有点失望，但也在意料之中。以老朝奉的谨慎，肯定不会犯这种可能暴露身份的错误。

打捞08号也随即返航，在这里停留已毫无意义。那十件柴瓷，如同镜花水月一般，在我们面前惊鸿一露，稍现即逝。真如一个奇幻的梦，看似真切，醒来时却两手空空。

但有些事，比梦中要残酷得多。

"药不然这小子，真是让人琢磨不透。他居然是冲着太爷爷的遗骸而来。"药不是感叹道。现在那两具遗骸，被打捞08号和青鸟丸分别拿走，我们带了药慎行的，他们拿走了泉田国夫的。

"寻回遗骸这事，跟寻找福公号柴瓷的目标并不矛盾。在船上我也听到了，老朝奉一直都知道他的真实目的，甚至还表示支持。我怎么也想不通，他有什么需要叛变老朝奉的理由。"

"你想不到，老朝奉也想不到。当初学校老师想不到，转学生也想不到。在任何人都想不到的地方，默默地达成自己的目标，这不正是药不然做事的风格吗？"药不是不动声色地说。

"那动机是什么？他设局赶走转学生，是因为那家伙很讨厌。那他设局陷害老朝奉，使他全军覆没，又是为什么？"

药不是把罐里的啤酒一饮而尽："我有一个猜想，很大的猜想，里面很多细节只能靠想象，不知你能不能听懂。"

"……我尽量。"

"我在出海之前，重新把《泉田报告》读了一遍，发现一个疑点。按照你转述的黄克武的话，当年在庆丰楼，是许一城逼死楼胤凡，然后夺走五罐交给日本人。可在《泉田报告》里，写的分明是他们先联系了楼胤凡，然后在后面才突兀地加入中国专家许一城协助等字样。"

"你的意思是？"我有点糊涂，这和我们的话题离得太远了吧？

"我认为先后次序很重要，甚至可以说极端重要。你的理解能力可能很难想到，但它决定了整件事的性质。"药不是又恢复成了那个刻薄、理性的讨厌鬼。

"泉田国夫先认识许一城，然后让许一城去逼楼胤凡、夺五罐，这是汉奸行为。可如果次序颠倒过来呢？是日本人先找的楼胤凡，然后许一城插手进来呢？"

我忽然一怔，这样一切都说得通了。我爷爷自然不是汉奸，他在庆丰楼的一系列古怪表现，肯定另有隐情。若按照药不是的说法，自然是假意与日本人合作，以期釜底抽薪。

"这个疑点一旦厘清，很多事情就明白了。"药不是道，"让我来给你捋一下次序。先是楼胤凡得到五罐，从绍兴请回旧友药慎行开罐。药慎行当时并不知道里面是什么，只是为了完成朋友的委托。但他开罐后得到五组牵星坐标，与《三官文书》对照，得出沉船地点的关键信息，随后许一城也知道了——至于是不是药慎行主动告诉他的，就不知道了。"

"然后我爷爷设法从楼胤凡手里夺回罐子？"我接着说。

"笨蛋，你又想错了。那时候罐子已开，泉田国夫已经拿到了五组坐标，正等待着批准，好出海探宝。许一城在庆丰楼的设局赌斗，不是为了罐子本身，而是为了取得泉田的信任。这样一来，他就可以跟随其出海寻宝，伺机破坏——这是唯一能阻止敌人的办法。"

"可是我爷爷没过几天，就因为玉佛头的事入狱了啊……"

药不是打了个响指："没错。所以跟泉田出海的，另有其人。"

"药慎行？"

"不是我替祖先说好话，你仔细想想这一路的探摸，不觉得蹊跷吗？福公号为何距离原来的沉船地点那么远？为何两人的尸骸紧紧钳在一起？为何柴瓷就遗落在不远的地方？"药不是说到这里，拍了拍栏杆，"当初福公号的沉没地点，还没那么深，所以 20 世纪 30 年代的潜水装备，也能勉强应付。我太爷爷一定和泉田有一场激烈的对抗，然后双双殒命……"

我仔细回想，那两具尸骸确实姿势可疑，像是要在船内置对方于死地似的，但装备都一样，明显有过合作。药不是的解释，算是对上了。

"我太爷爷恐怕也知道，这一去凶多吉少。所以他提前把五个罐子重新补好，其实只来得及补好四个，把海底针——估计是你爷爷给他的——送回绍兴，这才慨然出行，一去不回。"

我闭上眼睛，脑海里浮现出一个踏上甲板的高大身影，风萧萧兮易水寒。

这一切只是药不是的推测，但我觉得离真相已经相当近了，所有的细节都应声对上。我越了解药慎行这个人，越觉得有趣。他真是个矛盾的存在，一方面替东陵盗案销赃，是个利欲熏心的家伙，一方面私德却非常好，无论是对尹田的承诺、对尹丹的感情还是对尹念旧的栽培，都是君子之风。而他隐居绍兴，也说明对东陵一案有着极深的愧疚之心。

说不定，正是这愧疚之心，才让药慎行答应许一城的嘱托，毅然跟随泉田出海，用生命做出了赎罪。

这也解释了，为什么我爷爷在监狱里不肯辩白，甚至不对五脉做解释，甘愿以汉奸名义一死。一旦他公开抗辩，自身固然清白，可日本人也会知道真相，会祸及药慎行和福公号的护宝计划。

当然，这一切都是药不是的猜测，已经不可能找当事人佐证了。但有一点确凿无疑，为了保护国宝，五脉不是一位，而是两位前辈慷慨赴死，他们绝无迟疑。

这个真相令人惊讶，可更令人感佩。我不由得挺直了身体，一股温暖的力量，从群星之间流泻而下，贯穿我的心房。

药不是还是那一副冷静的样子，但话却越说越多："我怀疑我爷爷药来看出了一点端倪，可又不便公开说，只好深藏在心里。他与姬天钧拼命争夺五罐，未尝不有点寻找父亲痕迹的意思。"说到这里，他深深地吸了一口气："也许，在很早之前。药不然就凭着药来口中的只言片语，洞悉了整个真相。以那家伙的智商，这不是难事。"

我沉默不语，回想着在不同场合看到的药不然那张笑眯眯的面孔。他藏得可真是严严实实，一丝不露。

药不是道:"我多少能猜到药不然的心情。他投靠老朝奉,不为别的,是因为老朝奉是寻找药慎行最适合的人。"

"那不是回到最初的话题了吗?这个动机,和老朝奉的目标不矛盾啊。"

"怎么不矛盾?"药不是沉声道,"太爷爷是为了阻止敌人夺瓷,慷慨赴义。药不然又怎么会为了寻回遗骸,坐视敌人把柴瓷夺走?他一直以来做的一切事情,都是为了接近福公号,找到太爷爷,查出真相。那三次爆炸,是他对这绵延几百年纷争的强制完结。"

"这是不是太牵强了……"

"为了洗刷先祖污损的名誉,完成他们未竟的事业,不惜一切代价,做一些看起来很蠢的事,你一直以来,不就是这样吗?"

他一句话,把我堵了回去。是啊,我不是也如此吗?为了找回爷爷许一城的清白和真相,奔走各地,坚持着一些看似很蠢的事。我的所作所为若是写成小说,也会有读者说动机太牵强吧?不真正在事中的人,是永远无法切身体会到的。

"药不然待你和别人不同。在你身上,他看到了自己的影子,觉得是同一类人。"药不是道。我苦笑一声,想到他在九龙寨城时的临别之言。那时候我可不知道,他的话中,隐藏着如此之深的情感。

"可他是个杀人凶手,手上至少有两条人命,这是怎么也洗不白的。"我说。

药不是无奈地捏了捏鼻梁:"他对无关的人和事,都极其冷漠。别说姬云浮和那个老道,就是那十件价值连城的柴瓷,在他眼里也不算什么。他只要找到遗骸,证明太爷爷是为了护宝而死,就足够了。至于那十件柴瓷,说不定他的打算,干脆是让这十件柴瓷为太爷爷陪葬,所以才毫不留情地炸了福公号。"

若药不是这个理论成立,那药不然简直是一个比我还轴、比郑安国还执着、比柳成绦还极端的人。我想起了药不然做的那个生死拜的手势,原来那不是对我,而是对药慎行一拜。

可他终究还是塞给了我一件柴瓷,这是歉意,是致敬,是舍不得,还是想对我说什么话?

我把视线从星空转向船舷的漆黑大海,心中忽然有一阵说不出的感觉,不是悲伤,也不是愤怒,而是一种窒塞,仿佛所有的情绪都被堵塞着,让人呼吸不得,极其难受。我们在海上一直没有机会直接对话,以后也再没机会了。我们最后一面,就是他扑在尸骸上痛哭流涕。

药不是的推测，终究只是推测，到底药不然的脑袋里在想什么，我们已经永不可能知道了。我叹了口气，想说点什么，却如鲠在喉。我甚至不知道该扔什么东西到水里，去作为祭奠。

我把上半身探出栏杆，朝身后的海面望去。传说在海上去世的人，魂灵会一直追寻着船走，希望能够回归到陆地上来。如果这个迷信是真的，他现在应该能看到我吧，哪怕一眼也好。

我凝视了许久，缓缓把视线收回。海上的夜风太冷，也不安全，差不多该回舱了。我最后瞥了一眼打捞08号的侧舷尾部，正要收回视线，可一瞬间我的瞳孔陡然缩小。我伸出手臂，想要叫药不是，把那东西指给他看，可喉咙却紧张得发不出声音来……

打捞08号的船内广播忽然响起，船上的乘客本来已经都歇息了，又被纷纷惊动起来。广播里是我的声音，我把大家叫到减压舱门口。

沈云琛、林教授、戴海燕、钟山、方震等人都赶过来。我喘着粗气对他们说："药不然找到了。"是言一出，众人不由得大惊，连方震都为之一愣。药不然下水引爆三枚炸弹，这是大家都知道的，船上也搜过许多遍，不可能藏有别人。这个药不然，又是从哪里冒出来的？

"我刚才和药不是在栏杆边上谈话，忽然看到船艉部侧舷似乎多了个东西，凑近了拿电筒一晃，发现是一个穿着潜水服的人挂在尾舵的旋架上，离螺旋桨特别近。我和药不是赶紧把他拽上来，一看发现居然是药不然。现在药不是去请船上的医生了，我先把他丢进了减压舱。"

减压舱的门已经关闭，机器嗡嗡地启动着。大家轮流顺着一个小窗户望进去，看到药不然用毛毯裹住全身，头发湿漉漉的，头靠在墙壁上，脸冲内侧，额头似乎还有大块血迹，整个人昏迷不醒。

船上的医生匆匆赶到，他打开舱门进去，给药不然做了一下简单检查，用绷带把他的头简单地包扎了一下。出来以后，我们聚拢过去问怎么样。船医说病人的减压病挺严重，可能出水后没能及时减压，而且长时间在海水里浸泡，已有失温症的征兆。他头部和四肢还有多处受伤，好在没骨折。总之先让他精心减压加休养，等六小时后减压结束再说。

我问病人能醒过来吗，船医说在船上够呛，毕竟缺少专业救治设备，不过船长已经联络了港口。港口会派专门的高速渔政船来接应，上了岸就送医院。

"他运气太好了，贴着螺旋桨被船拖了这么远的路，居然没把脑袋打烂。"船医念叨着，转身离开，又看了一眼聚拢过来的众人，"这么多人在这儿干吗？都散了吧，散了吧，别打扰病人休息。"

他既然都这么说了，大家也都纷纷散去。不过每个人都有点兴奋，这次寻宝之旅，最大的谜团就是药不然，他居然侥幸活了下来，一定可以问出不少东西。

过了三小时，已是午夜时分。船上的大部分人都沉沉睡去，打捞08号悬挂着海上交通灯，朝着海岸飞快地开去，明天就能到家了。

一个黑影走过寂静无人的通道，来到减压舱前。这里有一个控制阀，可以控制舱内压力。黑影伸出手去，握住把手，朝着增压方向慢慢扳去，一直扳到最大方才松手。

就在这时候，减压舱前灯光大亮，把这里照得如同白昼一般。

头缠绷带的药不然一翻身，居然从减压舱里坐起来，自己推门出来。他手一抬，把绷带推上去，露出一张和药不然有八成相似的脸——这是药不是化装的，他头缠绷带身披毛毯，加上灯光昏黄，不仔细看根本分辨不出来。

"只要药不然一醒，一定会说出老朝奉的真实身份。所以最不希望他醒过来的，一定就是老朝奉。"药不是冷冷说道，伸出手臂，直直指向黑影。我也从角落里走出来，手持电筒晃了过去："可是我怎么也没想到，居然会是您。"

光束笼罩下，是沈云琛那张如罩寒霜的脸。

"您好啊，老朝奉。"我说出了这句等待了很久的话。

出人意料的是，沈云琛站在原地一动不动，居然没有辩解或反驳。她默不作声，就这么冷冷地看着我。

不知为什么，此时我的心情并不是特别激动，仿佛这是一件水到渠成的事。过往的一切，唰唰地从脑子里冒出来，自动分门别类，思路越来越清晰。

"你什么时候发现的？"沈云琛终于开口了。

"一直以来我就有疑问。"我说到这里，目光灼灼，"准确地说，是从杭州那次明清家具展后，我就对您起了疑心。不说动机，单从能力说，您最有条件去安排损毁'三顾茅庐'青花罐的木器机关。可是我想不明白的是，以您在五脉的地位，有大把机会可以毁掉那罐子，何必要这么大费周章？于是我暂时搁下疑虑，直到我听说药不是和药家因为这事起了纷争,才重新意识到——只有一场众目睽睽下的意外事故,才能把您的嫌疑撇清。"

沈云琛冷哼一声,不置可否。

"等到细柳营覆灭,五脉开始反攻,您开始慌了,生怕被人查出这条线,顺藤摸瓜。所以您主动暴露出负责具体安排家具机关的曾小哥,然后用一枚毒药胶囊,斩断了这条线索。"

说到这里,我看了一眼药不是:"这家伙虽然讨厌,但有一句话说得对,永远只信任自己找到的线索。您太主动地把曾小哥推过来,反而让我觉得有些不对劲。

"可惜当时我虽有疑惑,但没往深里想。我一直以为,老朝奉是个风烛残年的老头子,电话都通过好几次,谁能和您联想到一起呢——直到柳成绦把真相告诉我。"

沈云琛的眼皮一抬,颇觉意外:"胡说,他什么时候告诉过你?"

"就是在临死之前啊。他被旋涡吞没的那一刻,眼睛看向青鸟丸,口中喊的是'妈妈'。我了解过他的过去,他小时候罹患白化病,饱受欺凌,也不被家里喜欢。他一直追随您,是把您当成了他的妈妈啊。所以他才会跟药不然争宠,才会对您屡次拉拢我,显得十分不服气——从那时起,我才如梦初醒,意识到自己可能进入了一个误区。老朝奉为什么一定得是年逾古稀,为什么一定得是男的?"

说到这里,我拱了拱手,语气钦佩:"您可真是处心积虑,每次通话都故意用老年男子的声音,您学过大鼓,这事应该不难。您不断强化我的错误印象,印象越强,您的身份就越安全。若不是柳成绦最后那一嗓子,我根本想不到是您。我太笨了,仔细想想,老朝奉还能是谁?谁还能有这么高超的经营手段,短短十几年时间就把全国赝品盗卖生意做得这么大?刘老爷子也做不到啊。"

我身后的戴海燕插嘴道:"可她一直跟我们行动,而且后来不也被郑教授挟持了吗?"

我示意这个疑问先不着急回答,对另一边的方震耳语了几句。方震"嗯"了一声,转身离开,过不多时,拎出来一个紫檀色的行李箱。大家都认出来,这箱子是沈云琛带上船的,里面装的是牵星板。方震打开箱子,箱子底层有一个很大的暗格。

方震又掏出一部海事电话,这电话正是我们从青鸟丸的驾驶室座位上拿到的,比我的大哥大大得多,天线也特别粗。他还拿出一个等大的电池组,连同电话一起往暗格里一搁,"咔嗒"一声,严丝合缝。

"这是西门子的海事卫星电话,还是最新型号。"林教授惊呼,他经常出海,对这些海事设备很熟悉。

我对戴海燕道:"她跟着我们一起出海,是为了随时能跟同伙通报进度。可是海事电话的体积比较大,加上充电设备,根本藏不住。为了不让我们起疑心,她便故意带了一套牵星板,这样一来,她随身携带一件大行李箱,便没人会起疑心。等到咱们摸清了沉船位置,她就立刻把坐标发出,指示海盗船过来。"

说到这里,我又转向沈云琛:"您原来的打算,是捞出柴瓷交给海盗带走,然后把我们都干掉吧?必须得承认,您的临机应变能力实在太强了。爆炸一起,您立刻察觉到情况有变,第一时间把海事电话绑在话筒前,完美地构造出一个老朝奉遥控指挥的场景,然后离开驾驶室,假意被郑教授挟持,让自己变得更加清白。这样一来,就算老朝奉全军覆没,沈云琛也是毫发无损。"

"至于郑教授为什么愿意配合,这恐怕就是真爱了吧?"我微微一笑。

我和药不是都亲耳听到过,沈云琛提及她和郑教授年轻时有过一段恋情。若沈云琛是老朝奉,那郑教授投靠她,恐怕主因并非药不然,而是他余情未了。以郑教授的偏执,为一生所爱之人之物付出生命,实在太正常了。

塘王庙中,他跟我谈起老朝奉时,神情亢奋。当时我以为是找到了知己的兴奋,现在回想起来,原来那分明是找回了真爱的神色啊。

老朝奉实在是太小心了,到了那地步,都能及时伪造现场,以清白之身脱离。但也正因为如此,她被困在了一个进退两难的状况里。我和药不是设下的这个局很幼稚,若换了在其他场合,根本困不住老朝奉。但如今在船上,她别无选择,必须铤而走险,亲自去灭口,所以这个局对她来说,是死局。

沈云琛冷笑,似乎对我这一番推测不屑一顾:"小许,这就是你全部的指控?"

"不,不,接下来才是真正的高潮。"我把指头指向她,"您是老朝奉,但不是第一个,而是第三个。"

这一句话,可把周围的人都震住了,就连沈云琛都露出意外之色,似乎被我这一击打得猝不及防。

"什么叫第三个老朝奉?"方震问。

我目光扫过沈云琛,脸上露出笑意:"一直以来,我都默认老朝奉是一个老头子,所以很多疑点根本解释不通。他若跟随我爷爷许一城经历了佛头案,现在都九十多快一百岁了，怎么可能还有这么多精力搞风搞雨？当我看到药慎行的尸骸时，忽然想到，老朝奉也许是两个。但还是有些地方对不上。当我觉察到您可能是老朝奉时，才想到，为什么不可能是三个？"

方震道："小许，说说看，那三个老朝奉到底怎么回事。"他对这个始终是最关心的。

我竖起一个指头："第一个老朝奉，是药慎行。这个外号，还是泉田国夫给他起的，因为明代那条海船的主人，以鱼朝奉自称。第二个老朝奉，则是姬天钧，他与药来争夺五罐，然后返回西安，开始了制假贩假的生意。"

"可他为什么要用老朝奉这个名头呢？"戴海燕问。

"当时药慎行下落不明，忽然又出来一个自称老朝奉的人，肯定会对药来产生极大影响。我猜姬天钧早就算好这一步了，说不定药来未能阻止五罐流散，就跟这名字有着直接关系。"

"可姬天钧在1948年已经去世了。"方震说。

我没有直接回答，转脸对沈云琛道："木户小姐没参加这次出海，一是身份尴尬，这是实情，但真正的原因，是我拜托她去了岐山。"

听到"岐山"二字，沈云琛的脸色，终于有些绷不住了。

"我刚刚去了趟驾驶室，跟木户加奈通了个电话。她已经找到了姬云浮的妹妹姬云芳。姬家果然和姬天钧有关系，但不是很近，平时来往很少。据姬云芳说，听老一辈人讲，姬天钧另外有一个亲生女儿，早早送去了京城，据说就养在沈家。因为她小小年纪天赋惊人，被家里寄予厚望，遂改姓为沈。这一层秘密，在五脉是查不到的。"

不用说，这个女儿，就是沈云琛，或者叫姬云琛。就算我不设减压舱的局，只要那边消息一到，沈云琛的身份一样会败露。

"若不是烟烟无意中说漏了嘴，让我注意到自己辈分被姬天钧搅乱的事，我还真想不到呢。"我说到这里，声音不由得大了起来，"当初带你进京的，正是我奶奶吧！"

沈云琛嘴角猛地牵动一下，虽然她还努力保持着镇定，但我知道她内心有多震动。

黄克武告诉我，我爷爷去世后，我奶奶在姬天钧处住过一阵，后来嫌弃他胡作非为，又带着我父亲许和平返回京城——算算时间，随行的恐怕还有姬云琛，至于什么原因就不知道了。说不定是我奶奶在西安定居期间，跟姬云琛建立了深厚感情，怕她被她父亲的胡作非为连累了性命，因此带在身边。

等到了京城，我奶奶在京城隐居下去，姬云琛则交给了沈家。

"你错了。沈家是我自愿去的。跟着她只能庸庸碌碌过一生，五脉才是能让我出人头地的金梯。"沈云琛漠然道，可她的眼神终于出现了一丝躲闪和惶恐。当年这个决定，几乎和背叛我奶奶差不多了。

可我奶奶，却从来没提过这件事，一直让它烂在了心里。

我继续说道："我父亲的死，是因为你怕他查到真相；姬云浮的死，也是你怕他会继续追查。只要有人试图触碰你和姬天钧的关系，就会遭到杀身之祸。老朝奉和我爷爷之间玉佛的事，其实全是你父亲姬天钧和我爷爷的事，你假借他的口气，半真半假，一直在误导我，把我从真相前调开。"

我不知不觉中，把"您"字换成了"你"。这个家伙和我们许家的仇怨，实在是深不可测。这时药不是也踏前一步，厉声喝道："还有我爷爷呢？"

所有人的目光，都集中到他身上。药来当初离奇自尽，可也是这位老太太暗中下的毒手。药不是回国，一是想搞清楚药不然为何叛变，二来就是想弄清楚药来的死因。

沈云琛呵呵冷笑道："药来跟他孙子不一样，藏不住事。这么多年来，他一直以为药慎行是帮着泉田做事的汉奸，耿耿于怀，这才为我所用。可惜到头来，他也不知道是我在幕后操作。"

被我看穿了身份之后，她似乎也看开了，索性一吐为快。

原来在庆丰楼事件后，药来已经隐约觉察到药慎行和泉田出海的事。他不知道药慎行怀着同归于尽之心，还以为自己父亲也是个汉奸。要知道，许一城是汉奸，导致许家没落；倘若药慎行也被曝出是汉奸，只怕药家也要重蹈覆辙。所以他拼命搜集五罐，是为了搞清楚到底是怎么回事，可惜一直搜集不全，也没有手段开启。直到最近几年，他才隐约查到绍兴尹念旧这段隐事。可惜行事不密，为沈云琛觉察，沈云琛这才借此要挟，逼迫他们祖孙入局。药来不知道药不然暗藏的心思，以为他被彻底洗脑，越陷越深，只得选择自尽，只求能把药不然救出来。

接下来的事，我和药不是都亲身经历了。药来故意留下线索，把解救药不然的嘱托，留给了远在海外的药不是。祖孙二人，一个为隐瞒父亲污名而死，一个为追回太爷清白而死，也不知是否值得。

药不是双目泛红，紧握着双拳，努力在控制着内心的震动。戴海燕走过去，把手搭在他微微发抖的肩上。

我想起刘一鸣留下的那半封信。他恐怕早有警觉，只是投鼠忌器，引而不发。他刻意涂抹掉的那个名字，正是沈云琛吧。

一股怨气在我胸中盘旋郁积。这三个老家伙，药来看似潇洒实则懦弱，最后为敌人所用；刘一鸣看似胸有成竹，实则顾虑重重，姑息养奸；还有一个黄克武，看似疾恶如仇，却懵懂无知。老朝奉乘势而起，和他们三个人的性格弱点有着直接关系。

他们鉴了一辈子古董，反而没看穿一个人。真是应了那句话：鉴古易，鉴人难。

沈云琛一撩额前的头发："你们问完了？"自始至终，她没有做任何辩解，不知是不屑，还是无言以对。

"还有最后一个问题。"我看着她，"你明明可以在五脉风光地当着一派掌门，为什么却选择成为第三个老朝奉？明明你父亲姬天钧的事，跟你已经毫无关系。"

一阵嘲弄的笑声从沈云琛口中响起："你指望什么答案？一个想替父亲报仇的女儿？一段不为人知的童年阴影？一个不得已的苦衷？别天真了，没有！这根本用不着什么矫情的理由。我发现制假赚钱多，盗卖利益大，就干了，没有什么心路曲折，也没什么道德挣扎。"

"就这么简单？"

"就这么简单，有钱为什么不赚？我告诉你，支撑古董这个行当的基石，是赤裸裸的利益，不是什么爱物之心，也不是什么鉴赏之道。像老郑那种人，是永远不可能理解的，他死得太蠢了。"

面对沈云琛的坦率，我顿时哑口无言。

"为了利益，难道其他一切都可以不顾？"我质问道。

沈云琛道："资本为了百分之三十的利润，就敢于铤而走险，为了百分之百的利润敢于践踏一切律法。古董的利润是多少？是千百倍！"

当她赤裸裸地说出这些话来，我竟不知该如何反驳。在古董圈子这几年，我看到了太多事情、太多嘴脸，包括五脉自己的挣扎和转型，我知道沈云琛说的才是正理儿，过时的反而是我们。

她言辞坚定，仿佛对面的我才是失败者："你一定觉得，把我抓住了，这个产业就会分崩离析对吧？错了，我告诉你，没有我的约束，它会更加兴旺，更加混乱，更加肆无忌惮。你们没见过，为了利益，人心能可怕到什么地步，可是我见过，刘一鸣也见过，所以他不敢揭开这层盖子。他知道，一个无人管束、各行其是的乱世，有多么恐怖。现在的乱象，跟那相比，根本不算什么。"

减压舱旁一片安静，大家都被沈云琛的发言震惊了。这些话、这些想法都在大家心中掠过，可没有人像沈云琛一样堂而皇之地说出来。

"别以为你说出这种谬论，我们就会手软。你会受到法律应有的制裁，几百条罪名在等着你。"我冷笑道。

沈云琛不以为然："我并不是求饶，只是告诉你们，你们有多天真。"方震上前，要把她控制住带走，沈云琛并不反抗："请给我几分钟时间，我去补个妆。"到了这时候，她还惦记着化妆？沈云琛冲我微微一笑："无论什么时候什么场合，体面这种事，都是要讲究的。"

方震道："让她去吧。我跟着。"

有他跟着，应该没什么问题。于是沈云琛在方震的押送下，朝房间走去。走出去几步，她忽然回过头来，冲我嫣然一笑："小许，我对你们许家，是有愧疚之心的。许婶把我带回北京的恩情，我始终记得。我处处不为难你，拉拢你，甚至故意跟你提起福公号的事，也是希望你能为我所用，多少能弥补一下我内心的愧疚。现在看来，我还是太天真了，念了那么一次旧情，就落得今天的下场。你要记住这个教训。"

"那是因为邪不胜正。"我阴沉着脸回答。

"你要这么想也挺好。"

她轻轻笑了一声，转回头，继续朝前走去，仪态依然优雅矜持，脚下一步都不乱，宛如一位名角最后的告别演出退场。

我望着她离去的身影，扑通一声坐在地上，浑身一点力气也没有了，所有的精力都被抽空。我想哭，却哭不出来；想要大喊，却喊不动。明明宿命中的敌人终于被抓住了，我却没有一丝喜悦之情。药不是和戴海燕站在一旁，沉默着，不知该说什么才好。

只有减压舱的红灯困惑地闪烁着，这台巨大的机器对人世间的复杂事情简直无法理解。

无论如何，事情终于结束了。药不是把我拉起来，这时大副跑过来，说甲板有情况，那个老太太跑到船头站着去了。

我们大吃一惊，方震不是跟着吗？怎么会让她跑到甲板上去？我们急忙赶过去，看到沈云琛站在船头边缘，背对海面而立。她的头发盘成精致的云顶，身上对襟扣得一丝不苟，手腕挂着金丝楠木的串珠，手指戴着祖母绿扳指，胸前一串精致的连锁玉佛勾云项链，仿佛要去参加一场盛大的宴会。

方震站在离她数米远的地方，嘴唇抖动，似乎十分痛苦。我从来没见过他如此失态。我大声问他这到底怎么回事。方震低声道："刘老爷子，给我留了一句话。"

"什么话？"

"就一句话：无论老朝奉是谁，给他一个了断。"

了断不是审判，这句话的用意再明白不过。

这还真是刘一鸣的口气。他早就疑心老朝奉在五脉之中，若真相大白，五脉势必又是一场大乱。他这是怕五脉经不起折腾，所以才对方震面授机宜，希望老朝奉如果有朝一日身份败露，能够不去接受法律制裁，而是自己做一个了断。

刘一鸣人生中最后一个人情，用在了这里。

方震是一个极讲原则的人，按道理是绝不会在这种事情上通融的。可刘老爷子对他恩情深重，所以当沈云琛被揭穿后，他陷入了极矛盾的痛苦。

最终，方震还是信守了对老爷子的诺言。

"这次之后，刘家的恩情，我就还清了。许愿，对不起……"方震喃喃道，声音第一次显得那么无力和惭愧。这块精炼的岩石表面出现了前所未有的灰白龟裂。我知道，放弃原则对方震来说，等于死亡。五脉和这位军人之间，再不会有什么瓜葛了。

我把视线转向船头。此时风浪略大，船头颠簸。沈云琛高高挺立，双手交叉垂于下方，双目平视。船顶的探照灯打在她身上，如同舞台聚光灯般耀眼。

我迎着海风走过去，却不知该说什么好。我伸出手，想把她拽回来，沈云琛却呵呵一笑，朝后退了一步，双脚踩在了船边缘，下方是漆黑汹涌的海面。

"想不到，最终来为我送行的，居然是小许你啊。这可真是宿命。"

"宿什么命？！"我烦恼地吼道，不敢太靠近，可又不甘心离开。

"你爷爷许一城，见证了药慎行的出海；我父亲姬天钧，见证了许一城的临刑。我看到了许和平夫妇投湖后的尸体；现在，轮到你来见证我的结局了。这还不是宿命？"沈云琛的眼神里带着几许感慨。

三代老朝奉，和许家三代人之间的命运纠葛，竟是如此复杂。

我沉默地看着她，心有狐疑。一个唯利益论者，难道不应该先束手就擒，留下一条命，然后在审判期间设法求活吗？沈云琛应该是个极端现实的人，这种求死的姿态不像她的风格。

"我知道你在想什么，小许。这次不再有什么局了。你做得不错，我输了。当初刘一鸣把你召回来，我就有一种预感，你会成为我的心腹大患——我到底还是输给了那个老头子。也罢，我把欠你们许家的这条命还给你。"

"不只是我们许家，你要为你这么多年作的恶、造的假、伤害到的人付出代价！"

沈云琛发出一阵嘲讽的刺耳笑声："你们许家，总是那么天真。报私仇是天经地义，我认！但千万别满口讲这些大道理。你想象不到一个没有统治者却拥有巨大利益的市场会变成什么模样，也没见过人心会因此堕落到什么地步——到了那个时候，你会怀念我的。"

听到这里，我忽然笑了。沈云琛问我笑什么，我回答道："我忽然想起来，黄老爷子给我讲过我爷爷保东陵的故事。他只身一人挡在孙殿英的军队前面，试图以一己之力阻挡大军。人心堕落，世道再乱，还能乱过那会儿吗？可我爷爷依然做出了自己的选择，我们许家，总是在做一些很蠢的事。"

我以为沈云琛会出言嘲弄他的失败，可她居然仰起头，露出一丝神往的神色："我听我父亲谈起过。我从未见过他那么害怕一个人，非要置其于死地。他说许一城若不死，他根本不敢放开手脚做事。真想亲眼见见这许一城是何等人物啊。"

说到这里，她像看着我，可又没在看着我，视线越过我的肩膀，在我的身后聚焦。仿佛我爷爷正站在那里，注视着这几十年后的结局。

"你等着看吧，看看这个行当会变成什么样子。"

说完这句话，沈云琛忽然脚下一动，身子歪斜斜从船边倒下去，消失在那一片深沉的黑暗之海中。

甲板归于平静，我怔怔地望着沈云琛消失的地方，百感交集。一切都结束了。始于黑暗，终于黑暗，黑暗曾经给她带来重重庇护，现在却吞噬了她。许家的仇、药家的仇、那无数件案子，都随着老朝奉的落海而结束。

她自始至终也没有求过饶，大概从被揭穿的那一刻起，她就在为这个时刻做准备。我无数次想过各种复仇的场景，从最简单的绳之以法到最残酷的凌虐都考虑过，可我从未想到居然是这样一个结局。

刚才我揭穿她的真面目，心中并没有特别兴奋，此时听到她最后的预言，我反而感到有一股力量，重新在身体里涌现。

那不是解脱，不是如释重负，不是大仇得报的快感，而是一股昂扬的战意。

"许愿，你觉得她的预言会成真吗？"药不是站到我身旁。

"我相信。人心本就如此，未来的古董行当，一定会乱象频生，假赝横行，恐怕会比如今乱上几倍。"我停顿了一下，展颜一笑，"所以我们的坚持才更有意义，不是吗？"

我仰起头，看向天空的星辰，双手高举，行了一个生死之拜。生死一诺，九死不悔。据说死者的魂灵，寄寓于群星之间，他们一定能听到我的话。

海面黑暗，可天上的群星依然璀璨。

尾声

"喂?"我接起电话,话筒里传来一个略带局促的熟悉声音。

"我是打捞08号的大副,你还记得吗?"

"哦哦,记得,记得。"我想起来了。他们这次可被我们连累得很惨,回去之后审查了好长时间。

"我是想跟你说个事。"大副有点犹豫,"我觉得你会感兴趣。"

我微微一笑,这口气太熟了,他是想讨点好处。我直接道:"您说,如果真有价值,肯定不会亏待您。"

"是这样,我们在检修打捞08号的时候,发现少了一条救生艇。"

我想了想,应该是我、药不是、大副还有几名船员冲上青鸟丸时用的那一条。当时光顾着登船,那救生艇扔在海里,后来怎么样了没管。但这算什么?难道他们想要赔偿不成?

"不是,不是要赔偿,我们报损就是了……"大副怕我误会,连声解释,"那天我接了一个电话,是日本冲绳海事部门打来的。当地有游客在沙滩上捡到了这条救生艇,上面有我们的船号和联系方式,就跟我们联系了一下。"

"那就是日本人要赔偿喽?"

大副停顿片刻，方才说道："不是。冲绳方面检查过，这条救生艇不是自己漂流到冲绳海滩的，上面曾经有过人，在艇里还找到一件潜水服。日本人想核实一下咱们的乘员名单，毕竟，万一真有人从那里登陆，就算是偷渡入境了。"

不知为何，听到这个消息，我没来由地心头一跳。

四悔斋的门外，忽有敲门声传来。

（全文完）